—— 高 校 文 科 精 品 教 材 ——

WENXUE

LILUN

文学理论

（第三版）

主编◎鲁枢元　　刘锋杰　　姚鹤鸣

华东师范大学出版社

·上海·

图书在版编目(CIP)数据

文学理论/鲁枢元,刘锋杰,姚鹤鸣主编. —3 版.
上海:华东师范大学出版社,2024. —ISBN 978 - 7
- 5760 - 5264 - 0

Ⅰ. Ⅰ0

中国国家版本馆 CIP 数据核字第 20247W2B45 号

文学理论(第三版)

主　　编　鲁枢元　刘锋杰　姚鹤鸣
责任编辑　张　婧
特约审读　赵　丹
责任校对　李琳琳
装帧设计　俞　越

出版发行　华东师范大学出版社
社　　址　上海市中山北路 3663 号　邮编 200062
网　　址　www.ecnupress.com.cn
电　　话　021 - 60821666　行政传真 021 - 62572105
客服电话　021 - 62865537　门市(邮购)电话 021 - 62869887
地　　址　上海市中山北路 3663 号华东师范大学校内先锋路口
网　　店　http://hdsdcbs.tmall.com

印 刷 者　上海颛辉印刷厂有限公司
开　　本　787 毫米×1092 毫米　1/16
印　　张　20.5
字　　数　455 千字
版　　次　2025 年 1 月第 1 版
印　　次　2025 年 1 月第 1 次
书　　号　ISBN 978 - 7 - 5760 - 5264 - 0
定　　价　56.00 元

出 版 人　王　焰

(如发现本版图书有印订质量问题,请寄回本社客服中心调换或电话 021 - 62865537 联系)

文学理论

主 编 鲁枢元 刘锋杰 姚鹤鸣

编撰者(以撰写章节排序)

鲁枢元 刘锋杰 张冠华 李荣启 胡山林

王 耘 廖大国 何旺生 侯 敏 姚鹤鸣

杨 晖 李 勇 朱志荣

前　言

一、文学理论的学科性质与学科形态

如果到某个国家旅游，那么一份当地的导游图是不能少的；而一部文学理论的教科书，大致就是一份文学领域的导游图。无论你将要涉及的是古代文学、现代文学、当代文学的作品与作家分析，文学演变史的研究，还是中外比较文学的研究、文学批评实践的开展，甚或文学创作的尝试，从整体上对文学的基本知识有一个全面的、系统的、理性的把握都是必要的。因此，对高校中与语言文学相关的院系来说，"文学理论"历来就是一门必修课、主干基础课；文学理论教材的编写，则是文学理论教学中的一项基本建设。

从现代学科意义上讲，文学理论教科书的编写已经有近百年的历史。近百年来人们编写了不下数百部文学理论教材，然而直到目前，对文学是什么、文学的功用是什么、文学的边界在哪里、文学的前途在何方，依然存在着分歧和争议。我们认为这并不奇怪，这恰恰符合文学的特性。如果像某些自然学科那样，文学问题有了一个确切无疑的结论，那么文学可能就不再是真正意义上的文学了。从大的方面说，文学毕竟是人类的生命活动、心灵活动、社会文化活动、审美精神活动，是人性、人心的表征。人心有多复杂，社会有多复杂，文学就有多复杂；人的文化活动领域有多广阔，人的精神活动领域有多广阔，文学就有多广阔。况且。人心与人类社会都在不断发展变化着，因此关于文学问题的探讨也必然是永无止境的。

鉴于此，在对文学理论中的某些具体问题的认识上，我们与学界的一些同行也许还存在着一些差异。在我们看来，文学理论是一套关于人类的文学活动的知识体系，它的研究对象与人的本真存在状态及时代的精神状况密切相关，其中包括人的审美活动、言语活动，以及情绪、情感、信仰、憧憬等个人化的、变动不居的诸多因素。文学研究过程中，研究者也总是不可避免地要将自己的文学观念、审美情调与价值偏爱投注到自己的研究过程与研究成果中。因此，包括文学理论在内的文艺学就很难成为一门严格意义上"科学"。当然，这里还牵涉到"科学"的含义，以往，传统意义上的科学，只能是"数学"及"物理学"等，被称作"纯粹的科学"。这种"科学"被认为在其绝对意义上是客观的、本质的、唯一的、普适的。而在文学艺术活动中，我们恐怕永远也不会找出一种"放之四海而皆准""存于万世而不移"的本质和规律，这种"科学"显然与人类的文学艺术活动相去太远。在西方，曾有不少学者热衷于文艺学、文学理论科学化的实验，希望提出一些普适性的模式或法则。然而事实证明，这些近乎科学的结论,仅只是在某个层面、某些范围、某种程度上对某些文学现象做出的解释。它们可以作为文学理论的一种思潮、一个流派,但并不就是关于文学艺术的绝对真理。其实,在爱因斯坦之后,传统的科学概念也已经发生了根本性的变化,那种"绝对的""纯粹的"科学观念已经屡屡受到一些"相对的""混沌的""模糊的""测不准的""不完备的"科学观念的挑战,甚至,"主观"与"客观"、"现象"与"本质"的边界也不再那么清晰明白,"物质"与"精神"的界限也不再那么壁垒森严。如果在这样的知识背景下我们还要坚持文艺学的科学化,那么,我们不要忘记补充另外一句:科学也正在走向诗。以往,曾有人讥讽:我们总是要求文学生机盎然、魅力四射,而我们的文学理论却越来越艰涩冗繁、枯燥无味,我们的文学理论与文学创作、欣赏活动差不多总是背道而驰的。这话不见得公平,因为地图毕竟不是大地上实际的地形地貌。

人类的文学疆域也需要一份导游的地图,文学理论并不排斥针对文学现象进行深入的探讨与概括的研究。我们只是希望在研究分析文学现象时,在对文学活动的基本知识、基本理论加以阐释与归纳时,保持一种灵活的、开放的、自由的心态,守护一种温润的、生鲜的、灵动的话语风格,这样也许就会更接近文学艺术的本真。这不但对于我们走进文学领地、参与文学创作、创建我们的富有诗意的时代生活是必要的,对于文学理论的学科建设来说也是必要的。

我们的这本教材,就是在此立意指导下的一次尝试。

二、本教材的结构、体例与特点

目前我们国内流行的文学理论教材有许多种,在结构、体例上却大同小异,总摆不脱本体论、作家论、创作论、作品论、价值论、批评论、发展论等几个部分。我们在编写这本教材时曾对此进行过反思,结果发现,对于一本"概论"性质的文学理论教科书来说,这种结构和布局有其坚实的合理性。如果我们不是以机械的态度看待这些部分,而是把它们视为一个相互联系、相互作用、不断生长发育的有机整体,那么,这种体例就更不能轻率地加以否定。

这里,我们愿意把文学比作一棵树,一棵在一定的生态环境中生长着的树,树根、树干、树枝、树叶、花朵、果实都是这棵树的有机组成部分,甚至土壤、空气、阳光以及生存在这棵树附近的其他生物也都是这棵树健康生长的必不可少的因素。在我们中国古代文论中,刘勰就常常以"树"喻文,把文学比作桃树、李树、木槿、兰草或其他植物:"木体实而花萼振,文附质也","桃李不言而成蹊,有实存也;男子树兰而不芳,无其情也","吴锦好渝,舜英徒艳。繁采寡情,味之必厌",等等。于是,文学创作中的文与质、言与意、情与采的关系便不言自明了。

我们编写这本教材时,即遵循有机整体论的观念,对本书的结构、体例做出以下安排:第一、二、三章,基本上是关于文学本体论的阐述;第四、五章,讲文学的创作论;第六、七章,作品论;第八章,文学价值论;第九、十章,鉴赏、批评论;第十一、十二章,文学的演变发展论。这样的体例安排,不能说有什么突破和创新,我们只是希望大家能够运用一种近乎生态学的眼光,一种有机整体论的视野来看待这些。

在具体的编写过程中,我们着意在以下几个方面作出了努力。

首先,注意充分吸收新时期以来,我国文艺学界取得的新的研究成果。自 20 世纪 80 年代的改革开放以来,我国文艺界曾经是思想最为活跃的领域之一,一方面文学艺术创作取得空前繁荣,另一方面文学批评、文学理论研究得以蓬勃发展。就文学理论界而言,一是对极左文艺思想进行了清算;二是介绍、引进了大量外国文学理论、文艺思潮,拓宽了研究的视野;三是我国学者在进一步继承发扬中华民族传统文化精神的基础上,对结合时代提出的新的问题进行了探索和实验。我们在编写这本教材时,尽量把这些成果融化渗透到各个章节中,使其成为一本能够展现出时代风貌的文学理论教材。以往的教材编写,往往只看重经典的、大师的研究成果,只征引外国人和已经作古的人的言论,这当然有其充分的理由,能够使教材显得更权威、更稳重。但我们的理论也不能总是浸沉在柏拉图、亚里士多德、黑格尔、别林斯基的话语中,理论总应当是常青的、不断成长的。一部文学理论教材的编写,无疑还应当体现出这个时代理论的生长点。就像一棵大树,不但一定要拥有虬曲苍劲的根须,也一定还要有青翠清新的嫩芽。因此,我们在编写过程中,在确保引用资料的权威性的同时,也谨慎地援引一些当代学者的研究成果,包括我们自己对于文学问题的一些思索。这样做可能会引起某些争议,我们认为这应当是很正常的,因为只有不同意见之间相互切磋,才会显示出理论的活力与生机。

其次,在确立文学理论的主体地位的前提下,充分关注学科之间的渗透与跨越。每一学科都拥有其大致的研究范围和相对的边界,具有它自成一体的独立性,这是毫无疑问的。但是,我们也应当看到,学科与学科之间存在着自然的浸润、沟通与交融。这就像一个生态系统中不同物种之间总是存在着物质、能量、信息的交流和置换一样。江河湖海中的水(H_2O),也可以扩散到云彩里,渗透到土壤里、树木里,以及被飞鸟、走兽、人类吸收到自己的身体里。或许,你的阳台上中国兰花的枝叶里蕴含的还是法国塞纳河里的水的分子,花盆的泥土中还存在有西伯利亚微尘。在文学艺术发展史中,我们不难看到一个时代的哲学理论、政治理论、经济理论、宗教理论乃至某些自然科学理论对文学艺术理论的浸润和滋养。如达尔文的生物进化论学说对丹纳自然主义文艺理论的影响,索绪尔结构主义语言学对俄国形式主义文学理论的影响,弗雷泽的人类学理论、荣格的心理学理论对诺思洛普·弗赖的原型批评理论的影响等。在这个世界愈来愈趋向一体化的今天,"人类知识的统一性"问题已经成为中西方学者共同关注的焦点,文学理论的教学与研究当然也不能无视学科之间的感应与交流。

其实,近些年来我们国内的文学理论界,在文艺学的跨学科研究方面也已经取得了一些实绩,如文学心理学、文学社会学、文学的人类学研究、文学的大众文化学研究以及生态文艺学的研究,都为文学理论的学科建设提供了新的内涵。我们在编写这本教材时也关注到这一点,不但注意到文学理论与哲学、美学、社会学、语言学、心理学、生态学之间的有机关联,同时还注意到文学理论与我们的时代生活以及与当代人的生存状况之间的密切关系。正如量子物理学家埃尔温·薛定谔指出过的,"一群专家在一个狭窄的领域所取得的孤立的知识,其本身是没有任何价值的……要敏锐地注意到,你的特殊专业在人类生活的悲喜剧的舞台上所扮演的角色;要联系生活,不仅要联系实际的生活,而且要联系生活的理想背景,这一点通常显得更为重要",否则,"你的研究也就一文不值"①。一位自然科学家在自己的学科领域尚且这样要求自己,在人文学科、在文学艺术研究领域,我们难道不应当做得更好一些吗?

再就是我们在编写教材的过程中,试图尽力做到内容的条理清晰、行文的简洁明快,在保证理论自身的逻辑性、严肃性的同时,适当增添一些生动性、趣味性,让一门理论课程能够显得"深入浅出,驾重若轻"。为此,我们在对一些基本概念和原理进行严格界定的同时,还在行文中穿插一些"专栏",选载一些典型的例证,让"概念"与"例证"相互映照,一起发挥作用。总之,我们希望给大家提供一个切实可用的读本,既能够满足专业教学的需求,又能为自学者提供一定的方便。

三、对于文学理论教学的几点建议

我们这本《文学理论》教材的编写者,大多是工作在教学第一线、具有长期文学理论教学资历的教师。多年来,已经积累下一些教学的体会和经验。这里,我们不揣谫陋,希望结合这本教科书的使用,与大家交换一下意见。

在文学理论教学中,我们首先遇到的是这样两个实际问题:一是学生的实际,文学理论课程大多开设在大学一年级,学生刚由中学升入大学,由原来的普及性知识的学习转入专业性知识的学习,对于专门的理论课一时还不太能够适应;二是课程的实际,文学理论虽然是一门专业理论课程,但又是一门奠定基础的"概论"性质的课程,广而不深。鉴于此,我们建议大家不妨在这本教材的教学实践中尝试一下"浅、清、活"的教学原则。

关于"浅"。以往,在讲授文学概论这门课程的教师中流行过这样一种说法:别人教书做学问,像是在"挖井",年年深入,年年有新的收获。而我们好像在"耙地",一年一遍地耙过去,广而不深,总也见不出水平。这话的确道出了文学理论教师的苦衷,但从某种意义上讲,文学理论的教学就是"耙地",要使地里长好庄稼,"挖井"是必要的,"耙地"也是必要的。文学理论虽说是一门基础理论课,涉及的知识范围、学科门类却很广。它不但要涉及大量的作家、作品、文学思潮、文学流派、文学发展史,而且还涉及哲学、美学、社会学、人类学、语言学、文化学、心理学、生态学等诸多学科领域。至于课程本身的组成部分,诸如"本体论""创作论""作家论""鉴赏论""价值论"等,每一部分都是一门专门的学问,都可以写出大部头的专著来。应该说,这门课程的一个显著特点就是它的庞杂性与繁复性,这必然会让那些刚刚跨入大学门槛的学生们应接不暇、捉摸不透,甚至还足以使得一位初次上阵的青年教师顾此失彼、不知所措。较好的解决途径是课堂教学讲得少一些、精练一些,突出梗概,扣准重点,不要拖泥带水、东拉西扯;讲得浅显一点,不攀附时尚,不旁征博引,从常识入手,耐心引导,循序渐进。这样讲并不是要降低这门课的教学标准,因为这里所说的"少",实则是精练浓缩之

---

① 埃尔温·薛定谔:《自然与古希腊》,颜锋译,上海科学技术出版社 2002 年版,第 99 页。

后的"少";"浅",则是"深入浅出"的"浅"。对于教师的要求不是低了,反而是更高了。

关于"清"。这包括洞悉整个教材的框架结构、把握每一论题的逻辑走向、认准每一概念的内在含义。对于教材的系统把握是十分重要的,前面我们曾经讲过,文艺学像一棵树,要从整体上把握这棵树,就不能只是盯住一段树干或一片树叶。要把教材的十二章看作一个有机的、充满活力的生命体,每一章节都是相互关联、血脉贯通的,因此,讲解时也要注意彼此连贯、前后照应。讲课就像"走路",课堂上具体分析每一个问题时,教师要注意问题的"理路"与自己的"言路",还有学生的"思路",在"三路"之间求取协调。阐明一个文学问题,就等于引导学生走进一个新的境界。作为教材的编写者,我们尽量有针对性地把问题的"理路"即逻辑关系表述清楚。为此,本书每一章后面设计的"思考题",就该算作我们在文学理论旷野中插置的"路标"。教师的一个重要职责就是为学生的求学"插路标",引导学生的行进与发现。至于每章后面附设的"关键词",无疑是希望对于文学理论中的一些基本的、重要的概念或命题有一个比较清晰明白的界定,以供教学或自学时参考。此外,在硕士生的入学考试中,"文学理论"又是多种专业的考试项目之一。以往,许多考生不能切实有效地把握这一学科的基本理论、基本概念,我们希望这本教材也能够为他们提供相应的帮助。

关于"活"。把一本文学理论的教科书比作文学疆域的一份地图,这同时也就暴露了"文学理论"的弱点,因为任何"地图"比起它所表示的那个地方的地形、地貌、风土、气候的真实情况来,都要粗略得多、枯燥得多。这一弱点,应当在教师的课堂讲授中得到弥补。"文学理论",既是一门"理论课",又是一门"文学课",既要保持理论的概括性、思辨性,又应当保留文学的感性魅力。因此,处理好理论框架与文学现象的关系,是上好这门课的关键。理论框架是骨骼,文学事实是血肉,二者有机统一,才能使这门课程显得有声有色。我们建议在讲述文学的基本概念、基本命题、基本规律时,灵活选取一些典型的例证。为此,我们在书中设计了一些"专栏",供教学参考。例证的作用不仅仅在于"证实",好的例证的陈述往往也包含了对问题的分析理解过程。在教学实践中,例证的选择实际上是一件十分困难而又须非常审慎的事。一个好的例子应当具备"表显层面"与"深层结构"两个部分,表显层面是它的表现形式,应当是形象的、生动的、鲜活的、别致的;深层结构是它的理性内核,应当是坚实的、精辟的、凝练的。针对基本概念、基本理论的阐发应谨慎地选择例证,才可能提高这门课的教学实效。相声演员侯宝林曾被北京大学聘为语言文学教授,文学理论教师也应该讲究一些自己的"语言艺术"。此外,把课堂教学搞活,还表现在课堂上教师与学生的"互动",既有思想上的互相启发,也有情绪上的相互激励。文学理论探讨研究的对象是文学活动,其本身就蕴含着丰盈的情绪和情感,在文学理论的教学中,教师同样肩负着培养学生的文学情趣、提升学生的审美能力的责任。要做到这些,一部教材对于一位教师来说,也就存在着一个"灵活使用"的问题。教材只是为课堂教学提供一个基本的依据,一门课程教学的成功,说到底还是靠教师的学养和功力。而任何一部教材,也总是要在不间断的课堂教学实践中,在众多教师的灵活运用中,逐渐改进、逐渐修整、逐渐完善的——这也正是我们期待于诸位同仁与广大学生的。

　　上个世纪中期,我国著名文艺学家蔡仪先生曾主持《文学概论》一书的编写,从 1961 年初到 1979 年,历经 18 个春秋,几番讨论修改,才最后定稿。前辈学人严肃认真、一丝不苟的治学态度应是我们从事文学理论教学的榜样。文学仍旧可以说是"人学",只要人类尚在,只要人性不灭、人心不死,文学就不会消亡,关于文学的探讨研究也就不会停止。文学之树作为人类精神的象征,将在人类的精神求索中永葆青翠葱茏。

Contents

目　录

第一章
文学本体

　　文学是什么？这个问题其实指的是文学的本体是什么。"本体"原是哲学术语，指的是终极的存在、事物的本原、根本。关于本体的思考，就是本体论（ontologie 或 ontology），是在最抽象的层次上思考存在是什么、存在与思维的关系，把握人与世界的本质联系，揭示世界的原初本质。将其运用于文学研究中，就是研究什么是文学的本体，决定文学成为文学的那些根本属性是什么，以及这些根本属性的构成等。文学本体论是研究文学根本属性的一种理论，要思考与回答文学这一概念的具体含义、文学活动与其他社会活动及精神活动的联系与区别、文学的基本构成、文学的主要特征是什么等问题。由此看来，文学的本体是决定一个创作活动及其结果是否成为文学的那个东西。文学的本体是与其他的如音乐的本体、绘画的本体、舞蹈的本体等相关联又相区别的。

第一节
文学考源

一、文学词义

在西方，有关文学的认识是不断发展变化的。英语的"文学"（literature）一词来源于拉丁语"littera"（letter），意为文学作品、文学写作。起初其含义是指"文献"和"文书"，包括用文字写作的自然科学与社会科学文献、报刊上的文章、秘密文件、恋爱通信、誓约书信等。用来指称具有美的形式和能产生情感作用的文学作品的狭义文学概念，是晚近时期才产生的。乔森纳·卡勒认为，没有一个一成不变的文学概念，一个作品是否被称作文学作品是随时代而变化的。他说："如今我们称之为'literature'（著述）的是 25 个世纪以来人们撰写的著作。而'literature'的现代含义——指文学，才不过 200 年。1800 年之前，'literature'这个词和在其他欧洲语言中与它相似的词指的是'著作'或者'书本知识'。……如今，在普通学校和大学的英语或拉丁语课程中，被作为文学研读的作品过去并不是一种专门的类型，而是被作为运用语言和修辞的经典学习的。……比如维吉尔的作品《埃涅阿斯纪》，我们把它作为文学来研究。而在 1850 年之前的学校里，对它的处理则截然不同。"他的看法是："文学就是一个特定的社会认为是文学的任何作品，也就是由文化来裁决，认为可以算作文学作品的任何文本。"①这说明，对文学的认识是一个历史过程，人们很难为文学找到一个固定不变的定义。

在日本，《广辞苑》对文学的界定是："借助情绪、思想和想象力，用语言和文字加以表现的艺术作品。"《日本国语大辞典》则将文学解释成"通过主要由作家的想象力所构成的虚拟世界，来表现作者自己的思想感情、诉说人们的情感与情绪的艺术作品"。这是现代意义上的文学定义，将文学界定为美的、语言的艺术作品。②

俄语中的文学（литература）一词也是来自拉丁语"litera"，和法语的"littérature"以及德语的"literatur"属同一根词，它最早的意思是"文字"，后来也指"参考书""艺术创作作品"等。但在俄语中"文学"这一术语常常指的是"文艺"，这使得俄国文论将研究文学的理论称作文艺学。

由于受到西方的影响，中国现代学者主要是通过突出文学的审美特性与语言特性来界定文学的。

1926 年，潘梓年出版的《文学概论》认为："文学是用文字的形式，表现生命中的纯情感，使人生得着一种常常平衡的跳动。"③强调文学创作应当表现生命与情感，这样才能体现出文学的审美性质；强调文学创作是一种文字的运用，突出了文学与其他艺术活动的媒介区别。"审美的"与"文字的"相结合就是文学作为一种艺术活动的特殊性。

---

① 乔森纳·卡勒：《当代学术入门：文学理论》，李平译，辽宁教育出版社 1998 年版，第 21—23 页。
② 浜田正秀：《文艺学概论》，陈秋峰等译，中国戏剧出版社 1985 年版，第 9 页。
③ 转引自毛庆著、董学文、杨福生：《中国文艺理论百年教程》，广东高等教育出版社 2004 年版，第 67 页。

1929年，姜亮夫在讨论文学是什么时将文学与自然科学、社会科学、哲学及艺术相区别。他以"想象感情"为标准来区分文学与非文学："一切文字表演都是思想，倘若不通过想象感情，便是史家的记载，哲家的议论，科学家的论证……所以文学的特处，就是在通过想象感情……。"①姜亮夫虽然没有直接为文学下定义，但他认同这样的观点：文学是用文字来表现思想，并且通过想象、感情及趣味来引发读者的兴味。他对文学特殊性的认识较为全面与深入。

就中国目前的研究看，大体形成了这样的看法：文学的定义有着广义与狭义之分。广义的文学指的是用文字所撰写的一切著述。狭义的文学指的就是用美的语言文字作为媒介而创造的文学作品，"今日通行的文学，即包含情感、虚构和想象等综合因素的语言艺术行为和作品，如诗、小说、散文等"②。这是突出审美因素与语言文字媒介因素的定义倾向。因为受到意识形态理论的影响，占主导性的代表观点将文学与经济基础及上层建筑紧密地结合在一起，一些学者认为：文学的普通性质在于它是一般的意识形态，文学的特殊性质在于它是审美的意识形态。说文学是意识形态性的，指的是文学作为上层建筑与意识形态的一部分，受到经济基础的影响，应当反映经济基础的性质与运动规律。说文学是审美的，指的是文学毕竟以独特的审美方式来接受经济基础及上层建筑中其他部分如政治、法律等的影响，它与经济基础及上层建筑中的其他部分之间存在着差异并保持着某种相对独立性，文学按照自己的审美规律进行活动，文学是一种独特的审美意识形态。

二、中国古代文学概念的演变

在中国古代文论中，文学概念的含义经过了较为漫长的演变过程。中国的"文学"一词，由"文"与"学"两个单词构成。"文"是"文学"一词的主体，它的词义的演变，直接反映了文学观念的演变。许慎的《说文解字》释"文"为"错画也，象交文"。"文"本是纹理的象形字，自然的或人为的种种纹理都可以称作"文"，后泛指参伍错综的色彩及事物。《易·系辞下》认为："物相杂，故曰文。"《礼记·乐记》认为："五色成文。""学"指"学习"，是指通过学习而获有学问的意思。

文学作为一个单独的复义词出现，可能是由"学文"一词转变成了"文学"一词。《论语》有："君子博学于文。"（《雍也篇》）还有："行有余力，则以学文。"（《学而篇》）这里的"学"是指学习、问学的意思，"文"是指《诗》《书》《易》等古代典籍。在《论语》中出现了"文学"这一词语："德行，颜渊、闵子骞、冉伯牛、仲弓。言语，宰我、子贡。政事，冉有、子路。文学，子游、子夏。"（《先进篇》）这里的"文学"含义同于"学文"，是指子游、子夏以熟悉古代文献见长，会写文章，很有学问。

至六朝，出现了"文"与"笔"的概念，人们对文学创作特点的认识趋于明朗与自觉。"笔"

① 姜亮夫：《文学概论讲述》，云南人民出版社2000年版，第6—7页。
② 童庆炳：《文学理论教程》，高等教育出版社1998年版，第70页、81页。

本是书写工具,后成为所书写的"文"的代称。关于"文"与"笔"的区别,刘勰说:"今之常言,有文有笔,以为无韵者笔也,有韵者文也。"①这是从声韵角度对文学创作进行的类别区分。若基于诗歌与非诗歌的区别来界定"文"与"笔"之分,那么其中的"文"可涵纳赋体作品,却难以将散文也纳入到"文"的概念中加以辨识。由于在实际研究中,往往是"文""笔"不分,多将无韵的作品也纳入"文"的范畴加以论述,所以由"文""笔"之分还是难以确定文学与非文学的界限到底在哪里,后人渐渐地不再流行使用"文""笔"概念。至今还使用的"笔会"一说,其中的"笔"指极广泛的各种写作活动,"笔会"可指作家的组织,也可指发表作品的园地。

"文章"的概念,早在先秦时期就出现了,但在汉、唐以后才流行,指各类文献与著作,同时更指辞赋等有文采的著述。文章的原义是指错综的色彩或花纹。《周礼·考工记》:"青与赤谓之文,赤与白谓之章。"后用文章指一切用语言文字作媒介、按照一定要求与法则组织成篇的书面文辞。在中国古代,广义的文章指一切语言作品,狭义的文章才指自觉追求文采之美的篇章,含义与今人所说的文学相近。挚虞的《文章流别论》探究各种文章的体式、性质与源流,涉及诗、赋、碑铭、图谶等。刘勰《文心雕龙》中的"文"也是指的文章,所指对象包括诗、赋、铭箴、奏启、书记等。白居易《与元九书》中提出:"自登朝来,年齿渐长,阅事渐多。每与人言,多询时务,每读书史,多求理道,始知文章合为时而著,歌诗合为事而作。"其中的文章也是广义的,其中的歌诗才属于今日的文学范围。刘熙载《艺概·文概》论及诸子百家,其"文"指的是"文章",也是广义的。这些都与现今的文学内涵有着较大的差别。

直至近代,中国的文学观念因中西文化交流而产生了新变。重国学者,仍然在传统的意义上运用文章的概念。如章太炎认为:"文学者,以有文字著于竹帛,故谓之文。论其法式,谓之文学。凡文理、文字、文辞皆称文。"②这是将文学看作一门研究"文"是如何被创作出来的"学问",而"文"的本身则是指广义的文章。刘师培认为:"词之饰者乃得为文;不饰词者即不得为之文。"③仅仅将"饰"理解为韵律、对仗、文采等,不能从根本上界定清楚文学的本质特性。刘师培论及文学活动时,文学一词与文章一词常常通用,文学观仍然是传统的,较为宽泛。

在王国维、鲁迅等人那里,或用文学一词,或用文章一词,但指的都是现代意义上的文学。

王国维有《文学小言》《屈子文学之精神》等文,虽然间或用过文章一词,但直接使用文学一词的地方较多,已经开启现代意义上的文学定义。王国维认为抒情的文学包括诗、词,叙事的文学包括叙事诗、史诗、戏曲,与现今所称的文学作品的范围一致。论《三国演义》而称其"无纯文学之资格"④,强调小说应突出美的个人特点,可见王国维已开始运用"纯文学"这一观念,反映出他在认识文学时,注重寻找与揭示文学的独特性。王国维研究了小说(如《红楼梦评论》)、诗词(如《人间词话》)、戏曲(如《宋元戏曲考》),这些均为现代文学概念所承认

---

① 刘勰:《文心雕龙·总术》。
② 章太炎:《国故论衡·文学总略》,郭绍虞主编:《中国历代文论选》第四册,上海古籍出版社1980年版,第302页。
③ 刘师培:《文章源始》,郭绍虞主编:《中国历代文论选》第四册,上海古籍出版社1980年版,第333页。
④ 王国维:《文学小言》,《王国维文集》第一卷,中国文史出版社1997年版。

的体裁类型。他在确定谁是中国的大文学家时则举屈原、陶渊明、杜甫、苏东坡等为例,完全不提古典意义上的学问家,这是清晰理解文学内涵的开端。从王国维开始,中国有了现代意义上的文学观念。

鲁迅在《摩罗诗力说》中介绍与讨论西方浪漫派文学,虽有"纯文学"的提法,但主要用的还是"文章"一词,然而其"文章"词义与"文学"词义完全相同。鲁迅说:"英人道覃有言曰,美术文章之杰出于世者,观诵而后,似无裨于人间者,往往有之。然吾人乐于观诵,如游巨浸,前临渺茫,浮游波际,游泳既已,神质悉移。而彼之大海,实仅波起涛飞,绝无情愫,未始以一教训一格言相授。顾游者之元气体力,则为之陡增也。故文章之于人生,其为用决不次于衣食,宫室,宗教,道德。"①这里引用西方人的观点来强调文学的社会作用有其独特性,这是对文学本体的审美化理解。

真正结束这一演变过程的是"五四"新文学运动。胡适的《文学改良刍议》、陈独秀的《文学革命论》等,已经完全摆脱了中国传统的"杂文学"观念,而代之以全新的西方的现代的文学观念。

三、文学含义的论争

虽然有了现代的文学观念,但对文学到底是什么却未必就有了统一答案。老舍曾慨叹:"什么是文学?恐怕永远不会得出最后的答案。"②文学与非文学的界限仍然是文学理论研究的一个重点与难点。

俄国形式主义文论主张从"文学性"角度来界定文学。俄国形式主义文学研究发端于1914年,以一批年轻的语言学家、文学史家和文学批评家为骨干。该派的主要代表人物之一雅各布森主张:"文学科学的对象不是文学,而是'文学性',也就是使一部作品成为文学作品的东西。"③认为文学之为文学,不能简单地归结为经济的、社会的或历史的因素;是文学性构成文学,而不是经济的、社会的、历史的等因素就能构成文学。

从内容和形式两点看,这派的观点是轻内容而重形式的,他们认为文学与其说是内容的,不如说是形式的。作为内容的现实只对构成文学起着次要的和从属的作用,是作为既定物之一进入作品的。作家对待现实就像对待普通语言一样,并不将它当作特别重要的东西看。文学可以自由地表现各类题材,现实并不能形成对于文学的制约作用。文学作品的特殊性在于形式,如语言运用、修辞技巧、组织安排等。正如英国学者安纳·杰斐森所说:"俄国形式主义取消了形式和内容之间的区别,并且由于注重形式,它成功地将整个新的功能都归之于形式。"④

---

① 鲁迅:《摩罗诗力说》,《鲁迅全集》第一卷,人民文学出版社1981年版,第71页。这里引用的道覃(通译道登)的话,原文见道登《抄本与研究》。
② 老舍:《文学概论讲义》,北京出版社1984年版,第41页。
③ 方珊:《形式主义文论》,山东教育出版社1999年版,第102页。
④ 安纳·杰斐森、戴维·罗比等:《西方现代文学理论概述与比较》,陈昭全等译,湖南文艺出版社1986年版,第18页。

人们通常认为形式是一种装饰性的附加物,即形式是容器,内容可以注入其中;同一容器能容纳不同的内容;形式的改变,是对内容的适应。形式主义改变了这种内容高于形式的观点,认为内容依附于形式。雅各布森在分析诗歌性时就生动地说明了形式对于诗歌的决定性作用:"诗歌性"(poeticity)像烹调时用的油,你不能就这样去食用它,但是当它(形式)和其他食物(内容)一起烹调时,它就不仅仅是附加物了,而是改变了食物味道,使某些菜品与相应的不加油的菜品截然不同。在形式主义派看来,是形式构成了文学性,文学性构成了文学。英国学者克莱克·贝尔提出"有意味的形式"这一观点,与俄国形式主义批评所主张的文学性的观点相一致。

文学社会学的观点则处于另一个端点,从社会与读者接受角度确认文学的性质。法国文学理论家罗·埃斯卡皮认为:书籍中间的绝大部分都是功能性的,人们要从书籍中寻找消息、资料。文学应该是非功能性的,没有实际的动机。他对文学的定义是:"凡是以自身为目的而不作工具的作品即为文学;凡非功能性,即满足文化需要而非实用需要的读物即为文学。"

罗·埃斯卡皮认为文学的非功能性、非目的性未必完全取决于作品本身。俄国形式主义的研究建立在文学的存在形态上即文本的结构与形式上,而罗·埃斯卡皮认为这是不全面的。他指出:"要搞清读物—文学之间的关系,不能依靠形式上的分类或物质上的系统分类。"罗·埃斯卡皮把读者引进文学的生成中,强调读者对于文学的决定权:"只有从作者—读者交流的本质上,才能说清什么是文学,什么不是文学。"概括地讲,一部读物是不是文学作品,不是决定于这个读物本身,而是决定于读者的接受方式。只要读者的接受是非功能、非目的的,那么,这个读物即为文学作品。"只要能让人们得到消遣,引起幻想,或者相反,引起沉思,使人们得以陶冶情操,那么,任何一篇写出来的东西都可以变成文学作品。"

按照罗·埃斯卡皮的看法,一些读物如报道文章、书评,甚至科技、哲学著作,虽然创作是出于功能目的,实际上也能满足读者的功能要求,但只要读者不将它们这样用,它们仍然可以成为文学作品。一张火车时刻表也有成为文学的可能性,如果读者在阅读这张火车时刻表时,到了一站想象一站,每一站都被想象成一道风景,这张火车时刻表也就成为文学作品。反过来,一些原来被界定为文学作品的读物,也有可能成为非文学。如人们买书不是为了阅读,而是为了装饰,那样的话,被买来的即使是《莎士比亚全集》或《鲁迅全集》,也极有可能成为客厅的装饰品而非文学作品了。[①]

罗·埃斯卡皮的这个观点有其合理性。文学作品要想以文学的面貌出现在读者面前,深入读者之心,那就必须建立起符合文学性质的阅读态度,离开这一点,任何伟大的文学作品都有可能去满足非文学的需求。这种情况是存在的。

由于文学性是一个难以界定的概念,也由于读者接受的可变性太大,要建立一个人人都能接受,并且是全视角的文学定义,确实是不现实的。我们认为,只能通过描述的方式来说

---

① 以上关于罗·埃斯卡皮文学社会学观点的引文见罗·埃斯卡皮:《文学社会学》,王美华等译,安徽文艺出版社 1987 年版,第 46—47 页。

明文学的基本特点,以期建立认识文学的知识系统,但不能给文学下一个绝对的定义,从而彻底地解决文学的认识问题。在我们看来,文学是一种人文现象,是人的一种精神活动,作为一种语言艺术,它是对物态人情的审美书写。所谓的物态指的是天地万物的种种情态,所谓的人情指的是人在自然、社会、历史、现实的种种活动中体现出来的人之故事。正是这些特点,使其以感性的、想象性的、审美的特性区别于政治的、经济的、宗教的、哲学的等其他人类活动形式,以语象的、故事的、思想的特性区别于音乐、绘画、书法、雕塑等其他的艺术形式。

第二节
文学是一种人文现象

一、人文的含义

文学首先是一种人文现象。人文现象与自然现象相对立,是由人对自然现象的观察与创造而形成的。但人文现象与自然现象又是相通的。因此,文学在以人文现象作为自身的基本特性时,又是最大限度地面向自然而开放的。这使得文学虽是人文现象,却又追求与自然的融合。

在中国古代,《易·象传》中有"人文"一词:"刚柔交错,天文也;文明以止,人文也。观乎天文,以察时变;观乎人文,以化成天下。"这里的"文"指的是物相杂,从而形成纹彩。刚柔交错就是物相杂,这形成了"天文"。还有一种观点认为:"文明"指的是"离"卦,"止"指的是"艮"卦,"离"为柔,"艮"为刚,"文明"这个"离"卦加上"止"这个"艮"卦,也是刚柔交错,这就形成了"人文"。

"天文"与"人文"相对应。"天文"指的是日月星辰等在天体中的分布、运行及规律,"人文"指的是社会活动中的人伦秩序、精神文化现象及规律。中国古代思想强调天人感应,天文与人文之间又是相对应的。这样一来,为了治理好人世的活动,就出现了对于"天文"的观察,希望通过对于"天文"的体认来获得治理人世间的某些启示。而所谓的"观乎人文,以化成天下",是指通过对社会现象的观察与分析,理解社会活动的基本规律,创造出文明礼仪并遵守它,以达到治理好天下的目的。在中国古代,"人文"一词指的是人世间的活动,具有礼义化、道德化、文明化等特征。

将"人文"对译西方的词语,有两种看法:一种看法认为人文的含义与"人性"(humanity)相同,英语"humanities"来源于拉丁语"humanitas",而拉丁语"humanitas"承继了希腊语"paideia"的含义,指的是理想人性的培育及优雅艺术的教育和训练等。在古希腊人看来,在所有的动物中只有人才追求"优美之艺的教育与培训",也只有人才热切渴望和追求这种知识而具有最高的人性。另一种看法则认为:人文这个词与人文精神这个词相关,人文精神与英语中的"humanism"相近,可以译为"人道主义""人本主义"或"人文主义"。其中翻译为"人文主义"就与"人文精神"接近。"人文主义"曾经是欧洲文艺复兴时期的一种文化思潮,其基本思想倾向是:①肯定人的价值,反对神学对人的贬低与束缚;②要求享受人世的快乐,反对中世纪的禁欲主义;③主张人的个性解放与自由平等,反对封建等级观念及宗教教义对人的压抑与限制;④反对蒙昧主义,主张人有理性,并用知识来造福人类。人文主义是一种代表了新兴市民阶级的基本要求的、反对封建主义和中世纪神学世界观的新文化运动。

综合来看,"人文"这个词从与人性有关,到与人文主义这个思潮流派相汇合,再到今天人们运用人文精神这个概念,它的基本含义有着内在的承继性,却又在特定语境中具有独特的内涵。在古代,它指的是通过锻炼人性而发扬最高的人性。到文艺复兴时期,它指的是摆脱神权的束缚,自由自在地做人。到今天,提倡人文精神就是强调尊重人、尊重知识与理性,它的特定含义与当代人的生存现状有关。当代人面对物质主义、消费主义、技术主义的困扰而不甘于在这三大主义中沉沦,所以采取了超越的姿态来加以对抗,这个对抗的武器就是人文精神。今天的人文精神内涵主要指的是尊重人的生命与自由选择,坚持个体的独特的精神操守,保持内心的丰富性来克服物质世界的单一性,高扬精神的旗帜来实现人的生命的不断升华。成为一个具有丰富的内心世界,听命于精神召唤的人,而不是仅仅成为一个物质的人,只在满足欲望的道路上疲于奔命——这是今日倡导人文精神的崇高目标与长远任务。

将文学与"人文"相关联来认识文学,就是强调文学要去维护人的独立价值,追求人的自由解放和全面发展,让人的生命像植根在肥沃的土壤中的花木那样,自然又自由地开放出鲜艳的花朵。在审美的世界中,"人文"指的是人的生命有纹彩,是人的生命开花结果。"文学是激起人们恢复生命全部权利的一炬烽火。"①如果人的生命缺乏必要而平衡的营养,就会变得片面,失去丰富性;如果人的生命只知物质的享乐而不知精神的超越,就会过分追求物质欲望的满足,而欲望又是难以满足的,这就容易产生极度的失望、悲观;如果人的生命只知道有技术,只知道有外在的世界,而不知道人还有内心的世界需要自己去开发,人就失去了呵护自我生命的最为重要的机会,这样的生命是缺乏深度、厚度与温度的。

文学是对人的关怀的产物。作家的创作,首先是基于对人的关心,不关心人,或者不那么关心人,都难以具有创作的真正动力,也创造不出真正有价值的文学作品,即使写出一个作品来也难以打动人心。优秀的、伟大的作品,往往是最能反映对于人的关怀的作品。《古诗十九首》中表现"生年不满百,常怀千岁忧"的人生忧患,就是作家对人的关怀的悲凉咏叹。杜甫写"三吏三别",描写人在战乱中的颠沛流离,是对人的关怀。陶渊明的诗、李白的诗看似超然、旷达,若不是充满着对人生的深深眷恋与体味,又怎能写出"采菊东篱下,悠然见南山"和"举杯邀明月,对影成三人"的人生体验,并通过这种体验表达对人的活法的独特理解呢? 陶渊明的诗与李白的诗在后世引起了普遍的心灵共鸣,正是因为它们对人的关爱深深打动了后世的人心,才激起了情感的无边涟漪。《红楼梦》的作者因为有对于人生的思考与感悟要表达,他才会用毕生精力来完成一部杰作,这部杰作对作者本人毫无实用价值。《红楼梦》是曹雪芹的安魂曲,它在安慰作者,也在安慰所有的人。陀思妥耶夫斯基说人是一个谜,

---

① 滨田正秀:《文艺学概论》,陈秋峰等译,中国戏剧出版社1985年版,第37页。

并为自己能够解读人之谜而终生坚守创作，这同样是对人的关怀的执着追求。文学就是有关人的存在、人的关怀之审问与表现；并且将人的存在、人的关怀与天地万物相关联，从而在人与天地万物的结合状态中表现人与天地万物，在敞亮人与天地万物的同时，成为最为接近人的本质与天地万物的一种独特的审美形式。

二、文学人文性的表现

文学的人文性体现在文学是表现人性的。否定文学与人性的这种根本关系，文学就将失去与人的最原始最本真的联系。无论是主张"发乎情，止于礼义"的保守观念，还是主张"发乎情，止于情"的现代观念，都是强调文学创作与人的思想、感情、人伦、秩序、愿望、追求、价值等的直接关系。这些人的基本意识活动及其表现，都属于人性的范畴。若文学创作不去表现人性，不仅失去了一般所言的创作内容，也不能使读者产生共鸣，打动人心。梁实秋指出："文学发于人性，基于人性，亦止于人性。"①可古往今来的作家都在表现人性，会不会使得文学创作千篇一律、单调乏味呢？回答是不会的。一个作家如果是根据自己的独特感受来表现人性，其表现就是独特的，富有生命力的。张爱玲曾说："像恋爱结婚，生老病死，这一类颇为普遍的现象，都可以从无数各各不同的观点来写，一辈子也写不完。"②表现人性，不是人云亦云，不是表现已经被前代作家表现过的人性体验，而是应当表现个人的独特发现及体验。这样就能做到人性恒久，而对人性的表现也能日新月异。

人性是什么？人性是人的自然性与人的社会性的统一体。它是人类的特性，具有社会化的性质，但又与人的自然性紧密关联。广义地讲，人性就是人类的共通性。狭义地讲，人性是围绕着人类的基本欲望而展开的基本生存活动所产生的人类的基本情感形态，如人类的生老病死所产生的喜怒哀乐等。李长之将不同的人性形态视作人类不同的"感情的型"。苏珊·朗格讨论"情感与形式"的关系，就是讨论人性与形式的类别。人性是在人的演进过程中，由其最初的自然性经过人类社会的集体筛选、陶冶、提升而形成的。当人性在社会活动中发生异变时，人的自然性就会作为一种矫正的力量与因素而发生作用，使人性继续保持它的张力与合理性。人性与阶级关系有着密切联系，但人性也要超越阶级关系而体现出人类的共同性。不同阶级的人群虽然具有政治利益上的巨大冲突，却有可能在人性的层面上产生交流与共鸣，体现出同样的人性情怀。人性与时代环境之间也有着发生学意义上的联系，但人性也要跨越时代而保持它的连续性，这使得人性成为人类历史的内容之一。

文学在表现人性时，既要表现人性与一般人群、社会结构、民族传统的联系，即表现人性的动的一面；同时，更要表现人性具有超越性的一面，即表现不同人群、不同社会结构、不同民族传统状态下的人之秉性的稳定的一面。能够打动古今中外读者的作品，无不是深刻地、生动地表现了人性的具体情态，又表现了人性的永恒魅力的。

---

① 梁实秋：《文学的纪律》，《浪漫的与古典的·文学的纪律》，人民文学出版社1988年版，第122页。
② 张爱玲：《写什么》，《张爱玲文集》第四卷，安徽文艺出版社1992年版，第134页。

　　说文学是表现人性的,主要的意思是说文学是表现人性的故事的。人性只有体现为一种故事状态时,才能成为文学的表现对象。其他的人类精神活动,也可以以研究人性为对象,如伦理学、哲学、宗教等无不如此,但文学是以故事的方式来表现人性的。叙事性作品是对人性故事的叙述。《红楼梦》的作者就告诉读者,他写的便是当年所见闺阁女子们的风貌才情,只是用"假语村言,敷演出来"。结果将人性的种种情态表现得淋漓尽致。抒情性作品是对人性故事的感发,以歌吟的方式来抒发人情。李白一生的吟唱,就是以其人生情感经历为对象,唱的仍然是人性的故事。人性的故事不存在,文学也就没有了表达的对象,作家也无法产生表达的愿望。

　　文学之所以要表现人性,除了因为人性是文学的基本内容之外,还期望通过对于人性的表现来达到体认人性的目的;同时,表现人性也是运用艺术的方式来净化与纯化人性,从而教育人们追求与保持人的美好与善良的一面,不断促进人趋向更高层次的全面发展。

　　文学的人文性还体现在要表现人的道德感,这构成了文学所包含的基本冲突。文学与道德的关系,不仅仅是题材关系,更重要的是道德问题本身与人的精神成长密切相关,文学表现道德内容,其实是探讨人的精神成长方式及其特性。道德是以善恶评价的方式,依靠社会舆论、传统习俗和内心信念来调节、规范人的行为,构建人际关系,体现人的精神取向。因此,道德的内涵中包括了价值的取舍、心性的类型、善恶的区分等内容。道德属于上层建筑的范畴,反映出特定的社会经济发展状况。道德在人文的范畴中与人心问题关联,应当作为人的精神活动来讨论。文学描写道德就是探讨人心问题。托尔斯泰的《安娜·卡列尼娜》描写安娜的婚外情,探讨的是家庭与爱情的关系,关注的是女性应当走出家庭追求自己的幸福,还是守住家庭、在无情的婚姻中沉沦。若没有对这些伦理道德问题的探讨与刻画,这部作品就不会具有如此深刻的思想内容从而吸引读者与影响读者。巴金的《家》写子女与家长的冲突、新道德与旧道德的冲突、个人选择与家庭责任的冲突,也在道德的层面上探讨了人的生存活动。巴金的作品能够打动几代读者,与其探讨的道德问题有着因果关系,这不仅是巴金这代人所面临的难题,也仍然是后来人所面临的难题。在这个道德的难题上,几代人相遇了,共同进入了精神的磨砺与升华中。文学作品探讨道德问题时的深入程度,往往决定了文学作品的思想水平乃至艺术水平的高与低。

　　奥斯卡·王尔德曾强调:"艺术家是美的作品的创造者。书无所谓道德的或不道德的。书有写得好的或写得糟的。仅此而已。艺术家没有伦理的好恶。艺术家如在伦理上有所臧否,那是不可原谅的矫揉造作。"①他的意思是,艺术是可以不需要道德的。我们认为,若将奥斯卡·王尔德的观点限制在题材领域中来看,有一定的合理性,艺术家可以不受一般道德戒条的限制,既表现善的人与事,也可以表现恶的人与事。破除过于死板的道德规范对于文学表现人性的束缚,文学就可以在一个更广泛的范围中表现人性的复杂性与丰富性。但就文学作为一种人文现象而言,文学表现道德的问题,不仅是被文学史证明了的,同时也是今天

① 奥斯卡·王尔德:《道连·葛雷的画像》自序,荣如德译,外国文学出版社 1982 年版,第 1—2 页。

的文学与将来的文学无法回避的。文学的创作者可以宣称自己的创作是超越道德的,可它不是反映了旧的道德形态,就是反映了新的道德形态;不是在否定旧的道德形态,就是在构建新的道德形态。文学与道德相关联,是因为文学与人相关联,道德的生活本是人的生活本义之一,文学只要与人发生关系,就与道德发生了关系。

表现人的道德感,并不受制于所表现的题材类型。文学描写罪恶与作家的态度是两回事。古希腊的悲剧作品中描写母子媾婚、父被子杀等不道德的题材,现代作品中描写变态人格、暴戾心理等反社会规范的现象,都只是为文学表现道德问题提供了题材,丝毫不影响文学自身所具有的道德性。文学的道德性决定作家的创作态度与创作目的,是其价值立场与人生观的反映。

文学表现道德,不能简单地理解为就是在文学创作中加强心理刻画。探讨人的道德问题必将涉及人的心理层面。深刻的道德描写,往往是与心理描写结合在一起的。但道德描写与心理描写又是有区别的:道德描写是从价值的角度介入人性的,体现出价值取向,提倡善的,否定恶的,这是基本的道德立场;心理描写是从无价值的角度表现人的内心世界的丰富性与复杂性,只要这个目的达到了,心理描写的任务也就完成了。在文学创作中,要做到深刻而准确地揭示人性的巨大历史内涵,仅仅有着充分的心理描写能力还不够,必须在道德描写的层面达到某种极致,才能获得更大的成功。道德描写充分体现了作家从人文价值的角度探讨人以何种道德立场参与生活才更为合理这一崇高目的,在一种虚拟的情境中修炼人的情感与思想,提高处理人际关系的认识能力及实践能力,升华人格,最充分地创造并获得生活的意义。

文学要表现人的终极追问,这是文学人文性的根本诉求。人类为什么需要文学? 原因之一是满足人的娱乐需要。中国古代小说本来是街谈巷议的,它能广泛流行,就与满足了人们的猎奇心理有关。现在的通俗小说很流行,仍然体现了娱乐性。但文学的任务远远不只是满足娱乐需要,其最高的追求应是对人的终极问题的关怀与表现。终极问题是指人的生存问题,以及由生存问题引发的人的命运问题、处境问题、个人选择问题等。由于这些问题与人的生存直接相关,在人生实践中遇到它们并加以深入思考,就会体现出终极关怀的思想特色。莎士比亚借哈姆雷特提出的"生存还是死亡"的问题没有过时,将永远伴随人类,引发人类的不断思考。在这一层面上,文学总是与人的选择、死亡、信仰等问题相遇。人类面临永远的困境——诸如死亡、痛苦、挫折、失败、不幸等。人类需要精神的慰藉,从而沐浴在爱与希望的阳光下。即使是一个强者,在漫长的人生道路上也难免有失意之时,哪怕这种失意非常短暂,也需要精神的慰藉,正因如此,文学才更加具有动人心魄的力量。

即使是以娱乐为主的作品,仍然包含了对于终极问题的关怀。一切人性的故事都避免不了对"人从何处来、人到何处去"这一基本问题的追问与解答。武侠小说中的寻父报仇问题、报仇后的归隐问题、相逢一笑泯恩仇的问题,无不与人的终极思考相关联。在娱乐的内容中注入这些重要的精神特质,可以丰富娱乐的内涵。娱乐并不仅仅提供轻松的戏谑,也会提供严肃的思考。

　　忧世与忧生是两类体现终极体验与思考的文学表现方式。忧世是对世事的直接忧患,如白居易创造的"新乐府"就属于这样的创作。它与一般的社会批判作品的不同在于:批判性的作品主要针对具体的社会情状进行解剖,加以抨击与否定;忧世的作品同样批判社会现实,但又能超越社会现实,对于人在世事中的命运加以体验与表现,具有一定程度的终极关怀的色彩。

　　忧生的作品是通过对个体生命的体验来直接表达对人的存在的关心与追问。创作中的描写虽是形而下的,又往往是形而上的。屈原的《离骚》、陶渊明的《归园田居》、苏东坡的《水调歌头·明月几时有》就是这样的代表作。日本作家川端康成的《雪国》写的是一个美的世界:红叶飘零,暮雪纷飞,清冷寂静,层层峰峦,片片杉林,时而朦胧宁静,时而亮丽夺目。人与景,山川与草木,四季更迭,"雪、月、花"无一不是美的。作品表现的是潜藏于美的世界中的那种丝丝缕缕的悲哀,雪国的清寒景色、因缘聚散的人生宿命、不绝于缕的惆怅和哀思,构成了一种独特的审美情境,有一种"物哀美"。作家力图表达的是:与其让美的东西遭到破坏,不如在破坏来临之前就将美的东西迅速毁灭,当美的纯洁性、完整性无法在生活中延续下去时,死亡就成了生命的结局,而生命承载的那种尊严和美感就会永远留在人们的心中,获得新生的活力。[①] 当作家把一个小人物的故事,上升到如何对待生命这样的形而上的层面,忧患的不只是日常生活,而是通过日常生活忧患人的生命存在之合理性与必要性等终极问题,那么,这样的创作就进入了忧生的境界。

　　文学对于人的终极关怀与追问,最终会将思考引入冯友兰所说的天地境界中。冯友兰的"人生境界"说包括四种境界:自然境界、功利境界、道德境界和天地境界。自然境界是人处于生物状态,追求生理的满足。功利境界是人处于社会中,有目的、有计划地满足自己的欲望。道德境界是个体能够充分考虑他人的利益,与他人共同奋斗,追求人类幸福。天地境界则是超越道德境界进入人与自然万物的交流与共生状态,获得人的生命的完整性,在保持人与自然万物的平衡中求得人的存在与发展。文学的终极追问,包含了对人与天地自然关系的追问。歌德强调文学创造的是"第二自然",但他始终保持了对于"第一自然"的敬畏。文学总是保持着对于第一自然的深度感应与逼真表现,从而使得文学的人文性创造不至于脱离自然万物的"天地之大美"而陷入人类的狂妄自大中。文学中的人类终极关怀与追问,与人对自然的关系、态度息息相关。

　　刘勰说:"文之为德也大矣。"文学的"大德"虽是人文之德,却也是天文地文之德,是人文之德与天文地文之德的结合。这强调了文学的人文性其实来源于天地万物的启示,所以应该保持与天地万物的交感,并从天地万物那里获得建立人文价值的标准。文学的人文性使得文学保持了对于人性问题、内心问题的关注,保持了对于精神价值的探索,使得文学的创作始终是一种精神创造与意义的生成活动,但这一切都离不开对于自然的不断返归、体验与思索。

---

① 卫岭:《从唯美到颓废:〈雪国〉——远离都市的颓废》,《文艺争鸣》2005 年 2 期。

文之为德也大

　　文之为德也大矣,与天地并生者何哉？夫玄黄色杂,方圆体分:日月叠璧,以垂丽天之象;山川焕绮,以铺理地之形。此盖道之文也。仰观吐曜,俯察含章,高卑定位,故两仪既生矣。惟人参之,性灵所钟,是谓三才。为五行之秀,实天地之心;心生而言立,言立而文明,自然之道也。傍及万品,动植皆文:龙凤以藻绘呈瑞,虎豹以炳蔚凝姿;云霞雕色,有逾画工之妙;草木贲华,无待锦匠之奇。夫岂外饰,盖自然耳！至于林籁结响,调如竽瑟;泉石激韵,和若球锽;故形立则章成矣,声发则文生矣。夫以无识之物,郁然有彩;有心之器,其无文欤！

——刘勰:《文心雕龙·原道》

第三节
文学是一种审美活动

一、物质活动与精神活动

　　从文学与整个人类活动的关系而言,文学属于人类活动的一部分,是人类活动的一种方式。但文学作为人类活动的有机构成并非意味着它没有自己的特殊性,它是复杂而丰富的人类活动中的一种独特的审美活动,正是这一个特点使其与其他的人类活动相区别,并以自己的方式参与人类生活的创造。

　　人类活动是指由人主导的、为了人类的目的与利益而进行的有计划的活动。它包括两个部分:物质活动与精神活动。物质活动与精神活动的总和又可统称为人类的社会活动。

　　物质活动是指人类通过劳动生产的方式来创造物质财富,以满足人类的基本物质生存需要。所谓的衣食住行需要就是这种物质需要,由劳动生产所创造。这是人类最基本的活动方式,离开了这一方式,人类生活就没有基础,就无法展开,人类就无法生存。因此,在任何情况下强调这种活动的重要性都是不为过的。马克思主义认为:"人们首先必须吃、喝、住、穿,然后才能从事政治、科学、艺术、宗教等。……人们的国家制度、法的观念、艺术以至宗教观念,就是从这个基础上发展起来的。"[①]这表明人类的活动首先必须满足人作为动物的一面,才有可能向更为广泛、更为高级的领域发展。人类若是失去了物质活动,不能满足生理需要,就会因为物质的匮乏而面临生存的困境。物质活动是人类活动中的基础部分。但由于物质活动的全面展开有赖于各种关系的全面建立,因此,物质活动又体现为在特定社会历史关系下所结成的各种社会关系,各种社会关系反过来又加强人类的物质活动。为了保

---

① 恩格斯:《在马克思墓前的讲话》,《马克思恩格斯选集》第3卷,人民出版社1972年版,第574页。

证物质活动的正常运行所产生的政治活动,用于动员及组织整个社会的各种力量,使之协调一致,为物质活动提供整体的动力;所产生的伦理活动,为社会活动提供润滑剂,使之顺畅发展;所产生的法律关系,是为了建立规则与避免对抗。在物质活动的基础上产生的人类活动,远比简单的物质生产要丰富得多。吃、穿、住、行的需要及人们对于它们的认识和对相关活动的组织,构成了人类活动的基本内容。

精神活动是人类在以生产劳动为中心的物质活动基础上所产生的,围绕着思想、情感、伦理、信仰等发生的一系列精神意识的活动。精神活动是对物质活动的一种认识与把握,在这一基础上成为人对物质活动及其关系的一种描述与解释。这种描述与解释的积累,以及对这种描述与解释进行的描述与解释,构成了人类精神活动的更高形态:对精神现象本身进行思考,这同样成为精神活动的一种形式。如果认定精神活动建立在物质活动的基础上只是它的第一个层面的思考,那么针对精神活动所进行的思考就是它的第二个层面上的思考。这使得精神活动与物质活动之间的关系变得错综复杂,既存在精神与物质的关系与对话,又存在精神与精神之间的关系与对话。精神活动以两种方式增长:通过对物质的认识扩展精神的时空,通过对精神的认识扩展精神的时空。精神活动作为人最为复杂的活动方式而存在着与演变着。

就精神活动的一般类型来讲,可分为四种:①用理智的方式掌握人及世界的活动规律,如自然科学对自然世界的探索,社会科学对人的社会活动的研究,还有用政治的方式研究与组织社会生活,用法律的方式建立社会生活的规则等。②用伦理的、哲学的方式对人与世界的本源及演变进行描述与分析,以便建立人生观与世界观,从而协调人类关系,指导人类行动。③用艺术的方式表现人认识世界的精神活动,如各种艺术创作活动对于人的情感、天地万物情状的描写与刻画。文学的活动属于艺术的表现方式。④用宗教的方式玄想人的活动特别是人的信仰问题,并设计超社会的人生方式,各类宗教活动提供这样的思索与答案。人类的精神活动依其与物质活动的远近关系依次呈现出不同的特性,理智的活动最接近物质活动,是对物质活动的直接解释,体现了较为明显的功利性;政治活动和法律活动与之相近。伦理的和哲学的活动略远于理智的活动,是对人类基本活动的一种整体性把握,体现了观念与意义产生的特点。艺术的活动超越物质活动,在一个想象的艺术世界中创造美,以满足人类对于美的追求。宗教的活动否定物质活动,同时也在某种程度上否定其他的人类活动,在彼岸的世界中寻找来世的幸福。

文学活动的精神性,体现出一定的认识性。一切精神活动,从本质上讲,都是对物质活动及整个客观世界乃至主观世界的认识。自然科学认识的是自然世界,社会科学认识的是人类社会的组织自身,哲学认识的是人的思想观念本身,文学艺术也要认识人性及天地万物的特性,宗教也是一种认识方式,是以否定一般认识的方式表现出来的一种特殊的认识,是超越常识的"识"。正是在认识的基础上形成了精神活动,它建立在物质活动基础之上,沟通主体与客体,体现了人与物的双重性,包含着人的意识、情感、思维活动和一般的心理状态,这就是人类精神的形成。

二、审美活动的独特性

文学活动作为既区别于物质活动又区别其他的精神活动形式的一种独特的活动方式，是属于精神领域的一种审美活动。正是这一特性使得文学不同于自然科学与社会科学，也不同于哲学与宗教。审美活动体现的是审美意识，这在审美判断中表现出来。

康德关于审美判断的分析揭示了审美意识的基本特点。审美判断不同于逻辑判断。逻辑判断是为了获得知识而进行的理智判断，审美判断则是关涉个别对象是否引起快感的情感判断。朱光潜有过概括：首先，从质的角度看，审美判断是一种不涉及利害感的超功利判断。康德认为：在对象中见到美，就无须对它有什么概念。花卉、自由的图案画，以及没有目的地交织在一起的线条（即所谓的"叶状花纹"）都没有意义，不依存于明确的概念，但仍产生快感。所以，"一个审美判断，只要掺杂了丝毫的利害计较，就会是很偏私的，而不是单纯的审美判断"。[①]　其次，从量的角度看，审美判断不涉及普遍的概念而能够普遍地使人愉快。原因在于：审美判断虽然都是单称判断，它关涉的只是对象在主体心中所引起的感觉。但因为审美判断建立在主体情意不涉及利害关系这一人类的共同性上，一个人的审美快感，也就成为了人类的审美快感。"所以审美判断虽只关个人对个别对象的感觉，却仍然可假定为带有普遍性。"再次，从关系的角度看，审美判断没有明确的目的却又符合目的性。没有明确的目的是指审美判断不受某一特殊目的概念的制约，它应当是自由的；符合目的性是指对象的形式适合于主体的想象力与知解力[②]的自由活动与和谐合作，它获取了事物本身固有的美。最后，从方式的角度看，审美判断不依赖概念而产生必然的愉悦感。这种审美快感是人们面对美的对象时必然产生的审美愉快，无人例外，因为这是建立在人人都有的"共同感觉力"的基础上的。[③]　在康德这里，审美判断是一种无利害、非概念的判断，它有别于生理快感的、功利的、概念的活动，既不是实践活动，也不是知解活动，甚至也不是道德活动。审美就是在一种无利害、非概念的状态中产生的具有主观合目的性的审美愉悦活动。

大多数研究者从审美的角度来认识文学。胡适强调："文学有三个要件：第一要明白清楚，第二要有力能动人，第三要美。"[④]郭沫若说得更清楚："文艺也如春日的花草，乃艺术家内心之智慧的表现。诗人写出一篇诗，音乐家谱出一个曲，画家绘成一幅画，都是他们天才的自然流露，如一阵春风吹过池面所生的微波，是没有所谓目的的。"[⑤]奥斯卡·王尔德也许说得很极端，但也很充分："艺术除了表现它自己之外，不表现任何别的东西。艺术有独立的生命，正和思想有独立的生命一样……"他要破除"艺术的谎言"，主张"关于美而不真的事物的讲述，乃是艺术的本来的目的"。[⑥] 文学活动属于艺术活动，是属于审美活动的范畴。强调文

① 康德：《判断力批判》上卷，商务印书馆 1987 年版，第 41 页。

② 朱光潜解释说："知解力包括形式逻辑的推断，分析、综合和推理的能力，它也只能掌握自然界现象的某些部分，不能窥到无限和整体。"载《西方美学史》下卷，人民文学出版社 1979 年版，第 356 页。

③ 以上关于康德的"审美判断"的分析，参见朱光潜：《西方美学史》下卷，人民文学出版社 1979 年版，第 358—373 页。

④ 胡适：《什么是文学——答钱玄同》，姜义华主编：《胡适学术文集·新文学运动》，中华书局 1998 年版，第 87 页。

⑤ 郭沫若：《文艺论集》，人民文学出版社 1979 年版，第 88 页。

⑥ 奥斯卡·王尔德：《谎言的衰朽》，伍蠡甫主编：《西方文论选》下卷，上海译文出版社 1979 年版，第 116 页，第 117 页。

学区别于哲学、道德、宗教等一般的意识形态,是一种独特的"审美意识形态",也是认为文学是一种审美活动。大体说来,承认文学活动是一种独立的审美、自由的创造、想象的空间、虚构的世界、情感的慰藉、有永久的艺术魅力等,是从不同角度来确认文学的审美特性所形成的一种基本看法。

文学活动具有审美活动的基本属性,但并不与人类的非审美活动绝缘。审美与非审美的划分,不是为了割断审美与人类生活的广泛联系,而是建构一种基于区别又相互关联的关系。文学不是孤立地自我发展。它的本质是开放的,与外部的各种产生条件、制约要素相关联,相互生发。梁实秋就认为文学与绘画、音乐、舞蹈等艺术样式相比较,它与社会之间的关联更密切,以至于文学有着远比提供美感更为重要的功能,美在文学中的地位并不特别地重要。

文学与美

我承认文学里面有美,因为有美所以文学才能算是一种艺术,才能与别种艺术息息相通,但是美在文学里面只占一个次要的地位,因为文学虽是艺术,而不纯粹是艺术,文学和音乐图画是不同的。……我们试把一般公认为伟大或成功的古今中外若干文学作品摆在目前,客观的看一看,里面有几许是仅仅以给人美感为目的,有几许是除了以给人美感之外还以给人更严肃更崇高的感动(理智的与情感的)为目的,我们再归纳起来便可知道美在文学里的地位是不重要的了。

——梁实秋:《文学的美》,《梁实秋论文学》,时报文化

出版事业有限公司 1979 年版,第 446 页。

泰戈尔承认自己过去只相信"美的创作就是文学的主要事业",但他后来认识到"在文学中,人每时每刻扩大着自己爱的领域,也就是扩大着自己直接认识的领域。在文学里有着人的畅通无阻、五光十色的巨大游戏世界"[1]。这"五光十色的巨大游戏世界"体现着"情味文学"的特点,却绝不限制文学与整个世界的广泛联系。泰戈尔指出:"将美与周围世界隔绝,并置世界的其余一切东西于不顾,只是不停地追求美,这绝不是世上极大多数人之所为。"[2]文学活动是以审美性作为基本特性的,却又与非审美的活动保持着极为密切的联系,正是这种审美与非审美的联系、转化与结合,才使得文学既能保持自身的独特性,又能体现出自身的开放性,为文学提供了广泛的基础。

三、审美活动的丰富性

文学活动作为一种审美活动,其与人类的非审美活动的广泛而深远的联系表现在如下

---

[1] 泰戈尔:《序言》,刘湛秋主编:《泰戈尔文集》第四卷,倪培耕等译,安徽文艺出版社 1995 年版,第 260—261 页。
[2] 泰戈尔:《美和文学》,刘湛秋主编《泰戈尔文集》第四卷,倪培耕等译,安徽文艺出版社 1995 年版,第 249 页。

几个方面。

首先,由人类的生产劳动构成的实践活动为文学活动提供了创造的基础。人类通过劳动才能获得生活资料,使人能够活下去。没有劳动,就没有人的存在与发展,当然也就没有了以人为中心的一切精神创造活动。劳动建构了人与自然的关系,这中间出现了双向交流共生:一方面是自然的人化,另一方面是人的自然化,这不仅构成了审美的对象、内容,也形成了审美的价值标准。劳动影响着人类的活动方式。人类社会形态发生变化,从农耕文明到工业文明,从自然经济形态到商品经济形态,这影响了审美的进程及审美观念的变化。劳动对于人的整体影响是促使人产生了对于自由的向往与追求,确认了人的本质力量,这是劳动的性质,也是审美的性质。离开了劳动,就没有审美,当然也就没有文学创作了。

其次,人类的政治活动、道德活动、哲学活动、宗教活动等对文学也是具有重要影响的。政治活动作为上层建筑中最有力的部门参与组织社会,通过改造社会的方式影响社会发展,而社会发展与审美发展总是有联系的,审美活动不能不因为政治的原因而发生变化。道德活动维系社会的稳定,体现了社会的一般价值观念,它与审美不是处于对立中,就是处于共建中。哲学提供的是关于人类本体的思考,对人的本质的不同认识影响着整个社会中的精神观念的建构,这当然也影响到了审美活动。宗教关涉人类的信仰,关心人的终极问题,对物质与精神、今生与来世、幸福与苦难等提供解释,这与审美观照中要求体认至高至深的生存状态是相通的。

再次,人类为恢复生态平衡所进行的努力也与文学密不可分。大地原本呈现出生动的自然图景,天、地、人三者的统一体现着人与自然的美妙关联。但生态危机造成了人与自然的对立,重建人与自然相统一的伦理关系迫在眉睫。从以人的利益实现为主要内涵的伦理学走出来,建构一种以人与自然互为对象、平等共生为主要内涵的伦理学,成为解决生态危机的一种出路。史怀泽认为:"只涉及人对人的伦理学是不完整的,从而也不可能具有充分的伦理动能。"他强烈要求:"我们不仅与人,而且与一切存在于我们范围之内的生物发生了联系。关心它们的命运,在力所能及的范围内,避免伤害它们,在危难中救助它们。"[①]这不仅标志着大地伦理学的建立,同时也标志着人类的一切活动必须以满足生态要求为前提。鉴于文学始终歌唱着大自然,天性般地具有生态意识,文学活动必然地与生态运动息息相关,成为传播生态意识的重要方式之一。

因此,文学活动看似与这一系列的非审美活动无关,其实都有深层的联系。文学创作的原动力是对人的关怀,失去了这个原动力,文学创作就失去了基础,也失去了目的。由于这一系列活动都与人的存在的基本问题紧密联系在一起,它们也就必然地与文学发生关系。文学要是为了保持自己的审美性而与广大的人类社会相隔绝,文学只能衰落。但文学活动与非审美活动的联系虽然是广泛的,却并不意味着应当失去自己的独特性,审美属性仍然是它的基本属性,在保持这一基本属性的基础上,文学活动与非审美活动的联系是为丰富这种

---

① 阿尔贝特·史怀泽著,汉斯·瓦尔特·贝尔编:《敬畏生命》,陈泽环译,上海社会科学院出版社1996年版,第8—9页。

审美性而寻找不竭的源头活水。"问渠哪得清如许？为有源头活水来。"广大的世界,活跃在这个广大世界中的人类,由这个人类所体现出来的悲欢离合,一切的人类活动中所包含着的人性故事、情感诉求,就是文学进行审美创造的坚实基础与永恒动力。从这个角度说文学创作的源泉是人的生活,是有充分的说服力的。

第四节
文学是一种语言艺术

一、文学的媒介特征

如果从媒介的角度看,不同的艺术样式运用了不同的媒介。音乐用的是节奏、旋律等,创造的是音乐形象。雕塑用的是石块、石膏等,创造的是雕塑形象。舞蹈用的是人体动作,创造的是舞蹈形象。绘画用的是色彩、线条,创造的是画面形象。戏剧与电影用的是综合媒介,创造的是舞台形象或银幕形象。文学用的是语言,创造的就是文学形象或叫语象。语言作为一种媒介,是作家表达思想情感、书写人性的故事的载体。可因为语言本身就是一种文化现象,负载着从历史而来的文化信息与内涵,当其与作家的思想情感、人性故事的书写相结合时,也会发生重要影响,使得文学创作一方面必然表现了作家的主体意识倾向,另一方面,这种表现又受到语言的制约与影响,从而变得复杂和丰厚起来。文学受语言媒介的影响而形成的独特性,也就成为其区别于其他艺术样式的本质属性之一。

高尔基强调了语言与文学的特殊关系。他指出:"语言把我们的一切印象、感情和思想固定下来,它是文学的基本材料。文学就是用语言来表达的造型艺术。"[①]中国古代文论所形成的"言、象、意"之说,包含了由外到内与由内到外两个过程,一方面强调了语言对于意象的依赖,意象对于意蕴的依赖,另一方面也强调了意蕴对于意象的依赖,意象对于语言的依赖。这用于解释文学活动,就是重视语言在文学创作中的作用,认为只有通过语言来创造意象,才能最终通过意象来表达意蕴。

言、象、意

夫象者,出意者也;言者,明象者也。尽意莫若象,尽象莫若言。言生于象,故可寻言以观象,象生于意,故可寻象以观意。意以象尽,象以言著。

——王弼:《周易略例·明象》

比较来看,绘画、雕塑、舞蹈是真正的造型艺术,创造出一种能够直接作用于人的视觉的

---

① 高尔基:《论文学(续集)》,冰夷等译,人民文学出版社 1979 年版,第 387 页。

艺术形象。音乐与人的内在生理节奏相谐和,具有潜在造型的特点,作用于人的听觉,又通过听众的联想将听觉部分地转化成视觉感,创造的是一种潜造型的形象。戏剧与电影、电视则体现综合艺术的特点,创造出综合的能够作用于人的多种感觉系统的形象,是造型形象与非造型形象的统一体,却又以造型性为其基本特征。文学则是非造型、非感觉的一个艺术品类,与人的大脑、意识、思维相联系,通过人的第二信号系统的活动来创造形象。文学的这种创造特点既有弊也有利。弊在它超越感觉,无稳定的"外形"可视,既增加了创作的难度,也增加了文学欣赏的难度。利在更自由,与人的大脑相联系,使它成为表现人类意识活动的最为直接的手段之一,这是其他的艺术样式所难以比拟的。文学形象的内在化特性使得文学形象在想象的世界里更加丰富多彩。

萨特就认识到了"用颜色和声音工作是一回事,用文字来表达是另一回事"。[1] 因此,当文学通过语言媒介来书写作家心中所形成的意念之象而创造出语象时,它就表现出了自身的特性。语言艺术的书写特点使其有这样三个主要特性:第一,形象接受上的间接性;第二,描写生活的广阔性和丰富性;第三,表现思想情感的直接性和深刻性。

二、语言艺术的主要特性

1. 形象接受上的间接性

从基本的形象创造上看,语言艺术所创造的形象在其接受上具有间接性。这指的是文学作品中的文学形象不具有物质的实体性与感觉的直观性。阅读文学作品时,读者只有依靠自己的想象力的帮助,通过对语言文字的记忆、联想、组合、思索等,才能形成一个稍有具体性的能够被感知的文学形象。歌德就说过:"造型艺术对眼睛提出形象,诗对想象力提出形象。"[2]这位创造了无数诗歌的诗人也惊叹诗属于精神世界,太缥缈了,太难把握了。这不仅说明了接受文学形象远比接受其他艺术形象的难度要大,也说明了文学形象的接受过程包含着读者的更大创造性。文学形象接受上的间接性,正是对于读者文学智力的一种挑战。这使得文学形象的接受必须满足一些起码的要求:读者必须识字,必须能够将不同的文字连缀起来形成整体,必须具有一定的文学训练与素养,必须具有相当丰富的想象力与理解文字的能力等,这样才能完成文学形象的接受任务。

从创作实践中看,文学形象的间接性使得文学形象远比其他艺术形象难于接受、难于理解,所以要求作家能够选择鲜明生动、准确恰当的语言来塑造形象,以便帮助读者在想象中重建作家的意象,并在这个重建意象的基础上,形成所接受到的文学形象。语言文字运用上的鲜明生动,有利于文学形象从整个作品的文字组织、氛围背景之中突显出来;而语言文字的准确恰当,则有利于文学形象细部的刻画与区分,这些都对诱导产生文学形象的直观性起着重要作用。"红杏枝头春意闹"之"闹"字,"云破月来花弄影"之"弄"字,用字均可视为准确

① 萨特:《什么是文学》,《萨特文论选》,施康强选译,人民文学出版社1991年版,第91页。
② 歌德:《诗与真》,伍蠡甫主编:《西方文论选》上卷,上海译文出版社1979年版,第445页。

恰当而取得了鲜明生动的效果。王国维强调用一"闹"字、"弄"字,境界全出,讲的就是语言文字用得准确生动,能够充分地引起读者的注意,文学形象就会呼之欲出。这个形象甚至远比作家在创作时所刻意模仿的那个对象本身还要精彩,这就是运用语言文字所创造的文学形象特别富有艺术魅力的一个重要原因。约瑟夫·艾狄生说过:"文字如果选择得好,它会蕴藏很大的力量,因而常常可使一篇描述给予我们许多生动的观念,甚至比看见所描述的事物本身带给我们的还多。凭借文字的帮助,读者在想象里看到的景象,要比实际看到的景象色彩更加浓烈,更加活灵活现。"[1]

文学形象的间接性使得文学欣赏更加具有灵活性,伴随着欣赏的灵活性,文学形象也会变得更加灵动。它不像造型性形象那样固定,作者绘出个什么样子,观众看到的就是什么样子。文学形象不仅隐藏在语言文字的背后,靠想象与思索才能把握到它,而且即使把握到了它,仍然是不稳定的。面对同一部作品,不同的读者可能描绘出不同的形象来;面对同一个人物,不同读者的观感也可能极不相同。这使得不同的读者对于文学美感的获得、文学意义的评价往往是大相径庭的。

2. 描写生活的广阔性和丰富性

语言艺术更能够广泛地、多层面地表现人类生活。黑格尔指出:"语言的艺术在内容上和在表现形式上比起其他艺术都远较广阔,每一种内容,一切精神事物和自然事物、事件、行动、情节、内在的与外在的情况都可以纳入诗,由诗加以形象化。"[2]与其他的艺术样式相比,如绘画、雕塑、音乐甚至戏剧、电影等,文学的这一特点体现在描写生活的广度、长度和深度上,并通过这个广度、长度与深度的结合,形成了整体地表现生活的综合能力。这是其他的艺术样式难以具备的。

具体而言,文学在描写生活时可以较少地受到时空的限制。从空间角度看,绘画、雕塑只能表现有限的空间,虽然可以通过有限空间透射出无限空间的某些特点,从小中见大,或利用比例放大,达到咫尺千里的效果,但这种"大"与"千里"的感觉,毕竟受到绘画画面大小、雕塑体积厚薄等限制,不能以一种更加完整的形态与气势呈现于观众的面前。对于绘画、雕塑来讲,人类生活中的波澜壮阔的场景,纵横交错的矛盾,难以成为它们的表现对象。文学却能够表现无限制的空间活动形式,既可以特写人的眼睛,也可以概写出满屋的欢笑,甚至能够比较完整地勾勒出某个时代的风貌。当然,这里的无限空间,不是指文学的描写可以囊括人类生活的一切方面,而是指文学可以极为宏观地、多层次地把握生活与表现生活,创造恢宏雄伟的文学形象。

此外,比如绘画、雕塑能够相当清晰地表现人的外在空间的活动,但在涉及人的心理空间时,它们只能通过寻找内外空间的相似点,间接地表现内在空间。画家要表现人物的精神世界,往往只能通过眼神来表达人物的内在思想情绪。雕塑只能通过人体的系列动作的组

① 约瑟夫·艾狄生:《旁观者》,拉曼·塞尔登编:《文学批评理论——从柏拉图到现在》,刘象愚等译,北京大学出版社 2000 年版,第 114 页。
② 黑格尔:《美学》第 3 卷下册,朱光潜译,商务印书馆 1981 年版,第 10—11 页。

合间接表现人的内心世界。可以看出,绘画、雕塑是将人的内在空间活动转换为人的外在空间形态而加以表现的。这当然限制了绘画、雕塑表现人的内在心理空间的可能性。文学既可以表现人的外在空间,也可以直接表现人的内在空间。人物的记忆、梦幻、想象、意识流动、下意识的潜流等,都能够在文学作品中获得生动的刻画与呈现。强调文学是对人性的刻画与表现,其中就包含着对人性的心理层面的把握与表现。黑格尔在谈到诗时指出过:"诗和音乐一样,也根据把内心生活作为内心生活来领会的原则,而这个原则却是建筑、雕刻和绘画都无须遵守的。"但是,诗与音乐、绘画又有着很大的区别,"诗不仅在更丰富的程度上把主体的内心生活以及客观存在的特殊细节都统摄于内心生活的形式,而且能把广泛的个别细节和偶然属性都分别铺陈出来"。[①] 音乐虽然可以直接表达人的内在情绪,但它只能抽象地表现这种情绪,在旋律与情绪之间建立一种联系,却无法用旋律来说明这种情绪的特性,不能像文学在表现情绪时那么具有分析性,具体而明确。文学表现人的内在空间的书写能力揭示了人类精神的秘密,通过对内在空间即内心世界的刻画与表现,为人类的精神生活增加了无限充实的内容。

从时间角度看,绘画、雕塑表现的往往是瞬间,即某个时间点,是静态的,或者说将动态的时间截断而成静态的时间来加以表现。尽管这种瞬间表现要求具有极大的包孕性,将典型的思想情感汇聚于这个瞬间,使其成为结晶,以期达到表现瞬间而成永恒的效果,可这个瞬间仍然是受到限制的,难以直接呈示那些复杂丰富的思想情感。绘画、雕塑不能涉及更多更复杂的多种情感的综合表现,只能成为单纯情感的瞬间捕捉艺术。达·芬奇在《蒙娜丽莎》中所描绘的神秘微笑是瞬间的,也是永恒的,由此打动了无数的观众,但毕竟因为瞬间容量的限制,不能展示蒙娜丽莎更为丰富复杂的内心世界。若用小说的方式来表现这位女性的身世、经历、情感世界等,就会获得更为完整的描写与评述。文学创作既可抓住某一瞬间,定格描写这个瞬间里某个人物或某些人物的神情面貌,也可以表现时间的流动过程,将过去、现在、未来糅合起来加以描写。文学创作中能够出现"史诗性"的宏大作品,正是文学具有描写生活的广阔性与丰富性这一特点决定的。

3. 表现思想情感的直接性和深刻性

语言艺术具有表现人类思想情感的直接性与深刻性的特点。所谓直接性指的是文学比起其他艺术来更能够直接、明确地表现人类的思想情感,不必经过媒介的转换就可以达到描写与表现的目的。所谓深刻性指的是文学比其他艺术更易于表现思想情感,并通过多种方式描写思想情感的性质,揭示思想情感的内涵,将思想情感呈现到读者面前。文学创造的不仅是一个美的世界,还是一个情感的世界、思想的世界。文学与人类的思想情感保持着最为直接的又是最为深刻的联系,成为人类思想情感的一个创造之源与修炼之所。

语言艺术之所以具有这样的独特性,在于语言与人类的思维活动有着直接关联。语言依存于思维,没有思维就没有语言,语言的内涵是思维。思维也依存于语言,没有语言同样

---

① 黑格尔:《美学》第 3 卷下册,朱光潜译,商务印书馆 1981 年版,第 4—5 页。

没有思维,思维的内涵是语言。语言与思维的同一性使得语言与思维一而二,二而一。但比较而言,语言对思维的重要性却是显而易见的。本·琼生认为:"语言来自我们最隐蔽、最深层的内心世界,是思维之父。"[1]索绪尔则强调了语言对思想的优先作用:"哲学家和语言学家们历来有一个共识,即如果不借助于符号,我们就无法在两种想法之间作清晰而固定的区分。没有语言,思想就如同一片混沌不清的星云。不存在前语言状态的思想,在语言出现之前,一切都是不清楚的。"[2]这表明,当文学运用语言来作为自己的媒介进行创作时,它选用的已经是一种独特的媒介,文学不仅是与语言紧密相联,而且语言由此成为了文学的物质材料,同时,由语言所承担的表达思想情感的功能也被直接地带入文学之中,成为文学的特点。

要表达思想情感,最直接的方式就是用语言;要表达深刻的思想情感,最适用的方式还是语言。"言为心声",人类用特定的语音来作为表达思想情感的符号,这特定的符号又用特定的文字加以固定,最后,当人类使用了这些特定的语言文字时,人类就直接地表达出了自己的思想情感。约翰·洛克认为:

> 尽管人有丰富多彩的思想,使自己和他人都受益、愉悦,然而,思想都封闭在自己的内心世界,别人看不见,摸不着,思想本身也不可能自行显现。社会如果没有思想交流,其安逸和优越就体现不出来。人有必要找到某种外在的感性符号来表达那些构成其思想的看不见的观念。要达到这一目的,无论是就丰富还是快捷而言,都再没有比用那些他发现自己能轻而易举、变换花样发出的声音更合适的途径了。因此,我们可以想象出字词——按其本性正适合表达思想的目的——是如何被人类用作表达观念的符号的;不是因为在特定的语音和特定的观念之间有什么自然关联,如果是那样,全人类将只有一种语言;而是由主观意愿的强加任意使某个字成为某个观念的符号。因此,对字词的使用是使其成为观念的感性符号,它们所代表的观念则成为它们本身特定而直接的意义。[3]

语言艺术是描述人类心灵世界的最为精彩的手段,语言艺术是人类的心灵艺术。屈原的《离骚》抒发自己的忧国忧民之情,他的《天问》是充满思索的作品。歌德的《浮士德》写的是伟大的追求,表现了人在一生的漫长追求中的精神历程,情感与思想的极其激烈的冲突与变化成为这部作品丰富而复杂的内涵。伍尔芙开创了"意识流小说"的先河,以善于描写人物的内心活动著称,人的思想与情感的那种极为隐秘的活动,被她捕捉到了。在语言艺术中,无论是叙事作品,还是抒情作品,在表现人类的思想情感方面虽然各有偏重,可在能够直接表现并且能够表现得深入这一点上,确实达到了某种极致。约翰·斯特拉彻说过:"文学

---

① 本·琼生:《风格,或发现》,拉曼·塞尔登编:《文学批评理论——从柏拉图到现在》,刘象愚等译,北京大学出版社 2000 年版,第 99 页。

② 费迪南·德·索绪尔:《普通语言学教程》,拉曼·塞尔登编:《文学批评理论——从柏拉图到现在》,刘象愚等译,北京大学出版社 2000 年版,第 114 页。

③ 约翰·洛克:《论人的理解力》,拉曼·塞尔登编:《文学批评理论——从柏拉图到现在》,刘象愚等译,北京大学出版社 2000 年版,第 106 页。

恐怕是人类精神所产生的一切意识结构中的最奇异的一种。它是一个大海,多少世纪以来,凡是不适合于人类思想的任何其他范畴的一切思维、梦想、想象、观念,确定了的事实和情绪都被倾入了这个大海里。"①所以,要想最大限度地寻找人类的思想与情感活动,可以到文学中去;要想最大限度地理解人类的思想与情感,还是可以到文学中去。

在语言艺术中所产生的寓言、哲理诗、宗教诗等,是以表现思想见长的。某些流派如象征派及广义的现代派的创作也与对人类的体验性思考密不可分,甚至就是以这样的体验性思考作为自己的创作特色的。所以,文学家往往也是思想家,即使他们不是纯粹意义上的思想家,也是思想家庞大家族中的一员。文学创作涉及道德、哲学、宗教的思考,也涉及政治、法律、经济的思考。从某种程度上说,文学创作往往也是一种思想的创作、精神的创作。从整个的文学创作看,能够通过表现思想情感而达到哲理的、哲学的乃至宗教的思考高度,这正是语言艺术才拥有的一种功能。说文学参与了人类的思想史、精神史的建构,并非没有根据。文学的演变必然地是与人类的思想史、精神史的演变相对应的。一个作家总是自觉或不自觉地表现出他对某种思想体系的喜爱,总是会了解某种思想体系,表现出对伦理道德的极大关注,并可能在创作的过程中实践他所理解与追求的思想观念。脱离了人类的思想史、精神史来谈文学现象,往往难以深刻揭示它的发展变化及基本的价值取向。

强调文学表现思想情感的直接性与深刻性,不是说文学可以直接地以情感问题、思想问题作为表现与描写的具体对象。在文学中,毫无遮拦地表现情感,可以成为抒情的作品,如浪漫主义的直接抒情之作往往能够取得杰出的成绩。可在文学中要是直接地表现思想,则极有可能损害了文学的审美特性,同时也会使得所表现的思想变成陈词滥调,无法获得读者的认同。宋代哲学家邵雍创作了大量的说理诗,但乏善可陈,原因就在于说理太直接,冲淡了诗味。语言艺术直接、深刻地表现思想,这一特点增加了文学创作的难度。对作家而言,如何解决思想进入文学创作的问题也就成为走向成功的必然前提。判断的标准是:"只有当这些思想与文学作品的肌理真正交织在一起,成为其组织的'基本要素',质言之,只有当这些思想不再是通常意义和概念上的思想而成为象征甚至神话时,才会出现文学作品中的思想问题。"②具有思想深度的作品,就是那些有思想且又能够将思想如盐溶于水般地表现在故事情节、矛盾冲突、场面、心理活动、氛围之中的作品。同时,这里所说的有思想也是指发现了生活的奥秘而后进行了创造性的提炼与概括,才能给人耳目一新的感觉;如果只是掇拾前人的观点以为自己的思想,那是陈词滥调,不能引发读者的任何共鸣。

文学作为"语言的艺术",在面对影像时代时,既有它的优长,又有它的局限。优长处是文学对思想情感的这种直接且深刻的表现,是其他的影像作品所无法比拟的,这使得语言艺术将会继续以其独特性在艺术活动中占有不可动摇的地位。局限处是它的形象性毕竟难以抵挡影像作品的影像性的挑战,影像的感观特征使其更容易被接受,这就使得影像作品成为

---

① 转引自周立波:《文学的界限和特性》,《周立波文集》第五卷,上海文艺出版社 1985 年版,第 70 页。
② 勒内·韦勒克、奥斯汀·沃伦:《文学理论》,刘象愚等译,江苏教育出版社 2005 年版,第 138 页。

更受欢迎的大众作品。但整体地看,这只是各种艺术样式在发挥着各自的艺术特性。在艺术的发展与演变中,只有艺术所使用的媒介发生了更替,艺术样式才会发生演变。文学作为人性故事的一种审美书写,将会以其人性、审美性与书写性的有机结合,成为一种不可替代的艺术创造活动。只要语言不消失,人类还需要通过语言来表达思想情感,人类还会通过书写人性的故事来满足自己的审美追求,文学就会存在下去。现在出现的网络文学,当其仍然以语言作为媒介时,就是语言艺术中的一种,而非纯粹的网络艺术。

 关键词 ▌▌

1. 文学本体论

本体指的是存在、有(eon, sein),本体论(ontologie 或 ontology)是指在最抽象的层次上思考存在是什么,揭示世界的根本属性与原初本质。文学本体是指创作活动及其结果所具有的那种根本属性与原初本质,文学本体论就是从文学的根本属性与原初本质的角度来研究文学活动。

2. 人文与人文主义

在中国古代,"人文"一词指的是人世间的活动,具有礼仪化、道德化、文明化的特征。"人文主义"是欧洲文艺复兴时期的一种文化思潮,它的基本思想倾向是:①肯定人的价值,反对神学对人的贬低与束缚。②要求享受人世的快乐,反对中世纪的禁欲主义。③主张人的个性解放与自由平等,反对封建等级观念及宗教教义对人的压抑与限制。④反对蒙昧主义,主张人有理性,并用知识来造福人类。人文主义是一种代表了新兴市民阶级的基本要求的、反对封建主义和中世纪神学世界观的新文化运动。

3. 人生四境界

冯友兰认为人生中存在四种境界,分别是自然境界、功利境界、道德境界和天地境界。自然境界是人处于生物状态,追求生理的满足。功利境界是人处于社会中,有目的、有计划地满足自己的欲望。道德境界是个体能够充分考虑他人的利益,与他人共同奋斗,追求人类幸福。天地境界则是超越道德境界进入人与自然万物的交流与共生状态,获得人的生命的完整性,在保持人与自然万物的平衡中求得人的存在与发展。

4. 审美判断

审美判断指的是一种无利害、非概念的判断,它有别于生理快感的、功利的、概念的活动,既不是实践活动,也不是知解活动,甚至也不是道德活动。审美活动就是在无利害、非概念的状态中产生的具有主观合目的性的审美愉悦活动。

5. 文学性

俄国形式主义文论提出的观点,认为文学性存在于文学语言的联系与构造中,是文学理论研究的对象,文学性是指决定文学成为文学的那种特性。不同的文论体系对文学性的内涵有着不同的看法。有学者认为:文学的形象性、情感性、审美性及符号性,均属于文学性的内涵。

 思考题

1. 试比较文学概念与文章概念的不同内涵。
2. 文学的人文性在文学的整体属性中具有什么样的作用?
3. 举例说明忧生作品与忧世作品的联系与区别。
4. 审美判断的基本特征是什么? 如何理解文学与审美判断的关系?
5. 试分析影像时代文学活动的有利因素与不利因素。

 阅读链接

1. 王岳川:《艺术本体论》,北京:中国社会科学出版社,2005 年。
2. 刘勰著,祖保泉解说:《文心雕龙解说》,合肥:安徽教育出版社,2009 年。
3. 钱穆:《中国文学论丛》,北京:九州出版社,2011 年。
4. J·希利斯·米勒:《全球化时代文学研究还会继续存在吗?》,国荣译,《文学评论》2001 年第 1 期,第 131—139 页。
5. 童庆炳:《文艺学边界三题》,《文学评论》2004 年第 6 期,第 54—59 页。

第二章
文学形象

　　从文学与其他社会科学的异处看，文学是通过文学形象来反映社会生活、表现人的思想感情的；从文学作品的文本层次看，文学形象处于中心位置，它一方面关系着深层意蕴的传达，另一方面又制约着表层结构的处理。诚如高尔基所说："在诗篇中，在诗句中，占首要地位的必须是形象。"[①]在叙事作品中，成功的形象是典型；在抒情作品中，成功的形象是意境；在这两类作品中，具有相对固定意义的形象是类型。本章将着重讲述这些问题。

---

① 高尔基：《文学书简》上卷，曹葆华、梁建明译，人民文学出版社 1962 年版，第 302 页。

第一节
文学形象的构成及特征

文学艺术以感性的形式反映外在世界和人的内心生活,这种感性形式主要指艺术形象。艺术形象是文学生动感人、具有魅力的主要根源,从一定意义上说,它是文学艺术的根本特征,没有艺术形象的作品,根本上也就不是艺术作品。那么,它的含义、构成以及分类、特征各是什么呢?

一、文学形象的含义和构成

"形象"一词,在我国古代就有了。《易·系辞上》:"在天成象,在地成形,变化见矣。"《三国志·魏志·管宁传》:"宁少而丧母,不识形象。"前者指物的形体,后者指人的面貌,和我们今天所谈的"形象"其意义不尽相同。作为文学艺术的专门术语,文学形象的含义是:作家以语言为媒质和实体,依据自己的体验和理解,对生活现象加以艺术概括,创造出来的具有审美意义的感性画面或情景。

从这个定义可以看出,形象是以画面、情景方式出现的。"画面"一般见之于叙事文学,其中的人物、景物、场面、环境等可称为文学形象,但最主要的是人物形象。"情景"一般见于抒情文学。抒情文学的"像"往往达不到画面式的效果,亦缺乏画面的丰富与连贯,有时它可能就只是一些孤立的景和物,通过这些景和物来传达内在的情志。情与景相和谐,便产生主观性很强的形象。当然上述的"画面"或"情景",是由作者、语言、读者共同创造的。首先作者以语言作为媒介来塑造形象,但这时的语言又不仅仅是工具,它本身又创造意义和形象;作者创造的形象和语言本身产生的形象,又必须依赖于读者的想象和再创造才能最后完成。

文学形象不是某种单纯的结晶体,而是一个复杂有机的构成,把握这一点,有助于把握文学形象。文学形象的内部构成可分为四个层面:语言、语象、具象、内蕴。

语言层。如果以对形象的感知为出发点,我们首先接触到的就是形象的语言层面。这一层面又可分为语音文字与语义两个小的层次。语音是一系列经过组织的声音,它本身的物理特性使其具有一定的形象建构功能。比如,语音的韵律、节奏,以及一些感叹词、拟声词在表达情感、加强文学形象的感染力等方面起着一定的作用。语音文字下面是语义,与语音文字相比,语义对于文学形象的建构更为重要,或者说,文学形象主要是由语义建构的。杜甫的名句"朱门酒肉臭,路有冻死骨","朱门"如果理解为"红色的大门",而不是理解为"豪门贵族","酒肉"如果理解为"酒"和"肉"的相加,而不是奢侈的宴席等,那么,就难以真正把握这句诗所造就的场景形象。

语象层。所谓语象,就是一定长度的言语所形成的感性的生活片段。如鲁迅的《祝福》中开头对祥林嫂的描写:"五年前花白的头发,如今已经全白,全不像四十上下的人;脸上瘦削不堪,黄中带黑;而且消尽了先前悲哀的神色,仿佛是木刻似的;只有那眼珠间或一轮,还可以表示她是一个活物;她一手提着竹篮,内中是一个破碗,空的;一手拄着一支比她更长的竹竿,下端开了裂:她分明已经纯乎是一个乞丐了。"[①]作者从头发、脸、表情、眼珠、左手、右手等六个方面描绘祥林嫂成为乞丐之后的外部形象,这六个方面各自都是语象。这些语象都不能单独构成形象,所以,它只是感性的生活片段,文学形象的"构成部件",缺乏相对的完整性。

具象层。语象的有机组合便构成具象,能够表现一个相对完整的生活片段。上述对祥林嫂六个方面的语象描写,首先构成具象。但它还不是完整意义的形象,还有待于读者参与进来。

内蕴层。具象形成以后,总要指向或表现一定的意义内蕴。这是因为,对于具有能动意识的人类来说,他感知、认同的任何事物,都会具有某种意味与意指。正如胡塞尔所论,人们在感知事物的同时,便赋予了事物价值与意义。文学具象有了一定的意义和内蕴,才有了灵魂和生命,这时候才成为文学形象。文学具象的价值和意义是由读者在阐释过程中产生的。读者的阐释是无止境的,所以文学形象永远处于未决状态。人们在鉴赏文学作品时所把握的文学形象永远只具有相对性。

二、文学形象的分类

文学形象从不同的角度观照,有不同的类型。根据文学形象反映生活的侧重点,可分为以下几类:

1. 再现型形象

以再现客观生活为主,追求细节真实的形象,称为再现型形象。叙事性文学和戏剧文学所塑造的形象,大部分都是再现型形象,两者都比较重视在行动中刻画人物性格,具有明显的客观性特点。

2. 表意型形象

抒情性文学所塑造的形象,大部分可称为表意型形象。由于抒情性作品主要是以主人公的口吻抒发内心思想感情而形成形象,所以,一般地讲,它是作者在生活中有所感受,或借景抒情或直抒胸臆,最后得到读者认同的产物。

表意型形象还常常是隐形的,即言外之"意"。它依赖于表象和意象的自由拼接,它作用于作家和读者的直觉和顿悟,从而创生出审美的新质。崔颢的《长干曲》:"君家何处住?妾住在横塘。停舟暂借问,或恐是同乡。"无头无尾,但读者通过想象,一个举目无亲、遇到同乡便惊喜不已的天真、直率的少女形象便跃然脑中。王夫之在《姜斋诗话》中评论这首诗是"墨气所射,四表无穷,无字处皆其意也"。"无字处皆其意",实际就是"象外之象""景外之景"。这些言外的"象""景"即是隐形的表意型形象。

---

① 鲁迅:《鲁迅全集》第二卷,人民文学出版社 1973 年版,第 141 页。

3. 象征型形象

象征型形象是以表达观念、哲理为目的，以象征为基本艺术手段的具有暗示性、荒诞性和审美求解性的文学形象。无论是叙事性作品、抒情性作品或戏剧、影视作品都存在象征性文学形象。如卡夫卡《变形记》中的大甲虫、高尔基《海燕》中的海燕、屈原《离骚》中的香草、朱熹《泛舟》中的舟等都是象征型文学形象。它与表意型形象的最大区别在于它是由象征手法来营造的。

另外，根据文学形象的质量，它还可分为初级形态和高级形态两大类。

只有一般的个别性和概括性的文学形象便是初级形态的文学形象，它在任何作品中都存在。具有鲜明突出的个性和深刻的社会概括性的文学形象便是高级形态的文学形象，它往往存在于优秀的作品中。高级形态的文学形象可分为三种，即典型、意境、类型。这三个问题将于以下诸节展开讲述。

三、文学形象的特征

美国文学理论家艾布拉姆斯的"文学四要素说"为我们分析文学形象提供了理论基础。既然文学是一个活动系统，是由世界、作家、作品和读者四个要素构成的双向流动过程，那么，文学形象的特征便是由这四个要素所赋予的。

1. 从世界的角度看，文学形象具有客观的具体性和概括性

文学源泉是社会生活，而社会生活是感性的，所以文学形象首先是具体的、可感的。这就是说叙事作品所描写的人和景、物等，都可使人感触到，他（它）们有自己的性格、面貌、衣装、风度，有自己的色彩、形状、声音，使读者如临其境，如见其人，如闻其声。正如高尔基所说的，那是"惊人的浮雕般的描写"。[①] 人们评价作品的人物，常常用"呼之欲出"这四个字，这就是形容文学形象的具体可感性的。抒情作品中的形象，有的表现为抒情主人公的形象，有的表现为情景交融的意境或曰景物形象，不管是哪种，都可以给读者一个具体的感觉。苏轼评价王维的诗是"诗中有画"。既然是"画"，自然就应该是具体可感的。文学形象同时又是作家对社会生活进行艺术概括的结果。所谓艺术概括，就是创作主体对生活素材进行选择、提炼、加工，以个别反映一般，以局部反映整体。作家写的是个别的人、事、物，却以少总多，万取一收，概括了比较丰富的社会内涵。

2. 从作家的角度看，文学形象具有作家的主体性

在创作过程中，现实一旦成为文学的反映对象，它就不再是独立于创作主体之外的纯粹客体，而是不断地被主体所观照、所发现、所加工和改造，从自然形态的东西变为观念形态的东西，处处打上主体的印记。因此，文学形象是作家能动创造的产物，他们既渗透着创作主体挚诚的感情，又包含着他们独特的认识和理解。譬如孔乙己，在这个形象身上，既可以感受到作者的同情和鞭挞，又可以把握到作者对悲剧根源的独到的剖析。这是人物形象。景

---

① 高尔基：《论文学》，人民文学出版社 1978 年版，第 281 页。

物形象也是如此,由于文学作品中的景物常常出自人物的眼中,因此,很多对它的描写便寄托或迎合着人物的某些情感和情结。比如,《故乡》的开头:"时候既然是深冬,渐近故乡时,天气又阴晦了,冷风吹进船舱中,呜呜地响,从篷隙向外看一眼,苍黄的天底下,远近横着几个萧索的荒村,没有一些活气。"鲁迅先生是在客观描写天气、荒村,但读者还是领悟到作者的悲凉心境和对故乡的失望情感。因此,景物形象也是心灵化的产物。至于抒情作品中的形象更具作者的情思性,已是明理,毋庸细说。

3. 从读者的角度看,文学形象具有间接性和模糊性

如前所述,文学作品中的艺术形象不能直接作用于读者的感官。文学作品中所描绘的湖光山色、花香鸟语以及各种各样人物的体态容貌、衣着装饰、举止言谈、思想感情等,无论作者如何绘声绘色,读者都无法直接看到、听到或触摸到,读者看到的只是语言符号。读者只有了解了文字的意义,再经过自己的联想和想象,才能在头脑中浮现出相应的形象。鲁迅笔下的阿 Q 形象,西班牙作家塞万提斯笔下的唐·吉诃德形象,无论他们多么滑稽可笑,多么活灵活现,都不是读者亲眼看到、亲耳听到的,而是根据文学语言的描绘而感受到的。苏联作家阿·托尔斯泰曾作过这样的比喻,他说作家是电波发射机,读者是接收机,而语言是电波。电波本身不是形象,只有借助接收机的功能才能形成形象。这个比喻,生动地说明了文学形象的间接性。

由于上述间接性,再加上营造形象的语言本身的模糊性,使得文学形象在读者面前具有了模糊性。

文学形象的模糊性表现在两个方面:不具有精确性和不具有定型性。

不具有精确性,是说文学形象许多时候都是无法量化的。如《红楼梦》中林黛玉第一次见到的贾宝玉是"面若中秋之月,色如春晓之花,鬓若刀裁,眉如墨画,面如桃瓣,目若秋波。虽怒时而若笑,即瞋视而有情"。[①] 这里描写了贾宝玉的脸型、面色、鬓角、眉毛、眼睛等语象,几乎每个语象都不是精确的。如说贾的面色是"春晓之花","如桃瓣",意思是指贾的面容细嫩并白里透红,那么,这种"嫩"、这种"白"和"红"到什么程度,无法量化。读者只有根据自己的体验去想象,你认为到什么程度就是什么程度。

不具有定型性,是说不同读者在面对同一个文学形象时,在头脑中会出现不同的形象。"一千个读者,便有一千个哈姆雷特",便是这种现象的见证。对一个读者来说,你经过想象,也许能够把哈姆雷特定型,但各有各的定型,哈姆雷特就显得不清晰、不明确了。

4. 从作品的角度看,文学形象具有审美性

如前所述,文学作品与社会科学的最根本区别在于它是审美的,由此,文学形象体现着人与现实的审美关系,是艺术依照美的规律去建造的成果。所以任何文学形象都具有美的素质,能够给人以美的享受,使人们产生优美的、崇高的、悲哀的、喜悦的等各种情感体验,从而得到精神

---

① 曹雪芹:《红楼梦》,人民文学出版社 1988 年版,第 49 页。

的满足和愉悦。我们吟诵"莫道不销魂,帘卷西风,人比黄花瘦"和"无边落木萧萧下,不尽长江滚滚来"时所获得的感受,要比亲眼看见菊花和秋风落叶美得多,其根本原因在于,这时的菊花已成了闺阁思妇的化身,秋风落叶已成了诗人"万里悲秋常作客"的悲凉心境的写照,它们经过诗人和读者审美意识的观照,已经升华为具有审美价值的文学形象了。我们所看到的人体挂图、科学著作的插图说明等,尽管它们有形象,却不是艺术形象,其原因就在于此。

文学作品中的正面形象具有美学意义,反面形象亦同样如此。诸如《祝福》中的鲁四老爷,《白毛女》中的黄世仁,《林海雪原》中的座山雕等都具有审美价值。他们的美不是来自自身,而是来自作家和读者的否定。在一般情况下,作家在塑造反面形象时,总是在否定的过程中告诉人们什么是美,经过读者的认同,最后化丑为美。

文学语言具有状物构形、比喻象征和表情达意的功能,作家用语言塑造文学形象,就使其所蕴含的审美情感、审美趣味、审美评价等审美因素,更为丰富,更具感染力。虽然时下媒介的产业化,给文学作品带来浓重的大众化、娱乐化、消遣化倾向,但审美因素仍然是文学形象打动人心、升华境界的根本途径。诚如席勒所言:"甚至那摇尾乞怜的、充满铜臭的艺术,如果让审美趣味给加上翅膀,也会从地上飞升起来。"[①]

第二节
文学典型

一、典型的意义和典型理论的发展

典型的问题是文学的中心问题,优秀的、能够传世的叙事文学作品大部分都是以典型形象反映社会生活的。如果说形象性是文学的基本属性,那么典型性便是优秀文学的主要标志。古往今来世界文学宝库中的文学典型,亦以其强大的艺术魅力深深吸引着、感动着、震撼着读者。因为典型形象或集中了日常的、普遍的生活现象,或突出和扩大稀有的、细小的事物,能引起人们强烈的爱或憎,悲或喜,同情或厌恶,振奋或深思,给人们留下鲜明的印象和深刻的感受。那些仅仅以离奇情节取胜的武侠小说,看完也就看完了,在脑海中似乎没有留下多少能够讲出来的东西。而像金庸的《射雕英雄传》之类的作品,却给读者留下了难忘的印象,人们能够如数家珍般地把一个个人物讲出来。为什么呢? 就是因为金庸塑造出了众多的栩栩如生的典型形象,并以这些形象的性格特征带动了情节的发展。时下,出现了淡化典型的倾向,重人们生存状态的描述,轻人物性格的刻画;重情节的跌宕起伏,轻情节和人物性格的关系;重某些心态的体验,轻外在行动与内在心理活动的有机结合;等等。这种现象作为创作的一种模式,也是有价值和意义的,但是与那些塑造出了各种各样典型的文学作品相比,还是有所逊色。

---

① 席勒:《美育书简》,中国文联出版社 1984 年版,第 146—147 页。

人们对于典型的认识是很早的,古希腊、古罗马和古代中国的文学家们都曾有过相关论述。但是"典型"这个文学理论术语到 19 世纪才流行起来。莱辛、博马舍、雪莱、巴尔扎克、雨果等在有关论著中都使用过典型这个概念。特别是 19 世纪俄国的别林斯基,更是对典型问题进行了详细的、深入的论述,而后来的理论家、文学家的论述就更多了。

纵观西方典型理论的发展,可分三个阶段。17 世纪以前为第一阶段,其典型观是类型说,即把典型作为类的代表,是某一类人的最完备状态的体现。其特点是为一般而寻找特殊;共性鲜明突出,而个性从属于共性。亚里士多德、贺拉斯、布瓦洛是其主要代表理论家。18 世纪到 19 世纪中期为第二阶段,其典型观是个性说,即着重描写独特、丰富、复杂的个性,而把共性融化于个性之中。黑格尔便是这种典型观的主要代表。19 世纪 80 年代后为第三阶段,其典型观基本上是个性—环境说,即要求在典型环境中完成典型人物的个性与共性的统一。这涉及人物行动的动因问题,认为人物的行动是时代环境和具体生活环境使然的,纠正了在此以前整个西方典型理论轻视环境对人的影响的倾向。其代表人物是马克思主义的创始人。当然,关于第三阶段有争论,有许多学者把西方现代主义的创作归为第三阶段,有的称其为"心理化的典型",有的称其为"符号化的典型"。但,这里说的典型,已不是原来意义的典型。而事实上,西方现代主义作品大部分都淡化了典型。因此,进入 20 世纪后,西方关于典型的研究相对显得沉寂,而马克思主义的典型观,却在一些国家得到应用和发展。

典型,作为美学范畴在中国使用,是 20 世纪 20 年代从西方借鉴来的。当然,我国文艺界对典型理论的探讨同样悠久。不过,中国的典型理论植根于重表现、重抒情的艺术创作实践,主要体现在以诗论为主体的意境论述中。元代之后,小说、戏剧创作繁荣起来,才发展了与西方典型理论相一致的关于人物性格典型性的探讨。清初的戏剧理论家李渔已注意到人物的个性,稍晚的金圣叹在评点《水浒传》时,对人物性格的个性化有十分精辟的论述。《红楼梦》的出现,进一步打破传统的思想和写法,作者力避"千部一腔,千人一面"的雷同化,明确追求"按迹遁踪"的来自生活的个性化。脂砚斋在评点《红楼梦》时,对典型人物的个性化描写有不少精当评述,只可惜这些散金碎玉般的评点未形成系统的典型理论。

"五四"以后,西方典型理论传入我国文艺界,但真正的理论探讨和自觉的实践探索出现于新中国成立后。迄今,曾先后出现过"阶级典型"说、"共性与个性统一"说、"共名"说、"复杂性格"说、"人物性格二重组合"说、"多元化典型"说等。这些见解从不同的角度探讨典型的本质和特征,丰富了典型观。

二、典型人物

真正的典型人物,"每一个人都是一个整体,本身就是一个世界,每一个人都是一个完满的有生气的人,而不是某种孤立的性格特征的寓言式的抽象品"[①]。他活跃在文学艺术的世

---

① 黑格尔:《美学》第 1 卷,朱光潜译,商务印书馆 1982 年版,第 307 页。

界里,又植根于社会生活的土壤中;他以自己鲜明的个性和独特的方式而生存,具有认识社会生活的巨大思想价值,给人以较高的享受。因此,典型人物应界定为:具有独特、丰满、鲜明的个性和巨大、深刻的社会概括性的人物形象,它有以下三个特征。

1. 具有独特、丰满、鲜明的个性

所谓个性,是这个人物区别于其他人物的基本性格特征。由于每个人具体的生活条件、经历、教养乃至生理、心理素质等不同,所以会形成与众不同的生活习惯、心理特征、思维方式、兴趣爱好、文化素养、行为准则以及外貌、体态、风度等,这一切内在和外在的特点综合地统一起来,形成活生生的、完整的、独特的性格特征,就是典型人物的个性。

丰满性,指典型人物性格的丰富性和多样性。马克思曾这样说过:人的本质是各种社会关系的总和。人作为社会中的一员,总处在纵横错杂的社会关系网络的一个点上,各种关系,都会在人的性格上刻下烙印,使其必然具有丰富性和多样性。巴尔扎克曾坦诚地解剖过自己的性格。他在致阿伯朗台斯公爵夫人的信中说:"我这五尺二寸的身躯,包含一切可能有的分歧和矛盾。有些人认为我高傲、浪漫、顽固、轻浮、思考散漫、狂妄、疏忽、懒惰、懈怠、冒失、毫无恒心、爱说话、不周到、欠礼教、无礼貌、乖戾、好使性子,另一些人却说我节俭、谦虚、勇敢、顽强、刚毅、不修边幅、用功、有恒心、不爱说话、心细、有礼貌、经常快活,其实都有道理。"①现实生活中的人就是这样充满着矛盾性和复杂性。因为,成功的典型人物的性格特征应是丰满的和复杂的,应该呈现多侧面、多方向、多层次的立体结构。多侧面是说,典型人物是由多种多样的性格元素构成的。比如《水浒传》中的武松,金圣叹这样概括道:"武松天上人者,固具有鲁达之阔,林冲之毒,杨志之正,柴进之良,阮七之快,李逵之真,吴用之捷,花荣之雅,卢俊义之大,石秀之警者也。"②武松同时具备了豁达、狠毒、正直、善良、率直、疾恶如仇、机智、雅趣、谨慎等性格特征。他的性格不是单一和单薄的,而是多侧面的统一。多方向是说构成性格整体的各种性格元素之间往往是不同向的。即一部分性格元素表现为肯定性方向,表现为真、善、美,另一部分性格元素表现为否定性的方向,表现为假、恶、丑。如我们最熟悉的阿 Q,他既质朴愚昧,又圆滑无赖;既率真任性,又正统卫道;既自尊自大,又自轻自贱;既争强好胜,又忍辱屈从;既狭隘保守,又盲目趋时;既敏感禁忌,又麻木健忘;既排除异端,又向往革命;既憎恶权势,又趋炎附势;既蛮横霸道,又懦弱卑怯;既不满现状,又安于现状。这种双向性,使人物的性格纷纭复杂,有时像他自己,有时不像他自己;有时用几句话可以说清楚,有时好像又说不清楚。多层次,是指典型人物从言行到内心深处具有多层面的特征。上述的多侧面属于横向的广度,这里的多层次属于纵向的深度,把握住这一纵向的深度,有助于强化典型人物的立体感。

所谓鲜明性,就是突出、明确、新鲜,与众不同。典型人物性格的鲜明性具体表现在两个方面。

---

① 段宝林:《西方古典作家谈文艺创作》,春风文艺出版社 1980 年版,第 340 页。
② 施耐庵:《第五才子书:施耐庵水浒传》,贯华堂刻本,金圣叹批,第 28 回批注。

第一,性格的核心是突出的。

典型人物的性格具有丰富多样的特点,但并不意味着性格各个方面的多种品质、多种层次以同等的分量随意地堆砌在一起,它是有机整体中的丰富性。正像歌德所说的:"人是一个整体,一个多方面的内在联系着的各种能力的统一体。艺术作品必须向人这个整体说话,必须适应人的这种丰富的统一性,这种单一的杂多。"①人物性格的多样性正是这种整体性的、一元化的多样性。这个有机整体性的具体表现,就在于这种丰富多样性中,有着一个总体倾向和主导内容,有着一个质点,这就是典型人物的性格核心。

典型人物的性格核心,必须是突出明确的,其标志也有二:①这个核心,有效地制约着人物的各种性格元素,使它们分别带上整体性的特征。②作家在写出人物性格多侧面、多层次的同时,突出占主导地位的那个侧面、那个层次。第一个标志,使人物性格具有了统一性,避免出现一盘散沙的情况;第二个标志,使人物性格具有了主体性,避免出现"四不像"的形象。前面提到的武松、阿Q,虽然是丰富多样的,但也都有自己的性格核心。前者表现为私人恩怨观重,后者表现为精神胜利法。他们的性格核心,一方面制约、影响着各自的言谈举止,另一方面又得到重笔浓墨的刻画。比如阿Q,作者在小说中以两章的篇幅,取名为"优胜记略",集中描绘了他的精神胜利法,使他的形象站立起来,并给读者留下了深刻的印象。如果他们的性格核心被其他性格元素所淹没或失去制约能力,必然成为不伦不类的人物。因此,只有突出性格核心,典型人物的性格才会具有鲜明性。

第二,性格的核心是独特的。

独特的,顾名思义,就是独自具有的,不可重复的。人物独特的性格核心,决定着性格的质,使这个人不同于那个人。恩格斯说过这么一句有名的话:"……每一个人都是典型,但同时又是一定的单个人,正如老黑格尔所说的,是一个'这个'……"②"这个"就不是"那个",这里强调的正是性格的独特性。金圣叹说:"《水浒》所叙,一百八人,人有其性情,人有其气质,人有其形状,人有其声口。"③他把鲁达、史进、李逵、阮小七、焦挺进行了比较,说他们性格的主导方面差不多都是粗鲁,但同中有异。鲁达的粗鲁是性急,史进的粗鲁是少年任气,李逵的粗鲁是蛮,阮小七的粗鲁是悲愤无说处,焦挺的粗鲁是气质不好,各有各的粗鲁之处。毛宗岗在评注《三国演义》时,也说《三国演义》"一人有一人性格,各各不同"④。可见,凡是成功的典型人物的性格都是独特的。

2. 具有巨大深刻的社会概括性

社会概括性是指典型所具有的社会本质性与社会群体的联系性。典型人物应该根据许多人和多种群体的共同性,反映许多人所具有的思想、性格、心理状态、感情、理想的某些共同性,即是有一定的普遍性、代表性。在生活中,遇到缺乏斗争或行动的勇气,而又常常自我

---

① 朱光潜:《谈美书简》,上海文艺出版社 1980 年版,第 33 页。
② 《马克思恩格斯选集》第四卷,人民出版社 1972 年版,第 453 页。
③ 金圣叹:《〈水浒传〉序三》,贯华堂第五才子书。
④ 转引自叶朗:《中国小说美学》,北京大学出版社 1982 年版,第 143 页。

解嘲的人,大家说他是阿Q;说到质朴、勇猛而鲁莽的人,大家说他是莽张飞;形容某人刚正不阿、铁面无私,就说他是包青天。人们能够从典型人物身上看到自己或别人的影子,就说明典型人物具有深刻的社会概括性。

3. 典型人物的个性和社会概括性具有统一性

典型人物的个性与社会概括性是互为表里、密不可分的辩证统一关系。概括性包含在人物的个性之中,通过人物个性表现出来。如果个性不能体现社会概括性,就会出现"恶劣的个性化"倾向;如果社会概括性脱离个性,就会出现说教式、概念化的倾向,也就不会成为典型人物了。

人物性格的二重组合

所谓人物性格的二重组合,从性格结构上,指的是具有较高审美价值的艺术典型的性格二极性特征。也就是说,这种典型不是单一化的,而是包含着肯定性的性格因素和否定性的性格因素,它们的有机统一,构成真实、生动的性格形态。这种二极性与多重性并不矛盾。因为二极性的具体表现是无限多样的,例如美——丑,善——恶,悲——喜,崇高——滑稽,勇敢——怯懦,圣洁——鄙俗,高尚——卑下,忠厚——圆滑,温柔——刚烈,等等。作为一个优秀的文学典型,其性格的构成因素是复杂多样的,它们往往以其二极性的特征交叉融合,构成一个多维多向的立体网络结构。因此,从性格表象来看,典型性格则又是一个包含着丰富性格侧面的整体,类似一个圆球,它既不是线性的善恶并列结构,也不是平面的双色板。这种道理并不难理解,正像心理学上有所谓情绪的二极性,如悲——喜,爱——恨等,但是,由各种情绪因素构成的人的复杂情感状态则是多维的立体结构,它带有一定的模糊性,很难用明确的概念语言表达,说不出是悲是喜,是爱是恨,它是一个复杂感受的集成体,甚至是一个万千情感的集合体。

从哲学角度看,所谓二重组合原理是对典型性格的内在矛盾性抽象简化处理之后所作的通俗表述。它企图向人们表明,要塑造出具有较高审美价值层次的典型人物,就必须深刻揭示性格内在的矛盾性,即人在自己性格深层结构中的动荡、不安、痛苦、搏斗等矛盾内容。通过这种揭示才能把握人物灵魂深处的真实和社会历史的真实。没有矛盾就没有世界,同样的道理,没有性格的内在矛盾性,就不能个性化地把人的本质力量与社会关系的冲突表现出来,就没有活生生的真实的人,也就没有真正深刻的典型。所谓立体感,所谓多侧面,这是人们都一致承认的人物典型化的基本要求,但是我们应该进一步承认,它的内在机制是性格内部的对立统一行动,在各种性格因素的对立统一运动中产生的立体感和多侧面,才是真正的典型化要求。当我们对那些优秀的人物典型进行抽象的简化处理之后,我们就会发现性格内部的运动轨迹,发现矛盾双方的存在,发现它的二重性的特征,这样我们就找到了"二重组合"的表述方式，以此通俗地概括典型性格的内在机制。

——刘再复：《性格组合论》，上海文艺出版社
1986 年版，第 498—499 页。

与典型人物有关的还有形象的典型性问题。典型和形象的典型性是两个既有联系又有区别的概念。

任何典型形象都具有形象的典型性，这是它们的联系。它们的区别主要表现在一个是质的规定，一个是量的测定。

典型性是指文学作品中的艺术形象在个别性和概括性上所达到的程度。艺术形象的个性愈独特、丰满、鲜明，概括和揭示社会生活的意义愈深广，其典型性就愈高。如果其典型性特别充分，就成了典型形象了。还以《阿 Q 正传》为例。作品中称得上典型人物的，只有阿 Q 一个人，其他一些人如赵太爷、假洋鬼子等只是具有一定典型性的艺术形象。如果我们把他们也称为典型的话，就贻笑大方了，因为他们还没到"典型"的程度。因此典型性是以典型形象为参照对艺术形象进行量的测定，而典型形象则是对艺术形象中最成功的那部分所作的质的规定。我们切不可把二者混为一谈。

三、典型人物和典型环境的关系

典型人物与典型环境在文学理论中是一对范畴。

在文学作品中，围绕着典型人物的、促使其行动表现其性格的具体环境和体现一定时代特点的社会环境的统一体，就是典型环境。从概念上看，它由三部分组成：具体生活环境，社会环境，促使典型人物行动。

具体生活环境，即典型人物活动的小环境，它是由人与人之间的关系、家庭环境、自然条件以及文化氛围包括风土人情、生活习俗等构成的。小环境的主要体现者是人与人之间的关系。

社会环境，即典型人物产生和活动的大环境，用通俗的话说就是时代背景。作为典型环境中的社会环境应该体现一定时代的历史特点和社会生活的某些本质方面，甚至能够体现一定历史时期社会发展的总态势。

作为典型环境，社会环境和具体生活环境应辩证地统一在一起。独特的具体生活环境能够体现一定历史时期的生活面貌和时代特点，一定历史时期的生活面貌影响和制约着具体的生活环境，两者不能分离。

做到社会环境和具体的生活环境的统一，还不是典型环境。典型环境还必须能够促使典型人物行动，表现其性格。脱离人物性格的环境，作者写得再多、再详尽，那也只是一般环境，绝不可能成为典型环境。

典型环境与典型人物的关系是辩证统一的。具体说来：

（1）相互联系，相互依存。每一个文学作品中，人物与环境都是密不可分地联系在一起的，它们相互依存，共同构成一个完整的艺术整体，没有典型环境，典型人物就失去了生存活动的条件，其典型意义就无法得到展示；没有典型人物，典型环境也就失去主体性，失去了存在的意义。试想，阿Q这一典型人物怎么能够脱离作品的典型环境呢？

（2）两者相互影响，相互作用。环境改造人，人也改造环境。一方面，典型环境促使、制约着典型人物性格的形成和发展，有什么样的典型环境就会产生什么样的典型性格。如果把李双双与祥林嫂的环境对调一下，两个人都会失去典型性。李双双、祥林嫂作为典型人物是由各自的典型环境所决定的；另一方面，典型人物又不断地以自己的行动去改造环境，推动典型环境的变化。

四、典型化

典型化与典型人物亦密切相关，没有典型化的过程，典型人物就难以创造出来。

作家把从生活中得来的素材，经过选择、集中、想象等艺术加工，改造成具有典型性的文学形象的过程，就叫典型化。它包括两个方面：个性化，概括化。

个性化，指文学创作中赋予艺术形象以鲜明生动的个性特征的过程。在实际生活中，这个人与那个人不同，这个物与那个物不同，一切都带有个性，但是它们往往不够鲜明、突出。所以，在创作过程中，作家不但要保持生活本身的个别的形式，而且还要通过艺术加工，使不同人物、事物的个性特征更加突出，这个突出艺术形象的个性特征的过程，就是个性化。

概括化，指作家从富有特征的生活现象出发，通过艺术提炼，把生活中个别现象提高到足以深刻地反映社会生活的某些本质特点的水平上来的过程。从这个过程我们看到，概括化和个性化密不可分。个性化包含着概括化的因素，概括化中渗透着个性化的成分，两者是同步进行、同步完成的。

典型化的方法一般有三种。糅合法：杂取多个生活原型，创造出一个典型；主从法：以一个生活原型为主，以其他生活原型为辅，创造出一个典型；单一法：利用真人真事为唯一的原型，适当地进行虚构，创造出一个典型。

第三节
文学意境

意境是我国抒情文学创作传统中锤炼出来的审美范畴，并对绘画创作产生了积极影响。在我国文艺发展史上，那些优秀的诗词曲赋和绘画作品，无不以其美的意境而得到人们的喜爱。创造美妙的意境成为诗人词家的创作追求。因此，研究意境对于总结我国抒情文学创作的规律，建设具有民族特色的文艺理论，具有重要意义。

一、意境理论的发展

意境理论在我国传统文论中源远流长。它的源头可上溯至《庄子》,此书不但提出了言与意、意与象的关系,而且还较早地使用了"境"的概念,如"荣辱之境""是非之境"等,为意境论的创立准备了条件。后来,刘勰在《文心雕龙·隐秀》中首先用"境"的概念来评论嵇康和阮籍的诗,说他们的诗"境玄思淡",并从诗歌创作的思维特点中概括了主观的情与客观的象之间的相互渗透、交融的关系。钟嵘在《诗品序》中提出了"滋味"说,他主张诗歌创作要"使味之者无极,闻之者动心,是诗之至也"[①]。这已经触及了意境应含蓄蕴藉、韵味无穷的重要特征。

盛唐之后,意境理论开始全面发展。王昌龄在《诗格》中明确提出了"意境"这个概念。随后,诗僧皎然又把意境研究推进一步,在《诗式》中提出了诸如"缘境不尽曰情""文外之旨""取境"等重要命题;另外,刘禹锡提出了"境生于象外",司空图提出了"象外之象""景外之景""味外之旨"等观点,揭示了意境含蓄蕴藉和发人想象的美学特征。至此,意境理论的基本框架逐步确定。

自宋以降,意境论逐渐成了我国诗学画论的中心范畴,其研究可以说代有深入。宋人严羽的"别材""别趣"说,梅尧臣的"含不尽之意,见于言外"说,明人陆时雍的"韵味"说,清人王夫之的"情景"说等,逐步深入探讨了意境的审美特征。到清末,王国维总其成,使意境理论臻于成熟。他的《人间词话》为其代表作。

二、意境的含义及其审美特征

意境具有意识的属性,它以对客观事物的能动反映为存在方式。四时景物的变迁、政治的变革、人生的遭际、生活的顺逆等无不触动诗人的心灵;而景物,则常常是激起感情波澜的触发剂。诗人的主观与外界的客观猝然结合在一起,情与景合,意与象通,从而形成意境。所以,意境是指抒情性作品中自然、生活场景与作者的情思和谐浑一而形成的丰富蕴藉的艺术空间。如果典型是以单个形象而论的话,意境则是由若干形象或语象构成的形象体系,是以整体形象出现的文学形象的高级形态。既然是形象,那么意境就应该是感性的,可触的,而不应是扑朔迷离,只可意会,不可言传的。在中国古代文论中,许多关于意境的解说都相当玄奥,这是不可取的。

意境有以下几个审美特征。

1. 情景交融,和谐统一

意境是感情与景象和事物的结合,也就是感情与具象的结合。凡是感情与具象相结合而不是相排斥相游离的作品,就叫作有意境。所以,从根本上讲,意境就是使客观景物作为主观情思的寄托,造成一种情景交融、和谐统一的艺术境界。景物需经感情融注,以得其生

[①] 郭绍虞:《中国历代文论选》第一册,上海古籍出版社 1979 年版,第 309 页。

命;感情需有景物附丽,以成其形象。正如朱光潜所说:"情景相生而且契合无间,情恰能称景,景也恰能传情,这便是诗的境界。"[①]王夫之说:"情景名为二,而实不可离。"[②]王国维称:"一切景语皆情语。"[③]也正是针对这一特征而言的。如李白的诗歌《独坐敬亭山》:

> 众鸟高飞尽,孤云独去闲。
>
> 相看两不厌,只有敬亭山。

前两句"众鸟高飞尽,孤云独去闲",看似写眼前之景,其实,把孤独之感写尽了:天上几只鸟儿高飞远去,直至无影无踪;寥寥的长空还有一片白云,却也不愿停留,慢慢地越飘越远,烘托出诗人心灵的孤独和寂寞。

诗的后两句运用拟人手法写诗人对敬亭山的喜爱。鸟飞云去之后,静悄悄地只剩下诗人和敬亭山了。表面看来,是写了诗人与敬亭山相对而视,脉脉含情。实际上,诗人愈是写山的有情,愈是表现出人的无情;而他那怀才不遇、寂寞凄凉的处境,也就在这静谧的场景中透露出来了。

2. 具有丰富蕴藉的艺术空间

意境是虚实结合的产物。实,是指作者实际写出来的人、事、景等,而虚是作者有意留下的空白;空白经过读者的想象,便化虚为实,在头脑中形成具体的人、事、景、情等,这便是艺术空间。这个空间可因意象与意之间的组合方式不同而产生,亦可因意象之间的特殊空处成为人们欣赏时的一个没有形迹却充满张力的"心理场"而形成。所以,艺术空间的实质是"象外之象""景外之景""味外之旨",它远远超出作品已表现的部分。正如戴容州云:"诗家之景,如蓝田日暖,良玉生烟,可望而不可置于眉睫之前也。"[④]也如梅尧臣所云:"含不尽之意,见于言外,然后为至矣。"[⑤]好的意境是实境与艺术空间相结合而形成的艺术佳境,其中艺术空间的多少、优劣是关键。所以意境的创造就必须开拓出一个诱发想象和联想、暗示出更深广意味的审美想象的空间。一般说来,写出实境并不那么困难,难在实中见虚,有"象外之象,景外之景"。

李白诗歌《玉阶怨》的意境分析

玉阶怨

李 白

玉阶生白露,夜久侵罗袜。

① 朱光潜:《诗论》,生活·读书·新知三联书店 1984 年版,第 50 页。
② 王夫之:《姜斋诗话笺注》,戴鸿森笺注,人民文学出版社 1981 年版,第 72 页。
③ 王国维:《人间词话新注》,滕咸惠校注,齐鲁书社 1981 年版,第 36 页。
④ 司空图:《与极浦书》,郭绍虞主编:《中国历代文论选》第二册,上海古籍出版社 1979 年版,第 201 页。
⑤ 欧阳修:《六一诗话》,郭绍虞主编:《中国历代文论选》第二册,上海古籍出版社 1979 年版,第 244 页。

却下水晶帘，玲珑望秋月。

李白的《玉阶怨》，虽曲名标有"怨"字，诗作中却只是背面敷粉，全不见"怨"字。无言独立阶砌，以致冰凉的露水浸湿罗袜，以见夜色之浓，伫待之久，怨情之深。"罗袜"，见人之仪态、身份，有人有神。夜凉露重，罗袜知，不说人而已见人之幽怨如诉。二字似写实，实用曹子建"凌波微步，罗袜生尘"意境。

怨深，夜深，不禁幽独之苦，乃由帘外而帘内，及至下帘之后，反又不忍使明月孤寂。似月怜人，似人怜月；若人不伴月，则又何物可以伴人？月无言，人也无言。但读者却深知人有无限言语，月也解此无限言语，而写来却只是一味望月。此不怨之怨所以深于怨也。

"却下"二字，以虚字传神，最为诗家秘传。此一转折，似断实连；似欲一笔荡开，推却悉怨，实则经此一转，字少情多，直入幽微。却下，看似无意下帘，而其中却有无限幽怨。本以夜深、怨深，无可奈何而入室。入室之后，却又怕隔窗明月照此室内幽独，因而下帘。帘既下矣，却更难消受此凄苦无眠之夜于更无可奈何之中，却更去隔帘望月。此时忧思徘徊，直如李清照寻寻觅觅、冷冷清清、凄凄惨惨戚戚之纷至沓来，如此情思，乃以"却下"二字出之。"却"字直贯下句，意谓"却下水晶帘"，"却去望秋月"，在这两个动作之间，有许多愁思转折反复，所谓字少情多，以虚字传神。中国古代诗艺中有"空谷传音"之法，似当如此。"玲珑"二字，看似不经意之笔，实则极见功力。以月之玲珑，衬人之幽怨，从反处着笔，全面、正面涂抹。

诗中不见人物姿容与心理状态，而作者似无动于衷，只以人物行动见意，引读者步入诗情最幽微处，故能不落言筌，为读者保留想象余地，使诗情无限辽远，无限幽深。以此见诗家"不著一字，尽得风流"真意。……读者觉有漫天诗思飘然而至，却无从于字句间捉摸。这首《玉阶怨》含思婉转，余韵如缕，正是这样的佳作。

——孙艺秋，摘自萧涤非等：《唐诗鉴赏辞典》，上海辞书

出版社 1988 年版，第 244—245 页。

3. 意新语工

梅尧臣在谈到意境的标准时这样说："诗家虽率意，而造语亦难。若意新语工，得前人所未道者，斯为善也。"[1]写出前人未写出的意蕴，说出前人未说过的话，这才是最好的意境。显然，意新，指意境的独创性和新颖性。它和典型一样，永远是一次性的，既不能和别人的作品雷同，也不能和自己的作品重复。

关于语工，具体的标准比较多。梅尧臣提出了两个标准："状难写之景，如在目前"，"含

---

① 欧阳修：《六一诗话》，郭绍虞主编：《中国历代文论选》第二册，上海古籍出版社 1979 年版，第 244 页。

不尽之意,见于言外"。[1] 即要把不容易描写的景象生动地写得如同读者亲眼所见一般,同时非常含蓄,使读者再创造出许多字面以外的东西。蔡嵩云的标准是:"说某物,有时直说破便无余味,倘用一二典故印证,反觉别增境界。"[2]他认为语工表现在婉转而不显露和直突,必要时应用典故。浦起龙的标准是:"妙在只是写景,有意无意。"[3]他认为语工表现为好像在有意用典,又像无意用典,看不出用典的痕迹,因为所用典故正好配合着眼前景物,这是最上乘的写法。王国维的标准是"唯在不隔"。这种"不隔"的具体标准除了与梅尧臣的"语语都在目前"、浦起龙的用典"有意无意"一样之外,还有一条,即作者敢于不加掩饰地说出一般人不肯说出的话,即语工表现在能够表达作者的真情实感,不造作,不矫情。他认为《古诗十九首》就是好诗,因为它把作者心里的真实思想感情都表达出来了。

三、意境的分类

关于意境的分类,理论上尚待深入。中国古典文论提供了两种分类方法。

1. 审美风格分类法

从意境的审美风格来分类的方法,是由清代的刘熙载提出来的。他在《艺概》中说:"花鸟缠绵,云雷奋发、弦泉幽咽、雪月空明,诗不出四境。"[4]他这里讲的"四境",是意境所体现出的四种不同审美风格。

所谓"花鸟缠绵",指的是一种明丽鲜艳的美;"云雷奋发",指的是一种壮烈崇高的美;"弦泉幽咽",指的是一种凄婉悲凉的美;"雪月空明",指的是一种和平静穆的美。这样的划分方法,对于读者体味不同意境的美学风格是有帮助的。但是仅把意境分为四类,指出其不同的四种审美表现,恐怕缺乏概括性。因为文学意境,因人因地因情因景而不同。

2. 情感表现形态分类法

意境都是情景交融的,据此,王国维把意境分为两类:

> 有有我之境,有无我之境。"泪眼问花花不语,乱红飞过秋千去。""可堪孤馆闭春寒,杜鹃声里斜阳暮。"有我之境也。"采菊东篱下,悠悠见南山。""寒波澹澹起,白鸟悠悠下。"无我之境也。有我之境,以我观物,故物皆著我之色彩;无我之境,以物见物,故不知何者为我,何者为物。[5]

这段话较准确地概括了两类不同意境在情感表现形态上的差异。

① 欧阳修:《六一诗话》,郭绍虞主编:《中国历代文论选》第二册,上海古籍出版社1979年版,第244页。
② 周振甫:《诗词例话》,中国青年出版社1979年版,第30页。
③ 同上书,第33页。
④ 郭绍虞:《中国历代文论选》第四册,上海古籍出版社1980年版,第43页。
⑤ 同上书,第371页。

所谓"有我之境",就是意境中诗人的情感表现较强烈、鲜明,"物皆著我之色彩"。这种意境的创造,多是诗人因情取景,移情入景,把自己的主观情感倾泻到景物上去,使景具有明显的感情色彩。

所谓"无我之境",就是情感的表达含蓄,隐曲,不动声色,情寓景中。这种意境的创造,多是诗人触景生情,借景抒情,把自己的情感寄寓在景物的描绘之中,一切让读者自己从意境画面中去体味。

除了上述两种分类之外,清末的樊志厚在《人间词乙稿序》中把意境又分为"以境胜""以意胜""意与境浑"三类。此分法有一定的合理性,可作为对王国维二分法的补充。

第四节
文学类型

一、文学类型的含义

这里所说的文学类型,既不是指文体模式、结构模式,也不是指主题模式、题材模式,而是指艺术形象塑造的模式;但又不是一般意义上艺术形象的分类,更不是类型化、定型化意义上的典型形象问题,而是指在文学史上反复出现的、有相对固定意义的意象群、人物形象模式群和个体作家自己塑造的具有典型性的人物形象模式或者典型形象的模式。具体道来,它包含以下三个方面。

1. 原始意象

每一种原始意象就是一种文学类型。所谓原始意象,指在某民族的抒情传统中长期反复使用并因之产生了内涵相对固定的模式化意象。所以,它不同于一般的文学意象。任何一种抒情文学,在经历了长期的历史文化的浸染后,都会在形象方面形成诸多的原始意象。中国是"抒情之乡",产生的原始意象举不胜举。粗略统计,大约常见的有以下几类:

(1)以季节为原型所形成的原始意象。比较常见的是"秋"意象和"春"意象。前者常以"秋""秋风""秋雨"等意象来抒写悲哀失意的心绪、伤感凄凉的情境。如曹植《赠白马王彪》所云:"秋风发微凉,寒蝉鸣我侧……感物伤我怀,抚心常太息。"清代陶澹人《秋暮遗怀》所云:"秋风秋雨愁煞人,寒宵独坐心如捣"等。后者常以"春日""春花""春草"等意象来抒发青春易逝、人生短暂、生死离别、忧愁惆怅等"伤春"之情怀。如李煜《清平乐》所云"离恨恰如春草,更行更远还生"。林黛玉在《葬花吟》中所云"闺中女儿惜春暮,愁绪满怀无释处"等。

(2)以植物为原型所形成的原始意象。比较常见的有"竹""杨柳""菊""松""兰""桃花"等意象。比如"竹"意象,常常喻为正直、刚强、谦虚等品德高尚的君子。唐代白居易的《养竹记》、刘岩夫的《植竹记》、李程的《竹箭有筠赋》以及宋代王炎的《竹赋》、苏辙的《林笋复生》等篇都把竹比作君子,把竹树立为中国传统文化道德中的典范。比如"杨柳"意象,代表着离情别绪。刘尚书《杨柳枝词》的"长安陌上无穷树,唯有垂柳管别离",李白《忆秦娥》的"年年柳色,灞陵伤别"等诗句充分说明杨柳是别离的象征。在人生的旅途中,不管是生离或死别,别离是经常发生的,于是,在我国诗中,便经常出现那依依的柳条,飘舞的柳絮。

(3)以星球为原型所形成的意象。比较常见有"月亮""夕阳""太阳""牵牛星""织女星"等。比如"月亮"意象。诗人将人生的喜怒爱恨,特别是孤独与悲哀都托之于月,诉之于月,从李白"对影成三人"的寂寥到柳永"杨柳岸晓风残月"的悲戚,再到苏轼的"明月几时有"的亘古无期、"月有阴晴圆缺"的聚散无常、"明月夜,短松岗"的人生凄凉,月亮成了负载文人无限情思的"心灵多媒体"。又比如"夕阳"意象。《诗经·王风·君子于役》、曹植的《赠白马王彪》、鲍照的《日落望江赠荀丞》、李商隐的《乐游原》、崔颢的《黄鹤楼》、孟浩然的《秦中感秋寄远上人》等数不清的诗篇,以夕阳西下的景象来表达时光易逝,挽不住美好岁月的哀愁,或者思乡怀人、念远叹别,或者隐喻生不逢时、功名未就的黯然人生。总之它构置的是悲凉惨淡的意境,表达的是黯然神伤的情思。

(4)以声音为原型所形成的意象。常见的有"秋声""虫鸣""鸟啼""羌笛""琵琶""芦管"等意象,这些意象常常传达思乡怀远、羁旅客愁的情怀。如姜夔《湖上寓居杂咏》的"平生最识江湖味,听得秋声忆故乡",谢翱《嘉禾寓中闻秋虫》的"旅人本少思乡梦,都是秋虫暗织成",杜牧《杜鹃》的"蜀客春城闻蜀鸟,思归声引未归心",柳宗元《闻莺》的"一声梦断楚江曲,满眼故园春草绿",等等,这些诗句都是以虫鸣、鸟啼等各种声音意象来表达思乡的主题的。

除此之外,还有以动物为原型构成意象的,如"雁""鱼""啼血杜鹃""孺子牛"等;还有以颜色为原型构成意象的,如"黄色""红色"等;还有以自然场景为原型构成意象的,如"浮云""巫山云雨"等;还有以劳动对象为原型构成意象的,如"捣衣""不系之舟"等,不再一一赘述。

2. 原型形象

这里所说的原型形象是指弗莱、荣格的原型理论意义上的文学类型。这种原型形象"是一种难以计算的千百亿年来人类祖先经验的沉积物","由于不断重复而被深深地镂刻在我们的心理结构之中"[①],它在下意识里广泛为人们理解,但却很难用一个抽象的词语来表达,同时它又是那么"神秘",不经过周密的考察是完全无法分析辨明的。即这种原型形象形成之后,便潜伏在人类的集体无意识之中,一遇到合适的情境,便会被审美创造者不自觉地表现出来;对它的捕捉,往往是事后,而且只有对民族的进化、神话、传说、宗教、文学传统等历史文化了如指掌的人才有可能捕捉住它们。每一个原型形象就是一种文学类型。比如,徐坤《女娲》中的李玉儿、张贤亮《男人的一半是女人》中的黄香久,她们身上具备着体现牺牲、奉献精神的女娲原型形象。唐代《离魂记》中的倩女、元代《西厢记》中的崔莺莺、明代《牡丹亭》中的杜丽娘、清代《聊斋志异》中大量由鬼怪精魅组成的美丽动人的女性形象群,等等,都是洛神原型在中国文学史上的传承和演绎。她们美丽多情,在情爱追求上与洛神一脉相承。新时期,在铁凝的《永远有多远》中以及林白、陈染、卫慧、棉棉的作品中,女主人公更是有着媚入骨髓的风情和强烈本能欲望的洛神型女性。许地山的一系列作品,如《商人妇》《缀网劳

---

① 荣格语,转引自胡经之、王岳川:《文艺学美学方法论》,北京大学出版社 1994 年版,第 117—118 页。

蛛》《枯肠生花》《女儿心》《桃金娘》《春桃》等中的女主人公都是妈祖原型的再现。她们都和民间传说中的妈祖一样,身处逆境却有一副古道热肠,面对灾难却处变不惊。

3. 模式形象

这里的模式形象是指一般意义上的文学类型。它既指群体作家在不约而同的情况下所创造出的人物形象模式,也指个体作家的一系列作品中所体现出来的人物形象模式。前者如新中国成立后头三十年的作品中,在人物形象上就存在着以林道静(《青春之歌》)为代表的"赎罪模式"、以朱老忠(《红旗谱》)为代表的"改过模式"、以吴琼花(《红色娘子军》)为代表的"回报模式"、以李双双(《李双双》)为代表的"正名模式"等。又如中国古代诗在女性形象方面,有"弃妇""怨妇""思妇"等类型。后者如狄更斯。狄更斯善于塑造"怪人"形象,可分五类,即怪而不傻、怪而善良、怪而恶毒、怪而仁爱、怪而可怜,等等。

二、文学类型的产生和复活

1. 文学类型的产生

不同的文学类型产生的原因是不同的。相对地讲,模式形象产生的原因比较单纯,它是由民族的文学传承,时代的社会思潮、文艺风尚,作家的创作个性、审美视野等因素所致,这里不再细说。

比较复杂的是原始意象和原型形象的形成,它们源远流长。有的渊源于神话。如"秋"意象。《山海经·西山经》中讲到,地处西方的主刑杀之神——太阴神,在秋季到来之时实施刑杀,惩戒万物,于是百兽俯伏,万物凋敝,使原始先人感到恐惧、悲伤和不安。再加上秋天的自然特征,草木凋零,其生命衰微或走向死亡,"秋"意象便产生了。类似的还有"女娲"原型、"月"意象。有的渊源于传说,如"杜鹃啼血"意象。据说蜀国帝王杜宇死后化为杜鹃鸟,哀啼不已,常常悲啼泣血,其凄惨的叫声似"不如归去"。该意象传达了人们在遭遇不幸或仕途受挫时体验的凄凉哀切的情感。类似的还有"牛郎织女"原型形象等。有的渊源于初民信仰,如"夕阳"意象。早在人类的洪荒时代,几乎世界的先民们都有太阳崇拜的情结,以至有关太阳神的神话成了上古神话的主要组成部分。由于夕阳是太阳形象的变形,与黑暗、寒冷、死亡息息相关,人们面对它时由对太阳的崇拜之情转为畏惧、忧虑、伤感和愁苦。所以,诗人们面对夕阳时自然会感怀生命的短暂,年华的易逝。类似的还有"洛神"原型、"女神崇拜"原型等。有的渊源于宗教,如后母与继子乱伦的桃色后母原型渊源于古希腊关于费德尔引诱希波吕托斯的神话,妈祖原型渊源于中国东南沿海的妈祖宗教信仰以及有关的妈祖民间传说等。有的渊源于古文献,如"松",作为审美意象,源出于孔子《论语》中的"岁寒,然后知松柏之后凋也"。后来"松"成为原型意象反复出现于诗中,象征君子的孤高傲岸的人格。类似的还有"不系之舟"等原始意象。有的还与风俗习惯有关,如"柳"意象。由于"柳"与"留"谐音,柳条柔细,在风中颇有点"依依"的意味,于是古代人们在送别亲友时,往往赠送折下来的柳条,以表留恋、不愿分离之意。由此,它便成了诗人们"离情别绪"的代言物,等等。

更为主要的原因是,原始意象和原型形象的产生与先人们的深刻的生命体验、心理经历有关。古代的神话、传说、宗教内容、风俗习惯、古典文献、初民的信仰何其多,为什么只有极少一部分可以形成原始意象和原型形象呢? 关键在于能够成为原始意象和原型形象的,其中都有着人类精神和人类命运的一块碎片,都有着我们祖先的历史中重复了无数次的欢乐和悲哀的一点残余。比如前面提到的"柳"意象。它之所以能够成为代表离别的一种原始意象,根本的原因在于离别是人生的一种苦痛体验。佛教《涅槃经》上说人生有八苦,其中离别排第五位,而前四位是生、老、病、死。由此可见,在亲人、朋友之间的离别,时时刻刻都有可能发生,并给人们带来莫大的悲苦。正如屈原在《九歌·少司命》中所说,"悲莫悲兮生别离"。这种痛苦在春天感觉更甚。因为春天是一个风光旖旎、万物争荣的季节,可偏偏要与亲人、朋友天各一方,而不能在一起共享春光,从而使愁更愁,悲更悲。随着这种情感体验的代代积淀,再加上"柳"的发音和自然特征与离别有关,于是"柳"意象便诞生了。又比如,"女娲"原型形象、"洛神"原型形象实际上都渊源于远古时期母系氏族社会的生殖崇拜阶段所体验到的关于女性的奉献精神和女性在情感上的主体性和独立性。这种经历刻骨铭心,便保留在人类的记忆里。所以,母系社会结束之后,便出现"女娲"补天的神话,出现了关于洛神的传说,等等。

2. 文学类型的复活

相当一部分原始意象、原型形象、模式形象形成之后,又会作为集体无意识潜在人类的记忆中,它的复活需要一定的条件。在谈到前两种文学类型复活时,荣格指出:"无论什么时候,只要重新面临那种在漫长的时间中曾经帮助建立起原始意象的特殊情境,这种情形就会发生。"[①] 即"当符合某种特定原型的情景出现时,那个原型就复活过来了"。[②] 如当文人的身边或自身出现男女相爱却又被迫分离的恋爱悲剧,一旦哀怨和孤寂侵袭文人的心灵时,尤其当他们在月亮高挂的宁静的夜晚,举头仰望天空,目睹那闪闪烁烁的繁星时,潜伏在记忆中的"牛郎织女"原型形象就可能被激活了。

当然,还应该看到,原始意象、原型形象、模式形象的复活同样要依赖于接受者的生活经历、情感体验和文化视野,只有经过他们的再创造,再评价,经过他们的认同与确证,原始意象、原型形象、模式形象的复活才成为可能。

三、文学类型的意义

过去,我们对文学类型是不重视的,绝大部分文论教材对此一字不提,究其原因,在于对文学类型的价值和意义认识不够。随着文学批评的发展,它的前景和意义愈来愈清楚。

首先,有助于挖掘民族的文化特质和时代的文化内涵。原始意象、原型形象作为种族记忆或集体无意识,是潜藏在人们心底深处超越个人的东西,通过对它们的分析研究,就能发

---

① 荣格:《心理学与文学》,冯川、苏克译,三联书店1992年版,第121页。
② 同上书,第101页。

现一个民族最本原的精神,从而可以探索这个民族文化的起源、发展和变迁过程,掌握这个民族与他民族不同的文化模式。通过分析模式形象,除了能够了解民族的历史、文化传统外,还有助于发现产生模式形象的时代精神和文化特色,以及时代之间的差异性。

其次,为文学研究开辟了新的思维空间。文学类型的探讨,实质上是文学批评与文化人类学的结合,由此,它可扩大文学研究的空间。同时,它可把文学研究从微观推向宏观。文学类型的研究,是"大处着眼"的研究,它不但在横的方面能够把一个时代的作家的作品,把一个作家的大部分作品互相联系起来分析,还能在纵的方面从文学史追溯到种族心理、民族传统文化,从现当代的文学创作追溯到古代的文学作品,避免出现文学批评中的"见木不见林""只爬格子不看路"的现象,从而扩大批评视野。

再次,为文学批评提供新的切入角度。文学类型是对文学创作的有典型意义的文学形象模式的指认,基于此,某种类型一经确认,便为评论文学作品打开了一扇新的窗户,即提供新的分析角度和参照系。此作用颇像西方当代的叙事学。俄国普罗普对民间故事功能的研究,一下子打开了人们的思路。同理,文学类型范畴的运用,可以使批评家有意识地盯住文学活动中那些在不同作家个人标记中反复重演的基本事实,确认旧的或发掘新的形象模式,这种探讨无疑像叙事学一样,开拓了研究文学的新视角,并且是无可替代的新角度。

最后,有助于接受者对文本的解读,引起共鸣。文学类型为我们在浩茫无际的文本世界中竖起了一个个新的醒目的艺术界标,每个界标又蕴含着一套具体话语,它的运用,有助于人们对作品的解读,使一部分作品的意义序列或艺术特色轮廓分明地凸现在读者眼前,从而把接受者的接受活动提高到一个新的水平。同时,那些原始意象、原型形象的解读和认同,能够使接受者产生强烈的共鸣,从而感受到民族的声音、向上的力量。

荣格论原型的意义

　　原型的影响激动着我们,因为它唤起一种比我们自己的声音更强的声音。一个用原始意象说话的人,是在同时用千万个人的声音说话。他吸引、压倒并且与此同时提升了他正在寻找表现的观念,使这些观念超出了偶然的暂时的意义,进入永恒的王国。他把我们个人的命运转变为人类的命运,他在我们身上唤醒所有那些仁慈的力量,正是这些力量,保证了人类能够随时摆脱危难,度过漫漫的长夜。

　　这就是伟大艺术的奥秘,也正是它对于我们的影响的奥秘。创作过程,在我们所能追踪的范围内,就在于无意识中激活原型意象,并对它加工造型精心制作,使之成为一部完整的作品。通过这种造型,艺术家把它翻译成了我们今天的语言,并因而使我们有可能找到一条道路以返回生命的最深的泉源。艺术的社会意义正在于此:它不停地致力于陶冶时代的灵魂,凭借魔力召唤出这个时代最缺乏的形式。艺术家得不到满足的渴望,一直追溯到无意识深处的原始意象,这些原始意象最好地补偿了我们今天的片面和匮乏。艺术家捕捉到这一意象,他从无意识深处提取它的同时,使它与我们意识中的种种价值发生关系。在那儿他对它进行改造,直到它能够被同时代人所接受。

——摘自荣格:《心理学与文学》,三联书店出版社

1987 年版,第 122 页。

 关键词 ....

1. 文学形象

作家以语言为媒质和实体,依据自己的体验和理解,对生活现象加以艺术概括而创造出来的具有审美意义的感性画面或情景。"画面"一般见之于叙事文学,其中的人物、景物、场面、环境等可称为文学形象,但最主要的是人物形象。"情景"一般见于抒情文学。情与景相和谐,便产生主观性很强的形象。当然上述的"画面"或"情景",是由作者、语言、读者共同创造的。

2. 典型人物

真正的典型人物,"每一个人都是一个整体,本身就是一个世界,每一个人都是一个完满的有生气的人,而不是某种孤立的性格特征的寓言式的抽象品"。他活跃在文学艺术的世界里,又植根于社会生活的土壤中;他以自己鲜明的个性和独特的方式而生存,具有认识社会生活的巨大思想价值,给人以较高的享受。因此,典型人物应界定为:具有独特、丰满、鲜明的个性和巨大、深刻的社会概括性的人物形象。

3. 意境

诗人的主观与外界的客观猝然结合在一起,情与景合,意与象通,从而形成意境。所以,意境是指抒情性作品中自然、生活场景与作者的情思和谐浑一而形成的丰富蕴藉的艺术空间。如果典型是以单个形象而论的话,意境则是由若干形象或语象构成的形象体系,是以整体形象出现的文学形象的高级形态。

4. 文学类型

这里所说的文学类型,既不是指文体模式、结构模式,也不是指主题模式、题材模式,而是指艺术形象塑造的模式;但又不是一般意义上艺术形象的分类,更不是类型化、定型化意义上的典型形象问题,而是指在文学史上反复出现的、有相对固定意义的意象群、人物形象模式群和个体作家自己塑造的具有典型性的人物形象模式或者典型形象的模式。

5. 原始意象

每一种原始意象就是一种文学类型。所谓原始意象,指在某民族的文学传统中长期反

复使用并因之产生了内涵相对固定的模式化意象。所以,它不同于一般的文学意象。任何一种民族文学,在经历了长期的历史文化的浸染后,都会在形象方面形成诸多的原始意象。

6. 原型形象

这里所说的原型形象是指弗莱、荣格的原型理论意义上的文学类型。这是一种基于原始意象之中的"原型","其实质是人类祖先在谋取生存的过程中重复了无数次的同一类型的经验,这是人类原始时代积累下的一些心理残迹,是一些包含着形象、情绪、意念、张力的心灵碎片……荣格又进一步把从原始意象中概括出来的'模式'、'结构'、'图式'称作'原型'(archetype)"[①]。这些作为作家深层心理积淀的东西,一旦遇到合适的情境,便会被审美创造者不自觉地表现出来;对它的捕捉,往往是在事后,而且只有对民族的进化、神话、传说、宗教、文学传统等历史文化了如指掌的人才有可能捕捉住它们。

7. 模式形象

这里的模式形象是指一般意义上的文学类型。它既指群体作家在不约而同的情况下所创造出的人物形象模式,也指个体作家的一系列作品中所体现出来的人物形象模式。

 ## 思考题

1. 以《祝福》中的祥林嫂为例,谈谈文学形象的构成和特征。
2. 举例谈谈典型人物的基本特征。
3. 结合你自己的审美经验,谈谈意境的审美特征。
4. 文学类型包括哪些层次?它与典型的类型化是否为一回事,为什么?
5. 强调文学类型的意义何在?

 ## 阅读链接

1. 诺斯罗普·弗莱:《批评的剖析》,天津:百花文艺出版社,1998年。
2. 叶舒宪选编:《神话——原型批评》,西安:陕西师范大学出版社,1987年。
3. 刘再复:《性格组合论》,上海:上海文艺出版社,1988年。
4. 杜书瀛:《论艺术典型》,济南:山东人民出版社,1983年。
5. 古风:《意境探微》,南昌:百花洲文艺出版社,2017年。

---

① 王先霈、胡亚敏:《文学批评导引》,高等教育出版社2005年版,第119页。

第三章
文学言语

　　文学是凭借语言获得物质形态、产生审美价值的艺术，语言是文学存在的家园。文学言语是一种什么样的语言，这是文学原理中的核心问题之一。了解了文学言语的内涵与特性及其在文学活动中的地位和作用，才能认识到文学区别于其他艺术门类的特殊性，深入把握文学创作的特点和规律。

第一节
文学言语及其构成

一、文学言语在文学活动中的地位和作用

在文学活动中,言语到底处于什么样的地位,历史上有不同的看法。传统的语言学理论认为,思想观念是对事物本质的认识,而语言则是表达这种思想观念的符号和工具。内容有"优先权",语言等形式因素则处于被内容决定的从属地位。受这种传统的文学言语观念的支配,我国文学艺术理论界对文学言语的研究一直比较薄弱。

20世纪初,索绪尔《普通语言学教程》问世,西方哲学研究的"语言学转向"和俄国形式主义文论的兴起,使得人们对语言问题的认识发生了根本的变化,发现了语言的深层本质,语言不再只是"器",而且也是"道",认为语言不仅是表达思想的工具,它本身便具有本体意义;语言不再是被意义决定的,相反,意义必须通过语言才能被创造出来。这些新鲜而系统的见解,为文学言语的研究开拓了新的、更为广阔的视野。

文学是语言的艺术,语言是文学的第一要素。离开了语言,文学无以存在,这是因为:第一,言语是文学文本存在的显现,是文学文本的物质现实。无论是诗歌、散文,还是小说、剧本,都是由言语符号系统构成的,并通过言语呈现出来。正如高尔基所说:"文学就是用语言来创造形象、典型和性格,用语言来反映现实事件、自然景象和思维过程。"[①]第二,作家的情感、体验与思想,只有通过文学性的言语才能传达展现出来。作家是凭借言语来再现、表现和能动反映现实世界,凭借言语来实现其艺术追求和审美理想的。第三,读者阅读文学作品,首先就要理解文本的言语,把作为物质形态的文学言语,转化为心理现实。因为文学的象、意系统是通过言语来建构的,对文学形象、意蕴的接受必须通过对文学言语的接受来实现。

文学的审美特质决定了文学言语具有突出的"美学功能"。而人的言语是与人的感觉、知觉、想象、理解等心理机能同一的,如此文学言语的"美学功能"与作家的艺术直觉所具有的同一性就会凸显出来。在文学作品中语音的搭配、词语的选择、句子的连接,它们本身就含有审美意义。因为作家笔下的言语不是单纯的技巧,而是内在于作家的"艺术直观"。在文学创作领域中,作家内心的审美体验与言语是同步发生、相互作用的。作家的内心体验实际上是受言语支配的。因为思维、情感形成的秩序其实是言语的秩序,言语不仅创造了人的文化观念,创造了文学的惯例,也规定了人的思维习惯与方式。

言语与文学的关系,不仅在于文学作品创作过程中的相互依赖,更在于言语作为文学思维的基本"材料"和基本"范畴"深刻地制约着文学的演变与发展。不同的言语形式必然产生出不同的文学样式,反之,不同的文学样式也必然体现为不同的言语形态。从中国文学发展

---

① 高尔基:《和青年作家谈话》,《论文学》,人民文学出版社1978年版,第332页。

史上看,中国诗歌在历史上有过多次形式上的更迭,而每一次更迭都植根于汉语的发展,直接受汉语语法发展演变的制约和影响,都是在特定历史时期语言结构的基础上形成的。可以说,文学演进的历史,从深层结构的意义上说,是一部语言发展史。

文学言语的内涵非常丰富,它承载着社会、历史、文化、习俗、心理、艺术、审美等多种信息,它与人类历史的演进、社会文化的语境相生相伴,它与作家的创作和读者的接受有着不可分割的联系。文学言语在文学作品诸要素中具有无可比拟的重要性。

文学言语的重要作用

欣赏莎士比亚剧作的情节——热衷于《奥赛罗》《马克白》或《李尔王》中"剧情细节的安排",——并不必然意味着一个人理解和感受了莎士比亚的悲剧艺术。没有莎士比亚的语言,没有他的戏剧言词的力量,所有这一切就仍然是十分平淡的。一首诗的内容不可能与它的形式——韵文、音调、韵律——分离开来。这些形式成分并不是复写一个给予的直观的纯粹外在的或技巧的手段,而是艺术直观本身的基本组成部分。

——[德]恩斯特·卡西尔:《人论》,上海译文出版社
1985年版,第198页。

二、文学言语与非文学言语

关于文学言语与日常语言、科学语言的区别,既是西方当代符号学、语义学研究的中心问题,也是众多文论家热衷探讨的课题。尽管长期以来众说纷纭,但人们普遍认为文学言语与日常语言、科学语言是有区别的,并力求从不同角度阐述这三种语言之间的关系与区别,进而形成比较科学的认识。

文学言语、日常语言与科学语言这三种语言既有密切的联系和一些共性特征,又有着各自独特的用途和有别于他者的特性和规律。首先,这三种语言有着共同的语言"内核",即表达某种思想观念的表意功能。它们都可以运用语言所具有的全部功能来实现自己的传达目的。语言作为人类思想意识的体现物,具有指义性(概念符号)、指向性(表象符号)和语音特质(声音、节奏、语调、语气),以及蕴含于三者之中的情感性。在日常语言中,这些特征均呈现为一种自然形态,而科学语言和文学言语则分别强化和拓展了其中的部分特征。如日常语言是外指性的,一般只有表意功能,而作为内指性为主的文学言语则呈现出多层表意功能。其次,这三种语言形态并不是平起平坐的并列关系。无论是科学语言还是文学言语,都是以丰富的、具有整体包孕性的日常语言为基础的。就是说,日常语言是科学语言、文学言语的直接来源,科学的、文学的语言都是在日常语言基础上派生出来的,或者说是从一般语

言中派生出来的特殊语言。由于文学言语、科学语言植根于日常语言的基础,因而,它们无论怎样创新和运用,都不可能脱离日常语言的制约而另起炉灶、另搞一套。但是,由于三种语言各自用途不同,便形成了各自鲜明的特性和规律。

文学言语是在日常语言的基础上发展起来的,从外在形态上看,二者并没有什么不同。文学言语采用了大量的日常生活语言,同一个语词,既可以在日常话语中运用,也可以在文学文本中使用,文学并没有一种独立的语言系统,正如老舍指出的,文学言语的创造并不是另造一套话,烧饼就叫烧饼,不能叫饼烧。尽管如此,我们仍然不能把文学言语等同于日常语言。文学是用言语编织出来的事件,表现的是艺术真实。普通生活中的客观世界和文学作品中的艺术世界的逻辑是不同的。日常语言突出种种实用目的,文学言语则以审美功能为主要特征。进入文学的语境时,创造者以某种非实用目的为动力,徜徉在想象的、虚幻的世界里,尽情地抒发自己的情感,创造出意蕴丰富的审美对象。这样,文学言语就要充分发掘日常语言中音乐性、情感性、形象性和表现性等感性特征,使日常语言发生"形变",恰如巴赫金所说的:"它们(指文学语体等)在自身的构成过程中,把在直接言语交际的条件下形成的各种第一类体裁融入复杂体裁,在那里发生了形变,获得了特殊的性质:同真正的现实和真实的他人表述失去了直接的关系。"①他还认为:"文学不简单是对语言的运用,而是对语言的一种艺术认识(如同语言学对它的科学认识一样),是语言形象,是语言在艺术中的自我意识。"②这里,巴赫金既强调文学言语是日常语言的"形变",日常语言一旦进入文学作品后,便与原本的现实话语失去了直接的联系,获得了特殊的性质;又强调文学是对语言的一种艺术认识,文学言语是具有自我意识的语言。这就较深刻地区分了文学言语与日常语言的不同。

文学言语的本质在于它是一种"艺术语言"(即艺术符号),它要受一般艺术规律和文学规律的制约,因此,又具有不同于科学语言的特性。文学言语与科学语言的差异主要表现在以下几个方面。

第一,文学言语与科学语言承载的思维方式不同。科学主要通过抽象思维从理性上来认识世界,而文学艺术是通过形象思维从情感上去认识世界。语言是思维的载体。抽象思维和形象思维的各自特点,决定了它们与语言处于不尽相同的关系之中。科学语言包括自然科学语言和社会科学语言。在人类改造世界的历史进程中发展起来的科学语言,作为理论思维的工具,充分发展了认识性、概念性、逻辑性、精确性、目的性等方面的特征,并始终遵循着理性逻辑。与科学语言相适应的是人类掌握世界的方式。科学论著运用判断推理、逻辑论证等形式,或通过归纳、演绎等方式,表达人们对生活的理性认识和对事物的本质把握,具有严密的逻辑性和高度的思辨性,通过准确清晰的语言揭示事物的规律性及事物发展变化的客观必然性。文学的对象和内容是整体的、具有审美属性的社会生活,文学是以具体感性的艺术形象的形式来反映社会生活和表现想象世界的,用艺术话语传达出作者复杂、微妙

① 巴赫金:《巴赫金全集》第4卷,钱中文译,河北教育出版社1998年版,第143页。
② 同上书,第273页。

的审美感受和体验。为此,文学家挖掘和强化了日常语言的感觉功能和表情功能,发展了其非概念、非逻辑、无功利的特点,突出了语言的审美表现性。由于文学言语遵循的是情感逻辑,因而在语言运用上具有极大的灵活性。

第二,文学言语与科学语言的表现形式不同。科学是运用抽象的概念来进行判断、推理,以理论的形式来反映客观事物的本质和规律,这就决定了科学语言是一种"解说"性语言,它要求准确严谨,严格遵守语法和常识逻辑,采用规范的语言搭配,精确地描写、表述或推求真理,其所指和能指的关系是一对一的简单明晰的关系。而文学作品本质上是一个渗透主体审美情感,并在一个具体审美理想的指引下,被作家通过想象创造出来的虚构的世界。文学文本言语是为情造语,是追求语言美学功能和表情功能的语言形式。文学言语中蕴含着文学作品的意味。作家萧乾曾将文学作品的言语生动地比喻为有待兑现的"支票",而将文学作品的鉴赏形象地比喻为"经验的汇兑"。他说:"文字是天然含蓄的东西。无论多么明显地写出,后面总还跟着一点别的东西:也许是一种口气,也许是一片情感。即就字面说,他们也只是一根根的线,后面牵着无穷的经验。字好像是支票,银行却是读者的经验库。'善读'的艺术即在如何把握着支票的全部价值,并能在自己的银行里兑了现。"[1]这段话形象地揭示了文学言语不同于科学语言的特殊性,以及由此而带来的文学鉴赏的特殊性。文学要通过言语传达文学家萌发的独特感受、心境,这些感受既有明朗的"可以言传"的,也有朦胧的难以名状的。文学要担负起表达人类复杂情感的任务,决定了它所使用的语言必定不同于科学语言。文学言语势必要表现出多度的多义性和言不尽意的现象,必然要拓展出语义的新奇与独特,使语言符号的指义呈现出暧昧性、不确定性。

第三,文学言语与科学语言的不同,还表现在主体传达与接受的态度上。科学语言作为一种推理性符号,旨在"使用"那些约定俗成的言语意义和语法手段来准确地传达科学的内容,拒绝任何个人情绪、情感的介入,不必进行审美观照,因而在语言的运用上强调规范,不需创造。一篇哲学、经济学或史学的论文,一篇自然科学的实验报告,决不会追求语言技巧上的娱乐性,语感上的审美性,其要达到的要求是观点鲜明、语言简洁、条理清楚、表达严密。但文学言语则不然,它是一种表现符号,传达的是主体复杂的情感经验。人类的情感生活生生不息、瞬息万变、朦胧微妙,作为其表现形式的文学言语自然有着"言有尽而意无穷"的尴尬。为了言能尽意,就需要文学家打破成规,创造性地使用语言,用心灵去锤字炼句,对言语进行艺术加工,按照主体的情感流向和想象的逻辑来重新组织安排话语结构,以便更好地传达出主体原初经验的模糊感、新异感、真切感。在对这两种语言的接受上,接受主体的态度也有区别。对科学语言的接受重在理解,对文学言语的接受则重在体味,接受者只有用心体味,才能领悟出文学言语中潜藏着的深层意蕴。此外,科学语言强调语义而不注重语音、语调等特点,而文学言语则是一种具有能指优势的语言符号。

概言之,文学言语与非文学语言虽有密切联系,但又有鲜明的区别。所谓文学言语是指

---

① 萧乾:《经验的汇兑》,龙协涛:《鉴赏文存》,人民文学出版社 1984 年版,第 455 页。

文学作品中所使用的、体现文学性与审美性的、独具特色的语言。它是一种承载着丰富的情感信息和美感信息的艺术符号。对于优秀文学言语的特质，鲁枢元先生作过如下生动的描绘与形容："好的文学言语，应当是能够真切地再现'心灵中感应到的气氛'的语言，应当是能够更多地捕捉到'潜意识里的喧嚣与骚动'的语言，应当是一种能够自由地、酣畅地言说着的语言，应当是一种永远创造着、常青不凋的语言。它既不是一团漫漶无章的谵言妄语，又不是一篇巧为编织的佳词丽句；它既不是一个虚幻缥缈的幽灵，又不是一套镶金裹银的服饰，它本身就应当是一个鲜活的生命躯体，一位天生丽质，可视、可亲的女郎。"[①]正是这些如此丰富的内蕴，使优秀的文学言语具有较高的审美价值和永恒的魅力。

文学言语与日常语言的区别

　　法国诗人、文艺理论家瓦莱里在《诗与抽象思维》中作过一个形象的比喻，他认为诗的语言与日常语言之间就好像跳舞和走路。

　　走路有一个明确的目的。这个行为的目标是我们所希望达到的某处地方。走路的所有动作都是特殊的适应，而到达目的地后，这些动作都被废除了，仿佛被行为的完成所吸收了似的。

　　跳舞完全是另一回事。当然，跳舞是一套动作，但是这套动作本身就是目的。跳舞并不是要跳到哪里去。如果跳舞追求一个物体的话，那只是一个虚构的物体，一个状态，一个幻境，一朵花的幻象，生活的一个末端，一个微笑——这个微笑最后出现在从太空中把微笑召唤来的那个人的脸上。

——伍蠡甫主编：《现代西方文论选》，上海译文出版社

1983 年版，第35—36 页。

三、文学言语的构成要素

　　文学言语符号本身是一个完整的世界，它由四种要素所构成，即语音、词汇、句子、语调，这四个要素也可看作是文学言语符号的结构层次。

1. 语音

　　语音一般来说是语义的物质载体，一些作品的审美内涵、韵味可以通过语音的表现而得到传递。文学言语的语音美主要是由声调、节奏、韵律等方面构成的。和谐的音韵、悠扬的旋律和鲜明的节奏使文学言语读起来上口，听起来入耳，具有一种音乐美。固然，对于不同的文体在声调、节奏、韵律等方面有不同的要求，一般而言，诗歌的语音要求比较高，尤其是韵律诗，讲究语调升降、平仄和押韵，使之构成一个语音和谐的有机体。散文与戏剧文本也

[①] 鲁枢元：《超越语言：诗性言语的心理发生》，浙江文艺出版社 2023 年版，第123 页。

很讲究语音的和谐与美,如范仲淹的《岳阳楼记》、朱自清的《春》、莎士比亚的《雅典的泰门》中对于黄金的诅咒、郭沫若的《屈原》中的"雷电颂",都是讲究语音美的典型范例。在小说文本里,无论是叙事还是描写中,均有善于运用语言的节奏、韵律而造成独特审美效果的佳篇、佳段。如叶圣陶的长篇小说《倪焕之》在描写大革命来临前倪焕之感受到的社会气氛和人们的表情、心态时,便用了一段节奏鲜明、音韵和谐、整齐匀称、精练淳朴的语句:"他觉得马路间弥漫着异样的空气。很沉静,然而是暴风雨立刻要到来以前那一刹那的沉静,很平安,然而是大地震立刻要爆发以前那一刹那的平安。每个人的眼里都闪着狂人一样的光,每个人的脸上都现出神经末梢都被激动了的神色;虽然有的是欢喜,有的是忧愁,有的是兴奋,有的是恐慌,他们的情绪并不一致。"这段文字抑扬顿挫、自然流畅。作者巧妙地运用了对偶、排比等修辞手法,形象地表现了大革命爆发前中国社会"沉静""平安"的背后,隐藏着钱塘潮般巨大的波澜及人们在沉静中孕育着火山爆发般的激情。文中一连用了四个"有的是",即把人们当时既欢乐、又忧愁,既兴奋、又恐慌的复杂矛盾的心绪表现得淋漓尽致,读来语气强烈、语意连贯,富有语言表现的音乐性。

2. 词汇

言语符号是以语义为结构核心,以语句为基本功能单位的,而语句是由一个个语词构成的,因此,语词是言语行为中最小的有意义的语言成分。现代结构语言学认为,一个语词通常总是能指与所指的结合体,能指和所指分别指代语音和语义。一系列语词衔接排列,构成文学文本。在文学言语中,词汇是显示文学文本之意义的基本单位。"词汇不仅本身有意义,而且会引发在声音上、感觉上,或引申的意义上与其有关联的其他词汇的意义,甚至引发那些与它意义相反或者互相排斥的词汇的意义。"①由于能否选用最妥帖的词语是能否恰到好处地显示文本意义的关键,所以,精心地炼字遣词,务求通过文学言语对主客体关系的描写体现出主体的精神状态或审美感受的独特性,便成为历代优秀作家呕心沥血的追求。

词汇与语音相比,在文学言语中处于更深层的位置。词汇作为人类文化心理的对应物,其内涵意义十分丰富,它不仅能够表达语词的本义和引申义,而且能投射出某种社会心理,它还潜含着令人品味不尽的社会文化含义。因为人们遣词造句的言语行为往往要受到其生活方式、思维方式和情感方式的支配,后者决定着对于前者的感受、选择和使用。如在我国古典诗词中,与月亮有关的语词很多,有"望月""赏月""问月""对月""邀月",等等,都不只是"观赏月亮"的意思,而是同时包含着思乡、怀远、忆旧、抒怀等含义和意味,有着不同的文化蕴含。

3. 句子

句子是由词组成的语言片段,能够表达相对完整的意义和一定的情感基调。在文学文本中,一个个紧密相连的句子构成叙述语链或描写语链,由语链形成的语段才是文本表情达

---

① 雷·韦勒克、奥·沃伦:《文学理论》,刘象愚等译,生活·读书·新知三联书店1984年版,第188页。

意更为完整的言语单位。只有在语段中,每个句子的意义才能得以充分显现。正如英加登所说:"句子只是在一定程度上独立于文本中的其他意群,只有作为一系列句子的组成部分才获得它的完整意义及其恰如其分的精微差别。"①句子作为文本的构成因子,也需要精心地进行锤炼和熔铸。我国明代著名的戏曲作家、理论家王骥德在其戏曲论著《曲律》中有专门对句法的论述,他指出:"句法,宜婉曲不宜直致,宜藻艳不宜枯瘁,宜溜亮不宜艰涩,宜轻俊不宜重滞,宜新采不宜陈腐,宜摆脱不宜堆垛,宜温雅不宜激烈,宜细腻不宜粗率,宜芳润不宜噍杀;又总之,宜自然不宜生造。"②这十个"宜"与"不宜"便全面提出了造句的具体要求。经过作家潜心锤炼的语句,在语类、语序上都达到了无法更动的地步。倘若对某个语句从语序上加以调整,这个句子所表达的情感含义就会随之发生变化。例如,鲁迅《伤逝》的结尾:"子君却不再来了,永远、永远地。"如果将此句的语序改为:"子君却永远、永远地不再来了。"原句所蕴含的那种难以排遣的情绪无疑少了许多。所以,在汉语表达结构中,语序的作用更为重要。

在文学言语中,如果说词汇具有一定的文化内涵和较强的社会性的话,那么句子,则具有更深刻的文化内涵并向主观个体深层开掘,在具有社会性的同时,又被赋予个性化的意味。在一个句子中,词如何排列、组合、分布和搭配,都与作者个人的修养、经验、情感和趣味有关,传达出的是他对世界、对生活独特的感悟与体验,而在这背后则潜伏着各自不同的文化积淀和文化心理。如"送君九月交河北,雪里题诗泪满衣"(岑参《送崔子还京》);"曾是管弦同醉伴,一声歌尽各东西"(赵嘏《赠别》);"日暮征帆何处泊? 天涯一望断人肠"(孟浩然《送杜十四之江南》);"孤帆远影碧空尽,唯见长江天际流"(李白《黄鹤楼送孟浩然之广陵》)。尽管这些诗句抒发的都是挚友间的离愁别绪,但在不同的依依惜别的画面中,呈现出的是诗人不同的情感体验和艺术个性。

4. 语调

所谓文学言语的语调是指文学文本言语单位所具有的"调性",语调的生成机制在于情感的表现,所以语调的实质是一种情调,是构成文本的言语行为整体给人的特殊感觉。文学言语的不同的调性直接关联着各种情感的传达。关于这一点,美国学者理查德·泰勒曾阐述说:"句子的长度、措辞上的流畅与否以及音调模式的相似性都会对所反映的情感形象和意义产生决定性的震动力量。例如,一个长句子就能在时空范围内产生增加长度的印象。当用长长的、开朗的或洪亮的音调很流畅地陈述,具有强大声势时,这种句子就会根据题材的需要,导致强烈的情感,要么沉静、厌烦,要么消沉或沮丧。另一方面,一个短句子,要是它被打散成短语,并且用尖锐而快速的爆破音重读,那就会给人以富有生气、有煽动性或狂暴的强烈印象。"③语调是作家的体验、观念、趣味、素养的全面显示。

语调既与文本所描写的对象有关,同时也是作家创作个性的集中显现。在文学史上,鲁

---

① 罗曼·英加登:《对文学的艺术作品的认识》,陈燕谷等译,中国文联出版公司1988年版,第33页。
② 王骥德:《曲律·论句法》,汪流等编:《艺术特征论》,文化艺术出版社1986年版,第497页。
③ 理查德·泰勒:《理解文学要素——它的形式、技巧、文化习规》,黎风等译,四川大学出版社1987年版,第130—131页。

迅杂文中那辛辣犀利的语调,是揭露黑暗势力、腐朽文化的匕首与投枪;孙犁小说中清新自然的语调,为人们展示的是一幅幅质朴生动的画面,给人留下了深刻的印象;而老舍则用饱含辛酸的幽默语调,写尽人间百态,老辣地揭示出生活的美好与丑恶、善良与残酷。他们文本中的语调无不呈现着鲜明的个性风格。

第二节
文学言语的深层特征

文学言语是一种承载着人的思维、经验和情感的艺术符号,是对日常语言的积极超越与审美升华。日常语言经过"陌生化"而升华成的文学言语其内在机制是一体双向的,既具有表层的形象性、情意性、多样性、音乐性等特征,又具有深层的情境性、变异性、暗示性、独创性等特征。过去,我们的文学理论教材、论著,在论及文学言语的特征时,大多只停留在对其表层特征的描述上,缺乏对文学言语深层特征的探寻,因而未能全方位地展示出文学言语的审美特性。文学言语有着自己独特的言语规律,只有了解和认识了文学言语的深层特征,才能真正感受到文学世界的无穷奥妙。文学言语的深层特征可归纳为下面四个方面。

一、情境性

文学是审美的"语言构组"。单个词语只是具有词典义的符号,它需要创作主体在结构关系中把它们连接成有意味的言语,使无生命的符号具有"灵魂"和意义,言语在文本结构中才能被诗化。因此,文学言语的生成离不开作者所创设的各种特定的语境。文学作品中的人物言语也是在特定的时间、空间、社会环境、人与人的交往和矛盾纠葛中说出的,是在具体语境中展示它的内涵,表现人物间血肉联系的。

语境是指使用言语时所处的实际环境,即指言语行为发生时的具体情境。语境在范围上有大与小之分,在形态上则有显与隐之别。小语境指书面语的上下文或口语的前后语所形成的言语环境。大语境是指言语表达时的具体的社会环境和自然环境。小语境是易被人们注意的显语境,而由言语与现实生活的联系所构筑的大语境,是常常被人们所忽视的隐语境。由于文学言语的运用总是在一定的语境中进行的,并受特定语境的影响与制约,因而,文学文本中的语词不仅具有它本身的词典意义,而且还包含一种由特定语境所形成的含义。这种内在意义(含义)之所以与词典意义不同,就因为它是由生活产生的,它所反映的是对象与主体之间的关系,是个人对于语词内容的一种主观体验,即人们通常所说的"言外之意",它潜藏在符码形式的深层。如"标致"一词,一般指的是相貌、姿态美丽、漂亮,但在某些特定的语境下,它就被赋予其他的含义。鲁迅在《藤野先生》中,对"清国留学生"速成班的学生作了一番描述,然后说了这么一句:"实在标致极了。"这里的"标致"二字绝不是赞赏他们的漂亮,而是以一种厌恶的心理所说的反话,读者一看就明白,这"标致"其实是丑陋。

日常语言一旦进入文学作品,就被涂上了浓重的情感色彩,并被作品的语境所框定,使它不再是单纯的传递信息的"载体",而具有了日常语言所没有的特殊含义,此时"语义不是词或话语具有的性质,而是说话人和听话人赋予词或话语的性质"①。在文学作品里,词语的意义是从作品的整个话语系统(大语境)中获得的。因此,一些词语不仅具有表意功能,而且具有传递审美情感的表现功能,单纯的语言符号已转化成艺术审美符号。文学言语与作品中的具体情境紧密相连,文学言语正是在语与境这种唇齿相依的文本结构中获得了它的审美性。

二、变异性

文学创作是高贵的精神生产,文学作品中既传达着人们对世界的理解与认识,又表现着人们对生活的审美感受、体验、憧憬以及种种微妙独特的情感,还有因为感受而引发的人对自己情绪、心境的体认,这些审美感受与体验是极其丰富复杂的。正如恩斯特·卡西尔所说:"我们的审美知觉比起我们的普通的感官知觉来更为多样化,并且属于一个更为复杂的层次。在感官知觉中,我们总是满足于认识我们周围事物的一些共同不变的特征。审美经验则是无可比拟的丰富。它孕育着在普通感觉经验中永远不可能实现的无限的可能性。"②审美知觉经验具有瞬时性、直觉性、印象性、流变性等特点,它呈现出无限的复杂和丰富。而作家要表现这如此微妙复杂的审美体验时,他所面对的并不是一个个允许他随意驱遣的词语,而是本身已有约定俗成的固定意义的言语符号和语法成规,在规范性言语的束缚下,文学家们深感"言不尽意"的痛苦。然而他们并没有知难而退,而是遵循情感逻辑,通过对日常语言的"形变"、艺术化的"扭曲",使言语冲破牢笼获得了极大的活力与灵性,并转化生成了艺术语体,形成了由审美规则连接成的非逻辑符号系统。这种带有变异性特征的文学言语,凸显出非规范性、非逻辑性、无功利等超越常规的特性。

文学言语的变异性表现在语音、语法、修辞、逻辑等各个方面。从语音上看,文学言语是一种能指优势言语。在日常语言和科学语言中,语言符号是用能指指代所指,能指(音响形象)只是手段,所指(概念)才是符号过程的目标。但在文学言语中能指具有优势地位,文学言语特别讲究音韵和节奏,仅仅音调音律便可构成诗律等艺术形式。中国古代律诗注重节奏,讲究平仄,要求押韵,都是在语言能指层面上的开拓。所谓"平声平道莫低昂,上声高呼猛烈强,去声分明哀远道,入声短促急收藏",便是我国古代诗论对汉语"四声"的说明和对语音表现意义的总结。在文学言语中,常常利用谐音飞白和谐音双关等语音手段制造某种艺术表达效果,如刘禹锡的《竹枝词》:"杨柳青青江水平,闻郎江上唱歌声。东边日出西边雨,道是无晴却有晴。"这首词表现的是一位少女对男子默默依恋的感情。词中以"晴"谐"情",以"晴"写"情",使"无晴还有晴"的外部自然景象,与"无情还有情"的内部情感意象巧妙地结合起来,真切含蓄地传达出了少女微妙的情感体验。

① William J. Baker:《从"信息结构"的观点来看语言》,陈平译,《国外语言学》1985 年第 2 期,第 9 页。
② 恩斯特·卡西尔:《人论》,甘阳译,上海译文出版社 1985 年版,第 184 页。

从语法上看,文学言语可以打破传统的语法规则,将词句按照创作主体的感觉方式进行新的排列组合:语序的随意调整、语链的自由切分、词性类属的变异等,运用这些"反常化"的手法,创造出新的言语表达形式,产生一种陌生化的审美效果。如"鸡声茅店月,人迹板桥霜"(温庭筠《商山早行》),全是名词排列,高度凝练成六个意象:鸡声、茅店、月、人迹、板桥、霜,没有任何动词、连词、介词等。这不合语法的诗句,却创造出了一种意蕴丰富的"早行"气氛:雄鸡报晓,残月未落之时上路,算得上"早行"了,但板桥霜上已有"人迹",言外之意"莫道君行早,更有早行人"。颠倒词序,在言语方面设置一些"谬误"和"悖理"的现象,在诗、词、曲、赋中常能见到。如南朝江淹的《别赋》中有一段这样写道:"是以别方不定,别理千名。有别必怨,有怨必盈。使人意夺神骇,心折骨惊。"全赋论及各种离情别绪萦绕心头,牵肠搅肚,使人痛苦万分。但言"心折骨惊",理论上是不通的:人的心灵怎能折断,无感知的骨头又怎会产生惊惧之感呢? 显然,这是作者对正常词序的有意颠倒,旨在强调离愁使人的心灵如同猝然折断破碎,这种愁怨竟然使无知的骨头都为之震惊,那么其痛苦程度不就可想而知了吗? 若按正常词序"心惊骨折",则失之泛泛。为了使言语表达简练形象、生动活泼,在特定的言语环境中临时改变词性,在文学作品里运用得也很普遍。如"雨丝斜打在玻璃窗和水泥窗台上,溅起的迷茫将窗外的世界涂染成一幅朦朦胧胧的图画"(张建文、高立林《为了国家利益》),把形容词"迷茫"活用为名词,表示颜色,形象生动,给读者以想象的空间。

从语义上看,词语的超常搭配,独辟蹊径、出人意外的言语组合,使语义关系呈现出隐喻性、象征性、非逻辑性。如于沙的诗《夜,在庐山》是这样描写彭德怀同志的:"他,搔一搔短发/翻一翻日记/拍一拍桌沿/把一声叹息/抛落在灯前。""叹息"是一种声音,无形可见,怎么能像对待有形物体一样抛落呢? 但这种超常搭配却使"叹息"不仅有声可闻,而且似有形可见。"抛",动作的力度强,幅度大,这就把彭总忧国忧民的沉重心情、宁折不屈的刚强性格,非常有力地凸显出来。读罢,一个时刻把党和人民的利益系在心头的无产阶级革命家的形象矗立在眼前。诚然,这个"抛"字,蕴蓄深厚,掷地有声,耐人寻味。

文学作品言语上的变异是创作主体感受和心境的真实写照。作家、诗人把自己细腻的审美体验转化为意象时,感到运思中的意象与某种事物之间"质"的等同,便把不同种类的东西统一于自己的感受之下,抑或把世间截然不同的运动和静止现象统一于自己的情感之中,动中见静,静中有动。通过"反常化"打破已有的僵化的言语表达方式,创造出新的言语表达方式,为言语注入源源不断的活力。这种经过"形变"的陌生化新形式,能够使人产生惊奇和新鲜感,能打破感觉自动化和读者心中的接受定势,将注意力集中到言语本身,促使读者惊醒思索、品味再三,达到审美认识和愉悦的深化。

三、暗示性

文学言语是一种"内指性"的"伪陈述",它指向作品本身的世界,根本谈不上是真还是假、是对还是错,与正确与否无关,只需符合作品艺术世界的诗意逻辑;它诉诸读者的直觉,引发读者的想象,给读者以品味、思索、再创造的空间。文学作品表现的是一个渗透作者审美情感,经过作者艺术虚构所创造出来的"可能的世界",这决定了文学文本言语追求的是言语的美学功能和表情功能,它注重含蓄,反对直露,讲究言有尽而意无穷,凸显出暗示性的特征。

语言艺术不同于造型艺术,缺乏诉诸人的视觉的直观性,而靠引发读者的想象在其头脑中造成形象,产生效果。在一部作品中并不是用言语对事物描摹得愈细、愈繁,唤起读者的想象就愈真切、愈丰富。过多过细的文字,效果往往适得其反,特别是那些详尽琐细的静态描写,常是费力不讨好的。所以,文学作品中需要有"空白""未定点",推动、诱发读者展开想象的翅膀。也正是由于作家、诗人在作品中有意留下的"空白""言外之意",才使作品不仅"可读""可感",还"可塑",具有品味不尽的艺术魅力。

文学作品中的"空白"通常是作家运用文学言语的暗示性所形成的。所谓文学言语的暗示性,"就是用'不言'或'少言'的方式在文学作品中造出一种文字上的'朦朦胧胧的空白',给读者留下想象与回味的空间。司空图的《诗品》中讲'不著一字,尽得风流',显然也是指的这种'空白'"[①]。

鲁迅在他的作品中就常使用暗示性的言语,以形成一种供读者体会、玩味的"空白"。在小说《祝福》中,鲁迅以形象、精练的言语描写了祥林嫂一生的悲惨遭遇,尤其是生动地刻画出了孩子被狼吃掉后,她那痴呆、疯癫的精神状态,而此时让祥林嫂精神上自我亮相,鲁迅却只用了五个字,即祥林嫂逢人就念叨的"我真傻,真的"。这五个字反映出这个被封建制度吞噬的劳动妇女丰富复杂的内心世界,几个平淡的字眼中却蕴蓄着无限的潜台词,留下了供读者想象、思索的"空白"。我们可以从中联想到祥林嫂悲惨的一生,窥见她对黄连般生活的咀嚼和回味,对一连串沉重打击的痛楚和泣诉,对失去唯一精神寄托的失望和空虚。

文学言语所指涉的内容具有多重性及某种不可穷尽性,也是形成文学言语暗示性的一个重要原因。这些内容不像科学那样确指某些概念或思想,文学语词的背后总牵着作者复杂的情感体验和无穷的审美经验。文学言语不是能指与所指的直接黏合,而是有距离的观照。文学言语常蕴含着复杂的含义,暗示着更深远的思想、感情,语词完全可能传达出与字面义不同的甚至相反的含义,这就使文学言语必然成为一种暗示性的语言。譬如阿城的小说《棋王》开头一句:"车站上是乱得不能再乱,成千上万的人都在说话。"如果从字面上看,这句话描述的是车站上乱糟糟的客观场面,但若仔细品味,便可以品出"乱"字背后暗含着另外两层含义:一层是表述当事人和叙述者共同的一种心境;一层是暗示着作者对当时社会历史环境的真切感受。"乱得不能再乱",既勾勒出了特定时代的特征,又渲染成了小说的背景气氛,从而为整个小说的情节发展作了铺垫。

为了避免把丰富生动的内心体验硬挤进语词概念的牢笼,作家还常采用借景抒情、寓情于景的手法,从状物中象征、暗示出人类的情感。此外,间接描写、侧面烘托,也是造成暗示效果常用的言语表现手法。清代刘熙载说:"取径贵深曲,盖意不可尽,以不尽尽之。正面不

① 鲁枢元:《创作心理研究》,河南文艺出版社2015年版,第153—154页。

写写反面,本面不写写对面、旁面,须知睹影知竿乃妙。"①曲写之法造成的暗示性,常能激起人们丰富的联想和想象,使之形成"一千个读者便有一千个哈姆雷特"的效果。

在文学作品中,文字运用得恰到好处,文学言语的暗示性,能够唤起读者足够的想象,能让读者用自己的生活经验去补起文字以外的空白,这也是文学言语的"弦外之音""言外之意"。言语愈简约精粹,言外的形象就愈丰盈,方能达到"精义内含""宝光外溢"的境界。

四、独创性

文学是人类生命存在形式的显现,而人类生命活动的最大特质是能发现和创造。文学艺术领域则是最理想的发挥人类创造精神的广阔天地,它最少定格,最多自由,因此也最富于独创性。优秀作家的创作总能给人某种体悟和某些启迪,他们从不重复别人,也不重复自己,而是发他人所未见,抒他人所未抒。

作家是依靠言语展现自己的创作个性和创新精神的。文学言语的独创性是优秀作品的一个重要标志,也是作家潜心追求的目标。为了使作品言语不落窠臼、新鲜奇特、富有审美创造性,优秀作家常把自己看作是刚刚来到世上第一次说话的人。正如汪曾祺所说:"一个小说作家在写每一句话时,都要像第一次学会说这句话。"②他们不需要先在的样本,没有模仿,只是凭借着自己独特的体验与感受,对字词语句进行别出心裁的选择和组合,创造出世界上从来没有过的或鲜见的情境、氛围、场面、故事,以传达出自己的发现和感悟。

作家都有自己的审美个性,他们对具体感知对象的态度不同、关系不同,感受时的选择方向、敏感程度、侧重方面会有许多差别,由此产生的审美意象及用言语塑造的艺术形象自然会烙上鲜明的个性印记。即使面对相同或相近的表现对象,不同作家的艺术表现力也能显示出各自的独创性的特点。如太阳,在科学家眼里意指是明确的,它指的是银河系的一颗恒星,是一个炽热的气体球。但在文学家心中,它往往会转化成一种物象、一种情绪、一种心境。因此,在作家笔下虽然吟咏的是同一个太阳,却赋予太阳不同的形象,有着迥然不同的抒情言语的格调。

在郭沫若的笔下:(太阳出来)"环天都是火云! /好像是赤的游龙,赤的狮子,/赤的鲸鱼,赤的象,赤的犀。"(《日出》)

在闻一多的笔下:"太阳啊,火一样烧着的太阳! /烘干了小草尖头的露水,可烘得干游子的泪眼盈眶?"(《太阳吟》)

在邓刚的笔下:(太阳升起)"大海母亲恋恋不舍地拥抱着这个刚分娩的婴儿不放,于是这金红色的圆球的下半部被拉长了,变形了,像一个巨大的、站立着的金卵。"(《迷人的海》)

以上三位作家面对太阳时的具体感受不同,所以写出来的文字迥然有异。郭沫若的言语跳动着如火的激情,闪烁着无限的希望,在其笔端,日出的景象格外美好、壮丽。而闻一多

---

① 刘熙载:《艺概》,上海古籍出版社 1989 年版,第 8 页。
② 汪曾祺:《关于小说语言(札记)》,彭华生、钱光培编:《新时期作家创作艺术新探》,人民文学出版社 1991 年版,第 322 页。

先生面对着太阳,油然升起浓郁的思乡惆怅之情,言语充满了无尽的哀伤,在其笔端,阳光之下一切都是那么灰暗。邓刚则把初升的太阳描绘成一个刚分娩的婴儿,一个脱开了母体的巨大的站立着的金卵,其艺术想象力多么瑰丽、奇特！这幅绚丽夺目的画面,洋溢着一股朝气蓬勃、欢愉明快的时代情绪。可见,文学家对于"太阳"这一客观物象,赋予了不同的形象化、情绪化、个性化、审美化的奇妙色彩,传达出各自不同的审美发现和审美感受。正是在这些富于独创性的艺术描写之中,作家各自的智慧风貌得到了充分的显示。

由于文学作品是作家动荡流转的情绪、情感、观念、行动过程等富有生命力的内在形态的外在凝集,即使是同一个作家,在不同时期、不同处境、不同心绪的作用下,对太阳的感受、描写也表现出不可重复的独特性和意象的丰富性。因为"诗人的创造性说穿了在于他面对的是自己的世界。或者说,他是以自己的心灵去感知,归根到底他在感知自己的内心世界"[①]。仅北岛笔下就有诸多不同的太阳：

　　　　(1) 即使明天早上/枪口和血淋淋的太阳/让我交出自由、青春和笔/我也决不会交出这个夜晚/我决不会交出你(《雨夜》)

　　　　(2) 时间不再从草叶上滑过/太阳的钟摆/停在云层后面/不再摇落晚霞和黎明(《睡吧,山谷》)

　　　　(3) 以太阳的名义/黑暗在公开地掠夺(《结局或开始》)

　　　　(4) 也许有一天/太阳变成了萎缩的花环/垂放在/每一个不屈的战士/森林般生长的墓碑前(《结局或开始》)

在例(1)中,太阳的红色引起对"血"的联想,触发了恐怖的感觉,太阳在这儿变成了罪恶的代表。例(2)日出日落带来了昼夜更替,让人联想到时间的周而复始,于是太阳就如同一只计时的钟摆,如今时间凝滞,太阳暂时休息,已感觉不到晚霞和黎明变换的时间流程。例(3)象征光明的太阳在此却成了披在黑暗身上的一件堂皇的外衣,谎言身上覆盖着伪真理,以正义、光明的名义进行实质上罪恶的掠夺,其可怕的后果可想而知。例(4)在同一首诗中与前面的太阳意象相关,总有一天这件外衣要剥落,曾经艳丽一时的花环要萎缩,变成对战士的献祭。这里诗人借助不同的太阳的意象,抒发出不同的审美体验。文学言语的独创性正是创作主体对客观事物情绪浸染和心灵外化的结果。

第三节
文学言语的基本类型

关于文学言语的分类,在我国文论界最流行的方法是依据不同的文体类型来分,而文体

---

① 谢冕：《诗人的创造》,生活·读书·新知三联书店 1989 年版,第 8 页。

类型的划分又一直普遍沿用"四分法",由此便把文学言语分为诗歌言语、小说言语、散文言语和戏剧言语。由于不同体裁的文学作品,尽管在文学言语上有不同之处,但也有共同之处和交叉使用不同类型文学言语的情况;加之新兴的影视文学言语、网络文学言语难以归入由"四分法"形成的文学言语类型。所以,把区分四种文学体裁的标准作为区分文学言语类型的代用标准是不合适的。文学言语是有别于普通语言的特殊语言形态,具有自身的内蕴和审美特性。文学言语的区分,应该根据自身固有的特性和功能的不同来分类。由此,我们可把文学言语分为叙事性文学言语、抒情性文学言语和影剧性文学言语。

一、叙事性文学言语

叙事性文学言语是叙事性文学的基础。所谓叙事是叙述事件或故事。所以,"叙述"是一种行为,指的是叙述主体运用言语这种特定的媒介将信息传达给受叙者这样一个交流行动。叙述作为一个完整的交流行动,它含有系统的因素,包括叙述者及叙述者言语、叙述视角、叙述的时间与语式、作品中人物言语的表达形式与特点等。

叙述者对于叙事作品是必不可少的。所谓叙述者,是指叙事作品的讲述者,也就是体现在文本中的所谓"声音"。任何一部或长或短的叙事作品,至少有一个叙述者。叙述者言语对叙事作品起着穿针引线、连缀贯穿的作用,它使作品的诸要素联结成一个有机的整体。叙述者言语有两种基本的言说方式,一种是叙述(narrate),一种是描写(describe)。在叙事文本中,叙述者叙事总是交替使用上述两种言说方式。而这两种言说方式具有不同的功能。叙述是指由叙述者主观地将故事讲述出来。由于讲述依赖于叙述者的叙述眼光和行为,因此讲述总是包含叙述者对于故事或人物的评论,至少读者常常可以从讲述中体会到叙述者对于故事或人物的评判。运用叙述,叙述者可以把一个个事件及其因果联系告知读者,使读者了解故事发生、发展的全过程。描写是指叙述者用富于形象性、富于表现力的言语对人物、事件、环境、景物及其形态、特征所作的具体描绘和刻画。它把叙事文本表现对象的各个因素具体生动、鲜明清晰地展现在读者的眼前,使读者产生如见其人、如历其事、如临其境的感觉。

叙述视角既是统一作品形象的枢纽,又是显示作家创作个性的手段。一般而言,叙述视角可以分为外视角、内视角和多视角。外视角是指作家置身局外,从旁观者(故事外叙述者)的角度来讲述故事的发生、发展经过。以局外人出现的叙述视角,由于叙述人不是作品情节的有机组成部分,他通常与作品中的人物保持一定的距离,对事件、人物作客观的叙述和介绍,由此构成了全知全能的叙述视角。这种全知性外视角的叙述通常采用第三人称,而且总是赋予讲述者最大的自由。他可以不受时空的限制,讲述人物行动和事件的全过程;他可以透视人物心灵的奥秘,对人物进行评述和分析;也可以完全不露声色地"客观"陈述事件本身。这种视角的叙述,能够把生活容量丰富、人物众多、情节线索复杂、场面转换频繁的作品组织成有机的整体。在中外文学史上,那些规模宏大的史诗式的经典作品,如《红楼梦》《三国演义》《李自成》《战争与和平》《安娜·卡列尼娜》《红与黑》等,都是用全知性外视角来叙述的。

内视角,是由处于故事之中的当事人,也就是作者委托故事中的人物充当叙述者,通过这个人物的知觉、意识和情感去感受、体验外界事物,所有的事件、情景和人物行为都呈现在叙述者的个人见闻和感受之中,然后泄露给读者。内视角的叙述通常是以第一人称"我"出现。同外视角叙述相比,内视角第一人称叙述本身具有一种独白性,特别适合于作者心理忏悔、主观抒情、表现"自我",艺术感染力强。所以,在自传体、日记体、书信体叙事作品的领域里,以第一人称为标志的内视角始终独步天下。但这种叙述方式也有视野较窄、心理开掘的对象受到各种限制的一面,缺乏外视角叙述的广阔空间和那种灵活自如性。

多视角,即把内视角与外视角结合起来交错使用,以不同叙述者的眼光审视生活,叙述视点呈现出复式的、多层次的变化状态。叙述者的交错出面,是以"我""你""他"三种人称方式的轮番使用为标志的。

在叙事作品中,叙述人可以按照事件发生的时间顺序,即按照"叙述时间"与"故事时间"次序一致的原则来讲述故事;也可以打乱事件发生的时间顺序,将事件安排在一个新的、人为的时间次序中来讲述。这是叙事文处理时间次序的两种最基本的方式。前者是一种简单易行的讲故事的方式,在叙述语式上称之为顺叙。但是,多数作家,特别是现代小说家,为了凸显故事的某种特殊含义,或者为了获取某种特殊的叙事效果,往往更倾向于采用后一种方式。事件发生的时序与叙述文本时序之间出现的各种形式之间的不吻合,我们称之为错时。这种时间错位表现在叙事上主要呈现为两种不同的语式:一是追叙,即事件已经发生过,现在再进行回顾式的描述。这些事件可能是作者亲身经历过的,也可能是未曾经历过的,甚至是千百年前发生的事情。二是预叙,即对将来发生的事件,预先对其过程进行描述,也就是说叙事的时间早于事件发生的时间。

在叙事文本中,行为或事件的详尽叙述,往往比完成这些行为或事件的过程要慢。当然还有更多比行为或事件发展过程要快的概述。这就造成了叙述的持续时长与故事的持续时长不相对应的情况。如果按照故事时间与叙述时间的比率为标准,叙事速度便表现为不同的语式类型,主要有快叙、慢叙、平叙、零叙等多种。

叙事作品无论采取什么叙事策略来叙事,最终总要围绕着人物展开,总要通过叙事来展现和刻画人物。人物言语既是塑造人物个性化性格的主要手段,又同叙述人言语一样,担负着展开情节、塑造形象和表现主题的艺术使命。人物言语是叙事文的重要组成部分。叙事文的人物言语具有灵活自由的特点。拿小说中的对话同戏剧中的对话相比,这一特点便会凸显出来。戏剧中绝大部分篇幅是人物对话,对话必须写够一场一台,三言两语不成戏,只要人物在台上,就得写出他非说不可的一些话,即便是请安、道别、应酬之类无关紧要的话语也不能省略。小说则不然,只要与主题关系不大,就可省略不写;它可以从众多人物长时间的谈话中挑出几段或几句写进作品,省去其中一部分或大部分;它还可以只写问话,不写答话,从而突出某个人物或某种内容,追求特殊的艺术效果。与戏剧相比,小说的人物言语不仅可省、可简,而且还可以将人物言语转为叙述人言语,由叙述人转述人物的话,从而达到结构的简洁、紧凑、匀称、富于变化。叙事文的人物言语还应具有神肖之美的特点。正是人物言语神肖之美的特点，使不少中外名著中的人物形象成为不朽的典型。人们每当想起这些典型形象时，耳边便会同时萦绕着他们各自熟悉而独特的话语。譬如想到孔乙己，便仿佛听到那抑扬顿挫的"多乎哉？不多也"；想到二诸葛，自然忘不了"恩典恩典"；想到李逵，耳边就会响起他那粗鲁的骂声："招安，招安，招甚鸟安！"

人物言语要达到神肖美的境界，一是人物言语要切合人物自己的经历、教养、职业、社会地位、性别、年龄等身份特征，符合其性格特点和思想观点。二是人物言语还要表现人物在特定情境下的心理状态，显出人物特有的精神、气质。三是人物对话要力避"千部一腔"，每个人物说话都应有自己独特的表达方式和不同的音容笑貌，有的文，有的质，有的简洁，有的啰嗦，有的文理通畅，有的颠三倒四，总之，各异其貌，多姿多彩。

二、抒情性文学言语

抒情文学是与叙事文学、戏剧文学相对而言的另一种文学样式。具体而言，抒情文学指的是表现、传达作者以情感为核心的内在心性的文学。抒情文学作品并非没有对客观事物的描述，但是写事、写物，都是为抒发作者情怀服务的，常常是借景抒情、托物言志，而所写的事物本身并不是目的，叙事只是抒情的手段。抒情性文学言语，是抒情文学的最重要的要素，没有抒情性文学言语，也就没有抒情文学。

在抒情性文学作品中，抒情主人公对反映对象进行情感表达的方式是多种多样的，是因人而异的，每一位抒情主体都有自己表达情感的独特方式方法，可谓个性纷呈。但纵观种种抒情，其基本的言说方式一般来说有下面两种类型。

1. 直接抒情

直接抒情是指作者或作品中的人物有感而发，直接宣泄某种情绪或情感，直接剖露人物的内心世界的抒情方式。此种方式若出自抒情主人公之口，则称内心独白式抒情；若替他人剖白情怀，则称心理剖析式抒情。这种抒情方式具有浓郁强烈的主观性和毫不含糊的鲜明性，运用得当则坦诚显豁、痛快淋漓，能形成强烈的艺术感染力；把握不当则会造成作品言语的直白浅露。好的直接抒情并不是一种个人情感的随意宣泄，它讲究体验的真诚与内在的超个人性。因为，在现实生活中，人都是生活在一定的历史条件和社会关系中的，人的情感活动也总是有着民族的、时代的、阶级的根源。这就决定了作家所抒之情无不与生活、与社会、与时代息息相通，与先进阶级、人民大众的思想感情脉脉相连。正因为如此，作家所抒之情才能引起广大读者的共鸣。在优秀抒情文学中，作家、诗人直接抒发的真挚情感，生活底蕴无比丰富生动，能撼人心灵。这就决定了直抒胸臆、情溢言表的文学言语，往往是自然浓烈的。郭沫若是一个性格外向、激情澎湃的诗人，他写的许多浪漫主义诗篇，常常采用直抒胸臆的方式，表达胸中燃烧着的炽热情感，诗集《女神》便直接喷涌着诗人追求社会主义理想的磅礴诗情。这种直抒胸臆的表达方式，在各种文学体裁中都有，尤其是在抒情散文、抒情诗中更多,可以说,抒情散文、抒情诗其言语最突出、最鲜明的特色,就是它的抒情性。

2. 间接抒情

间接抒情是指作者或作品中的人物不直接诉说自己的内心情感,而是把情感寓于艺术形象的塑造之中,寓于具体的人、事、景物之中,使主观情感客观化、形象化,以此间接地暗示或烘托出自己的某种感受或体验,收到含蓄隽永、余味无穷的艺术审美效果。一般来说,情感作为人的某种感受或体验,它本身是无形的、抽象的,又总是处于不断流动与变化的状态之中,而且情感的内涵是非常微妙、复杂、多样的,令人难以准确地捕捉。所以,人的许多体验和感受是难以用言语直接表述或传达的,只能凭借某些事物、景物的形象间接地象征或暗示出来。间接抒情是一种层次更高的抒情方式,它需要作家以敏锐的艺术直觉精心挑选物象,并能对物象进行复杂的加工处理,需要艺术地运用文学言语符号成功地加以表现,达到情景交融的境界。所以,这种抒情方式最能体现创作主体的悟性和灵性。间接抒情可以进一步分为三种,即托物言情、以景寄情、意象传情。

文学抒情不仅有不同的言语表达方式,而且还有不同的运用言语的策略,包括语法策略和修辞策略,它们共同构成了抒情性文学言语的外部特征。文学抒情手段有多种,如含情描述式抒情、复沓咏叹式抒情、谈心呼告式抒情、象征寓意式抒情、比兴比拟式抒情,等等。

三、影剧性文学言语

戏剧与影视艺术的文学文本(剧本)以"言语"作为自己的存在形式,它是一种特殊的文学样式,是为导演和演员进行再度创作而写的,是为演出而写的,这就决定了剧本的言语形态不同于小说、散文等其他文学文本,它对言语有着特殊的要求,其特殊要求主要表现为:一是剧本要突出"戏剧性",其言语更富有动作性;二是剧本塑造人物形象的基本手段是台词,也就是人物言语,作者不能出来说话,而必须通过人物言语和人物行动来展示人物性格;三是剧本是供演员演出的"脚本",这就要求剧本台词清楚明白、质朴自然、口语化,不能晦涩难懂、含糊其辞。

剧本的言语形态有两种,即人物言语和情景说明。人物言语是演员在舞台上说的话,即台词。人物言语包括对白、独白、旁白以及唱词等。人物言语是戏剧及影视艺术塑造人物性格的重要手段,每个剧中人物都是用自己的言语和行动来表现自己的特征的,不用作者提示。同时,它还承担着推进剧情、交代某些没有正面表现出来的人物生活经历或事件过程的任务。情景说明是剧作言语的另一种形态。情景说明分为舞台场景说明和舞台指示,前者指明剧中人物活动的时间、地点、环境氛围、场景设置,交代剧情时空关系和有关人物等,舞台场景说明通常出现在每一幕的开头处;后者指明各个角色的姿态举止、动作表情,一般是插在人物名字之后和台词中间的括号里,只用一两句话甚至一两个词给予简明扼要的提示。

人物言语是剧本言语的主体,影剧中人物的思想是靠矛盾冲突中人物的言语和行动去表现的。所以,影剧性文学言语的特点主要体现在人物言语上。影剧性文学言语主要有三个特点。

1. 强烈的动作性

言语富有动作性,是影剧性文学言语首要的、基本的特性。戏剧是通过演员的表演,把人物的动作在舞台上直观地再现出来,使观众获得直接、具体的感受。戏剧就其本质而言是动作的艺术,电影、电视剧也是如此。因而影剧言语总是和动作联系着的,它是创造行动着的人物的手段。斯坦尼斯拉夫斯基有一个戏剧术语叫作"语言动作",这个术语揭示了戏剧言语自身的性质,也说明人物的言语与行动是密不可分的,言语要行动化,行动要言语化,二者相辅相成,相得益彰。影剧中的人物台词不仅说明着动作的内容,而且台词本身也是动作,它和人物的形体动作融合为一体,表达着人物的内心状态、隐秘的欲望、情感等。动作包括剧中人物的外部动作和内心动作两个方面,外部动作是指与台词伴随的动作,如走路、舞蹈、拳击、厮打等一切可以让观众直接看到的动作;内心动作是指人物复杂、剧烈的内心活动。后者比前者更丰富、更重要。只有把内心活动戏剧化,人物言语才能把事件的真正冲击力量表现出来,才能具有戏剧性。

2. 鲜明的个性化

影剧艺术所塑造的人物形象,其性格、经历、遭遇、命运以及所处的环境等,都应该是独特的、个性化的,这是影剧艺术具有戏剧性的根基。人物的对话和唱词,都必须符合每个人特定的个性特征,说出他自己的话,体现出他自己的风格。个性化的人物言语不仅体现在什么人要说什么话上,还体现为人物对话的性格各殊,谈吐各异,这样才能成功地运用文学言语塑造出个性鲜明的艺术形象。在老舍的剧作《茶馆》里,出场人物多达六七十人,但却是"说一人,有一人","话到人到",开口就响,只用三言两语,人物独特的性格便生动地凸显出来。如剧中的唐铁嘴,虽然言语不多,却极富个性特征和艺术表现力。唐铁嘴对人说:"已断了大烟,改抽白面了。"接着又说:"大英帝国的香烟,日本的白面,两大强国伺候我一个人,福气不小吧?"这洋洋得意、不知羞耻的话语,逼真地活画出了唐铁嘴奴性十足的本质和崇洋媚外的卑鄙嘴脸。此处,三言两语便形神并具。如此高度个性化的人物言语,在《茶馆》中不胜枚举。

如何使影剧中人物言语个性化

作者必须苦思熟悉:如此人物、如此情节、如此地点、如此时机,应该说什么,应该怎么说,一声哀叹或胜于滔滔不绝;吞吐一语或沉吟半晌,也许强于一泻无余。说什么固然要紧,怎么说却更为重要。说什么可以泛泛交代,怎么说却必须洞悉人物性格,说出掏心窝的话来。说什么可以不考虑出奇制胜,怎么说却要求妙语惊人。无论说什么,若总先想一想怎么说法,才能逐渐与文学言语挂上钩,才能写出自己的风格来。

——王行之:《老舍论剧》,中国戏剧出版社1981年版,第23页。

3. 充分的表现性

文学言语贵在含蓄。含蓄而富有内蕴的言语,才能为鉴赏者留下回味的余地和想象与再创造的空间。影剧中的台词是人物内心活动的体现形式,但并不是说人物必须在台词中把内心活动全部展示出来,使观众一览无余。相反,真正具有戏剧性的言语,恰恰是具有丰富潜台词的道白。潜台词是指剧中人物台词背后隐藏着的言外之意、未尽之言及说话的意图、目的等,它所负载的意义,更为丰富、深刻。由于潜台词能准确地传达出人物潜在的心理动机和真正的话语目的,从而引发某种深层的心理交锋,形成剧本内在的戏剧性,因之,人物言语的动作性,实际上就是由潜台词的作用造成的。具有含蓄性、潜台词的人物言语,增大了有限言语的信息量,使人物更丰满、更鲜活。在影剧欣赏中,观众通过演员对台词的处理以及表情、行动,不仅能理解台词本身的意思,而且可以感受到话中之话、弦外之音,从而窥见人物心灵深处的隐秘。由此,也能催发出观众再创造的激情,令作品更具艺术感染力。

 关键词

1. 文学言语

是指文学作品中所使用的、体现文学性与审美性的、独具特色的语言。它是一种承载着丰富的情感信息和美感信息的艺术符号。

2. 文学言语的语调

是指文学文本言语单位所具有的"调性"。语调的生成机制在于情感的表现,所以语调的实质是一种情调,是构成文本的言语行为整体给人的特殊感觉。

3. 语境

语境是指使用言语时所处的实际环境,即指言语行为发生时的具体情境。语境在范围上有大与小之分,在形态上则有显与隐之别。小语境指书面语的上下文或口语的前后语所形成的言语环境。大语境是指言语表达时的具体的社会环境和自然环境。

4. 文学言语的变异性

是指作家在文学创作中,出于表达审美体验和情感的需要,打破约定俗成的固定意义的语言符号和语法成规,将言语"形变",进而凸显其非规范性、非逻辑性、无功利等超越常规的特性。

5. 叙述

指的是叙述主体运用言语这种特定的媒介将信息传达给受叙者这样一个交流行动。叙述含有系统的因素,包括叙述者及叙述者言语、叙述视角、叙述的时间与语式、作品中人物言语的表达形式与特点等。

6. 间接抒情

间接抒情是指作者或作品中的人物不直接诉说自己的内心情感,而是把情感寓于艺术形象的塑造之中,寓于具体的人、事、景物之中,使主观情感客观化、形象化,以此间接地暗示或烘托出自己的某种感受或体验。间接抒情有三种方式,即托物言情、以景寄情、意象传情。

 思考题

1. 结合文学创作,谈谈你对文学言语作用的认识。
2. 简述文学言语与日常语言、科学语言的区别。
3. 试述文学言语作为艺术符号的主要特征。
4. 如何结合具体的语境理解文本的内涵?
5. 举例说明影剧性文学言语的主要特点。

 阅读链接

1. 凯塞尔:《语言的艺术作品》,陈铨译,上海:上海译文出版社,1984 年。
2. 老舍:《出口成章》,上海:复旦大学出版社,2004 年。
3. 鲁枢元:《超越语言:诗性言语的心理发生》,杭州:浙江文艺出版社,2023 年。
4. 唐越、谭学纯:《小说语言美学》,合肥:安徽教育出版社,1995 年。
5. 李荣启:《文学语言学》,北京:人民出版社,2005 年。

第四章
文学创作

　　文学作品作为一种供人阅读的"客观存在物",不同于日月星辰、山川河流之类属于自然生成物,而是一种特殊的、复杂微妙的精神产品,是作家经过艰苦而愉悦的精神劳动创造出来的,是第二性的存在。面对这种神奇的精神产品,人们常常为之惊叹,为之着迷:它是怎样创造出来的呢? 这种创造活动与其他创造活动有什么不同呢? 创造活动中蕴藏着哪些秘密与规律呢? 诸如此类的疑惑,就是本章将要讨论的问题。

第一节
文学创作是一种特殊的精神创造活动

文学创作,作为一种奇特的精神活动,自古以来就吸引着人们的注意,人们饶有兴趣地试图解释它,为此产生了各种各样的学说。有人认为文学创作是作家心灵、情感的自我表现,作家人格的外在投射,此谓之表现说。有人认为文学创作是如实地对客观存在的现实世界的模仿或再现,此谓之再现说。有人认为文学创作是一种工具和手段,目的是改造社会,移风易俗,是为现实社会的政治、伦理、道德服务的,此谓之实用说。有人认为文学创作是想象中的游戏,是人的天性使然,无任何功利企图,是一种纯形式活动,此谓之游戏说。有人认为文学创作来源于人的深层无意识,是个体无意识的升华,或者是久远而神秘的集体无意识的自然流露,此谓之深层心理说。形式主义和结构主义认为文学创作是一种独特的语言建构,是一种语言写作(或书写),来源于社会语言系统对个人的作用,作家个人受群体语言系统的制约,此谓之客观说。诸如此类,不一而足。

不同观点折射出不同视角,每一种视角都让我们看到了"文学创作"的某种特性、某一方面,都包含有真理的因子,因而都有存在的价值。多种视角变换体现了人类为全面深入理解、把握文学创作活动所作的不懈努力。但也许文学创作作为一种精神活动太复杂了,任何一种视角的近距离观察都不可能窥视其真面目,因而任何一种归纳概括都显得有些单一和片面。

经过长期反复的理论思考,通过对古今中外优秀作家、艺术家创作经验的总结,以及对文学创作的优秀成果——经典名著的剖析,现代文艺理论家们倾向于采用更宏观的视角,用大而化之的方法,将文学创作的性质返璞归真式地表述为一种特殊的(即审美的)精神创造活动。

为什么说文学创作是一种特殊的(即审美的)精神创造活动呢? 理由是多方面的。首先,文学创作活动的主体——作家,是具有特殊精神(心理)结构的人。

一、作家的有机天性

稍有文学知识的人都知道,文学创作离不开生活,但是,人人都有"生活",人人都在"生活"中,为什么并不都能成为作家呢? 当然,也许有人并不想成为作家,因而不作这方面的努力,这可以理解;但是,那么多人一心想成为作家,为此也作过艰苦努力,怎么仍然成不了作家呢? 世上三百六十行,差不多各行各业经过刻苦训练都能达到很高造诣,为什么文学创作这一行却不能呢? 大学文学院(中文系)以"文学"为教学、研究对象,培养出大批合格的毕业生,为什么成为作家的却凤毛麟角呢?

这一切疑问都暗含着一个问题:文学创作是一种特殊的精神劳动,从事这一劳动的主体——作家,必须具有不同于一般人的精神气质。这种精神气质,人们一般称之为天赋、禀赋、禀性、气质、才情,现代理论称之为有机天性。

作家的有机天性,属于心理学中个性的范畴,是类似生物学中"种子"或"胚胎"一类的东西,具有一种特殊的机制,使它能够成为它自己,而不是别的什么,如西瓜种子注定要结出西瓜一样。但人的有机天性与植物的种子又有所不同,它不是全由生物性遗传机制决定的,还必须考虑到人生经历、社会历史文化因素在人的深层心理中的积淀。也就是说,它既有生理器质、神经类型方面的先天因素,也有生活经历、文化修养、民族血统、社会遗传(即文化无意识)等后天因素。有机天性不是完完整整从母腹中带来的,它同时还是在"社会性母体"中孕育而成的,它的基本定性成形是在一个人的童年时代。

如上海著名作家王安忆在写出第一篇小说之前,她的文学的有机天性就已经存在着。她的母亲茹志鹃从她由乡下写来的信中发现了她的文学天性:艺术感觉很好,能把农村生活的枯燥乏味写得鲜活、生动、有趣。正是在有机天性的基础上,经过刻苦努力她成长为一名优秀作家。有机天性并不是创作成功的必然保证,然而它却提供了可能性,否则,仅有刻苦努力是不行的。

作家的有机天性对创作的作用很早就被人类所认知。例如,中国语言把这种心理因素称之为"才":文才、天才、鬼才、怪才、仙才、奇才、妙才、雄才、通才等。这里的"才"当然是一种特殊的才能,是通过创作外化出来的一种能力,而在未外化之时则是一种潜质、潜能。在西方,早于苏格拉底和柏拉图的古希腊哲人德谟克利特就发现,"只有天赋很好的人能够认识并热心追求美的事物"[①]。恩格斯在分析天才作家歌德与席勒的创作时也充分注意到两人气质的不同。他说歌德过于博学,天性过于活跃,过于富于血肉,过于敏锐;歌德的气质、精力、全部精神意向都把他推向实际……[②]诸如此类的论述,在文艺史上屡见不鲜。

作家们自己对此也有清醒的意识。20世纪80年代,以研究创作心理学著称的鲁枢元先生曾经对我国当代作家叶文玲做过问卷调查。叶在回答关于她的创作心理的提问时,曾十分肯定地说:"我很相信一个人的气质对写作的重要作用,……我从来赞同气质与创作能力是密切相关的。"她承认在秉性上受母亲影响最大,热情、爽直、敏而好学、富有同情心。由于天性敏感,常常因为一些旁人可能毫不注意的小事(如因小过失受责罚,受家人无意冷落等)而引起自己的情绪波动,也每每为一些受伤害的人或事而心怀忧伤,她坦率承认这与自己以后创作风格的形成有很大关系。

无数作家、艺术家的成长经历告诉我们,禀赋、气质、天性之类作为一种特殊的潜能是存在的,它是作家、艺术家成才必要的前提性条件,当然不是唯一条件,作家成长需要更多因素和条件。

二、作家的创作个性

有机天性之于个体,只是一种潜质、潜能,犹如植物种子发芽需要土壤、水分、阳光一样,

① 德谟克利特:《著作残篇》。伍蠡甫主编:《西方文论选》上卷,上海译文出版社1979年版,第4页。
② 恩格斯:《卡尔·格律恩〈从人的观点论歌德〉》,《马克思恩格斯全集》第4卷,人民出版社1984年版,第256页。

有机天性要想成为作家的现实能力也需要后天的陶冶和磨炼。先天的有机天性经过后天的熏陶,发展成为作家的创作个性。

创作个性是作家在生活和创作实践中所形成,并在艺术创作中呈现出来的个性特点。这些特点与作家本人的个性气质、人格精神、艺术追求、审美情趣和艺术才能等精神因素有关,是上述精神因素的总和。创作个性的形成既有社会的影响也有个体的原因。从社会角度说,每个人都是无限复杂的社会关系网络之上的一个小结,他与整个网络相联系,受网络的影响和制约,这是人的本质,人的共性。另一方面,人对客观世界的反映、认识,又总是从自身单独具备的特殊状况中进行的。由于遗传带来的差异,由于具体家庭、环境、经历的不同,每个人的思想、感情、气质、兴趣、习惯等也各不相同,因此形成了人与人之间千差万别的个性。

艺术贵在独创,独创既不等于题材的怪异,也不等于技巧的圆熟,而是植根于艺术家的创作个性中。创作个性规定着作家以自己独特的角度选择对象,以独特的方式处理对象,规定着作家按自己的审美观点审美态度对对象作出独特的解释和评价。也就是说,每个成熟的作家都是按照自己的独特声音说话的。

由此可见,艺术独创性的秘密源于艺术家创作个性的独特性,世界上没有完全相同的两个人,更没有完全相同的两个艺术家。因而作为精神生产的文学创作,本质上就应该是独一无二、不可重复不可替代的。

各不相同的创作个性

　　大型文学刊物《中国作家》1993 年曾以"我和北京胡同"为题,邀请一批文坛名家著文写体会,萧乾、季羡林、王蒙、杨沫、李纳、白桦、蓝翎、蒋子龙、陈建功、叶兆言、王朔应征写下了各自对胡同的认识感受,十一篇散文观点各异煞是有味。其中萧乾、季羡林、杨沫几位老作家由于几十年居住在胡同里,对胡同生活充满深情挚意。季羡林对胡同又赞又爱,表示与之结下了永恒的缘分。萧乾衷心乞愿北京能多留、少拆几条胡同,甚至"在梦境里,我的心灵总萦绕着那几条小胡同转悠"。王蒙、白桦、蓝翎之类中年作家对胡同也有感情,但显然不如老一辈人那么魂牵梦绕,一往情深。他们的文章大多是比较客观地记述自己对胡同的理解、与胡同的缘分和胡同中发生的经历变故。陈建功、王朔之类年轻作家与老一辈作家对胡同的态度截然不同。陈建功以《"拆"》为题,对拆胡同建新楼,告别过去走向未来的历史进步作出了充分的肯定。王朔则以《烦胡同》为题认为胡同生活的赤贫、艰辛、困窘毫无快乐可言。他甚至把住胡同与住监狱相提并论,言辞激烈地抨击悲天悯人的文化闲汉那种廉价温馨的回忆,态度决绝地表示,就是把"满北京的胡同都推平了我也不觉得可惜"。

　　　　　　　　　　　　　——蔡毅:《创造之秘》,人民文学出版社

　　　　　　　　　　　　　2002 年版,第 175—176 页。

三、文学创作的对象

文学常识告诉我们创作的对象是生活。谁的生活？当然是人的生活，人是生活的主体，没有人就没有生活，文学表现生活说到底就是表现人，所以有"文学是人学"的理论命题。

那么人又是什么？人与动物的根本区别之一是精神，人是以精神为特征的动物，人生的内涵主要表现为人的心路历程，所以，文学写生活主要是写人，写人归根结蒂是写人的心灵、人的精神。人的心灵、人的精神是文学的直接源头，文学是人类心灵的忠实记录。正如丹麦文学理论家勃兰兑斯所说："文学史，就其最深刻的意义来说，是一种心理学，研究人的灵魂，是灵魂的历史。一个国家的文学作品，不管是小说、戏剧还是历史作品，都是许多人物的描绘，表现了种种感情和思想。"[①]

勃兰兑斯的观点得到了广大作家、理论家的认同。如王蒙，在进行过多年的小说创作实践之后，倡导小说表现人的内心世界、心理活动。他说他近年来的作品一改过去注重外在故事的描写，而更多地探索人的内心活动、精神世界，注重写心理、写感情、写联想和想象、写意识活动。王蒙认为注重人的心灵描写的作品能探索人的心灵奥秘，能更深层地揭示生活的真相。

作家史铁生也反复申述过类似意思。史铁生说，人生于斯世行于斯路，受得了辛苦劳累却受不了寂寞孤独，于是创造了文学。文学安慰了人的心灵，抚慰了孤独的人生。例如民歌，在老百姓口中一代代流传，是因为一代代人从中听见了自己的心、自己的命运。艰苦的生活需要希望，鲜活的生命需要爱情，数不完的日子和数不完的心事都要通过民歌加以诉说，民歌里面包含着老百姓的生命信息和情感信息，"心"是民歌的源头也是民歌的归宿。史铁生喜欢说艺术源于人的梦想（理想和愿望），当一个人想写小说的时候，就像一个人渴望爱情的时候，他已经进入了梦想，没有梦想的世界太可怕太无聊，因而人们才渴望着艺术，才催生出了诗歌、小说，催生出了音乐和美术……写作和爱情一样，是要供奉着梦想，要祭祀这宇宙间一种叫灵魂的东西。总之，既然文学与人的心灵难解难分相互依存，心灵为文学提供了源泉，那么作家写作行为的实质就可以理解为"大脑对心灵的巡察、搜捕和缉拿"。史铁生说，我相信心灵的角度是无限的，心灵的丰富是大脑所永远望尘莫及的。写作若是大脑对心灵的探险、追踪和缉拿，写作就获得了一块无穷无尽的广阔天地。[②]

把文学创作理解为大脑对"心"的捕捉和巡察，是对以前文学理论长期忽视"心"的地位的反拨，是对文坛痼疾的针砭。传统文学理论常常把人的心灵与"客观存在的社会生活"对立起来，仔细想来，这种观点是站不住脚的。

因为，社会生活的主体是人，没有人就没有社会生活。而人有精神，有心灵，所以"精神""心灵"也是一种现实的存在，也是社会生活的内容。心灵虽然不实——看不见摸不着，但却

---

① 勃兰兑斯：《十九世纪文学主流》第一分册，张道真译，人民文学出版社1988年版，引言第2页。
② 胡山林：《寻找灵魂的归宿——史铁生创作的终极关怀精神》，人民文学出版社2005年，第238—239页。

不能说不真——谁能否定心灵的存在呢？凭什么一定要把"真"限定为"实"呢？是谁把"真"的终身许配给"实"的？难道不可以是"虚真"吗？比如梦想、愿望、想象等都虚而不假，都应该属于实外之真。[①]

既然如此，关注"人的心灵"也就是关注客观存在的生活本身，关注客观存在的生活理应包括心灵生活。这一观点的提出，让作家关注的重点发生了变化，即从外在的生活现象转移到生活现象之下、之中流动着的心灵生活，因而回归到文学艺术的本性。当然，毋须赘述的是，关注心灵绝不意味着反对写外在的社会生活，而是反对只见"外在"不见"内在"，为写故事而写故事，只见人的行为而不见人的心灵。

这一观点在传统的理论思维看来似乎颇有新意，其实在更大的时空范围内早已是文学界的共识。例如巴尔扎克，以擅写社会现象著称于世，自称要当法兰西社会的书记员。但正是他，认为优秀作品中的人物都是从他们时代的五脏六腑中孕育出来的，全部人类感情都在他们的皮囊底下颤动着，里面往往掩藏着一套完整的哲学。所以巴尔扎克在创作谈中反复强调，写人物必须深入人物的内心，写出人物行动的隐秘动机。

再如罗曼·罗兰，上世纪30年代曾以爱护的心情批评过年轻的苏联文学"缺乏对内心生活的广阔领域的探索"，他希望苏联作家"要深入到生活内部去，要透入到人类的各种情欲的最底层。因为，不管在什么社会制度下，它们都永远是隐秘的生活本质"[②]。美国文学大师福克纳在接受诺贝尔奖的讲演中批评青年作家"不去注意处于自我冲突中的人的心灵问题"，他认为"只有这种种冲突才能产生优秀的文学，因为其他任何东西都值不得描写，值不得为之经受痛苦和付出汗水"[③]。

文学创作既然是对人的心灵的捕捉，而人的心灵又是无限丰富、无比奇妙的，因而文学创作也就是一种无限丰富、无比奇妙的精神探索和精神创造。

四、作家的思维方式

文学创作成为一种特殊的精神创造还因为作家独特的思维方式。文学源于生活又不等于生活，那么客观存在的生活是如何变成艺术形象的呢？有人说这是作家对生活素材加以搜集、整理、挑选、剪裁、提炼、概括、拼接、缀合的结果，并言之凿凿地举例说某作家的某作品就是用生活中某几人的事迹拼接而成的。这种说法似是而非。事实上文学创作决非简单的加减法，而是另有其奥妙。

艺术创造绝不是物理意义上的加工，而是像蚕吃桑叶吐出蚕丝一样的生命活动。用心理学的眼光看，文学作品必然是文学家的实践活动、生命活动、心理活动的结晶。在文学作品的创造过程中，作家把自己的精神个性融汇进生活素材化成了"第二自然"。这是一种生

① 史铁生：《我的丁一之旅》，人民文学出版社2006年版，第169页。
② 王忠琪等译：《法国作家论文学》，生活·读书·新知三联书店1984年版，第42页。
③ 刘保端等译：《美国作家论文学》，生活·读书·新知三联书店1984年版，第367页。

命创造的奇迹,理论家们把它叫作艺术创造的"生物学"原理。作家的这种创造艺术形象的思维方式,即艺术思维。

与理论或逻辑思维方式不同,艺术思维有自身鲜明的特点,主要有:始终不脱离活生生的感性材料,总是与事物的感性形象、与人的观察和感受相连接;联想、想象和幻想具有突出的意义;常常伴随着主体强烈的情感活动,且渗透着主体的精神个性;思维的结果与思维所用的材料相比,已有本质的区别;等等。由此可以看出艺术思维所具有的特殊性和创造性特征。

第二节
文学创作的过程

上一节讲到,文学创作是一种特殊的精神创造活动。由于每个作家的创作个性、写作习惯,以及创作的文体、具体作品不同,其创造过程也不可能完全相同。本节只是在一般意义上,化复杂为简单,将创作过程"抽象"为以下几个环节。

一、艺术发现

有人有丰富的人生阅历,占有大量的生活材料,而且也爱好写作,渴望写出满意的作品,但就是不知从何写起,不知道写什么,不知道手中材料的意义和价值。他们以为那些写出好作品的人碰巧遇到了一个可以写成小说的好故事,遗憾自己没碰到。还有一种情况,一些写作爱好者或者作家,听到一个有趣的故事,很快就想出一些"意义",立刻构思出一篇作品来。如听到两人闹矛盾,立刻想到人与人之间应该互相尊重互相谅解;听到夫妻中的一方因外遇而导致家庭纠纷,立刻想到家庭责任,夫妻忠诚,想到社会道德,于是谴责第三者;听到年轻人因失恋萎靡不振,立刻想到做人当自强,要经受住挫折和不幸……然而写出来发现索然无味,连自己也感到肤浅可笑。

出现上述现象的共同原因是,写作者没有思想,没有艺术眼光,对于手中材料缺乏艺术发现:要么对材料的意蕴熟视无睹,视而不见,要么是见解浅薄,被惯性思维(俗见)堵塞了思路。

那么什么是艺术发现呢? 我们先看一篇作品的创作。在我国,每年都有成千上万未考上大学或考得不理想而重新复读的学生。复读的生活是紧张而沉闷的,有的学生是迫于父母的压力才复读的,他们觉得自己活泼泼的生命被压抑、窒息在枯燥乏味的苦读中了。某大学文学院学生胡钺也经历过这种生活。开始她只是感到沉闷压抑,没有想到更多。忽然有一天她想到了琥珀,心中一亮:一个活泼的生命被凝固在透明的松脂里,这情景太像现实中的自己,太像眼前的一切了,她悟到了自己的生命悲剧,于是一篇小说《琥珀展》①的"精神内

① 胡钺:《琥珀展》,《青年文学·校园》2004 年第 7 期。

核"立刻成形。小说主人公丁小鹿,一个个性倔强、被男友戏称为"披着狼皮的鹿"的小姑娘,在父母、老师、环境的压力下放弃了摇滚、三毛、爱情和心中的狼,放弃了与分数不相干的一切心爱的东西,就像被"凝固在琥珀中央"的小生命:"你静静地端坐在琥珀中央,注视着人们对你的欣赏,风吹来,卷走地上残缺的翅膀,然后,告别飞翔……"

由《琥珀展》的创作可知,所谓艺术发现,就是作家对已熟知素材中所蕴含的精神意味的突然悟解,既可以说是主体心灵突然对材料的照亮,也可以说是材料的意蕴突然向主体的开放。在此之前,材料是死的、无意义的;在这之后,材料负载着鲜活的生命信息进入主体心灵,于是一篇作品的艺术生命随之形成。

艺术发现之所以称为"发现",在于主体对于材料意义的揭示。它来自于主体精神的观照,但却不是主体主观随意空无凭据硬加给材料的,而是材料中本来就有,只是主体把它"发现"出来罢了。

例如你上山旅游,到处所见皆石头,你熟视无睹,视而不见,毫无反应。但忽然你想,眼前此石在此已不知几亿几十亿年,历经风霜雨雪,酷暑严寒,就为了等着见你一眼,它为了见你一眼苦苦等了这么多年。这时你将作何想?你难道不深深感动吗?再一转念,石头已存在了几亿几十亿年,而且还要几亿几十亿年地存在下去,无生命的石头竟如此永恒,而人呢?这时你又作何想?你如果心里有这些闪念,这时的你就进入了审美状态,你这时的"所想"就是艺术发现。石头因你的发现有了生命,从而具有了审美品格和精神内涵。你这种"发现",既不是纯主体的,也不是纯客体的,而是相互生发、相互建构的。由此看,石头成为审美对象是靠你的审美眼光的发现,或者说是你的审美眼光赋予了石头精神内涵。反过来,如果不是石头而是土坯,你也不会"审"出上述美来。这就是说,石头之所以让你"审"出美来,是因为本身具有让你"发现"的美的特质。

这一情形类似于明代学者王阳明的一段语录:"先生游南镇,一友指岩中花树问曰:'天下无心外之物,如此花树,在深山中,自开自落,于我心亦何相关?'先生云:'尔未看此花时,此花与尔心同归于寂。尔来看此花时,则此花颜色一时明白起来,便知此花不在尔的心外。'"[1]艺术发现的机制还类似于海德格尔的"澄明":艺术家的心灵未到之处,事物的意义处于隐蔽状态,是艺术家的心灵让事物的意义得以解蔽,得以"澄明"。

艺术发现需要艺术眼光。什么是艺术眼光?余秋雨认为艺术眼光是一种在关注人类生态的大前提下不在乎各种权力结构,不在乎各种行业规程,不在乎各种流行是非,也不在乎各种学术逻辑,只敏感于具体生命状态,并为这种生命状态寻找直觉形式的视角。换句话说,艺术眼光要为"人类生态""生命状态"这些流动的大命题捕捉一个便于安驻的直觉形式。接受者正是通过这种直觉形式使自己与艺术相融。

艺术发现看起来是突然发生的事,实际上与作家的长期积累、长期思考相关,与作家的整体精神准备、思维水平相关。作家以一颗敏感的心灵体验生活,以同情开放的心态对待生

---

[1] 王阳明:《传习录下》,《四部丛刊:王文成公全书》,卷之三。

活,生活中任何具有审美价值的精神信息都可能引起他(她)的注意,给他(她)以启示,让他(她)发现人人眼睛看见而心灵没看见的东西。

因此,对于艺术发现,重要的不是有没有生活而是有没有对于生活的发现。人人都有生活,但未必人人都有发现。所以对于作家来说,既要"身"入生活,更要"心"入生活,从心的角度才能发现新的角度。史铁生说,作家的艺术使命不是别的,而是为人们提供观察世界认识人生的新角度,艺术创新的出发点主要不应该是新题材和新手法,而应该是面对生活面对生存困境的心灵体验,新的角度肯定决定于心灵的观看。"从心的角度瞭望新的角度,从新的角度瞭望心的角度",就使创新有了一个靠得住的出发点和取之不尽的源泉。[①]

对同一事物、同样生活,艺术发现既不是单一的,也不是一次性的。从共时性角度看,不同作家或同一作家可以对同一事物、同样生活有不同的发现;从历时性角度看,同一事物同样生活可以让不同作家或同一作家有不断的发现。

这种发现可以是无限的而且是永远的。这是可能的吗? 当然是可能的。因为,心灵的角度是无限的,心灵是一种至千百种变动不居的状态,心永远畅游于多维的状态中,随时都与万事万物发生着自由的无穷关联,产生着无穷无尽的新感受与新体验,于是也就有了无穷无尽的新发现。

正是在这个意义上,我们理解了古人的真知灼见:"若能实具一段闲情,一双慧眼,则过目之物,尽在画图,入耳之声,无非诗料。"(李渔)"凡物之美者,盈天地皆是也,然必待人之神明才慧而见。"(叶燮)"鸟啼花落,皆与神通,人不能悟,付之飘风。"(袁枚)

任何生活都有深意,问题是你能不能领悟,能不能发现。正如法国著名艺术家罗丹所说,生活中不是缺少美,而是缺少发现美的眼睛。

二、创作冲动

艺术发现的萌生,机缘相当复杂,它可能缘于长期酝酿之后的渐悟,也可能缘于突然发生的顿悟;它可能来自书中信息的启发,也可能来自生活中偶然听到的某句话、看见的某个人、经历的某件事,总之需要借助于某种刺激,艺术发现才得以产生。伴随着艺术发现而来的往往是作家的创作冲动。作家渴望把自己的发现外化出去,因而急于投入创作过程,创作冲动由此产生。

创作冲动又称艺术冲动。指由心理或外界触发而引起的强烈的创作激情和创作欲求。它是长时间郁积的创作动机和创作欲望的情绪表现形式,是创作过程中一种积极的情感准备。创作冲动是客观社会生活与创作主体心灵高度契合的产物。创作冲动突然发生,不可遏止,使创作主体高度亢奋,如有"神来附体",以至于"浮想联翩,夜不能寐"。在创作冲动的激情状态下,实现了艺术对生活超出常规的深入发掘。艺术作品的许多魅力产生于此,艺术

---

① 史铁生:《史铁生作品集》第三卷,中国社会科学出版社 1995 年版,第 387 页。

家的许多审美体验也产生于此,创作灵感也常由此引发。古人称这种心理状态为"兴会"。兴会一来,"登山则情满于山,观海则意溢于海"。袁枚说,"作诗兴会至,容易成篇"。创作冲动本质上是创作动机的外在表现,从心理学角度看,是由欲望激发的一种强烈的、勃发性的情绪状态。它迫使作家进入一种强烈的情绪状态:必须写,赶快写,不写出来就无法从激情的漩涡中解脱出来。

依据产生创作冲动的时间长短分类,可以分为瞬间突发式冲动与渐次形成式冲动。

瞬间突发式冲动是没有经过较长时期有意识的印象积累和情绪酝酿过程,即没有明确地准备和打算创作某一部作品,却在偶然机遇之下触发了创作欲望而产生的冲动。美国诗人庞德创作《在一个地铁车站》一诗的冲动,就是偶然的视觉印象激起他的突发情感,促使他立即紧张地寻找能表达其感受的方式。这里既没有为写这首诗而预先积累印象,也没有预先酝酿情绪。瞬间突发式冲动有时并不起因于直接感受,而是偶然得到一个间接材料,作家当即受到吸引,预感到它可以孕育成一部作品,于是产生创作冲动,如老舍写《骆驼祥子》的情形就是这样的。创作冲动的瞬间突发,说明作家对外界事物具有异常敏锐的感受,善于捕捉生活印象,迅速在心中孕育形象。

渐次形成式冲动则有一个印象积累和情绪酝酿的过程。作家受生活的启示,早就萌生了创作某一作品的念头,只是印象积累和情绪酝酿不足以将这个念头清晰地给予形象的表现,也就难以立即引发付诸行动的紧张情绪状态。在这种情况下作家需要有意识地、较长期地酝酿,直到心中的模糊念头逐渐清晰,出现冲动勃发,寝食不安,从而进入写作过程。

从引发原因来看,创作冲动可分为两类:主要由外部世界的刺激而引起的冲动和主要由内部刺激而引起的冲动。前者的特点是,作家勤于接受外部世界的生活印象,迷恋于丰富多变的大千世界,对身外一切独特事物具有浓厚兴趣和敏锐感受。具体到一部作品的创作,激起作家创作冲动的,主要是感性的生活印象。

由内部刺激引起的创作冲动,引发的原因主要是作家的思想、情感、意念,或者说是作家艺术创造的精神需求。这种需求的内涵是丰富的,多方面的,不同需求产生不同的创作冲动。如,表现自我的冲动,与读者交流的冲动,事业心的冲动,功利心的冲动,等等。各种冲动一般不单独出现,常表现为多种冲动的混合状态。创作冲动的强度和表现状态,还与作家的个性、气质有关。

三、艺术构思

艺术发现让作家明确了"写什么",创作冲动推动作家"想要写"。那么"怎样写"呢?接下来就是对"想要写"的内容进行艺术构思。艺术构思的意义在于通过对材料的艺术琢磨,为作家想要写的内容确立恰当的、充分艺术的形象结构,找到最为合适的艺术形式,从而深入地、巧妙地、富于独创性地完成艺术作品。

所谓艺术构思,是作家在创作冲动的驱动下,调动各种艺术手段,孕育具体作品的思维活动和思维过程。包括选取提炼题材,构筑形象体系,确立主题思想,安排结构布局,设计表现形式等。艺术构思是艺术创作活动中最紧张最重要的阶段。

艺术构思的首要任务是选材和开掘,正如鲁迅说的,"选材要严,开掘要深"。选材是从大量的积累中选取最有思想内涵,最能传达主体创作意图的材料;而哪些材料符合上述要求,又需要进行开掘。选材与开掘是一个问题的两个方面,在主体构思中同时进行。

选材之所以要严,是因为题材本身所蕴含的思想容量和潜在的审美价值客观上存在着差异;开掘所以要深,是因为题材的内在意蕴是多层次的,是有深浅之别的。同样的生活现象(即同样的题材),在不同眼光审视下其精神深度大不一样,因而作品的精神价值也大不一样。

如一个小姑娘漂亮但却有智力残疾,屡受无赖的戏耍。一般作家看到这种现象可能会对小姑娘产生深深的同情,对无赖表示激愤的谴责。这种态度体现的是道德评判,题材的意义限制在了道德层面。但史铁生却想得更深更远。他想,上帝为什么把漂亮和智力残疾这两样东西都给了这个小姑娘,而不是让她漂亮又聪明呢? 他自问自答:"谁又能把这世界想个明白呢? 世上的很多事是不堪说的。你可以抱怨上帝何以要降诸多苦难给这人间,你也可以为消灭种种苦难而奋斗,并为此享有崇高与骄傲,但只要你再多想一步你就会坠入深深的迷茫了:假如世界上没有了苦难,世界还能够存在么? 要是没有愚钝,机智还有什么光荣呢? ……"(《我与地坛》)史铁生从中勘破了人生、世界、宇宙、存在(他常称之为"上帝")的真相:"一个失去差别的世界将是一潭死水,……看来差别永远是要有的。看来就只好接受苦难——人类的全部剧目需要它,存在本身需要它。"[1]

住在一个村的两个知青结婚了,一般人大约等着吃喜糖、闹洞房,而史铁生从他们结合的因缘中看到了人的命运的偶然性、随机性、戏剧性、神秘性、不可预测性,他已然又从中看到了"上帝"。[2]

登高俯瞰大街,如蚁的人群东奔西走,人来车往熙熙攘攘,这景象太常见了,谁想到了什么? 史铁生居高而望这宏大的人间,想到的是人生就像量子力学中的波粒二重性,你每一瞬间都处于一个位置,都是一个粒子,但你每时每刻都在运动,你的历史正是一条不间断的波,因而你在任何瞬间在任何位置,都一样是命途难测。人间社会也是如此,在几十亿条命运轨道无穷多的交织之间,一个人的命运神秘莫测——你能知道你现在正走向什么,你能知道什么命运正向你走来吗?[3]

从以上诸例可以看出,从最平常的现象中看到最深刻的精神意蕴,考验的是作家的精神深度,作家的精神深度决定着作家艺术开掘的能力,从而也决定着艺术作品的精神层次。

开掘的任务是发现并确立作品的意蕴。意蕴是艺术作品的精神内核,或曰灵魂,在作品中如同能源,层层散发开去,层层体现出来。因此,意蕴的开掘在构思乃至于整个创作过程

① 史铁生:《我与地坛》,《史铁生作品集》第三卷,中国社会科学出版社 1995 年版,第 176 页。
② 史铁生:《散文三篇》,《史铁生作品集》第三卷,中国社会科学出版社 1995 年版,第 237 页。
③ 同上书,第 238 页。

中具有主宰地位。

作品的灵魂

某些艺术作品,虽然从鉴赏力的角度来看,是无可指责的,然而却没有灵魂。一首诗,可以写得十分漂亮而又优雅,但却没有灵魂。一篇叙事作品,可以写得精确而又井然有序,但却没有灵魂。一篇节日的演说,可以内容充实而又极尽雕琢的能事,但却没有灵魂。一些谈吐可以不乏风趣而又娓娓动听,但却没有灵魂。甚至一个女人,可以说是长得漂亮、温雅而又优美动人,但却没有灵魂。那么,究竟什么是我们所说的"灵魂"呢?从美学的意义上来看,所谓"灵魂"(geist)是指心灵中起灌注生气作用的那种原则。

——康德:《判断力批判》,见伍蠡甫:《西方文论选》,

上海译文出版社 1979 年版,第 563 页。

题材的意蕴可能是相当丰富的,作家穿过层层累积习见的遮蔽,可以有多层次多方向的发现。如对存在真实的发现,对道德是非的发现,对社会历史必然性的发现,对人生价值、人生况味、人生哲理的发现,对人类深层心理、对生活深层秘密的发现,等等。不同的发现体现着不同的精神层次,包孕着深刻意蕴的题材才是好的题材。题材意蕴的开掘靠的是作家的精神深度与艺术眼光,是作家的精神深度与艺术眼光使题材的意蕴得以澄明。

作品的意蕴不是单独存在的,而是与艺术形式结合在一起、融汇在艺术形式之中的。因此,开掘出了题材的意蕴,接下来就要为意蕴寻找一个与之契合的形式。深刻的意蕴应该是以生命化、感性化的方式呈现的,这一切都需要凝铸在一个可以直觉的形式上。艺术形式就是可以直观的艺术作品的有机整体,分解为元素,对于抒情性作品来说,主要是意象、意境;对于叙事性作品来说即故事情节、人物关系构成的形象体系,以及把这些元素组织起来的结构等。因此,艺术构思,某种意义上就是按照创作意图,借助想象和虚构,创造完整的内心意象,为思想意蕴建构一个有机完整的艺术世界。

对于意蕴的传达来说,作家所掌握的现实材料一般来说是远远不够的。或者不需要,或者不贴切,或者不完整等。因此作家必须超越已掌握的材料,将其打碎重新组合,充分发挥联想和想象,增添和补充许多必要内容,以建构一个新的形象体系,作为思想意蕴的完美载体。这也就是王蒙说的写小说要"善编",完全不编是难以成为小说的。

所谓"善编",就是指以丰富的生活为基础,具有思维的灵活性,善于熔铸,善于重新组合排列,这是整个艺术构思活动中极其关键的一步,没有这一步,艺术作品就不可能创作出来。托尔斯泰将简单的"柯尼的故事"(贵族青年的忏悔)发展成为皇皇巨著《复活》,老舍将听来的车夫的故事发展成为《骆驼祥子》,冯骥才将火车上的印象加工成《高女人和她的矮丈夫》,靠的就是善于组合即"善编"的功夫。

由生活素材到艺术虚构,是由生活向艺术过渡的桥梁。王蒙说:"一般地说,愈是缺乏经验的新手,愈不会改造、发展、变化生活给自己的原始触发。他们大致还停留在桥的那一边,就事论事,就人写人,就现实写现实。过了桥以后,就进入了一个全新的艺术世界,全部是生活的,又全部是想象的。全部是客观的,又是主观的。全部是具体的,又是抽象的。在这个艺术世界里,每一草一木,一砖一石都放射着人类的文明与智慧的光辉。获得了某种触发以后,能否发展为充分的、勇敢的、高度凝聚的艺术想象,这是原始的触发——胚胎能否发育成人的关键。"[1]王蒙的话明确指出了改造、发展、变化原始触发,展开艺术想象对于艺术构思的极端重要性。

开掘意蕴,构筑形式,二者达到融会统一,即艺术构思的完成。经过虚构和想象,一个个新奇的艺术世界终于在作家心理屏幕上趋于定型,脱颖而出。这就是艺术构思的基本完成。

完成阶段的艺术构思,意象由模糊到清晰,由芜杂到单纯,由零碎到整一,由不确定到确定。这时候,纷乱的想象已经理出头绪,有了较为确定的轨迹和方向;意象的组合已排除了多种可能性而获得了与真实生活一样自足的独立品性——意象具有了自身的生命。这时候艺术家骚动的情绪已经平静,一切都已归附到已经"活起来"的意象中。这时候,已经不是作家在想象中组装拼合意象,而是活起来的意象在引导着作家想象,想象已经变成了一种"自动思维"。在完成阶段的艺术构思中,创作主体与表现对象已经浑然一体,主体心灵因已化入客观世界中而显得安详圣洁,客观世界因受到主体心灵的洗涤而显得清朗淳朴。一个神奇的艺术生命已经孕育成熟,只等待降生。

四、艺术传达

艺术传达即美学上讲的"物化"或"外化"活动,就是用一定的物质媒介,按一定的艺术形式,把构思中孕育形成的审美意象固定下来,造成可供接受者欣赏的艺术形象。

文学的传达,就是驾驭语言文字和各种表现手段,按一定文学样式的审美规范把构思中的艺术世界写出来。这是文学创作的最后一步,只有经过这一步,才能使作家的主观意象客观化,使内在的个人精神产品转化为外在的社会化的精神产品。

在写作阶段,有三个问题需要说明。

第一,写作过程与艺术构思互相渗透。王蒙说:"构思得差不多了,靠写。写,不仅仅是把想好的东西记录下来,固定下来,写,是创造的最重要的阶段。正是在写的过程中,你的思维活动、情感活动、内心活动才空前活跃起来。你写的一行一行的字把你带入了你所要写的那个世界,你好像看到了你要写的人物,你好像经历了他们所经历的事情,你的分析和判断、追忆和联想、痛苦和欢乐、爱和恨、痛和痒、寻求和向往,一句话,从你的头脑到你的神经,到你的感官,正是在写作的过程中将会怎样地活跃起来啊!只有这种活跃,才是文思的保证,

---

① 王蒙:《王蒙谈创作》,中国文联出版社 1983 年版,第 67—68 页。

才是写出来'栩栩如生'的保证,才是写得下去的保证。"①

王蒙以作家的身份描述了写作过程中紧张的思维活动,由此看来,写作过程并不是艺术构思过程的中断,而是构思过程的继续、发展和深化。文学创作虽然在理论上可分出构思和写作两个过程,但在具体创作实践中却是不可分割的,有时是互相交错地起作用的。中国文学史上流传着许多字斟句酌的著名范例,作家为一个字而反复推敲,表面看来仿佛只是传达问题,实质上却既是传达问题,又是构思问题。贾岛的"僧敲月下门"的"敲"字,王安石的"春风又绿江南岸"的"绿"字,陶渊明"悠然见南山"的"见"字,都关乎诗的整个意境。诗人所以要反复选择,其中固然有追求音节韵律等形式美方面的原因,但主要因为诗人不满足于原有的艺术构思而欲使诗的境界更新更美,意味更丰富更隽永。这样的选词用句,既是传达,又是构思,二者相互渗透融为一体。艺术构思在传达过程中的继续,是对原先构思中产生的艺术形象的进一步完善,也是艺术家对于表现对象认识的进一步深化。只有当艺术传达结束,艺术构思活动才告结束,艺术形象才算最后完成。

第二,写作必须遵循一定文学样式的审美规范,掌握熟练的写作技巧。任何一种艺术形式都有其特定的审美规范,独特的自身规律,艺术家必须认真研究它、掌握它、遵循它又突破它。艺术作品是内容与形式完美结合的产物。艺术作品的成功与否及其价值的高低只有通过艺术表现来彰显,艺术必须尽心竭力,调动一切技巧,力求达到内容与形式的高度统一。任何艺术,如果不能凭借熟练的技巧达到形式上的完美,再好的内容和意图也无从充分体现出来。

第三,写作过程中的反复修改。当作家写出初稿之后,为了提高作品的思想和艺术质量,还要多次斟酌,反复修改,然后才能定稿。修改是写作过程必不可缺的组成部分。

修改是为了使艺术构思更加合乎情理,艺术表现更加完美。历来的优秀作家都非常重视作品的反复修改,托尔斯泰的《安娜·卡列尼娜》写了五年,其中个别章节有十二种稿本;《复活》写了十年,开头部分有二十种稿本。他认为要把同一篇东西改上十遍、二十遍才行,必须永远抛弃那种认为写作可以不必修改的想法。巴尔扎克对稿件的严格修改也是人所熟知的。曹雪芹写《红楼梦》"披阅十载,增删五次"。这类例子不胜枚举,证明精雕细刻反复修改是写出艺术精品的重要条件。

第三节
文学创作的心理系统

文学创作作为一种复杂而微妙的精神创造活动,首先表现为它是一种复杂而微妙的心理活动。这一活动的奥秘至今未能被人类全部揭示,所以被称为"黑箱子"。但是,从系统论的宏观角度看,可以肯定它是一个完整的心理系统,其中包含着以下几个相互联系的子系统。

---

① 王蒙:《漫话小说创作》,上海文艺出版社 1983 年版,第 128 页。

一是感受系统,包括感觉、知觉、统觉乃至错觉等心理机能,其生理机制主要是耳、鼻、口、眼、肤等感觉器官和相应的感觉神经。这是作家接受外来信息的通道,作家凭借这一系统获取素材并体验艺术构思过程中的内部情景。

二是动力系统,包括欲望、动机、兴趣、热情、激情、冲动等心理功能。作家创作动机的酝酿、创作欲望的形成、创作冲动的勃发,都和这一系统有密切联系;文学作品的生动性、感染性的奥秘也隐藏在这里。

三是思维系统,包括人的言语活动及概括、分析、判断、推理、综合、联想、想象、幻想等心理机能,既包括抽象思维,也包括形象思维。

四是控制系统,主要心理机能表现为意志活动、技能活动、注意活动。一部文学作品体裁的选取、篇章的布局、情节的安排、言辞的润饰等,无不和作家审美、技巧以及道德上的控制活动有关。

五是整合系统,其心理要素包括气质、能力、性格、习惯等,即被称为个性和人格的东西。它是作品中通体灌注的生气,是作品的灵魂。正是它决定了文学创作的有机性与独创性,决定了文学作品的风格、气韵、格调、境界。作家正是靠了这一系统将上述几个系统的功能协调起来,融为一体。

全面准确地透视创作心理系统的奥秘是不可能的,下面选择其中几个重要心理因素,讨论一下它们在创作活动中的作用。

一、艺术知觉

知觉作为一般心理学概念,指的是客观事物的外部形式作为整体折射于人的大脑皮层而产生的映象。传统心理学认为知觉是人的大脑对客观事物较为客观的反映,就像照镜子一样,很少有主观因素。但现代心理学认为知觉也同样带有明显的主观性。艺术知觉是在一般知觉基础上形成的一种特殊知觉,其表现是除了一般知觉的特点外,还带有审美趣味、欣赏习惯、艺术观念等因素的印记。简单说,艺术知觉就是主体用艺术眼光审视对象产生的知觉形象。

文学以生动具体的艺术描写见长,这种描写不是对于对象的纯客观描摹,而是融汇着作家的主观感受,来自作家的艺术知觉。换句话说,艺术描写不是对世界物理场的直接记忆,而来自作家心理场的印象。因为,客观事物只有首先成为心理的,才有可能成为审美的和艺术的;文学作品中的艺术天地,不过是作家知觉到的心理场的形象展示。正如史铁生所说,记忆是一个牢笼,而印象是牢笼以外的天空。

物理场和心理场的概念来自格式塔心理学。格式塔心理学认为,现实世界有两重性,它既是物理的,又是心理的。对于同一个物理场,不同的人,或同一个人在不同情境下,有着不同的心理感受、心理知觉,即呈现为不同的心理场。如当一个人无比欢乐之时,冰冷的雪花也会热烈起来;当一个人极度悲哀之时,明亮的太阳也会黯淡无光甚至变成"黑色的";当一个人沉浸于幸福中时一个钟头就像一分钟眨眼即过,当一个人身处困境时一天就像一年那样长……

物理场是科学家的世界,其最高境界是真实,因而科学家眼里的世界只有一个。心理场则是渗透着文艺家心灵和感情的世界,这里的感觉、知觉都隐含着主体的心理特征。在艺术家的心理场中,最高的境界是真诚。真诚也是一种真实,一种知觉上、情感上、心理上的真实。对于文学艺术作品来说,这是一种更高意义上的真实。例如"黄河之水天上来"(李白),"红杏枝头春意闹"(宋祁),"黄河燃烧起来啦"(张承志《北方的河》),没有人怀疑其真实性,因为读者知道这是艺术的知觉。

二、艺术想象

在艺术创造中,最主要、最基本的心理活动是想象,所以文艺理论家们无不重视对想象的研究,认为想象是一种神奇的精神创造活动,是艺术创造能力的灵魂。因此雨果把想象看成是"艺术的魔杖",黑格尔把想象称为"一种最杰出的本领",也有人视其为孕育文学世界的太阳。这一切表明,文学创作离不开想象,没有想象就谈不上文学创作。

想象是通过自觉的表象运动,借助原有的表象和经验以创造新形象的心理活动与过程。艺术想象是人类想象的一种,是作家、艺术家调动记忆表象,经过艺术加工创造艺术形象的心理活动,它是一种饱含情感、充满形象或形式因素,心灵自由的创造活动。艺术想象外延宽泛,联想、幻想、空想、梦想等一系列相近的思维形式,乃至臆想、虚构等都包括在它的范围之内。

艺术想象与科学想象及其他想象不同。首先,艺术想象不像科学想象那样,是一个纯粹的认识反映过程。它不仅遵循一般的认识逻辑,而且遵循特殊的情感逻辑。当作家展开想象的翅膀时,其心灵活动总有一股强大的内驱力和渗透力,这是审美情感的作用。情感是艺术想象的动力,作家在艺术想象中总是以情取舍,以情贯通,以情渲染。

其次,艺术想象不像科学想象那样是一个尽量排除想象者主观因素影响的过程,恰恰相反,它在想象时必须熔铸进想象者主观的情志,必须加进自己的东西。

再次,艺术想象不像科学想象那样,仅仅把形象作为达到思维目的的手段,它必须始终不脱离形象。科学想象的结果是舍象取质,而艺术想象的结果是造象显质。艺术想象还不像科学想象那样必须经过实验获得结果,而是具有内指性,它超越客观、超越现实,在心灵的广阔空间里自由自在地飞翔。总之,与科学想象比起来,艺术想象具有情感性、主观性、形象性、内指性等特征。

想象在艺术创造活动中的作用是多方面的,如催生艺术的思维,加工改造生活素材,对生活经验不足的地方加以补充和虚构,把散乱、零星、无序的材料加以连接和整合,以合情合理为原则虚构故事情节,创造新的艺术世界,对心理活动加以深化和开拓,等等。

艺术想象的种类,以想象产生时有无目的和意图为依据,可以划分为无意想象和有意想象。以想象的新颖性、独立性和创造性为依据,又可以把有意想象划分为再造想象和创造想象。根据文学想象的展现方式,有人把它分为联系性想象、回忆性想象、再现性想象、拟人化想象、类比性想象、虚幻性想象、推测性想象、迷狂性想象、替代性想象、创造性想象,等等。

三、艺术情感

艺术情感也叫审美情感,指艺术作品的创作者或欣赏者在创作或欣赏活动中所产生的情感体验。它是审美主体对符合自己审美需要的客体所作出的一种心理反应。历来的作家艺术家都特别重视情感对艺术创作的作用。罗丹在遗嘱中说"艺术就是情感";歌德认为"没有情感也就不存在真正的艺术";托尔斯泰认为"艺术起源于一个人为了要把自己体验过的感情传达给别人,于是在自己的心里重新唤起这种感情,并用某种外在的标志表达出来"。从这一角度看,说情感是艺术的本质、情感价值是艺术的基本价值也不为过。

情感对文学创作活动的重要意义表现为,它不仅是文学创作的动力,而且是文学创作所要表现的内容。人类的种种创造都伴随着一定的情感活动,并以一定的情感为动力,但这种情感并不需要在其成果中得到表现,而文学创作活动中情感不仅作为一种推动力量在起作用,而且还必须在创作成果中鲜活地表现出来,使接受者受到感染。古今中外优秀作品证明,只有真情实感熔铸成的艺术形象才能真正动人。历来的作家艺术家都懂得情感的意义,所以都重视情感的积累、提炼与表现。

艺术情感来自日常的自然情感又区别于日常的自然情感。自然情感具有务实性、功利性,艺术情感具有务虚性、非功利性。自然情感大多是即兴的、短暂的,艺术情感大多是稳定的、长久的。自然情感属于个人,影响范围狭小,艺术情感突破了个体的限定,带有公共的、普遍的性质,因而影响范围广大。自然情感大多牵扯现实利害,无法成为审美对象;艺术情感由于经过加工,相对超脱,可以成为审美对象。

艺术情感不是自然生成的东西,而是在具体的创作过程中孕育产生,逐渐成熟的。艺术情感的孕育生成伴随整个艺术创作的全过程,其间情感的勃兴、汹涌、沉淀、平复、奔突、生长与衰退、冲撞与消释、调整和控制是经常不断、此起彼伏的,而不是一劳永逸的。创作主体的情感之流必须经历多次的取舍、调整、改造之后,才会逐渐从散乱趋向集中,从游移不定趋向明朗稳定。只有经过多次调控操作,主体的情感之流才会变得丰满而充沛、深厚而稳定、真实而独特、敦厚而细腻,逐渐转化生成趋向明确、具有追求目标的热情,一种有内容有节律的情感涌动。

四、艺术灵感

艺术灵感是文艺创作活动中一种特别引人注目的心理现象,作家们称它为"神的昵近"(屠格涅夫),"来潮"(托尔斯泰),"一团热火"(巴尔扎克),"诗人对于外界事物的一种无比协调,无比欢快的遇合,是诗人对于事物的禁闭的偶然的开启"(艾青)。

从以上描述看出,灵感是作家在创作活动中忽然出现的顿悟,是作家思维活动极度兴奋时的一种高峰体验。当灵感到来之际,作家的创作欲望特别强烈,想象极为丰富,无数生动的意象纷至沓来,思绪泉涌,许多优美奇特的艺术构思忽然形成。灵感是推动创作活动的一种神奇动力,真正成功的艺术创作总要出现灵感现象,灵感是创作力旺盛的一个重要标志。

灵感具有以下特点:

第一,突发性。灵感的出现不是由作家、艺术家的主观意志支配的,而往往是不期而至,突然而来的,具有偶然性、突发性。对于灵感的这一特点,我国古人有许多精彩论述。如"若夫应感之会,通塞之纪,来不可遏,去不可止"(陆机);"其来如风,其止如雨"(姜夔);"自然灵合,恍惚而来,不思而至"(汤显祖);"尽日不可得,有时还自来"(谢榛)等。

第二,瞬时性。灵感来也匆匆,去也匆匆,如电光石火,稍纵即逝。王夫之形容说是"才着手便煞,一放手又飘然而去";苏轼形容说是"作诗火急追亡逋,清景一失后难摹"。

第三,激情性。灵感来时往往同时伴有强烈的情感,艺术家处于无比兴奋、激动的心境中。如郭沫若创作《凤凰涅槃》时,诗意袭来竟激动得全身都有点作寒作冷,连牙关都在打战。

第四,独创性。灵感中萌生的艺术形象、艺术境界都具有鲜明的独创性,即不可重复、不可模仿性。不但不重复别人,而且不重复自己。

灵感作为一种创作心理现象,它的产生是创作主体长期积累长期思索的结果。作家丰富的生活体验是灵感产生的前提,创作过程中的苦苦思索是触发灵感的直接动因。正如我国古人所说,"得之于俄顷,积之在平日"(袁守定)。

五、艺术理解

理解指通过揭示事物间的联系而认识其本质规律的思维活动,它包括比较、分析、综合、抽象、概括等一系列思维过程。艺术理解是指作家、艺术家在创作活动中所进行的分析、判断、识别、思考等理性思维活动。

文学创作的主要思维方式是艺术思维即形象思维,但也离不开理性思维。因为作家对社会人生的把握,绝不是浅层的、表面的,而是深层的、本质的;不仅仅是简单的现象描摹,重要的是要有自己的解释和评价。诚然,文学创作对生活的把握离不开感受,但正如毛泽东所说,感觉到的东西人们不能深刻地理解它,只有理解了的东西才能更深刻地感受它。所以,离开理解的作用,对于对象的把握一定是肤浅的。

理性思维贯穿于文学创作全过程。在进入具体的作品创作之前,理性思维指导作家确立创作目的、创作意图。在艺术构思过程中理性思维指导作家选材和开掘,离开理解的分析判断,就不知哪些材料是有价值的,应该从哪些方面来处理它。理性思维还规定构思的性质和方向(虽然还可能有所改变),从人物性格的刻画到情节的编织及安排,都要做到合情合理。构思完成之后作家还要用理性思维审视艺术构思是否得当,是否体现了自己的创作目的、创作意图。艺术传达之后还要用理性思维检验艺术传达的得失,以批评家的眼光检视整个艺术环节、艺术因素是否精益求精、尽善尽美,还有哪些需要修改和加工。整个创作过程中,作家还要时时考虑读者的反应,考虑作品的社会效果,如此等等,都需要理性思维,即艺术理解的作用。

上述各种心理因素,不是独立存在的,而是相互交织,相辅相成,共同推动着作家的创作活动。

第四节
文学创作活动中的悖论

我们说文学创作是一种复杂微妙的、特殊的精神创造活动,还表现在这一活动中充满各种悖反现象,即存在诸多既相互对立相互冲突,又相互联系相反相成的现象。

一、个人独特性与社会普遍性

文学创作,从一方面看是最个人化、最私密化的个体精神劳动,体现着创作主体的精神独特性;从另一方面看,文学创作又是最富于社会性的活动形式之一。实际上,离开社会、离开人类群体就不可能有文学创作,否则你写什么、写给谁看呢?! 这是一个明显的矛盾:一方面作家作为社会一员不能离世独立,正如马克思所说的,就其本质来说人是各种社会关系的总和;另一方面文学创作又是作家独立的个体劳动,每个作家都带有独特的精神个性。也就是说,艺术创作一方面最富于个人独特性,另一方面又体现社会群体的普遍本质。文学创作正是在这个矛盾中进行的。这里体现着个人与社会的辩证关系。

个体与社会的矛盾,是人类社会的普遍矛盾,也同样渗透于文学创作活动中。文学创作,作为一种特殊的精神活动,更侧重于这一矛盾中个体与自我这一面。"文学创作主要是通过肯定和确证自我个体,来肯定和确证社会群体。在文学创作中,前者(肯定和确证自我个体)是直接的,后者(肯定和确证社会群体)是间接的。文学创作的过程就是从自我个体出发而又超越个体的过程,是超越自我个体达到与社会群体的融合、而又不断返回自我个体的过程,是不断以社会群体的丰富内涵来充实和深化自我个体,并且始终不脱离自我个体的过程,是始终以自我个体的直接形式进行创造的过程。"[1]

文学创作的这一特性,决定了任何文学创作都不能不从个体出发,离开了自我个体,离开了自我意识,所谓文学创作就无法进行。但是,从自我、个体出发的同时又必须超越自我、超越个体,把自我、个体引向社会,引向人类生命的大空间。作家把自我、把个体牢牢扎根于社会群体的最深层次,使自己连接着整个世界。在进行创作的时候,作家强烈地要求走出自我,突破自我,把自我融入于社会之中,吸取社会的精神滋养,使自己得到深化和本质化。这样,作家创作就不仅是表现自我,表现个体,同时也是通过自我或个体表现社会、表现群体,

---

[1] 杜书瀛:《文学原理——创作论》,人民文学出版社 2001 年版,第 245 页。

甚至是表达人类的意愿和要求。

通过个人独创性表现社会普遍性这一理论,就连最强调个人、个性的西方现代文艺理论家也注意到了。例如,美国女学者苏珊·朗格提出,文学艺术创作中必须区分个别感情和普遍感情。她所说的普遍感情指的是个人感情中具有人类价值的部分,这种感情潜藏在每个人的心底,一经唤起,人人都能有所感应。每个创作者都想让自己的作品打动很多人的心,而打动很多人心的秘密在于抒发人们常说的"常情",而所谓"常情"很大程度上就是苏珊·朗格所说的普遍感情,人类的基本感情。

总之,文学创作中的个人独创性和社会普遍性是互为存在条件地共处于一个统一体中的。文学创作既是在社会普遍性制约下的个人独特性活动,又是以个人独特性形式而进行的社会普遍性劳动。作家总是以个人独特的创作个性,同时代、民族、阶级、地域等社会普遍性相结合,在二者的辩证统一中创造审美价值。

二、自律与他律

作家为什么而创作? 马克思说:"作家当然必须挣钱才能生活,写作,但他决不应该为了挣钱而生活,写作。"①马克思的意思是,创作是作家自身的生命需求,是其自身的生存方式、生存目的,而不是谋生的手段。"诗一旦变成诗人的手段,诗人就不成其为诗人了。""作家绝不把自己的作品看作手段。作品就是目的本身;无论对作家或其他人来说,作品根本不是手段,所以在必要时作家可以为了作品的生存而牺牲自己个人的生存。"②在谈到英国诗人密尔顿时,马克思又说:"密尔顿出于同春蚕吐丝一样的必要而创作《失乐园》。那是他的天性的能动表现。"③

马克思深谙艺术规律,对作家艺术家的创作有着深度的理解。他看到了文学创作按其本性而言,不是狭隘的功利手段,否则就不再是真正的文学创作。文学创作有其自身的目的,在一定意义上说,正是这种自身目的(而不是外在目的)引导自己,规定自己。这就是说,文学创作是无功利的,它必须以摆脱直接的物质利益和狭隘的功利目的而取得某种精神自由为前提。正是从这一意义上说,文学创作是自律的。

换一角度看,文学创作又是他律的。最根本的理由是,文学创作作为人类的高级精神活动之一,归根结底总是要为人类自身服务,有益于人类自身的生存与发展,有益于社会的进步及精神文明建设。作家创作时直接的现实的功利目的或许是没有的,但作品作为一种现实的精神产品,其对社会的效用终究是存在的。因此就不能说创作活动是纯然个人的行为,想怎么样就怎么样,而是必然地要受社会的制约,要考虑作品的社会效果。

再从作家的身份看。作家既是有独特个性的个体存在,同时又是无限复杂的社会关系

---

① 《马克思恩格斯全集》第 1 卷,人民出版社 1956 年版,第 86 页。
② 同上书,第 68 页。
③ 《马克思恩格斯全集》第 26 卷(Ⅰ),人民出版社 1972 年版,第 432 页。

之网上的一个成员。作家身份的这种双重性，决定其一切思想行为包括其艺术创作所具有的双重性，即既是个人的又是社会的。因此他不可能不受社会等外界因素的制约，他无论如何也摆脱不了客观因素加给他的或直接或间接的影响。即使他必须像春蚕吐丝一样出于天性创作，他所吐的"丝"也不纯粹是个人之物，而是在社会生活中有所感悟的结晶。由此看，文学创作又是他律的。

那么文学创作的自律与他律是什么关系呢？二者绝非互相排斥互不相关，而是同一事物自身两种性质的相互包涵与交融。也就是自律中有他律，他律中有自律。即康德所说的"无目的而合目的""有意图而似无意图"。关键的问题是，在这里，创作的他律须转化为自律，隐没于自律，通过自律来实现。

例如外在的社会历史环境对文学创作的制约和影响，不应该是外在的强制作用，不是强加给它以狭隘的目的，不是用强力使它成为实现某种狭隘目的的手段和工具，而是将它转化为创作主体自身的内在要求而自然而然地起作用。一个作家如果自己没有创作欲念而只是为了完成任务而写作，肯定写不好的；只有当社会历史环境的影响激发起作家的创作激情，产生不可遏止的创作冲动，才有可能获得创作的成功。由此证明文学创作是自律与他律的辩证统一。

三、再现与表现

谁都知道文学创作离不开客观生活，也离不开作家，但在二者的关系问题上，却长期争论不休。一种意见认为艺术来源于生活并再现生活，从古希腊的"模仿说"经文艺复兴时期的"镜子说"到19世纪俄国的"再现说"，都坚持这种观点。这种观点源远流长，被认为雄霸西方两千年。另一种意见把文学创作归结为作家心灵或本能的表现，主张创作只需从主观自我出发，此之谓表现说。这一观点自古以来绵延不绝，在近现代西方世界尤为众多作家和理论家所推崇。

应该说，两种观点都有道理又各有所偏。事实上，作家与生活，或者说，主体与客体，在创作活动中从来就是互动互渗、密不可分的。没有主体心灵的观照，客观生活就永远仅仅是客观生活而进入不了作品；没有客观生活的启发，主体心灵永远空洞无物，似无源之水。优秀的艺术作品永远是主客观双方融洽无间的神奇遇合，是作家的主观精神与客观社会生活热情拥抱的结果。主体心灵未到之处，生活的意义是被遮蔽的，主体心灵使生活的意义得以解蔽；反过来，如果生活本身没有某方面的意义，主体心灵无论如何也是无法发现并解蔽的。正如鲁迅先生所说，画家可以画蛇，画鳄鱼，画字纸篓等，但没有人画鼻涕画大便，因为鼻涕大便中无论如何也发现不出美来。

文学作品中永远没有纯客观的生活，因为一切都已被主观化了，都沐浴着作家主观心灵的光辉。在创作主体与创作客体的关系上，歌德说过一段著名的话："艺术家对于自然有着双重关系：他既是自然的主宰，又是自然的奴隶。他是自然的奴隶，因为他必须用人世间的材料来进行工作,才能使人理解;同时他又是自然的主宰,因为他使这种人世间的材料服从他的较高的意旨,并且为这较高的意旨服务。艺术要通过一种完整体向世界说话。但这种完整体不是他在自然中所能找到的,而是他自己的心智的果实,或者说,是一种丰产的神圣的精神灌注生气的结果。"[1]在歌德机智而辩证的论述面前,一直争论不休的再现说和表现说都显得浅薄而可笑。

作品中主观与客观的关系

　　回忆我个人写作的过程,最难解决的也是经常碰到的一个问题,就是创作中主观与客观的关系。有时候这个问题不像哲学上的问题那么容易说得清楚,那么单纯。在文学创作上,文学作品往往是非常纠缠不清的一种关系。文学作品,它既是非常客观的,又是非常主观的。

　　　　　　　　——王蒙:《创作是一种燃烧》,人民文学出版社 1985 年版,第 98 页。

四、个性化与概括化

　　在叙事性作品的创作中,特别强调人物形象塑造的典型化。所谓典型化,就是作家根据文学的特殊规律,把不典型或不够典型的生活材料,经过艺术加工,使之成为典型艺术形象的方法或过程。这里有两层意思,一是"方法",二是"过程"。典型化所要解决的基本矛盾是有限与无限、特殊与普遍、个别与一般的矛盾,典型化的基本规律是通过个别(有限、特殊)表现一般(无限、普遍),即通过独特的生动的艺术形象反映一定时代社会生活的内在意蕴。而这样的艺术形象就是典型形象。

　　为了创造出典型形象,典型化就理所当然地包括相互联系、相互制约的两个方面:个性化与概括化。因为只有通过个性化,才能使艺术形象具有鲜明独特的个性特征;只有通过概括化,才能通过艺术形象揭示社会生活的普遍规律和深层意蕴。

　　所谓个性化,就是作家在创造形象时,一定要千方百计地找到某一形象自身的特殊之点,加以突出和强化,使之鲜明、独特。只有个性鲜明独特才符合生活本身逻辑,才有存在的价值,因为生活中的任何事物都是富有个性特征的。所以要创造有生命的艺术形象,必须突出形象的个性,这个突出、强化形象特征的过程就是个性化的过程。

　　所谓概括化,就是在使艺术形象具有个性特征的同时,使之具有代表性、普遍性,能够概括同类事物的共同本质特征。例如鲁迅笔下的阿 Q,既具有独一无二鲜明独特的个性,又是当时"沉默的国民的魂灵"(鲁迅语)的代表,而且具有跨越国界的普遍性,最深层次上看体现了超越时空的某种共通的人性弱点。

---

[1] 爱克曼辑录:《歌德谈话录》,朱光潜译,人民文学出版社 1978 年版,第 137 页。

个性化与概括化是一而二、二而一的辩证统一过程,绝不是先个性化后概括化、在时间上可以分出先后的所谓两步走。

个性化与概括化相辅相成,各自只有与对方结合,自己的存在才有价值。没有概括化的个性化,可能是没有内在意蕴支撑的怪异之"个别",没有个性化的概括化就无法与公式化、模式化、类型化、概念化相区别。

五、直觉与理性

作家在创作过程中,心境或宁静澄澈,或激情涌动,物我交融,浮想联翩,没有有意识的推理和思索,一切都是自由的、轻松的,好像是自动发生似的。这就是艺术思维的直觉性,或曰艺术直觉。

有人根据这种现象下结论说艺术创作是非理性的,下意识的,任何理性的介入都会损害艺术。这种看法显然是错误的。事实上,创作活动中的直觉不仅不排斥理性,相反它本身就是包含理性的。

人的直觉能力有两个不同的发展阶段和结构层次,即低级的感性直觉能力和高级的理性直觉能力。低级的感性直觉能力只能把握事物的表面现象,不包含理性;而高级的理性直觉能力则包含理性,能够在对现象的感受中直接把握事物的本质。

艺术思维中的直觉就是高级理性直觉。巴尔扎克把高级理性直觉能力称为"透视力"。他说:"在真正是思想家的诗人或作家身上出现一种不可解释的、非常的、连科学也难以明辨的精神现象。这是一种透视力,它帮助他们在任何可能出现的情况中测知真相;或者说得更确切点,是一种难以明言的,将他们送到他们应去或想去的地方的力量。"[①]

为什么艺术直觉能够一下子"透视"事物的底蕴呢?因为它里面积淀着深沉的理性内容。这可以从两方面论证。

从艺术家的审美心理结构和人类群体的审美心理的关系来看,艺术家个人的审美心理主要为群体的社会审美心理所决定,成为一种无意识的社会本能。这种无意识的社会本能的形成是千百万年人类历史发展的结果,人类今天的审美心理结构已不同于动物的生理结构,人类审美心理是文明积淀的结果。正如马克思所说,五官感觉的形成是以往全部世界历史的产物。

再从个体角度说,艺术家个人审美心理结构的形成,与他的全部生活经历、知识积累等诸多精神因素的总和相关。艺术家的直觉能力的基础不是一张白纸,而是储存着往日丰富经验与知识材料的信息库。它平时是关闭着的,它构成人的无意识,但一旦被对象触发,信息库里的有关信息被激活,由无意识变为意识,与新来的信息结合,就会豁然贯通。这时产生的理解和顿悟,并非由于概念的运动、推理,而是表现为感性经验材料——直

---

① 巴尔扎克:《〈驴皮记〉初版序言》,古典文艺理论译丛编辑委员会:《古典文艺理论译丛》第十册,人民文学出版社 1965 年版,第 108 页。

觉——顿悟的心理运动模式。这样的心理运动模式并不是纯粹的感性、本能,而是感性直觉和理性的统一形式。所以,那种把艺术创作视为单纯非理性、无意识活动的观点是错误的。

创作中的意识与无意识

我认为,当一个作家本能的,更加深入的、直观的大门是开着的话,他就是在正确的轨道上前进。……你内心有一个陀螺仪,它会告诉你现在所做的事情的方向。我始终认为作家有点像某种介质,当某种事情确实在进行时,他们有种极强的洞察力;他可以意识到正在发生着什么事情。

——[美]索尔·贝娄:《小说是向社会作调查的一种工具》,

见《"冰山"理论:对话与潜对话》(上册),

工人出版社 1987 年版,第 149 页。

以上举例性地列举了几种创作活动中的悖反现象,类似的还有许多。如意识与无意识,自觉与非自觉,冲动与控制,热情与冷静,最高技巧是无技巧,文无定法与文有定法,文如其人与文不如其人,作者必须注意自己的统一风格与不必注意统一风格,作家学者化与不必学者化,雅俗共赏与不必雅俗共赏,异乡体验与乡愁之思,漂泊欲念与回归意识,如此等等。这诸多背反现象再一次证明文学创作是一种极为复杂的精神创造活动,任何简单化的结论都是靠不住的。文学创作活动的秘密既是可以解析的又是不可解析的,既是澄明的又是混沌的——这种特性本身又是悖论。不止一位前辈大师说过,艺术活动的奥秘本来就说不太清楚,完全说清楚了,也许就不再是艺术了。

悖论本来是逻辑学的一个基本概念,指两个互相排斥但同样可论证的命题之间的矛盾。后来人们把它泛化并运用到其他学科领域,结果发现几乎在每一种概念和真理背后都存在着悖论。正如黑格尔所说,凡一切真实之物都包含有相反的成分于其中。因此,要认识或把握某一对象,就要觉察到对象中的悖论。悖论中蕴含着事物的奥秘,认识悖论体现了思维的深度。

关于文学创作的奥秘,人类永远在探索而又永远探测不到底,人类永远走在探索奥秘的路途上。这,正是包括文学创作心理探索在内的理论研究的永恒魅力!

 关键词 ▪▪

1. 创作个性

创作个性是作家在生活和创作实践中所形成,并在艺术创作中呈现出来的个性特点。

这些特点与作家本人的个性气质、人格精神、艺术追求、审美情趣和艺术才能等精神因素有关,是上述精神因素的总和。创作个性的形成既有社会的影响也有个体的原因。

2. 艺术思维

又称形象思维,是作家、艺术家在艺术创造和接受者在艺术欣赏活动中所运用的主要的思维方式。与理论或逻辑思维方式不同,艺术思维有自身鲜明的特点,主要有:始终不脱离活生生的感性材料,总是与事物的感性形象、与人的观察和感受相连接;联想、想象和幻想具有突出的意义;常常伴随着主体强烈的情感活动,且渗透着主体的精神个性;思维的结果与思维所用的材料相比,已有本质的区别,等等。

3. 艺术发现

所谓艺术发现,就是作家对已熟知素材中所蕴含的精神意味的突然悟解,既可以说是主体心灵突然对材料的照亮,也可以说是材料的意蕴突然向主体的开放。在此之前,材料是死的、无意义的,在这之后,材料负载着鲜活的生命信息进入主体心灵,于是一篇作品的艺术生命随之形成。

4. 创作冲动

创作冲动又称艺术冲动。指由心理或外界触发而引起的强烈的创作激情和创作欲求。它是长时间郁积的创作动机和创作欲望的情绪表现形式,是创作过程中一种积极的情感准备。创作冲动是客观社会生活与创作主体心灵高度契合的产物。

5. 艺术构思

艺术构思是作家在创作冲动的驱动下,调动各种艺术手段,孕育具体作品的思维活动和思维过程。包括选取提炼题材,构筑形象体系,确立主题思想,安排结构布局,设计表现形式等。艺术构思是创造性精神劳动中最紧张的阶段。

6. 艺术知觉

艺术知觉是在一般知觉的基础上形成的一种特殊的知觉,其特点是除了一般知觉的特点外,还带有审美趣味、欣赏习惯、艺术观念等因素的印记。简单说,艺术知觉就是主体用艺术的眼光审视对象产生的知觉形象。

7. 艺术想象

艺术想象是人类想象的一种,是作家艺术家调动记忆表象,经过艺术加工创造艺术形象的心理活动,它是一种饱含情感、充满形象或形式因素、心灵自由的创造活动。艺术想象外延宽泛,联想、幻想、空想、梦想等一系列相近的思维形式,乃至臆想、虚构等皆可包括在它的范围之内。

8. 艺术情感

艺术情感也叫审美情感,指艺术作品的创作者或欣赏者在创作或欣赏活动中所产生的高度和谐、愉悦的情感体验。它是审美主体对符合自己审美需要的客体所作出的一种心理反应。艺术情感既是创作表现的对象,也是创作的动力。

9. 艺术灵感

艺术灵感是作家在创作活动中忽然出现的顿悟,是作家思维活动极度兴奋时的一种高峰体验。当灵感到来之际,作家的创作欲望特别强烈,想象极为丰富,无数生动的意象纷至沓来,思绪泉涌,许多优美奇特的艺术构思忽然形成。灵感是推动创作活动的一种心理动力,是创作力旺盛的一个重要标志。

思考题

1. 为什么说文学创作是一种特殊的精神创造活动?
2. 作家的思维方式有什么特点?
3. 简述文学创作的过程。
4. 简述艺术知觉、艺术想象、艺术情感、艺术理解的含义及特点。
5. 举例说明艺术灵感及其特征。
6. 你是否尝试过文学创作? 谈谈你的创作体会。

阅读链接

1. 蒋守谦:《创作个性》,武汉:长江文艺出版社,1986 年。
2. 鲁枢元:《创作心理研究》,郑州:河南文艺出版社,2015 年。
3. 余秋雨:《艺术创造工程》,上海:上海文艺出版社,1987 年。
4. 陈宪年:《创作个性论》,合肥:安徽教育出版社,1997 年。
5. 杜书瀛:《文学原理——创作论》,北京:人民文学出版社,2001 年。

第五章
文学技巧

　　在文学活动中，文学技巧具有非常重要的意义。一方面，文学技巧是作家能够将自己的创作构思加以完美表达的手段之一，离开了文学技巧，作家就无法实现自己的创作目的。另一方面，读者也是通过对文学技巧的体认来领会与欣赏文学作品的。了解文学技巧是什么，是了解文学活动的重要内容之一。为此，本章拟从文学活动中的技巧的内涵谈起，继而深入介绍文学技巧中的表现技巧以及建构技巧，力图勾勒出文学技巧的大致轮廓。

第一节
文学中的技巧

一、文学技巧的意义

技巧是人们在从事某种活动时,与其特定的行为模式相互适应的能力系统。从事该活动的主体是具体的个人,活动本身也就势必会呈现出参与者与活动之间相互契合的程度差异。所以,每一种活动,都需要人具备某种特定经验所造就的行为能力,从宽泛的意义上看,这种行为能力就被称作技巧。《汉书·艺文志》:"技巧者,习手足,便器械,积机关,以立攻守之胜者也。"事实上,技巧已成为在从事某种活动之前,活动者如何来准备参与该活动的内容之一。

技巧在文学活动中同样具有着极为重要的意义。在文学创作活动中,技巧的身影无处不在:创作主体将审美意象用语言文字传达出来的过程中,存在大量的技巧运用实例。陆机在《文赋》中提及:"恒患意不称物,文不逮意,盖非知之难,能之难也。""能之难"就是技巧运用之难。福楼拜、冈察洛夫更把文学表达的难度比作"移山""喝干海水"。可见,就"文"如何能够"逮意",创作中怎样表达创作构思来讲,技巧的运用具有决定性作用。所以,自古罗马以来,讨论文学技巧的声音不绝于耳。在很大程度上,文学创作与文学鉴赏的区别,作家与读者的区别,也就在于前者掌握了文学创作技巧,对于语言文字这样一种媒介的特性有着深刻的把握能力与运用能力。

然而,技巧不同于技术,文学技巧尤其不同于"文学技术"。技术是某种"机械的东西",仅仅停留于"术"的层面,是对现有形式机械的、固有的模仿。技巧却是建立在技术基础上的对技术的独特运用和进一步提升。艺术活动,包括文学创作,毕竟是一种以美的方式来创造人类精神产品的特殊活动,而人类精神产品的创造绝不是某种现成的技术所可企及的。文学创作活动既然是一种审美活动,也就意味着,审美由于其无功利要求,无所谓技术;文学在总体上作为审美活动之一,亦无所谓技术。审美活动在实质上是一种本心面对本真世界的直观观照,任何先在的逻辑预设都将破坏审美直觉的表现行为。换句话说,审美无关乎并且排斥技术。杜书瀛认为:"只有对这些技法进行了独特的运用(只有他才那样用),只有独创性地运用这些技法表现了作者所把握到的艺术内容,才算是真正的艺术技巧。"[1]也就是说,由于文学技巧属于独特的艺术创作,也就构成了与重复性"模仿"之技术的根本性差异。然而,正是由于人们把"文学技术"当作文学技巧,文学技巧存在的合法性便不得不陷入一种两难:文学需要技巧存在,在需要技巧存在的同时,又拒绝技巧的存在。于是,对于文学创作这样一种特殊的活动,究竟应当如何看待其中的技巧问题,也就成为一个复杂的"陷阱"。从而,在文学理论中,技巧问题总是那么引人入胜,却又令人费解,经常被视为一则充满"矛盾"

---

[1] 杜书瀛:《文学原理——创作论》,人民文学出版社 2001 年版,第 391 页。

的"谜语"。

二、文学技巧的内涵

人们在界定文学中的技巧时,依据源流论、价值论和辩证论出发,得出过不同的看法。

从源流论来看待文学技巧,意在考察文学技巧的来源。文学技巧究竟来自何处?是天才的直接实现,还是人们长期实践积累的结果?历史上不乏各执己见者。例如,康德认为,技巧就是天才的直接实现。技巧与天才这两种概念的联系极为密切。何谓天才?天才是先天的对整体自然经验的判断者。这意味着自然科学研究中无所谓天才,因为天才的"领域"不是具体经验物,而是自然的整体;并且,天才的出现一定是先天的,一旦天才离去,不可复制,无法模仿。在此基础上,所谓的技巧也就是天才的具体化和"实践"的行为结果。另外,技巧还不可言传。它是不可以具体经验物,包括不可用经验性语言去理解和表述的整体直觉。技巧直接受命于天,由先天塑造,神秘而完整。如在唐人以及后代人们的心里,李白就是先天的、完整的,他不可复制,"命由天决"。

与此相反,谢林却认为技巧是长期实践积累出的结果。谢林认同康德的话语框架,接受了康德对于天才的界定。但他与康德的不同之处在于认为技巧并非是先天所成,而需经历现实的有意识的培养与训练方可获得。他积极地淡化了康德赋予天才技巧的神秘色彩,坚持技巧是既能教育也能学习的,是通过别人的传授和自己的体悟都可以掌握的。谢林之所以能这么做,是因为他已把在康德系统中原本属于天才技巧的"诗意"从其"母体"中"剥离"出来,同时肯定"技巧"与"诗意",只不过前者是可以通过后天学习的,而后者则来自先天无意识的作用力。那么技巧也就渊源于人。如在杜甫看来,"转益多师"才是塑造自身的途径。诗意难以捉摸,但技巧却是在不断地学习中掌握的。可见,在不同的系统中,技巧有着不同来源。

从价值论来看待文学技巧旨在考察文学技巧在文学创作活动中的意义、地位和价值。文学技巧在文学创作活动中是否有用?如果假定其作用的存在,这种作用的力量是巨大到不可替代,还是微不足道?诸多理论家看法亦多不同。克罗齐认为,艺术的创作不需要技巧。在克罗齐看来,艺术就是直觉,就是表现,就是创作本身。直觉无关乎传达,艺术的创作过程也就排除了艺术传达的内容。用克罗齐的话来说,艺术传达仅仅是一种艺术的"外射"活动,这种"外射"活动由主体理性意志支配,与直觉判然有别。也就是说克罗齐从根本上断然否决了艺术传达,包括艺术传达中的技巧在艺术创作过程中存在的可能性。

"美"是一个形容词

在美感经验中,我们须见到一个意象或形象,这种"见"就是直觉或创造;所见到的意象须恰好传出一种特殊的情趣,这种"传"就是表现或象征;见出意象恰好表现情趣,就是审美或欣赏。创造是表现情趣于意象,可以说是情趣的意象化;欣赏是因意象而见情趣,可以说是意象的情趣化。美就是情趣意象化或意象情趣化时心中所觉到的"恰好"的快感。"美"是一个形容词,它所形容的对象不是生来就是名词的"心"或"物",而是由动词变成名词的"表现"或"创造"。

　　　　　　　　　　　　——朱光潜:《文艺心理学》,《朱光潜全集》第 1 卷,

　　　　　　　　　　　　　　安徽教育出版社 1987 年版,第 347 页。

　　然而,近现代以来西方出现的形式主义、唯美主义却将技巧完全等同于艺术创作活动本身,认定技巧就是艺术的一切。例如,爱伦·坡在《诗的原理》中就标榜为诗而诗,力倡关注诗中的格律、韵调和节奏。以什克罗夫斯基、雅各布森为代表的俄国形式主义更加推崇艺术形式的"陌生化"美学原则,认为文本意义与作者无关,与文本所反映的现实无关,而完全由文本的语言形式决定。作者的作用也就在于制造"陌生化"的形式,使读者接受的文本中的语言脱离日常语言常态,追求语言形式的鲜活与特异。因此我们可以看到,由于对文本形式着意出新,无论是爱伦·坡,还是雅各布森,都极为关注文学技巧。在他们看来,文学创作活动本身,就是对于形式技巧的运用。

　　从辩证论来看文学技巧,是从文学技巧与其相关的创作要素的关系来探究文学技巧。首先,技巧与内容具有对立统一关系。实际上,这种对立统一的内部,技巧与内容的联系所得到的强调远远超过了二者之间的区别。文学创作过程既然是创作主体与创作客体的双向融构,是生命力在主体自身、对象以及文本中的涌动、奔腾和交越,艺术作品的形式也便必然会灌注着主体的思想、激情、意志和理想。而作为形式的要素之一,技巧被认为是这样一种媒介,它"充分""恰切""自如"地展示了艺术作品的内容。它所表现的艺术内容丰富具体、淋漓尽致、真实、准确而适度,以至于作者在表达过程中,显得"高度自由"。换句话说,技巧与内容的关系密不可分,纯粹的无关乎内容的形式安排至多属技法层面,技巧只可能是相应于某一具体内容的技巧。其次,技巧与天才的辩证关系更为全面。一方面,天才是隐含的未被实现的创作的可能性;另一方面,技巧是显在的已被实现的创作的现实性。天才仅仅是一种文学创作的前提,这种前提通常是内在的、无形的;技巧却是天才的外显,天才得以表现,正是技巧。继之而来的推论便是,天才与技巧,这样一组可能性与现实性,必须通过实践来获得。只有通过实践,以实践为中介,可能性与现实性之间才可能出现合理转化,而这一切又都是统一在社会历史基础之上的。另外,无论是天才还是技巧,皆由社会历史因素所决定,只有以社会历史为背景,天才与技巧的出现才是真实的。

　　毫无疑问,文学技巧具有其渊源、价值以及与其他相关因素的辩证关系,然而事实上,文学技巧的"本体"论却最终决定着文学技巧的源流论、价值论和辩证论。只要确定了文学技巧的本体"是什么",也就能更好地探讨文学技巧的源流、价值和种种关系。

　　那么,究竟文学技巧的本体是什么呢？ 这一点,学界尚无定论。但显然,文学技巧在本

体层面与作家的内在思维模式发生了最为直接的关系却是毋庸置疑的。可以确定的是，文学技巧受到了作家的内在思维模式的强大制约。人们发现，有什么样的思维模式，就有什么样的文学技巧。作家通常会在其内在思维模式的影响下，表现文学技巧，建构文学技巧，从而完成文本的创作。所以，所谓的文学技巧，实际上就是一种由作家内在思维模式决定的表现以及建构语言文字的方式。因此，我们又可将文学技巧分为文学中的表现技巧与建构技巧两大类型。

第二节
文学中的表现技巧

表现技巧指文学表现手法在文学创作活动中的具体运用。文学技巧是必然要被表现出来的。作家内心虚拟的文学技巧是我们无法考察的，他们所掌握的文学技巧必须最终表现在文本当中，提供可供考察的现实，所以，也就有了表现技巧的问题。表现技巧最为直接的方式莫过于文学表现手法的具体运用，因此，本节拟对文学表现手法作出概括性的描述。文学的表达方式和表现手法包括以下几种：叙述、描写、抒情、象征及反讽等。叙述与描写使作者足以从历时性与共时性的双重维度呈现事实，抒情则追求抒发作者的内心情感，象征及反讽则体现出作者挖掘文字意象深处之内蕴的能力。它们的共同存在，使文学中的表现技巧丰富多彩。

一、叙述手法的运用

作为文学中的基本表达方式之一，叙述指作者在历时性上对事件按一定条理进行叙写及说明的做法。此处"事件"是一个广义范畴，既包含了人物事物在现实性上的演替，也涵盖了该事物在人物内心的、甚至直觉上的精神起伏变化。需要强调的是，叙述在文学技巧的范围内呈现为纵向"姿态"，作者可借助叙述来表现人物事物于时间形态上的生命流转。

1. 叙述人称

叙述者在叙述活动中所依据的观察主体，即叙述人称。叙述者在进行叙述活动时总必不可免地要立足于一定的观察点，即便这一观察点可能来自动物，甚至可能来自上帝。零人称也是一种人称。一般而言，叙述人称常见的模式有第一人称、第二人称、第三人称几种。

所谓第一人称，是以"我"的口吻和角度来展开对自身以及事件的叙述的方法。在这种叙述技巧中，文本中的"我"与作者本人有一定距离。作者将自由选择和把握这种距离的尺度。作者可以毫无隐瞒地把文本中的"我"当作现实生活中的"我"，也可以在文本中虚拟出一个"我"来，这个"我"与现实作者毫无关系。总之，这类文本中都会出现一个以"我"来命名的主人公，由该主人公来告知读者他所经历的林林总总。我们发现，这种第一人称的叙述可以带来以下表现效果：一方面，增进主人公与读者心灵交流的真切感。读者亲聆主人公的娓娓道来,具有身临其境的置换欲望及体验,有效提高了读者与主人公的沟通"效率";另一方面,叙述时空受到限制。既然作者是在以"我"这样一位主人公的身份来叙述事件,原本完整的事件中的许多环节也就必然被"隐匿"起来,不为"我"知,从而增强了读者对所呈现事件的信任度,而以作者对于细节进行叙述的欲望遭到限制为代价。

第二人称的叙述技巧通常会使文本针对"你"这样一重身份展开事件的叙述。这种叙述人称将带来自身与读者心理距离更为"奇异"的"漂移"感。就读者的阅读心理而言,他所经历的将不仅是一次对于作者所叙述事件的体验,而且将是一次对文本中的"你"与现实生活世界中的自身是否合一的身份识别过程。也就是说,读者会一再怀疑,文本中的"你"究竟是不是"我"? 文本中的"你"竟然是"我",究竟是如何可能的? 类似的内心体验会叠加在对事件本身的阅读里,彼此交织,难分难解。而事实上,作者也恰恰在运用这种主人公与读者的心理紧张来制造一种足以推倒作者与读者心理屏障的力量,使作者更为直接地介入读者的真实而复杂的心理空间,叙述事件,带来震撼人心的阅读体验。显然,类似的叙述技巧并不适合于在需要长时间阅读的文本中运用,主人公与读者的身份确认给读者带来的心理紧张所产生的巨大压力会降低他的阅读"耐力",除非这种身份确认活动在读者阅读之初就业已迅速完成。

第三人称的叙述技巧是指作者利用第三人称"他"的形式来展开叙述的技巧。在这种叙述人称里,作者与读者同时站在了"旁观者"的观察点来看待事件,只是作者实际上更为自由地干涉并操控着文本中事件的发生、发展及结局。这是因为,第三人称的叙述会使作者对于事件的描述显得更为客观,摆脱了"我"与"你"的人称纠葛,人物的文本世界与读者的生活世界更为切近,"客观真实"的面貌被呈现出来。然而,由于采用了第三人称的叙述技巧,作者也就可以自由地跨越时空,无限地延展自身对于事件描述的深度,从而也就带来了作者与读者内心交流的实质性"隔膜"。为此,作者通常会借助于对话、独白等手段来消弭这一"隔膜"。而实际上,在这重"遮蔽"之后,作者决定着整体审美活动的"走向"。

2. 叙述视角

视角,指作者在作品中展现生活的角度。在将现实经验或心理印象转化为作品中的艺术世界时,作者不仅需要设置一个介入点,即叙述人称,而且必须在此基础上选择一个"敞开"艺术世界的角度。这个角度与主人公在逻辑上交叠但不重复:如果说叙述人称是作品中主人公的身份设置的话,叙述视角则是作者在体现主人公包括其他诸类角色时所实际出发的观察角度——二者的性质存有明显差异。毫无疑问,叙述视角的选择对于叙述行为的效果有着巨大的影响。一般而言,常见的叙述视角有全知全能视角,人物内视角、外视角等几种。

全知全能视角指作者在叙述事件时,对事件本身的每一环节通盘掌握的做法。他如同文本的"上帝",无所不知,深入于每一处细节,甚至不同人物的心理活动;无所不能,介入到每一种命运,决定人物的悲欢离合与生死福祸。兹韦坦·托多罗夫曾用"叙述者>人物"的公式来表明这种关系。读者经常会疑问：作者是如何具有这种能力以至权力的？究竟是谁赋予了作者以这样的能力以至权力？显然，这是作者不愿回答的诘难。这种技巧多被运用于类似中国古典小说"说书"等形式中，它故事性强，往往能够吸引读者。

内视角指作者利用人物的感官去感知这个世界，把这种感知提供给读者的做法。此时，作者与人物所掌握的材料是等同的：人物感知到了多少，作者提供给读者多少；人物无法感知的内容，作者只字不提。换句话说，人物是一个有限者，他所能感知到的只是自己的知觉与理性世界，对于其他外在内容，如他人的想法、自身的命运都一无所知。用托多罗夫的公式来表示，就是"叙述者＝人物"。事实上，这也就是法国另一位结构主义大师热奈特所说的"内焦点叙事"。这样一种技巧的运用，无疑会给作品带来真实感，给读者带来亲临感。面对作品，人们不再考虑作者的动机或权力，而会跟随人物的心灵体验这个世界，或许不完整，却足以信赖。

外视角指的是叙述者只把人物的言语、行为以及他所遭遇的环境、事件等外在表现提供给读者，而向读者封闭人物的内心世界，使读者难以进入人物的意识领域。这也就意味着，作者与人物之间存在着巨大的壁垒：他们像陌生人一样平面化地蜻蜓点水般地接触，彼此相识，交往却如浮光掠影，彼此并不了解对方，心心相印便越发不可能。用托多罗夫的公式来表示，也就是"叙述者＜人物"。类似技巧在后现代主义文本中得到了广泛的应用。在现代性危机所带来的社会事实中，人们的确处在一种茫然不知所措，而且最为重要的是互不信任、彼此隔膜的状态；采用外视角的方法叙述，恰恰能展现这一真实情境，使作品达到让人意想不到的深度效果。

二、描写手法的运用

作为文学中的基本表达方式之一，描写指作者偏重在共时性上对人以及场景进行描述的做法。在对描写的定义过程中，存在一种长期的"误读"：人们很难对描写作出精确的规范，而一再宣称，描写就是用语言文字的形式把现实的人物与场景具体呈现出来的方法。显然，这是一个非常宽泛的定义，人们很难确切地从中区分描写与叙述的界限，而使描写在很大程度上涵盖了叙述这一范畴。所以，描写所追求的是一种偏重共时性的描述，这种共时性的偏重又将与叙述所偏重的历时性构成交叉，共同建构整个艺术世界。恰恰也正是由于这样一种偏重共时性特征的存在，描写成为文学技巧基本表达方式中一种不可忽略的方法。描写可分为人物描写和场景描写，其中场景描写又是围绕人物描写展开的，所以人物描写是描写手法的重点。人物描写又可细分为人物的心理描写与行动描写两类，在这里，我们将对这两类描写的运用技巧作出介绍。

值得特别一提的是，在中国文人的描写手法里，白描是一种最为常见的描写方式。"白描"一词，源自中国古代绘画技巧中的"白画"。在以墨色为基本表现手段的中国古代绘画中，存在着一条古老的绘画原则："计白当黑"——对象的现实呈现，"黑"固然重要，但对象的背景存在,"白"同样重要,事实上,白在某种程度上还可以当作黑来理解,故有"计白当黑"的说法。中国绘画讲求的往往是勾勒的笔触不事踵华,寥寥数笔,飘飘洒洒之间,对象的内在特性真真切切、妥妥帖帖地便呈现出来。这样一种技巧运用到文学领域,也就有了所谓的白描:同样要求作者通过寥寥数笔把对象的内在特性透显出来,给读者以深刻隽永的印象。例如,清代小说家吴敬梓在《儒林外史》里用白描描写了一个小土豪:"两只红眼边,一副锅贴脸,几根黄胡子,歪戴着瓦楞帽,身上青皮衣服就如油篓般;手里拿一根赶驴的鞭子,走进门来,和众人拱一拱手,一屁股就坐在席上。"简简单单,却真实可感,这就是白描的魅力。

1. 心理描写

所谓心理描写是指用言语来描写人物心理的过程。文学是"人学",在文学作品中,自然不能缺少对人的描写;而人的心理活动又是一个人生命中最为深切的体验,所以,心理描写是人物描写的"升华"。人物描写的具体技巧多种多样。例如,有所谓"寓意命名",通过对人物的命名,如曹雪芹在《红楼梦》中命名的"甄士隐""贾雨村",暗含作者对该人物的内在特性、命运等实质内容的设定。又有所谓"先声夺人",在主要人物出场之前,"山雨欲来风满楼",先是雷声大作,电光闪闪,引起读者的高度关注,此时,那主要人物不是关云长之辈,就是王熙凤之流,方姗姗来迟,徐徐出场。又有所谓"杂取法","杂取种种,合成一个"。鲁迅就曾在《我怎么做起小说来》中说明自己所写的人物属"杂取法":"往往嘴在浙江,脸在北京,衣服在山西,是一个拼凑起来的角色。"用现实中不同的人的特征来合成一个作品中最能表现人物身份、特性的典型形象。这种技巧甚至可以延伸出"变形法",用几乎荒诞的笔调来塑造某一形象,如《西游记》里的种种人物,来凸显某种人物的性格及其命运。在此基础上,"画眼睛"通常是人物描写由外形的肖像描写上升到人物内心描写的过渡。鲁迅曾说过:"忘记是谁说的了,总之是,要极省俭地画出一个人的特点,最好是画他的眼睛。我以为这话是极对的,倘若画了全副的头发,即使细得逼真,也毫无意思。"(《我怎么做起小说来》)眼睛是心灵的窗口,传神也自在阿睹。通过这一途径,人物内心世界的直白与隐晦,丰富与贫瘠,一目了然。除此之外,作者还可以通过描绘"手""背影"等多重方法来刻画人物内心的细腻感触,最终由对话、潜对话、独白、心理暗示甚至梦境幻觉等直接而多重角度的描写来解开人物内心的秘密。

2. 行动描写

所谓行动描写也就是用言语来描写人物在事件中的行动。在这里,也就显现出描写虽然具有偏重共时性的特征,但仍然有着对历时性动作的描写,只不过这种历时性动作并不能完全代表历时性事件,而只是历时性事件的一个"断面"。在这里,行动描写最中心的原则可以概括为"化胪列为持续"。具体的事物共同陈列于作者、人物、读者面前,行动描写的任务就是要把这些具体的事物用连贯的笔调重组起来,使连续的动作而非错乱的具象呈现在读者面前。在这里,首先,动作描写的目的是为人物描写服务的。例如,"事随人走",事件中的行动安排并不是自然时序,而是由人物个性以及命运的需要来具体设置的环节,显然,行动以及事件都是为塑造人物而服务的,故当"因人述事"。其次,动作描写的任务也可以效力于烘托某种气氛。例如,在行动描写中曾有"神龙见首不见尾"的奇思妙境。毛宗岗在《三国演义》第九回评说:"吕布去后,貂蝉竟不知下落,何也? 曰:成功者退。神龙见首不见尾,正妙在不知下落。若必欲问他下落,则范大夫泛湖之后,又谁知西子踪迹乎?"貂蝉和西施去了哪里? 无人知晓,因无法知晓——如此重大的人物居然见首不见尾,一度隆重登场,却不知去向,确非作者遗漏,而只因其自身业已完成了推动情节的"任务",转而预留给读者以想象的空间所致。另外,还有一些类似于"沉默"动作的暗示性行为,以"此处无声胜有声"的美学旨趣,连贯情节与事物,同样是不可多得的行动描写的胜境。

三、抒情手法的运用

所谓抒情,指的是一种用文学语言抒发作者或人物的内心情怀的技巧。每一个人的存在状况虽有不同,但每一个人的情感却都难以泯灭,而情感的宣泄与表达,就是文学以及其他审美艺术得以出现的首要动因。所以,抒情成为文学创作中一个不朽的母题,有关抒情的文学技巧也便应运而生。

1. 直抒胸臆

直抒胸臆指作者在作品中直接抒发内心情感的做法。这种做法往往会以不顾一切的勇气冲破理性的藩篱,尽可能地把自己的情绪宣泄出来,从而产生气象喷薄、一冲云霄、震撼人心的强大力量。每个人的内心都沉淀着深厚的无意识内容,这也就造成了某些人在某些时刻需要将自己"过剩"的本能力量"转移"出去,而文学创作者就正是这样一个群体。为了强化自身情感的感染力,作者通常会改换人称代词,把作为现实读者之"他"换作"你",虚拟出一个倾诉对象,滔滔不绝地倾吐情绪;或改换句式,把陈述句改为诘问句,再加上感叹词,来增强语气铿锵顿挫的节奏感。如我国现代诗人郭沫若《凤凰涅槃》:"啊啊! /生在这样个阴秽的世界当中, /便是把金刚石的宝刀也会生锈! /宇宙呀,宇宙, /我要努力地把你诅咒! /你脓血污秽着的屠场呀! /你悲哀充塞着的囚牢呀! /你群鬼叫嚎着的坟墓呀! /你群魔跳梁着的地狱呀! /你到底为什么存在? /我们飞向西方, /西方同是一座屠场。/我们飞向东方, /东方同是一座囚牢。/我们飞向南方, /南方同是一座坟墓。/我们飞向北方, /北方同是一座地狱。/我们生在这样个世界当中, /只好学着海洋哀哭。"类似的做法还有很多,他们大多会选择矛盾发展到极点的时刻,强烈呼告,用近乎夸张的语调和态度于瞬间缔造一个现实当中无法成就的艺术世界。

2. 寓情于事、理、景

寓情于事、理、景是指作者在抒情时刻意不把内心的情感直露地表白出来,而宁愿将这种感情深埋蕴藉于某事、某理、某景中,借助于对此事、此理、此景的表达来曲折地反映自己的心绪。中国古代文人尤擅此道。这是因为,由于东方特有的思维模式的作用,中国古代文人的情感模式往往是"一波三折",含藏难穷的,他们热衷于寻求一种曲意无尽的表达。在这里,所谓的事、理、景,已不再是单纯的事、理、景,而是一种能够体现作者内心情感的"场域"——作者内心情感"移入"的结果。

移情作用

移情作用的意义是这样:我对一个感性对象的知觉直接地引起在我身上的要发生某种特殊心理活动的倾向,由于一种本能(这是无法再进一步加以分析的)这种知觉和这种心理活动二者形成一个不可分裂的活动。……对这个关系的意识就是对一个对象所生的快感的意识,必须以那对象的知觉为先行条件。这就是移情作用。

——[德]里普斯:《再论"移情作用"》,伍蠡甫、胡经之:《西方文艺理论名著选编》(中卷),北京大学出版社1986年版,第483页。

情化了的事、理、景,一切事语、理语、景语也即情语。值得强调的是,在这三者当中,由于情(人的内心情感)与景(外在于人的景观)的意义"距离"最远,所以情与景的密合度远远要超过情于事理、理趣中的体现,以便给读者带来更多的想象空间以及"陌生化"效果。所以,中国古代诗论极为推崇的境界就是情与景的互藏。王夫之《姜斋诗话·夕堂永日绪论·内编》:"情景名为二,而实不可离。神于诗者,妙合无垠。巧者则有情中景,景中情。"可见,情景是不可分的。情离景则过于直白;景离情则显得枯槁;情与景,离则两失,即则双得。情的确可能而且需要蕴藏于景以及事、理中,致使情含蓄,而景、事、理生动起来。

3. 思与境偕

思与境偕指思与境在本真状态下的照面。类似讲法最早出现于司空图的诗论。然而,司空图并没有对这样一种讲法作出学理上的解释,而只是把此审美"理念"贯彻于《二十四诗品》的具体分类描述中。但我们仍然可以从中国美学史的前后文脉中发现,如果说寓情于景可能带来中国美学审美意象系统的话,司空图的思与境偕说,却标志了中国美学审美意境系统的真正成熟。在这样一种意境里,思与境已不再是现实的经验性的情与景,而是关乎存在的思与境的本真面目。此思与此境,跨越刹那生灭无所依赖的时空,在不经意间突然照面,默对,而后分手。王维有诗《书事》:"轻阴阁小雨,深院昼慵开。坐看苍苔色,欲上人衣来。"雨停了,天色轻阴,有人走向深深庭院,看着那苍苔的浓色,渐渐地就要爬上人衣来,此情此景,空灵而永恒。王维作为诗人,他所能区别其余或许同样直观到了类似意境之心灵的地方,在于突如其来的王维与偶然临现在他面前的那块苍苔之间,正在发生的真实体验,已毫无斧痕地封存在这首令人无法轻易忘怀的小诗里。当人们再次面对湿苔,又怎会不去牵挂王维的那份深致体验,一个王维,早已把自己的意绪融入了万千苔藓的"记忆"里;而这恰恰就是不朽的艺术家所真正能够给我们带来的伟大的抒情。

四、象征及反讽手法的运用

20世纪以来,现代性社会所带来的现代性文学观念逐渐形成并日益成熟。与之相应,一大批反映现代性文学观念的创作技巧也就应运而生,象征及反讽就是其中具有代表性的两种。象征以及反讽都是指作者在文字符号的表象背后蕴藉了更为丰富的精神世界的做法,文字表象与其内蕴世界的距离感(可以理解为物理学以及心理学中的"张力"这一概念)是这两种技巧之所以存在的根本性前提——因为距离感的存在,才有了所谓的象征,所谓的反讽,甚至所谓的荒诞,所谓的寓言。只不过,象征的文字表象与其内蕴世界是正向的,而反讽则与此恰恰相反。也就是说,就写作技巧来看,如果这种距离感是极为贴近的,可谓现实;如果这种距离感是遥不可及的,可谓荒诞;象征以及反讽则恰在适中。如果文字表象背后的内蕴世界是单纯的,可谓寓言;如果文字表象背后的内蕴世界是复杂的,可谓象征及反讽;如果这种复杂的距离感是统一的,可谓象征;如果这种复杂的距离感是相悖的,则可谓反讽。所以,我们可以从这种距离感入手,来探询这两种艺术技巧的精彩的表现力量。

1. 象征

所谓象征,是一种作者在文学创作中寻求文字表象与其内蕴世界正向而丰富的距离感的做法。"象征"一词来自希腊语"symbotom",本义是将物件一分为二,双方各执其一,以为信物,类似于我国古代的"符",区别只不过在于人们对于"符",也即符号背后的含义如何解释。所以在西方提出所谓"象征"技巧之时,我国学者闻一多就在《神话与诗·说鱼》中说:"西洋人所谓意象,象征,都是同类的东西,而用中国术语说来,实在都是隐。"所以,理解象征对于中国人来说,实在不是什么难事。难的只是,我们必须理解在象征这里,文字表象与其内蕴世界正向而丰富的距离感究竟是一种怎样的距离感。首先,正向的距离感是指文字表象与其内蕴世界的性质,如外在表征、内在特性,甚至人们对于二者的接受态度都是同一种向度上的。例如俄国诗人莱蒙托夫的《悬崖》:"黄金色的彩云在巨人似的/悬崖的怀抱中歇过了一宿;/她一早便奔上了自己的程途,/快乐地在蓝天中到处漫游;/但在年老的悬崖的皱纹中/留下了一片湿漉漉的痕迹。/他孤独地站着,陷入了沉思,/在荒野中兀自低低地哭泣。"这段诗,意象丰富多彩,给人带来了极为绚丽的想象空间,但是这种复杂空间并没有"变形",其文字符号与内蕴世界的性质是相同的:彩云与其所象征的"她"之间,悬崖的皱纹与彩云这一意象构成的对立所带来的象征意义,以及"他"之所以哭泣的象征含义的单纯性,显然都是自明的、统一的,因而也就是一种正向的关系,这正是象征的首要特征。其次,象征所带来的文字表象与其内蕴世界的距离感又是极为丰富的。这意味着,所谓的内蕴世界是一个丰富的世界,文字表象可以非常简单,是某个事物,甚至某个事物的某个方面,但它所隐含的内蕴世界却是一个意义世界。如果作者仅仅借助于某一简单的经验物去指称另一简单的含义,那么这种技巧叫作比喻;而如果作者所借助的不是经验物,而是一个小故事,来喻指一个道理,这种故事可以称之为寓言。然而,象征带给人们的将不再是一个简单的含义或者道理,它带给了人们一个完整的意义世界,这个意义世界必然是丰富多彩的。例如,梁小斌在他的诗歌《雪白的墙》中写道:"妈妈,/我看见了雪白的墙。"这里的"妈妈"指的是我们的祖国,"我"是那整个时代日日夜夜在思考在盼望在寻求道路的青年们,而"雪白的墙",也就早已不再是一个简单的人生理想,而是一份蕴藏着大量辛酸与痛苦、灾难与挣扎以及终于喊出心声的诉求,这里的每一种意象,每一次象征都有着丰富的内涵。从一个简单的事物,走向一个复杂的世界,正是象征给人们带来的审美体验。

2. 反讽

所谓反讽,是一种作者在文学创作中寻求文字表象与其内蕴世界逆向而复杂的距离感的做法。反讽是一个真正现代性意义上的文学技巧。在现代性社会当中,异化成为纠缠人们灵魂的绞索,意义世界的颠覆所造成的意义空洞,使语言的能指与所指之间发生了严重的断裂。于是,艺术分为两种:媚俗与反讽。媚俗的艺术家们努力使人们相信,人们仍然可以无视自己正在被异化的事实,躺在一个欣欣向荣、鲜花朵朵的粉红色的梦里沉醉于人类文明的"进步与繁荣";但另一部分艺术家则选择了反讽,他们"现实"地告诫人们一个"黑色的"世界,这个世界远远没有我们想象的那样带有伟大或严峻色彩的崇高,事实上,这个世界非常可悲甚至可笑。在这里,反讽与荒诞的区别仅仅在于二者形式上的细微差别,它们在实质上是完全相同的。作为文学技巧,反讽所追求的是文字表象与其内蕴世界逆向而复杂的距离感。首先,逆向的距离感是指文字表象与其内蕴世界的性质是充满悖论的,这种充满悖论的距离感会让人们在了解了文字背后的深度世界时感到极度痛苦以至于哑然失笑。在这一向度上,米兰·昆德拉堪称反讽的代表。他笔下的人物大多具有类似特征:平常而又平常的小人物,生活在轻重漂浮不定的状态之中——他们,或曰人类一思考,上帝就会朗然发笑。文字意象与内蕴世界已经完全超越了所谓一一对应或一多对应的思维逻辑,而是一零对应,或零一对应,零零对应。任何情况都有可能发生。所以,任何可能发生的都是毫无意义的,这就是反讽。其次,一种极为复杂的距离感充斥在充满悖论的文本及其意义世界里。在这个世界里,人们以戏谑的热情,以背叛的语言在完全乖戾的背景下展现自己的独特视角,给创作技巧带来奇特魅力。人们知道这一切毫无意义,所以也就不再寻求意义,而当人们停留在无意义的能指链的拼贴过程中时,任何复杂的距离感都会迎面而来。这不仅仅是一次附庸风雅的填字游戏,而是一种蕴藏着致命危险的精神"陷阱"。

第三节
文学中的建构技巧

建构技巧指作者在创作中具体安排表现技巧时,由于其内在思维模式存在差异,所产生的不同的文学技巧的建构模式。文学技巧在得以表现的过程中,究竟采取哪一种模式来进行表现,有着强烈的个人色彩,也就产生了所谓的建构技巧问题。显然,种种文学技巧的建构方案最终是由作者内在的思维模式的特征决定的。所以,本节拟依据作者内在思维模式的不同特征对文学中的建构技巧作出描述。综合而论,文学中的建构技巧具体包括以下几种:以点带面、线性发展、循环往复与多向交织。以点带面力图通过某一节点展现事态的全局;线性发展借助一条或多条线索贯穿情节发展;循环往复更多地运用圆形的思路使感性的表达无始无终;多向交织则在错综的图景下完成对于复杂的现代性的描述。

一、以点带面

以点带面是指作者以点化的状态来描述全局的技巧建构模式。点化模式,即一种创作主体在意象思维时通常会选择以点状形态来进行技巧安排的行为模式。点状形态,是指一种浓缩的思维节点。这种思维节点,通常会将思维的起点、终点甚至过程皆浓缩在一起。直观某一点,也就足以直观思维的全部"履痕"。点曾贯穿于各种文化观念中,如西方之重焦点,如东方之重散点,划分虽不可一概而论,却都是我们理解中西方文化观念的良伴甚至入门。我们发现,创作者在使用文学技巧时会经常刻意或无意地体现出这样一种建构模式。举例如下。

1. 诗眼法

诗人在写作过程中,画龙点睛,设置一些关键点,用这些关键点来驾驭全篇,可以称之为"眼",所以在中国文论中有文眼与诗眼。"关键",亦可作"关楗",原指闭门的横木或锁具的纽栓,可比作紧要环节。这里的"紧要",指向它的功能性含义。王夫之《姜斋诗话》有言:"'予之不淑,云如之何!''胡然我念之!''亦可怀也',皆意藏篇中。杜子美'故国平居无所思',上下七首,于此维系,其源出此。俗笔必于篇终结锁,不然则迎头便喝。"每一个文本,都需要设置自身的关键。这种关键并不一定由某种形式,如置前或置后来决定,而由其所在文本意义世界的关键程度来决定。事实证明,这种设立关键的技巧在中国文学史上并不鲜见,与中国古代美学传统观念联系密切。在中国古代美学传统观念看来,文学创作贵在"神似",而不是"形具",这一美学理念渗入文本内部,也就会召唤文本那种整体的有机感——文本本来就是一个生命有机体,不容割裂。于是,具体到文本格局,人们往往会期待一种"联珠"之美。如用草书书法理论的术语来说,就是"意连"而"形断"的法度,"意连"就是生命之不息感,"形断"将为"意连"提供更多的张力空间。这一原则体现在文学创作的建构技巧方面,就会对字句提出特殊要求:"句要藏字","字要藏意","联珠"不断。从而,诗眼法成为一般作者必须掌握的首要技巧。诗歌属于必有所抒情的文学体裁,所谓诗眼的设置,也就是企图利用某一个词语来奠定整句甚至整首诗的抒情基调。方回《瀛奎律髓》曰:"《奉承李都督表丈早春作》(杜工部):力疾坐清晓,来思悲早春,转添愁伴客,更觉老随人。红入桃花嫩,青归柳叶新,望乡应未已,四海尚风尘。'桃花'对'柳叶',人人能之,惟'红'字下着一'入'字,'青'字下着一'归'字,乃是两句字眼是也。"此处"字眼",即可以说是诗眼,整句诗的基调由它奠定:桃花因红之入而嫩;柳叶由青之归而新——由此,一种活脱脱生命流荡的意境展现在读者面前。所以,古人喜言诗眼。凡研习诗法的理论家们,"诗眼"莫不被提及。诗眼法反映了点状取象的思维模式。作者在文本中所设置的"字眼",无论它是一种判断,或是一种描述,还是一种基调,都可以说是思量世界的一个节点。这种思量并非认知,人们并非通过这一节点,去认知外部世界,而是一种意义的体验,关于世界的体验都凝结在这一节点上。在世界被点化的同时,文本得以完成。

2. 时间凝聚法

文本的时间是极为复杂的现象,将文本中所叙述的时间集中在某一时间的点上,是处理文本时间的特殊技巧,可以称之为时间凝聚法。时间本来是流动的,日日月月年年,流转不息,但在文本中,时间的流动却受到作者主观作用力之控制。作者在原则上可以干涉时间的向度和速率,并在这种对时间的干涉中实现意义的表达,以带来不同寻常的艺术效果。将时间驻留在某一确定的限度内,以至于完全改变时间的流程,使时间暂停,确是作者改变文本时间的系列做法中十分特殊的模式。在抒情性的文本里,这种技巧已被作者运用得烂熟;更为奇特的是在叙事类文本中对于这种时间凝聚技巧的运用,可使我们更为清晰地洞察它的操作方法及意义生成。为此,在这里,我们借助叙事类作品中所采用的时间凝聚技巧,即让时间悬停和止息的方法,来考量其所带来的艺术魅力。《圣经》曾记载约书亚率领以色列人远征迦南的经历,《约书亚记》第三章最末一节写道:"他们到了约旦河,脚一入水(原来约旦河水在收割的日子涨过两岸),那从上往下流的水,便在极远之地,撒拉但旁的亚当城那里停住,立起成垒;那往亚拉巴的海,就是盐海,下流的水全然断绝。于是百姓在耶利哥的对面过去了。抬耶和华约柜的祭司在约旦河中的干地上站定,以色列众人都从干地上过去,直到国民尽都过了约旦河。"[1]对于文本而言,无疑,其中的时间已被干涉了,时间被悬停于以色列人踏上河水的那一瞬间——当河水完全摆脱了物理时间的束缚,竟然突然止息的时刻,它变为干地,供人通行。类似的情形同样发生在摩西带领以色列人通过红海的途中。所以,时间凝聚的意义在于,原本不得不随时间变换的现实场景以及与之相关的意象被凝固——这正体现出点化取象的思路。时间的悬停和留驻把文本内外的信息聚集在此,却又不妨碍意义时间本身的游走,恰可映射出"一花一世界""一沙一天堂"的美学原则。

3. 用典

用典是中国古人善用的一种表现手法。黄庭坚曾倡言"点铁成金"。《答洪驹父书》:"古之能为文章者,真能陶冶万物。虽取古人之陈言入于翰墨,如灵丹一粒,点铁成金也。"[2]作为北宋江西诗派的代表人物,黄庭坚要求人们熟悉并善用古人诗句,甚至采用不惜改换古句语序、增删字词来吟诵今曲的做法。这种做法常遭人诟病——它与用典的区别在于,用典所追求的"典"通常是载体背后的"故事",而"点铁成金"中的"铁"往往是现成的古人诗句。洪迈

---

① 《圣经旧约·约书亚记》,中国基督教协会 2004 年版,第 204—205 页。
② 黄庭坚:《山谷集》卷十九,《四库全书》本。

《容斋随笔》"黄鲁直诗"条曾引数例，批评黄庭坚之作确有不可回避的"模拟"之嫌，但是，我们也同样应当看到，如果绕过这一反例，中国古代诗作中的"用典""用事"之风实在是极为流行。诗人们大多喜爱用典，擅长用事，来增强其诗作的象征意味。拒绝使自己的文本对待古人之作仅仅限制于"割字断句"的僵化做法，有效地把前人的典故投射在当下的字句中，跨越意义世界的时空，从"用典""用事"上升到"用意"的水平，的确能起到"点铁成金"的效应，正是"点铁成金"之法。例如，李商隐有名诗《泪》："永巷长年怨绮罗，离情终日思风波，湘江竹上痕无限，岘首碑前洒几多。人去紫台秋入塞，兵残楚帐夜闻歌，朝来灞水桥边问，未抵青袍送玉珂。"短短八句诗，用典竟达七处之多。其中的"永巷""湘竹""岘首""紫台""楚帐""灞桥""玉珂"，皆属古典，时间贯穿千年，蕴藏了千年之思，得以寄托诗人当下青袍送客的意绪。在美学的意义上，类似做法往往会造成衬垫烘托的作用。意与思的延宕，所造成的就是委婉波折、难以诉尽的心曲。当然，古代亦有反对机械用典的努力。钟嵘《诗品序》限定了用典的范围："经国文符""撰德驳奏"，理当博古与烈；"吟咏情性"之诗作，实无用典的必要。而钟嵘的目的显然在于要排除那些因用典的古奥离奇压制审美情感抒发的可能性，审美情感存在于私人内心，当人们追求外在于人心的典故而具有淹没内心真实情感之趋势时，钟嵘坚持捍卫后者的纯粹性。毫无疑问，用典是否恰当具体到每一文学体裁以至每一文本是可以讨论的，但用典本身，的确是一种深化意义空间的途径。那么，所谓"点铁成金"的用典之法，所反映的就正是一种点化取象的思维模式。典故中的史实跨越时空，突然乍现于某一文本，使文中字句意蕴深厚，这本身就可以理解为以现有的意绪之点，摄取万象的思路。在作者以及读者脑海中出现的某种突发性的根植于文化底蕴的远距离信息传达，正是因为"点铁成金"的用典之法而得以确立。

以点带面的建构形式多种多样，除以上所举三例外，尚有聚焦法、背面敷粉、烘云托月、狮子滚雪球、目彼手此、大落墨、纹章环套、整体象征、万取一收等多种方式。限于篇幅，不可悉数。

二、线性发展

线性发展是指一种体现着线性思维模式的技巧建构类别。文本中通常会出现种种沟通作者与读者以便共同塑造文本自身的线索。这种线索的形式极为丰富，其中具有方向性的线性线索尤为突出。线性线索，通常会设定预先的一个"结局"，蕴含未来的一个"目的"，在此之后，设置篇章、情节以至字句。出于审美陌生化的需要，文本线索或许不会允许自身"一箭中的"，而留有许多回旋的"余地"，但其最终的目的显然在作者那里已"成竹于胸"。该类的文学技巧与以点带面之技巧的最大不同在于，它更强调一种完整的过程，这样一种完整的过程有效地扫除了作者阅读文本的理性障碍；而后者将时间或空间点化的做法，在实质的意义上，是在拒绝叙述过程的可能，把过程留给了读者的想象力，单纯地作出意象叠加与跳跃，通常适合于抒情诗作，以及一些带有神秘色彩的描写。所以，在叙事类文本中，作者对于线性发展建构技巧的运用,还是极为广泛的。

1. 草蛇灰线

文本中的线索或隐或显,时断时续,隐显断续之间,连带出叙事的结局,为"草蛇灰线"法。草中之蛇游走不定,木匠的灰线弹墨易失,但若仔细辨别,前后左右的安排又都无一不具其暗含的意旨,正是草蛇灰线的魅力所在。"草蛇灰线"一词出自金圣叹,《读第五才子书》曰:"有草蛇灰线法。如景阳冈连续许多'哨棒'字,紫石街连写若干'帘子'字等是也。骤看之,有如无物;及至细寻,其中便有一条线索,拽之通体俱动。"《水浒》"景阳冈武松打虎"一节,"哨棒"共出现了十九次。哨棒的出现如草中游蛇,灰迹墨线,此起彼伏,隐显无律,却塑造起武松这一丰满的人物形象。显然,在这里,哨棒绝不再仅仅是一件兵器。它曾是武松内心自信、骄狂的依据,这时,他通常会或"提"或"倚"哨棒;它也曾是武松救命的稻草,此刻,他"抡起"哨棒,不敢有稍许松懈;哨棒折成两截以后,武松那来自生命本能的恐惧霎时间席卷而来,折断的哨棒,成为一块笼罩在他头上的死亡阴影;而当武松最终打死老虎,哨棒也被派上用场,他把哨棒随手丢在草丛中时,满心的疲惫也便从文本中弥漫出来。草蛇灰线之法,意在以看似不经意的笔墨暗中通连出一条线索,是线性发展思维模式的体现。作者非常清楚设这样一条线索的目的,借助一些人物、物件或事件的作用铺排文本结构,都是为了达到其最终预设的目的。所以,"草蛇灰线",是线性发展建构技巧的典型。

2. 双管齐下及交叉叙述

线性的发展可以是单线行进,也可以是双线并进及交叉,所以又有双管齐下及交叉叙述法。所谓双管齐下原本属于绘画美学中的一种笔法。唐代画论家张彦远《历代名画记》有言:"唐时张璪画松,能手执两笔,同时俱下。一为生枝,润含春色,一为枯干,惨同秋色。"一心两手,两笔互生,生枝与枯干,润泽春秋,相得益彰,并行不悖,且在同时完成,的确令人惊赞。这种笔法在文学技巧中同样得到了运用。两条分立的线索同步演替,彼此映射无穷。《红楼梦》第六十五回"贾二偷娶尤二姨,尤三姐思嫁柳二郎"主要是写凤姐和尤二姐,双管齐下,又竟同时连带出了凤姐与平儿、与李纨、与探春,林姑娘与薛姑娘的相互映衬,正是双管齐下的充分体现。线索的多元并进,会使艺术空间变得立体。而所谓交叉叙述更将文本的两条线索交叉缠绕,以对立的面目共同推动情节的发展,从而带来情节的跌宕起伏——你是你,我是我,却又你借我生,我凭你成,从而你中有我,我中有你,密合无隙,最终形成难分难解、错落有致的艺术品格,正是交叉叙述的美学诉求,堪称线性线索建构技巧的表率。毫无疑问,双管齐下及交叉叙述所表明的都是一种线性发展的思维模式。双管中的每一管,交叉中的每一支,其方向性都极为明显;由于线索与线索的交织,线索延展的"结局"和"目的"更加显豁而生动。所以,这两种建构技巧,是线性发展建构技巧家族中不可或缺的成员。

3. 水中吐焰

把握情节节奏是作者处理文本结构的一大难题,蔡元放《水浒后传读法》中以"水中吐焰"为线性线索模式,以此把握文本结构的节奏张弛。水本来是平静亲和、令人心境放松之物,却不料在这水中突然腾起烈焰,正是情节节奏张弛有度的表征,体现出作者对于文本线性发展的进度的理解。金圣叹曾经指出,《西厢记》"寺警"一折具有这样的效果。当孙飞虎围寺逼亲,众人慌乱,愁云惨淡;张生修书白马将军,气氛略有松动,但书信的传达又成了问题,气氛重归压抑。正在这时,突然跳出一莽和尚惠明,"翻空出奇",杀出重围,搬来白马将军解围,实属情节中的"水中吐焰"。所以,线性发展的速度是可以调节的,水中吐焰正是调节其速度的范例。正因为如此,水中吐焰便成为在我们谈及线性发展建构技巧时所不能忽略的形式。

4. 笙箫夹鼓、隔年下种与趁水生波

出于审美的需要,线性的发展线路需要带有"陌生化"的曲折形态,毛宗岗《读三国志法》中的"笙箫夹鼓""隔年下种"与金圣叹《读第五才子书》中的"趁水生波"正是能够给作者带来这样一种艺术效果的技巧。所谓笙箫,同为管乐,它们往往适合于演奏委婉凄清,悠长绵远的曲目;而鼓似钟,击鼓或敲钟,每每给人震撼感,增添身心的力度。所以,所谓笙箫夹鼓,指称的是一种变换不同基调色彩的人物与事件以推动情节的做法。笙箫夹鼓不同于水中吐焰,笙箫与鼓的分离度远远不及水面与火焰,并且,笙箫与鼓轮转,可以重复变换,水中吐焰却通常是一次性的。所以,笙箫夹鼓多作用于长期的线路,而水中吐焰多作用于短暂的节奏。隔年下种指设置伏笔的技巧。悬念的产生需要预先留有一定的伏笔,"隔年"后,成长复苏。而趁水生波则借助于一些次要因素,在看似不经意之间,"勺水"亦可"生"出轩然大波来,线性发展的曲折度大大增强了。这一类的例证在中国古代小说中为数众多。毛宗岗在《三国演义》里发现了大量笙箫夹鼓的原则,"如正叙黄巾扰乱,忽有何后、董后两宫争论一段文字;正叙董卓纵横,忽有貂蝉凤仪亭一段文字……"无非是在笙箫之曲中加入鼓声,使整篇文章显得丰满而立体,曲径通幽。而"隔年下种"的技巧,毛宗岗也提到许多。《读三国志法》:"《三国》一书,有隔年下种、先时伏着之妙。善圃者投种于地,待时而发。善弈者下一着于数十着之前,而其应在数十着之后……"文本"扭捏"不来,不能凭空生出一人来,无端倪地造出一件事来,而需前有交代,设伏于首,方可有所呼应。毫无疑问,类似的做法会使文本线性的延展线路更为多变,且首尾一贯,有"疑云终释"之感。趁水生波的案例更为丰富。张竹坡在评点《金瓶梅》时提到书童的角色安排:"《金瓶》有特特起一事,生一人,而来既无端,去亦无谓。如书童是也。不知作者盖几许经营,而始有书童之一人也。"因书童与吴月娘的丫头玉箫有私,被潘金莲撞见,潘金莲胁迫玉箫刺探吴月娘,才引起潘金莲撒泼。因而,西门庆一死,潘金莲就被吴月娘赶了出去,终被武松杀死。所以,小小书童,的确起到了极为关键的作用,是趁水生波的典范。以线性发展为最终职责的线索安排,在文本需要曲意回旋的审美理想面前,因笙箫夹鼓、隔年下种与趁水生波的善用而大放异彩。所以,如何使线性发展的线索更为曲折既然成为作者建构文学技巧的内在动力之一,而与之相对应的笙箫加鼓、隔年下种及趁水生波,也就自然成为典范。

线性发展的技巧极为多样。例如尚未举出的金蝉脱壳、金针暗度、将雨闻雷、移花接木、

鸾胶续弦、月度回廊、横云断山、曲折翻腾、舒气杀势……这些技巧的目的只有一个,即形成线性的延展。

三、循环往复

当线性模式把自己的"终点"确立为自己的"起点",它所进行的延展也就成为一种全新的格局:循环往复。线性模式可以组成很多种图形:单线、双线、多束线、直接线、断续线、正向线、逆向线,以至于曲线、折线、蛇形线、省略线,等等。然而,循环往复却给予我们一个全新的图式:圆。在这个圆里,并不存在所谓的起点或终点——在价值的意义上,每一个点都既是起点也是终点,只有过程本身,在不息流转。运用这一思维模式,也就出现了循环往复的建构技巧。这类技巧通常被用在抒情诗作中,用来表现那些辗转委婉、缠绵回旋的细腻情绪。除此之外,它还被用在一些叙事类的作品里,改善文本叙述呆板僵化的结构,给作品带来意想不到的艺术效果。

1. 顶真

顶真又称为"蝉联""联珠",是指一种前句的末尾字作后句之开头字的技巧。这种技巧的运用在中国的古代诗歌中经常出现。它会带给诗作以绵密流畅、连环无尽、一气呵成、上下通贯的审美体验。例如,李白《白云歌送刘十六归山》:"楚山秦山皆白云,白云处处长随君。长随君,君入楚山里,云亦随君渡湘水。湘水上,女萝衣,白云堪卧君早归。"其中的"白云""长随君""湘水",既是上句之尾,又是下句之首,起到了良好的衔接作用。当然,最为充分地使用这种技巧的仍然属于民歌。《白云遗音选》中存有民歌《桃花冷落》:"桃花冷落被风飘,飘落残花过小桥。桥下金鱼双戏水,水边小鸟理新毛。毛衣未湿黄梅雨,雨滴红梨分外娇。娇姿常伴垂杨柳,柳外双飞紫燕高。高阁佳人吹玉笛,笛边鸾线挂丝绦。绦结玲珑香佛手,手中有扇望河潮。潮平两岸风帆稳,稳坐舟中且慢摇。摇入西河天将晚,晚窗寂寞叹无聊。聊推纱窗观冷落,落云渺渺被水敲。敲门借问天台路,路过西河有断桥。桥边种碧桃。"每一句首字都是上一句的末字,无一例外,就连全诗的第一个字也是全诗的最末一字,使整首诗往来成篇,连珠不断。此类技巧显然是在循环往复的思维模式下建构完成的。

2. 回文

回文又称回环,作为汉语特有的一种修辞方式和文本结构,它可以把一句话按照某种语序正向说一遍,再紧接着把这句话按照完全相反的语序逆向说一遍,字词还是原有的字词,却因为有了一次逆序重述,意思层层叠叠,回环无穷,分外奇特,堪称汉语文学技巧的一枝奇葩。例如苏轼《菩萨蛮》:"雪花飞暖融香颊,颊香融暖飞花雪。欺雪任单衣,衣单任雪欺。别时梅子结,结子梅时别。归不恨开迟,迟开恨不归。"上句与下句,用字全同,语序却全反,同在反中,反不在同外,而每一次逆序,意境都有更进一步的深化。类似技巧,只在汉语中才有可能实现。另如最为著名的汉窦滔妻苏蕙的《璇玑图》,全诗共841字,排成纵横各29字的方图,回环往复读来,可得诗 3752 首。如正读可为:"仁者怀德圣虞唐,贞志笃终誓穹苍。钦所感想妄淫荒,心忧增慕怀惨伤。"反读可为:"伤惨怀慕增忧心,荒淫妄想感所钦。苍穹誓终笃志贞,唐虞圣德怀者仁。"我们可以粗算一下,《璇玑图》用字 841 个,成诗 3752 首,成诗数约为用字数的 4.5 倍,连连绵绵,无一重复,且意蕴深远,实在是空前绝后的艺术珍品。汪元放标点《镜花缘》,用五色墨线复制了原已散佚的《璇玑图》,精美绝伦,足资博览。据我们考察,类似的回文经典之作在我国古代诗歌史上仍尚存数首。在回文诗中,时间以及与之相关的秩序都在一个循环的"圆"内完成,确实是循环往复之建构技巧的最高典范。

3. 转笔法

循环往复的建构技巧不仅体现在字句的修辞内容上,也反映在文本的结构中。律诗中原有转笔呼应的要求,这一要求同样被叙述文本所接纳。律诗中的转笔呼应本身是为了避免诗作的平铺直叙,而要求颔联与颈联之间的转折。杨戬曾在《诗法家数》中提道:"颈联:或写意、写景、书事、用事、引证,与前联之意相应相避,要变化,如疾雷破山,观者惊愕。"转笔的推开一步,往往会达到不同凡响的效果。而这种技巧在文本情节结构上的运用,则自然构成了转笔法。例如,转笔移步,会使律诗的气势舒荡,活泼生动。王勃一首脍炙人口的《送杜少府之任蜀川》即用此法:"城阙辅三秦,风烟望五津。与君离别意,同是宦游人。海内存知己,天涯若比邻。无为在歧路,儿女共沾巾。"首联点明送别之地与将至之地;颔联抒发离别之意和共同的宦游之感;而颈联却突出转笔功夫,笔开一面,奇峰突起,道出海内天涯的心绪传达,以见诗人之阔大胸襟,遂成千古佳句;尾联继而以劝慰作结,跌宕有致。移步换形,转笔自如,乃诗中精品。所以转笔之法无论是一种修辞手段,还是一种情节安排,都可以使我们清晰地看到作者内心循环往复之思维模式的建构作用。正是基于循环往复的审美理念,作者才会在行文中于文句、结构之内部追求这种曲折有致的转换之美。

除以上所举三例之外,尚有诸多技巧属于循环往复的建构技巧群落,如轮叙法、因缘法、回荡法、错位法、一笔画法等,不一而足。

四、多向交织

无论是线性发展,还是循环往复,都是一种有助于我们用知性来把握的线性图式;而错综复杂的思维模式,却把我们带入另一个神奇"国度",也就是非线性的多向交织世界。就文学文本而言,在一个非线性的世界里,任何决定论的模式都将破灭,并没有一条一以贯之的线索可供我们在未及阅读文本之先,便已存在着。这将使阅读成为一次由读者自身参与的原创过程,作品仅仅是提供了一个期待我们去重塑的场所。换句话说,知性的索取过程被"搁置"了,人们开始了真正的审美的阅读。与之相应,为了给读者带来这样一种全新的审美阅读体验,作者必须运用一些非线性的文学技巧来创作自己的文本。事实证明,许多西方现代的文化观念以及由此产生的文学技巧并不简单,它们在某种程度上已达到了极为复杂的水平。

1. 意识流技巧

意识流技巧是指作者在写作过程中真实地表现自己意识的流动的技巧。这一技巧最早由美国心理学家威廉·詹姆斯在《论内省心理学所忽略的几个问题》中论及。作为反对冯特"感觉元素说"——把人的意识分析为单个的"感觉元素"的代表,詹姆斯的理论与亨利·柏格森提出的"真实"存在于"意识的涌动"的观点相通,认为人的意识是一个完整的流动过程。这个完整的流动过程是无法用某种理性的单位切分的,体现出错综复杂的特点。作者在进行意识流写作时,必须完全放弃用外在的逻辑规约它的企图,而应当力求捕捉那些细微的却瞬息万变的意识的流动,从而恢复意识流动的真实面目:意象如泉水般喷薄而出,激情跳跃,超越时空,而这恰恰是文中人物的意识流动。我们相信,鲜活的意识流动,如果它是真实的,就必将得到与读者心灵的双向融构。20世纪20年代之后,意识流的创作技巧就被众多作家所接受。除了已经提及的詹姆斯·乔伊斯外,法国的马赛尔·普鲁斯特、英国的维吉尼亚·伍尔夫、美国的威廉·福克纳都是这一领域的大师级人物。这种技巧也迅速传入中国。我国20世纪20年代就出现了以刘呐鸥、穆时英为代表的新感觉派小说,70年代以来又被作家王蒙重新引介,影响巨大。然而,这样一股潮流的兴起带给文坛的并不是一大批作家的出现,而是读者地位的日益提升。当"作家退出小说"后,人物与读者将达到真实的内心交流,而这种交流也必然是错综复杂的通变与交叠。

2. 复调技巧

"复调"原系音乐术语,本义为"多声部",指一首乐曲由数个声部、声调合成。复调被引入文学技巧领域之后,特指一种文本内多重基调共存,数条线索并进的写作技巧。在复调文本中,不存在一种绝对权威凌驾于人的绝对意志——作者没有权力凌驾于人物之上,人物也没有权力凌驾于读者之上,甚至读者也没有权力以自己的理性凌驾于自己内心真实的日常生命体验之上。例如陀思妥耶夫斯基的经典之作《卡拉玛卓夫兄弟》。这部小说讲述了费道尔·卡拉玛卓夫和他的三个儿子德米特里、伊万、阿廖沙的虚无生活。费道尔荒诞不稽、毫无信仰,逼走自己的两个妻子,又与德米特里争夺情妇,终被杀死;德米特里曾与贵族小姐订婚,又迷恋艺妓,后被放逐西伯利亚;伊万虽属进步青年,但内心世界却充满了矛盾和冲突;阿廖沙是基督教徒,容忍一切,包括自己相互仇杀的父母兄弟。文本中每一条线索的线路都不甚清晰,它们交织在一起。更为重要的是陀思妥耶夫斯基创造的是一种绝对的虚无:他能够把人物的个性与可能存在的思想及灵魂紧密地联系在一起——当人物的命运正在进行的同时,读者的思考深入于人物的命运与自身的思想及灵魂的相关性,当人物覆灭时,读者会感到自身的精神世界被完全置换和改写。巴赫金认为,陀思妥耶夫斯基小说的最大突破在于它构成了人物与读者的对话。这种对话首先是平等的,人物与读者之间并无主次或主仆关系,信息的发出者与接受者之间的转换自由地实现了;其次,这种对话是在不同个体之间的对话,费道尔、德米特里、伊万、阿廖沙分别代表了不同的世界,而读者的世界同样千差万别,他们彼此之间的对话也许并不是为了说服,而只是为了了解。每一个灵魂都有它存在的尊严,虽然每一个灵魂都注定是要毁灭的。所以正是这样一种复调技巧的运用,在文学这块场域里,作者、人物、读者,他们各自的生命、灵魂、命运、精神交汇在一起,构成了一部多彩的华章,迷人而复杂。

3. 混沌笔法

为了带来多向交织的文本世界,作者可能采取混沌的笔法,刻意扰乱读者的理性思维,迫使读者亲历目睹自己内心真实的生命感悟,即由于处在现代性社会内,自身飘忽甚至荒诞的精神体验。具体而言,作者在写作过程中会作出漫无边际的自由联想,探掘意象的多重内涵,使自己的笔触游离于现实与幻想、非现实与非幻想之间,腾挪跳跃,开阖贲张,从而恢复出生命所在的复杂世界。例如日本现代派作家安部公房的小说《墙壁——S·卡尔玛氏的犯罪》里,个人的意识流程已经把人物推向了理性与非理性的边界。在这个边界上,"我"的意识开始模糊不清,难以分辨。"另外的那个'我'好像听到了我们的对话,他似乎也吃了一惊,回过头来;他的冷漠目光刚好和我的视线碰在一起。就在这一瞬间,我识破了他的原形。原来他就是我的名片。"名片的能指与所指发生了断裂,更为可怕的是"我"的生存空间已被名片这样一种符号异化了,"我"的真实身份被替换为名片的能指之链,于是,真实的"我"最终被物化为一堵吞噬一切的"墙壁",化入彻底的虚无。类似的混沌技巧多被现代派作家所采用,渐被发挥到极致,自卡夫卡之后,广为流传。这种技巧给我们带来了极为复杂,甚至是艰涩隐晦的艺术世界。正是这一技巧的普及,世界真实的暗面以不同寻常的方式呈现毕露,也便成为我们所谓的错综复杂的建构技巧队列当中的一员。

除以上三例外,多向交织的技巧群落尚有割裂法、旁逸法、模拟反调法、时空交错法、视角重叠法、还原法、挪辗法、多线结构、间色法等多种形式,它们共同表征出了一种错综复杂的思维模式。在这个模式里,人类真实的生命体验被提升到无可替代的崇高地位,每一次心灵的触动,每一点细节的涨落,都将带来一次完全无法确知的神奇世界。我们相信,这世界恰恰就是真实的美的世界。

 关键词 ⌇⌇

1. 文学技巧

在表象上,文学技巧是一种作家在文学创作过程中运用着的并在文学作品中反映出的特定的语言表达能力;在实质上,文学技巧的本体与作家的内在思维模式发生着最为直接的关系。作家对于文学技巧的运用受到了其内在思维模式的强大制约。有什么样的思维模式,就有什么样的文学技巧。所以,文学技巧是一种由作家内在思维模式决定的表现以及建构语言文字的方式。

2. 表现技巧

表现技巧指文学表现手法在文学创作活动中的具体运用。文学技巧是必然要被表现出来的。作家内心虚拟的文学技巧是无法考察的,他们所掌握的文学技巧必须最终表现在文本中,提供可供考察的现实,所以,也就有了表现技巧的问题。叙述与描写使作者足以从历时性与共时性的双重维度呈现事实,抒情则追求抒发作者的内心情感,象征及反讽则体现出作者挖掘文字意象深处之内蕴的能力。它们的共同存在,使文学中的表现技巧丰富多彩。

3. 建构技巧

建构技巧指作者在创作中具体安排表现技巧时,由于其内在思维模式存在差异,所产生的不同的文学技巧的建构模式。文学技巧在得以表现的过程中,究竟采取哪一种模式来进行表现,有着强烈的个人色彩,也就产生了建构技巧问题。以点带面力图通过某一节点展现事态的全局;线性发展借助一条或多条线索贯穿情节发展;循环往复更多地运用圆形的思路使感性的表达无始无终;多向交织则在错综的图景下完成对于复杂的现代性的描述。

 思考题 ||||||||||||||||||||||||||||||||||||||||||||||||||||||||||||||||||||||

1. 如何理解技巧与技术的联系与区别?

2. 举例说明象征技巧的运用及其表现意义的功能。

3. 刘熙载《艺概·词曲概》指出:"古乐府中至语,本只是常语,一经道出,便成独得。词得此意,则极炼如不炼,出色而本色,人籁悉归天籁矣。"请给予说明。

4. 请具体分析下文(摘自普鲁斯特《追忆似水年华》第二部《在少女们身旁》第二卷《地名:地方》中的片段)所使用的文学技巧。

···
　　我们的大部分能力停留在睡眠状态,因为这些能力依凭着习惯,习惯知道要做什么,习惯不需要能力。但是在这旅途的早晨,我生活的老习惯中断了,时间、地点改变了,就使得各种能力必须出来。我的习惯是经常在家,不早起。这个习惯现在不在了,我的各种能力就全都跑过来以代替习惯,而且各种能力之间还要比比谁有干劲,像波涛一样,全都升高到非同寻常的同一水平——从最卑劣到最高尚,从呼吸、食欲、血液循环到感受,到想象。在我叫自己相信这个少女与任何其他女子都不同的时候,我不知道是这些地方优美的田园景色为她增加了魅力,还是她使这些地方产生了魅力。只要我能一小时一小时地将生命与她一起度过,陪伴她一直走到急流那里,奶牛那里,列车旁,一直在她身边,感到她了解我,在她的心里有我的位置,那我会觉得生活该是多么甜蜜! 她会教我领略乡村生活和晨曦初现的魅力。我向她招招手,叫她给我送牛奶咖啡来。我需要她注意到我。她没有看见我。我叫她。在她那高大的身躯之上,她的面庞是那样粉红、那样闪着金光,似乎别人是透过灯火照亮的彩绘大玻璃窗在看她。她回过头,朝我这边走来……   ···

阅读链接

1. 王朝闻:《论艺术的技巧》,北京:艺术出版社,1956年。
2. 高行健:《现代小说技巧初探》,广州:花城出版社,1981年。
3. 王向峰:《文学的艺术技巧》,沈阳:春风文艺出版社,1981年。
4. 阿红:《诗歌技巧新探》,长沙:湖南人民出版社,1985年。
5. 李光连:《散文技巧》,北京:中国青年出版社,1992年。
6. 刘若愚:《中国文学理论》第四章"技巧理论",南京:江苏教育出版社,2006年。

第六章
文学作品的体裁

　　文学作品的体裁，是人类在运用语言文字反映生活的历史过程中，在表情达意、塑造形象、结构安排和语言运用等方面逐渐形成的相对稳定的特点和约定俗成的规律，以及由此而形成的文学作品形态上的类别和样式。它使文学与非文学得以区分，又使各种文学作品呈现各自的特征，是人类文化的一种独特的载体和存在方式。它随着社会生活的发展而发展，随着历史的演变而发生不同程度的演变。从文学史的角度看，社会生活的变化往往引起人们的文学观念的变化，而文学观念的变化，又往往引起创作者对文学体裁的抉择和创新。早在 19 世纪初，文体学便作为一门新兴的学科在西方问世；在我国，上世纪末和本世纪初，文学文体学的研究也得到了长足的发展，从而拓宽了文学理论研究的学术视野和途径。本章拟从分类学的角度，论述文学文体分类的基本原理和文学文体的主要类型、样式及其特质。

王蒙论文体

　　不论学富五车的老师是怎么说的,我觉得文体学研究的是文学作品的艺术形式问题;至少是偏重于艺术形式方面的问题。看一个作品的文体就好比是看一个人的胖瘦、高矮、线条、姿态、举止、风度、各部分的比例,以及眼神、表情、反应的灵敏度与速度,等等。文体是个性的外化。文体是艺术魅力的冲击。文体是审美愉悦的最初的源泉。文体使文学成为文学。文体使文学与非文学得以区分。正像一个人的仪表对于人并非无关紧要一样,文体对于文学也是不能掉以轻心的。

　　归根结底,文学观念的变迁表现为文体的变迁。文学创作的探索表现为文体的革新。文学构思的怪异表现为文体的怪诞。文学思路的僵化表现为文体的千篇一律。文学个性的成熟表现为文体的成熟。文体是文学的最为直观的表现。我们无法不重视文体,正像我们无法不重视一个人的外表。仅仅从外表判断一个人常常不可靠,但也常常可靠;而且不论可靠还是不可靠,几乎没有人不这样做——人们无法抑制这种直观判断的诱惑,这本身就包含着审美的愉悦和超思辨的、经验的超经验的快乐。

——王蒙:《文体学丛书·序言》,《文体与文体的创造》,云南人民出版社1994年版。

第一节
文学作品体裁的分类

一、文学作品体裁分类的意义

　　文学文体的分类,一般是指采用综合、归纳的方法,把在表情达意、塑造形象、结构安排和语言运用等方面相似的作品归为一类;对某类作品采取分析的方法再作具体划分,即把文学文体的一个属概念分成几个种概念,并揭示各种文学文体样式的关系和各种文学文体样式的基本特质。

　　一般认为,我国真正意义上的文学文体的分类,兴起于魏晋时期,大盛于齐梁时代。东汉以来,随着诗赋以及其他文体的创作日趋繁盛,各类文学文体纷呈,并逐渐形成了自己的特定体式,又不断产生新体或变体,各体之间还出现相互融合和混淆。文体繁复,就要求文论家进行整理、归纳、定名、辨析,于是出现了《典论·论文》《文赋》《文章流别论》《文选》和《文心雕龙》等大量涉及文学文体分类的理论著作。对文学文体类别的区分,标志着文学研究进入了一个自觉的时代,也为后世文学文体的分类研究奠定了基础。区分文学作品体裁的类别、样式及其特质,至少具有以下几方面的实践意义。

　　首先,有助于文学创作。文学文体的分类研究,是对多样的体裁、样式的特殊规律的认识和概括,创作者掌握了这些规律,就可以"量体裁衣"。刘勰在《文心雕龙·定势篇》中主张"因情立体,即体成势"。就是说,要依照不同的思想内容来选择文体形式,同时,要适应不同的文体形式来确定文章的风格特征。创作者只有根据不同的文体特点进行选材、构思,并采用不同语体、形式来表现思想内容,才能做到"写什么像什么"。不过,"文非一体,鲜能备善"①。创作者往往要根据自己对不同文学文体的适应程度,对文学文体作出适当的选择。例如,朱自清在回忆自己对文体的抉择时说:"我的写作大部分是理智的活动,情感和想象的成分都不多。虽然幼年就爱好文学,也倾慕过《聊斋志异》和林译小说,但总不能深入文学里。开始写作的时候,自己知道对于小说没希望,尝试得很少。那时却爱写诗。不过自己的情感和想象都只是世俗的,一点儿也不能超群绝伦……已故的刘大白先生曾对人说我的小诗太费力,实在是确切的评语。""后来丢开诗,只写些散文;散文对于自己似乎比较合宜些,所以写得也多些。"②朱自清对小说、诗歌创作的尝试与"后来丢开",以及最终偏重于散文创作,这种对文体的抉择和迁移,正是建立在他对不同文学文体特质的把握上,同时找到了文体特质与自身特点的契合点,因而使他成为五四以来我国最有影响的散文作家之一。

其次,有助于评论者对作品的批评。鲁迅曾对批评家提出过这样的希望:"我所希望的不过愿其有一点常识,例如知道裸体画和春画的区别,接吻和性交的区别,尸体解剖和戮尸的区别,出洋留学和'放诸四夷'的区别,笋和竹的区别,猫和老虎的区别,老虎与番菜馆的区别。"③文学批评要做得切实,就必须对具体作品作具体分析,包括对作品体裁、样式特点的了解,根据不同文学体裁的特点,来要求和评论作品。违背文学作品的体裁、样式特点而误评文学作品的现象古已有之。例如,苏东坡《惠崇春江晚景》一诗写道:"竹外桃花三两枝,春江水暖鸭先知。"清代毛奇龄则批评说:"水暖而入泳者,岂独是鸭!"这显然是因为忽视诗歌的特点而对这一作品的误解和曲解。清代著名学者袁枚曾主张,"考据家不可与论诗";鲁迅则认为:"诗歌不能凭仗了哲学和智力来认识,所以感情已经冰结的思想家,即对于诗人往往有谬误的判断和隔膜的揶揄。"④"考据家不可与论诗""诗歌不能凭仗了哲学和智力来认识",说法不同,其基本精神是一致的,那就是说,评论作品要从文体的实际出发。

再次,有助于编辑出版。无论古今中外,人们都需要根据一定的原则,将文学作品以类相从,编辑出版。例如,我国汉代尊经尚儒,讲究纲常,束缚人的思想和文学创作,从汉末到魏晋,玄学得以兴起,贵族阶级内部呈现了个性解放的趋向,要求摆脱儒教,发展个性,文人创作随之兴盛,体裁风格纷纭,意蕴境界各随己意。梁代昭明太子萧统主编《文选》,使文学摆脱经、史、子而独立,将"事出于沉思,文归于翰藻"的"文"分为赋、诗、骚等 37 种文体,在赋、诗下又根据内容分为若干门类。尽管在今天看来,《文选》体类划分太繁琐,而在当时确有必

---

① 曹丕:《典论·论文》,郭绍虞主编:《中国历代文论选》一卷本,上海古籍出版社 2001 年版,第 60 页。
② 朱自清:《写作杂谈》,朱乔森编:《朱自清全集》第二卷,江苏教育出版社 1988 年版,第 105 页。
③ 鲁迅:《对于批评家的希望》,《鲁迅全集》第二卷,人民文学出版社 1973 年版,第 123 页。
④ 鲁迅:《诗歌之敌》,《鲁迅全集》第七卷,人民文学出版社 1973 年版,第 621 页。

要。如此细致的分类编排,为读者提供了方便。作为一个合格的编者,除了多方面的素养之外,对于各类文学作品体裁样式的敏感,也是其必备的职业素养之一。总之,增强文体意识,培养对不同文学体裁特质的敏感度,准确、科学地区分文体,无论是对创作者还是对读者和编者,都是不无裨益的。

二、文学作品体裁分类的标准和方法

文学体裁,各具形态,各有特点。我国古代的文人、学者,很早就注意区分作品体裁的类别。在此过程中也形成了种种不同的分类标准、原则和方法。

1. 中国古代文体分类法举隅

曹丕在《典论·论文》中论及多种文体的特征:"夫文本同而末异,盖奏议宜雅,书论宜理,铭诔尚实,诗赋欲丽。"他依据不同体裁在表达效果上的"雅""理""实""丽"等差异,把文章、作品分为奏议、书论、铭诔、诗赋四科,虽然具有不完全举例性质,所述各种文体特点也未必完全确当,但曹丕将文章的本末结合起来的看法,启发和推进了后世的文体研究。

西晋陆机在《文赋》中则提出了根据文章作品所描写的事物的形态来对文体进行分类的主张,着眼于作品的风格特征,把当时流行的文章作品分为诗、赋、碑、诔、铭、箴、颂、论、奏、说10种,并对每一种文体的特征作了概括:"诗缘情而绮靡,赋体物而浏亮,碑批文以相质,诔缠绵而凄怆,铭博约而温润,箴顿挫而清壮,颂优游以彬蔚,论精微而朗畅,奏平彻以闲雅,说炜晔而谲诳。"比曹丕《典论·论文》的分类论述更为细致、恰切。

刘勰在《文心雕龙》中根据"因情立体,即体成势"的文体观,区别了不同文体类别的基本特色:"章表奏议,则准的乎典雅;赋颂歌诗,则羽仪乎清丽;符檄书移,则楷式于明断;史论序注,则师范于核要;箴铭碑诔,则体制于弘深;连珠七辞,则从事于巧艳。"刘勰论文体,与曹丕、陆机的观点基本一致,并不拘于文章作品的体貌特征。

梁朝萧统的《文选》把文章分为赋、诗、骚、七、诏等37类;唐朝的殷璠在《河岳英灵集序》里把文章分为雅体、野体、鄙体、俗体四种;明朝吴讷的《文章辨体》分文章为127类;清朝姚鼐的《古文辞类纂》将文章分为13类。从分类的标准和方法来看,有的侧重于体裁特点和文章风格,有的侧重于文章的韵律,有的侧重于文章的时代文风特点,如建安体、正始体、太康体、元嘉体等,还有的侧重于作者的个体风格,如陶体(陶渊明)、谢体(谢灵运)、吴均体、韩昌黎体、柳子厚体、苏体(苏轼)等。

我国古代学者的文体分类实践和成果,就其被分类的作品对象而言,基本上属于"泛文学"范畴,或者说古人的纯文学意识消融于泛文学中,纯文学文体的分类还没有独立出来,形成了文学文体分类理论史上一个漫长的朦胧期,也呈现了特定历史阶段文学文体分类的非自觉的开放性和包容性。随着文学历史的发展和文学创作的不断繁盛,"纯文学"文体的分类才必然而又逐步地成为文人、学者的实践。

2. 三分法

西方流行的三分法,是将各种文学体裁分为三大类:叙事类、抒情类和戏剧类。在欧洲文学史上,自古希腊的亚里士多德,到德国的黑格尔、俄国的别林斯基等文艺理论家,都主张这种三分法。这种分类理论的最早倡导者是亚里士多德,他认为文学的差别之一,"是摹仿这些对象时所采用的方式不同。例如用同样媒介摹仿同样对象,既可以像荷马那样,时而用叙述手法,时而叫人物出场(或化身为人物),也可以始终不变,用自己的口吻来叙述,还可以使摹仿者用动作来摹仿"①。所谓"像荷马那样",指的是如同史诗的叙事类;"用自己的口吻来叙述",指的是抒情类;"使摹仿者用动作来摹仿",指的是戏剧类。黑格尔认为,文学艺术作品要使"人格的多方面性在这个人身上显示了它的全部丰富性",而"特别适宜于表现这样完整性格的是史诗,其次是戏剧和抒情诗"②。这里,实质上就是按照三分法来论述人物性格塑造问题的。别林斯基论述诗的分类说:"戏剧把史诗和抒情诗调和起来,既不是前者,也不单独是后者,而是一个特别的有机的整体。"并说明了这三者的区别:"戏剧不允许史诗式地描述地点、事件、情况、人物——这些全都应当摆在我们的直观面前。""戏剧不允许任何抒情的流露;人物应当通过动作表现自己:这已经不是感觉或直观,这是性格。"③

这种三分法的分类依据和标准是侧重于文学塑造形象、表情达意的不同方式:叙事类作品主要由作者以叙述人的口吻描述生活事件,注重反映生活事态和人物性格;抒情类作品主要由作者以主人公口吻抒写人物的思想和情感,一般不追求完整的故事情节和人物形象;戏剧类作品主要由作品中人物以自己的语言和动作来塑造艺术形象。三分法注重创作者主体因素和作品的内部特征,具有较强的概括力。但在文体分类的实践上,也不容易得心应手。例如,戏剧类作品就兼有叙事类和抒情类作品的某些特点,不同种类的作品往往都要借助作品中人物的语言来塑造形象,这就容易导致各种作品之间的界限难以划清。

3. 四分法

四分法是指把各种各样的文学体裁归并起来,分成诗歌、小说、散文、戏剧文学这四个大类的分类方法。这种分法,既吸取了西方三分法的合理因素,又体现了中国传统文体分类的习惯,同时还兼取了作品在内质和外形上的综合特征。

在我国文学发展史上,诗歌和散文这两种文学体裁出现最早。因而"文笔"之说,就成了我国较早的文学体裁分类观念之一。文笔之分,盛于南朝。文笔说主张有韵为文,无韵为笔。即依据作品语言的有韵与无韵,分为韵文和非韵文两大类,所以也被称为中国古代文学体裁的二分法。到了唐代古文家兴起时,则称为诗文二体。郭绍虞指出:"文笔之分与诗文之称,虽同以有韵无韵为别,但讲文笔,可以'文'包括文笔二体,所以萧统《文选》多选诗作,刘勰《文心雕龙》亦兼赅文笔,不废诗作。自此以后以诗文分体至姚鼐之《古文辞类纂》就完全摈诗不录,虽其中亦选及韵语,如箴铭、颂赞、辞赋、哀祭诸类,不能不兼及韵语,但与《文

---

① 亚里士多德:《诗学·诗艺》,罗念生、杨周翰译,人民文学出版社 1984 年版,第 9 页。
② 伍蠡甫主编:《西方文论选》下卷,上海译文出版社 1979 年版,第 297 页。
③ 别林斯基:《诗的分类》,伍蠡甫主编:《西方文论选》下卷,上海译文出版社 1979 年版,第 381 页。

选》之分显有区别。这就因唐宋以后,古文崛起,骈文处于衰微状态,诗文之分,早已代替文笔之称。"①由文笔说到诗文之分的演进过程表明,把文学文体分为诗歌(韵文)和散文(无韵),是我国文体学分类的一个传统。

宋元之际,虽然小说和戏剧文学有了长足的发展,但由于受传统文学体裁观的影响,在文学体裁的认知与分类上,小说和戏剧文学并没有引起人们足够的重视。晚清之后,随着西方近代文化思想包括文学思潮的传入,域外小说和戏剧作品的翻译介绍,得到了思想文学界的真正重视。受域外小说和戏剧的刺激和启迪,我国作家所创作的近代小说和近代戏剧也引起了文学界的重视。随着五四新文化运动的兴起,文学创作进入了一个全新的时代,文学作品异彩纷呈,中国传统的文学分类法,已难以说明新兴的多样化的文学样式。因此,在继承和吸收了中国传统分类法和西方分类法合理因素的基础上,便逐步形成了现代的四分法。

刘半农于1917年所发表的《我之文学改良观》一文,首先把各种文章区分为"文学"和"文字"两类。主张"凡科学上应用之文字,无论其为实质与否,皆当归入文字范围","他种科学,更不宜破此定例以侵略文学之范围","必须列入文学范围者,惟诗歌戏曲、小说杂文、历史传记,三种而已。(以历史传记列入文学,仅就吾国及各国之惯例而言,其实此二种均为具体的科学,仍以列入文字为是。)酬世之文,(如颂辞、寿序、祭文、挽联、墓志之属)一时虽不能尽废,将来崇实主义发达后,此种文学废物,必在自然淘汰之列。故进一步言之,凡可视为文学上有永久存在之资格与价值者,只诗歌戏曲、小说杂文二种也"。② 刘半农区分了文学与非文学,又划清了纯文学与泛文学的界限。说文学"只诗歌戏曲、小说杂文二种",其中的"杂文",实质上指的是狭义的散文。"诗歌戏曲"为有韵文,"小说杂文"为无韵文。这种分法,虽然仍带有中国传统的二分法的痕迹,但毕竟使纯文学的四分法趋于明晰。鲁迅在1933年论及小品文时说,五四以来,"散文小品文的成功,几乎在小说戏剧和诗歌之上",其中对文体名称的称说,则体现了四分法的原则和标准。③ 1935年至1936年间由赵家璧主编的《中国新文学大系》,就是按照小说、散文、诗和戏剧这四种体类来编撰文学作品集的。从此以后,文学文体的四分法在中国现代文学界得以确立并被普遍采用。

我国古代的二分法过于笼统,三分法和四分法又各有其优长和不足:

"三分法根据塑造形象、反映生活的不同方法来分类,抓住了各类体裁的文学作品的一些重要的基本特点,具有相当强的概括力。但是,它仅仅从叙事的、抒情的、戏剧的这三个不同的方面来分类,忽视了各类体裁的文学作品在体制、结构、语言等其他方面的特点,因而把一些基本特点相同的、本来应同属一类的文学体裁分割开来了。例如,把诗歌中的抒情诗和叙事诗,散文中的抒情散文和叙事散文,生硬地割裂开来,分别归入两类。这样做的结果,抒情诗和叙事诗、抒情散文和叙事散文的共同特点,反而易于被忽视。"而相对说来,四分法则更具合理性:"一、划分时不但注意到塑造形象的不同方式,而且也注意到体制上的差别,比

---

① 郭绍虞:《照隅室古典文学论集》下册,上海古籍出版社1983年版,第560页。
② 刘半农:《我之文学改良观》,王运熙主编:《中国文论选·现代卷》上册,江苏文艺出版社1996年版,第18—19页。
③ 鲁迅:《小品文的危机》,《鲁迅全集》第五卷,人民文学出版社1973年版,第172页。

较符合我国的传统习惯。在定名上比三分法具体，容易掌握，容易把它的名称同它的特点联系起来。二、小说这种体裁从产生以后，发展很快，特别是近代以来，它在文学创作中占有很重要的地位。把它划分为独立的一大类，符合文学创作的实际情况。三、散文是一种很灵活的体裁，在我国文学发展历史中，有着光辉的传统和丰富的遗产。从先秦以来到五四以后，散文领域中出现了很多优秀名著，产生了很多伟大作家，把散文列为独立的一类，既符合文学创作的实际情况，也有利于批判继承我国文学的优秀传统，繁荣社会主义的文学创作。"①我们认为，这样来评价三分法和四分法，还是比较中肯的，也是比较符合实际的。

三、文学作品体裁分类的相对性

从科学分类的角度说，给文体分类应当有一个同一的标准和尺度，有一个分水岭，使各种各样的文体泾渭分明，并保持这种区分的稳定性。但是在实践中往往是难以做到的，特别是对具体的带有特殊性的作品来说，更是如此。例如，同是一篇《谁是最可爱的人》，有人将它编入通讯集，有人将它编入散文集，还有人将它编入报告文学集。同一篇作品被编入不同体类的选集，也不是毫无理由的。此类现象表明，文体类别的区分具有相对性。产生文学文体分类相对性的原因是复杂的，也是多方面的，至少包括以下几个方面。

第一，文学文体的产生和发展是一个渐进的过程。从我国文学发展的历史来看，各种文学体裁，大多首先在民间孕育、滋长，而后在文人作家手中成熟，使其表现手法、体制臻于完善，并给予定名而成为创作上的形式规范。而在某一文体定型之后，往往又成了创作上的一种桎梏，束缚创作者的思维和对丰富的生活、思想情感的抒发。文学创作是一种特殊精神创造活动，它既要遵循一定的规律，同时创作者又有强烈的主体意识和创新意识，其中包括对文体的创新意识，因而必然要求对文体的规范实行某些突破，给原有的文体规范注入新的活力，由此促进了文体的变异。有些创作者有意识地打破文体之间的界限，借鉴多种体裁的优点来创作某一体式的作品。在这文体的孕育、滋长、定型、突破的整个文体发展历史的某些环节上，必然会有交叉，会有某种不确定性和模糊性。文体的交叉性、不确定性和模糊性，导致了文体内涵解读和界定的相对性。例如："汉代是赋的成熟和全面繁荣的时代，赋成为两汉文坛的主要文学形式，故有汉赋的专称。汉赋随着时代的发展也有着变化和发展，不同的作家，也因为时代、经历和思想的不同，他们的赋作也呈现出不同的风格和色调，一个作家也因为创作动因不同，也创作出不同风格的作品。汉代赋家中也有的写有楚辞作品，所以汉代辞赋连称，有些作家被称作辞赋家。也正因为这样，在后世的研究者中才产生了辞赋不分、辞赋混称的情况。"②创作的丰富性、复杂性，必然导致文体分类的模糊性和相对性，特别是对某些特殊的具体作品的归类更是如此。

① 以群主编：《文学的基本原理》，上海文艺出版社 1984 年版，第 362 页。
② 费振刚：《辞与赋》，文史知识编辑部编：《中国文学史百题》上册，中华书局 1990 年版，第 98 页。

第二,文体分类活动,从本质讲是一种文学研究活动。这种研究活动总是带有研究者的主观性。人们给文体区分类别,除了受到文体的客观因素和传统的外来的文体意识和观念的制约之外,还会受到研究者自身因素的影响,这种因素既包括政治、道德、审美等多种观念,同时又包括对文体的认知能力。人们总是出于某种目的和需要,形成各自的区分视角和标准。例如,《文选》和《文心雕龙》对多种文体的确立和阐述,则在很大程度上着眼于社会功用的视角。其中,对诏策类作诏、册、令、敕的具体区分,便反映了封建等级制的观念和需要;符命(封禅)的独立,则体现了君权神授观念的张扬。唐代以后,由于发生了骈散之争,在文体分类上出现了所谓骈文派、散文派、骈散兼综派,在对文类的范围以及文种的价值论上,各有偏好、侧重,古文家有古文家的分类方法,骈文家也有骈文家的分类方法。这并不是他们自乱其例,而是作品的丰富复杂性为各种分类提供了现实的可能,而更为重要的是由于文人学者的强烈的主观意识的渗透。在新的历史条件下,新的文学形式不断产生,人们的文体意识也会发生变化。因此,文体的发展和辨析都是一个历史的动态过程,人们对前人和今人的一些文体分类法提出质疑,并试图创立新的分类原则、标准和方法,这是很正常的,也是有益的。

文学分类法:两类七体

文学体裁分类应该遵循科学分类原则:"分类必须相应相称;每一种分类必须根据同一个标准,否则就会出现分类重叠和分类过程的逻辑错误;分类必须按照一定的层次逐级进行。"文体分类既要突出作家的主体意识、创作方法,又要兼顾文体的基本特征。要在"大体须有"的基础上,力求科学、准确,符合当代文学创作的实际。经过深入思考,我认为当代文学体裁可分为"两类七体":虚构类文学(包括小说、诗歌、故事、表演文学)和纪实类文学(纪传文学、报道文学、新散文)。七种体裁具体为:小说;诗歌;故事(包括童话、寓言、神话等);表演文学(包括广播剧、戏剧、影视剧本和唱本等);纪传文学(包括人物传记、游记、回忆录、目击记、亲历记、口述实录等);纪实类文学、报道文学(包括通讯、报告文学、电视和广播节目人物专访、影视纪录片文本等);新散文(包括杂文、随笔、抒情文、小品文或散文诗等)。

为什么要把当代文学分成"两类七体"呢?

第一,文学体裁应该是由大到小、从一般到个别逐级分类的。第一等级可以称作文类(即文学的类型,如虚构类文学和纪实类文学);第二等级可以称作文体(如小说、诗歌等七种体例);第三等级可以称作文样(即文学作品的样式,如纪传文学包括人物传记、游记、回忆录等);第四等级,可以称作"文案"(即文学作品的具体归类,如人物传记中可分为历史人物传记、当代人物传记;军事人物传记,政治人物传记、科学家传记等);第五等级,也是最单一的形式,可以称作文学作品,它通常是以文章的形式出现的。

第二，文学体裁的划分，首先要考虑作家的主体性，也就是说，作家在从事文学创作时，他的创作理念是虚构的，还是纪实的……因为理念不同，作品就会产生根本的区别，并进而形成了两大文学类型或体系……

第三，虚构类文学由诗歌、小说、故事和表演文学组成。诗歌的本质特征是抒情。"叙事诗也充满了诗人自我的感情色彩。"……抒情诗纪实的成分少一些，叙事诗纪实的成分多一些，但是，他们的纪实只是为了抒情作铺垫，是为抒情服务的。因而，其客观性、纪实性要大打折扣……"小说是虚构之物"，也是虚构类文学的代表。故事是文学的初级形态，它比小说的文学档次要低一些，塑造的形象也比较简单。童话、寓言、神话都是故事。表演文学，是指广播剧、戏剧、影视剧本和说唱文学的唱本，他们的共同特征都是为表演服务的，其文学性常常需要通过表演的艺术性来强化。

第四，纪实类文学由纪传文学、报道文学和新散文组成。纪传文学不管是记人还是记事，也不管是写自己还是写他人，都是采用文学手法来记录历史……报道文学是随着现代传媒的发展而成长起来的，她与读者的距离最近，关系也最为密切。新闻报道的文体很多，与文学关系最为密切的是通讯和报告文学，以及电视和广播的人物专访节目、影视纪录片文本等。电影、电视、广播运用文学手法，通过各种专访，达到较好的艺术效果。其整理、加工后的文本，也就成为纪实类文学的重要组成部分。

散文是最难分类的……随着新文化运动的推进，诗歌、小说、戏剧文学和散文已经难以承载报告文学、杂文、游记等新文体……新散文应该包括：其一，杂文；其二，小品文或散文诗；其三，随笔，随笔内容是观书、阅世之所得，文体可以多种多样，现在的书话、随感、文学评论等，作为随笔的文体列入散文阵营，应该没有异议；其四，抒情文等。

以上划分也是大略的，各种体裁之间并不泾渭分明。因为，文学贵在创新，非驴非马的文体也是难以避免的。

——余音：《纪实文学革命论》，《浙江师范大学学报（社会科学版）》2006 年第 4 期。

文学文体区分的相对性，表现为文体界定和文体认知上的模糊性和复杂性，但同时也给文学文体的研究留下了广阔的余地和有待拓宽、深化的空间。也正因为如此，任何一种分类方法，都会在理论和实践中显露其不同程度的缺陷和不足。文学文体的区分不应固守旧说，但同时又是一种约定俗成。所以，我们仍采用既继承中国文学传统又吸取域外经验的约定俗成的四分法。

第二节
诗歌

一、诗歌文体概述

诗歌是最古老的一种文学体裁。原始人类在从事集体劳动时,一唱一和,借以协调动作、减轻疲劳。后来这种原始的歌唱和呼喊,被语言记录下来,便产生了诗歌这种语言凝练并具有节奏感和音乐性的文学体裁。宗白华认为:"诗的定义可以说是'用一种美的文字……音律的绘画的文字……表写人底情绪中的意境'。这能表写的、适当的文字就是诗的'形',那所表写的'意境',就是诗的'质'。换句话说:诗的'形'就是诗中的音节和词句的构造;诗的'质'就是诗人的感想情绪。"[①]总体说来,诗歌的基本特点在于:集中地反映社会生活,具有强烈的感情、丰富的想象和联想,创造鲜明的意象和深邃的意境;语言精练,节奏鲜明,音律和谐,分行排列,富有形式美和节奏美。

根据不同的分类标准,可以将诗歌分为不同的类别。按内容,可分为抒情诗和叙事诗;按形式,可分为歌谣、乐府诗、古体诗、近体诗、自由诗等;按时代特征,可分为建安体、永明体等。在诗歌发展史上,形成了名目繁多的诗体。以下仅侧重于样式体制上的分类,分别论述几种主要的诗歌样式。

二、风谣　骚赋

随着社会的发展,人们的文学观念的变迁,创作手法也不断丰富和发展,文体样式也在不断演变,诗歌也是如此。在这演变的过程中,古代学者早就意识到它的传承性的一面。例如,沈约在其《宋书·谢灵运传论》中写道:"自汉至魏,四百余年,辞人才子,文体三变。(司马)相如巧为形似之言,班固长于情理之说,子建(曹植)仲宣(王粲)以气质为体,并标能擅美,独映当时。是以一世之士,各相慕习。源其飙流所始,莫不同祖风、骚。"就是说,自汉代以来的辞赋诗歌,虽然文体、风格各异,但都源于《诗经》和"楚辞"。以《诗经》和"楚辞"为代表的诗体被胡适在《谈新诗——八年来一件大事》一文中分别称为"风谣体"和"骚赋体"。这是我国较早的两种诗歌样式。

以《诗经》为代表的风谣体,多模仿民歌体,大都出于天籁,成于自然,用韵自由多样。一般以四言为主,采用比、兴手法,篇章结构多为"分章复句",往往一篇分为若干章,而章与章之间只更换少数文字,形成联章复沓、回旋反复的形式。

以"楚辞"为代表的骚赋体,又称"骚体",由"楚辞"中的代表作《离骚》而得名。"楚辞"的本义是泛指楚地的歌辞,后来成为专名,指以战国时楚国屈原的创作为代表的诗体。这种诗

---

① 宗白华:《新诗略谈》,王运熙主编:《中国文论选·现代卷》上册,江苏文艺出版社 1996 年版,第 145 页。

体在形式上的主要特征,是句子篇幅较长,不求整齐,在句尾或句中多用语气词"兮"字。"楚辞"摆脱了短小简朴的风谣形式而成为"不歌而诵"的抒情诗体。

三、乐府诗 古体诗 近体诗

1. 乐府诗

乐府,原指专门管音乐和歌曲的官署,负责采集和编制各种乐曲,配诗演唱。汉代人将乐府配乐演唱的歌曲或编录的民歌称为"歌诗",魏晋六朝人始称这些"歌诗"为"乐府"或"乐府诗",并将其视为一种独立的诗体。从体制上说,乐府诗突破了《诗经》以四言为主的句式,往往是三言、四言、五言、六言、七言间出,形成了混合式的杂言,没有什么格律限制,实际上就是古代的自由诗,它是后世五言、七言赖以滋生的土壤,也在形式上对词、散曲两种诗体的产生具有一定的影响。

2. 古体诗

古体诗是古代的自由诗体之一,相对于近体诗而言。唐代人将周秦汉魏不讲格律的诗称为"古体"或"古风"。古体诗是一个相当宽泛的概念,它既包括唐代近体诗形成以前的一切诗歌,又包括唐代以后历代诗人仿效这些诗歌形式而作的诗歌。因此,古体诗与近体诗不是从历史时期上所作的区分,而是以是否讲究格律来判别的。古体诗是一种自由体或半自由体。句子可长可短,杂用长短句,也可以是整齐的四言、五言、六言、七言,但以五言和七言最为常见。句数没有严格的限制,如白居易的七言古体《长恨歌》就长达 120 多句。不讲究对仗、平仄,用韵也相当自由,可押平声韵,也可押仄声韵;可以整篇一韵到底,也可以中途换韵。古体诗形式上自由灵活,便于抒发思想感情,受到历代诗人的青睐。

3. 近体诗

近体诗是与古体诗相对而言的古代诗歌样式,由古体诗发展而来。南北朝是诗歌的一个转型期,尤其是南齐沈约提出诗歌"四声八病"的理论,创立了永明体,为近体诗的最终形成打下了基础,并由唐初的沈佺期和宋之问将其正式定型。唐代人将齐梁以来所流行的格律诗称为"近体诗""今体诗",以与汉魏六朝不讲究声律的诗体相区别。近体诗主要包括律绝、律诗(狭义的)和排律三大类。其四句一首的为律绝,八句一首的为律诗,十句和十句以上的为排律(又称"长律"),此外还有六句三韵的,称为"小律"或"三韵律"。这些诗体有五言、六言、七言之分,而以五律、五绝、七律、七绝较为常见。格律,是构成近体诗的基本要素,格律主要包括句式、句数、平仄、对仗、押韵等方面的规则。在格律上有严格的要求,这是近体诗的显著特点。具体地说,字句有严格的规定,如一首五律诗,只能是八句,每句五字,不可增减;讲究对仗,如律诗的中间两联必须对仗;重视平仄和声韵,每句之内、句与句之间的平仄调配,要遵守一定规范和格式;在押韵方面,律诗的首句可押可不押,但第二、四、六、八句末则必须押韵,而且一般只能押平声韵,并一韵到底。近体诗的创作虽然如同"戴着镣铐跳舞",束缚创作者思想,但形成了汉语诗歌独特而又非常凝练的表现形式和审美价值。

四、词　散曲　自由诗　十四行诗

我国的诗歌体裁,既有狭义的理解,也有广义的理解。狭义的诗,多指全篇含四言、五言和七言的韵文,也间有少数六言或杂言的。广义的诗,既包括前面所说的风谣、骚赋、乐府、古体诗、近体诗,又包括词、散曲、自由诗等韵文。

1. 词

词是一种可以配乐歌唱的抒情诗体。萌芽于南朝,形成于唐朝,盛行于宋朝。因而文学史上有"唐诗宋词"的说法。词有种种别称:因开始为配乐演唱所用,所以被称为"曲""歌曲"或"曲子词";因类似于古代配乐的歌诗乐府诗、可以歌唱而被称为"乐府";因句式参差错落,长短不齐,被称为"长短句";又因不少文人囿于"诗庄词媚"的传统文学观念,把词看成诗的余绪而称之为"诗余",带有某种贬抑的意味。从形式上看,词有其鲜明的特点:每首词都有一个表示音乐性的调名,如"菩萨蛮""清平乐""贺新郎""沁园春"等,称为词调或词牌,每一词调都是"调有定句、句有定字、字有定声",并且各不相同;一首词大多分为数片,每片作一段,以分两片的为最多(也有不分段的单片词,但较少),分片表示音乐的暂时休止;押韵的位置和方法依每个词调的特殊性而不尽相同;为了切合乐调的曲度,句式长短不齐;在字声(平仄甚至是四声)的配合方面,比近体诗更为严密。

2. 散曲

散曲是继宋词之后出现的合乐可歌的一种新诗体。前面说过,宋代兴盛的词,起初也称作"曲子"和"曲子词",到了金、元时期,在北方民间和外族乐曲的基础上,又产生了一种新的乐曲曲词,这时,在文学史上曲则成了专称,这就是与唐诗、宋词并称的元曲。元曲又称"北曲"。另外还有"南曲",是配合南乐而产生的。曲承词之后而产生,因而被称为"词余"或"余音"。元曲或北曲,包括"散曲"和"剧曲"两种不同的文体,散曲是一种配合音乐可歌的长短句,属于诗歌性质;剧曲又称"杂剧",是一种以曲词为主而伴有说白、有故事情节、有人物动作、可供排演的戏剧,属于歌剧性质。相对于剧曲的这一特点,因而散曲又称为"清曲"或"清唱"。散曲有曲牌,长短句式,可以添加衬字,一韵到底。北曲无入声,平、上、去三声可通押,南曲则分平、上、去、入四声。散曲有"小令"和"套数"两大类,小令又有"带过曲"和"重头"两种样式。

3. 自由诗

这里所说的自由诗,是指五四以来打破旧诗格律、语言接近于白话的新诗体。胡适 1919 年所作的《谈新诗——八年来一件大事》一文中,用历史的眼光把中国诗的变迁概括为四次解放:《三百篇》中虽有组织得较好的诗,但仍没有脱去"风谣体"的简单组织,直到南方的骚赋文学发生,出现了伟大的长篇韵文,这是诗体的一次解放。骚赋体用"兮""些"等字煞尾,停顿太多又太长，太不自然，汉代以后的五七言古诗删除没有意思的煞尾字，变成更自然、贯穿的篇章，这是第二次解放。五言诗变为词，更合语言的自然，这是第三次解放。宋以后，词变为曲，曲又经过几多变化，逐渐删除词体里所剩下的许多束缚自由的限制，又加上词体所缺少的一些东西，如衬字套数之类，但"曲"始终不能完全打破既往诗体的种种束缚，五四以来的白话自由诗，这是诗体的第四次大解放。[①]"文学革命的运动，不论古今中外，大概都是从'文的形式'一方面下手，大概都是先要求语言文字文体等方面的大解放。欧洲三百年前各国国语的文学起来代替拉丁文学时，是语言文字的大解放；十八、十九世纪法国雨果、英国华茨华斯等人所提倡的文学改革，是诗的语言文字的解放；近几十年来西洋诗界的革命，是语言文字和文体的解放。……新文学的语言是白话的，新文学的文体是自由的，是不拘格律的……因为有了这一层诗体的解放，所以丰富的材料，精密的观察，高深的理想，复杂的感情，方能跑到诗里去。"[②]我国五四以来流行的诗歌，除少数格律诗外，大多是自由诗。从形式上看，这种诗体的显著特点是，语言不讲究格律，诗的段落、行数、句数、字数等方面都没有严格的限制，可以根据表达内容的需要而自由变化。

4. 十四行诗

十四行诗是欧洲传统的抒情格律诗。原是法国普罗旺斯地区的一种民间诗体，普罗旺斯语为 sonet。文艺复兴时期，经意大利诗人彼特拉克等改造成文人诗，形成了十四行体，此后逐渐流传到欧洲各国。十四行诗在欧洲不同的语种中的拼写法略有差异。20 世纪 20 年代开始传入我国，闻一多将英文 sonnet 译为"十四行诗""商勒"体和"商籁体"。此后"商籁"和"十四行"两个名称通用、混用。商籁体作为欧洲的一种律诗，有其独特的形式。例如下之琳所译奥登的《小说家》：

　　装在各自的才能里像穿了制服，
　　每一位诗人的级别总一目了然；
　　他们可以像风暴叫我们怵目，
　　或者是早夭，或者是独居多少年。

　　他们可以像轻骑兵冲向前去：
　　可是他必须挣脱出少年气盛的才分
　　而学会朴实和笨拙，学会做大家
　　都以为全然不值得一顾的一种人。

　　因为，要达到他的最低的愿望，

---

① 王运熙主编：《中国文论选·现代卷》上册，江苏文艺出版社 1996 年版，第 129—130 页。
② 同上书，第 126 页。

他就得变成绝顶的厌烦，得遭受

俗气的病痛，像爱情；得在公道场

公道，在龌龊堆里也龌龊个够；

而在他自己脆弱的一生中，他必须

尽可能隐受人类所有的委屈。

．．．．

这首十四行诗，分为四段，前两段每段四行，后两段每段三行，合为十四行体。这种分段可称之为"四四三三"式，此外还有"八六"式、"四四六"式、"四四四二"式等多种段式，有的甚至不分段。但无论怎样处理段落，每首十四行不变。同时，每行的音数或音步整齐。与一般的抒情诗不同，它自成一格，结构大都是有起有落，有张有弛，有期待有回答，有前因有后果，有穿梭般的韵脚，有一定数目的音步，便于作者抒发浑厚的感情。从20世纪20年代开始，我国就有闻一多、徐志摩、郭沫若等一大批诗人创作了大量的十四行诗。其中，有些诗人在接受西方十四行诗形式影响的同时，也对十四行诗作了某些变通处理，实行了这一诗体的"洋为中用"。

第三节
小说

一、小说文体概述

一般认为，小说是一种综合地运用语言艺术的各种表现方法来塑造人物形象、反映社会生活的文学体裁。这一概念的确立，经历了一个漫长的历史进程。按鲁迅的看法，作为文体的"小说"的确立，经历了"琐屑之言"阶段、"近似"阶段、"逸史"阶段和"有意为小说"阶段。在我国，将"小说"二字连用，最早见于《庄子·外物》："饰小说以干县令，其于大达亦远矣。"意思是说，修饰浅识小语以求高名，那与明达大智的距离就很远了。在这里，"小说"只是一个与文体毫不相干的词组，即"琐屑之言"阶段。论及文类意义上的"小说"，最早见于东汉桓谭的《新论》和班固的《汉书·艺文志》。桓谭说："若其小说家，合丛残小语，近取譬论，以作短书，治身治家，有可观之辞。"[①]他因袭庄子之说，把"合丛残小语，近取譬论"的短书称为小说。班固则说："小说家者流，盖出于稗官，街谈巷语，道听途说者之所造也。孔子曰：'虽小道，必有可观者焉，致远恐泥。'是以君子弗为也，然亦弗灭也。闾里小知者之所及，亦使缀而不忘，如或一言可采，此亦刍荛狂夫之议也。"桓谭和班固的论述中的"街谈巷语，道听途说者之所造"和"近取譬论，以作短书，治身治家，有可观之辞"，初步揭示了小说的功能性、故事

---

① 桓谭：《新论·补遗》，上海人民出版社1967年6月版，第71页。

性、通俗性和娱乐性的特征,但毕竟还不是现代意义上的小说,尚属"近似"阶段。接下来是"逸史"阶段。"神话"是人类创造的精神产品之一,在历史演进过程中,由"神话"演变为"半神话"的"传说","传说"又演进为"正事"和"逸史"两个分支,正事归为史,逸史即变为小说。但这只是侧重于题材而言的,而神话传说作者并非有意作小说,而是当作真实事情做的,因而仍不是现代意义上的小说。"小说亦如诗,至唐代而一变,虽尚不离于搜奇记逸,然叙述宛转,文辞华艳,与六朝之粗陈梗概者较,演进之迹甚明,而尤显者乃在是时则始有意为小说。"①例如,刘义庆《幽明录》中的《焦湖庙祝》所记杨林入梦的故事梗概仅仅一百多字,而到了唐代沈既济之手,则"施之藻绘,扩其波澜",写成了千余字的具有规诲之意的小说《枕中记》。唐人作意好奇,所作叙述婉转、文种华丽的"传奇",使中国小说创作取得了长足的进步,形成了小说以叙述故事、塑造人物形象为主的基本特征。

注重叙述故事,并使故事连贯而形成情节的发展过程,这是中国传统小说的一大特色。唐代传奇小说、《水浒》《三国演义》《红楼梦》《西游记》等名篇名著中的人物形象,之所以能够家喻户晓、耳熟能详,其中一个很重要的原因,就是依赖于作品的故事性,既吸引读者,又便于记忆和口传。小说中人物的性格成为人物行动的内在逻辑,而作为性格发展的外在表现的事件、矛盾冲突则常常表现为小说的故事情节。小说中的人物性格在故事情节中得以形象地表现。从受众角度来看,读小说的人数远远超过读诗歌、散文和戏剧作品的人数,这与小说叙述故事也不无关系。

小说叙述故事的主要目的在于塑造人物形象。高尔基说:"在长篇小说和中篇小说里,作者所描写的人物借作者的助力而活动,作者总是和他们在一起,他暗示读者必须怎样了解他们,给读者解释所描写的人物的隐秘思想和隐藏的行为动机,借自然与环境的描写来衬托他们的心情,总之,经常小心翼翼地把他们引向自己的目标,自由地、常常是十分巧妙地(这是读者不易察觉的)、然而任意地掌握他们的动作、语言、行为和相互关系,一心一意把小说的人物写成艺术上最鲜明和最有说服力的人物。"②在这一点上,小说明显地区别于诗歌和散文。

小说中所叙述的故事和塑造的人物都有虚拟性。鲁迅在《我怎么做起小说来》一文中说:他的小说中"所写的事迹,大抵有一点见过或听到过的缘由,但决不全用这事实,只是采取一端,加以改造,或生发开去,到足以几乎完全发表我的意思为止。人物的模特儿也一样,没有专用过一个人,往往嘴在浙江,脸在北京,衣服在山西,是一个拼凑起来的脚色"③。小说可以运用虚构、想象和夸张等多种表现手法来叙述故事和塑造人物形象,尽管这些故事和人物十分逼真,但毕竟不是真人真事,而是创作主体审美感受的物化形态。由此,我们又可以把小说与《谁是最可爱的人》《县委书记的好榜样——焦裕禄》等纪实类作品区别开来。

"小说"是一个历史的概念,作品汗牛充栋,各具形态。要以一个放之四海而皆准的标准

① 鲁迅:《中国小说史略》,《鲁迅全集》第九卷,人民文学出版社 1981 年版,第 70 页。
② 高尔基:《论剧本》,《文学论文选》,孟昌等译,人民文学出版社 1958 年版,第 243—244 页。
③ 鲁迅:《我怎么做起小说来》,《鲁迅全集》第五卷,人民文学出版社 1973 年版,第 108 页。

把小说文体划分为若干样式,并不容易。这里仅依据各种小说样式产生的时间先后为主线,并结合古人和今人的小说观,将中国小说分为笔记小说、传奇小说、话本小说和章回小说;依据篇幅和容量,将小说分为长篇小说、中篇小说、短篇小说和微型小说,并作扼要论述。

二、笔记小说　传奇小说　话本小说　章回小说

1. 笔记小说

文言小说的一种样式。笔记,原指随笔记录的短文。北宋宋祁著有《笔记》,可能是最早以笔记命名的书。南宋以来,凡是杂记见闻者,常以笔记为名。这些笔记,内容十分庞杂,神怪灵异、逸闻掌故、人情世态、风俗礼仪、训诂考证、天文地理等,包罗万象,不拘一格,也被称为"杂俎"。这类笔记,古代也曾称为"小说"。民国初年由王均卿主编的《笔记小说大观》,收书二百余种,其中有不少杂史笔记,使笔记小说的概念过于宽泛。也有人把晋干宝《搜神记》、刘义庆《世说新语》,直到清代纪昀的《阅微草堂笔记》等,都纳入广义的笔记小说的范畴。从今天的文体观念来看,古代的笔记,大多属于记事或记人的散文随笔,其基本特点是实录,并非严格意义上的小说。当然,如果把其中带有故事性、并有一定结构形式的部分作品视为小说也无不可。笔记小说虽然名称出现较晚,但作品却出现较早。其早期代表就是六朝的志怪和志人的古小说。这类小说的基本特点是文字简短,大多只是一个故事梗概或者是一个情节的片段,也可以说是中国古代的"超微型小说"。

2. 传奇小说

唐代兴起的新体文言小说,与唐诗并称为唐代文学的奇葩,是我国小说史上具有里程碑意义的小说样式。一般认为,晚唐人裴铏的小说集叫《传奇》,是传奇名称的由来。也有人认为,说唐代小说名为传奇始于晚唐,时间似乎太后。中唐时元稹的名篇《莺莺传》,原来就题名为"传奇"。而将"传奇"定义为传统小说的一种体裁样式,是从鲁迅开始的,他在《中国小说史略》中称之为"唐之传奇文"。传奇小说渊源于先唐志怪、杂传,也不同程度地受到了辞赋、诗歌、佛教叙事文学和民间文学的影响。传奇小说的基本特点是叙事曲折细致,讲究文采和思想,形象鲜明生动,篇幅比唐代以前的笔记小说稍长,结构完整,体现了唐人自觉的文学意识,也体现了唐人对小说创作的自觉意识。诚如沈既济在《任氏传》的末尾所表白的那样:"粿变化之理,察神人之际,著文章之美,传要妙之情,不止于赏玩风态而已。"沈既济的《任氏传》和《枕中记》、白行简的《李娃传》、李朝威的《柳毅传》、蒋防的《霍小玉传》、元稹的《莺莺传》、杜光庭的《虬髯客传》等大批优秀传奇小说,成了真正文学意义上的小说,大大提升了小说在文学史上的地位。

3. 话本小说

宋元以来的白话短篇小说样式。它的本源是"说话",即说故事。"说话"一词早在唐代就已出现,但到北宋已形成了一门颇具规模的商业化娱乐活动。说话艺人所用的底本称"话

本"。内容主要有小说和讲史两大类。随着宋代工商业的发达和城市经济的繁荣以及市民阶层的壮大,对适合他们文化程度和生活情趣的文化娱乐的要求也不断提高,随之出现了专门编写各种说话脚本的书会,使话本从原来简略粗糙的底本,发展为可供阅读的艺术上比较成熟的白话小说。为了适应说话讲故事的惯例:开始说一段"开场白"(小故事、诗、词或一段议论),然后"言归正传",进入正题,最后以一首诗收结,因此话本小说一般也具有这样的"三段式",即"入话""正话"和"后话",并具有"话说""且说""却说""不在话下""闲话休提"等套话。话本小说结构虽然呆板,但它是一种特定历史条件下所产生的平民小说。与唐代的传奇小说相比,"这类作品,不但体裁不同,文章上也起了改革,用的是白话,所以实在是小说史上的一大变迁"[①]。

4. 章回小说

长篇小说的一种传统样式。起源于宋元讲史话本,如《三国志平话》就分有"桃园结义""张飞鞭督邮""三战吕布""云长千里独行""三顾孔明""赤壁鏖兵""关公单刀会""秋风五丈原"等细目。后来的《三国演义》《水浒传》《西游记》《红楼梦》《东周列国志》《隋唐演义》等都采用了这种结构模式。每回讲述一段相对完整的故事,篇幅、时间大致相近,整个故事由若干回连接而成,少则十几回,多则百余回。每回前面用单句或两个对偶句标出回目,概括本回大意。章回小说一般段落整齐,线索清楚,便于读者间歇阅读,至今仍被采用。

三、长篇小说 中篇小说 短篇小说 微型小说

1. 长篇小说

长篇小说是一种容量大、篇幅长的小说样式。一般采用宏大的叙事方式和网状的结构形式,反映丰富、复杂的生活内容,塑造较多的人物形象。例如茅盾的长篇小说《子夜》,以民族资本家吴荪甫为中心,以1930年5月至7月为时代背景,笔触广泛地伸向了当时社会生活的各个方面,从军阀混战到红军革命根据地的斗争,从工人群众的罢工到农民暴动,从上流社会的百无聊赖与颓废糜烂到资本家内部的勾心斗角,等等,成功地塑造了民族资本家吴荪甫、买办资本家赵伯韬以及资产阶级政客、上流女性等众多而又生动的人物形象,结构宏伟,主线和支线交织,大规模地反映了我国20世纪30年代社会矛盾与民族矛盾相交织的复杂的社会面貌。长篇小说的人物众多,多样化的人物个性必然通过人物与人物之间的联系、冲突、同情、反感等多样的关系来表现,因而形成了复杂、错综的情节线索。茅盾认为,我国古典长篇小说的民族形式的结构特点,"可以用十二个字来概括:可分可合,疏密相间,似断实联。如果拿建筑做比喻,一部长篇小说可以比作一座花园,花园内一处处的楼台庭院各自成为独立完整的小单位,各有它的格局,这好比长篇小说的各章(回),各有重点、各有高峰,自成局面;各有重点的各章错综相间,形成了整个小说的波澜,也好比各个自成局面、个性不同

① 鲁迅:《中国小说的历史的变迁》,《鲁迅全集》第九卷,人民文学出版社1981年版,第319页。

的亭台、水榭、湖山石、花树等,形成了整个花园的有雄伟也有幽雅,有辽阔也有曲折的局面。我以为我们的长篇小说就是依靠这样的结构方式达到下列目的:长到百万字都舒卷自如,大小故事纷纭杂综,然而安排得各得其所"[①]。在这里,茅盾形象地说明了长篇小说具有生活内容繁复、情节结构错综复杂而又井然有序等基本特征。现当代的长篇小说,在故事情节模式和叙事方式等方面,都有不同程度的突破和创新,并产生了性格小说、抒情小说、心理小说等多种新兴的长篇小说艺术样式,使长篇小说具备了新的时代特征和新的小说美学趣尚。

2. 短篇小说

短篇小说是一种人物少、情节凝练、场面集中、篇幅短小的小说样式。胡适认为,"短篇小说是用最经济的文学手段,描写事实中最精彩的一段或一方面,而能使人充分满意的文章"。并对此作了具体解释:所谓"事实中最精彩的一段或一方面","譬如把大树的树身锯断,懂植物学的人看了树身的'横截面',数了树的'年轮',便可知道这树的年纪;一人的生活,一国的历史,一个社会的变迁,都有一个'纵剖面'和无数'横截面'。纵面看去,须从头看到尾,才可看见全部。横面截开一段,若截在要紧的所在,便可把这个'横截面'代表这个人,或这一国,或这一个社会"。所谓"最经济的文学手段"中的"经济","最好是借用宋玉的话:'增之一分则太长,减之一分则太短;着粉则太白,施朱则太赤'"。[②] 短篇小说主要是截取生活中具有典型意义的生活片段,用文学的表现手法来表现比其本身更广泛、复杂的社会现象,而不求有头有尾地描绘生活的长河和历史的长卷;故事的时间跨度较小,人物不一定有性格的发展。鲁迅的《一件小事》《孔乙己》等短篇小说都是如此。法国小说家都德的著名短篇小说《最后一课》,全篇仅约两千字,主要人物只有小学生小弗郎士和法语教师韩麦尔先生,故事情节集中在"最后一课"这一特定的环境中,以极其简练的笔墨叙述了故事的开端、发展、高潮、结局的全过程,结构极为紧凑,内容高度集中,也充分体现了短篇小说的文体特征。

3. 中篇小说

中篇小说是篇幅和容量介于长篇小说与短篇小说之间的一种小说样式。不过,它与长篇小说和短篇小说的区分也只是相对的,并没有一个泾渭分明的界限,有些内容比较复杂的短篇小说也往往接近于中篇小说;容量较大、篇幅较长的中篇小说,也往往难以与长篇小说截然区分。但从总体上看,中篇小说比短篇小说容量大,篇幅长,可以有较为复杂的故事情节;但人物一般比长篇小说少,结构没有长篇小说那样复杂。作家孙犁认为鲁迅的《阿Q正传》是我国现代中篇小说的开山鼻祖,也是我们研究中篇小说创作的最好范本,并以此为例分析说明了中篇小说区别于短篇小说的一些主要特点,认为中篇小说"对于主题思想的发挥,有更广阔的天地;在艺术结构上,有更大的回旋余地;更有可能从容不迫地进行抒写"。中篇小说能向读者"展示一个较完整的历史面貌,短篇小说,有时却不可能";"有可能塑造较

---

① 茅盾:《漫谈文学的民族形式》,《茅盾评论文集》上册,人民文学出版社 1978 年版,第 290—291 页。
② 胡适:《论短篇小说》,王运熙主编:《中国文论选》上册,江苏文艺出版社 1996 年版,第 50—51 页。

多的人物"，而短篇小说中的人物较少；"有较多的情节变化"，在以小说中的主要人物和中心事件为情节发展主线的同时，可以插入一些看似无关紧要而又有深刻意义的其他事件和生活片段。[①] 孙犁的这些论述，比较清楚地概括和揭示了中篇小说的基本体式特点。

4. 微型小说

微型小说是比一般短篇小说篇幅更为短小、内容更为集中、人物更少、情节更为单纯的小说样式。一般认为，就其体制规模而言，微型小说是"古已有之""外亦有之"的。例如《太平广记》《聊斋志异》中的许多篇章都可算作我国古代的微型小说；西欧、俄罗斯的小说家如契诃夫等都曾写过这类小说。西方文坛称之为"超短篇""极短篇"，苏联阿·托尔斯泰称之为"小小说"，曾撰文专门论述过"什么是小小说"。我国 20 世纪 30 年代的一些文艺刊物上曾有"小小的短篇""墙头小说"等名目，50 年代则沿用苏联的所谓"小小说"，后来又有"一分钟小说""袖珍小说"等多种名称。微型小说一般只有几百字、千把字，最多不超过两千字。如司玉笙的《"书法家"》：

> ▪▪▪　　书法比赛会，人们围住前来观看的高局长，请他留字。
>
> "写什么呢？"高局长笑眯眯地提起笔，歪着头。
>
> "写什么都行。写高局长得心应手的好字吧。"
>
> "那我就献丑了。"高局长沉吟片刻，轻抖手腕落下笔去。立刻，两个劲秀的大字从笔端跳到宣纸上："同意"。
>
> 人群里发出啧啧的惊叹声。有人大声嚷道："请再写几个！"
>
> 高局长循声望去，面露难色地说：
>
> "不写了吧——能写好的就数这两个字……"　　▪▪▪

这篇微型小说，以极其简练的笔法，鲜明生动地勾勒了高局长在书法比赛会上留字的场面和高局长的行为片段，全文仅一百多字，涉及的人物极少，故事极其简单，却产生了意蕴深邃、耐人寻味的艺术效果，也比较集中地体现了微型小说的基本特质。

第四节
散文

一、散文文体概述

散文源远流长，复杂多样，无论中外，都有广义与狭义之分。在西方，广义的散文（prose）是一个与韵文相对的概念，它既包括散文、论文，又包含了小说、话剧；狭义的散文（essay），是

---

① 孙犁：《关于中篇小说》，《人民文学》1977 年第 12 期。

指纯文学意义上的散文。在我国古代,散文是指与韵文、骈文相区别的不押韵、不重排偶的一切散体文章,既包括文学作品,又包括非文学性的著述。在近代,散文又被用来泛指诗歌以外的所有文学作品。刘半农于1917年首先提出了"文学散文"这一新概念,把散文与科学著述和其他实用文体区别开来;王统照于1923年在《纯散文》中提出了"纯散文"的概念。"文学散文""美文""纯散文"都与西方的 essay 相近,即狭义的散文,为散文作为一种独立的文学文体与诗歌、小说、戏剧文学并列奠定了理论基础。

文学性散文的主要特点是,取材自由、广泛,"宇宙之大,苍蝇之微",无所不可,无所不包,但较多的是写真人真事,艺术虚构的成分较少,注重表现作者的生活感受;表现方式多样,可以抒情,可以叙事,也可以议论,甚或三者兼而用之,语言不受韵律的拘束;结构灵活,篇幅可长可短,不一定有完整的故事情节。

散文的种类,就其表达方式而言,可以分为叙事性、抒情性和议论性三类。由于在散文中使用的表现方法各有侧重,因而形成了散文的多种具体样式。正如林非在他的《中国现代散文史稿》一书的"绪论"中所说:"在绝大多数的散文作品中,自然都会具有叙事、抒情和议论这三种因素,它们往往是融合在一起的,不过也总会有所侧重。侧重于议论性的散文,这在现代文学史上统称为'杂文',叙事和抒情这两种因素并重的散文,这就是'小品',或者也称作'散文',即相对于广义的散文而言的狭义散文,也有些文学史家索性称之为'散文小品';至于侧重于抒情的散文,因为基本上是省略了叙事的因素,自然就写得十分简洁精练,颇具诗意,这也就是'散文诗';而侧重于叙事性的散文,则是三十年以后正式勃兴起来的'报告文学'。"对散文作这样的分类,标准统一,便于辨析。

二、杂文 小品文

1. 杂文

在我国文学史上,杂文历史悠久。一般认为,最早为"杂文"立名的人是南朝宋人范晔,他在《后汉书·文苑传》中说,杜笃"所著赋、诔、吊、书、赞、七言、女诫及杂文凡十八篇"。南朝的刘勰在《文心雕龙》中专立"杂文"一章,并把它作为一种独立的文体类别加以论述。因而杂文是"古已有之"的。不过,古代的所谓杂文,是一个非常宽泛的概念,不同于现代意义上的杂文。五四运动以后,由于鲁迅等作家的积极倡导和实践,使杂文形成了独特的体格。瞿秋白在《〈鲁迅杂感选集〉序言》中说:"鲁迅的杂感其实是一种'社会论文'——战斗的'阜利通'(feuilleton)。谁要是想一想这将近二十年的情形,他就可以懂得这种文体发生的原因。急遽的剧烈的社会斗争,使作家不能够从容地把他的思想和感情熔铸到创作里去,表现在具体的形象和典型里;同时,残酷的强暴的压力,又不容许作家的言论采取通常的形式。作家的幽默才能,就帮助他用艺术的形式来表现他的政治立场,他的热烈的对于民众斗争的同情。"[1]正

---

① 老品、王平:《二十世纪中国学术散文精品》下册,中央编译出版社1996年版,第24页。

是从这个意义上说,以鲁迅杂文为代表的现代杂文,是一种文艺性的社会论文。它熔逻辑力量与战斗激情、深刻的思想性与文艺性于一炉,既有论辩性,又有鲜明的文学色彩。杂文中的"论",与一般议论文不同,大多采用寓论于叙、叙议结合的手段,议论画龙点睛,以激发读者的联想和思考,因而瞿秋白认为杂文是"诗与政论的结合"。当代的杂文题材更为广泛,既可以针砭时弊,抨击不良倾向,又可以讴歌新思想、新风尚。

2. 小品文

简称"小品",是融抒情与叙事为一体、篇幅短小的一种散文样式。"小品"这一名称始于公元 4 世纪鸠摩罗什对佛经《般若经》的翻译,他将较详的译本(27 卷本)称为《大品般若》,而将较略的译本(10 卷本)称为《小品般若》。后来小品一词为我国古代文人所借用,变成了一种文体名称,如六朝小品、唐人小品、明人小品等。六朝时期,以写景抒情的山水小品最为多见;晚唐的皮日休、陆龟蒙、罗隐等则擅长于讽刺小品;晚清的小品更为盛行,以抒写性灵的记游小品和写物记事的杂感小品更为出色。无论古今,人们对于"小品"这一概念用得都比较广泛、纷乱。胡梦华曾将英文中的"familiar essay"翻译为"絮语散文",散文家钟敬文认为将其译作"小品文"更为确切,继而引用了胡梦华的一段话作为小品文的界说:"我们仔细读一篇絮语散文,我们可以洞见作者是怎样一个人:他的人格的动静描画在里面,他的人格的声音歌奏在里面,他的人格的色彩渲染在里面,并且还是深刻地描写着,锐利地歌奏着,浓厚地渲染着。所以它的特质是个人的,一切都是从个人的主观发出来;和那些非个人的,客观的批评文、议论文、叙事文、写景文完全不同。因为它是个人主观散漫地、琐碎地、随便地写出来,所以它的特质又是不规则的、非正式的。又从表面看来虽然平常,精细地观察一下,却有惊人的奇思,苦心雕刻的妙笔,并有似是而非的反语,似非而是的逆论。还有冷嘲和热讽,机锋和警句。而最足以动人的要算热情和诙谐了。说到这里,我们大概可以说絮语散文是一种不同凡响的美的文学。"[①]小品文以作者的情绪和智慧为主要元素,大多取材于生活中不为人们注意而又有一定意义的事物,采用夹叙夹议的方式,抒发作者的情志,文字精秀隽永,体现着作者的"奇思"和"妙笔"。现今的小品文,按其内容和意旨,一般可分为讽刺小品、时事小品、历史小品和科学小品等。

三、散文诗　报告文学

散文诗和报告文学,都是边缘性散文,都具有双重特征。

1. 散文诗

散文诗是用散文的形式表达抒情诗的思想内容的一种散文样式。兼有散文和诗的特点。形式与散文相似,不分行,不押韵,不要求有鲜明的节奏,不受固定格式的束缚,这是与一般诗歌的区别;但语言凝练,篇幅短小,带有诗的意蕴,又区别于一般散文。它是自由灵活

---

① 钟敬文:《试谈小品文》,王运熙主编:《中国文论选·现代卷》上册,江苏文艺出版社 1996 年版,第 648—649 页。

的散文形式与精湛优美的诗意的结合体。"散文诗"这一名称正式出现并开始流行,是在 19 世纪。一般认为,第一个使用"小散文诗"的是法国现代派诗歌创始人波莱特尔。1915 年的《中华小说界》曾刊登刘半农翻译的屠格涅夫四首散文诗。1918 年以后,《新青年》《小说月报》《晨报副刊》等陆续译介了泰戈尔、屠格涅夫、波莱特尔等外国作家的散文诗作品。我国的散文诗,是在五四新文学运动中产生并逐渐发展起来的。在五四新文化思想的影响下,诗人不愿受任何束缚,他们突破旧诗格律桎梏,打破诗歌的陈式,以便于自然表达其思想感情,使诗趋向于散文化,便产生了白话散文诗。早期的新诗作者如刘半农、沈尹默、俞平伯、朱自清等几乎都喜爱写作散文诗。鲁迅的《野草》被认为是我国散文诗的代表作。

2. 报告文学

是具有新闻性和文学性双重特征的现代散文样式。它以真实的内容而有别于小说,以具有文学的感染力而有别于一般的新闻作品,它既不同于侧重议论的杂文,又不同于侧重抒情的小品文。其主要特征是新闻性和文学性。报告文学的作者热情地关注社会生活中的重大事件,真实地反映客观生活自身所提供的事实与所蕴含的本质,因而具有新闻的真实性。但这一真实,不同于一般文学作品所要求的艺术真实。同时,报告文学又不仅告诉读者以事实,它还借助形象化的表现手法作报告,将事件发生的环境和人物活生生地描写出来,使读者如临其境,如见其人,并从中获得艺术享受。报告文学这种体裁,曾在苏联和欧洲一些国家早期无产阶级文学运动中被广泛运用;瞿秋白于 1922 年写成的《饿乡纪程》,是我国较早的报告文学作品。20 世纪 30 年代,受外国报告文学作家和作品(如捷克作家基希的《秘密的中国》、墨西哥作家爱狄密勒的《上海——冒险家的乐园》)的影响,加之中国左翼作家的倡导和推进,产生了如柔石的《一个伟大的印象》、夏衍的《包身工》、宋之的《一九三六春在太原》等报告文学名篇佳作。此后,报告文学在中国得到了长足发展。70 年代以后,中国的报告文学创作又出现过异常活跃的新局面,涌现了如徐迟的《哥德巴赫猜想》《地质之光》和黄宗英的《大雁情》等一大批优秀的报告文学作品,引起了热烈的反响,也形成了我国报告文学作家的不同风格,促进了报告文学这一文体的成熟和发展。

第五节
戏剧文学

一、戏剧文学文体概述

戏剧,是融合文学、音乐、美术、舞蹈等艺术因素的综合艺术,而戏剧文学则是戏剧艺术的文学因素,通常称之为剧本,是可供阅读和舞台演出的一种文学体裁。作为文学体裁,在刻画人物、表现主题等方面具有语言文学的一些基本特征,但又有其自身的特点,例如,小说通过叙述、描写和议论来塑造人物形象、表现主题,而戏剧文学以台词为主,包括对话(对唱)、独白(独唱)、旁白(旁唱)等基本表达形式,台词的中间或前后,有叙述人(作者)的舞台提示,包括人物特征、心理活动、动作表情以及时间、地点、人物上下场、灯光、布置、效果等说明。人物语言要求明朗上口,以便于演员说得清亮和观众听得明白,同时要符合人物的身份、年龄以及他所处的特定环境,从而体现人物的个性特征。人物语言中往往有一些潜台词,即剧中人物的台词中没有直接说出而又能使读者、观众领悟的"弦外之音""言外之意",以唤起读者、观众以自己的生活经验为依据去领会其意蕴,从中得到审美愉悦。

戏剧冲突是戏剧文学的又一鲜明特征,也是构成戏剧文学的根本要素,没有冲突就没有戏剧。所谓戏剧冲突,就是作品中所反映的矛盾和斗争。它既包括人物与人物之间的冲突,又包括人物与周围环境的冲突,还包括特定环境下人物自身的冲突。这些冲突都以人为主体,这里的"人",既指个人,也指群体或集团;人物与人物的矛盾冲突既有敌对的,又有非敌对的。人与环境的冲突,既有人与社会环境的冲突,又有人与自然环境的冲突,而各种冲突又往往交织、融合为一体。郁达夫曾说:"剧的情节,大约可分序说(prologue),纠葛(perplexity),危机(climax),释明(loosing of confliction)及结末(catastrophe)五部。序说贵简洁优美,纠葛要五花八门,危机须惊心动魄,释明求似淡而奇,从释明到结末要一泻千里,不露痕迹。"①这里所说的五花八门的"纠葛"和惊心动魄的"危机",就是戏剧文学作品的精髓——戏剧冲突。

戏剧文学作品主要用于舞台演出,而戏剧的上演,设有专场,受到时间和空间的限制,演出的时间一般不超过三小时,不能像小说那样根据需要而任意铺展,而必须把戏剧人物、矛盾冲突、情节和场面作高度的集中的反映,以达到"绘千里于尺素,窥全豹于一斑"的效果。

对戏剧文学的分类,西方理论界常常根据戏剧文学所表现的戏剧冲突的性质,分为悲剧、喜剧和正剧。悲剧往往展示重大的社会矛盾冲突,表现善恶两种社会力量的严重斗争中邪恶势力压倒了善的势力,善的、崇高的、美好的力量付出了重大的代价和牺牲,如鲁迅所说:"悲剧将人生有价值的东西毁灭给人看。"②喜剧的矛盾冲突和悲剧不同,它是以笑的形式来讽刺和嘲弄那些消极、落后、倒退的生活现象和人物性格,揭示出其中的荒唐、愚蠢、悖理之处,以期生活能够向着好的方向发展,如鲁迅所说:"喜剧将那无价值的东西撕破给人看。"③正剧兼有悲剧和喜剧的因素,所以也称悲喜剧,"它们里面有着悲剧性的性格和情势;可是,它们的收场总是大团圆,因为宿命的灾变不是它们的本质所要求的。生活本身应该是正剧的主人公"④。

根据艺术形式的不同,戏剧文学可以有不同的分类法,例如,根据表现形式的不同,可以分为诗剧、歌剧和话剧;根据结构形式和容量的大小,可以分为独幕剧、多幕剧和连续剧。下面主要从文体学的角度,着重扼要介绍杂剧、诗剧、歌剧、话剧和影视文学。

---

① 郁达夫:《戏剧论》(选录),王运熙主编:《中国文论选·现代卷》上册,江苏文学出版社1996年版,第500页。
② 鲁迅:《再论雷峰塔的倒掉》,《坟》,人民文学出版社1973年版,第159页。
③ 同上。
④ 别林斯基:《别林斯基选集》第三卷,满涛译,上海译文出版社1980年版,第83页。

二、杂剧

我国的戏剧源远流长,从唐宋时代的讲唱文学、话本、参军戏,到金人院本和诸宫调,孕育了戏剧的雏形;元代是我国戏剧史上的一个辉煌时期,在吸收了既往各种表演艺术的基础上,创造了杂剧这一成熟的戏剧样式。一般认为,宋元明清各代都有杂剧,但宋代的所谓杂剧是指各种歌舞表演、滑稽表演和杂戏的统称,而在宋杂剧和金代的"院本"以及诸宫调等传统戏曲的基础上发展起来的元代杂剧,则是我国传统戏剧走向成熟的标志,有许多传世的戏剧文学作品。所以"杂剧"就逐渐成为元杂剧以及明清文人按照这一形式所创作的戏曲样式的专名。

元杂剧又称"元曲""北曲"或"北杂剧",金末元初形成于我国北方,是用北曲演唱的戏曲形式。剧本的体制结构多以四折为一本,所谓"折"就是"幕",既是情节单元,又是音乐单元。有的再在剧首或中间另加"楔子",起序幕或过渡的作用。元杂剧由唱词、宾白和科介三要素构成。唱词是杂剧最重要的因素,在音乐上采用曲牌联套方式,每折以同一宫调的若干北曲曲牌组成套曲,由主角独唱到底,以抒发人物的情感;宾白就是剧中的说白,其中有"云"(对白或独白)、"带云"(曲中插白)、"背云"(旁白)等名目,起介绍人物、交代剧情、展开情节等作用;科介是人物的动作、表情、效果等舞台提示。三要素有机配合,就形成了韵文与散文相结合的完整的杂剧文学剧本。元杂剧中有末、旦、净、外、杂等角色,每剧一般由正末或正旦一个角色主唱,由剧中主要男主角正末主唱的剧本称为"末本",由剧中主要女主角正旦主唱的剧本称为"旦本"。元杂剧的唱词大多比较通俗,明代以后,由于许多文人参与创作,唱词渐趋典丽,有的甚至难以在舞台上演出,只能作为文人阅读的文学作品。

明清以来,逐渐将以唱南曲(南方音乐)为主、各行角色都可唱曲的戏曲剧本称为"传奇",或简称为"曲",而将杂剧简称为"剧"。"古人呼剧本为'传奇'者,因其事甚奇特,未经人见而传之,是以得名。"[1]明清传奇突破了元杂剧全剧只由主要演员独唱和一本限定四折等体制的局限,唱腔更为丰富、委婉,故事更为复杂,场面更为壮观,是继元杂剧之后的又一种更为成熟的古典戏曲样式,在我国文学史和戏曲史上占有很重要的地位。汤显祖的《牡丹亭》、孔尚任的《桃花扇》、洪昇的《长生殿》等传奇剧本,堪称我国古代戏剧文学的典范之作。

三、诗剧　歌剧　话剧

1. 诗剧

诗剧是戏剧品种之一,作为文学体裁样式,是指用诗体对话写成的剧本。欧洲19世纪中叶以前的剧,大多是诗剧。其基本特征是对白都是诗体,具有浓郁的诗意和抒情性;同时为了适应舞台演出的要求和限制,有些诗剧文本中的人物、故事情节和对话语言甚至"幕""场"等,都按舞台的要求设计,因而有些诗剧文本可供演出。但有些诗剧文学作品彻底挣脱"剧"

---

① 李渔:《闲情偶寄》,浙江古籍出版社1985年版,第9页。

的限制,场景和对话都以诗的形式写成,甚至连一些幕前幕后的介绍都采用诗化的语言,它虽然具备戏剧的形式,但不适合舞台演出,只能供阅读。这种诗剧被称为"书案剧",在与史诗、抒情诗并称时,又被称为"剧诗"。所以有人认为莎士比亚所有的悲剧都应视为诗剧。从这个意义上说,如郭沫若的《女神之再生》和《凤凰涅槃》等是我国现代诗剧的代表作。甚至《诗经》中有些对话式的诗作,也被视为原始诗剧的雏形。

2. 歌剧

歌剧是综合音乐、诗歌、舞蹈等艺术而以歌唱为主要手段的戏剧品种之一。作为文学体裁样式,是指歌剧剧本。近代西洋歌剧一般认为产生于 16 世纪末的意大利正歌剧,盛行于 18 世纪并流传到德、奥、法、英等国。正歌剧的题材为希腊神话或历史故事,剧中没有合唱和芭蕾场面,而由宣叙调和咏叹调串联构成,剧前冠以序曲。在正歌剧的基础上又产生了喜歌剧和轻歌剧。喜歌剧是由插在正歌剧幕与幕之间演出的幕间剧逐渐独立而成的,取材于日常生活,具有抒情因素与诙谐成分糅合的特色。轻歌剧是一种喜剧性歌剧,也译作"小歌剧",源于意大利,成形于 18 世纪,在 19 世纪已成为一种独立的体裁。通常结构短小,以独幕剧居多,剧中除独唱、重唱、合唱、舞蹈外,也用说白。我国五四新文化运动兴起后,出现了形式通俗、内容进步的音乐戏剧形式,中国歌剧开始萌芽。最早的有黎锦晖的《小小画家》,后来有聂耳、田汉的《扬子江暴风雨》,抗日战争爆发以后在延安演出过的《农村曲》《军民进行曲》等剧目。到了 20 世纪 40 年代,创造了新秧歌剧,随后歌剧《白毛女》问世,奠定了民族歌剧发展的基础,也成了我国歌剧发展的标志。

3. 话剧

话剧是以对话和动作为主要表现手法的戏剧。作为文学体裁的话剧,则是供话剧舞台演出的剧本。话剧源自古希腊,欧洲各国通称戏剧。我国的话剧演出始于 1907 年,当时中国在日本的留学生在日本新派剧的影响下,在东京成立了第一个话剧团春柳社,演出了法国著名剧作家小仲马的名作《茶花女》,并获得成功。1911 年辛亥革命后,春柳社的大半人员回国,继续从事话剧事业。我国早期的话剧被称为"文明戏"或"新剧",是吸收外来的戏剧艺术形式而在本土产生出来的新的戏剧样式,1928 年由戏剧家洪深等提议而定名为话剧,意在把这种新剧与中国的传统戏剧以及歌剧、舞剧等区别开来。此后,我国的话剧进入了蓬勃发展的时期。关注和反映社会现实,是我国现代话剧的一个重要特点。戏剧家欧阳予倩在《谈文明戏》一文中曾分析话剧受大众欢迎的原因说:"旧戏舞台上反映的是历史事件,表演的是历史人物;新戏所反映的是当代的生活,当代的人物;用新的戏剧形式,表现着人民切身的社会问题,和人民自己最熟悉的、体会最深的社会生活。"[1]与此相关的另一特点,是戏剧语言的通俗化、口语化。它摆脱了传统戏曲和诗歌的音乐与诗的成分,以个性化的口语对话为主要表达形式来反映生活。

---

[1] 欧阳予倩:《戏剧论文集》,上海文艺出版社 1984 年版,第 182 页。

四、影视文学

影视文学是以语言文字为媒介,运用电影、电视的表现手法创作的文学文体。也称之为影视剧作、影视剧本,是银幕形象和荧屏形象的基础。它包括影视文学剧本、影视小说、影视报告文学、影视小品等样式。影视文学是一种独立的剧作样式,它既有别于一般戏剧作品,又有别于其他文学作品,它以故事为本,以人物形象为内核,以冲突为精髓,以被搬上银幕或荧屏为最终目的。尽管就其不受舞台限制、故事情节在时空上具有很大的灵活性来说,它类似于小说等叙事文学;就其语言的动作、戏剧冲突的要求来说,它又类似于一般戏剧剧本,但影视文学又有其鲜明的特点:

视象性。影视是一种运动的画面艺术,与注重舞台形象的戏剧和注重文学的作品相比,影视剧作所注重的是银幕和荧屏形象。影视剧作中所叙述、描写的人物、场景都处于不断运动的状态,都必须具体、鲜明,能被直接转换成视觉形象。虽然舞台剧作和影视剧作都要求"运动",但它们各自的运动方式却有所不同。由于舞台对时间、地点、人物动作的种种限制,语言总是舞台剧的主要元素,而影视作品则以画面为主要元素。舞台剧注重语言的运动和流动性,而影视剧则注重视觉的运动和流动性。因此影视剧作中多用富有表现力的动词等可见性的文字表述,描绘人物的一系列行为动作,同时要通过人物的肖像、表情、服饰、动作,将人物内在的不可见的心理活动化为外在的可见的视觉形象,以便于导演、演员等投入再创作而最终成为银幕或荧屏形象。这就要求作者在影视剧作创作的过程中具有视觉的、造型的思维特质。

时空灵活性。舞台剧是在真实的时空中展开的,时空的连续是舞台剧的特征,而影视艺术是一门动态艺术。影视文学被搬上银幕或荧屏,影视艺术家可以根据剧情的需要,灵活地创造出与实际生活大相径庭的时空。在时间上,可延长、缩短、重复、闪回;在空间上,可利用蒙太奇等表现手法,把距离拉长或缩短,甚至创造出实际生活中并不存在的艺术空间。这就可以突破戏剧艺术中的舞台限制,剧情可以在时间和空间上自由推移和灵活转换,从而推出一个新的时空,在相距甚远的不同地点和相隔很长时间拍摄影像,经过剪辑,可以在银幕或荧屏上显现出如在眼前的单一完整的现实。它采用简洁的叙事方式和发挥照相术所具有的记录效果,实现镜头的快速转换,使互无联系的画面突然结合。这种时空的灵活性,是影视作品区别于舞台剧的一个显著特征。

具体、逼真性。影视文学继承了现实主义绘画和戏剧艺术鲜明具体地再现现实和历史的手法,作品的整个故事情节由镜头和其他特殊影视技巧从视觉上展示出来,因此,影视剧本又被称为"用画面讲述的故事",以具体生动的直观形象诉诸读者和观众的感官,具有很强的具体性;而这种具体性又与逼真性联系在一起,没有具体性,也就没有逼真性。由于影视拥有先进的现代科学技术的物质手段,在时空的调度上有更大的自由,能比绘画和舞台剧更接近现实生活方式,观众观看到的人、物和人物所活动的环境,具有一种身临其境的现场感和逼真感,从而获得生活本色美的感受。

关键词 |||||||||||||||||||||||||||||||||||||||||||||||||||||||||||||||||||||||||||||||||||||

1. 文学体裁

文学体裁是人类在运用语言文字反映生活的历史过程中,在表情达意、塑造形象、结构安排和语言运用等方面逐渐形成的相对稳定的特点和约定俗成的规律,以及由此而形成的文学作品形式上的类别和样式。它是作品思想内容的外部表现形态,属于文学作品的形式范畴。

2. 三分法

三分法是文学体裁分类法之一,是指把文学文体分为叙事类、抒情类和戏剧类。在欧洲文学史上,自古希腊的亚里士多德,到德国的黑格尔、俄国的别林斯基等文艺理论家,都主张这种三分法。

3. 四分法

四分法是把各种各样的文学体裁归并起来,分成诗歌、小说、散文、戏剧文学的文体分类方法。这种分法,既吸取了西方"三分法"的合理因素,又体现了中国传统文体分类的习惯,同时还兼取了作品在内质和外形上的综合特征。

4. 近体诗

近体诗是与古体诗相对而言的古代诗歌样式,由古体诗发展而来。南北朝是诗歌的一个转型期,尤其是南齐沈约提出诗歌"四声八病"的理论,创立了永明体,为近体诗的最终形成打下了基础,并由唐初的沈佺期和宋之问将其正式定型。唐代人将齐梁以来所流行的格律诗称为"近体诗""今体诗",以与汉魏六朝不讲究声律的诗体相区别。"近体诗"主要包括律绝、律诗(狭义的)和排律三大类。其四句一首的为律绝,八句一首的为律诗,十句和十句以上的为排律(又称"长律"),此外还有六句三韵的,称为"小律"或"三韵律"。

5. 传奇小说

传奇小说是唐代兴起的新体文言小说,与唐诗并称为唐代文学的奇葩,是我国小说史上具有里程碑意义的小说样式。一般认为,晚唐人裴铏的小说集叫《传奇》,是传奇名称的由来。传奇小说的基本特点是叙事曲折细致,讲究文采和思想,形象鲜明生动,篇幅比唐代以前的笔记小说稍长,结构完整,体现了唐人自觉的文学意识,也体现了唐人对小说创作的自觉意识。

6. 散文诗

散文诗是用散文的形式表达抒情诗的思想内容的一种散文样式。兼有散文和诗的特点。形式与散文相似,不分行,不押韵,不要求有鲜明的节奏,不受固定格式的束缚,这是与一般诗歌的区别;但语言凝练,篇幅短小,带有诗的意蕴,又区别于一般散文。它是自由灵活的散文形式与精湛优美的诗意的结合体。

7. 戏剧冲突

戏剧冲突是戏剧作品中所反映的矛盾和斗争。它既包括人物与人物之间的冲突，又包括人物与周围环境的冲突，还包括特定环境下人物自身的冲突。这些冲突都以人为主体，既指个人，也指群体或集团；既有敌对的，又有非敌对的。人与环境的冲突，既有人与社会环境的冲突，又有人与自然环境的冲突，而各种冲突又往往交织、融合为一体。

8. 影视文学

影视文学是以语言文字为媒介，运用电影、电视的表现手法创作的文学文体，也被称为影视剧作、影视剧本，是银幕形象和荧屏形象的基础。它包括影视文学剧本、影视小说、影视报告文学、影视小品等样式。影视文学是一种独立的剧作样式，它以故事为本，以人物形象为内核，以冲突为精髓，以被搬上银幕或荧屏为最终目的。

 思考题 ‖‖‖

1. 根据文体分类的标准和文体分类相对性原理，谈谈你对余音"两类七体"分类法的看法。

2. 童庆炳在《节奏的力量》（载《文学自由谈》2003年第2期）一文中说：

> 非诗意的叙述，一旦被赋予节奏，被节奏所包裹所融化，也可以具有某种诗意。我曾经做过这样一种实验，把《人民日报》的一个标题拿来，赋予它节奏，用诗行排列出来，结果那本来枯燥的标题，带有了某种诗情画意。《人民日报》的标题是：《企业破产法生效日近　国家不再提供避风港　三十万家亏损企业将被淘汰》这不过是一种简单的叙述，一种严峻的宣告，一种笼统的预言。但是如果我们把它变成如下诗行：
>
> 　　中国的
> 　　　　企业破产法
> 　　　　　　　悄悄地
> 　　　　　　　悄悄地
> 　　　逼近了
> 　　　　　生效期
> 　　国家
> 　　　　不再提供
> 　　　　不再提供
> 　　　　　　避风港。

三十万家

　　　三十万家啊

亏损企业

　　　　将被淘汰，将被淘汰！

　　在这里，我们只是对这个标题改了几个字，并对其中个别词作了重复处理。可是用了诗的排列方法，产生了节奏感，于是出现了一种与原来的感情完全不同的感情，警告变为同情，严峻感转化为惋惜感，议论文体转变为诗的文体。

请根据诗歌的基本特征，谈谈你对这一观点的看法。

3. 鲁迅说："小说亦如诗，至唐代而一变。"请结合唐代小说创作实际，谈谈你对这一论断的理解。

4. 类似于《谁是最可爱的人》《县委书记的好榜样——焦裕禄》等作品，既被收入通讯集，又被收入报告文学集和散文集，你认为是否合理？为什么？

5. 影视文学剧本和舞台戏剧剧本有何区别？

 阅读链接

1. 吴调公：《文学分类的基本知识》，武汉：长江文艺出版社，1982 年。

2. 褚斌杰：《中国古代文体概论》（增订本），北京：北京大学出版社，1990 年。

3. 金振邦：《文体学》，长春：东北师范大学出版社，1994 年。

4. 冯光廉主编：《中国近百年文学体式流变史》，北京：人民文学出版社，1999 年。

风格是文学理论中的一个基本问题。文学风格既是作家个体创作成熟的标志，也是一个民族和国家的文学活动发展成熟的标志。研究文学风格既能深刻理解作家的创作独特性，也能培养纯正的审美趣味，提高读者的文学鉴赏和批评水平。

第一节
风格的界定

一、风格的概念

"风格"(style)一词源于希腊文,由希腊文而传入拉丁文。希腊文的本义表示一个长度大于厚度的不变的直线体,训为"木堆""石柱",最后为一柄作为写和画用的金属雕刻刀。拉丁人援用此字主要是取用其"雕刻刀"的含义,喻指"组成文字的一种特定方法"和"以文字装饰思想的一种特殊方式"。[①] 西方诗学中的"风格"一词,最初是和写作演讲的语言形式、修辞技巧联系在一起的。亚里士多德的《诗学》和《修辞学》首先对风格问题作了研究,着重阐述了诗和演说的风格问题。亚里士多德认为,风格就是把要表达的内容用适当的方法完美地表现出来,从而使演说产生一种良好效果。他在《修辞学》中说:"优良的风格必须清楚明白","语言的准确性,是优良风格的基础"[②];他在《诗学》中又强调说:"风格的美在于明晰而不流于平淡,最明晰的风格是由普通字造成的。"亚里士多德的风格论虽然是紧扣修辞学而言的,是修辞说风格论的滥觞,但却一直影响了后世西方学者。此后,古罗马的贺拉斯《诗艺》和朗加纳斯《论崇高》深化了从语言修辞方面考察风格的研究路向。

18世纪以后,作家的创作主体性和审美个性开始得到普遍重视和强调,理论家们对作家的艺术创作提出了独创性和个性化的批评标准,广泛探讨了形成艺术风格的种种原因和条件,从而使风格研究真正取得了独立的地位,并形成了三种主要观点:

其一,以布封为代表的"个性"说,即"风格却就是本人"[③],认为风格是创作主体的独立人格、思想、感情等在作品中的完美体现。这构成了现代风格论的核心内涵,并被广泛接受。如罗利说"一切风格都是姿态、心智的姿态和心灵的姿态"[④];别林斯基提出风格是思想的浮雕,"在风格里表现着整个的人"[⑤]。

其二,以歌德为代表的主客观统一说。歌德一方面认为"一个作家的风格是他内心生活的准确标志"[⑥],另一方面主张艺术风格是主客体的"融会贯通"[⑦],开始突出客体要素在风格形成过程中的独特作用。持此观点的还有德国的威克纳格,他说:"风格总是意味着通过特有标志在外部表现中显示自身的内在特性。"[⑧]

其三,以吕莫尔为代表的艺术媒介说。吕莫尔认为,艺术媒介决定风格,风格是"一种逐渐形成习惯的对于题材的内在要求的适应"。黑格尔认为这种适应不必仅仅局限于媒介(或

① 歌德等:《文学风格论》,王元化译,上海译文出版社1982年版,第17页。
② 亚里士多德:《修辞学》,伍蠡甫:《西方文论选》上卷,上海译文出版社1988年版,第87、88页。
③ 布封:《论风格》,范希衡译,《译文》,1957年9月号。
④ 罗利:《论风格》,高健编译:《英美近代散文选读》,商务印书馆1986年版,第70页。
⑤ 别林斯基:《别林斯基论文学》,梁真译,新文艺出版社1958年版,第234页。
⑥ 歌德:《歌德谈话录》,朱光潜译,人民文学出版社1978年版,第39页。
⑦ 歌德等:《文学风格论》,王元化译,上海译文出版社1982年版,第28页。
⑧ 同上书,第17页。

感性材料），还可推广到"对象所借以表现的那门艺术特性所产生的定性和规律"。^①这启发了西方对各类艺术的风格进行深入细致的研究。

20世纪，随着整个人文学科的"语言学"转向，特别是符号学的流行，从言语的角度看文学风格一度占据了主导地位，这使得风格的物质构成因素得到了深入有效的研究。美国学者阿伯拉姆在给风格下定义时指出："风格是散文或诗歌的语言表达方式，即一个说话者或作家如何表达他要说的话。分析作品或作家的风格特点可以从以下几方面入手：作品的辞藻，即词语的运用；句子结构和句法；修辞语言的频率和种类；韵律的格式；语言成分和其他形式的特征以及修辞的目的和手段。"^②由于风格最终是以言语的形式呈现出来的，作品与作品之间的风格差异确实与它们不同的表达方式、语言结构、修辞技巧等有关，因此从外部来研究风格是十分必要的。然而，仅从外部研究又是不够的，把风格仅仅归结为形式更是片面的。文学风格的形成有着更为深刻和复杂的内在根源，风格的呈现也是由内及外的。纯粹的外部研究使风格的内涵大大缩小，遮蔽了风格形成的其他复杂的根源。

中国传统的风格理论起源于魏晋，当时出现了一些与风格有关的新概念序列，如风韵、气韵、神韵、风神、风力、风骨、风格和气等，但这些多词一义的概念起先不是用来品文，而是用来品人，品评士人的体魄、风度、德性和行为特点。品评人物之风盛于汉末，魏晋犹存。当时，士人受重神轻形思想的影响，对于放浪形骸之外、不受封建规范约束和世俗观念束缚的精神风貌大加赞赏。如晋葛洪《抱朴子·行品篇》说："士有行己高简，风格峻峭，啸傲偃蹇，凌侪慢俗。"《晋书·庾亮传》说："亮美姿容，善谈论，性好老庄，风格峻整。"《世说新语·德行》："李元礼风格秀整，高自标持，欲以天下名教是非为己任。"这里的"风格"一词即是指人的风度、品格。直到今日，在我们的日常用语中，"风格"也常常是指人的风度品格、风采神韵、作风气度以及由之形成的习惯化了的行为特点。这种含义多源自《世说新语》中的人物品藻与品评。

这种对人物的品评后来逐渐被借用、引申到对文章（包括文艺作品）风范、气派和格局、风度的概括和鉴赏，从而确立了中国古典风格学以研究创作主体的特性为核心的完整而独立的话语体系。曹丕的《典论·论文》作为中国最早的文学批评专论，提出了"文以气为主，气之清浊有体，不可力强而致"的命题，开始涉及文学风格问题，即从以风格论人转向以风格论文。刘勰《文心雕龙·议对》说："及陆机断议，亦有锋颖，而腴辞弗剪，颇累文骨，亦各有美，风格存焉。"北齐颜之推《颜氏家训·文章》："古人之文，宏材逸气，骨度风格，去今实远。"这里的"风格"一词是指文章的艺术风貌和特色。

那么，到底什么是风格呢？《现代汉语词典》释义为："一个时代、一个民族、一个流派或一个人的文艺作品所表现的主要的思想特点和艺术特点。"^③这个解释，在外延上是基本周延的，但在内涵上，不仅十分简略，而且基本是内容—形式的二元论思维。实际上，在文学活动

---

① 黑格尔：《美学》第一卷，朱光潜译，商务印书馆1979年版，第372页。
② M·H·阿伯拉姆：《简明外国文学词典》，曾忠禄等译，贺祥麟校，湖南人民出版社1987年版，第352页。
③ 《现代汉语词典》（第7版），商务印书馆2019年版，第388页。

中,风格有不同的层次,有作家的风格、作品的风格,还有创作群体的风格和类型。一般来说,作家风格是指作家在作品中所显示出来的特异格调和气派,它是作家在艺术上臻于成熟的标志。作品风格是指体现了作家独特个性的文学话语系统的整体格调和风貌。同时,一定的时代、民族、地域、流派等,在文学创作上也往往表现出某种群体的风格。应当指出,作品风格和作家风格是文学风格的核心和基础,一般说的风格就是指作家风格和作品风格。

综合起来看,文学风格就是指作家的创作个性在文学作品的言语结构和有机整体中所显示出来的、能引起读者持久的审美享受的艺术独创性。

风格却就是本人

只有写得好的作品才是能够传世的……因为,知识、事实与发现都很容易脱离作品而转入别人手里,它们经更巧妙的手笔一写,甚至于会比原作还要出色些哩。这些东西都是身外物,风格却就是本人。因此,风格既不能脱离作品,又不能转借,也不能变换。

——布封:《论风格》,范希衡译,《译文》,1957 年 9 月号。

二、风格与创作个性

风格与作家的创作个性互为表里。创作个性是作家在创作实践中形成并表现在作品中的独特艺术特征,是作家个人独特的世界观、艺术观、审美趣味、气质禀赋等因素综合而形成的一种相对稳定的总体特征。创作个性是风格形成的主导因素,它引导作家选择和接受与其审美心理结构相契合的审美信息,主宰着风格形成的整个过程。

创作个性本质上是作家的一种特殊心理形式,作家创作个性的形成就是其审美心理结构的形成。作家的审美心理结构是一个多层次的整体的动力结构,它由审美的心理倾向、心理特征、心理状态和心理活动过程等多种心理因素有机组成。影响作家创作个性形成的因素有作家个人的因素,如生活经历、文化教养、个性气质、审美趣味、艺术才能等;有时代、民族的因素,如时代风尚、文化氛围、社会心理,民族精神、民族性格、民族文化传统和审美心理等。这些因素相互作用,最终形成作家稳定的审美心理结构。

有关创作个性与作品的风格之间的关系,在中外文学理论中都有较多的论述。中国古典诗学倡导"诗言志","志"即情志、志向。既然诗歌作品是诗人主观情思的自然流露,那么诗人个体的才力、气质等主体因素,必然会对作品的风格产生影响。司马迁评价《离骚》说:"其文约,其辞微,其志洁,其行廉,其称文小而其指极大,举类迩而见义远。其志洁,故其称物芳;其行廉,故死而不容自疏。"(《史记·屈原贾生列传》)司马迁将屈原诗歌的文约辞微、意旨深远,同他宏大的志向、高洁的人格联系起来,以表明作家个人修行对艺术整体状貌的辐射力量。此后,扬雄提出"心画心声"说。他在《法言·问神》中说:"故言,心声也;书,心画也;声画形,君子小人见矣。声画者,君子小人之所以动情乎。"认为"声画形"是人的情感的表现,从中可以看出人的品位与等第。陆机《文赋》说"故夫夸目者尚奢,惬心者贵当,言穷者无隘,论达者唯旷",刘勰《文心雕龙·体性》说"各师成性,其异如面",表达的是同一意思。这种对创作主体的人格志向、审美趣味、个性气质的重视,可以说贯穿了中国古典诗学"风格"论的始终。

黑格尔说:"法国人有一句名言:'风格就是人本身。'风格在这里一般指的是个别艺术家在表现方式和笔调曲折等方面完全见出他的人格的一些特点。"[①]布封提出"风格却就是本人",强调风格是只属于作家本人而任何别人都不具有的东西,这为读者鉴赏、品味作品,特别是把握文章主旨提供了极好的视界。但风格就是"本人"的什么? 布封没有作进一步解释。而且,作家的创作个性同他在日常生活中的个性虽有紧密联系,但并不等于作家的生活个性。日常生活中人的个性主要指不同的个人所拥有的性格禀赋、才能气质、思维习惯、行为方式等。一般地说,个性与风格有一致性,像清代徐增所说的:"诗乃人之行略,人高则诗亦高,人俗则诗亦俗。一字不可掩饰,见其诗如见其人。"[②]但个性与风格也存在不一致的情况。前苏联文艺理论家米·赫拉普钦科指出:"创作个性与艺术家日常生活中的个人的相互关系可能是各种各样的。绝不是所有标志出艺术家日常生活中的个人的东西都可以在他的作品中得到反映。另一方面,并不经常总是,而且也不是所有一切显示出创作的'我'的东西,都能在作家的实际的个人的特点中找到直接的完全符合的表现。"[③]比如,李清照在日常生活中往往表现得刚毅爽朗,作品却大都属于婉约一派,我们分析她的文学风格与其个性之间的关系,就不能简单地从表面上去加以界定。特别是在再现性文学作品中,由于规模较大,艺术构思相对复杂些,情节的设置、人物的创造、意义的生成等也都相应地呈现出复杂的态势,作家的创作个性与作家本人的生活个性之间也就往往出现更多的不相应。这就告诉我们,在判定一个作家的文学风格时,不能仅仅从作家的日常生活个性来下结论,而是要看到作家的日常个性升华以后的创作个性,才能判断作家的风格类型。

需要指出的是,创作个性是小于文学风格的概念。它属于文学风格的主观方面,在与客观方面结合之前,它只是潜在于作家的内心,是作家创作上的蓄势待发,只有付诸实践并与客观方面相结合,才会成为文学风格的有机组成部分。所以,风格是主体个性与文学生产亲密融合、互相渗透,艺术构思与艺术表达有机统一的产物。

心画心声

"心画心声",本为成事之说,实觇先见之明。然所言之物,可以饰伪:巨奸为忧

---

① 黑格尔:《美学》第一卷,朱光潜译,商务印书馆1979年版,第372页。
② 徐增:《而菴诗话》,王夫之等撰:《清诗话》上册,中华书局1963年版,第430页。
③ 米·赫拉普钦科:《作家的创作个性和文学的发展》,上海人民出版社1977年版,第82—83页。

国语,热中人作冰雪文,是也。其言之格调,则往往流露本相;狷急人之作风,不能尽变为澄澹,豪迈人之笔性,不能尽变为谨严。文如其人,在此不在彼也。

——钱锺书:《谈艺录》,中华书局 1984 年版,第 162—163 页。

三、风格的随体成势

文体是风格的载体。风格的随体成势,就是文体对文学风格的形成所产生的影响,今人称之为"文体风格",实际上就是不同体裁在语言体式上的特点。N·H·皮尔逊指出,文学的各种类别"可被视为惯例性的规则,这些规则强制着作家去遵守它,反过来又为作家所强制"。①

中国古典诗学对体裁、体制十分重视。"凡文章体制,不解清浊规矩,造次不得制作。制作不依此法,纵令合理,所作千篇,不堪施用。"②古人对体裁的认识,在很大程度上即是对文体风格的一种认识。这可说是中国古代风格论的一大特色。如陆机《文赋》说"体有万殊,物无一量",将体制的不同与风格的差异相提并论;刘勰《文心雕龙·通变》说"夫设文之体有常,变文之数无方",是把体式的有常与风格的无方作为一对矛盾提出来的,最终找到了"参伍因革"的"通变之数";《文心雕龙·定势》对当时广泛使用的七类体裁的文体风格作了区分。

在西方,威克纳格同样是从体裁分类法出发,认为史诗和戏剧诗人"是在实际存在的现实形式中去构成观念","感性的和生动的想象"是戏剧诗中的基本因素,他们的风格"都严格地属于想象的风格";散文,"目的在于给智力带来新知识","属于教导的形式,因而宜于采取智力的风格";抒情诗人,"从自己的情绪中提取材料来体现自己的观念","表现的是内心的冲动和激情","只能是感情的风格"。③可见,在威克纳格看来,史诗和戏剧、散文、抒情诗这些不同的文学种类是有着不同的风格要求的。

文学的体裁与语体密切相关,一定的体裁要求一定的语言体式相配合。从现代文体学的概念出发,可区分出三种基本文体。

1. 抒情体

抒情体表现对情感的体验,多半用于诗歌创作,或用于其他体裁中的抒情场合。这种文体以节奏、韵律、分行为表层特征,音乐性在其中具有突出地位。美国理论家理查德·泰勒说:"作为诗歌形式的语言结构应该是具有一定的节奏变化的。其声调也应该具有某种内在模式。这种节奏变化的音乐性对于直接唤起人们的情绪、情感活动或帮助强调所给词汇的

---

① N·H·皮尔逊:《文学形式和类型……》,转引自勒内·韦勒克、奥斯汀·沃伦:《文学理论》(修订版),刘象愚等译,江苏教育出版社 2005 年版,第 266 页。
② 弘法大师原撰,王利器校注:《文镜秘府论校注》,中国社会科学出版社 1983 年版,第 310 页。
③ 歌德等:《文学风格论》,王元化译,上海译文出版社 1982 年版,第 25—26 页。

精确意义都有极大作用。毕竟音乐是一种具有摄人情感的巨大力量的形式,它极易助于其他艺术形式产生强烈的艺术效果。而且具有音乐性的语言增加了作品的审美成分、深化了作品的意义。"[1]如李清照的《声声慢》:"寻寻觅觅,冷冷清清,凄凄惨惨戚戚。乍暖还寒时候,最难将息……梧桐更兼细雨,到黄昏、点点滴滴……"在一首不长的词中,词人创造性地连用九对叠字,又是连绵的双声叠韵,加强了哀怨感情的渲染,遂成千古绝唱。

2. 叙述体

叙述体用于叙述事件,在小说、叙事诗、叙事性散文等中广泛使用。它具有虚拟性特征,即文学中的叙述指向叙事作品中的虚拟世界,依据的是性格、情感的逻辑、艺术想象的逻辑,它本身就是独立自足的艺术世界;而日常话语中的叙述是实指的,直接指向实存的世界。即使叙述的是历史上曾经有过的人和事,叙述性文体也不一定完全依据史实,而是作了很大程度的艺术虚构,史实在文学中只具有框架的意义。如长篇历史小说《三国演义》就不同于历史著作《三国志》,神魔小说《西游记》更不同于玄奘取经的真实经历。

3. 对话体

对话体用于戏剧文学。戏剧文学为舞台演出而作,通过人物的直接言说来向观众展示一切,因而它必须采用对话语体。正如沃尔夫冈·凯塞尔所说:"在戏剧中没有叙述人,只有客观性。但是由于这种客观性特别要由人来表现,他们必须说话和不断地采取态度,并且被要求作出决定,在他们的认识中间某种从个别艺术世界的认识得来的东西因此就变得可以理解了。"[2]在戏剧中,事件的发展、情节的演进、冲突的开展和解决、思想性格和内心活动的表现,主要由对话来完成。对话本身就意味着内心或外部的动作,并推动着剧情的发展,体现人物的个性。

需要指出的是,不同的文学种类有着不同的风格要求,这并不排斥某些文体在以某一语体为主的同时,兼用其他语言体式,特别是在出现变体的情形下,如诗化小说、散文诗、电影小说、电视小说等,往往可能兼用几种语体。这无疑是有利于多样化风格的形成的。

概括起来说,文学体裁和体制的特殊性奠定了风格的基调,是风格形成的客观基础。每个作家都有最适合自己的文体。当不同的文体以各自的形式规范去表现与其相适应的特殊内容时,就必然形成风格上的差异。作家只能在他选用的体裁所具有的文体特性范围内发挥自己的创造性。

循体而成势

是以括囊杂体,功在诠别,宫商朱紫,随势各配。章表奏议,则准的乎典雅;颂赋歌诗,则羽仪于清丽;符檄书移,则楷式于明断;史论序注,则师范于核要;箴铭碑

---

[1] 理查德·泰勒:《理解文学要素——它的形式、技巧、文化习规》,黎风等译,四川大学出版社 1987 年版,第 187 页。
[2] 沃尔夫冈·凯塞尔:《语言的艺术作品:文艺学引论》,陈铨译,上海译文出版社 1984 年版,第 383 页。

诔,则体制于宏深;连珠七辞,则从事于巧艳:此循体而成势,随变而立功者也。

——刘勰:《文心雕龙·定势》,见周振甫《文心雕龙注释》,人民文学出版社1981年版。

四、文学风格的特性

就作家所体现出来的文学风格而言,风格具有独创性、稳定性和多样性的特点。

1. 独创性

独创性是文学风格最突出的特点。没有独创性风格的艺术,就不能激起读者的审美趣味和阅读期待,这样一来,艺术就会千篇一律,就会走向消亡。所以,风格的独创性是艺术的生命。读者通过作品的这种独创性风格,面对哪怕略去作者姓名的作品,也可以读出是哪个时代哪个作家的作品来。南宋严羽《沧浪诗话》说:"子美不能为太白之飘逸,太白不能为子美之沉郁。"比如,李白的《将进酒》和杜甫的《登高》,虽然两首诗在主旨上都表达对艰难人生的慨叹、对未来前途的忧虑,但无论是在题材的选择、主题的提炼、结构的安排、语言的运用以至创作原则上,它们都有各自独特的东西。兰恩·库珀说:"确切地说,个人风格是当我们从作家身上剥去所有那些并不属于他本人的东西,所有那些为他和别人所共有的东西之后,所获得的剩余或内核。"[①]所谓"剩余或内核",就体现了风格的独创性、不重复性。每一位作家都应该让读者通过阅读作品就能辨识其作者何人,意谓读其文,通其意,知其人。同样,求新独创也成为作家下笔成文的目标。

风格的独创性,关键是一个"创"字。不同的作者拥有各自不同的文学风格,但不论作家归属哪一流派,作品内涵如何博大精深,如何玲珑精巧,表现手法如何变幻莫测,新颖怪异,其主题只有一个:独创、求新。英国诗人雪莱曾说过:"我不敢妄图与我们当代最伟大的诗人们比高下。可是我也不愿追随任何前人的足迹。凡是他人独创性的语言风格或诗歌手法,我一概避免模仿,因为我认为,我自己的作品纵使一文不值,毕竟是我自己的作品。"[②]所以,不重复他人的风格,是独创性的前提,模仿是独创的大敌。叔本华说:"模仿别人的风格犹如戴上一副假面具,不管它多么精美,用不了多久就会引起人们的厌恶和憎恨,因为它毫无生气;因此,一张丑陋的活人的脸也比它强得多。"[③]雪莱虽然只活了三十个年头,却从未因袭过别人。他诗里的高山峻岭,湖泊海洋,森林荒野,战争场景,风俗人情,无不化为主体生命的一部分,当诗人把它表现为活生生的审美形象时,必然打上个人印记,形成独创性的风格。

我们强调独创性,并不意味着全盘否定模仿的价值。一个作家形成自己的风格大体要

---

① 歌德等:《文学风格论》,王元化译,上海译文出版社1982年版,第28页。
② 雪莱:《伊斯兰的起义》序言,伍蠡甫:《西方文论选》下卷,上海译文出版社1988年版,第47页。
③ 叔本华:《论风格》,张唤民译,上海科学院文学研究所《文学研究》丛刊第一辑,上海社会科学院出版社1984年版,第418页。

经过三个阶段:一模仿;二摆脱;三自成一家。初学写作者,几乎无一例外,都要经过模仿的阶段。在文学史上,有些伟大的作家在创作早期,也有程度不同的模仿。普希金谈到自己的第一部现实主义作品《鲍里斯·戈东诺夫》时,承认"我曾摹仿过莎士比亚";阿·托尔斯泰也不讳言他的创作是"从模仿开始"的;古龙的武侠小说创作也经历了对金庸等人的模仿。但这种汲取别人艺术经验化为己有的办法,与纯粹的模仿不同,与抄袭更是两回事。这种模仿是为了探索一条适合于自己的创作路径,为自己独创性艺术风格的形成作铺垫。要想形成风格,终归要靠自己去创造。

2. 稳定性

风格是作家经过较长时间艰苦的创作实践积淀而成的。一个作家的一种风格一旦形成,一般变化总不会太大,甚至贯穿于他的全部作品;即便有所变化,我们也可以看出内在的血脉联系。这就使得作家风格具有明显的连续性和稳定性。正因为如此,提到某个具体作家,我们才能概要地总括出其风格特征。莎士比亚的格调高远,果戈理的辛辣幽默,契诃夫的隽永深远;杜甫的沉郁顿挫,苏轼的大气磅礴,李清照的哀怨清秀;鲁迅的深沉冷峻,郭沫若的激情飞越,朱自清的意境深邃,都是贯穿他们创作始终的风格特点。

风格的稳定性不是绝对的,而是相对的。时代的变革、生活的变化、艺术趣味的转换,都会在作家的作品中有各不相同的昭示和体现。法国理论家丹纳说:"人人知道一个艺术家的许多不同的作品都是亲属,好像一父所生的几个儿女,彼此有显著的相似之处。你们也知道每个艺术家都有他的风格。"[①]所谓"几个儿女",是指作家的每一部作品都是独特的,不可重复的;"相似之处",即是指作家有相对稳定的创作风貌。我们在大力提倡作家形成其主导创作风格的同时,应极力避免僵硬、教条和千篇一律。如李清照,其前期词的风格总的来说是清新、活泼、自然、明快,确可算得上是婉约。而后期,由于国破家亡的不幸遭遇,生活黯淡凄苦,其词的风格也发生了巨大的变化,沉郁、伤感,甚至有的词有了恢宏豪迈的气概。如《渔家傲》词中的"天接云涛连晓雾,星河欲转千帆舞","九万里风鹏正举,风休住,蓬舟吹取三山去"等词句,真是气势磅礴,豪迈奔放。所以,推陈出新,百花齐放,才是文学发展的主旋律。

3. 多样性

文学风格的多样性包含两层意思:一是指一个时代、一个民族文学风格所呈现出来的千姿百态、异彩纷呈的景象;一是指一个作家在其相对稳定的风格特色下所显示出来的不同色调。创作主体精神世界的无限丰富性和创作个性的差异性,创作题材与体裁的多样性,读者对多样性风格的审美要求,是形成文学风格多样性的复杂原因。

中国历代文论家对风格的各种分类和认知,都源于风格的多样性。刘勰的《文心雕龙·体性》里讲八种风格:"一曰典雅,二曰远奥,三曰精约,四曰显附,五曰繁缛,六曰壮丽,七曰新奇,八曰轻靡。"讲盛唐气象,高棅这样总结:"开元、天宝间,则有李翰林之飘逸,杜工部之

---

① 丹纳:《艺术哲学》,人民文学出版社 1981 年版,第 4 页。

沉郁,孟襄阳之清雅,王右丞之精致,储光羲之真率,王昌龄之声俊,高适、岑参之悲壮,李颀、常建之超凡,此盛唐之盛者也。"[①]不同作家具有不同风格,已是文学领域里的常见现象。同一个作家,在不同的创作时段,因题材处理、情感表达、主题开掘的不同,风格特性也不会单一。即使是同一个作家同一时期的作品,由于其作品所抒写的内容不同,作家思想感情不同,其作品风格也可能不同。如苏轼在知密州时,一年多的时间里曾写过三首名词:《江城子·密州出猎》《江城子·记梦》和《水调歌头·明月几时有》。出猎词是作者借出猎来抒发自己保卫边疆、打击敌人的壮志,所以慷慨激昂,词风豪放;记梦词是作者悼念已死去十年的妻子,所以委婉凄凉,词风婉约;中秋词是作者抒发被外放不能回朝的抑郁心情,怀念不在身边的弟弟及阐述人有悲欢离合的人生哲理,所以又表现出一种既忧郁凄婉又洒脱超逸的风格,介乎于婉约和豪放之间。

要而言之,作家的个性和才能,客观对象的不同品格,生活境遇和创作动机的变化,读者的不同审美需求,为文学风格的多样性提供了无限宽阔的创造空间。一个优秀作家不能没有几副笔墨和多种本领。追求风格的多样性,不会也不应该影响作家风格的独创性,不会遮蔽作家的主导风格。比如陶渊明的诗歌,自然天放、冲淡高远无疑是其主导风格,像"采菊东篱下,悠然见南山"所呈现的境界就如此;但他也写过像《咏荆轲》和《读山海经》之类慷慨悲壮、忧愤深广的诗歌。鲁迅先生指出:陶渊明的诗,"除论客所佩服的'悠然见南山'之外,也还有'精卫衔微木,将以填沧海,刑天舞干戚,猛志固常在'之类的'金刚怒目式'"。[②]鲁迅又说:"自己放出眼光看过较多的作品,就知道历来的伟大的作者,是没有一个'浑身是"静穆"的'。陶潜正因为并非'浑身是"静穆"',所以他伟大。"[③]可见,作家的风格就是一个矛盾统一体,既有恒常性,又具变异性,需要读者仔细品味。

第二节
风格的形态

风格的形态,是作家创作个性表现在作品中的客观存在形式。风格的形态异常繁多,历来的分类就繁简不一:过繁的,多到二三十种,彼此间难免交叉和重复;过简的,多不过两种、三种,又嫌笼统和模糊,难以解释各种文学风格的复杂状态。考虑到中、西方文学的不同发展路径和源流,我们对风格形态的分辨也作中国和西方两条路线的梳理与说明。

一、中国文学风格的形态

中国向来号称诗的国度,叙事文学不甚发达。自《诗经》开始,中国文学就确立了以抒情

---

① 高棅:《唐诗品汇总序》,郭绍虞主编《中国历代文论选》第三册,上海古籍出版社 1980 年版,第 14 页。
② 鲁迅:《"题未定"草》六,《且介亭杂文二集》,《鲁迅全集》第六卷,人民文学出版社 1958 年版,第 336 页。
③ 鲁迅:《"题未定"草》七,《且介亭杂文二集》,《鲁迅全集》第六卷,人民文学出版社 1958 年版,第 344 页。

诗为主流的文学传统和发展方向。在我们看来,陈望道在《修辞学发凡》中对风格的分类,是能够反映中国传统的文学风格的形态的。陈望道将风格分为四组八种:由内容和形式的比例,分为简约和繁丰;由气象的刚强和柔和,分为刚健和柔婉;由话语里辞藻的多少,分为平淡和绚烂;由检点工夫的多少,分为谨严和疏放。[①] 当然,这八种风格并没有穷尽中国文学的全部风格类型,而且它们之间既有对立排斥,又有兼容并蓄。而且,随着文学创作实践的发展和深化,各种风格也出现了不断整合、融通的现象。新的文学风貌需要新的风格形态进行概括,才能适应风格批评的内在要求。下面分别简要描述这八种典型风格形态。

1. 简约　繁丰

简约,是力求语词简洁扼要的风格形态。简约风格的最大特征是辞少而意多。辞少,就要洗尽铅华,精练简洁;意多,就是要在尽可能少的话语的基础上,做到有言外之意、味外之味,能够点中见面,小中见大。如马致远的《天净沙·秋思》:"枯藤老树昏鸦。小桥流水人家。古道西风瘦马。夕阳西下,断肠人在天涯。"只有短短的二十八个字,却绘出一幅美丽、苍凉、寂寥的秋风夕阳图,形象地流露出羁旅漂泊的忧伤情怀,精练简洁。

繁丰,则是指不节约词句,任意衍说,说到无可再说而后止的风格形态。辞采铺排,思绪稠叠,是其特征。汉武帝时,天下一统,幅员辽阔,仓廪充实,武帝经常同群臣邀游、狩猎,文人趋势承奉,纷纷作赋,习者陈陈相因,遂使赋体夸张铺饰,而形成繁丰的风格。司马相如《子虚赋》《上林赋》场景壮阔,绮艳瑰诡,为繁丰之典范,也是繁丰之极致。繁丰的文辞必须表现缜密丰富的思想,才有价值。只追求丰富的辞采,而无视内容的显现,"碌碌丽辞,则昏睡耳目"(刘勰《文心雕龙·丽辞》)。

2. 刚健　柔婉

刚健,即刚强、雄伟的风格形态。在古代,常常与雄浑、豪放连结在一起。刚健,就是将雄浑、豪放等风貌一致的作品总括起来,自然阳刚之气显而易见。刚健风格的作品,往往感情热烈奔放,气势恢宏磅礴,格调昂扬激越,音调特殊,甚至格调、修辞也异于一般类型的作品。如李白的《蜀道难》:"噫吁嚱,危乎高哉! 蜀道之难难于上青天。"起句就气势非凡,令人有昂首天外之感。又如刘邦的《大风歌》:"大风起兮云飞扬,威加海内兮归故乡,安得猛士兮守四方!"壮志凌云,抱负远大,刚毅雄健;项羽的《垓下歌》:"力拔山兮气盖世,时不利兮骓不逝,骓不逝兮可奈何? 虞兮虞兮奈若何?"慷慨悲歌,视死如归;王之涣的《登鹳雀楼》诗:"白日依山尽,黄河入海流;欲穷千里目,更上一层楼。"豪迈豁达,奋发向上。

柔婉,是指柔和、优美的风格形态。柔和重温馨、静谧,在含蓄中保持生机。柔婉风格的作品,体现出"曲、柔、细"的特点,给人以柔和、婉约的感觉。柔婉的风格形态,自古有之。陆机早在《文赋》中就提到了近似柔婉的风格形态,如他论诗、赋等各种文体时说"铭博约而温润",即要求"铭"要言简意丰,温和柔润,使人读后有亲切之感。司空图在《诗品》中专列"委

---

① 陈望道:《修辞学发凡》,上海教育出版社 1979 年版,第 257 页。

曲"一品:"登彼太行,翠绕羊肠。杳霭流玉,悠悠花香。力之于时,声之于羌。似往已回,如幽匪藏。水理漩洑,鹏风翱翔。道不自器,与之圆方。"司空图以诗的形式,形象化的比喻,描绘了"委曲"这一诗歌风格所呈现出的意境:山路回环,水流曲折,花香袭人,悠悠然而无远不到,无微不至,自然而委曲。从创作上看,晚唐温庭筠被视为婉约派词的开山祖,他写的"一叶叶,一声声,空阶滴到明"(《更漏子》),"花落子规啼,绿窗残梦迷","人远泪阑干,燕飞春又残"(《菩萨蛮》),缠绵悱恻,楚楚动人,明显地属于此类。婉约派词,无论是写绮艳深狭的相思恋情,抑或羁旅愁怀、伤春悲秋、吟咏风月、寄寓香草美人,均用含蓄蕴藉的手法,化事为情,融情于景,曲折地表达深细婉转的复杂情绪,婉转缠绵,情韵兼胜。

3. 平淡　绚烂

陈望道指出:平淡和绚烂的区别,是由话里所用辞藻的多少来决定的。少用辞藻,务求清真的,便是平淡风格;尽用辞藻,力求富丽的,便是绚烂风格。自然、清新、冲淡,是平淡风格的显著特征。自然,即不勉强,不做作,从从容容,自然而然;清新,即要求色彩淡雅,格调清峻,又不落入俗套;冲淡,即冲和、淡泊,就像中国绘画里用的淡墨。

绚烂的风格,在司空图《诗品》里有"纤秾"一品,曰:"采采流水,蓬蓬远春,窈窕深谷,时见美人。碧桃满树,风日水滨,柳阴路曲,流莺比邻。"极言文辞之繁华绮艳,色泽之鲜艳、浓郁,让你因为感到绚丽多姿而愉悦。例如李贺的"飞香走红满天春,花龙盘盘上紫云"(《上云乐》),无数朵花,驾着清风,织成飞龙,盘旋而入云端,香飘万里,美妙的春景令人心旷神怡。

比较说来,平淡带给人的是朴实无华,适合于描叙事实,表达"取语甚直,计思匪深"的单纯、率真的情感。绚烂的风格更宜于描绘欣欣向荣的景色,而与萧瑟肃杀、寒风凛冽相对立。平淡和绚烂又是辩证统一的。平淡不是随意书写,淡而无味;相反,它超越了绚烂的藩篱,是绚烂后的"有致、有味"之境,是洗练的结果。苏轼说得好:"凡文字,少小时须令气象峥嵘,彩色绚烂,渐老渐熟,乃造平淡;实非平淡,绚烂之极也。"(《与赵令畤书》)比如现代作家朱自清的散文,既有《背影》的自然朴素、真切率直,又有《荷塘月色》的浓妆艳抹、曲达隐情,通过迥异的风格形态,读者感受、体验到的是截然不同的感情变化。

4. 谨严　疏放

谨严,是指那种从头到尾,经细心检点而形成的谨饬严密的风格形态。疏放则指称在起稿之时,遵循自然,不加雕琢,不论粗细,随意形成的风格形态。从效果上看,谨严使人有庄严、拘谨之感,疏放使人有朴素、粗野之感。按照陈望道的说法,旧小说中《儒林外史》的风格近乎谨严,而《西游记》的风格就近乎疏放了。

在谨严风格中,描叙的逻辑性是其精髓。它层次清楚,条分缕析,首尾连贯,简洁匀称。像古代文体中章表奏议、箴铭碑诔、符檄史论等,都需要这样的文风来写作,以适应所要表达的严肃、庄重的内容。诸葛亮写的《后出师表》,以委婉的笔触回溯了先帝的知遇之恩,说明自己出师北伐的理由,向皇帝表"鞠躬尽瘁,死而后已"之忠心,就不能以其他不着边际的笔调来写,不然就会显得不够忠实、诚恳。正由于严谨富于逻辑性,因而它重视静观默察,追求事物刻画的客观性。先秦时代,韩非子、荀子的散文,都可以归入谨严一类。

疏放的风格在写法上讲究随意,创作主体的情感、意念可以在艺术传达过程中任意挥洒,即兴抒发,而无须过多地考虑作品接受者的因素。只要有利于把一己之情倾洒出来,任何技巧、手法都可拿来使用,因而作品给人的感觉好像是一蹴而就、不事雕琢,于朴质中见狂野。如北朝时鲜卑族的《敕勒歌》:"敕勒川,阴山下。天似穹庐,笼盖四野。天苍苍,野茫茫,风吹草低见牛羊。"这里,粗拙的线条描绘了北国的山川、草原、牛羊和少数民族的游牧生活,画面辽阔而壮美,感情质朴而强劲有力。

二、西方文学风格的形态

在西方文论史上,对风格形态的划分,有两条运动轨迹:一是按文学的发展历程将风格区分为古典型、浪漫型和象征型三种基本形态;二是从文学的表现对象和叙事方式出发,将风格划分为史诗型、写实型和寓言型三种基本形态。下面我们分别进行阐述。

1. 古典型　浪漫型　象征型

这是按文学的发展历程区分的。

古典型创作风格,指的是古代希腊的文学创作所体现出来的独特的艺术风貌。古希腊的文学创作主要是悲剧。古希腊的三大悲剧作家埃斯库罗斯、索福克勒斯和欧里庇得斯的一系列作品,全面展示了古典主义的艺术特征,并在很长一段时间内被视为典范和圭臬,成为文艺复兴以后特别是十七世纪西欧文学尊崇和模仿的对象。古典主义创作崇尚理性,讲究规则,在艺术风貌上整体地体现了一种和谐的美。但他们坚执理性对于情感具有绝对的优先性,认为是理性赋予了作品以价值和光芒,艺术的最终目标就是表现理性,理性也是使艺术抵达化境的唯一路径。因此,古典主义的和谐美,又是一种强制性的和谐美,情感与理智、现实与理想的和谐统一,必须受到伦理的先验法则的规范。

浪漫型风格反对古典主义的理性、和谐与秩序,具有高扬个性、向往自由,崇尚想象、充满激情等特点。这是因为欧洲社会进入近代以后,面对社会与个人、感性与理性、物质与精神的分裂状况,人们开始普遍质疑理性的统摄力和绝对权威,认为情感不仅比理性更富有创造力、更适应精神自由的传达的需要,而且还是击碎理性枷锁的重要武器。英国诗人华兹华斯说:"诗是强烈情感的自然流露。它起源于在平静中回忆起来的情感。"[①]浪漫主义风格对情感的特别倚重,使文学创作被纳入了一种审美主义的正常轨道。也因为着力于表现情感,浪漫型风格的作品往往就借助于夸张、比拟等艺术手法,以使主体的情绪意念完全释放出来。这些手法的运用,使得作品呈现出气势磅礴、神采飞扬的格调,如雪莱的《秋风颂》。也有的浪漫派作家的作品,处处渗融着创作者的主观心理感受,通篇洋溢着一种抒情的基调,纤徐而靓丽,如雨果《巴黎圣母院》里众多的场景描写,抒情成分就大大多于纯客观的描写。

---

① 华兹华斯:《〈抒情歌谣集〉一八〇〇年版序言》,伍蠡甫:《西方文论选》下卷,上海译文出版社 1988 年版,第 16 页。

象征型的文学风格可以追溯到十九世纪中叶,是以象征主义文学流派为代表的文学风格类型的总称。象征型风格的作品,在情与理的关系上,有一种回归的趋向,要求情感必须接受理智的节制;但它对于人与世界的认识,又不同于古典主义的机械、呆板。象征主义试图找出人与自然之间一种隐秘的交互感应,并通过语言去暗示、发掘客观对应物的深度情感。因而,象征型风格的作品,既突破了古典主义作品的人为的和谐美,又回避了浪漫主义作品对于情感的优位论,转而寻求一种超越事物表象的本相真实,在知觉符号和某种意义之间建立起隐秘的联系。象征型作品也常常把外在的客观物,作为自己抒情的对象,只是并不在意是否尽可能地做到逼真地描述对象,它更乐于将主体的感受投射到对应物中,通过联系不是很紧密的独立的形象体系,暗示、阐发个体自我隐秘的内心状态,并指向神秘的自然宇宙,错综摇曳与神秘内蕴相结合。这种抒情风格形态,在十九世纪以前是难以找到的。

2. 史诗型　写实型　寓言型

这是按文学的表现对象和叙事方式区分的。

史诗型作品可以分为三种类型:其一,原始正典史诗,即早期真正的史诗,是作为一种独立的文体出现的,如希腊的荷马史诗、英国的《贝奥武甫》等。荷马史诗写的是漫长的特洛伊战争,不仅描述了许多战争场面,还刻画了诸多超越常人的传奇式的英雄形象。《贝奥武甫》是民族史诗,它用古英语来创作,在九世纪之前就用文字记录下来,反映了日耳曼文化的价值观和世界观。它们充分地显示了原初民间的史诗形式的基本特点。其二,文人复写的史诗。"复写",是指创作者在取材自古代的神话故事、英雄传说中,加入了主体的创造性想象,使作品的叙事带有"现代"意味,如弥尔顿的《失乐园》、哈特·克莱恩的《桥》等,都是足以传世的经典之作。其三,史诗性的作品。这类叙事文学一般拥有庞大的结构体系,时间跨度较大,像美国作家约翰·斯坦倍克《愤怒的葡萄》,描写了一户从故乡被赶出来的农民的苦难的生活历程。在我国当代文学中,《李自成》和《白鹿原》等小说也被称为史诗性作品。要而言之,史诗型风格形态的作品,内容一般为过往的历史题材,或是远古传说,或是由传说加工、改造的故事,或是历史上真实的事件,通过作家创造性的再造演绎而成为一个艺术的统一体;而且,能力超群的英雄人物往往必不可少。形式上,史诗作品笔法倾向于庄重、正派而高尚,这在古典史诗中体现得尤为明显。

写实型风格的作品,是以叙写客观的社会生活为内容的:或者是我们所熟知的生活模式,或者是通过纯粹想象虚构的非真实的故事和叙事,试图反映和再现人类经验和品行的素质、价值的某些方面。根据文体的规范和题材的大小,作品的长度以及时间跨度不受特别的限制,创作者追求的是艺术描写和艺术表现的逼真性,使读者在接受过程中,感觉到那样的艺术世界是一种真实的存在。尤其是那些社会问题小说、社会风俗小说,致力于考察社会机制的运行状况、社会行为和道德伦理的施行规则,更是与现实生活联结在一起。但这并不是说,写实型作品就完全不能逾越生活世界的栅栏,相反地,它也能在想象中表现一种理想的目标、情感的倾向,但总体上给人的感觉必须是真实可信的。像巴尔扎克、狄更斯、福楼拜、莫泊桑、契诃夫等现实主义主义大师,都是通过对其时社会生活的敏锐感受和深刻洞察而闻名于世的。当然,写实型作品的风格与现代史诗型作品,有时也很难区分。巴尔扎克的《人间喜剧》因其反映生活内容的深度与广度,以及对一段历史时期社会习俗的再现,也可以被称为史诗型风格的作品。

寓言,在传统的文学观念中,一般被视为包含浓烈的道德训诫意味的文体,如《伊索寓言》《克雷洛夫寓言》以及中国古代的寓言作品都有这一特性。风格学意义上的寓言,是指作品的主题或寓意关涉到某种外在于艺术作品的、彼此独立、互不依赖的对象,从而产生出多重的、可以随意替换的含义。从发生学的角度看,如果说史诗型风格、写实型风格的作品对应的是一个完满的、理想化的秩序世界,那么寓言型风格则对应着一个衰败、破碎的历史图景。德国批评家本雅明就认为,寓言风格是世界衰微时期艺术的根本特征,是不可抗拒的衰落历史的形式呈现,他说:"在寓言中,观察者所面对的是历史弥留之际的面容,是僵死的原始的大地景象。"①在本雅明看来,寓言作为一种形式呈现,要达到对世界之"苦难历史的世俗理解",实现审美的救赎功能,必须通过衰败与死亡意象昭示尘世生活的本真图像,从而使人从物质废墟中升起精神救赎的动力。换言之,文学艺术中的寓言叙事,已从根本上消除了内容与形式的传统的僵硬对立,完全消解了形式与内容的界限。寓言的风格借助于语言符号的隐喻功能,去猜解存在的意义之谜,最终在一个虚构的结构里重建人的自我形象,恢复异己的、被隔绝的事物之间的联系。现代派作家卡夫卡就是突出的例证。从总体上讲,卡夫卡的作品"表现了他对世界的态度。它既不是对世界原封不动的模仿,也不是乌托邦的幻想。它既不想解释世界,也不想改变世界。它暗示世界的缺陷并呼吁超越这个世界"。②

第三节
文学风格与文化

前苏联美学家鲍列夫说过:"风格是某种特定文化的特征,这一特征使该种文化区别于任何其他文化。风格是表征一种文化的构成原则。"③文学风格不仅是作家个人创作成熟的标志,也是辨识一种文化的标志。风格的文化学意义,使得它超越了文学艺术的阈限,进入更为庞大的社会历史的层次,表征着该种文化内部物质和精神的结构性质。

从文化学的角度来分析,文学风格就是由民族风格、时代风格、地域风格和流派风格等几个层面构成的:民族文化对文学风格的影响,形成文学的民族风格;时代文化对文学风格的影响,形成文学的时代风格;地域文化对文学风格的影响,形成文学的地域风格;流派文化对文学风格的影响,形成了多种多样的流派风格。

---

① 瓦尔特·本雅明:《德国悲剧的起源》,文化艺术出版社 2001 年版,第 136 页。
② 罗杰·加洛蒂:《论无边的现实主义》,百花文艺出版社 1998 年版,第 109 页。
③ 鲍列夫:《美学》,中国文联出版公司 1986 年版,第 283 页。

一、民族文化与民族风格

不同的民族有不同的文化传统。作家生活于民族传统文化中,不可能不受民族文化传统的影响。文学的民族风格就是指同一民族的作家由于处在共同的民族生活环境中,受到共同的民族精神文化、民族审美意识、民族心理积淀的影响,使用共同的民族语言,在文学风格上所表现出来的某些一致性。

文学民族风格的形成,主要受两方面的影响。

首先,是民族语言文化的影响。不同的民族有着不同的语音、文字、语法、词汇,有着各自的语言表达方式和语言风格。同一对象,在不同民族的语言中,其情感意义也不一致。比如乌鸦这个形象,汉族认为它是不祥之物;而在我国纳西族古代文学《鲁摆鲁饶》中,乌鸦则被写成是好心肠的鸟儿。司格特的小说《艾凡赫》中有这样的记载:马耳他的犹太人,把乌鸦看成专传噩耗的鸟;但中世纪的英国骑士,则视乌鸦为勇猛的象征。有的骑士的盾牌上的标志,就是一只飞腾着的利爪上攫住头颅骨的大乌鸦,并镶着"提防此鸦"的警语。普希金如果不用俄文写作,而是像他的父亲谢尔格·利渥维奇·普希金那样用法文去写诗,那么,他的作品就不会具有独特的俄罗斯民族风格,他更不会成为俄罗斯语言的奠基者。果戈理这样评价普希金:"他一开始就是民族的,因为真正的民族性不在于描写农妇的无袖长袍,而在表现民族精神本身。诗人甚至描写完全生疏的世界,只要他用含有自己的民族要素的眼睛来看它,用整个民族的眼睛来看它,只要诗人这样感受和说话,使他的同胞们看来,似乎就是他们自己在感受和说话,他在这时候也会是民族的。"[1]

其次,是民族生活方式和习俗的影响。不同民族的生活,不仅哺育着特定民族的文学,也滋养了风格的民族之花。民族生活方式和习俗的不同,各民族文学的题材、人物、叙事也迥然有别。中国文学中的梁山伯与祝英台的爱情故事,家喻户晓,但在汉族、僮族、白族的文学园地中,它开出的却是三朵色彩各异的民族之花,具有别样的风姿。在僮族民间叙事长诗《梁山伯与祝英台》中,祝英台是个爱劳动的僮族少女,而不是手不能提的汉家闺阁小姐;她和梁山伯相会于清水粼粼的河边,而不是汉族文学中赴杭州途中的"柳荫亭";表现男女爱情的"十八相送",在僮歌中爽朗大胆,直陈其事,决不隐晦,而没有汉族文学中的含蓄委婉。僮族青年男女爱情的象征是槟榔树,祝英台家门口也长着"八角树丛绿荫荫"的满月槟榔树,并且祝英台在途中、家里款待梁山伯的也都是槟榔。这是汉族文学中所没有的。在白族诗歌中,梁祝结拜是在松树下,而不是汉族文学中的柳荫树下。他们同游过云南白族聚居的点苍山。祝英台祭梁山伯后,大哭三声,怨气直上云霄,冲入南天门,玉帝大惊,急令地脉龙神勿与英台作对。这时忽听轰然一声,山伯墓开,英台跃入,墓合,而无汉族文学中"化蝶"的浪漫和抒情。同一个梁祝故事,僮族文学显示出爽朗大胆,白族文学表现得豪放粗犷,汉族文学则是凄婉哀怨,回味悠长。凡斯种种,是因为各民族的生活方式与生活理想的表达各不相

---

[1] 果戈理:《关于普希金的几句话》,伍蠡甫:《西方文论选》下卷,上海译文出版社1988年版,第373页。

同。具有民族风格的作家总是以民族的意识和灵魂去感知生活、表现生活,所以在他们的作品中,总是显现着民族性格和民族精神。朱光潜说:"文艺趣味的偏向在大体上先天已被决定。最显著的是民族性。拉丁民族最喜欢明晰,条顿民族最喜欢力量,希伯来民族最喜欢严肃,他们所产生的文艺就各具一种风格,恰好表现他们的国民性。"[①]

二、时代文化与时代风格

风格的时代性,在文学发展过程中,是普遍存在的。因为作家的文学创作必然要渗入时代文化的因素,并表现出特定的时代风格。时代风格就是指一定时代的社会生活、时代风尚、时代精神和社会心理等给文学打上的鲜明的时代烙印。

风格的审美价值虽然可以超越时代,但它在多大程度上得到实现,却往往受到一定时代和特定社会价值取向的影响。如我国文学史上的"汉魏风骨",就是对建安时代文学风格的概括。刘勰在《文心雕龙·时序》中说:"观其时文,雅好慷慨,良由世积乱离,风衰俗怨,并志深而笔长,故梗概而多气也。"汉魏之际,战争频繁,人心哀怨,风气衰颓。动乱的社会现实引起了作家们的深切忧虑,也为他们提供了施展才能的机会,兼之汉乐府的现实主义传统的影响,因而作家们敢于正视现实,吐露"建功立业"的雄心,这样才形成了建安文学"慷慨"的时代风格。雪莱对此有总结:"在任何时代,同时代的作家总难免有一种近似之处,这种情形并不取决于他们的主观愿望。他们都少不了受到当时时代条件的总和所造成的某种共同影响,虽然在一定程度上说,每个人之所以周身渗透着这种影响,毕竟是他自己造成的。"[②]

在优秀的文学作品中,时代的烙印是十分明显的。一方面,或因政治的兴亡,或因时尚的变迁,或因作品风格自身发展的规律,或因读者趣味的需要。另一方面,文学的时代风格也会产生变异或消长,这不仅是由于社会生活的变迁,也是源于文学风格自身的发展规律。苏轼《书吴道子画后》曾说:"诗至于杜子美,文至于韩退之,书至于颜真卿,画至于吴道子,而古今之变,天下之能事毕矣。"一种风格发展到高不可及的艺术巅峰状态,后人便很难逾越,同时也意味着该种风格趋于式微。从作者的角度看,一种风格的作品无论多么好,一旦过多,势必显得单调,让人生厌,作家一定就会在写作过程中,有意识地创造新的风格形态,使作品充满活力,焕发生机。作品风格就是在前人风格的基础上不断推陈出新,又为后来者所矫正、取代。正如波兰思想史家符·塔达基维奇所说:"这些风格并不是从一代人向又一代人过渡着的,它们是与生活与文化一道在社会因素、经济因素与心理因素的影响下发生着变化,并成为时代的表现。这些风格的变化时常是急剧的,时常是从一个极端转变到另一个极端。"[③]反之,如钱钟书所说:"明人学唐诗是学得来维肖而不维妙,像唐诗而又不是唐诗,缺乏个性,没有新意,因此博得'瞎盛唐''赝古''优孟衣冠'等等绰号。"[④]明人鹦鹉学舌,完全离开

① 朱光潜:《文学的趣味》,《谈文学》,安徽教育出版社 1996 年版,第 18—19 页。
② 雪莱:《伊斯兰的起义》序言,伍蠡甫:《西方文论选》下卷,上海译文出版社 1988 年版,第 48 页。
③ 符·塔达基维奇:《西方美学概念史》,褚朔维译,学苑出版社 1990 年版,第 239 页。
④ 钱钟书:《宋诗选注》,人民文学出版社 1963 年版,序。

身处其中的时代文化，就只能是原地踏步甚至倒退了。

风格的时代性也可能体现在同一个作家身上。这在一些跨世纪、跨时代的作家身上体现得尤为明显。特别是在社会政治制度或经济体制出现重大的变更和转型的时代，作家的世界观、人生观、价值观、创作视野、艺术趣味乃至情调语调都会发生重大的变化，从而导致个人风格的时代性转变。中国的现代作家，大多经历了个人风格的时代性转换。如丁玲，早年接受"五四"新文化运动的影响，追求个性解放，却受到了挫折，这在她早期带有自传性质的《莎菲女士日记》等小说中有着明显的表现，呈现为一种浓厚的感伤色彩和浪漫风格。在成为"左翼"作家，特别是进入延安革命根据地后，丁玲的作品和文风都判若两人。她于1948年出版的反映土改的长篇小说《太阳照在桑干河上》，就具有强烈的社会主义的政治色彩和写实风格。质而言之，新的时代风格的产生，既是时代的需要，也是文学自身的要求，同时也与作家有意识地创造是分不开的。这正如刘勰《文心雕龙·时序》所说的："时运交移，质文代变。"

三、地域文化与地域风格

不同地域有不同的文化。作家总是生活在一定的地域中，不能不感受到地域文化的气息。作家的文学风格必然渗入地域文化的因素，表现出地域性。地域文化是历史形成的，它一般由地域的语言、地域的传说、地域的宗教、地域的习俗、地域的性格、地域的审美理想、地域的艺术等特点融合而成的。风格总是这样或那样地反映地域文化的特点，从而形成文学的地域风格。简单地说，地域风格就是同一时代的不同地域，因自然地理和人文地理的不同而导致的文学风格上的独特性。

中国文学中，《诗经》和《楚辞》可以说是显示了最早期的地域风格差异。《诗经》中的大部分诗产生于黄河流域的中原地区，是北方文学的代表。它在经过儒家学派的整理阐释之后，又成为正统文学的经典。《楚辞》产生于荆楚地区，是一部南方诗歌的总集。春秋以来，楚国在长期独立的发展过程中，形成了非常独特的楚国文化。在宗教、艺术、风俗、习惯等方面都有自己的特点。与此同时，楚国在与北方诸国的频繁交流中又吸收了中原文化，形成了以楚文化为基础的南北合流的文化形态，这正是《楚辞》产生的文化渊源。以屈原为代表的《楚辞》作者，在诗歌形式上受到了楚地民间诗歌的影响。《楚辞》打破了北方诗歌的四言格式，且每隔一句的末尾用一个语助词"兮""思"之类，就来源于楚地民歌如《楚人歌》《越人歌》《沧浪歌》等。如《离骚》，句式基本上是四句一章，字数不等，且多偶句，结构错落有致，语调跌宕起伏，节奏悠扬曼长，与北方较整齐划一的诗歌形式判然有别。又如南北朝民歌，北朝各族民歌虽然数量不多，但题材内容广泛，感情直率，语言朴素，风格雄健豪放，反映了北方各族人民的生活状况和精神面貌。而以东晋和宋齐时代为代表的南朝乐府，多产生于城市和商业发达的地区，题材比较狭窄，以男女相思离别的情歌为主，多五言四句的小诗，风格清新活泼，绮丽柔婉。王骥德说："南北二调，天若限之。北之沉雄，南之柔婉，可画地而知也。北人工篇章,南人工句字。工篇章,故以气骨胜;工句字,故以色泽胜。"①现代文学中老舍的"京味",沈从文的湘西"边城",赵树理的"山药蛋风格"、孙犁的"荷花淀风格"等,同样是不同地域文化浸润下的产物。

地域特征不仅影响到异地文学的总体风格,而且同一作家辗转迁徙于不同地域时有可能显示出不同的风格色彩。庾信早年出入梁宫廷,与徐陵同时写了许多绮丽轻靡的宫体诗,时称"徐庾体"。后入西魏、仕北周,官至骠骑大将军、开府仪同三司。屈身异地的人生苦痛,使他的诗歌充满了家国沦亡的感慨和追怀故国的"乡关之思",风格苍凉萧瑟。

随着社会环境的整体的变化和现代交通的发达以及各地区文学交流的日益频繁,文学从内蕴到语言,从元素到观念,其地域文化的差异也会出现某种相互汇通,但汇通不同于消弭。在具体的文学活动中,地域文学的风格差异将依然存在。

北曲与南曲

　　凡曲:北字多而调促,促处见筋;南字少而调缓,缓处见眼。北则辞情多而声情少,南则辞情少而声情多。北力在弦,南力在板;北宜和歌,南宜独奏;北气易粗,南气易弱。

　　——[明]王世贞:《曲藻》,《中国古典戏曲论著集成》(四),中国戏剧出版社1959年版,第27页。

四、文学流派与流派风格

文学流派是指一定历史时期中,那些思想倾向、创作见解、审美趣味和文学风格较为相近相似的作家,在创作实践中自觉或不自觉地结合在一起而形成的文学派别。一定时期的经济状况、政治斗争、社会思潮、文学运动,尤其是社会的大变革,是文学流派形成的社会历史条件。作家有较一致的思想倾向与文学见解,采用相同的创作方法,形成相近相似的文学风格,是文学流派形成的直接原因。文学流派具有一定的历史性、思想倾向性、艺术派别性,是特定时代的文学创作走向成熟和繁荣的征候,对整个文学进程起着积极的推动作用。

在中外文学发展过程中,曾出现过许多大小不同、面貌各异的文学流派。文学流派的命名方式有多种,其形成可分为自觉组合与自然形成两种情形。自觉组合的文学流派,他们有共同的思想倾向、艺术见解和创作特色,有共同的文学纲领、一定的组织和结社名称,积极宣传自己的文学主张。这是有纲领、有组织、有创作实践的自觉的流派。如我国的"五四"时期的"文学研究会"和"创造社",前者采用现实主义的创作原则,主张"为人生而艺术";后者采用浪漫主义的创作原则,主张"为艺术而艺术"。自然形成的文学流派,是较松散的作家集合

---

① 王骥德:《王骥德曲律》,陈多、叶长海注释,湖南人民出版社1983年版,第175页。

体。他们既没有共同的创作理论,也没有一定的组织形式,常常是由于他们某种相近的艺术风格和表现手法,某些共同的文学特色,而被后来的评论家、文学史家们追加命名的。如我国文学史上的岑高诗派,因为题材上表现的都是塞外的绮丽风光和将士的征战生涯而被称为边塞诗派;豪放词与婉约词,则主要是从艺术风格和艺术意境的角度来归纳的。

文学流派,无论是自觉组合还是自然形成的,都有利于多样化风格的酝酿、生成和发展,因为风格是形成流派的核心,没有风格就没有流派。同一流派中的不同作家所表现出来的相同或相近的特点,就是流派风格。它具体表现为:语言风格的近似、一致;题材的近似、一致;体裁样式的近似;形象塑造方式和描绘手段相似;创作原则相同或相似。当然,具体到某个作家个人,即便是同一流派风格的作品,也会存在明显的创作个性的差异,风格共性不能代替和遮蔽风格个性。

需要特别指出的是,文学风格的各个文化层面不是独立自足的,而是互相联系、互相渗透,构成为有机的统一体。无论是时代的、民族的风格,还是地域的、流派的风格,抑或是个人的风格,最终都统一于作品的具体风格,并在作品风格的本体构成中得到实现。比如英国的莎士比亚和我国的汤显祖都擅长描写男女之间纯真的爱情,但由于不同的民族文化心理积淀、各自浸染着不同的时代思潮,他们虽生逢同一时间纬度,作品的风格却大异其趣。汤显祖不满于当时统治阶级对程朱理学的拼命鼓吹、大力提倡封建道德、表彰孝女烈妇,在《牡丹亭》中,他塑造了杜丽娘和柳梦梅这对青年男女的典型形象,通过惊梦、寻梦、写真、拾画、魂游、闹宴等场面的刻画,描写了杜丽娘相思生病、忧郁而死、死而复生的爱情的胜利,并对封建礼教的卫道者杜宝、陈最良进行了深刻的揭露。全剧具有浓厚的浪漫主义色彩。杜丽娘出身名门宦族,长期受到封建伦理观念的熏陶,在婚姻问题上,她还没有完全摆脱封建道德中"父母之命,媒妁之言"的束缚,造成了她大家闺秀的温柔、娴淑、羞怯、稳重的性格特点。不仅名门闺秀如此,就是普通劳动妇女,她们表达爱情也往往显得羞涩、矜持、含蓄而深沉。莎士比亚生活在文艺复兴后期。其时,资本主义得到了巨大发展,封建主义势力大大削弱。受资本主义自由、平等、博爱理念的长期熏陶,伴随着现代都市的兴起、繁荣和工商业的发展,妇女们逐渐由家庭走向社会,再加上西欧独特的精神传统,男女之间的界限并不像中国古代那样壁垒森严。所以,虽然封建门阀制度和家族间的世仇扼杀了罗密欧与朱丽叶的爱情,但她们却冲破了家族的罗网,互相大胆地倾吐着胸中燃烧着的爱情之火。他们的性格是忧郁的,但又是热烈、爽朗的,充满着生命激情,因而作品的基调是明朗、豪放的,迥然有别于汤显祖爱情作品的婉约、哀怨的风格。

 关键词 ▪▪

1. 文学风格

文学风格是指作家的创作个性在文学作品的言语结构和有机整体中所显示出来的、能引起读者持久的审美享受的艺术独创性。其中,创作个性是风格形成的内在根据;言语结构是风格呈现的外部特征;有机整体性是风格存在的基本条件;引发读者持久的审美享受是风格的审美效应。文学风格作为文学独创性的标志和文学审美价值的最高体现,既是许多作家的审美追求,也是读者获得审美享受的重要原因,它关系到作品本体以及文学接受的核心问题。

2. 创作个性

创作个性原是前苏联文学批评术语,在我国早已通用。创作个性作为一种艺术品格,是作家在生活和创作实践中所养成的相对稳定的个人气质、人格情操、审美理想、艺术志趣、创造才能和写作习惯等精神特点的总和。创作个性是风格形成的主导因素,它引导作家选择和接受与其审美心理结构相契合的审美信息,主宰着风格形成的整个创作过程。作家风格的核心是作家的创作个性。

3. "风格即人"

"风格即人"是布封的"风格却就是本人"的不同翻译,过去往往被解释为"文如其人",这并不完全符合布封的原意。布封的"风格即人"是建立在修辞学基础上的风格论。按布封的意思:不仅作品的风格像作家的人格,而且强调作品的风格就是作家思想感情的表现形式,是作家本人的思想、感情、气质、性格、审美爱好、艺术才能等主观因素在作品中的印记和标志。他着重指出:"风格是应该刻画思想的。"唯其如此,风格因人而异,它"既不能脱离作品,又不能转借,也不能变换"。

4. "文如其人"

"文如其人"是中国古典风格论中经过历代文论家的阐发、积淀而形成的核心命题,蕴含了中国古典风格论的主要内容。它与"风格即人"虽有某些共同之处,却存在着很大的差异,具有后者所没有的丰富复杂的内涵和意义:它不仅指出创作主体与其风格表现的一致性,强调主体的独立地位,而且包含了艺术风格形成的原因、艺术风格的审美构成因素、艺术风格的独创性与多样性、艺术风格的审美表现、创作主体与艺术风格的对立统一以及艺术风格的不同类型等诸多问题,读者可以从中看到创作主体的整个精神风貌。

5. 时代风格

文学的时代风格是作家作品在总体特色上所具有的特定时代的特征,它是该时代的精神特点、审美要求和审美理想在作家作品中的表现。在具体的创作实践中,时代风格总是与个人特点纠结在一起的,但作为一种共性的概念,则是从理论上忽略了同时代各个作家的个性以后,从历史、社会的高度进行扫描得出的只属于这个时代而不属于其他时代的文学的总体特征。

6. 民族风格

文学的民族风格,即风格的民族性。作家的风格必然渗入民族文化传统的基因,表现出民族性。民族文化一般由民族的语言文字、民族的宗教、民族的科学、民族的习俗、民族的性格、民族的思维、民族的审美理想、民族的历史等特点融合而成。风格总是这样那样反映民族文化的特点,而形成文学的民族风格。民族风格的同一性一目了然,从作品的风格特征上很容易把一个国家的作品与另一国家的作品区分开来,把一个民族的作品与另一民族的作品区分开来。

7. 流派风格

流派风格是指一些在思想感情、文学观念、审美趣味、创作主张、取材范围、表现方法、语言格调方面相近的作家在创作上所形成的共同特色,是一种群体文化的表现。同一个流派的作家,既有个人的独立风格,又有流派的共同风格。流派风格的多样化,往往是文学繁荣的一个重要标志。

 思考题

1. 试述文学风格的特征。
2. 简述风格和创作个性的关系。
3. 简述文学风格与民族文化的关系。
4. 简述文学风格与时代文化的关系。
5. 简述文学风格与地域文化的关系。
6. 简述文学风格与流派文化的关系。

 阅读链接

1. 歌德等:《文学风格论》,王元化译,上海:上海译文出版社,1982 年。
2. 周振甫:《文学风格例话》,上海:复旦大学出版社,2005 年。
3. 詹锳:《〈文心雕龙〉的风格学》,北京:人民文学出版社,1982 年。
4. 布封:《论风格》,范希衡译,《译文》,1957 年 9 月号。
5. 叔本华:《论风格》,张唤民译,上海科学院文学研究所:《文学研究》丛刊第一辑,上海:上海社会科学院出版社,1984 年。

　　文学价值是在人类的精神实践活动中所产生的客体对主体的意义，即事物对人的意义。因此文学价值论的探讨应当以人自身为最高目的，以人的全面发展为最高理想。文学艺术的审美活动是从性情的角度确证人的本质力量的文化活动，是通过人陶醉于理想和幻想中，以发现和显现自身的新的品质、自身与外在世界新的和谐自由关系的活动，审美价值就是在这种活动中显现出来的文化价值。审美价值作为一种文化价值，有特定的"人化"指向或意义：人通过直觉体验、陶醉，使自己在性情上达到一个极高的境界，并从这个境界来观照自身及其与外部世界的关系，显现自由和谐。文学是有其社会作用的。正确认识文学的社会作用，对加强和进一步认识文学的地位、价值和功能等都具有很大的意义。文学作品作为精神产品，它的价值属性是多方面的，但是归根结底在于文学以其特有的属性和功能作用于人的精神世界，满足人的精神上的特殊需要，进而促进人的全面发展。

第一节
文学价值的内涵

一、对价值与文学价值的理解

要说明文学价值，我们有必要从一般价值说起，因为文学价值是价值之一种。人依据价值而生活，在生活中追求价值。人丰富的生活创造了丰富的价值。在价值的大家族中，文学价值，同生活中的许多价值，如宗教价值、道德价值、科学价值等，构成人类生活的总体追求。

价值是某一对象（事物、行为、人本身）肯定（或否定）主体（人）生存、发展、完善的需要时产生的意义、功能和效应。人有生存、发展、完善的需要，如果某对象满足这种需要，我们就把这里产生的意义、功能、效应称为价值。

价值是一种人文现象，只能用人的眼光看，因此价值应限定在人文范围内。一方面，任何价值或多或少、或直接或间接对人的"人化""向文而化"有价值。从价值的创造看，人们创造价值和追求价值的过程，是与人本身的发展、完善分不开的。从价值的实现看，任何价值都以人为目的，都有益（负价值则有害）于人，从而与人的发展、完善相关。人的发展和完善是通过价值对自己的肯定来实现的，人利用了价值、欣赏了价值、享受了价值，也就把凝聚于价值对象中的人文精神、人的本质力量转化为自己的品质，使自己在"人"的道路上有所前进。另一方面，人或多或少地把文化和"人"的理念贯穿到价值中，使得价值具有人性。价值是人创造的，是在人的实践和生活中出现的现象。人们在创造价值和追求价值时，一般是以人生活得"好"为目标，以发展人、完善人、提升人、有益人为要旨。价值是供人消费、利用、欣赏的，在这种价值"消费"活动中，人不是被动地接受价值，而是能动地反作用于价值。正如不仅生产作用于消费、消费也反作用于生产一样，人的需要的满足不仅受现实的价值支配，而且也反作用于价值，人把自己的目的、需要、标准、潜能等反馈到价值中，影响价值的形态、性质和价值创造的方向。

价值，既不是客体的固有物，也不是主体需要本身，而是客体属性与主体需要之间的一种特定关系。它是在人类的客观实践活动中所产生和形成的客体对主体的意义。价值虽是一种意义，但又不是主观任意的，虽具客观性，但又不是物质实体。它是一种关系，一种主体与客体之间在客观实践基础上建立、形成和发展起来的一种客观关系。价值关系是人与世界之间相对于认识关系的一种更为根本的关系。价值寓于并且只能寓于主体和客体之中。

同样，艺术的价值也存在于艺术与人的关系之中。艺术作为人的对象性存在是一个价值系统，这个价值系统包括认识价值、道德价值、社会交往价值、宗教价值、政治宣传价值、商品价值等。但是，艺术价值的核心是审美价值，因为艺术是为满足人的审美需要而创造的。审美是艺术的目的，离开了审美的目的，艺术就会发生质变。因此，审美关系是艺术基本的价值关系内涵。艺术的其他价值都是从审美关系派生出来的，都是从属于审美价值的。文学艺术是一种特殊的价值生产活动和价值接受活动，即审美价值的生产活动和审美价值的接受活动。以生产审美价值为基本目的的文艺创作,是通过接受而完成的。作家将作品创造出来,只是完成了一种潜在的价值,作品展示的现象愈是广泛地涉及人类的精神生活及其特征和价值,它的潜在价值就愈大。而读者的接受正是使这种潜在价值得以发掘、变异和延伸,使之获得历史的、现实的生命。作品的种种价值,都是它自身的内在特性与阅读结合的产物,而其价值定向,自然就取决于作品特性的品格和读者主体的品格。在接受过程的不断发展中,阅读不断使审美价值演化为功能,并形成审美功能系统。

文学价值系统,除了价值生产和价值实现这两个系统外,还有一个影响整个文学活动过程的系统,即价值观念系统。文学价值观念既是历史的,又是嬗变的,它的形成受多种因素的影响。要建立正确的文学价值观,需要把握好人的“内在尺度”和文学的“客观尺度”。所谓人的“内在尺度”,是指人对文学的不断增长的客观需要,人从事文学活动的目的性和达到价值目标的能力,等等。它由具体社会历史条件所规定,以主观欲求的方式表现出来,成为从主体方面确定文学实践的范围、方向、方式和结果的准绳和尺度。所谓文学的“客观尺度”,指文学自身的规定性和规律,它成为从客体方面制约文学活动的范围、方向、方式等,并且衡量其结果的准绳和尺度。两种尺度的统一,才能实现文学价值目标,使文学最大限度地满足人不断增长的需要。这种统一,应是一个不断运动、双向发展的过程。主体的新的需求刺激对文学属性、功能的发现,不断在新的层次上达到新的契合。一种新的文学价值观念的建立,就是人的内在尺度与文学的客观尺度在新的认识和需求高度上达到新的统一。通过实践、认识、再实践的过程,一方面,人根据自己不断发展了的需求,不断地向文学“接近”,不断发现文学满足人的需要的更多的可能性,在文学“是什么”的向度上不断拓展认识领域。另一方面,通过人的能动作用,使文学不断向人“接近”,在文学“有什么用”的方面深化理解程度,尽可能使文学的发展变化同人的需要及其发展相符合,将文学满足人的需要的可能性不断变成现实性。

价值观念,是主体以其需求为价值评价标准和基础,对客体存在意义的系统看法、评价和态度,与主体的理想、需要、志向等密切相关,并根植于社会心理深层。文学价值观念,是参与文学活动的人,以自身的文学“寻求系统”为标准,对文学的客观属性及它与人的价值关系的认识整合而成的观念形态,也是对文学意义和文学活动进行价值评价的思维框架。文学价值观念的核心问题,一是主体如何认识、理解自身对文学的需要,一是如何理解、认识文学在满足人的需要方面的属性和功能。对“需要”的意识与对文学的意识,对主体需要理解的意向与对文学属性理解意向的契合,构成某种文学价值观念的特点,并体现在关于文学价值构成、文学价值定向、文学价值评价标准诸方面。

价值既是一种关系,也是一个过程,或者说是在特定过程中的一种特定的效应关系。人们认为某种事物对人有价值,是因为它和人构成了某种有意义的价值关系,它对人有用;而当它变得对人无价值或者无大价值时,即表明这种关系的失去,同时表明一个过程的结束。当一个事物开始或者再次对人有意义、有价值时,表明这一事物与人的新的关系的建立,同时又是一个具有新价值的过程的生成。在文学领域,人们对于以往文学的价值评价,往往并不会意识到这是用过去的作品来试图构成新的价值关系,因此要是不符合现时的要求,便会轻易地说它无价值。这首先是一种需要的过时,而不完全是作品本身的无意义无价值。文学作品不是食物,不会自然变质,容易变的是人的"胃口"和"味觉"。所以分清价值与价值评价的关系是有意义的。

文学价值观念体系包含这样几个问题:①人向文学"要什么"? ——人对文学的需求;②文学能满足"什么"? ——人对文学功能的意识;③满足"谁"? ——文学活动的传播服务意识。此外,还有一个重要的、然而最难定义的关系,这就是:④文学怎样才是"有价值"的? ——人的历史实践与文学实践的一致性,即文学在总体上是否满足人的审美要求,促进人的历史发展。只有回答了这些问题,文学价值观念体系方能厘清。

文学价值

艺术作品只是为了人们才存在,它们会得到人们的领会。如果说人们不应当以同样的方式从人类形状的角度出发考虑自然美,那么,对于艺术作品来说也同样是如此:自然美只是为了那些了解它的主体而存在;美与主体、与自我具有某种直接的关系,我们在体验美的过程中就可以意识到它与自我的关系。

一个艺术作品只有与一个理解它的主体发生关系时,它的美才会产生意义和效果。的确,我们确实在我们面前发现了审美价值、发现了美——但是,这种我们所发现的、在我们面前的美,只存在于它与体验它的人类的关系之中。

为了确实地保护作为一种独立现象的审美价值的存在,防止有些人仅仅把它的价值看作是一种能够带来享受的手段,我们首先必须把审美价值从正在进行体验的主体之中孤立出来。现在,我们必须强调这种现象与自我的接近性,强调它与主体发生的亲密的关系。

——莫里茨·盖格尔:《艺术的意味》,艾彦译华夏出版社1999年版,第212页。

二、文学价值的实现

文学价值潜在于文本之中,由文本来负载。文本的生成过程,就是价值生成的过程。在这个过程中,价值决定文本,文本又创造出新的价值,使文学价值呈现为一个运动的系统。文学价值的实现又是通过阅读来完成的。在阅读过程中,读者通过文本符号的解读进入到作品的内在空间,充分感受到作品所展示的现实价值关系,同时也更为鲜明地感受到作家作为创造者在整个文本构成中所起的主导作用——他把自己对生活对自身以及对人类审美理想的深入理解与创造性表达巧妙地传达给读者。对读者来说,这是一种难以抗拒的审美力量,一块引人入胜的审美园地。因此,进入任何一个成功的文学文本,便意味着一次心灵洗礼。其结果是,读者或认识生活或受到教育或获得愉悦,在整体上感觉了审美的美妙。

文学的价值实现,主要是与读者构成的文学价值的社会实现。用接受理论来说,文学价值实现包含着两方面,一是具有未定性的文学文本,一是读者阅读过程的具体的参与,而文学作品作为社会化的客观的"产品",其价值的社会实现有待于通过"消费"最终被读者所接受,这是文学价值的更为重要的方面。这样,作家的创作就不仅是为自己,而且也是为他人。不管在主观上如何,作品一经发表,便自然会出现这种关系。所以,读者是文学价值系统中的一个重要的构成部分和环节。

整个人类精神世界,是一个既内涵丰富,又层次分明的价值系统。人们依据对生命意义的理解、对生活的追求以及信仰、心灵境界的水平,立足于不同的价值尺度,归属于相应的价值观念群体。一个价值系统要保持自身的活力,要靠不同价值等级之间的精神能量传递,即从物质功利境界到道德审美境界,它才能组合成为活泼与有机的人文结构。每一精神价值层次和相当的文学层次都是人们对人生意义的程度不同的理解。

文学作品蕴含着作者关于人生的意义、命运的体验和情理的感受等价值取向,读者从文本的词语描述、形象塑造、情景抒写中领悟品味出来。文学作品价值内涵的实现,从纵向的时间角度说,有实现的迟早之别。有的作品发表之后即形成"轰动效应",传播迅速,不胫而走,这可称之为"即时实现"。例如英国拜伦的诗作,曾在 19 世纪初叶的欧洲风靡一时,几乎妇孺皆知,人们以传颂为荣。在中国古代,这种文学佳话被叫作"洛阳纸贵"。晋代左思《三都赋》作成,洛阳人争相传写,使纸张售缺而涨价。这种作品效应的即时性是文学价值实现的快捷形式。它未必意味着作品内容的浅薄或趋媚就俗,而是作家摸准了时代的精神脉搏与读者的审美兴奋点,一拍即合,立刻获得了社会大众的共鸣。当然,并非所有文学杰作的价值都是即时实现的,也有经过历史的多次筛选,审美内涵显露得相当迟缓的。这便是所谓的"延迟实现"。例如,屈原的《离骚》为传世之作,淮南王刘安以为它兼备国风、小雅之妙,班固则贬其放浪不羁,重其文辞丽雅,称为妙才,扬雄又取它的言讽意深,可谓各得一面。随着日月的流逝,《离骚》神奇的想象、激荡的才情,愈益焕发出灼灼的光彩。

与作品的纵向实现相补充,还有横向实现的层次深浅之别。这种深浅之别是指:不仅同一时代的读者对同一作品的着眼点和舍取有表层和深刻的差异,而且一部作品在其价值实现的历史进程中,也常常表现出由浅入深的演进。这自然是因为文学作品的读者各有自己的价值尺度和审美情趣,不可能整齐划一。由于读者生活境界的不同以及艺术情调的高低,制约着他们层次不同地去剥离作品中为个人所热衷、所能体验的艺术价值。正所谓"观听殊好,爱憎难同,飞鸟睹西施而惊逝,鱼鳖闻九韶而深沉"①。这是没有办法强求一律的。而那些不同凡响、独具慧眼的读者,能超凡脱俗地跨过低层次读者所驻足的物质境界、功利境界、道德境界,进入审美的艺术境界,获得创造性的、延伸作品内涵的增益性阅读效果。

文学的价值有其客观性,某一作品被社会公认、被广泛接受,在大多数情况下取决于作

---

① 葛洪:《抱朴子·广譬》,四部丛刊本抱朴子外篇卷第三十九。

品本身所蕴含的价值潜能和它的超越意识,它在某些方面反映了相对真理和普遍的情感,反映了人类的某些本性。有些作品在某一时期特别受到推崇,则与社会普遍的价值观念、思潮等相关。文学价值的实现程度,实质上是文学为满足人的需要的机制所决定的。但是,文学价值并不能绝对地以读者的多寡来评价,因为有时被动迎合读者的低级趣味也可以拥有众多读者。

三、文学价值的"无功利的功利性"

文学艺术(包括创作和接受)作为人类的审美文化活动,从最终意义上讲,必然带有功利性,即最终对人类的发展完善、前途、命运、幸福有利、有益。如果套用康德的"无目的的目的性"的话语,可以说是"无功利的功利性"。功利价值指纯粹的实用价值、经济价值、政治价值、科学价值等;无功利价值主要是指事物的审美价值。

文学艺术作为审美现象,从目的看,它既是无功利的,也是功利的。文学是审美的,这就是说,文学往往是无功利的,即无论作家或读者都没有直接的实际目的,并不企求直接触及现实世界。丹麦批评家勃兰兑斯举过一个例子说明文学的无功利性:

我们观察一切事物,有三种方式——实际的、理论的和审美的。一个人若从实际的观点来看一座森林,他就要问这森林是否有益于这地区的健康,或是森林主人怎样计算薪材的价值;一个植物学者从理论的观点来看,便要进行有关植物生命的科学研究;一个人若是除了森林的外观没有别的思想,从审美的或艺术的观点来看,就要问它作为风景的一部分其效果如何。①

出于实际目的的人,自然关心森林如何带来物质财富;出于理论探究的人,为森林的科学研究价值所吸引;而出于文学观察的人(如诗人),则以"审美的或艺术的观点"深深地沉浸于森林外观的美景之中。显然,商人由此激发财富欲,科学家升起探索欲,这两种都是功利的;文学家则获得审美体验,这是无功利的。所以康德讲:"那规定鉴赏判断的快感是没有任何利害关系的","一个关于美的判断,只要夹杂着极少的利害感在里面,就会有偏爱而不是纯粹的欣赏判断了"。② 由于是无功利的,文学才能是审美的。换言之,审美的正是无功利的。

文学的这种无功利性集中体现在作家的创作活动和读者的阅读过程中。刘勰在《文心雕龙·神思篇》里讲"是以陶钧文思,贵在虚静,疏瀹五藏,澡雪精神",正是强调创作中要舍弃直接的功利考虑而以淡泊、宁静之心对待。朱熹在《清邃阁论诗》一文中也认为,举世学诗者之所以难以出好诗,"只是心里闹不虚静之故","心里闹如何见得"。这里的"心里闹"指功利考虑,"虚静"就是无功利之心。在朱熹看来,只有"虚静"或"心虚理明"才可能作出好诗。读者也需要保持无功利目的才能进入文学的审美世界:"中国人看小说,不能用赏鉴的态度

---

① 勃兰兑斯:《十九世纪文学主流》第一分册,张道真译,人民文学出版社 1988 年版,第 161 页。
② 康德:《判断力批判》上卷,宗白华译,商务印书馆 1964 年版,第 41 页。

去欣赏它,却自己钻入书中,硬去充一个其中的角色。所以青年看《红楼梦》,便以宝玉、黛玉自居;而老年人看去,又多占据了贾政管束宝玉的身份,满心是利害的打算,别的什么也看不见了"[1],是指读者抱有实际功利目的,致使无功利的"审美距离"消失,从而无法"欣赏"小说的美。这些似乎说明,文学总是无功利的。

但是,这种说法并不全面。因为,文学的这种无功利性背后又总是存在着不可否认的功利考虑。功利,就是实际目的,即与现实利害攸关的考虑。确实,文学直接的是无功利的,但间接的或内在的却又是有功利的,这一点可从文学作为作家和读者的社会性话语活动、作为显示物质存在方式的话语结构两方面看。

首先,作为作家或读者的社会性话语活动,文学虽然与直接的功利无关,但间接地仍旧有深刻的社会功利性。这种功利性诚然不同于商人对森林财富的占有欲和科学家对森林科学研究价值的探究欲,但却显现为审美地掌握世界这一深层目的。这就是说,功利性是深深地隐伏于无功利性内部的。实际上,直接的无功利性正是为着达到间接的功利性。朱熹要求诗人"虚静",目的正是"虚静而明",即无功利的超然态度有助于真正明了事物之"理"。鲁迅要求读者不以宝玉或黛玉自居而是用"赏鉴的态度去欣赏",也是为着使读者能审美地把握"红楼"世界的人生意义。

其次,作为显示物质存在方式的话语结构,文学的功利性在于,它把审美的无功利性仅仅当作实现把握现实物质存在方式这一功利目的的手段。郭沫若指出:"我承认一切艺术,虽然貌似无用,然而有大用。"[2]这里的"貌似无用",即指表面上的无功利性,而"有大用",则指实质上的功利性。文学的这种"大用"在于,它可以"唤醒社会","鼓舞革命",即唤醒和鼓舞人民参与变革物质世界的实践。可见,文学以其无功利性正是为着实现强烈的功利目的。文学虽然直接地是无功利性的或无目的的,但由于它在其话语结构中显示了现实物质关系的丰富与深刻变化,因而间接地也体现出掌握现实物质存在方式这一功利意图。

如此看来,文学一方面是无功利的,另一方面又是功利的;或者说,无功利是直接的,功利是间接的。而直接的无功利总是实现间接的功利的手段。

第二节
文学价值的形态

文学价值包含着复杂内涵和联合效应,文艺作品的价值形态是多样而非单一,包容而非排斥的。每种文艺价值观适应人的不同心理价值需求。英国学者科林伍德把艺术分为严肃、娱乐和巫术三种类型。作为最基础的巫术艺术,以原始艺术为典型与渊源,后来的宗教艺术以及保留在农村的民间艺术,则是它的流变形态。娱乐艺术则是为了促进心灵和情感消遣、享受的艺术。而真正严肃的即高雅的艺术,是指作家呕心沥血并富于创造性地展示独

---

[1] 鲁迅:《中国小说的历史的变迁》,《鲁迅全集》第八卷,第350页。
[2] 郭沫若:《论国内的评坛及我对于创作上的态度》,《沫若全集》第10卷,第108页。

特个性的心灵的作品。科林伍德以当代文艺社会学的价值系统理论为背景,这种依情感表现功能划分艺术种类的方式,仍然对人们认识和正视文学作品的多层次价值具有启发。文艺的价值形态可概括为三种:功利型、娱乐型、代偿型。

一、功利型

所谓功利型价值是指文学通过审美中介对于其意识形态功能的实现,文艺的社会功利性是实现美的功能的一种必要的品格。文学表现了人的生活,而生活中浓厚的社会与政治色彩,必然会对人产生影响并投映于文学中。文学表现人、关切人的生活,必然要在世俗方面给人以必要的满足与效应。

文学不是一种孤立的文化现象,它的功能目标与所有的意识形态一样,最终必然指向社会经济结构即现实基础。即是说,它必须通过对人的影响与改变来实现终极的人文目标。在关乎人的社会关系的因素中,政治的作用是巨大的。因此,文学,特别是那些具有进步的人文意识的作品,总是会去主动巧妙地追求政治态度与政治内蕴,使自身故意"沾染"上政治色彩,并以之作为"工具与武器",从而对政治,当然也对社会生活发生虽然间接但却不可小看更不可忽视的影响。担负启蒙使命和救亡使命的"五四"新文学就确实发挥了巨大而神奇的社会作用。没有文学的参与,近现代中国的历史进程恐怕会是其他样子。但这并不是证明文学可以或者必须盲从于政治,放弃自己的独特价值。当文学必须以"工具"和"手段"方式来体现它的价值时,那对这种行为或者说对政治的历史合理性判断就显得极为重要。也就是说,如果出于历史必然的选择,即使作为"工具"和"手段"而出现,文学的独立性也依然存在。五四时期的文学,是在"借思想文化为解决问题的途径"这一意识的强烈作用下发生的。正是借助于新文化运动的历史机遇,中国文学才真正开始了一个弃旧图新的新时代,在它解决的许多不易解开的难题中,就包括了重新估价文学价值、重新确立文学角色的问题。其中鲁迅的关于改造国民精神的文学观念及其实践,以及"人的文学"的张扬和"文学革命"向"思想革命"的深入,都表明了以人的发展为基点来确立文学价值意义的新观念的产生。它具体表现为思想革命、"立人"的历史要求与文学的精神性特质的自然契合。文学在满足人的精神要求、体现人的精神觉醒从而促使人的全面发展方面显示出它不可替代的功能。

二、娱乐型

所谓娱乐型价值是指文艺通过审美中介所给予读者的感官的快感和情感的愉悦。从读者心理来看,人们欣赏文学一般是为了休息娱乐,消除生活和工作中的紧张和疲劳,或者希望扩大眼界,了解周围世界的情况,体验他人的生活和感情。人们在五彩缤纷的艺术世界中去体验和感受新的人物、新的事物和新的生活,从而得到快乐,忘却了疲劳,陶冶了精神。恩格斯在谈到民间故事的作用时曾说:"民间故事书的使命是使一个农民做完艰苦的日间劳动,在晚上拖着疲乏的身子回来的时候,得到快乐、振奋和慰藉,使他忘却自己的劳累,把它的硗瘠的田地变成馥郁的花园。"①正因为这样,文学欣赏是主动积极的行为,而不是被迫的、消极的行为,人们在审美的愉悦中,得到有益的启示,调节着自己的生活,增进身心的健康。

一般来说,文学的娱乐性不但不会消解文学的整体价值,处理得当,反而能够为文艺找到更为有效的实现途径。通俗文学表现出浓烈的娱乐性。通俗文学的读者群也不仅仅是一般市民,而是数量众多的大众读者。通俗文学满足了大众读者对文学的不同的阅读需求。通俗文学既是一种文学现象,也是一种文化现象、社会精神现象,它反映着一定时代、一定阶层人的心态和普遍的社会心理。鸳鸯蝴蝶派是 20 世纪初出现的通俗小说流派,它能在一个时期影响文坛并余音不绝,除了客观社会原因外(如近代大都市的畸形繁荣、市民读者群对小说趣味性的需求等),还由于近代产生了一大批适应这种社会环境并能满足读者这种需求的作家(如徐枕亚、包天笑、周瘦鹃、张恨水等)。尽管从 20 世纪中国文学的价值取向和精神特质来说,这一创作流派的艺术趣味和品格确有落后的一面,但文学的娱乐性和趣味性是鸳鸯蝴蝶派的主要价值诉求。鸳鸯蝴蝶派的作品具有俗文学的特征:题材内容上,以言情、社会、黑幕、娼门、哀情、家庭、武侠、神怪、侦探、历史、宫闱等类型,构成广泛的然而有特点的领域;在艺术形式上则以追求趣味性、通俗性、可读性为特点,并能随时世的变化而变化;在读者和作者的关系上,作家能适应不同读者的口味,或者说作者引导着读者,读者又造就着作者,两者形成极为密切的关系;在社会效果上,它既有满足读者与作者消遣游戏的功能,又有满足市民阶层正常的社会审美意识与普遍心理的功能。言情小说的哀怨凄楚对读者情感的撩拨,社会小说的劝善惩恶,侠义小说的除暴安良,侦探小说的惊险神秘,等等,从不同方面极大地满足了读者的不同需求,包括清官意识、伦理观念和好奇心理。从这些角度说,这一作家群的出现,符合文学发展的某些规律。

三、代偿型

所谓代偿型价值,是指文艺使人们在现实中被压抑的生命本能及难以实现的欲望和要求,在艺术的世界中得到精神的净化和补偿,这里显示出文艺的间接功利性,即通过模仿和宣泄使公众摆脱苦闷获得心理平衡。文学对人的精神有着重要的补偿作用。美国心理学家桑代克认为存在一种心理的多式反应原则,即某种反应不能适应外在环境,则可发生其他反应。因此,当人们的某种需要在现实中得不到满足时,可以从另一方式即从艺术中得到补偿。奥地利心理学家弗洛伊德认为,艺术是"一种替代性的满足",是"与现实对立的幻象"。西方有人认为,弗洛伊德的贡献就在于发现了植根于无意识中尚未实现的愿望,并看到这一愿望可以从艺术中得到满足。人的生活并不是十全十美的,无论在物质上和精神上都有许多缺陷,而文学就能补足这些缺陷,这就是汤显祖说的"无情者可使有情,无声者可使有声,寂可使喧,喧可使寂,饥可使饱,醉可使醒,行可以留,卧可以兴。鄙者欲艳,顽者欲灵。可以

---

①《马克思恩格斯论艺术》第 4 卷,人民文学出版社 1966 年版,第 401 页。

合君臣之节,可以浃父子之恩,可以增长幼之睦,可以动夫妇之欢,可以发宾友之仪,可以释怨毒之结,可以已愁愦之疾,可以浑庸鄙之好"[①]。也就是文学可以补偿现实的一切缺憾。没有去过泰山的人,可以有《泰山极顶》的满足;没有去过大西北的人,可以有《祁连雪纷纷》的感受;意志薄弱者,却可以有鲁滨孙的冒险、保尔·柯察金的坚强;虽无爱情,却有罗密欧和朱丽叶的柔情蜜意、贾宝玉和林黛玉的缠绵悱恻。即使现实中不存在的,也可以在文学中求得补偿,想象力成了人的器官的无限延伸,天地古今,四方八极,任人的心灵自在逍遥。文学的补偿,既可使人暂时满足,更可使人长久地不满足。因此它开阔了人的精神世界,提高了人的精神追求。

文学价值是在人类精神实践活动中所产生的客体对主体的意义,即事物对人的意义,因此文学价值应当以人自身为最高目的,以人的全面而完整的发展为最高理想。按照"以人为本"的原则,可以肯定文学的价值结构,其客观形态是真善美三者的有机统一。换言之,文学,只有具备了真善美的有机统一才会具有真正的价值。人类的审美需要正是在人自身于有限中实现着无限、于现实中创造着理想的内在生命动机中孕育的。而人类的这种审美需要又正是审美价值得以派生的决定性前提。因此,人的尺度是价值的最高尺度。正由于此,人的精神性和情感性成为审美价值的重要内涵。这就是说,审美价值的对象都是能满足人的特殊精神需要的对象,是以其自身的特殊属性和形式结构成为人类精神同构物的对象。于是,审美对象仿佛成了人的精神的异化,成了主体的精神家园,成了主体可以与之倾心交谈、默然神会的另一个"自己"。审美价值的对象同时又是能够唤起和满足主体的特殊情感需要的对象,人们那种基于个人的生命体验而对人的境况、人的命运、人的前景的深切关注所产生的情感体验,也构成了审美价值区别于其他价值形态的特殊内涵。

第三节
文学的功能

在中国古代,从孔子开始便十分重视文学的社会功能。孔子认为"诗"有四种基本作用,即"兴、观、群、怨",此外还可"多识于鸟兽草木之名";近代,梁启超认为小说亦有四种功能,即"熏、浸、刺、提"。可以说,重视文学的功能与作用,是中国文论的一个重要传统。

文学价值的复杂内涵在文学接受过程和文化活动中具体体现出来,便形成文学的社会功能。文学的社会功能也就是文学的社会作用和影响。对应着文学的价值内涵,在整体上文学的作用是审美作用,一般认为它可能以三种方式体现出来,即认识功能、教育功能与美悦功能。

一、文学的认识功能

文学认识功能,即文学帮助人们获得多方面社会和人生知识,丰富人们的生活经验,加

[①]《汤显祖集》,中华书局 1962 年版,第 1127 页。

深入们对某些社会规律和社会关系的理解的功能。通俗地说,阅读了文学作品,人们便知道社会各阶层、各职业的人们的某些生活方式、相关的自然环境、社会环境以及在此环境中真实的人生及命运,从而引发思考,有所收获。

文学的认识功能首先体现在对生活形态的认识上。由于文学以形象方式反映生活,具有生动、具体、感性化的特点,无论它反映什么,都会显得十分细致,使人如见其人、如闻其声、如临其境。在这种状态中,人们面对的仿佛是原生态的生活或历史。比如,人们读了杜甫的"三吏""三别"这一组诗稿,就能够了解到唐代"安史之乱"时期的许多历史知识和生活知识,仿佛具体而生动地看到新婚夫妇如何被迫离散,老夫老妻如何被迫投军参战;田园的荒废,官吏的无情,生活的困苦,人民的哀怨,都历历在目;一幅幅悲惨的景象,一声声哭诉的声音如见在眼,犹闻在耳。这就使人们认识到,"安史之乱"不仅使唐朝面临土崩瓦解的危险,更给人民带来了巨大的灾难和痛苦。文学就这样以其生动、具体的艺术形象,给人们以历史和现实生活的知识,使人们增强对自然、社会和人生的了解,丰富人们对生活的感受和经验,加深对社会生活规律的理解。

文学是社会文化的储备积累,通过文学,可以看到人们在一定社会历史环境中是怎样地生产、生活、劳动,看到他们的言谈举止、音容笑貌、风俗习惯、伦理观念、宗教信仰等。由于文学的典型性,甚至可以从一部文学作品中同时看到多方面的社会生活。作为生活"百科全书"的《红楼梦》自不待言,就是我国《诗经》中的《七月》这首叙事诗,也几乎描述了一年的劳动过程,记下了各种农作物,还对采桑、养蚕、纺织、染色等劳动进行了颇为细致的描写,不仅生动地体现了古代劳动人民的智慧和创造力,表明了当时农副业生产的水平,而且抒发了奴隶们不平的呼声和他们受压迫的心理状态。文学不是历史,它并不单纯地记录史实,但是当它生动细致地描绘社会生活的时候,就常常会起到历史所难以承担的作用。许多社会学家、历史学家和文化人类学家,常常通过一些古代的诗歌、神话、传说详尽考察和研究人类社会各种制度、礼俗的变迁。比如马克思和恩格斯在研究荷马史诗《伊里亚特》和《奥德赛》时发现了当时希腊人实行的是军事民主制。文学在以形象具体描绘社会生活的同时,融进了作家的思想感情,它可以深入人的内心,揭示一定历史时代、生活情境中的人的心理状态,有时文学比历史反映生活要更加深入和广泛。

文学的认识功能还体现在对社会关系的认识上。文学不仅广泛反映了社会生活,向人们展示丰富多彩的生活图画,能给人以各种各样的知识,而且能帮助人们认识生活的真理和规律。文学并不单单描绘生活,而更在于挖掘生活的真谛。优秀的文学作品总是包含着对生活真理的发现,包含着对一个历史时代的深刻认识。优秀的文学作品总是能够通过其典型的艺术形象,真实地反映社会生活的某些本质和规律,揭示社会发展的趋势。19世纪法国伟大的批判现实主义作家巴尔扎克在他的《人间喜剧》中广泛而深入地描写了19世纪前半期法国封建主义和资本主义交替的历史时代。巴尔扎克描绘了从拿破仑帝国、复辟王朝到七月革命这一历史时期法国社会的不同阶级、不同阶层、不同职业、不同生活场所,使作品成为一个由两千多个人物构成的广阔的社会画面,为人们认识当时法国社会提供了丰富的材料。因而,恩格斯指出,巴尔扎克"在《人间喜剧》里给我们提供了一部法国'社会',特别是'上流社会'的卓越的现实主义历史"[1]。列宁称托尔斯泰是俄国革命的一面镜子,因为托尔斯泰以他天才艺术家特有的功力,表现了1861至1904年这一时期的俄国最广大人民群众的观点和急剧转变,他"在自己的作品里惊人地、突出地体现了整个第一次俄国革命的历史特点,它的力量和它的弱点"[2]。因此,优秀的文学作品在帮助人们认识生活本质和真理方面往往能够发挥其他社会学科所不能替代的作用。

二、文学的教育功能

文学的教育功能就是文学作品影响人们的思想情感,净化人们的心灵与灵魂,增强人们的道德感的功能。文学作品不仅给人以知识,读者在认识作品所反映的社会生活的同时,对作品中表现出来的思想感情,爱与恨、善与恶、美与丑也会产生共鸣和思索,从而得到心灵的震撼,从中得到启示和教益。

人们很早就认识到文学的教育功能。孔子曾用"乐"来教育他的学生。他指责郑声"淫",批评《武》乐"未尽善",赞扬《韶》乐"尽善尽美",论定"《诗》三百,一言以蔽之,曰'思无邪'",孔子是从他的道德标准着眼,去考察作品的教育作用的。《诗大序》更是把文学的伦理作用发挥到极致,认为诗歌可以"经夫妇、成孝敬、移风俗,原人伦、美教化"。在中国古代文论中,许多文论家把文学与道德教育紧密联系,认为文以载道明理,这是他们的共同趋赴。在西方,亚里士多德在《政治学》中明确指出:"音乐应该学习,并不只是为着某一个目的,而是同时为着几个目的,那就是(1)教育,(2)净化,(3)精神享受。……要达到教育的目的,就应该选用伦理的乐调。"18世纪后期法国文艺家莱辛在《汉堡剧评》中,特别重视戏剧的教育意义,认为戏剧应该教会我们应当做什么和不应当做什么,锻炼我们的识别能力,去同情应该同情的对象,去厌恶应该厌恶的对象,在他看来"剧院应当成为道德世界的学校"。因而,古往今来众多作家在他们的作品中,总是通过对现实的描绘和对人的心灵世界的探索,揭示真理,歌颂美好,批判邪恶,嘲弄愚蠢,告诉人们什么是真善美,什么是假恶丑,从而产生很大的思想影响和教育作用,据此人们常称作家为"人类灵魂的工程师"。

文学教育功能的根源在于文学对生活的反映中渗透着作家主体强烈的思想、情感倾向。它们体现为对事实的喜爱或厌恶两个心理情势。在面对外界事物之时,人的心理总是存在"对抗"的潜反射心理效应,或称"内模仿",它使人们阅读作品之时总会自然而然地将自己与作品中的人物作平衡比较,然后"对位"认可,一致则共鸣,不一致则拒斥,产生情感与思想的震荡。

文学教育功能的大小,一般取决于形象本身所体现的社会意义和思想情感倾向的大小和正确与否。优秀的文学作品在培养人们崇高的思想感情、坚强的性格和形成积极的人生

---

[1] 《马克思恩格斯选集》第4卷,人民出版社1972年版,第462页。
[2] 《列宁论文学艺术》,人民文学出版社1983年版,第462页。

观方面具有巨大的教育作用。例如《钢铁是怎样炼成的》《青春之歌》等长篇小说影响了一代人的心灵和行为,在20世纪50年代曾被当作生活的教科书,人们不仅从中崇敬保尔·柯察金、林道静等,而且在现实生活中学习他们,仿效他们,提高自己的精神境界,增强自己的意志。

文学的教育功能往往因人而异,不可强求,它是潜移默化逐渐发生的。文学是用生动具体的形象来反映、说明和评价生活的,因而文学的教育作用并不是作品中赤裸裸的说教所能达到的,更不是耳提面命式的教训,而是具有生动、活泼和潜移默化的特点。文学的教育方法不在于教训,而主要是通过形象感染。它只有通过审美才能实现。我国古代理论家荀子很早就提出过"美善相乐"的观点,要求审美和伦理道德相统一。而两千多年前古罗马的贺拉斯也把"寓教于乐"作为一条艺术的法则提出来。"寓教于乐"旨在说明文学的教育作用必须通过"乐"(审美)来进行,因为文学首先是文学,如果是单纯的道德或政治说教就会失去文学的特性,变成了非文学的东西了。优秀的作品,常常以娱乐为契机和外形,产生吸引力,引导读者或观众欣赏。

以一定道德标准塑造人物形象,在人物网络和思想内涵中体现高尚的道德情操,以这种道德情操来感染和教育读者,这充分显示出文学与生活直接而内在的联系。在任何时代,道德价值总是文学与生活之间最为有力的联系纽带,是文学向审美的精神高层迈进的一个最为重要的现实基础。然而,尽管道德可以给文学提供可贵的价值,但道德却并不等于文学本身,文学必须将道德理智成功地情感化,使之转化为形象,从而将道德的功利性溶解到形象的审美过程中作为内蕴存在,文学作品中的道德观念才有说服力。

三、文学的美悦功能

何谓美悦功能?我们欣赏艺术形象和艺术意境时,在感情上受到触动,得到美的享受,从而净化了灵魂,这就是文艺的美悦功能。

审美活动是从性情的角度确证人的本质力量的文艺活动,是通过人陶醉于理想和幻想中以发现和显现自身的新的品质、自身与外在世界新的和谐自由关系的活动。文学之为文学,就必须是美的结晶的体现,这是文学最主要的本质所在。正是文学家创造的美的作品,激发起人们的美感,让人们领略到具有审美价值的生活,即富于诗意的生活,如社会美、自然美。李白的《望庐山瀑布》:"日照香炉生紫烟,遥看瀑布挂前川。飞流直下三千尺,疑是银河落九天。"杜甫的《绝句二首》之一:"迟日江山丽,春风花草香。泥融飞燕子,沙暖睡鸳鸯。"这两首诗所反映的自然风景、自然花草本身就是美的,能直接激发人们的美感。

艺术美把现实中的美集中和升华,并把美的理想在作品中转化为现实,因而给人以更高的审美感受。戴望舒在《雨巷》中就用如丝般的笔触,描绘了诗人在雨中走过小巷一刹那的心情感受。"撑着油纸伞,独自彷徨在悠长,悠长又寂寥的雨巷,我希望逢着一个丁香一样地结着愁怨的姑娘……"诗人刻画了阴冷的绵绵细雨,刻画了悠长寂寥的雨巷,刻画了一个满心哀怨惆怅彷徨、撑着油纸伞走过的姑娘。但这首诗最重要的意象却是"丁香",诗人巧妙地把姑娘比作散发着幽香的丁香花,使姑娘和丁香融为一体。戴望舒的爱情诗,风格感伤凄清、朦胧婉曲,多用象征手法,给人以幽美之感。

文学描写美的事物引起人们美的感受,并不是说文学只能描写美的事物,描写丑的事物也同样能引起人们美的感受。因为文学的描写对象是广泛而深入的社会生活,社会生活中的一切现象——崇高与滑稽、悲剧与喜剧、伟大与渺小,以及荒诞、丑怪等,都是文学描写的范围,都可以进入文学作品。文学作品的美,并不在于文学描写了美的事物还是丑的东西,而在于是否提供了美的信息,是否具备了审美价值。文学描写丑的东西也可以产生出审美价值。法国古典主义作家莫里哀的喜剧《吝啬鬼》中塑造了一个守财奴阿巴贡的形象,他为了敛财聚宝,费尽心思,动足脑筋,甚至六亲不认,冷酷无情。这样一个丑恶的吝啬鬼却具备着审美意义,作家通过对他的讥讽、嘲弄,否定了他的丑恶行为,衬托出生活中美好的东西。所以生活丑一旦进入了艺术领域,就获取了一种特殊的审美价值,也就是通过对生活丑的否定,达到了对艺术美的表现。法国著名雕塑家罗丹说:"在自然中一般人所谓'丑',在艺术中能变成非常的美。"因为,"一位伟大的艺术家,或作家,取得了这个'丑'或那个'丑',能当时为它变形,只要用魔杖触一下,'丑'便化成美了——这是点金术,这是仙法!"[①]在文学中,丑的形象是很多的,《奥赛罗》中的埃古,《钦差大臣》中的赫列斯达可夫以及周围人物,《十五贯》中的娄阿鼠,等等,由于经过了作家的揭露和嘲弄,成为对生活中丑类的否定,从而具备了审美价值,转化为审美形象,也能给人一种审美的满足。我们知道,艺术具有创造性和不可重复性。这表明,在艺术价值中,人的自由自觉的创造达到全新的高度。然而,艺术价值并非纯粹主观意志的产物,艺术价值的产生和存在是以审美活动的客观规律为依据的。可以认为,只有当人在"按照美的规律"进行创造的过程中,既对现实世界进行审美反映,又不断在这反映中渗透、融入作者的审美体验,艺术品的审美价值定向才能形成。由此看来,人对世界的审美关系,在艺术价值中得到最为充分的体现和物化,艺术价值成为一种更新的、更复杂的审美价值。正是在这个意义上,应该赞同斯托洛维奇的看法:"审美理想不仅在描绘审美价值的形象中,而且在描绘反价值的形象中,在艺术品的整个结构中被揭示出来,体现在艺术作品中的审美理想获得新的价值性质,它成为艺术价值。"[②]

美悦价值有其赏悦身心的特点。审美活动大概可以追溯到有机体追求愉悦和快感的行为。弗洛伊德用性本能解释审美和艺术时实际上已触及这个问题。自然主义前提与文化的关系导致功利价值与审美价值的错综复杂的关系,在许多情况下,对象能否以及在多大程度上对主体显现美,这与生活需要、与功利的确有关。不过,纯粹的功利不等于审美,自然主义前提只有被"文化",只有按人的尺度理想化,成为自由的象征,才具有审美价值。对生存有肯定意义的愉悦、快感是审美的前身,而审美价值则是在这一基础上的升华、"文化"。功利

① 罗丹:《罗丹艺术论》,沈琪译,人民美术出版社 1978 年版,第 3 页。

② 列·斯托洛维奇:《审美价值的本质》,凌继尧译,中国社会科学出版社 1984 年版,第 60 页。

主义和弗洛伊德主义把美限定在自然的、生理的或功利的层面,没有重视文化的升华;唯美主义、形式主义则完全摒弃自然主义前提,这两种观点都有一定的片面性。

美悦价值是主体观照自身本质力量、自身与对象关系时产生的自由和谐心态。美悦价值对人所具有的意义在于,人以自己的主体性去发现、唤起自然、艺术、行为等客体或现象的对象性,使之显现或升华为美。进而,通过对这种美的欣赏、体验、观照,主体的内在品质得以提高、升华。

文学的美悦功能是十分广泛的,概括起来有两个方面:首先,它发展人的感受能力,陶冶人的性情,提高人的审美趣味,丰富人的想象力。文学用感性的艺术形象来反映生活和表现思想,阅读文学作品可以增强人的艺术感觉能力,从中体味细致入微、曲折委婉的艺术意味,培养和丰富人的情感。生活中体验的情感被文学典型化和升华了,生活中体验不到的感情也在文学中表现了出来,读者尽可以在丰富多姿的艺术世界里,经历着世间多种多样的生活,体验着人生形形色色的情感,从而使自己的情感变得更丰富,更积极,更美好。而且文学发展人的想象力,人们可以把一些文学的经验举一反三地运用到自己的欣赏活动之中,提高审美趣味,提高精神境界。其次,文学有助于人们提高识别真假、美丑、善恶、是非的能力,净化心灵,培养高尚的道德情操,树立崇高的生活理想,激励人们为争取美好的社会生活而奋斗。一切优秀的文学作品都具有巨大的审美影响意义,特别是语言艺术,入人也深,化人也速,对培养人的审美感情和道德情操有不可低估的意义。

美悦功能

真正的艺术作品使我们所处的心境,正是这种高度安详、精神自由与力量、生机的交融,这是最可靠的真正的审美品质的试金石。

一部艺术作品的卓越只是在于最大限度地接近于那种审美纯洁性的理想。在我们所能达到的充分自由中,作品总会给我们留下某种特殊的心境和独特的倾向。当某一门类艺术及其作品所给予我们精神的心境越普遍,倾向越不受局限,那么这一门类艺术就越高尚,这类艺术品就越优秀。我们可以用不同门类艺术的作品和同一门类的不同作品尝试着加以说明。一种美的音乐会给我们留下一种生动的感觉,一首美的诗篇会给我们留下活跃的想象力,一幅美的绘画和一座美的建筑会给我们留下明晰的知性。

音乐在它的最高度提炼中必然成为形象,并以古典静谧的力量作用于我们;造型艺术在它的最高度完美中必然变得像音乐,并通过直接的感性显现打动我们的心。诗歌在其最完美的创造中必然像声乐艺术那样强有力地抓住我们的心,同时又像雕塑以静穆而爽朗的氛围萦绕着我们。

——席勒:《美育书简》,中国文联出版公司1984年版,第113页。

总之，文学整体的审美功能，正是认识功能、教育功能和美悦功能巧妙结合的产物。说到底，也就是真与善获得最佳表现形态的结果。在文学实践中，并非所有文本都同时具有认识、教育和美悦功能并做到三者最佳组合，对它们的不同侧重和体现程度，决定着文本的价值取向和价值分量，只有最优秀的文本才能实现三者的统一，才能产生正确的认识价值和积极的教育价值，也才能够使人在轻松愉快的心态中完成对它们的接纳，最后在精神层次上，获得审美的启迪与激励。

第四节
文学的魅力

文学艺术既不同于认识——真理的社会学说教，也不同于消解意义的能指游戏与躲在文学艺术象牙塔中的孤芳自赏，而是成为一个价值——情感系统之下的认识与体验、现实人生与精神情感相互交融的审美世界。文学价值是一种美的对象与创造或欣赏它的心灵之间的关系，因为审美价值的功能不能直接从作品中表现出来，而只能从接受中表现出来，必须通过审美中介。而审美中介又正是来自读者在人类文化生活中形成的审美心理定势和价值系统。

一、作品价值的认定

文学作品作为价值观念本体，一旦外化为现实的精神载体，投身于它所由产生的庞大社会价值观念系统，在其中沉浮与生灭，接受检验与筛选。就这一点来说，文学的命运与真理、道德等精神价值成果的归宿并不完全一样。科学真理的验证对象是生产实践，一旦自然法则和规律被事实证实，它便积淀为人们科学认识的理论常识或前提。除非被新的事实否定，人们无须反复重申已公认的自然法则。伦理道德规范是否合理，其标准是生活秩序的稳定。如旧的言行律令抵挡不住社会的动乱，人们便会拟定新的道德准则取而代之。而文学艺术的价值，并非是像真理或道德之类受异质的对象力量检验或判断的"衡定价值"。它作为一种社会价值观念形态，面对的是世俗审美心理这样更普遍、更宽泛的社会价值氛围。因此，文学作品只有被社会心理和情绪承认、接受，它的价值内涵才算被肯定，才被认为是有价值的。

但是，文学的价值认定，又不是单向的。当作品有效地推动社会价值观升华之后，人们还会站在新的价值意识水平上，从作品中发掘出前所未解的新价值。这种新价值甚至可能是作者始料不及的。作品和读者之间的这种双向认同与不断彼此赋予精神价值的过程，实质是作家的个体价值尺度与其置身其中的群体价值系统之间你中有我、我中有你的"心理场"效应。因为文学作品的价值不能如真理与道德那样完全对象化或客观化。衡量它的对象,同时也是产生它的条件与环境。这样一种主客缠绕、彼此依赖的状况,决定了文学作品的价值只能是因时过境迁而不断变化的、不恒定的"相对价值"。在作品问世伊始,人们注意的往往是作品的表层意义,而当鉴赏者的价值观念"更上一层楼"后,又会觉察出作品中新的内涵。对作品价值的确认,是经过长时期层层递进才逐步实现的。因而,一览无余未必是上乘之作,只有经得起历代人的多重品评和审视,足以使读者产生"横看成岭侧成峰,远近高低各不同"的繁复审美效应的作品,才称得上是传世佳作。人们不应指望有朝一日摆脱社会意识背景,纯客观地判断文学作品;另一方面,社会的价值观念也是在不断借助文学创作观照世人的心灵轨迹的历史进程中,日益深刻、丰富起来的。

审美是艺术价值的根本所在。艺术审美价值,宽泛地讲,指人在艺术创作活动中,以作品的形式客观地反映世界的审美价值财富,并且概括主体对世界审美关系所形成的精神价值。另一方面,还包括人在通过艺术审美(欣赏)所获得的审美体验(二度体验)中,不断形成的新的审美趣味和审美心理结构,也就是对人的审美塑造——最高的审美价值。因此,艺术价值不仅在于完成作品,而且更在于完成人的灵魂的铸造,从而改造人的个性心灵,影响他的感觉、情感、理智和想象。

艺术作为一种特殊的意识形态,其特殊之处在于,艺术并不是哲学、政治、道德或科学思想的特殊形式的简单重复。艺术作品的世界与人的生命世界同构,它可能包含哲学、道德的思想,包含通过活生生的艺术形象传达的世界审美的多样性。可以说,艺术作品中所包含的现象的宽广范围是其他任何文化现象所不能比拟的。

艺术始终要面对人与自我的关系。正是艺术使人直面自己的灵魂,去追问:我是谁? 我从何处来? 到何处去? 从而将自己的全部心灵秘密揭示出来。艺术荡涤着灵魂中的黑暗一面,使人的心灵渗入生命意义之光。因此,真正的艺术家敢于揭示自己的生命的真实,哪怕那里有恶欲,有污脏,有晦暗,他用解剖刀一般犀利的笔,将自己的意识和潜意识冲突、自己的人性和兽性的冲突、自己的真善美与假恶丑的冲突揭示出来,并艺术地描绘出来。艺术成为人将自己心灵袒露到何等程度的直接标志。不仅如此,艺术正是通过灵魂相契,达到深切的理解。艺术,使人们认识到,追求生命、生活的意义,是人的价值所在。正是在追寻生命答案的过程中,人类对真善美追求的意义才得到揭示。"艺术的重要人道主义意义就在于,它通过自己的杰作证明:历史的进步不仅应该通过人的努力来创造,也是为人的利益服务的,这种进步不应违背个人的意愿,而只能通过个人并服务于个人来实现。肯定个人自身价值成为使个人社会化的附加推动力。"[①]可以说,艺术将存在的真理昭示出来,唤醒人生。作品的现实层次虽面向当前的社会,但它的深层次则诉诸整个人类,正唯此,才使艺术作品从本体论上保有长久的地位。因为作品从整体来说不只是反映具体的、现实的当代状况,而且还关注整个人类根本处境和终极价值,表现人类总体的长久的生活走向和价值取向。

艺术审美价值的本质不仅表现在当下,而且集中表现在艺术的超越性、艺术与未来的接

---

① 鲍列夫:《美学》,乔修业等译,中国文联出版社 1986 年版,第 325 页。

通上。可以说,艺术是人超越有限存在而与人类大同远景"先行对话"的中介活动。艺术是指向未来的,也就是说,艺术超越今天而指向明天。然而有不少人并没有认识到艺术价值的超越本质,仅仅看到艺术是时代的产儿,没有看到它也是未来的启示性到来。康定斯基说得好:"艺术仅仅是时代的产儿,无法孕育未来。这是一种被阉割了的艺术。它是短命的,那个养育它的环境一旦改变,它也就立刻在精神上死亡。除此之外,还存在着一种能够继续发展的艺术,它同样也发源于当代人的感情。然而,它不仅与时代交相辉映,共鸣回响,而且还具有催人醒悟、预示未来的力量。其影响是深远和广泛的。"[1]因此,艺术不仅关注现实世界,也关注未来世界,不仅关心今日人生境况,也关心未来人性新维度。

艺术审美价值的本质特征在于:艺术具有审美超越性,它使人不在现实生活中沉沦,而是坚定地超拔出来,达到人格心灵的净化。艺术以其不断的创新,为人类开拓出一片澄澈的境界,实现完美创造的图景。艺术是由美而求真的进程。它将真理置入艺术作品的同时,对个体人生和整个人类重新加以塑造。艺术的审美价值存在于艺术创造和人格塑造的双重创造之中。

古代文学中出类拔萃之作,作为一时一地的价值观念本体,尽管是有"艺术真值"的精神存在,但其历久而不衰,甚至经由后人的筛选、点化和阐发而逐步显耀,受人推崇,又不全是由本身所蕴含的精神价值决定的。文艺作品仿佛是那渺茫无垠、深沉宽厚的人类心灵汪洋中的潜流或潮汐。它们孕育于那精神的波涛之中,而其流动或翻腾的能量,仍要来自庞大母体的补充。"艺术真值"本身,是个多层次、多侧面内涵的立体构成,但另一方面,它的持久性与再生力,则要受纵向时间坐标的制约。从横向结构的角度看,成熟、丰满的作品应有"本义"与"再生义"等多重层次。前者是指文本语句所描述的内容,如意向或情感之类;后者说的是文本与其所形成的价值氛围,像时代情绪、社会心理之间的关系或联系。这种关系或联系,实质是文本的精神价值与周围的社会价值环境二者的沟通与反馈。所以,文艺作品的魅力,一部文本在其后历史中的沉浮兴衰,绝不是由自身一方决定的,而是作品本体与社会价值体系的"大本体"之间相互作用的效应。

二、"永久的魅力"

一个作品的艺术魅力是一个复杂的生成过程。因此,我们必须到艺术生命力的运动形式中去寻找它的不朽的秘密。

艺术魅力的生成是系统运动的结果。这个系统包含着三个因素(子系统),即作品、欣赏者、审美环境。魅力的生成必须以这三者的协调统一为前提。但是要达到这三者的协调统一,必须具备苛刻的条件,因此艺术魅力是随机的、动态的结构。但是,我们又要看到:一个优秀作品的艺术魅力又能超越随机的、动态的个体发生的范围,而建立一种持久的、稳定的

---

[1] 瓦·康定斯基:《论艺术的精神》,查立译,中国社会科学出版社1987年版,第16页。

社会发生模式。《诗经·蒹葭》向人们展现了一种既近且远、若即若离的审美境界："蒹葭苍苍，白露为霜。所谓伊人，在水一方；溯洄从之，道阻且长，溯游从之，宛在水中央。"面对这首两千多年前的情诗，我们不能不为它通达的境界感到惊叹：它竟然那样准确地概括了人类亘古存在的生存状态——自由与必然的冲突；竟然喊出了人类永恒体验的痛苦——理想与现实的阻隔；竟然表达了人类不灭的精神——对美的执着追求。当年敏感聪明的作者大约只是抒发内心求爱的痛苦，但它却成了世世代代人类心灵的象征。抒情主人公那不畏艰难曲折、执着地追求自己所爱的历程，不正是整个人类永恒地追求真善美境界的生动写照吗？那些优秀的文艺作品似乎都能洞见人类灵魂的隐秘，都能传达出历史深层的悸动。它们就是人类历史魂魄的深层模式。

艺术魅力的本质是一种美感效应。作为一种效应，一方面是客体对主体的一种有效的作用，另一方面则是主体对客体的一种心理反应。艺术魅力是审美主客体辩证运动的动态结构。从作品来说，艺术生命力就是它要具有超越自身的具体性，而指向形而上境界的力量。这就是艺术的启示力。它的作用就是激发欣赏者的联想和想象，对作品进行审美再创造。陈子昂《登幽州台歌》："前不见古人，后不见来者，念天地之悠悠，独怆然而涕下。"它的魅力恰恰在于能超越自身内容的历史具体性，而成为人类生活和心灵的象征，其生命力在于它已超出诗人个人的身世之感，而表达了"人人心中所有，人人笔下所无"的对宇宙时空的慨叹。

在美学史上，希腊古典时期（约公元前5—4世纪）的文学艺术被公认是创造了美的永恒的艺术。那么，这个永恒典范的实质是什么呢？马克思在写于1857至1858年间的《〈政治经济学批判〉导言》里，除了肯定希腊神话实质上"也就是已经通过人民的幻想用一种不自觉的艺术方式加工过的自然和社会形式本身"，还进而触及艺术作品的生命力，即至今"它们何以仍然能够给我们以艺术享受，而且就某方面说还是一种规范和高不可及的范本"的问题。马克思借鉴近代科学关于个体发生与种族历史同构的思想，把漫长的人类艺术历史看作人的年华流程，觉得希腊神话恰似人类正常儿童的象征，其天真和稚气永远值得后人回顾与留恋。他不仅承认这一事实，更提出了前人从未深究的理论质疑，即："为什么历史上的人类童年时代，在它发展得最完美的地方，不该作为永不复返的阶段而显示出永久的魅力呢？"[①]这一质疑，区别于历史上关于古希腊艺术研究的任何结论，透露出马克思对文学艺术的精神价值性质及其积累、延续机理的全新思索。马克思在这一点上表现出高瞻远瞩的乐观态度。他同先哲们一样，企慕和赞叹那高雅的古典风范，但这种评价是基于历史发展的相对尺度的，即其中同时就蕴含着古典水平势必被消融与超越的思想。马克思是以成年人欣喜地回顾幼小者的稚气和憨态的目光审视、评价古典艺术的。"童年的天真"稚拙可爱，也可贵，但童年毕竟不是人生的成熟境界。同样，"正常的儿童"生机盎然，令人留恋，也终将被更高的生命阶梯抛在身后。"永久的魅力"实际依赖和生成于后人对古典文艺成果的"永久"超越进程，

① 《马克思恩格斯全集》第46卷上册，人民出版社1979年版，第49页。

它是艺术链条上衔接、连通古今上下的媒介,是贯穿历史的精神纽带。

　　一切优秀的、富有生命力的作品都具有超越语言和形象的特性,都包孕着某种"言外之意""象外之旨"。白居易创作的脍炙人口的《长恨歌》是一首抒情味很浓的长篇叙事诗,它讲述的是历史上唐明皇与杨贵妃在马嵬兵变前后发生的凄婉动人的爱情悲剧。这首千古名篇曾经让那些深受教条主义思想禁锢的研究者感到困惑,陷入评价的两难境地:一方面从审美直觉出发不能不承认这首诗感人至深,另一方面从阶级分析角度又必须否定这首诗的内容,因为它美化封建帝王。一方面诗人创作的动机是对封建帝王沉湎女色以至误国祸民的讽谏,带有批判的倾向,另一方面从整首诗的基调看,诗人对李、杨的爱情悲剧倾注了无限的同情。其实,这种令人困惑的现象,正是真正优秀的艺术超越语言和形象的特性的典型表现。诗人成熟的审美个性和高超的艺术功力使《长恨歌》超越了题材的表层意义,而进入人性美的审美空间。它精彩地展示了人类真挚、纯真的爱情心态,弘扬了人类身上一种极有价值的精神品性——对美的执着追求。诗人狭隘的历史观念完全被丰盈的审美情感融化了,历史家的讽谏意识被美的失落的哀伤所取代,一个帝王的悲剧故事便升华为人生的永恒遗憾的挽歌。"长恨歌"就是"永恒遗憾的悲歌"。诗中那一对男女主人公肉体永远分离了,但他们却在心灵的追求里得到更高意义上的精神契合;他们希望永生永世相爱在一起的努力失败了,但他们的精神没有向命运屈服,它带给迷茫的人生以希望和力量。《长恨歌》以它所展示的凄美传奇的人生境界成为人类高尚情感和执着精神的象征。鲁迅的《阿Q正传》可以说是体现了中国现代文学的最高成就,阿Q形象是世界性的优秀文学典型。过去由于执着于"反映论"的文学观念,人们对这篇小说的理解大多局限在它的社会认识价值方面,认为它是辛亥革命的一面镜子,是对农民革命的一次形象总结。但这仅仅是阿Q形象的表层意义,它无法解释阿Q典型的永恒普遍的生命力。实际上,阿Q形象虽是晚清时期中国南方的一个闭塞乡村的落后农民的典型,它的悲惨命运折射出资产阶级革命的历史悲剧,但它早已超越了形象自身的表层意义,而具有深邃的"象外之旨"。它不仅指向当时社会流行的民族失败主义的变态情绪,而且指向整个中华民族的集体无意识——一种由于长期受奴役而形成的畸形情结("精神胜利法"),昭示了异化社会的荒诞性本质以及人性扭曲的必然规律。这是人类历史的悲剧意味。只有从优秀艺术的典型性、超象性、共鸣性入手,才能真正理解《阿Q正传》的审美价值。正因为优秀的艺术作品能够超越语言和形象而指向形而上的精神意蕴,因此它们总是耐人寻味的。蕴藉深厚、韵味无穷是一切优秀艺术的共同特征。悲天悯人的情怀和诗意的历史沉思几乎成了文学经典的美学追求。

文学魅力

　　文学价值的等级每一级都相当于精神生活的等级。别的方面都相等的话,一部书的精彩的程度取决于它所表现的特征的重要程度,就是说取决于那个特征的稳固的程度与接近本质的程度。作品的价值或增或减,完全跟着作品所表现的特征的价值而定。仿佛自然界在此有心做正反两方面的实验。有些作家,在一二十部第二流的作品中留下一部第一流的作品,既是同一作家,他的才具、教育、修养、努力始终相同,但写出平庸作品的时候,作者只表达了一些浮表而暂时的特征,写出杰作的时候却抓住了经久而深刻的特征。

倘若浏览一下伟大的文学作品,就会发现它们都表现一个深刻而经久的特征,特征越经久越深刻,作品占的地位越高。那种作品是历史的摘要,用生动的形象表现一个历史时期的主要性格,或者一个民族的原始的本能与才具,或者普遍的人性中的某个阶段或一些纯粹的心理作用,那是人事演变的最后原因。

——丹纳:《艺术哲学》,人民文学出版社 1981 年版,第 362 页。

三、价值、存在和诗意

真正优秀的艺术作品,是那种能使人的灵魂受到莫名的震颤,以智慧去沉思人生奥秘,具有思想深度的作品。在艺术史上,卷帙浩繁的艺术并非都能留存下来,但艺术杰作总是洋溢着"永久的魅力"。尽管我们不能说那些具有超越时空的永久魅力的艺术作品都是具有哲学意味的,但是,我们却可以说,具有哲学意味的艺术作品是有永恒生命力的。这是因为,第一,追问终极事物的形而上学的欲求是人这种具有高度智慧和自我意识的存在的本性。第二,人类生存的意义、人与自然的关系、万物的本原等形而上学问题,是超时代的超民族的,虽然不同时代对这些问题的追问和解答的重点有所不同,虽然不同民族的探究方式迥然异趣,但问题始终是存在的。所以康德说世界上永远会有形而上学。两千年前希腊悲剧对"斯芬克斯之谜"的猜测,与今天艺术中鸣响的"人是什么?""我从哪里来? 到哪里去?"这类追问是同一的。尽管以今日的思维水平来看,古代的解答也许有点幼稚,但它仍不失为今人继续探讨的参照物,更不用说那些包孕了今人也难以企及的深刻智慧的艺术杰作了。只要人有形而上学的欲求,只要人对自身和世界的终极关切不消失,具有哲学意味的艺术作品就包蕴着永恒的生命力,洋溢着"永久的魅力"。

文学艺术,既是一种特殊的人类活动,又是这种人类活动的产物。文艺活动不是一般的人类活动,根本原因在于它是以人自己的独立之思去唤醒灵魂,以自己超越的视野去寻找本真的自我,以对本体价值的追求去观照人类的现实处境。因此,艺术活动是人的本真生命活动,是一种寻觅生命之根和生活世界意义的活动,一种人类寻求心灵对话、寻求灵魂敞亮的活动。在人与世界的关系上,艺术价值不仅标示出人对宇宙洞悟的程度,也标志着人关于存在本质的最高哲学的艺术解决。真正的艺术品所体现出的"形而上的品质"表明,艺术关于人对于世界总体关系的揭示,使人达到一种对人身处其间的世界的透明性洞悉。艺术使人与世界的意义凸显出来,人通过艺术既认识了世界,又认识了自己。宗白华先生对"诗"(艺术)与"思"体味殊深。他说:"只有活跃的具体的生命舞姿、音乐的韵律、艺术的形象,才能使静照中的'道'具象化、肉身化。德国诗人荷尔德林(Hoerdelin)有两句诗含义极深:'谁沉冥到那无边际的深,将热爱着这最生动的生。'他这话使我们突然省悟中国哲学境界和艺术境界的特点。中国哲学是就'生命本身'体悟'道'的节奏。道具象于生活、礼乐制度,道尤表象于'艺'。灿烂的'艺'赋予'道'以形象和生命,'道'给'艺'以深度和灵魂。"[①]这就是说,艺术成为人的特殊生存世界。感性个体可以通过艺术在一刹那中把握着永恒,正如英国诗人布莱克的诗所言:"一花一世界,一沙一天国。君掌盛无边,刹那含永劫。"艺术使存在之本质在生命的永恒之中显现出来。因此,艺术的要旨在于:揭示历史与生命何以才能达到一定程度的透明性,并在艺术体验之中,开启自己的本质和处境的新维度。这样,艺术活动就不是人的一件外部操作活动,而成为了一种赋予人的生命意义的活动。

西方当代价值学说,着眼于人的自由追求和生命意义,它既是全新的哲学观念,又和美学息息相关。价值论美学指向人的本原、指向人与自然的原初统一。海德格尔把艺术对无限性的肯定扩展为对人在世界存在的世界性的体验和展现。海德格尔认为,艺术的本质不是创造美,而是存在物的真理展现(激活)。通过艺术品,真理把自身展现为世界与大地的永恒冲突,即显示和遮蔽的永恒冲突。真理的展现本质上就是诗,艺术就是面向历史性存在的人类的真理的诗意的投射。海德格尔是在存在的基础上,即追问在非神性的现代生活中,人的存在是如何在可能的基础上,来思考艺术的可能性和意义的。大地、存在、世界和诗意,是海德格尔美学的四个关键词,它们的统一开拓了审美—艺术的新空间。准确讲,海德格尔美学突破了自我中心的美学空间,把审美转化为自我通过艺术向世界敞开的活动。这对于在现代生活中,日益走向孤独的自我,无疑具有向基本的存在整体性回归的意义。

艺术是人的创造活动中最自由的形式,也是人的超越性的表征。只有将文学艺术同人的生命意义追问、人的生命底蕴深入拓展联系起来,文艺魅力的研究才有新的视界,才有新的维度。诗意的审美是价值观念最高、也是潜移默化的效应。随着人类文化的演进,价值观念的升华,文学的其他效应和功能也许会逐步淡化与消退,唯有审美效应使价值观念永远保持最内在的精神吸引力。所以,不必因科学发达而担心文学衰亡,不管今后科学技术如何出人意外地精巧,都代替不了人的价值观念的升华与审美需求。文学生命力将与人类共存。

 ## 关键词

1. 文学价值

价值是某一对象(事物、行为、人本身)肯定(或否定)主体(人)生存、发展、完善的需要时产生的意义、功能和效应。文学的价值存在于文学与人的关系之中。文学价值的核心是审美价值,因为文学是为满足人的审美需要而创造的。文学艺术是一种特殊的价值生产活动

---

① 宗白华:《中国艺术意境之诞生》,《艺境》,北京大学出版社 1987 年版,第 160 页。

和价值接受活动,即审美价值的生产活动和审美价值的接受活动。以生产审美价值为基本目的的文艺创作,是通过接受而完成的。文学价值系统,除了价值生产和价值实现这两个系统外,还有一个影响整个文学活动过程的系统,即价值观念系统。

2. 美悦功能

何谓美悦功能?我们欣赏艺术形象和艺术意境时,在感情上受到触动,得到美的享受,从而净化了灵魂,这就是文艺的美悦功能。文学艺术把现实中的美集中和升华,并把美的理想在作品中转化为现实,因而给人以更高的审美感受。

3. 寓教于乐

古罗马的贺拉斯把"寓教于乐"作为一条艺术的法则提出来。"寓教于乐"旨在说明文学的教育作用必须通过"乐"(审美)来进行,因为文学首先是文学,如果是单纯的道德或政治说教就会失去文学的特性,变成了非文学的东西了。优秀的作品,常常以娱乐为契机和外形,产生吸引力,引导读者或观众欣赏。

4. 艺术魅力

优秀的艺术作品能够超越语言和形象而指向形而上的精神意蕴,因此它们总是耐人寻味的。蕴藉深厚、韵味无穷是一切优秀艺术的共同特征。优秀作品的艺术魅力又能超越随机的、动态的个体发生的范围,而建立一种持久的、稳定的社会发生模式。

 思考题

1. 如何从创造和接受方面理解文学的价值?
2. 文学的三大功能之间的关系如何?
3. 文学魅力的系统结构如何?
4. 如何理解文学价值的"无功利的功利性"?

 阅读链接

1. 斯托洛维奇:《审美价值的本质》,凌继尧译,北京:中国社会科学出版社,2007 年。
2. 程麻:《文学价值论》,北京:人民文学出版社,1991 年。
3. 林兴宅:《艺术魅力的探寻》,成都:四川人民出版社,1986 年。
4. 李青春:《文学价值学引论》,昆明:云南人民出版社,1995 年。
5. 程金城:《20 世纪中国文学价值系统(1900—1949)》,兰州:敦煌文艺出版社,1996 年。

　　文学鉴赏是整个文学活动中的一个重要环节。作为读者对文学文本的鉴赏活动，它既和作家的创作活动有着密切的关系，也和批评家的批评活动有着密切的关系。从某种意义上说，文学作为一种活动都是主体的活动，在创作中作家是活动主体，在批评中批评家是主体，在鉴赏中读者则是主体。因此，在整个文学鉴赏活动中，读者的主体能动性是我们关注和研究的中心。本章论述的主要问题有：文学鉴赏的性质；文学鉴赏的心理准备；文学鉴赏的一般过程；文学鉴赏的特点。

第一节
文学鉴赏的性质

一、文学鉴赏与文学消费、文学阅读、文学接受

文学鉴赏、文学消费、文学阅读、文学接受,这是四个不同的概念,在论述文学鉴赏的性质之前,有必要先对这四个概念做一番甄别和厘清。现在,学术界在论述文学作品和读者的关系时,这四个概念都在用,但在这"关系"的层次上,应该是不同的。

从目前学术界的认识来看,在文学作品和读者的关系上,文学消费是内涵最宽泛的概念。在我国,它是随着商品社会的到来才出现的。以往我们在谈文学作品和读者的关系时,都只讲文学鉴赏,因为那时我们还不是在市场经济为主导的商品社会里。伴随着90年代市场经济的确立,文学作品作为一种商品的性质正式为大家所认同以后,文学消费这个概念才被学术界理解和认可。

文学鉴赏和文学消费是两个不同层次上的概念,它们的最大区别在于是在两个不同系统里面论述的问题。如果说文学鉴赏是把文学作品作为一个审美的对象放在一个相对纯粹的"文学活动"这个系统里来论述的一个概念,那么,文学消费则是借用经济学的理论概念把文学作品作为一种商品放在一般的"商品活动"即商品的生产、流通、消费这样一个系统里论述的一个概念。也即:我们研究的"文学活动"主要是作家基于感受社会生活,在自己情感、想象等心理活动的驱动下创作出文学作品,而后读者在阅读文学作品的基础上,如何调动自己的兴趣、情感和理智等心理因素,进入作品的艺术世界,从而获得精神上的审美享受,提升自己的精神境界,培养健康的品行情操。文学鉴赏就是这一文学活动中的一个重要环节。而我们研究文学的"商品活动",既涉及作家如何创作出文学作品,如何通过出版商的认可,通过物质化的过程,印刷成杂志或书籍,又如何经过发行商的发行,到达书店,同时还涉及读者如何通过购买或借阅,阅读鉴赏文学作品。文学消费则是这一商品活动中的一个重要环节。显然,我们从中可以看出,前者研究的纯粹是一个精神活动的过程,而后者研究的是一个从精神活动到物质活动再到精神活动的过程。

但是,尽管这两者有区别,我们还应看到它们之间的内在关系。因为文学作品可以把它作为一种一般的商品来看待,但也可以把它作为一种特殊的商品来看待。作为一般商品,当然它同样经历生产、流通和消费等环节,和其他的物质产品没有什么区别;但作为特殊商品,那么它有着区别于一般商品的特殊性。这种特殊性,主要表现在文学作品是一种精神性产品。虽然它也是一种物质性产品,一本文学书籍,它毕竟需要纸张、印刷、装帧等必备的物质构件,但它主要是一种精神性的产品。一本书的价值,主要不在于它的物质内容(物质构件),而在于它的精神内容。作为一种物质性产品,它的价值是可以用货币来计算的,比如一本长篇小说是有确定的价格的;但同样篇幅同样字数而有着不同内容的长篇小说,作为精神性产品,它们的价值是不能等量齐观的,也就是说,它们给读者和观众的审美享受、理智启迪

和知识传递等都是不同的。这是一个很简单的道理。

所以，文学消费要说是一种消费，虽然也包含着物质性的消费（读者和观众需要通过购买或租借来获得），但它主要的是一种精神性的消费。排除了物质性消费这一面，就精神性消费这一面来说，那就是文学阅读。

但是，文学阅读作为一种精神性消费，它和文学鉴赏还不能等同起来，两者之间的关系还要继续做进一步的分析。文学阅读，毫无疑问是一种精神性活动。但作为精神性活动的文学阅读，可以有多种多样的情况。文学阅读可以有随意阅读、实用阅读、科学阅读、审美阅读等不同方式。前三种阅读方式不是文学鉴赏，因为在这些阅读方式中，读者只是被动地接受作品的内容，掌握某些信息，其中主要的心理活动是认识和理解。只有第四种审美阅读，才是文学鉴赏，因为它涉及审美活动的特点。

那么，什么是文学鉴赏呢？所谓文学鉴赏，是指人们在阅读文学作品的过程中，通过感知、情感、想象和理解等一系列心理活动而形成的认识、体味、玩赏的审美活动。所以，它是一种特殊的精神活动。有关文学鉴赏的性质，我们将在下面做具体论述。

至于文学接受这一概念，我们认为它和文学阅读等同，两者具有相同的内涵，但和文学鉴赏同样不是一回事情。

二、文学鉴赏在文学活动中的位置与作用

我们在前面说过，整个文学活动，主要由四个环节组成：世界——作家——作品——读者（——世界）。文学鉴赏的位置就在作品、读者、世界三者之间。正因为文学鉴赏处在这样的一个位置，决定了文学鉴赏具有以下的意义和作用。

第一，文学鉴赏是实现文学的审美价值和社会作用的中间环节。

文学作品，不管是好是坏，是优秀的还是一般的，是进步的还是落后的，总会起到它的社会作用。然而，文学作品的问世，并不说明马上就产生了社会作用。事实上，作家写出了作品，这个作品，还只是具备了产生社会作用的可能，它还只是具备潜在的价值。要使潜在的价值转变为现实的价值，即，使它产生社会作用，必须经过读者的鉴赏，对广大读者起潜移默化的影响，然后才可能通过读者去影响周围的环境，产生一定的社会作用，实现文学的价值。

所以，一部文学作品，不管作者自以为写得多么好，如果没有人对它鉴赏，那也是没有意义的。一本书只是一本书，仅仅是几十张或几百张印上字的纸而已。或者如网络文学，它只是通过数字化处理而形成的在电脑里呈现的文字组合而已。只有当它被读者阅读了，经过鉴赏，它才能实现自己的价值，起到社会作用。当然，价值和作用的大小，其间的复杂性难以言清，但一般来讲，至少可以以鉴赏的人的多少而定。如果鉴赏的人多，那么它的价值和社会作用也大。如果鉴赏的人少，那么它的价值和社会作用也就小。贾宝玉、林黛玉所以在广大群众中留下深刻的印象，产生了巨大的社会影响，正是由于《红楼梦》这部小说得到了人们

的广泛鉴赏。反过来,《金瓶梅》(全本)这部作品,读它的人很少,所以它在广大的读者群中的影响也就很小。这里面的原因,除了这部小说本身的内容外,另一个原因是行政上的手段,有意识地缩小了它的阅读范围。对于像《金瓶梅》这样利少弊多的文学作品,采取强制性的手段缩小它阅读的范围,因而使它的影响和作用减小,这是必要的。一部作品,它的社会效果如何,它所起的作用好坏,不仅作者要负责,出版发行部门也要负责。

总之,文学作品要实现它的价值,要产生社会作用,一定要经过读者的鉴赏。正因为如此,当代西方兴起了"接受美学"这一新学科,注重于从读者接受鉴赏的角度研究文学活动。他们有一个著名的观点,就是认为,没有读者的参与,文学活动是不能算最后完成的。只有一部文学作品被读者接受了,即阅读鉴赏了,这部文学作品才能算作一部文学作品。所以他们致力于对读者接受的研究。这种观点应当说有许多值得肯定的地方。

文学与读者

文学与读者的关系有美学的、也有历史的内涵。美学意蕴存在于这一事实之中:一部作品被读者首次接受,包括同已经阅读过的作品进行比较,比较中就包含着对作品审美价值的一种检验。其中明显的历史意蕴是:第一个读者的理解将在一代又一代的接受之链上被充实和丰富,一部作品的历史意义就是在这过程中得以确定,它的审美价值也是在这过程中得以证实。在这一接受的历史过程中,对过去作品的再欣赏是同过去艺术与现在艺术之间、传统评价与当前的文学尝试之间进行着的不间断的调节同时发生的。文学史家无法回避接受的历史过程,除非他对指导他理解与判断的前提条件不闻不问。奠基于接受美学之上的文学史的价值取决于它在通过审美经验对过去进行不断的整体化运用中所起到的积极作用。

——姚斯:《走向接受美学》,周宁、金元浦译,《接受美学与接受理论》,辽宁人民出版社1987年版,第24—25页。

第二,文学鉴赏是推动文学创作发展的一种力量。

文学鉴赏的意义还表现在它对文学创作的作用上,即它是推动文学创作的一种力量。马克思在谈到生产与消费的关系时指出,任何生产都是根据需要进行的,"生产媒介着消费,它创造出消费的材料,没有生产,消费就没有对象。但是消费也媒介着生产,因为正是消费替产品创造了主体,产品对这个主体才是产品"。[①] 这虽原本是就物质生产而言的,但也相当程度上适合于艺术生产、艺术创作。作家在创作时不仅要考虑怎样才能把社会生活表现得更真实,更深刻,而且必定要考虑鉴赏者的要求和希望。无论自觉与否,作家在创作时心目中总是有鉴赏者存在的,他总是要把握时代、社会和读者的"期待视野",从而使文学创作适

---

① 《马克思恩格斯选集》第2卷,人民出版社1972年版,第94页。

应时代与社会的需要,满足读者的审美需求。可以说,任何一位作家的成功,任何一个时代的文学的成就,都是在这种鉴赏的积极参与下才取得的。

从信息学的角度上来看,在文学活动系统中,读者基于自己的生活经验在文学鉴赏中形成一些"信息",而这些"信息"经由文学批评家的分析、鉴别、集中、深化之后,反馈到作家那里,使作家进一步认识到自己的长处和不足,从而找到了新的创作的生成点。许多作家的成功之作,都是反反复复接受了审美大众的反馈信息,通过对批评家所阐述的审美大众的审美理想、审美情趣和审美要求的深刻领会,而使后来的创造有所发展,有所突破的。例如20世纪80年代轰动一时的高晓声创作"陈奂生系列小说",就是作者不断获取读者的反馈意见而一篇一篇创作出来的。第一篇《"漏斗户"主》发表后,读者对这个作品反应平平,认为陈奂生这个人物形象没有多少深度。于是,作者再一次挖掘,写出了《陈奂生上城》。在这个作品里,"作者不仅继续写出了那个勤劳、善良、憨厚的陈奂生,而且对陈奂生在历史横断面上的行动从纵的方面去进行历史的透视,'挖掘'到了陈奂生那'看看再说''只要不是欺他一个人的事,也就不算是欺他'的思想深处,使人们看到了他那带着某种愚昧性质的自我陶醉的一面"。[①] 这个作品发表后,作者又很快地获得了反馈信息,读者普遍认为新的陈奂生形象是成功的。有了这一反馈意见,作者更进一步地拓展自己的思维,又陆续写出了《陈奂生转业》《陈奂生包产》等作品。

第三,文学鉴赏是文学批评的基础。

文学批评是文学活动大系统中的一个重要环节,从某种意义上讲,它也属于文学接受活动。在由文学鉴赏到文学创作的"信息反馈"中,文学批评起着重要的作用。文学批评的根本任务是对文学作品进行分析和评判。但是,批评家的"分析和评判"如何入手呢?这必须从文学鉴赏开始。因为批评家所面对的不是理论体系,而是活生生的艺术形象,文学作品的思想性也好,艺术性也好,都蕴含在艺术形象之中。不通过文学鉴赏活动,不充分地感知艺术形象,不完整地把握艺术形象,批评家就无法对文学作品的思想性和艺术性进行分析和评判。从这个意义上说,文学鉴赏是文学批评的起点和基础。文学批评只有建立在文学鉴赏的基础之上,才能较好地揭示出艺术形象所寓含的思想性意义和艺术性意义,才能对文学作品作出正确的、符合实际的、有分寸的评价,而不是随意的评价。只有这样的批评,对文学才有益。

好的文学批评家必须首先是一个好的文学鉴赏家。在文学批评实践中,那些鉴赏力较高的批评家,他们对于艺术具有敏锐的感觉和知觉,他们的想象和感情特别丰富,他们对艺术具有深刻的理解力,当他们面对作品的艺术形象的时候,能够迅速地调动起一切审美心理机能,准确地理解、把握作品的艺术形象。这样,他们的批评也就比较准确、中肯,并且闪烁着他们独到之见的光芒。这样的批评,于作家的创作,是一种推动力量;于读者的鉴赏,是一种有益的启示。而那些鉴赏力很差可又要"批评"的批评家,由于没有很好地感受艺术

---

① 参见《当代文艺思潮》1984年第5期,第83页。

形象，没有能够深入到艺术形象之中去，结果，他们的所谓"批评"，就不免隔靴搔痒。实践证明，文学鉴赏水平的高低直接关系到文学批评质量的高低。因此，批评家要不断地提高自己的文学鉴赏水平。只有这样，文学批评的起点才会是高的，文学批评的基础才会是坚实的。

三、文学鉴赏是一种特殊的精神活动

1. 文学鉴赏的客体和主体

在具体讨论文学鉴赏的这一基本性质之前，首先有必要说说文学鉴赏得以产生的条件。

我们知道，作家写作品都是为了给读者阅读，并希望读者读了之后，能够接受他在作品中所表达的思想、感情和趣味，接受他用形象表现出来的对生活的认识和评价。而读者阅读文学作品，也总是希望通过作家所创造的艺术形象，获得具体的感受和体验，产生感情上的激动，并进而认识文学形象所包含的意义。刘勰说："夫缀文者情动而辞发，观文者披文以入情。"[①]刘勰的这两句话，前一句说的是文学创作，后一句说的就是文学鉴赏。所以，要回答文学鉴赏是如何形成的，就是"观文者披文以入情"。用现代理论的话来说，文学鉴赏就是由鉴赏的客体和鉴赏的主体两者之间建立起一定的联系形成的。这里的鉴赏客体（鉴赏对象）就是刘勰所说的"文"，即作品；鉴赏主体（鉴赏者）就是刘勰所说的"观文者"，即读者；一定的联系（感情趣味等各方面的联系），就是刘勰所说的"入情"。一切鉴赏，都是鉴赏者和文学作品两者在某些方面、某种程度上的主客体的统一。没有主体和客体的某种统一，就谈不上文学鉴赏。实际上，我们在这里已经谈到了文学鉴赏得以产生的三个必备的条件。

第一，文学鉴赏必须具备可供鉴赏的客体。所谓可供鉴赏的客体，是指那些具有较丰富的内涵和较高的艺术质量的文学作品。具体地说，就是具体感性的、具有审美特质的艺术形象。没有这样的艺术形象，没有这样的艺术形象的文学作品，鉴赏活动就不会发生。科学著作从根本上说它是运用概念进行判断、推理，以理论的形式说明某一个问题，它长于以严密的逻辑、正确的论断从理智上说服人。由于它没有具体感性的艺术形象，它不可能从感情上打动人，因而，无论它写得多么好，多么有文采，也是不能成为审美鉴赏的对象。不但科学著作不能成为审美鉴赏的对象，就是那些艺术质量低劣的文学作品，也必然因其形象干瘪，内容肤浅，而不能把读者带到特定的艺术境界之中，不能打动读者的感情并激发读者的联想和想象，故也不能成为好的文学鉴赏的对象。马克思说："只有音乐才能激起人的音乐感。"[②]同样道理，只有真正优秀的文学作品，才能唤起人的文学感觉，才能形成文学鉴赏。

第二，文学鉴赏必须有能够感受艺术美的鉴赏主体。并非所有的人都能成为文学鉴赏的主体。作为一个文学鉴赏的主体，他必须具备起码的文化基础、思想水平和一定的艺术修养，如鲁迅所说："读者也应该有相当的程度。首先是识字，其次是有普通的大体的知识，而

---

① 刘勰：《文心雕龙·知音》，郭绍虞：《中国历代文论选》第1册，上海古籍出版社1979年版，第300页。
② 《马克思恩格斯全集》第42卷，人民出版社1975年版，第125页。

思想和情感,也须达到相当的水平线。否则,和文艺即不能发生关系。"①马克思也说:"对于没有音乐感的耳朵说来,最美的音乐也毫无意义,不是对象,因为我的对象只能是我的一种本质力量的确证。"②他们说的都是艺术鉴赏活动中鉴赏主体的鉴赏能力问题。鉴赏音乐,需要有音乐的耳朵,也就是感受音乐的感受力;鉴赏绘画,需要有绘画的眼睛,没有对绘画的艺术感受能力,就不能鉴赏绘画;鉴赏文学作品,也同样如此,需要有一定的艺术感受的能力。没有一定的感受、理解、想象艺术美的修养和能力,就和文学鉴赏无缘。

第三,文学鉴赏必须在鉴赏主体和鉴赏客体之间有某种适应性并建立起一定的联系。有了可供鉴赏的对象和具有鉴赏能力的主体,文学鉴赏还不一定发生,因为文学鉴赏还需要主体和对象之间建立相互适应的关系。只有当鉴赏主体对鉴赏客体有兴趣,而鉴赏客体也能适应鉴赏主体的情趣,两者之间建立起感情的通路,鉴赏活动才能产生。当然,鉴赏主体还必须处于适当的心境,即处于审美心境之下,他才会对鉴赏客体有兴趣,从而跟鉴赏客体建立起一定的联系,鉴赏活动才能得以产生。当鉴赏主体的心境不适合鉴赏活动时,他即使面对最美的鉴赏客体,也不能建立起与鉴赏客体之间的感情通路,鉴赏也就不能产生。所以,鉴赏主体和鉴赏客体一定要具有某种适应性并建立起一定的联系,鉴赏活动才能产生。

2. 文学鉴赏是一种审美享受活动

如前所述,文学鉴赏是由鉴赏的客体和鉴赏的主体之间建立起一定的联系而形成的。在这两者的关系中,鉴赏的客体是客观的、被动的,而鉴赏的主体是主观的、能动的。因此,文学鉴赏作为主体的读者对客体的文学作品进行鉴赏,它主要是鉴赏者主观上所进行的一种精神活动。但是,文学鉴赏作为一种精神活动,又不同于一般的精神活动,它有它的特殊性。文学鉴赏作为一种特殊的精神活动,主要表现在:文学鉴赏是一种审美享受活动。

前面我们说过,文学鉴赏不同于一般的阅读。只有那种获得了审美享受的阅读活动才是文学鉴赏。这就是说,审美享受是文学鉴赏的本质属性之一,有无审美享受是判定某一阅读活动是否是文学鉴赏的一个标志。

文学鉴赏为什么会给读者以审美享受,这是由文学的本质决定的。文学是以具体生动的感性形象为本质特征的,而形象总是包含着强烈的感情,表现着作者的理想和愿望。当作家的感情借文学作品中的艺术形象传达给了读者,读者相应地也就会引起感情上的反应。对于读者来说,这就是审美享受。因此,读者和作家之间的情感交流是文学鉴赏中给人以审美享受的原因所在。如果没有情感交流,也就没有鉴赏活动。从这个意义上说,文学鉴赏活动就是一种情感的活动,是作家把情感传达交流给读者同时引起读者情感反应的活动,正如前面我们提到的刘勰的两句话:"缀文者情动而辞发,观文者披文以入情。"贯穿两者之中的都是一个"情"字。托尔斯泰也说:"艺术是这样的一种人类活动:一个人用

---

① 鲁迅:《文艺的大众化》,《集外集拾遗》,人民文学出版社 1973 年版,第 338 页。
② 《马克思恩格斯全集》第 42 卷,人民出版社 1975 年版,第 125 页。

某种外在的标志有意识地把自己体验过的感情传达给别人,而别人受到感染,也体验到这些感情。"[1]

审美鉴赏活动中情感的交流,西方流行过一种"移情说",认为人在观照外物时,把自己的主观情感移入到对象里去,由物我交融达到物我同一,使外物也仿佛具有人的感觉、思想、情感、意志和活动。这一观点孰是孰非,在此不论。但是不管怎样,移情现象是存在的。马克思也有过审美活动中所谓"人化的自然"的观点。我国古代的咏物诗词,许多也显示出移情现象。例如,"羁鸟恋旧林,池鱼思故渊";"感时花溅泪,恨别鸟惊心";"癫狂柳絮随风舞,轻薄桃花逐水流"。意思都是指情感可以转移交流。

不仅自然美是如此,鉴赏文学作品也有移情现象。李贽在《焚书·杂说》中所谓"夺他人之酒杯,浇自己之垒块,诉心中之不平,感数奇于千载",就是这个意思,读者可以借前人作品中的情感抒发来代替自己。《红楼梦》第23回"西厢记妙词通戏语,牡丹亭艳曲警芳心"里有这样一段描写:"……偶然两句吹到耳内,明明白白,一字不落,唱道是:'原来姹紫嫣红,似这般都付与断井颓垣。'林黛玉听了,倒也十分感慨缠绵,便止住步侧耳细听,又听唱道是:'良辰美景奈何天,赏心乐事谁家院。'听了这两句,点头自叹,心下自思说:'原来戏上也有好文章。可惜世人只知看戏,未必能领略这其中的趣味。'想毕,又后悔不该胡想,耽误了听曲子。再侧耳时,只听唱道:'则为你如花美眷,似水流年。'林黛玉听了这两句,不觉心动神摇。又听到'你在幽闺自怜'等句,一发如醉如痴,站立不住,便一蹲身坐在一块山子石上,细嚼'如花美眷似水流年'八个字的滋味。忽又想起前日见古人诗中,有'水流花谢两无情'之句,又词中有'流水落花春去也,天上人间'之句,又兼方才所见《西厢记》中'花落水流红,闲愁万种'之句,都一时想起来,凑聚在一起。仔细忖度,不觉心痛神驰,眼中落泪。"这段动人的艺术描写,不仅淋漓尽致、惟妙惟肖地表达出林黛玉听了《牡丹亭》中的曲子后的思想感情活动,而且形象地揭示了文学鉴赏过程中作品的内容与读者的感受之间的关系。林黛玉之所以听了曲子以后会产生那样急剧的情感变化,那就是因为汤显祖倾注在《牡丹亭》中的思想情感,交流给了林黛玉,触动了林黛玉的情感世界。

文学鉴赏中的这种情感的交流,在一定情况下,会达到十分强烈的程度。读者会随着作品中感情的变化,或哭,或笑,或欣喜若狂,或悲痛欲滴。就如林黛玉听了《牡丹亭》的曲子那样。这种文学鉴赏过程中的情感状态,就是我们通常讲的"共鸣"。有关这个问题,我们在下面再行论述。

由此可见,文学鉴赏是一种不同于一般的具有独特性的精神活动,它能给人以情感的波动,给人以精神的愉悦。读者在阅读文学作品的过程中,通过对艺术形象的感受,调动起读者的感知、情感、理解、想象等多种心理功能,在对形象的体会、玩味、认识、理解中,获得精神上的自由、超脱和愉悦。因此,文学鉴赏是一种审美享受活动。

---

① 列夫·托尔斯泰:《列夫·托尔斯泰论创作》,戴启篁译,漓江出版社1982年版,第16页。

第二节
文学鉴赏的心理准备

一个个体的读者,在具体阅读鉴赏一篇小说、一首诗歌、一篇散文或者一个剧本之前,毫无疑问总有一些心理活动,譬如,我为什么要看这些文字? 我想从中得到些什么? 我处在什么样的心境中去阅读鉴赏的? 等等,这些,就是我们说的文学鉴赏的心理准备。

一、期待视野

文学鉴赏的心理准备主要有两个值得注意的活动要素:期待视野和接受心境。

"期待视野"是西方"接受美学"理论中一个重要概念。一个具有主体能动性的读者,在进入文学阅读和鉴赏过程之前,基于个人复杂的生活经历和文学经验,心理上往往会形成一个既成的审美定势。读者的这种根据既成审美定势对于阅读鉴赏客体的预先估计与期盼,就叫作阅读经验期待视野,简称期待视野。

> ### "期待视野"
>
> 一部文学作品,即便它以崭新面目出现,也不可能在信息真空中以绝对新的姿态展示自身。但它却可以通过预告、公开的或隐蔽的信号、熟悉的特点或隐蔽的暗示,预先为读者提示一种特殊的接受。它唤醒以往阅读的记忆,将读者带入一种特定的情感态度中,随之开始唤起"中间与终极"的期待,于是这种期待便在阅读过程中根据这类文本的流派和风格的特殊规则被完整地保持下去,或被改变、重新定向,或讽刺性地获得实现。在审美经验的主要视野中,接受一篇文本的心理过程,绝不仅仅是一种只凭主观印象的任意罗列,而是在感知定向过程中特殊指令的实现……这一新的本文唤起了读者(听众)的期待视野和由先前文本所形成的准则,而这一期待视野和这一准则则处在不断变化、修正、改变,甚至于再生产之中。
>
> ——姚斯:《走向接受美学》,周宁、金元浦译,《接受美学与接受理论》,辽宁人民出版社 1987 年版,第 29 页。

我们知道,西方接受美学的许多观点源自现象学和稍后的阐释学,它们都强调读者在整个文学活动中的作用。现象学认为,任何对象具有两种意义:一是客观存在的对象,一是被意识到的对象。文学作品在没有成为审美对象之前只是一种客观存在,只有它与主体的审美知觉发生关系时,才成为审美对象,杜夫海纳形象地把未阅读的作品比作一个处女,具有自在自由性,而把审美对象则当作一个少妇,在一定程度上受丈夫的意志情感的支配和左右。因此,主体的审美知觉是作品转变成审美对象的必要条件。那么,读者的审美知觉是怎样产生的呢？它决定于读者审美意识的"先结构"。读者接受理解任何东西，都不是用空白的头脑去被动地接受，而是用活动的意识去积极地参与，也就是说，读者接受理解任何事物都是以其先有、先见、先把握的东西为基础的，这种先有、先见、先把握的东西，海德格尔把它定义为意识的"先结构"。这种审美意识的"先结构"，实际上也就是"期待视野"理论中提到的个体心理上早就形成的审美定势。可见，读者的期待视野是一种"前理解"的心理状态，它是文学阅读鉴赏活动的基础。

文学鉴赏中的期待视野，具体来讲，它有以下一些基本内涵：首先，读者在阅读鉴赏之前已经先有了各种生活经验和文学经验，就文学经验而言，它是读者在以往的文学阅读鉴赏中受熏陶或被训练的结果，由此形成一种经验性的视野；其次，读者的经验视野在阅读鉴赏作品之初被作品唤醒，并以此为基础对作品及以后的阅读鉴赏产生期待，希望作品能够符合、满足他的期待；再次，作品最后可以使读者的期待视野得以实现，也可能与之发生脱节或冲突，如果是后者，则读者的期待视野可以固守，也可能修正或改变。

上述"期待视野"所包含的几个方面内涵，读者在阅读鉴赏文学作品时，在各个方面都可以体现出来。譬如可以体现在文体审美方面，包括作品的文学性、文体、表现方法、结构技巧、语言特点、艺术感染力等。读者这方面的要求与期盼，是以他过去的文学经验与能力为依据的。以往的阅读经验告诉读者，什么是文学作品，什么是诗歌、小说、散文、戏剧，这些"前理解"就构成了他对正在阅读的作品的注意力与心理期待。如诗歌应该分行与押韵，所以一看到一首诗，读起来不顺口，有人就不读了，如顺口，就会读下去；但有人凭经验认为诗歌还应该有意境，假如是大白话，像口号，又会读不下去；再接着，认为诗歌应该回味无穷，假如读完后，什么也没有留下，就会认为这不是好诗。

再如，期待视野还可以体现在读者对作品生活内涵与思想意义方面，包括作品的题材、主题、情节、故事的发展、作家的意图等。不管怎样，文学总是和社会生活有着密切的关系，它总会具有或多或少的生活容量和思想容量。文学读者在阅读之前事实上也总是深知这一点，因此他在阅读之前，个人经历赋予他的生活经验与思想倾向，不但是阅读的动力之一，同时也是产生对作品内容方面期盼的源泉。读者会以此为理解前提，要求并衡量作品内容的合理性与思想深度。中国人由于受传统审美习惯的影响，很多人喜欢大团圆结局，为此还有不少人在阅读作品之初就乱点鸳鸯谱，看到一男一女相配，就期待他们是一对；以后如有矛盾，也总希望他们化解；最后则希望"有情人终成眷属"。

又如，期待视野还可以体现在对作品价值的整体期待。众所周知人们在阅读作品终结时，总会对该作品作出或好或坏或一般的价值判断，但实际上，不光在阅读后，在阅读前就会对作品的价值有一种预先估计并产生相应的阅读期待，相信它是好作品就把它当作好作品来读，认为它是一般水平的作品就不会寄予过高的期望。读者的这种预先估计受到他先前阅读的影响。如谌容的《人到中年》是成功之作，受到广泛赞誉，几年之后她又发表了《人到老年》，读者就会以《人到中年》所达到的水准与成就来要求和衡量《人到老年》。这种价值的预先估计是接受动机与需求的具体表现，并对阅读完成后的评判产生微妙而深刻的影响。

以上所有这些,都说明整个阅读鉴赏过程中,在各个方面都存在着期待视野。这种期待视野为阅读和鉴赏活动的深入发挥着积极的作用。

二、接受心境

在现实生活中,每个人每时每刻都处在一定的情绪状态中,这种情绪状态在心理学上就叫作心境。什么是接受心境? 简单讲来,就是在阅读鉴赏文学作品前的一段时间和阅读鉴赏文学作品过程中,读者所处的一定的情绪状态。

接受心境对阅读鉴赏文学作品的成败影响极大。《淮南子·齐俗训》中说:"夫载哀者闻歌声而泣;载乐者见哭者而笑。哀可乐者,笑可哀者:载使然也。"这说明,一个人心境的好坏,不仅能强化或钝化他的五观感受能力,而且还可能引起完全相反的感受。心境开朗,审美感觉能力更敏锐,审美反应更迅速;心境抑郁,审美感受能力便显得迟钝;如果终日闷闷不乐,那就可能失去接受一切审美信息的任何兴致。荀子说:"心忧恐则口衔刍豢而不知其味,耳听钟鼓而不知其声,目视黼黻而不知其状,轻暖平簟而体不知其安。故向万物之美而不能也。……心平愉则色不及佣而可以养目,声不及佣而可以养耳……故无万物之美而可以养乐。"[1]这段话表明,我们的先人早就认识到了接受心境在审美活动中的重要作用。一般情况下,一个人如果心境不好,其审美情感就会受到抑制,因而就不可能进行鉴赏活动。马克思说:"忧心忡忡的穷人甚至对最美丽的景色都没有什么感觉。"[2]他说的就是一个人的审美心境问题。穷人时刻担心的是生计问题,他没有心思去欣赏美的事物。鉴赏文学作品也是这样,在心情好的情况下去看喜剧作品,那会开怀大笑;但如果在痛苦的时候去看,则无论如何也笑不出来。

那么,什么样的心境是最佳的接受心境呢? 从基本特征来看,文学接受心境主要有三种:愉悦、抑郁、虚静。愉悦心境指接受主体在进入阅读鉴赏活动时所持有的振奋、欢快、乐观的情绪状态;抑郁心境是指接受主体在进入阅读鉴赏活动时所持有的失意、伤感、郁闷的情绪状态;虚静心境则超脱于前两者,其情绪状态呈现为自然、平和、清静。这三种接受心境中,虚静心境为最佳的接受心境,前两者则往往背离阅读鉴赏活动的真实状态。这是因为,当读者处于愉悦的情绪状态时,一部平常之作,也有可能引起浓厚的阅读兴趣;当处于抑郁的心理状态时,即使面对优秀作品,也有可能因心烦意乱而难以进入其中的艺术境界,难以真正体味到作品的奥秘。

虚静心境的"虚静"一语,本源于道家。老子就有"致虚极,守静笃"[3]的思想,庄子对其加以继承和发挥,有"集虚""心斋""坐忘"之说。庄子十分强调虚静,认为只有做到了内心"虚静",才能"意致",才能得到大道,即如他所说:"视乎冥冥,听乎无声。冥冥之中,独见晓焉;

---

① 《荀子·正名》,蒋南华等注译:《荀子全译》,贵州人民出版社 1995 年版,第 484 页。
② 《马克思恩格斯全集》第 42 卷,人民出版社 1975 年版,第 126 页。
③ 《老子·十六章》,陈鼓应:《老子注译及评介》,中华书局 1984 年版,第 124 页。

无声之中,独闻和焉。"①庄子的这些论述,和老子一样,显然是和他们在社会观上对"道"的解释相联系的,带有浓厚的消极无为出世的思想,对后世所起的负面影响是不言而喻的。但是,如果我们从认识论角度来看待它,那么通过细致的分析研究,其中所包含的一些充满辩证思维的合理内核则可以为我们今天所吸收,尤其对于现代心理学包括文艺心理学的研究有着不少的启迪。

人们在认识世界的过程中,不可能不受到既有观念的影响和干扰。如前所述,人类的大脑,绝不如同一个空桶,在接受观照对象时随便可以倾倒进去,它总是会在既有观念("先结构")的支配下,有所选择,有所舍弃,有所过滤,保留吸收其中与既有观念相符的一部分,拒斥与既有观念相悖的一部分。但是,既有观念或者说"先结构"绝不是单纯的铁板一块,它实际上是众多观念的复合物。观照认识某一事物,如果众多观念同时起作用,则无疑会在头脑里产生一片混沌,不可能形成对该事物认识的清晰印象。所以只能调动与该事物有关的既有观念,在对比、思维中推演出自己独立的认识和看法。庄子的"虚静说"正是对这种认识心理活动的概述。

所以,对于"虚静"之说,我们理解时不能说成是要排除所有一切既有观念。以往一些学者作如是观并不准确。因为排除一切既有观念是不可能的,做不到的。完全透明的、不带任何成见的心理状态是不存在的。要排除的只能是那些与观照认识对象无关的既有观念,即我们俗称的"杂念",保留那种与观照认识对象有关的既有观念。正如庄子所云:

> 贵富显严名利六者,勃志也。容动色理气意六者,谬心也。恶欲喜怒哀乐六者,累德也。去就取与知能六者,塞道也。此四六者不荡胸中则正,正则静,静则明,明则虚,虚则无为而无不为也。②

在这里,庄子所言的二十四种侵蚀和削损人的真心、真性的因素,都是由于眷恋世俗的功利欲念所造成的,它们的直接后果,就是庄子说的"勃志"(错乱意志)、"谬心"(束缚心灵)、"累德"(负累德性)、"塞道"(堵塞大道)。唯有荡涤它们的污染,冲破它们的役累,即只有在庄子所说的"虚静"的心理状态下,通过"意致",才能达到对该认识观照对象(也包括庄子说的"道")的最终领悟和把握。

庄子的这一"虚静说"之于审美活动尤为有效而有意义。审美活动特别需要保持一定的审美心境,才能产生特殊的审美效果。就审美创造来讲,保持良好的创作心境是创作成功的重要条件之一。在具体动手之前,艺术家们可能会出于功利目的或宣泄目的或其他什么目的,引发创作冲动,但一旦进入具体的创作阶段,则必须保持一种审美自由的心态,功利杂念必须排除。创作只能是在既有审美观念的指导影响下,专心致志于审美对象,运用艺术思

---

① 《庄子·天地》,陈鼓应:《庄子今注今译》,中华书局1983年版,第300页。
② 《庄子·庚桑楚》,陈鼓应:《庄子今注今译》,中华书局1983年版,第618页。

维、直觉灵感,才能创作出美的作品。就审美欣赏来讲,同样只有在审美自由的心境中才能感受到美的事物,才能产生美感。因为美感不同于快感,审美活动一旦落入功利欲念之中,就失却了审美,美的感受就会消失。所以,持"虚静"的审美心境,忘却尘世的烦事,专心致志于审美对象,全身心地进入艺术境界,是达到理想的审美效果的前提。

"虚静"而至"意致",进而达于"大美",这一系列的审美方法论逻辑关系,在中国美学史和文学史上产生了极为深远的影响,尤其是当佛学东渐之后,禅道的流行,两相渗透互换,更为文学家们重视。禅宗从心理活动上来讲和庄子所论是极为一致的,本质上也是一种直觉体验和非逻辑思维。坐禅认佛讲究排除一切杂念,调息入定,以沉思和冥想突破概念、判断、推理等抽象思维程式,让感知对象大幅度跳跃,在直觉观照中达到物我同一,通过这种清净虚无的主体本性和观照对象熔为一炉的交流,领悟到佛的本心以及一切皆空的"真理"。禅宗和庄子在心理活动上如此认同,大大启发了中国古代文学家对于审美过程的深刻领会。陆机说:"其始也,皆收视反听,耽思傍讯,精骛八极,心游万仞。"① 刘勰说:"是以陶钧文思,贵在虚静,疏瀹五藏,澡雪精神。"② 司空图说:"素处以默,妙机其微。"③ 还有苏轼说:"欲令诗语妙,无厌空且静;静故了群动,空故纳万境。"④ 所有这些,显然都受到庄禅虚静顿悟思想的影响。

第三节
文学鉴赏的一般过程

文学鉴赏的一般过程,大致可以划分为三个阶段或三个环节:形象感受、审美判断和体验玩味。

一、形象感受

文学鉴赏首先是从阅读文字感受作品中的形象开始的。在前面我们说过,作家在创作过程中所运用的想象和思维是始终不脱离具体的感性材料的。同样,读者在鉴赏文学作品的过程中,也始终不脱离文学形象这一具体感性的因素。鉴赏一部文学艺术作品,读者一开始总是获得那些比较显著的和比较表面的一部分形象。例如我们看一幅画,可能还没有看懂,就首先感受到了画面的形象,或奔腾的大海,或起伏的群山。听一曲音乐,一般人也不是一开始就能理解其中的思想感情内容,而首先感受到的是旋律节奏,或舒缓,或激昂。文学鉴赏稍微不同于其他的艺术鉴赏,鉴赏主体首先接触到的不是直观的形象,而是文学作品的语言,鉴赏主体必须把那些文字符号转换成活生生的可以感受到的艺术形象。由此看来,文

---

① 陆机:《文赋》,萧统:《文选》,中华书局 1977 年版,第 240 页。
② 刘勰:《文心雕龙·神思》,周振甫:《文心雕龙注释》,人民文学出版社 1981 年版,第 295 页。
③ 司空图:《诗品》,郭绍虞:《中国历代文论选》第 2 册,上海古籍出版社 1979 年版,第 203 页。
④ 苏轼:《送参寥师》,郭绍虞:《中国历代文论选》第 2 册,上海古籍出版社 1979 年版,第 304 页。

学鉴赏中的感受形象阶段比起其他艺术鉴赏中的这一阶段要复杂得多。但是,这一阶段总是第一步的。如我们读《青春之歌》,一开始就在脑海里产生的是林道静这个女主人公的形象,仿佛看到一个全身穿着白色的衣服,脸色也带苍白的少女,寂寞地坐在火车厢的一个角落里,显得有些异样。这样的对于形象的感受,就是文学鉴赏中初步的心理活动。

当然,在文学鉴赏的感受形象阶段,不只是鉴赏主体在头脑里再现作品所描绘的人物、时间、情景的形象,还包括鉴赏主体在再现作品形象的过程中获得某种情感的体验,产生某种情感态度。鉴赏者在再现作品的形象的过程中,随着阅读的不断延伸,随着感知范围的不断扩大,逐渐进入了一个特殊的形象体系和艺术境界之中,并且情不自禁地被作品中的人物及其命运所吸引,进而产生感动,并表达出某种情感态度。也就是说,在鉴赏过程中,感受形象是离不开接受作家赋予形象的情感感染的。例如《人生》中的刘巧珍,作者路遥在塑造这个少女形象时,赋予了她复杂的感情色彩,一方面赞美她的美貌和贤惠,并且高度评价了她勇于追求现代的文明生活、追求爱情的动机和行为;另一方面,对于她没有文化,不能从更高的层次上来要求获得自己精神上的解放则表达了深深的惋惜之情。她追求高加林,把高加林当作文明的象征来崇拜,但她想到的仅仅是把自己依附于高加林,而没有想到提高自身的文明素质以便和高加林真正达到思想感情上的相通。因而她的爱情悲剧之所以形成,不能不说有着她自身的原因。对于上述这一些作者赋予她的感情,我们读者是完全会接受的。每一个读过这个作品的人,都会不同程度地受其感染,既同情刘巧珍,赞美她的贤德和美貌,但又觉得她的爱情结局理所当然,而且并不因为她的悲剧而一味地斥责高加林是"陈士美",因为我们读者的感情不能不受到作者感情的影响和制约。这就是"感染"。

二、审美判断

感受形象,这只是文学鉴赏的第一步。鉴赏还需要对文学作品的思想情感,对作品在表现真、善、美上所达到的程度作出某种评判。这就需要鉴赏主体在形象感受的基础上,进一步把握形象,把审美的感知提高到审美的判断。从这个意义上讲,审美判断是形象感受的继续和深化。在审美判断阶段,鉴赏者是从真、善、美的高度理解、把握形象,因此对形象就不是一般的感受,而是从审美价值、认识价值和道德价值等方面把握形象,从而使文学鉴赏达到对作品理性认识的程度。例如,谌容的《人到中年》,我们在鉴赏的时候,一面在感受里面的人物形象,并与作者赋予作品的感情进行交流,一面还会对里面的人物形象进行判断,如会赞美陆文婷,会厌恶"马列主义老太太"。当然,掩卷以后,还会由作品联系开去,想到党的知识分子政策,想到当代知识分子的处境和遭遇,甚至还会想到本地区、本单位的知识分子的现状。每一个人在鉴赏文学作品时,都会进行这种理性的评判活动。即便是小孩子,也会进行。我们常看到听到小孩子一边看电视,一边说:这是好人,这是坏人。这种对人是好是坏的鉴别,就是理性的评判和认识活动。

但是,我们在这里要指出的是,文学鉴赏活动中的这种审美判断,不是通过冷静科学的分析而是凭借着对审美对象的真实感受和鉴赏主体自己的审美经验作出来的,是审美直觉的结果,是一种特殊的直觉判断。

关于审美直觉,我国美学史上曾经为之有过长期的争论,一度把它看作是唯心主义的理论而完全否定了它。其实,审美直觉是客观存在的现象。比如中秋之夜,你伏案工作之余,走出书房,突然看到一轮皓月当空,你马上喊出:"多美啊!"这就是直觉。当你疲劳之时,突然传来悦耳的音乐,马上精神为之一振,凝神静听,忘却周围的一切。这也是直觉。总之,否定审美直觉是没有道理的。问题是如何科学地来解释它。

审美直觉,西方提出该理论的代表人物是意大利的美学家克罗齐。在他的《美学原理》一书中,克罗齐一开始就直截了当地说:"直觉知识可离理性知识而独立。"而后,在讨论到直觉和艺术的关系时,又把直觉与艺术等同,认为"它们没有种类上的分别","没有强度上的分别","艺术即直觉","直觉的特性都可以付之艺术作品"。[1] 前后连贯起来,就是说,艺术可以与理性分开,审美可以毫不带理智。

克罗齐的这一"直觉论",显然不足为训,因为他把文学鉴赏活动中的理性活动完全排斥掉了。在我们看来,审美直觉并不等于普通心理学上简单的感知,它远比感知要复杂得多。应该这样来理解:在审美直觉本身中,就已经包含着极为丰富复杂的审美内容和生活内容,包含着人们对某一美的事物的认识。我们之所以对某一美的事物有直觉的美感,那是因为我们在日常的生活中(包括物质生活和精神生活中),已经对类似这一美的事物有了深切的了解和认识,即由于经验,已经在大脑中形成了某种"理性意象"。一旦在审美实践活动中用感觉印象和理性意象相比较,那就可以不必经过思维而直接作出判断。这就是为什么我们在刚刚感受到某一美的事物的时候,不自觉地立刻产生美感。例如我们直觉到那一特定夜晚的中秋明月的美,那是因为我们在过去的生活中早就和明月发生了密切的关系,感知过它,思维过它,还曾把它和我们的生活联系在一起形成了理性意象,比如孩提时代在明月下嬉戏,青年时代在明月下散步,那情那景,记忆至深。所以当那特定夜晚的中秋明月突然出现在我们面前的时候,就会直觉到它的美。突然传来的音乐使我们直觉到美也是如此,也因为我们平时对类似的乐章有过欣赏,形成了某种理性意象的缘故。总之,没有这一切,没有先前的感知和认识作为前提,就绝不可能有任何审美的直觉。可以设想,先天失聪的人一旦治愈,在第一次有听觉的时候,最美的音乐对他说来也不过像打雷,像兽嚎,他只能感知声音,不能直觉到美。因此,审美的直觉,科学的解释应该这样:它虽然是一种形式非常感性的认识,但是却包含着深刻而复杂的理性认识在里面,只不过不为我们所察觉罢了。

三、体验玩味

文学鉴赏过程的第三个阶段是体验玩味。体验玩味是鉴赏过程中情感活动和理性活动

---

[1] 克罗齐:《美学原理　美学纲要》,朱光潜译,外国文学出版社 1983 年版,第 19—20 页。

的再度继续和深化。对一般的认识活动而言，使认识从感性上升到理性，任务就完成了。然而鉴赏活动不同，审美判断的实现不但没有结束鉴赏，而且还会让鉴赏更进一步，即以审美判断所获得的认识和理解，再度感受、品味形象。这种感受与第一阶段的感受已经有了本质区别，它是对艺术形象特别动人、最具魅力之处的反复体味和玩赏，这既是在感受之中对形象意蕴的咀嚼、把玩，又是在判断理解基础之上对艺术形象微妙之处的再度感受和体验。甚至鉴赏主体还会把自己摆到作品之中去，把作品中所写的人物和事件与自己所熟悉的实际生活中的人物和事件联系起来。

体验玩味对文学鉴赏的成功与否起着非常重要的作用。它有两个方面的意义。一是通过体验玩味，使得作品中的艺术形象在鉴赏者的头脑里"活"起来，场面、气氛等也能让鉴赏者感到亲切，犹如身临其境；二是鉴赏者凭借作品中的艺术形象，通过体验玩味，还可以发掘出形象中隐蔽着的深刻意义，举一反三，展开丰富的联想。例如高尔基曾经回忆过自己有一次读书的经验："我的外祖父是一个残酷而吝啬的人，但是我对于他的认识和了解，从没有像我在读了巴尔扎克的长篇小说《欧也妮·葛朗台》之后所认识和了解的那样的深切。欧也妮的父亲葛朗台老头儿，也是一个吝啬、残酷，大体上像我的外祖父一样的人，但是他比我的外祖父还更愚蠢，也没有我的外祖父那样的有趣。由于和法国人作了这样一个比较之后，我所不喜欢的那个俄国老头儿，就像得到了胜利和长大起来了。这虽然没有改变了我对于外祖父的态度，但它却是一个大的发现。"[①]

体验玩味是文学鉴赏中必不可少的一个环节。不体验玩味，还谈不上真正的鉴赏。特别是一些优秀的文学作品，含蓄蕴藉，那非得通过反复地体验玩味，读者才能体会到作品的韵味。如王维的《鸟鸣涧》："人闲桂花落，夜静春山空；月出惊山鸟，时鸣春涧中。"鉴赏者如果粗粗一看，似乎只觉得这首诗就是描绘了一幅普通的春山夜景的图画，但是如果他能够细细体验玩味一下，那么就会对诗歌所着意刻画的意境有精到的理解，那种有光有色、明暗交杂的色彩，那种有静有动、静动复合的音响，那种隐含的禅意，真可以让人回味再三。所以，体验玩味，可以说是鉴赏活动的高潮，是文学鉴赏的极致。它甚至还常常使读者达到"忘我"的境界，如人们常说的"入迷"。

上述我们对文学鉴赏的一般过程分成三个阶段作了一些分析。但是，这只是为了理论阐述的需要，实际上文学鉴赏的过程是相当复杂的，是很难用清晰的语言来机械划分阶段的。比如有的人在感受形象时，已经交杂着审美判断；或者在审美判断时，也已经开始了体验玩味。应该说，这是文学鉴赏中的常见的现象，我们是无法根据理论的条条框框来细致地说明白的。当然，另一方面应该要指明的，那就是也有另外的文学鉴赏现象，文学鉴赏的三个阶段并非必须全部完成的，有的人在有的情况下，文学鉴赏仅止于第一阶段，或者至于第二阶段就结束了。之所以出现如此种种的鉴赏现象，既有鉴赏对象的原因，如一览无余、内容浅显的作品，人们一般在鉴赏它们的时候是不会作更深层次的体验玩味的；又有鉴赏主体

---

① 高尔基：《谈谈我怎样学习写作》，《论文学》，孟昌、曹葆华、戈宝权译，人民文学出版社1978年版，第179页。

的原因,在鉴赏对象确定下来的情况下,鉴赏主体的审美能力、鉴赏水平,乃至鉴赏时的心境常常决定了文学鉴赏过程的深入程度。总之,现象是丰富复杂的,理论只能概括出一般的过程和规律。

第四节
文学鉴赏的特点

一、文学鉴赏中的"再创造"

把文学鉴赏混同于一般的阅读文学作品是不对的,把文学鉴赏看成是鉴赏者对鉴赏客体的刻板的摹写、消极的接受,也是不对的。事实上,文学鉴赏中的读者是在与作家共同合作,一起完成文学活动,它是读者的一种创造活动。这是文学鉴赏的特点之一。

在前面我们曾经说过,艺术创作总是在有限中表现无限,在有限的语言篇幅中表现无限的生活内容。在文学作品中,作家创造的艺术形象,不可能也不需要面面俱到、包罗万象、和盘托出,而是要选择生活中的某一片段或某一侧面,予以突出,即所谓艺术"贵含蓄,忌直露"。美国著名作家海明威在总结自己的创作经验时,曾经提出一个非常有名的"冰山"比喻,冰山在海里移动很是庄严宏伟,这是因为它只有八分之一露出水面。作家在作品中通过文字所表现的生活内容也像冰山一样,只是很少的一部分,还有很多的内容是蕴藏在文字的背后,而读者自会"强烈地感觉到他所省略的地方,好像作者已经写出来似的"。[①] 所以,文学作品所表现的内容总是有限的,即使是长篇巨著也是如此,作家总是会在作品中留下许多的空白。这些空白,作为具有主体能动性的读者,就会根据自己的印象、体验,展开想象的翅膀,把形象丰富起来,补充起来。这种人们在鉴赏过程中,凭借个人的思想意识、生活经验和艺术修养,通过思维想象,丰富、补充和扩大作品中的艺术形象的现象,文学理论上就叫作:再创造。何以叫作"再创造",因为它是在作家创造的艺术形象的基础上的第二次创造。

前面我们提到,在读者阅读接受问题上,西方的阐释学和接受美学是特别注重研究的。阐释学理论家迦达默认为,艺术存在于读者与文本的"对话"之中,作品的意义与作者的个人体验之间没有什么关联,而是在读者与文本的"对话"中生成的。文本是一种吁请、呼唤,它渴求被理解;而读者则积极地应答,理解文本提出的问题,这就构成了"对话"。接受美学的理论家伊泽尔则提出了他著名的"召唤结构"理论。他认为:文学作品具有两极,我们可以称之为艺术极和审美极;艺术极是作品的文本,审美极是由读者完成对文本的实现。[②] 这艺术的一极,即文本,只是一个不确定性的"召唤结构",它存在着许多的"空白"。所谓"空白",就是指文本中未写出或未明确写出的部分,它召唤着读者在其可能范围内充分发挥再创造的才能。例如他举例说到小说中情节的被打断,情节一打断就成为空白,就需要读者把情节链

① 董衡巽:《海明威研究》,中国社会科学出版社1980年版,第72—73页。
② 参见伊泽尔:《审美过程研究》,霍桂桓、李宝彦译,中国人民大学出版社1988年版,第27页。

条的缺环补上,即进行再创造。

"隐含的读者"

人们一般这样认为,文学本文通过被读者阅读而呈现出它们的现实。这同样意味着文学本文必须已经包含着使自身具体化的某些条件,这些条件允许接受者的响应心灵集结它们的意义。因此,"隐含的读者"这个概念是一种本文结构,它在不必然限定接受者的情况下预期他的存在:这个概念预先构造了将由每一个接受者承担的角色,而且即使看来本文有意地忽略它们可能存在的接受者或者主动排斥接受者,这一点仍然有效。因此,"隐含的读者"这个概念表明了一个由本文引起读者响应的结构组成的网络,它强迫读者去领会本文。

——伊泽尔:《审美过程研究》,霍桂桓、李宝彦译,中国人民大学出版社1988年版,第46页。

从上述的西方理论,我们可知,读者的再创造在文学作品的阅读鉴赏活动中起着多么重要的作用。事实上,只要是真正的文学阅读鉴赏活动,读者的再创造总是存在的。

19世纪俄国的文艺批评家杜勃罗留波夫对小说《奥勃洛摩夫》进行了深入的鉴赏和评论,精辟地丰富和扩大了奥勃洛摩夫这个形象的意义,使作者冈察洛夫大为叹服,因为他由此看到了自己原来没有看到的东西。因而他说:奥勃洛摩夫这个形象是杜勃罗留波夫和我共同创造的。不仅伟大的批评家能够再创造,一般的读者,只要他是在进行真正的艺术鉴赏活动,他都会进行这种再创造。易卜生的《玩偶之家》,娜拉因为不堪丈夫海尔茂的虚伪和把她当作玩偶,追求个性的独立和解放,毅然在漆黑的夜晚出走。她这一走,就使每一个看过这个剧的人展开了想象和再创造:娜拉走后怎样?鲁迅认为只有三条路,或堕落,或回去,或饿死。鲁迅可以这样想象,其他的人可以有另外的想象,谁都想知道娜拉到哪儿去了。谁都想知道,就是谁都在进行再创造。

可见,创造性的想象活动在文学鉴赏活动中起着非常重要的作用。每一个人在鉴赏文学作品的时候,都在自己的头脑里再创作一部文学作品,一部在原有作品基础上更详尽、更具体、更生动的文学作品,像冈察洛夫所说的,每一个读者都在和作家共同创造着艺术形象。而正因为作者在自己的作品中留下"空白",提供了一个"召唤结构",读者在此基础上必定要进行"再创造",因此使得许多的作品,尤其是一些优秀的作品具有了长久的生命力,虽经历史长河的淘汰而仍然充满迷人的魅力。每一个时代的读者都可以从中获得自己不同于前人的新的感受,新的体验,新的认识,新的审美结果。所谓"说不尽的《哈姆雷特》""说不尽的《红楼梦》""诗无达诂"等说法,都是由此而来。

每个读者在文学鉴赏中都在进行"再创造",由于这种"再创造"是第二次创造,因此就读者的鉴赏结果和作家创作时的主观意图来讲,就必然会有着程度不等的差距,会产生两种阅读鉴赏现象,即"正读"和"误读"。所谓正读,就是指读者对作品的理解和作家创作的主观意图大致吻合,读者在作品中所获得的情感陶冶和思想启迪正是作家在自己的作品中所要表现的思想情感。所谓误读,就是指读者对作品的理解和作家创作的主观意图不完全相同或完全不同,读者通过对作品的阅读获得的鉴赏结果并不是作家创作这个作品的原始意图。譬如,鲁迅的《阿Q正传》,作者的创作意图是要通过阿Q这个艺术形象写出当时麻木病态的国民的灵魂,以引起疗救者的注意。如果读者通过阅读得到的是这样的鉴赏结果,那就是正读;如果与此不符,那就会产生种种不同情况的误读。正读和误读在文学鉴赏活动中都是属于正常的现象,正如鲁迅所言:"作者用对话表现人物的时候,恐怕在他自己的心目中,是存在着这人物的模样的,于是传给读者,使读者的心目中也形成了这人物的模样。但读者所推见的人物,却并不一定和作者所设想的相同,巴尔扎克的小胡须的清瘦老人,到了高尔基的头里,也许变了粗蛮壮大的络腮胡子。不过那性格,言动,一定有些类似,大致不差,恰如将法文翻成了俄文一样。要不然,文学这东西便没有普遍性了。"①文学鉴赏之所以产生这样的现象,和鉴赏主体的主观条件有着密切的关系。这就涉及下面一个问题了。

二、文学鉴赏的差异性和一致性

文学鉴赏的差异性是文学鉴赏活动中的常见现象,也是文学鉴赏的特点之一。

如前所述,读者对文学作品的鉴赏,是包含着读者自身想象活动的一种积极的感受、体验和认识,是一种"再创造",鉴赏主体在文学鉴赏活动中起着非常突出的作用。没有鉴赏者的主观能动作用,就谈不上文学鉴赏,没有哪一个读者在鉴赏的时候是消极地接受的。由于文学鉴赏与读者的主观能动作用有着这样密切的关系,而读者的主观条件因人因时因地各不相同,出身不同,教养不同,经历不同,趣味爱好不同,欣赏习惯不同,因此,在文学鉴赏活动中就必然由于这些主观条件的不同而出现差异现象。这种差异现象,可以表现在两个方面。

其一,不同读者对同一作品的鉴赏会产生差异性。同一部作品对不同的读者,往往会产生不尽相同,有时甚至是很不相同的感受、体验和认识。因为每一个人都可能从不同的方面去看作品,从不同的角度去理解作品的内容,从而得出不尽相同的结论,受到不完全相同的影响。这种不同读者对同一作品鉴赏的差异性,可以由读者多方面的主观因素造成,生活经验、鉴赏趣味、思想认识以至阶级立场观点的不同,都会造成这种差异性。就生活经验来看,例如读20世纪80年代的"知青"文学,上过山、下过乡的"老三届",比起"文革"后出生的人来说,体会就深刻得多;同样对于《少年维特之烦恼》,恋爱过程中几经周折、几经打击的人,比起一见钟情、一帆风顺的男女,产生的感受恐怕也要强烈得多。就鉴赏趣味来看,例如读金庸的武侠小说,有人大声叫好,大加称赞;有人却会叹气摇头,觉得毫无意思。就思想认识来

① 鲁迅:《看书琐记》,《花边文学》,人民文学出版社1973年版,第92—93页。

看,例如同一部《青春之歌》,有的读者读了,深为林道静的斗争经历所感动,为她的革命勇气所鼓舞,对于余永泽所选择的道路则怀着强烈的不满;可也有人读了之后,认为林道静最终离开了余永泽这样一位"聪明能干""温柔多情"的丈夫,实在是个"不近人情"的傻瓜。上述列举的三个方面,还仅是同一个时代、同一个民族由于个人的生活经验、鉴赏趣味、思想认识的不同而产生的差异性。如果是不同时代、不同民族的读者鉴赏同一部文学作品,那么鉴赏的差异性就会更大,甚至会得出截然不同的结论。就如鲁迅所指出的,对于《红楼梦》,"单是命意,就因读者的眼光而有种种:经学家看见《易》,道学家看见淫,才子看见缠绵,革命家看见排满,流言家看见宫闱秘事……"①总之对于同一部作品进行鉴赏,都会由于读者的主观条件的种种不同而产生程度不等的差异性。

其二,同一个读者在不同的情况下对于同一部作品的鉴赏也会产生差异性。我们知道,一个人的思想感情和生活经验是不会静止不变的,他必然随着社会生活的变化而变化,有所发展,有所演变。因此,一个读者在阅读作品的时候,对于同一部作品,由于思想感情和生活经验的变化和发展,往往在第二次、第三次阅读的时候,会和第一次阅读时在感受、体验、认识上有不同之处。这种情况,在文学鉴赏活动中也是常见的。比如由于个人经历的变化和发展,就会造成鉴赏的差异性。看小说《红旗谱》,在小学时也许只知道分辨出谁是好人,谁是坏人,至于为什么好,为什么坏,还只是一个模糊的概念。及至中学时,懂得了一些革命理论和历史知识,才知道这部小说反映的是旧中国农民反抗的历史进程。到大学再读这部作品,那感受和体验、认识就更深一层了。曾经有个老作家说过类似的事情,在中学学习时,读到《阿Q正传》,只觉得阿Q这个人物好笑有趣,待到成年之后,才知道阿Q真是个不朽的艺术典型,想不到阿Q的癞疮疤还在新文学史上永放光芒。可见,随着读者思想水平的提高,生活经验的不断丰富,艺术接受能力和理解能力就会越强,就越能透彻地了解作品的思想意义和艺术价值,从中得到思想上和认识上的启发也就越大。除此之外,由于个人的心境、心情的不同,也会造成文学鉴赏的差异性。这一点,我们在前面讲文学鉴赏的心理准备时已经说过了。

上面我们重视鉴赏主体的主观能动性,承认文学鉴赏中的差异性,但是,我们还必须要看到文学鉴赏的另一方面,即文学鉴赏的一致性。

文学鉴赏的一致性与文学鉴赏的差异性,实际上是一个问题的两个方面。如果说鉴赏主体的个人差异是造成文学鉴赏差异性的重要原因,那么,作为鉴赏对象的文学作品本身的客观规定性,以及不同的鉴赏主体所处的时代和民族的共同性,则是造成鉴赏一致性的重要原因。因此,文学鉴赏的一致性取决于鉴赏对象的客观规定性和时代与民族的一致性。所谓鉴赏对象的客观规定性,意思是作品一经发表,其内涵的思想感情和意义价值就物化凝固了,具有了客观性和质的规定性,要求文学鉴赏适应它,反映它。它对鉴赏者的想象、理解和再创造提出了规定和制约。尽管文学鉴赏存在着差异性,但是差异性基本上是在这种规定

---

① 鲁迅:《〈绛洞花主〉小引》,《集外集拾遗》,人民文学出版社1973年版,第177页。

和制约下发生的,从而使不同的鉴赏者在鉴赏同一个对象时,在差异中又具有某些共同处。所谓文学鉴赏的时代和民族的一致性,意思是尽管不同的读者在鉴赏作品时会因为个体的差异而产生不尽一致的感受和理解,但同一时代和同一民族的鉴赏者,由于在政治生活、经济生活和文化生活等方面有着大体相同的环境,因此在审美倾向、艺术趣味和鉴赏习惯上有着某种相近或相通的地方,从而导致了不同的鉴赏者在鉴赏的对象、内容和形式等方面的大体一致性。

所以,文学鉴赏的一致性也是文学鉴赏活动中的常见现象,是文学鉴赏的特性之一。如鲁迅在肯定了鉴赏中的差异性的同时,又说:"不过,那性格,言动,一定有些类似,大致不差,恰如将法文翻成了俄文一样。要不然,文学这东西便没有普遍性了。"[1]例如《红楼梦》中的林黛玉这个形象,在不同的读者之中会造成不同的感受和体验,产生不同的判断和评价,我们不妨说,十个读者心目中的林黛玉,有十个样子。但是,不管这些感受、体验和判断、评价有怎样的分歧,总没有人会把她和崔莺莺、白素贞、祝英台等同起来。对于林黛玉的性格、言行和内心世界,在绝大部分读者心中是会得到比较一致的印象和评价的。

总之,我们研究文学鉴赏,既要承认鉴赏有差异性,又要认识到鉴赏有一致性。西方有句名言:一千个读者有一千个哈姆雷特。这句话讲得是非常辩证的。一千个读者有一千个哈姆雷特,有一千个,说的是鉴赏有差异性;但一千个读者有一千个哈姆雷特,感受到的都是哈姆雷特,所以鉴赏又有一致性。

文学鉴赏的这种差异性和一致性,不仅表现在上面所述的对于同一个鉴赏对象的感受、体验和评价上,而且还表现在对于不同鉴赏对象的鉴赏要求上。

首先,不同的读者对文学的鉴赏有不同的要求。日本的厨川白村说:"所谓弥尔顿为男性所读,但丁为女性所好;所谓青年而读拜伦,中年而读华兹华斯;又所谓童话、武勇谭、冒险小说之类,多只为幼年、少年所爱好,不惹大人的感兴,这就全都由于内生活的体验之差。"[2]我国古代的刘勰说:"慷慨者逆声而击节,酝藉者见密而高蹈,浮慧者观绮而跃心,爱奇者闻诡而惊听。"[3]厨川白村和刘勰说的情况,都是说明了性格、爱好乃至性别、年龄等不同的读者,有不同的艺术趣味,因而有不同的鉴赏要求。但反过来我们也可以认识到,同为男性、同为女性、同为青年、同为中年,则在鉴赏要求上有大致相同的地方。

其次,一定时代、一定民族里的读者群,由于生活环境、社会地位等的相似,决定了他们的思想感情、审美观点和艺术趣味等方面就有一些相似的地方,因而,在文学鉴赏的要求上会表现出一致性。例如我们中国的读者,一般习惯于看故事情节性强的作品,对于冗长的心理描写不太感兴趣,这是由民族的审美传统决定了的。所以,中国的读者未必喜欢看《百年孤独》,西方国家的读者也未必喜欢看《红楼梦》。不同民族的读者在鉴赏要求上的差异性,从反面正好说明了同一个民族的读者在鉴赏要求上有一致性。

① 鲁迅:《看书琐记》,《花边文学》,人民文学出版社1973年版,第93页。
② 厨川白村:《苦闷的象征·鉴赏论》,转引自《鲁迅全集》第13卷,作家书屋1948年版,第69页。
③ 刘勰:《文心雕龙·知音》,郭绍虞:《中国历代文论选》第1册,上海古籍出版社1979年版,第299页。

因此，对于文学鉴赏中的这种差异性和一致性，我们要辩证地看待。实际上，它们两者是紧密相关的。也就是说，在差异中有一致，在一致中有差异。比如我们讲不同时代的读者鉴赏有差异性，是相对于同一时代的读者有鉴赏的一致性而言的；但同一时代的读者因为某些主观条件的相类似有鉴赏的一致性，又毕竟因每一个读者主观条件的不同而有差异性。所以一切文学鉴赏中的差异性和一致性都只是相对而言的。从整体上看问题，文学鉴赏始终是异中有同，同中有异。

三、文学鉴赏中的共鸣现象

共鸣是文学鉴赏中常见的现象，早在古希腊时期，人们就已经注意到了这种现象的存在。柏拉图在他的《文艺对话录·伊安篇》中借用苏格拉底和伊安的对话，曾经这样来谈到作家和读者之间的情感交流："苏：当你朗诵那些段落而大受喝彩的时候，你是否神志清醒呢？你是否失去自主，陷入迷狂，好像身临诗所说的境界？……伊：……我在朗诵哀怜事迹时，就满眼是泪，在朗诵恐怖事迹时，就毛骨悚然，心也跳动。苏：……听众也产生这样的效果，你明白么？伊：我明白，因为我从台上望他们，望见在我朗诵时，他们的面孔上都表现哀怜，惊奇，严厉种种不同的神情。"[1]这里柏拉图所说的艺术家和听众之间的强烈的情感交流就是我们现在所说的"共鸣"现象。

共鸣一词，起源于物理学中的声学。声学上的共鸣现象是指因甲物振动发声而引起乙物也振动发声的物理现象。文学鉴赏中的共鸣现象的基本含义，是指文学鉴赏中鉴赏主体与鉴赏客体（文学作品）产生了感应关系，实现了主客体之间的感情的交流。通过共鸣，鉴赏客体实现了它的审美教育作用，鉴赏主体获得了审美享受，从而完成了鉴赏活动。假如没有共鸣现象的产生，也就是没有鉴赏主体与鉴赏客体之间的感应和情感交流，那就谈不上文学鉴赏了。从上面我们所引的《红楼梦》中林黛玉鉴赏《牡丹亭》戏文的描写，可以清楚地看到林黛玉和《牡丹亭》的共鸣。正是由于发生了共鸣，即林黛玉与作品发生了感应，林黛玉才会"不觉点头自叹，心下自思"，进而又"如醉如痴站立不住"，"心痛神驰，眼中落泪"。

值得注意的是，当我们讲文学鉴赏中的共鸣现象是指鉴赏主体和鉴赏客体产生了感应，实现了主客体之间的感情的交流时，这里的鉴赏客体（文学作品），具体地说是指两个方面：一是指作品中所表达的作家的思想感情；二是指作品中人物所具的思想感情。因此，文学鉴赏中的共鸣现象，说到底，是鉴赏主体与作品中所表达的作家的思想感情或作品中人物所具的思想感情的感应和交流。

那么，文学鉴赏的共鸣现象是怎样产生的呢？实际上从其基本含义的表述中就可以看出来。简单地说来，文学鉴赏中的共鸣现象是鉴赏主体的思想感情和鉴赏客体（文学作品）中所表现的思想感情达到感应和交流而产生的。我们知道，人们生活在现实世界中，由于各

---

[1] 柏拉图：《文艺对话集》，朱光潜译，人民文学出版社1963年版，第10—11页。

种各样的原因,会产生一定的感受、体验、爱好、憎恶、愿望和理想。它们产生以后,就成为心理的情感经验,留在人们的记忆之中。之后在阅读鉴赏文学作品的过程中,如果作者在作品中所表现的思想感情以及作品中人物所具的思想感情和人们已经存在的心理情感经验具有相同的性质,那么,读者便会产生与作品所表现的思想感情同样内容、同样情状的心理活动。作者通过作品表现的所爱就是读者的所爱;作者通过作品表现的所恨也是读者的所恨;作者通过作品表现的悲痛和欢乐也会引起读者基本上相同的悲痛和欢乐;作者在作品中所表现的或所体现的愿望理想使读者觉得恰好是或基本上是他所希望的。这就是我们所说的产生了共鸣现象。

所以,共鸣的产生,就一定有两个必不可少的条件:一是人们在思想感情的基础上、心理特征基础上具有某种共同性;二是文学作品在思想感情内容上具有某种普遍性。前一个条件是客观存在的,如亚里士多德所说:"被情感支配的人最能使人们相信他们的情感是真实的,因为人们都具有同样的天然的倾向。"[1]比如像爱国主义、爱美、亲属之爱等,随着历史的积淀,会有一些相同或相似的心理情感经验。而后一个条件则取决于作家的创作,取决于作品。文学作品一定要具有某种普遍性,也要表现出像爱国主义、爱美、亲属之爱等一些相同或相似的心理情感经验。这样,读者在鉴赏这个作品的时候,才能一拍即合,产生共鸣。

由于共鸣的产生有以上两个条件,那么,在文学鉴赏活动中,如果是鉴赏主体的思想感情与鉴赏对象所表现的思想感情或属于同一个时代、或属于同一个民族,在这种情况下发生"共鸣"就很好理解了,因为同时代、同民族的人们在思想感情的基础上,在心理特征的基础上具有更多的共同性,只要鉴赏对象(文学作品)具有普遍性,共鸣现象是极容易产生的。如清代的永忠在读了《红楼梦》后,写下了这样的诗:"传神文笔足千秋,不是情人不泪流;可恨同时不相识,几番掩卷哭曹侯。"情感交流极为强烈,共鸣现象极为明显。

但是,如果鉴赏主体的思想感情与鉴赏对象所表达的思想感情并不属于同一个时代、同一个民族,也会发生共鸣现象。这种共鸣现象发生的原因分析起来要稍微复杂一些,但仍然可以从共鸣产生的两个方面的原因找到根据。

第一,优秀的文学作品常常能够突破时代、民族的界限,表现人类普遍的思想感情,表现不同时代、不同民族的"共同美",于是引起不同时代、不同民族的鉴赏者与之发生共鸣。这并不是说,优秀的文学作品可以脱离时代、民族,或者说不具有时代性、民族性,而是说这些优秀的文学作品超越了特定的时空,具有普遍性和永久的魅力。例如古希腊神话,马克思说至今"仍然能够给我们以艺术享受,而且就某方面说还是一种规范和高不可及的范本"。[2]

第二,文学鉴赏中这种共鸣现象的发生,还在于不同时代、不同民族的鉴赏者生活的客观条件,如社会矛盾、生活处境和实践经验有相近或相通之处,从而在鉴赏活动中产生了相似的感受和认识。例如,岳飞的《满江红》,是在民族危亡的生死关头发出的气壮山河的呐喊

① 亚里士多德:《诗学》,罗念生译,人民文学出版社 1962 年版,第 56 页。
② 《马克思恩格斯选集》第 2 卷,人民出版社 1972 年版,第 114 页。

和誓言,于是,当面临着相似的社会矛盾时,不同时代的关注民族存亡的人在鉴赏这首词时便会产生共鸣。

第三,人类的基本要求和共同的精神素质也能使不同时代、不同民族的鉴赏者在鉴赏文学作品时产生共鸣。这并不是说世界上存在着抽象的人和人性,而是说由于人的基本生理、心理的原因和文化积淀的原因,人类存在着许多共同之处和相通之处,这必然使人类在文学鉴赏中有某种共同的审美需要,从而发生文学鉴赏的共鸣。例如孟郊的《游子吟》:"慈母手中线,游子身上衣。临行密密缝,意恐迟迟归。谁言寸草心,报得三春晖。"母子之情的咏唱,代代人为之感动。

 ## 关键词

1. 文学鉴赏

所谓文学鉴赏,是指人们在阅读文学作品的过程中,通过感知、情感、想象和理解等一系列心理活动而形成的认识、体味、玩赏的审美活动。所以,它是一种特殊的精神活动,是一种审美享受活动。读者和作家之间的情感交流是文学鉴赏中给人以审美享受的原因所在。如果没有情感交流,也就没有鉴赏活动。从这个意义上说,文学鉴赏活动就是一种情感的活动,是作家把情感传达交流给读者同时引起读者情感反应的活动,

2. 期待视野

"期待视野"是西方"接受美学"理论中一个重要概念。一个具有主体能动性的读者,在进入文学阅读和鉴赏过程之前,基于个人复杂的生活经历和文学经验,心理上往往会形成一个既成的审美定势。读者的这种根据既成审美定势对于阅读鉴赏客体的预先估计与期盼,就叫作阅读经验期待视野,简称期待视野。

3. 虚静心境

什么是接受心境?简单讲来,就是在阅读鉴赏文学作品前的一段时间和阅读鉴赏文学作品过程中,读者所处的一定的情绪状态。虚静心境为最佳的接受心境。就审美欣赏来讲,只有在审美自由的心境中才能感受到美的事物,才能产生美感。所以,持"虚静"的审美心境,忘却尘世的烦事,专注于审美对象,全身心地进入艺术境界,是达到理想的审美效果的前提。

4. 召唤结构

由接受美学的理论家伊瑟尔提出。他认为:"文学作品具有两极:我们可以称之为艺术极和审美极;艺术极是作品的本文,审美极是由读者完成对本文的实现。"这艺术的一极,即本文,只是一个不确定性的"召唤结构",它存在着许多的"空白"。所谓"空白",就是指本文中未写出或未明确写出的部分,它召唤着读者在其可能范围内充分发挥再创造的才能。

5. 文学鉴赏再创造

艺术创作总是在有限中表现无限,在有限的语言篇幅中表现无限的生活内容,即作家总是会在作品中留下许多的空白。这些空白,作为具有主体能动性的读者,就会根据自己的印象、体验,展开想象的翅膀,把形象丰富起来,补充起来。这种人们在鉴赏过程中,凭借个人的思想意识、生活经验和艺术修养,通过思维想象,丰富、补充和扩大作品中的艺术形象的现象,文学理论上就叫作再创造。

6. 文学鉴赏中的共鸣

文学鉴赏中的共鸣现象的基本含义,是指文学鉴赏中鉴赏主体与鉴赏客体(文学作品)产生了感应关系,实现了主客体之间的感情的交流。通过共鸣,鉴赏客体实现了它的审美教育作用,鉴赏主体获得了审美享受,从而完成了鉴赏活动。具体来说,文学鉴赏中的共鸣现象,是鉴赏主体与作品中所表达的作家的思想感情或作品中人物所具的思想感情的感应和交流。

 思考题 |||||||||||||||||||||||||||||||||||||||||||||||||||||||||||||||||||||||||||

1. 正确理解文学鉴赏、文学消费、文学阅读、文学接受这四个概念。

2. 文学鉴赏有什么意义?

3. 文学鉴赏的过程大致有哪几个阶段? 每个阶段的具体工作各是什么?

4. 文学作品,尤其是优秀的文学作品为什么能够具有永久的魅力?

5. 如何理解文学鉴赏的差异性? 为什么会造成文学鉴赏的差异性?

6. 如何理解不同时代、不同民族的读者和作品之间会产生鉴赏的共鸣?

 阅读链接 |||||||||||||||||||||||||||||||||||||||||||||||||||||||||||||||||||||

1. 吴战垒:《文艺欣赏漫谈》,杭州:浙江古籍出版社,2012 年。

2. 萧涤非等著:《唐诗鉴赏辞典》,上海:上海辞书出版社,2020 年。

3. 龙协涛编:《鉴赏文存》,北京:人民文学出版社,1984 年。

4. 姚斯、霍拉勃:《接受美学与接受理论》,周宁、金元浦译,沈阳:辽宁人民出版社,1987 年。

第十章
文学批评

　　文学批评与文学欣赏属于文学的接受活动范畴。从接受美学的角度看,文学批评与文学欣赏都是实现文学价值的重要环节,是文学研究的重要内容。但与文学欣赏相比,文学批评不仅要完成欣赏活动,更重要的是在此基础上要对各种文学现象作出有效的阐释和评价,因此,文学批评就有了与文学欣赏不同的侧重点和关注点。本章试图从对文学批评概念的理解开始,再通过对文学批评的主体、文学批评的标准以及文学批评的几种主要模式等方面的了解来把握文学批评的主要内容。

第一节
什么是文学批评

　　文学批评是文学活动的重要环节，有效地开展文学批评，可以为文学理论的创新提供新的元素，开拓新的视角；同时也能引导读者顺利展开文学欣赏活动，帮助作者提高创作水平，因此，文学批评对文学活动具有重大的意义。

一、文学批评的内涵

　　"批评"（criticism）一词来自西欧，被广泛地运用于各个领域。它的本义是"裁判""辨别"，在文学理论中有其独特的学科内涵。一般认为文学理论研究是由文学的基本原理、文学批评和文学史三个部分组成。这里的文学批评，是指与文学基本原理、文学史平行的分支学科，它与文学批评学既有联系又有区别。文学批评是指从事对具体作家或作品的研究与分析，并作出判断和评价的活动。而文学批评学则是对文学批评活动中一些基本的规律、原则、方法等进行研究，探讨文学批评作为一门独特的文学活动，它的基本特性、活动规律及批评方式。文学批评学是对文学批评的研究，而文学批评则是对具体作家及作品的分析与评价，二者的研究对象不同。具体地讲来，文学批评就是批评者以某一特定的批评标准来对以作家或作品为中心的文学现象进行具体阐释与评价的活动。它有以下三个特点。

　　首先，文学批评是科学性和人文性相统一的研究活动。中外批评史上对文学批评的性质有过不同的看法：有人认为批评就是科学，主张排斥主观，反对审美，采用自然科学的方法来从事文学的批评活动。如别林斯基认为："批评是科学。批评是揭示文学艺术作品的美和缺点的科学。"[1]美国新批评文论家兰色姆也认为："批评一定要更加科学，或者说更加精确，更加系统化。"[2]他们代表了文学批评中的科学主义倾向。相反，也有人认为文学批评是非科学的活动，是对"文学"的批评，而文学则是最具人文性的艺术形式之一，因此，他们强调主观，坚持审美，排斥科学。如英国的作家兼理论家王尔德认为，"批评本身就是一种艺术"；[3]美国现代批评家门肯也认为，批评是批评家本性的自我表现，宣称"它要么就是一门艺术，要么什么都不是"。[4] 他们代表了文学批评中的人文主义倾向。在以西方为主导的批评史中，文学批评的人文性常常被科学主义淹没。其实，文学活动的各个环节都充满了人文性，如梁启超对文学作用于人的看法就是如此。在他看来，小说不同于科学，是"有其可惊可愕可悲可感，读之而生出无量噩梦，抹出无量眼泪者也"，提出了文学的"熏""浸""刺""提"的功能。他认为，"熏也者，如入云烟而为其所烘，如近墨朱者而为其所染"，"浸也者，人而与之

---

① 伍蠡甫：《西方文论选》（下），上海译文出版社 1979 年 6 月版，第 373 页。
② 兰色姆：《批评公司》，戴维·洛奇主编：《二十世纪文学评论》上册，上海译文出版社 1987 年版，第 387 页。
③ 王尔德《作为艺术家的批评家》，赵澧、徐安京：《唯美主义》，中国人民大学出版社 1988 年版，第 159 页。
④ 盛宁：《二十世纪美国文论》，北京大学出版社 1994 年版，第 36 页。

俱化也","刺也者,能入于一刹那顷,忽起异感而不能自制也","提也者,自内而脱之使出","入于书中,而为其书中之主人翁"①。梁启超从欣赏的角度,考察了文学活动的特殊性,突出了人的意义,表现了人文主义倾向,这也启发我们进一步认识文学批评中的人文因素。因此,文学批评应该具有两面性,一方面它作为研究与评价的活动,需要运用概念、判断、推理等的帮助才能公正、客观地完成批评活动,体现出理性与科学;另一方面,由于批评对象是文学,离不开对作品的鉴赏,这又使批评活动具备了感性的、审美的特点,显示了非理性与非科学性。总之,离开了科学性就不能成为批评,同样,忽视人文性也就不能成为"文学"的批评。

其次,批评标准在批评活动中占有中心地位。无论是自觉的还是不自觉的,凡是有批评产生的地方就必然有批评标准的存在。批评是判断,判断须有标准。任何批评活动都是标准的具体运用。当然,在具体的批评活动中,有的标准较为明确,有的标准较为模糊,但模糊不等于没有标准;有的标准可能是正确的,有的标准可能是错误的,但错误的也是一种标准。批评标准是批评活动的支撑点,对文学的任何评价都必须围绕并体现标准这一尺度的价值内涵,所以,文学批评标准在批评活动中占有中心的地位。这个"中心"不仅表现在批评标准是评价对象的尺度,是连接批评者和批评对象的中介,而且还表现在它集中体现了批评者的立场、态度以及他们的美学观和文学观。

第三,文学批评的对象是以作品为中心的文学现象。有人认为,文学批评的对象就是文学作品,这种说法把文学批评对象狭隘化了。事实上,文学批评的对象不只是文学作品,它还包括与文学作品有关的各种因素,只有这样,我们才能从多角度、多层面地完成文学的批评任务。因此,文学批评的对象既可以是文学作品自身的语音、语法、语象等因素,也可以是与文学作品相关的其他因素,如文学流派、文学思潮、文学观念等,总之,与文学作品有关的一切文学现象都可以作为文学批评的对象。在现实中,尽管有的对象可能成为某一时期批评的中心,有的可能永远在边缘徘徊,但无论是处在中心还是边缘,它们都不能缺少与文学作品相关联这一必要条件。中心或边缘只表现在文学批评中被关注的程度差别,并不能否认它成为文学批评的对象。批评对象是文学批评的逻辑起点,没有对象,文学批评将无从开始。

二、文学批评的意义

文学批评对于文学活动来讲意义重大,主要表现理论层面与实践层面两个方面:

1. 理论层面的意义
所谓理论层面的意义,就是指文学批评对文学理论和文学史所具有的独特价值和作用。

第一,文学批评对文学理论的意义。文学理论与文学批评常常被认为是指导与被指导的关系,由此,前者倍受重视,而后者屡遭冷落。事实上,理论与批评不是单向的决定与被决定,而是双向互补的关系。批评活动固然离不开理论的指导,但也不能无视理论来自批评实

---

① 梁启超:《论小说与群治之关系》,郭绍虞:《中国历代文论选》第四册,上海古籍出版社 1980 年版,第 207—209 页。

践的事实,因为,批评与创作直接联系,它是文学研究活动中最活跃、最具有创新精神的环节。理论的产生和发展要依赖文学批评,任何忽视或冷落批评活动的行为都不利于理论的发展,从这个角度讲,批评对理论的意义并不亚于理论对批评的作用。文学批评是文学理论的生命来源,表现在以下两个方面。

其一,文学批评是文学理论合法性的检验者。我们无意否认理论是批评的基础,任何批评活动都受一定观念指导,都要执行一定的标准,但这只是问题的一个方面。事实上,文学批评不仅是对既有理论的运用,同时又是对这一理论合法性的检验。这样,批评的过程,既是批评者以某一理论为指导来评价文学现象的过程,又是这一理论在评价文学现象过程中再一次被检验的过程。理论无法自明,它只能通过外在的方式求得合法,而文学批评活动正是验证文学理论合法性的唯一有效途径。其二,文学批评是文学理论发展的推动者。文学创作的意义不仅在于它是现实世界的反映,更在于它对周围世界的独特思考与独特表现,这就是文学的创新。无限地追求创新是文学的生命,因此,作为文学创作实践经验的总结,文学理论的滞后性就常常在批评实践中暴露出来,表现出理论的危机。当文学创作实践出现新的发现、新的思考以及新的表达方式等,而既有的文学理论无法有效阐释时,文学批评便会抛开旧的理论以寻求新的理论来解决这种危机,试图从一个新的角度或新的层面来阐释和评价新的文学现象,因此,处于文学创作与文学理论中介的文学批评,它天生地倾向于文学创作并推动着文学理论的发展。别林斯基已认识到了这一点,他说:"理论是美文学法则的有系统的和谐的统一;可是,它有一种不利,那就是它只包含在一定的时间限度里面,而批评则不断地进展,向前进,为科学收集新的素材,新的资料。"[①]"文学批评——这就意味着要在局部现象中探寻和揭露现象所据以显现的普遍的理性法则。"[②]显然,批评在这里着重调解理论的"常规"与作品创新的"反常"之间的矛盾,当"常规"面对"反常"失效时,便由批评去对现有理论调整、改良甚至颠覆,以推动理论"范式"的转化。所以,文学批评是文学理论的检验者,同时也是文学理论发展的推动者。

第二,文学批评对文学史的意义。文学史是从某一立场和角度历时性地考察文学演变的专门学科,其任务是思考不同历史时期的各种因素(如经济、政治、伦理、宗教及审美情趣、审美理想等)对文学的影响,考察文学自身演变过程中的继承和革新,评价具体作家、作品以及其他的文学现象在文学演变中的地位和作用。但就文学史与文学批评的关系看,文学史更多地依赖文学批评,并从文学批评的具体成果中积累文学史编写的材料。具体表现为以下两个方面:

其一,文学批评是文学史建构的前提。文学史是探索文学变化规律、编织文学变化链条的,它离不开批评活动。没有文学批评的先行,就没有文学史的建构。文学史的建构,首先要对文学作品作出准确的认定,否则就无法把它们放在恰当的位置上作历时性的考察,认识

---

① 别林斯基:《别林斯基选集》(第1卷),满涛译,上海译文出版社1979年版,第323页。
② 别林斯基:《别林斯基选集》(第3卷),满涛译,上海译文出版社1980年版,第574页。

它们的意义。如对苏轼，要确定他在中国文学史上的地位，须首先对他的散文、诗词等作品进行具体的分析与评价；要确定他在婉约词史上的地位，须首先具体分析他的某一首词如《江城子》（十年生死两茫茫）后，才能在比较中进行恰当的评价，因此，离开了具体的文学批评活动，就无法进行整体的文学史写作。没有文学批评的前提就没有文学史。其二，文学批评的观念、立场与态度直接影响文学史的建构。文学史是对已发生的文学事件的历时性考察，而这些文学事件已经消失，后人无法还原，它们都是唯一的、客观的和不可改变的，但文学史上的文学事件已不同于过去发生的那一件历史事实，它们的地位和意义实际上是由特定文化背景中的文学史家对这些历史事实的想象、理解与分析的结果，因此，文学史家的批评立场、态度或标准等就直接影响到文学史的写作。伽达默尔说过："真正的历史对象根本不是一个客体，而是自身和他者的统一，是一种关系。在这个关系中同时存在着历史的真实和历史理解的真实。"①文学史家作为一个"他者"，持有的观念、立场与态度必然会影响到对文学事件的理解，影响到对文学史元素的选择，影响到各元素在文学史上的地位排列。实践证明，面对同样的文学史素材，批评的观念、立场与态度直接影响到文学史的建构；文学史的多元性，实际上是批评观念、立场与态度多元性的反映。所以，文学批评不仅是文学史写作的前提，而且还直接影响文学史如何写的问题。

"是什么"和"能做什么"

假如我们要寻求某种标准，即人应该如何视文学为有价值和应该如何去评价文学，我们就必须得通过某些定义去解释。人认为文学有价值必须以文学本身是什么为标准；人要评价文学必须根据文学的文学价值高低作标准。文学的本质、效用和评价必然是密切地相互关联的。某一个东西的价值，即它的惯常的或最专门的或恰当的价值，应该就是那由它的性质（或它的结构）所赋予的价值。它的性质存在于潜能中，也就是它那外部表现出来的效用。它能做什么，它就是什么；它是什么，它就能做什么。我们在判断某一东西具有价值时，必须是以它是什么和能做什么为依据，我们在评价它时，必须把它与那些同它具有相同性质和效用的东西加以比较。

——雷·韦勒克、奥·沃伦著：《文学理论》，刘象愚、邢培明、
陈圣行、李哲明译，三联书店 1984 年版，第 272—273 页。

2. 实践层面的意义

所谓实践层面的意义，就是指文学批评对作者、读者有着独特的价值和作用。

第一，对作者的意义。马克思在论述生产和消费的关系时认为，没有消费就没有生产，消费

---

① 转引自张汝伦著：《意义的探究——当代西方释义学》，辽宁人民出版社 1986 年版，第 190 页。

是生产的前提,肯定了消费的意义。从这个角度讲,文学生产也是这样,批评者就是文学的消费者,文学批评就是文学作品的一种消费活动,因此,文学批评对作者及其创作具有特殊的意义。

从广义上来讲,文学批评是一种消费活动,没有这一活动将会影响到作家的创作。我们还应该看到,批评活动是作品意义的再创造活动,批评者是文本意义的挖掘者,是作者的"同伴",他们共同创造了文本的意义,因此,文学批评不是一般的消费活动,它将在更高的层面上影响作家及其创作。传统观念认为,文学的欣赏与批评的目的是寻求作者的意图。当代美国批评家赫施也继承这种观点,他在《阐释的有效性》中批评伽达默尔的现代阐释学,认为只有符合作者原意的阐释才是有效的阐释。然而这种观点在面对批评活动中出现的许多复杂现象时无法自圆其说。什么是作者的"原意",有时候连作者本人也无法清晰地加以说明,于是,阐释中出现的差异性就在源源不断地发生。美国学者 D·C·霍埃曾说:"康德曾认为他了解柏拉图更甚于柏拉图自己对自己的了解,而伽达默尔则认为我们不能自称更加了解柏拉图,只是我们了解的与他本人的不同罢了。"[①]无论是康德还是伽达默尔,他们都肯定创造性批评应该比作者本人对自己或自己的表述的理解还要深刻,这就使批评者在批评活动中呈现出全新的意义。批评的意义不在于重复作家"昨天的故事",而是具体分析、挖掘作品中潜在的或作者没有考虑到的因素,进一步丰富文本的意义。杜勃罗留波夫指出:"有时候,有的艺术家可能根本没有想到,他自己在描写什么;但是批评之所以存在,就是为了说明隐藏在艺术家创作内部的意义。"[②]因此,批评者不是作者的敌人,而是作者的朋友。与此同时,批评者还可以成为作者的一面镜子。作者可以站在批评者的对面,从他的"脸上"看到自己创作中的创新与不足,有利于帮助提高创作水平。

第二,对读者的意义。批评家也是读者。在这个意义上,批评家与普通读者没有什么区别,但由于批评者属于一个特殊的群体,他们具有丰富的专业知识,对于社会和人生的思考也更为深刻,并往往能站在更高的层面上来认识文学作品,因此,对于广大的读者来说,他们的批评可以帮助读者走近文学。这表现在:其一,引导读者积极参与文学艺术的审美活动。马克思在《〈政治经济学批判〉导言》中提出,文学艺术是一种有别于实践——理性地、科学地、宗教地认识世界的方式。文学作为艺术之所以能够存在,就是因为它以独特的审美视角去观照周围的世界,表现了作者对现实世界的审美感受和审美体验;而文学批评又往往能去除那些遮蔽了文学审美特性的因素,引导读者去感受与体验美的事物和感情,帮助读者顺利完成审美愉悦。其二,引导读者认识社会。文学描写的中心是人,"人是社会关系的总和",反映人与人的关系,实际上是反映了一种社会关系,所以,文学不仅是审美的,也是社会的。文学的社会性决定了文学具有认识社会的功能,同时,文学批评又承担着阐释和评价文学所展现的世界的功能,帮助普通读者增强对现实社会的理解。其三,引导读者欣赏新的文学形式。文学艺术的最大价值就在于创新,创新是文学的生命,但创新又经常表现为作者对外在

① D·C·霍埃:《批评的循环》,兰金仁译,辽宁人民出版社 1987 年版,第 8 页。
② 杜勃罗留波夫:《黑暗的王国》,《杜勃罗留波夫选集》第一卷,辛未艾译,新文艺出版社 1954 年版,第 248—249 页。

世界和内在世界的独特发现和独特表达,这无疑增加了欣赏的难度。批评者的阐释与评价,可以引导普通读者进入到新的艺术世界,享受新的艺术感受,获得新的精神体验。

第二节
文学批评的主体

文学批评就是批评者以某一特定的批评标准来对以作家或作品为中心的文学现象进行具体阐释与评价的活动。它离不开批评活动的主体,那就是批评者。而批评者的观念与立场将会直接影响到文学批评的过程与结果。如果从现代阐释学的角度看,文学批评的主体地位就显得更为重要。

一、文学批评主体的地位

文学批评主体是指在文学批评活动中具有认识能力和实践能力的人。这里指的就是文学批评者。

真正对读者的关注应该是从对"理解"的全新阐释开始的。阐释(hermes)一词,从词源上来看,是古希腊神话传说中专门负责向人类传递诸神信息的信使,他不仅向人类宣布神的信息,而且对神谕进行注释和阐发。在传统阐释学中,阐释要符合原意,作者意图就是阐释的标准,符合原意的阐释就是有效的阐释。在这种传统阐释学的影响下,作者的意图至高无上,读者只能扮演一个消极被动的配角。但 20 世纪产生的现象学和现代阐释学从根本上改变了这种传统观念,在哲学的层面上对"理解"作出了颠覆性的阐释,极大地提高了读者在理解活动中的地位。在文学批评中,批评者获得了解放。

海德格尔在《存在与时间》中认为,人们不是通过理解去认识外部世界的,理解是人存在的方式。这里的理解是对生存于特定的历史文化背景中的人的理解,它不是超越历史、超越时间的纯粹的客观,而是受制于理解者的"前理解"。在海德格尔看来,"前理解"包括三种要素:"前有"(vorhabe)、"前见"(vorsicht)和"前把握"(vorgriff)。他认为,对某物加以解释,在本质上是通过"前有""前见"和"前把握"来进行的。"前有"是指人在有自我意识和反思意识之前已置身于他的世界之中的那些传统观念、风俗习惯、民族心理结构等,这些因素直接影响他的理解。我们要解释的东西是由我们的前有规定的。"前见"是指理解开始时从什么地方下手,即选择理解的角度或观察点。"前把握"是指对任何事物的解释都有一个预先的假设。这三个方面共同筑成了读者的前理解。也就是说,理解者在理解活动开始之前,已经是一个受到特定历史文化浸染过的理解者,在他理解开始之前已经有一个前理解在理解者头脑中存在,它直接影响到理解的对象、过程,甚至结果。对"前理解"概念的提出,使理解者从原来的消极被动转向积极主动,这种转向实际上是强调和突出了理解者在理解活动中的地位,维护和确立了理解者的权利,为批评主体争得了合法性地位。德国学者布尔特曼曾说:

"没有前理解，人们就绝不会理解在文学中所说的爱情与友谊、生命与死亡，或者一般意义上人这东西是什么。"[①]伽达默尔为实现阐释学的本体论转向，将海德格尔关于理解的哲学思考运用到他的阐释本体论之中，提出了理解的历史性问题，肯定理解中"成见"的合法性，认为"一个不承认他为成见所支配的人，将看不到成见的光芒所显示的东西"[②]。因此，我们无法回避理解中的成见，留给我们做的只能是考察它是合理的还是不合理的。

由此可知，批评主体是一个历史的、文化的主体，它不是消极的、单向接受的一个被任意填充的躯壳，而是与对象进行双向互动、主动参与到理解活动中的积极主体。海德格尔对前理解的阐释和伽达默尔对成见合法性的肯定，揭示了批评者在批评活动中的意义，为我们认识批评者在批评活动中的地位提供了理论依据。

二、文学批评主体的活动条件

在普通的文学欣赏活动中，欣赏者只要具有一定的历史文化知识和文学修养就能进行欣赏活动，但作为文学批评者，他的地位、任务与普通读者不同，因此，他必须具有完成批评活动的一系列的重要条件，才能达到自己的目的。

1. 丰富的生活体验

文学是反映社会生活的。作者是将他对社会生活的认识和体验转化到文本中，批评者则相反，他要从文本中感受和体验那些生活，因此，无论是作者，还是批评者，要参与文学活动，都离不开对生活的体验。

人生体验不同于人生经历。人生经历是指亲身见过、做过或遭遇过的事，强调曾经有过的事实。人生体验是指通过亲身的实践来认识周围的事物，强调体验者对周围事物的感受、理解和把握。可见，人生体验是一种经主体对生活经历的思考后所获得的理解和体会。对文学批评者来讲，人生体验的重要性远远超过人生经历，因为文学强调情感，重视对自己和他人情感的察觉和认知，如果没有对人生经验的理解、体验和把握，就不可能产生感悟和共鸣。欣赏山水诗，要有与山水亲密接触的经历；欣赏边塞诗，也要有一定的边塞生活体验。所以，对于批评者来说，只有达到了体验的层面，才可能对人生有深切的感受与认识，才能分析与研究各种文学现象，得出合乎实情实理的结论。人生体验可以从以下三个方面来获得：其一，对自己已有人生经历进行思考与体会，让自己清晰地、鲜明地、完整地意识到自己经历中的情感变化，做到自知与自省。这是体验的最基本的部分。其二，对他人的经历或体验的再体验，设身处地地感受他人的情感，以此充实自己。其三，从各门艺术中去寻找新的感受和体验，在一次次的艺术感受中丰富自己。以上三种方式相互联系，相互促进，任何一种体验都将成为下一次体验的准备。当然，体验不应该仅停留在生活世界，要突进到对精神世界

---

① 布尔特曼：《存在与信仰》，载王鲁湘等《西方学者眼中的西方现代美学》第98—99页，转引自凌晨光《当代文学批评学》，山东大学出版社 2001年版，第268—269页。
② 转引自张汝伦：《意义的探索——当代西方释义学》，辽宁人民出版社1986年版，第177页。

的体验,如民族文化传统、时代精神等。总之,作为一名批评家,他必须是有意识地去丰富自己的体验,丰富的生活体验是文学批评活动的前期准备。

2. 敏锐的艺术感受力

批评是对对象的批评,若要与对象对话,艺术感受力就显得特别重要。艺术感受力是指批评者感受艺术作品的能力,它主要包括语言、形象的感受能力和艺术的想象能力等方面。艺术感受力是艺术修养的主要内容,是完成文学批评的必要条件,正如马克思所说:"如果你想得到艺术的享受,你本身就必须是一个有艺术修养的人。"[①]因为,"对于不辨音乐的耳朵来说,最美的音乐也毫无意义,音乐对他来说不是对象"[②]。有的人可能会对一段平凡的描述感到激动,而有的人可能对一段激动的描述感到平凡,这就是感受能力的差别,因此,批评者必须是一位有艺术修养的人,只有具备敏锐的艺术感受力,才能进入欣赏,进行批评。

敏锐的诗意感觉

敏锐的诗意感觉,对美学印象的强大的感受力——这才应该是从事批评的首要条件,通过这些,才能够一眼就分清虚假的灵感和真正的灵感,雕琢的堆砌和真实感的流露,墨守成规的形式之作和充满美学生命的结实之作,也只有在这样的条件下,强大的才智,渊博的学问,高度的教养才具有意义和重要性。

——《别林斯基选集》第 1 卷,上海译文出版社

1979 年版,第 224 页。

---

(1) 语言的感受能力。

文学是语言艺术,因此,对文学的感受首先就体现在对语言的感受。自 20 世纪以来,哲学上的"语言学转向"把语言提到前所未有的高度:"语言是人类的寓所。"(海德格尔)"语言不只是载体,也是本体。"(汪曾祺)因此,对文学批评家来说,对语言的感受能力就显得尤其重要。语言的感受能力主要表现在对语言的语音层和语象层的感受上。语音层是由声音和节奏构成的,声音是时间中的延绵,而节奏是指声音有规律的长短、高低、轻重的起伏。声音和节奏直接体现了作者的情感。我们读到"寻寻觅觅,冷冷清清,凄凄惨惨戚戚"(李清照《声声慢》),就能感受到作者渗透其中的情绪;下面这一段落更能让我们感受到语言的魅力:"三十年前的上海,一个有月亮的晚上……我们也许没有赶上看见三十年前的月亮。年轻人想着三十年前的月亮该是铜钱大的一个红黄的湿晕,像朵云轩信笺上落了一滴泪珠,陈旧而迷糊。老年人回忆中的三十年前的月亮是欢愉的,比眼前的月亮大、圆、白;然而隔着三十年的辛苦路往回看,再好的月色也不免带点凄凉。"(张爱玲《金锁记》)面对这样的月亮,读者自然

---

① 马克思:《1844 年经济学哲学手稿》,人民文学出版社 1979 年版,第 108—109 页。
② 同上书,第 79 页。

会浸透到张爱玲所营造的境界中去。以上两段的声音和节奏完全不同,具有一定语言感受能力的人都能体会出它们的差异。语象层是语言层面上的形象,包括描述、比喻、象征,它们是用文字这一材料制成的象。语象也可以称为"具词的象"。"枯藤老树昏鸦,小桥流水人家。古道西风瘦马。夕阳西下,断肠人在天涯。"(马致远《天净沙·秋思》)能否在这些"具词的象"中体会到长期在异乡的孤独感和苍伤感,很大的程度上取决于我们的语言感受能力。又如:"当黄昏展开遮没了天空,像一个麻醉在手术台上的病人。"(艾略特《普鲁弗洛克的情歌》)虽然它是如瑞恰兹所说的"远距离取譬",为读者感受增添了难度,但黄昏,这个既不是黑夜也不是白昼的昏昏欲睡,与不死不活地被麻醉了并躺在手术台上的病人的确有相似之处。文学是语言的艺术,没有一定的语言感受能力,就无法进行文学欣赏,也不能进行文学批评。

(2) 形象的感受能力。

形象的感受能力主要是指对文学形象,如人物形象、景物形象、情感形象等进行艺术感受的能力。在文学批评活动中,把语言符号有效地感受为一个个活生生的艺术形象并整体地把握,是批评者对文学作品进行阐释和评价的必要条件,因此,没有文学形象的感受能力,就无法进行文学批评。鲁迅在《故乡》中写"我"回到阔别了二十余年的故乡,这样写道:"时候既然是深冬;渐近故乡时,天气又阴晦了,冷风吹进船舱中,呜呜的响,从篷隙向外一望,苍黄的天底下,远近横着几个萧索的荒村,没有一些活气。我的心禁不住悲凉起来了。"这一串串符号,从语言的感受上来讲能体验到作者的情绪,那么,从形象的感受角度讲,批评者必须把几个碎片似的物象组合成一个完整的艺术形象。当然,形象的感受能力不只是体现在作者所描绘的人物、景物或事件上,更多地应该体现在对文字所组成景象的情感体验上。对于具备一定形象感受能力的人来讲,虽然没有经历过这样的"故乡",但他能够有效地将"深冬""阴晦""呜呜的响""苍黄""萧索""荒村"等组合起来,感受形象中所包含的"我"对故乡的态度,领悟作者心中的"痛"。虽然没有亡妻之苦、离别之恨,但面对"相顾无言,唯有泪千行"(苏轼《江城子》)的诗句,批评者总能够感受到主人公的形象——一个对亡妻怀着刻骨铭心的思念的人。形象是思想感情的载体,形象的感受力成为艺术修养的重要内容。

(3) 艺术的想象能力。

艺术的想象能力,就是把语言符号转化或创造出新形象的能力。一般说来,想象可以分为再现性想象和创造性想象。再现性想象就是对语言进行形象化的再现;创造性想象是对记忆中的表象进行改造、加工、综合,创造出新形象。在文学批评中,以再现性想象为主,创造性想象为辅。文学是通过语言符号来反映社会生活、表现人的精神世界的,作品中直接展示的部分需要接受者去再现,接受美学所提到的"空白"也需要读者去补充、去创造,这不仅需要丰富的生活体验,而且还要求读者具备艺术的想象能力,因此,文学想象在艺术感受能力中扮演着重要的角色。文学创作离不开艺术的想象,文学批评同样也离不开艺术的想象,面对"莫道不销魂,帘卷西风,人比黄花瘦"(李清照《醉花阴》),我们应该想象出这是一位怎样的女性;面对"玉阶生白露,夜久侵罗袜。却下水晶帘,玲珑望秋月"(李白《玉阶怨》),虽然我们没有深宫的经历,但也应该想象得出宫女长夜所思。文学展示了一个虚拟的世界,因此,没有艺术的想象能力就谈不上文学欣赏,更谈不上批评了。

3. 准确的判断力

判断力就是根据某一标准对批评对象进行分析评价的能力。艺术感受力是一种艺术的直觉能力,而判断力是一种理性的、系统的知性能力。与欣赏活动相比,文学批评对批评者的判断力有很高的要求,因为,批评是一种阐释和评价活动,它要从感性上升为理性,要有说服能力。在文学批评活动中,批评者的判断力直接影响批评活动,它已渗透到批评活动的方方面面,影响到批评对象的选择、批评标准的建立等,为此,我们要做到以下几点。

第一,建立科学的美学观和文学观。批评是一种实践活动,它总是离不开理论指导,因此,批评家应该自觉地打好理论基础,为批评提供理论保证。对于文学批评来说也是如此。批评的立场、态度和标准都受一定的理论指导,这个理论就是批评者的美学观和文学观。要顺利地进行文学批评,对各文学现象作出科学的阐释和评价,必须建立起科学的美学观和文学观。可以说,美学观与文学观是文学批评的理论基础,有什么样的美学观与文学观,必然确立与之相应的批评立场、态度和标准。

第二,培养理性的思辨能力。有了科学的美学观和文学观,有了正确的立场与态度,有了符合文学本色的批评标准,并不意味着批评活动就会自然展开。理性思辨实际上就是如何将已有的理论运用到具体的批评活动中去的能力。你的思考、判断是否合理,如何实现你的判断,得出的结论是否有说服力,等等,都是由思辨决定的。如果没有这样的思辨能力,也就不可能将那些标准运用到具体的批评活动中去,立场、态度、标准都不能自为。

第三,建立开放的知识结构体系。文学在不同的层面上反映了周围世界,也在不同的程度上表现作者对外界的感受和评价,它可能涉及外在物质世界和内在精神世界的方方面面,因此,要求批评者有一个较为开放的知识结构,正如茅盾所说的,"一个批评家应当比一个作家具备更多方面的社会知识,更系统的对社会生活的了解,更深刻的对社会现象的判别能力……"[①]特别是一些宏大的叙事作品,如《红楼梦》《人间喜剧》等,它可能涉及社会学、历史学、伦理学、民俗学、心理学、文化学、地理等方面的内容,只有当我们了解了这些知识,才能更好地对作品作出准确的理解和判断。如阐释和评价贾宝玉,如果没有相应的关于中国历史、文化、民俗、心理等知识的储备,就无法从更深的层面来解读,更谈不上对之作出准确的判断。又如姜戎的小说《狼图腾》,涉及中国游牧民族的民俗、文化、历史、心理等方面的内容,没有这方面的知识准备,也就无法作出合理的阐释和评价。

第三节
文学批评的标准

文学批评离不开批评主体,批评主体是文学批评的实施者,但文学批评的展开,是离不

---

① 茅盾:《新的现实和新的任务》,《茅盾文艺评论集》上册,文化艺术出版社 1981 年版,第 110 页。

开批评标准的,这个批评标准就是批评主体对文学批评所持的立场与观念。不同的批评主体会有不同的批评标准,这也是衡量文学作品优劣的尺度。因此,这一尺度的科学性与合理性在文学的批评活动中就显得特别的重要。

一、什么是文学批评标准

任何文学批评都有批评标准。我们可以说文学批评中没有统一的批评标准,但绝不能说文学批评可以没有标准。就文学的批评标准问题,鲁迅曾在《批评家的批评》一文中以"圈子"为例表述了他的看法。他说:"我们曾经在文艺史上见过没有一定圈子的批评家吗? 都有的,或者是美的圈子,或者是真实的圈子,或者是前进的圈子。没有一定圈子的批评家,那才是怪汉子呢。"这里的"美的圈子""真实的圈子"或"前进的圈子"就是文学批评标准,世上没有"怪汉子"式的批评家,因此,"我们不能责备他有圈子,我们只能批评他这圈子对不对"①。在具体的文学批评中,常常会出现对某一作品的评价产生分歧,甚至完全相反的现象。同一部《红楼梦》,为什么有的人看见"《易》",有的人看见"淫",有的人看见"缠绵",有的人看见"排满",也有的人看见"宫闱秘事"? 就是因为那些经学家、道学家、才子、革命家和流言家有他们各自的"眼光"。同理,白居易的《长恨歌》,有人说它反映了唐明皇、杨贵妃荒淫无耻的生活,但也有人却解读出了忠贞不渝的爱情;诗中的"行宫见月伤心色,夜雨闻铃肠断声"是为那"荒淫无耻",还是为那"忠贞不渝",这是截然相反的评价。对那些表意模糊的作品,如李商隐的诗、朦胧诗等就更是如此了。除了与文学自身的特殊性相关外,不同的批评标准是产生评价分歧的直接原因。对《红楼梦》不同的审视眼光,对《长恨歌》不同的评价结果,在很大的程度上都是由于批评标准的差异导致的。

可见,文学批评都是在一定的标准下进行的。那些没有意识到自己的批评标准,或没有自觉地按某一标准从事批评活动的人,都无法否定标准本身的存在。我们在生活中也常碰到喋喋不休的争论,其主要原因之一就是没有明确标准,你说你的,我说我的,忽视了标准在批评中的中心地位。从这个角度讲,批评结果的差异,就是批评标准的差异,标准问题解决不好,将直接影响到文学的批评活动。标准是批评活动的中心问题。

那么,什么是文学批评标准呢? 所谓文学批评标准,就是批评者用来评价文学作品及文学现象的价值尺度。批评者站在不同的立场,以各自的美学观与文学观为基点建立起衡量作品的尺度,这种尺度就是批评标准,它直接左右了评价的结果。

批评标准具有文学性、时代性和主体性的特征。文学批评是对"文学"的批评,因此,批评标准必须与文学这一特殊对象紧密地联系起来,体现文学性;同时,任何文学作品及文学现象都会在某种程度上体现特定时代的政治、经济、文化等方面的内容,况且作者或批评者都是特定时代的产物,所以,批评标准难以超越时代;再者,批评标准决不能自成为标准,它

---

① 鲁迅:《批评家的批评家》,《鲁迅全集》第五卷,人民文学出版社 1981 年版,第 428 页。

是批评者根据自己的立场、态度及相应的美学观、文学观为依据的,标准的建立,实际上体现了批评者自由选择的权利,体现了主体性。

对于批评标准,我们还应该注意,批评中的肯定性评价与否定性评价以及话语权的问题。肯定性评价并不意味着正确、揭示的就是什么真理;否定性评价也并不意味着一无是处,肯定或否定只说明批评标准与批评对象所表现的人生观、价值观和审美观之间的趋同或趋异。另外,在批评活动中,批评标准问题实质上又是批评的话语权问题,谁拥有话语权,谁就拥有建立标准的权力。批评标准是批评话语权的直接体现。

二、文学批评标准的多元化

文学批评标准就是批评者用来评价文学作品及文学现象的价值尺度。不同时代有不同的批评标准,即使是同一时代,由于批评者的立场、态度以及美学观、文学观等因素的不同,也会造成批评标准的差异,这就是批评标准的多元化。批评标准的多元化导致了文学批评的多元化。

1. 批评标准的多元化

从历时性与共时性的角度,我们都可以看到批评标准的多元。从历时性角度看,由于不同时代具有不同的政治经济文化氛围,由此产生了不同的美学观和文学观,这不仅影响了作者,同样也影响了批评者。中国是文明古国,多数的艺术门类得到了较好的发展,特别是诗歌,因此,中国较早的文学批评也是从诗歌开始的。孔子《论语·为政》中说:"诗三百,一言以蔽之,曰:思无邪。"他认为《诗经》各篇的内容都符合儒家的政治思想、伦理道德和审美标准,建立了以"无邪"为指归的评诗论诗标准。刘勰的"六义"虽然夸大了"五经"对文学的影响,但就"六义"本身而言,却是从情感、教化、真实、形式、文风和文采等提出了评判尺度。司空图的"韵味"说,建立起以审美为中心的批评理论;其他还有,如严羽从"体制""格力""气象""兴趣""音节"五个方面去论诗,金圣叹的"人物性格"标准,王国维的"意境"标准,鲁迅的"真实""美感""社会功利"标准,等等。

西方也是如此。从古希腊开始,历代的文学理论家们大多对批评标准作出了精彩的论述,给我们留下了丰富的思想资源。柏拉图在《理想国》中建立起以政治效果为中心的批评标准,他要把那些只图快感,对政治无效的诗人赶出理想国。亚里士多德认为,诗人的职责在于描述可能发生的事,即按可然律与必然律可能发生的事,显示了亚里士多德对于诗的自觉意识。贺拉斯提出"合式",要求和谐、恰当、妥帖、得体和恰到好处。后来现实主义、浪漫主义、现代主义等先后登场,毫不犹豫地展示各自的文学观,确立不同的批评标准,积极有效地推动了文学创作的发展。

从共时性角度看,批评标准的多元也是无法否定的。我们在这里讲时代性主要讲同一时代的趋同性,而事实上,在趋同下面往往包孕着许许多多的差异。社会生活的丰富多彩和人的精神追求的自由选择,在同一时代产生出精神的差异。就文学批评来讲,这种精神差异必然导致他们不同的选择,建立起不同的标准,实践着不同的批评模式。以我国为例,在改革开放以后,文艺界解放思想、实事求是,打开窗口,大量引进西方的文学理论,一时间,西方各种批评理论几乎同时在中国共时性地"狂欢",社会—历史批评、印象式批评、形式主义批评、心理学批评、新批评、结构主义批评、解构主义批评、读者反应批评、女权主义批评、新历史主义批评等参与了文学的批评活动。这现象一方面体现了中国对外来文学理论的渴求,另一方面也正说明了多种批评标准能在一时一地共存,在共时中享受着各自的权利。

因此,无论从历时性还是共时性来看,文学批评标准都是多种多样的,时代、民族、美学观、文学观等因素的改变都可能影响批评标准的变化。历时性的变化,反映了标准变化的内在逻辑线索;共时性的同存,显示了批评活动的鲜活生机。

2. 标准多元化的原因

文学批评标准不同于工业产品的标准,它是以多元为常态的,以一元为非常态。一旦某时或某地的批评标准一元化了,就说明文学活动处于非常态情况,因为,多元的批评标准共存才符合文学批评的活动规律。标准的多元化,除了文学本身体现了许多不确定因素以外,批评标准的内在发展逻辑与批评者的自由选择也是其形成的主要原因。

第一,范式革命使多元成为必然。

文学观念的时代性在这里是指不同时代具有不同文学观念的特征,取其不同时代的趋异性。就 20 世纪讲,文学观念在宏观上有两次大的"转移",即所谓的文学研究中心从作者到作品再到读者的流向,每一次转移都表现了文学批评"范式"的转变,每一次范式的转变都是科学的革命。美国当代学者库恩在他的著作《科学革命的结构》中认为,范式是科学共同体共有的信念、理论、价值和方法,体现时代特征。他认为,随着科学研究的深入,常规科学阶段常常会出现与现存范式不相符合的反常规现象,科学家无法解释这种矛盾,于是进入到范式危机。所谓的范式危机,就是科学共同体有了范式丧失信心的团体心理状态。范式危机预示着革命的到来。由于范式由理论体系、研究规则、方法和哲学观等构成,因而,范式变革必然是理论体系的变革,也必然是科学家的认识论、方法论和科学世界观的变革。新范式取代旧范式后又进入新的常规阶段,在新的范式下又重新出现反常规现象。科学发展就是这种范式的相互交替的动态模式。库恩关于范式交替的观念,有效地解释了文学研究中心转向的内在逻辑,也揭示了批评标准转移的内在逻辑。文学研究的"作者中心""作品中心"和"读者中心"是三种不同的范式,它们各有其信念、理论、价值和方法。转向"作品中心"正是"作者中心"的范式危机的结果,同理,转向"读者中心"又是"作品中心"的范式危机的结果。库恩肯定了反常规是科学进步的动力。对文学批评标准来讲,要发展也必然有反常规的出现,因此,反常规的出现,即批评新标准的出现,符合文学批评变化的内在逻辑。

"反常规"和"革命"

既然先是发现,即出现新的事物,后是发明,即出现新的理论,那么我们一定要问，这一类的变化究竟是怎样发生的。……发现开始于感到反常，也即感觉到自然界不知怎么违反了由规范引起并支配着常规科学的预期。接着是对这个反常区域或多或少地扩大进行探索。直到把规范理论调整到反常的东西成了预期的东西为止。吸收一类新事实要求更多地调整理论，直到调整好——科学家会以另一种方式看待自然界——新事物才会真正成为科学事实。

……

从一种处在危机中的规范过渡到一种新的规范，由此而能出现常规科学的一种新传统，远不是一个积累的过程，不是靠老规范的分析和推广而达到的。不如说它是这个领域按新原理的一种重建，是一种改变这一领域的某些最基本的理论推广，以及它的许多规范方法和应用的重建。在过渡时期，会有一大批问题，既能由老规范解决，也能由新规范解决，在这些问题之间决不会完全重叠，但是解决的方式也会有决定性的差别。当过渡完成时，同行会改变对这一领域的观点、方法和目的。

——T·S·库恩：《科学革命的结构》，上海科学技术出版社
1980 年版，第 43 页、第 70 页。

第二，自由选择使多元成为可能。

这里的"自由"是指批评者具有建立标准的自由权利。我们无意否认每一个人的思想观念的形成都要受制于特定的历史文化背景，但这决不能成为无视或否认人的主观能动性的理由。事实上，人的思想观念的形成是外在的历史文化背景与人的主观能动性相互作用的结果。就文学批评活动来说，它的立场、态度和美学观、文学观绝不是批评者消极接受外因的结果，而是主动积极参与的产物，体现了自由选择的权利。同一时代能产生出不同的立场态度，不同的美学观和文学观就是这种自由选择权的直接体现，因此，我们不仅要看到观念对人的影响，更要看到人对观念的选择，看到主体的自由性，看到人的意义。同样的道理，从思想观念的变化也能看见批评者的自由选择权。我们无意否认批评者具有一贯的思想倾向，但这并不意味着批评者只能有一种永恒不变的标准。事实上，人随时都要受其所处的特定时代环境的影响，但如何受影响，受到哪些因素的影响，批评标准是否改变以及如何改变，这些不确定的因素在很大的程度上都是由人的选择决定的。面临变化了的时代与风尚，批评者完全可以无视现实，坚持既有的标准，但同时也可以反思调整，建立起新的标准；况且，在影响标准的各因素中，每一个因素都可能成为批评标准变化的直接原因。因此，在批评标准的选择上，人具有更多的自由选择度。自由选择可以看成是批评标准多元在主体方面的原因。

第四节
文学批评的模式

一、社会—历史批评

社会—历史批评，就是从社会—历史的角度来评价文学现象，是西方19世纪文学批评的主要方法之一。由于它坚持社会—历史的立场，强调文学批评应该把作品与作品产生的时代背景、历史条件以及作家的生活经历联系起来考察。

从社会—历史的角度来评价文学活动并不是从社会—历史批评开始的。古希腊的"模仿说"，中国先秦的"温柔敦厚"诗教和"知人论世"的方法，都可以说是这种方法的源头。但作为一种比较自觉的批评方法，一般认为是从1725年意大利学者维柯发表《新科学》开始的。维柯从古希腊的社会历史、生活、风俗等方面来考察荷马史诗和它的作者，认为荷马史诗是集体的创作。此后，法国的斯达尔夫人与丹纳继承和发展这种方法，前者提出了"南方文学"与"北方文学"的概念，[①]"考察宗教、风尚和法律对文学的影响以及文学对宗教、风尚和法律的影响"[②]；后者在《英国文学史》序言中将这种方法系统化，提出文学的发展取决于种族、环境、时代三个要素的观点；后者在《艺术哲学》中证实了这个思想。俄国文学理论家别林斯基和车尔尼雪夫斯基将这一方法广泛运用于批评实践。别林斯基认为，诗在于创造性地复制有可能的现实，虽然他讲到创造性和可能，但中心仍然是现实。车尔尼雪夫斯基坚持美在生活，认为文学必须依赖于生活，服务于生活，他们的批评为社会—历史批评提供了范例。总之，他们特别强调文艺的社会性质，从社会、历史的角度去认识文学及其文学创作，着重研究文艺与社会的关系，如社会中各元素如何影响文学，文学又如何反映现实，探究作者、社会、文学之间的关系，等等，建立起以真实性、典型性、思想性为主要尺度的评价准则。真实性要求文学揭示社会历史某些方面的本质与规律，典型性要求人物形象做到个性与共性的统一，思想性要求作品具有进步的思想倾向，有助于读者去提高认识社会的能力。20世纪，社会—历史批评得到进一步的发展，匈牙利的卢卡奇将关注的对象从艺术社会的一般联系转向了对意识形态的批判。法国的戈德曼提出"有意义的结构"，认为文本、创作文本的个人以及社会文化之间存在同构关系，这导致意义的发生。从卢卡奇与戈德曼的观点，可以见出社会—历史批评方法的转向。

文学描写的是以人为中心的社会生活，人是一切社会关系的总和，因此，考察文艺与社会的关系，这是认识文学的有效途径。韦勒克、沃伦也说："文学的确不是社会进程的一种简单的反映，而是全部历史的精华、节略和概要"，"文学无论如何都脱离不了下面三方面的问题：作家的社会学，作品本身的社会内容以及文学对社会的影响等"[③]。因此，任何无视文学

---

① 斯达尔夫人：《论文学》，徐继曾译，人民文学出版社1986年版，第145页。
② 同上书，第12页。
③ 勒内·韦勒克、奥斯汀·沃伦：《文学理论》，刘象愚等译，生活·读书·新知三联书店1984年版，第94页。

的社会性,无视文学与社会的关系都不利于文学的发展。社会—历史批评,正如美国学者魏伯·司各特所说的,"只要文学保持着与社会的联系——永远会如此,社会批评无论具有特定的理论与否,都将是文艺批评中的一支活跃力量"①。但社会—历史批评忽视文学表现人的内在的精神。如果一味地寻求文学作品中的特定的社会—历史内容,甚至走向极致,也不是科学的态度。

二、印象式批评

印象式批评是伴随 19 世纪西方浪漫主义思潮而兴起的文学批评方法。因为他们注重批评中的艺术性和创造性,强调向读者传达自己的主观感受和审美印象,因此被叫作印象式批评。代表人物有英国的查尔斯·兰姆、瓦尔特·佩特、奥斯卡·王尔德和法国的安纳托尔·法朗士等。后来,随着科学的快速发展,科学主义渐渐占了上风,印象式批评也就失去了它的影响力。中国传统的点评式批评模式,因为也注重对作品的直观领悟和审美感受,可以说是中国式的"印象式批评"。

印象式批评家们都有自己对文学的独特看法。总的来讲,他们主张用艺术的方式面对文学,认为批评不是判断,而是用艺术的感觉和诗人的气质去体会和感悟艺术,感性和体验才能通向批评之路。这种文学批评观自然使他们开始远离科学的逻辑,寻求艺术给读者的印象,讲的是"我说的是我所想的;我想的是我所感受到的"②。因此,印象式批评都重视对作品的直觉感悟和情感体验,反对作品的逻辑分析,强调批评者的主观想象与情感的任意发挥。法国批评家法朗士的"我批评的就是我自己"的名言体现了印象式批评的自我认同,他的《论福楼拜〈通信集〉》和佩特的《蒙娜·丽莎》是印象式批评的代表之作。他们崇尚感性,排斥理性,因此也遭到了后来科学主义的猛烈攻击。

与西方的印象式批评相比,点评式批评在中国历史悠久,对文学的发展也产生过极大影响。中国具有以具象思维的方式直观地感悟和体验周围世界的文化传统,这滋生了以点评为主的文学批评。点评式批评是一种整体地把握对象的批评方式,它反对肢解作品,并且注重自己在作品中的独特发挥与感悟的个别性特征。从钟嵘的《诗品》开始,中国文学批评把传统的人物品评与艺术评品引入文学批评,开创了评论诗的批评形式。后来的司空图《二十四诗品》、严羽《沧浪诗话》、王国维的《人间词话》一路走来,以形象说诗的方式,传达了批评者对艺术的独特感受和体验。在中国传统文学批评中的一些学说,如钟嵘的"滋味说",司空图的"韵味说",王国维的"意境说"等学说,以及其他传统的美学范畴,如"风骨""韵""味",等等,都体现了批评中强调感受与体验,注重发挥想象力和创造力,整体地去把握艺术特征和风貌的方式。"子美不能为太白之漂逸,太白不能为子美之沉郁。"(《沧浪诗话·诗评》)"谢如芙蓉出水,颜如错彩镂金"(汤惠休)是诗歌点评式批评的典范。明清的小说、戏曲的点评同

---

① 魏伯·司各特:《西方文艺批评的五种模式》,蓝仁哲译,重庆出版社 1983 年版,第 66 页。
② 雷纳·韦勒克:《近代文学批评史》第 2 卷,杨自伍译,上海译文出版社 1989 年版,第 236 页。

样表现了这一特色,寥寥数语,点出精义,表明自己的评价,引导读者体会,典型的如金圣叹对"拳打镇关西"那三拳"妙""妙""妙"的点评,集中体现其要义。《绣像评点忠义水浒全传》说:"书尚评点,以能通作者之意,开览者之心也。得则如着毛点睛,毕露神采;失则如批颊,污则本来,非可敬而已也。"点评式批评往往击中要害,充满灵性,但缺乏理性,难以深究其故。点评式批评影响到中国现代文学批评,以周作人、李健吾为代表,他们在接受西方印象式批评的同时,融汇了中国古代点评式批评的长处,推进了印象式批评在中国的发展。

总之,无论是西方的印象式批评,还是中国的点评式批评,都十分强调批评活动中的直觉感悟和对生命的体验,是一种非科学的批评范式。虽然它在批评中有许多点睛之笔,常常给人意想不到的惊喜,但往往因缺少理性的思考,无法对一些文学现象作出明确有效的阐释和评价。

三、形式主义批评

形式主义作为一种批评范式,产生于上世纪初,前后跨越半个多世纪,是 20 世纪主要的文学批评方法之一。形式主义批评专注于文学形式,它背离传统,主张从文学内部的语言、结构、功能等出发,创建了一套全新的概念,给人耳目一新之感。形式主义开始于 20 世纪 20 年代的俄国形式主义,认为文学不是社会、宗教、政治或其他观念的反映,宣称文学就是文学,提出"文学性""陌生化"等重要概念,开启了形式批评的先河。起于 20 年代,产生于 30 年代,鼎盛于 40 年代的英美新批评也是形式主义的主要学派之一。他们认为文学批评就是对文学作品这个独立自足的存在物进行客观的、科学的研究,用"创作谬误"与"感受谬误"来向传统宣战,创立了"复义""张力""反讽"等概念。60 年代法国的结构主义兴起,他们注重对文学作品的内在秩序和结构模式的研究,可以说是形式主义批评三部曲中的最后一部。到了 70 年代,随着解构主义的兴起,结构主义悄然淡出,形式主义批评也就退出了舞台的中心。形式主义批评的代表人物有俄国的什克洛夫斯基、雅各布森(后定居美国),英国的艾略特、瑞恰兹和法国的罗兰·巴特、兰色姆、韦勒克等。

在形式主义批评中,俄国形式主义批评最具颠覆性,提出"文学性"这一基本概念,以"文本批评"为基本原则,建立了一门系统的、独立自足的文学研究体系。雅各布森认为:"文学科学的对象不是文学,而是'文学性',也就是说使一部作品成为文学作品的东西。"①反对从文学中去寻找政治、经济、文化等内容,以防文学研究演变成社会学研究;反对把文学与作者联系起来,以防走向心理学研究。在他们看来,要进行文学研究,就必须回归文学,集中到"文学性"上来。什克洛夫斯基曾形象地把文学比喻成纺织厂,认为文学家感兴趣的不是纺织行情和托拉斯政策,而是棉纱的支数和纺织的方法,也就是说,回到棉纱本身;对文学批评来讲,就是回到文学,回到文学作品内部的各种形式因素,如语言、语气、技巧、结构、布局、程

---

① 雅各布逊:《现代俄罗斯诗歌》,张首映:《西方二十世纪文论史》,北京大学出版社 1999 年版,第 131 页。

序等。因此,文学研究的对象就是文学作品的各种形式因素,与社会无关,也与作者无关。文学性概念的提出,确立了文学研究的独立对象,使其成为了一门独立自主的学科。

"文学科学"

　　文学科学的对象不是文学,而是"文学性",也就是说使一部作品成为文学作品的东西。不过,直到现在我们还可以把文学史家比作一名警察,他要逮捕某个人,可能把凡是在房间里遇到的人,甚至从旁边街上经过的人都抓起来。文学史家就是这样无所不用,诸如个人生活、心理学、政治、哲学,无一例外。这样便凑成一堆雕虫小技,而不是文学科学,仿佛他们已经忘记,每一种对象都分别属于一门科学,如哲学史、文化史、心理学史等,而这些科学自然也可以用文学现象作为不完善的二流材料。

　　　　——雅各布逊:《现代俄罗斯诗歌》,载茨维坦·托多罗夫编选《俄苏
　　　　　　形式主义文论选》,中国社会科学出版社1989年版,第24页。

　　"陌生化"是俄国形式主义文学批评的又一个重要概念。"陌生化"与"自动化"相对应。自动化就是指人由于无数次的重复而变得习惯,成为无意识,没有新奇感。陌生化是把熟悉的变得不熟悉,使人感到新奇而陌生的手法。什克洛夫斯基认为,"艺术的手法就是使事物奇特化的手法,是使形式变得模糊、增加感觉的困难和时间的手法"[1]。艺术的目的不是提供认知的对象,而是提供感知的对象,要恢复人们对事物的新鲜感,为此,文学就是要把人们对日常生活中的"自动感"变成"陌生感",获得一种新的审美感受。文学的陌生化主要是通过语言方面的组织运用来达到的,如在诗歌的声音、意象、节奏、韵脚等方面进行高度技巧化的处理,使人产生陌生的感觉,使"形式变得模糊、增加感觉的困难和时间"。俄国形式主义批评方法为形式主义批评奠定了基本原则,后来的英美新批评、法国结构主义批评虽然在概念、具体操作以及研究的侧重点上都提出许多新的东西,但基本的思路却与俄国形式主义一脉相承。

　　形式主义批评的出现,颠覆了传统的社会—历史批评范式,具有革命的意义。但由于它坚持自主性,封闭性,把文学从具体的生存语境中孤立起来,导致了严重的排他性,割裂了文学与其他因素的关系,文学成了"语言的牢笼",这无疑是把文学批评引向死胡同,因此,走出形式主义,从其他的侧面重新审视文学就成了新的文学批评的必然选择。

四、心理学批评

　　心理学批评方法是在20世纪初形成,并在西方产生了广泛影响的一种文学批评范式。

---

[1] 什克洛夫斯基:《艺术作为手法》,托多罗夫编选:《俄苏形式主义文论选》,蔡鸿滨译,中国社会科学出版社1989年版,第65页。

它着重分析文学活动各个环节中的心理现象,是把精神分析学等心理学理论运用到文学研究中的一种批评范式。心理学中的一些概念,如"力比多""俄狄浦斯情结""本我""自我""焦虑"等成为关键词汇。由于心理学批评坚持心理学立场,因此,有效地揭示出文学创作与文学作品及文学接受中所潜伏的深层意识动机与心理内涵便成为其批评目的。

从心理学角度来考察文学活动是比较早的事。陆机《文赋》和刘勰《文心雕龙》中对"文心"的思考就涉及创作主体的心理活动;柏拉图的"迷狂说"和亚里士多德对悲剧中产生的"怜悯""恐惧""宣泄""陶冶"等也分别是从创作或接受过程中的心理活动来考虑的,但作为一种批评方法则是较晚的事了。1875年,冯特在莱比锡大学建立了19世纪第一个心理学实验室,开创了现代心理学,对社会各个领域产生了极大的影响。其后,随着心理学研究的不断深入,文学艺术研究中逐渐加强了心理分析的内容,弗洛伊德把精神分析学运用到文学批评,开创了精神分析学批评,产生了世界性的影响,心理批评也开始真正成为一种受到人们高度重视的文学批评方式。心理学批评方法中影响最大,成就最高的是精神分析学的文学批评,代表人物有奥地利的弗洛伊德、瑞士的荣格、法国的拉康、美国的霍兰德等。

弗洛伊德在自己开设的专门治疗精神病患者的私人诊所中,通过大量的临床实践,提出了"无意识理论""人格结构""力比多"理论以及"俄狄浦斯情结"等思想,对西方的心理学产生了极大的影响。虽然他一生写过的文学论文并不多(有《创作家与白日梦》《米开朗琪罗的摩西》《〈俄狄浦斯王〉与〈哈姆雷特〉》等),但在他的许多著作中,对文艺的看法却常有精辟之处。首先,对作家的创作动机和文学本质作出了新的理解,认为文学创作的动机是为了实现某些在现实生活中不能实现的欲望——无意识的本能冲动,文学是无意识的升华。文学创作就是力比多的升华的结果。其次,提出了作家与白日梦、俄狄浦斯情结等问题。他认为文学家创作的心理活动过程与精神病患者的心理活动具有相同的特征,艺术想象活动与梦有许多相似之处,梦与幻想同出一源——产生于被压抑的感情,提出作家创作中的想象活动就是作家的白日梦。他在分析《俄狄浦斯王》时又提出俄狄浦斯情结(意译为恋母情结)这一个重要概念,用来命名男孩子对母亲的乱伦欲望与对父亲的仇恨心理,认为世界名著《俄狄浦斯王》《哈姆雷特》和《卡拉马佐夫兄弟》都表现了同样的主题:俄狄浦斯情结——弑父。在他看来,"宗教、道德、社会和艺术之起源都系于俄狄浦斯情结上"[1],认为俄狄浦斯情结是人类存在的普遍现象,它能产生巨大的震撼人心的力量,就在于它实现了广大读者童年时的愿望。作者与读者之间,因俄狄浦斯情结而产生了共鸣。

俄狄浦斯情结

俄狄浦斯的命运感动我们之处,仅仅在于它可能就是我们自己的命运,因为还在我们降生之前,神明便已把给他的那种诅咒也施加给我们。我们可能都注定要把

---

[1] 弗洛伊德:《图腾与禁忌》,杨庸一译,中国民间文艺出版社1986年版,第192页。

我们的母亲作为第一次性冲动的对象，并把父亲作为第一次暴力的憎恨冲动的对象。我们的梦使我们确信了这一点。俄狄浦斯王的弑父娶母不过是一种愿望的满足——我们童年愿望的满足。但是就我们并未变成精神病患者而言，我们比他更为幸运，因为自童年起，我们已经成功地收回了对母亲的性的冲动，并逐渐遗忘掉对父亲的嫉妒心。我们从童年时愿望满足的对象上收回了这种原始愿望，并竭力加以压制。当诗人通过自己的探究而揭示了俄狄浦斯的罪恶时，他就迫使我们注意到我们自己的内在自我，那里，同样的冲动仍旧存在，只是它们受着压抑。

——弗洛伊德：《梦的解析》，张燕云译，陈仲庚、沈德灿审校，

辽宁人民出版社1987年版，第247页。

精神分析方法是一种以人的潜意识为对象，以泛性论为核心的研究方法。弗洛伊德精神分析为我们认识文学提供了新的视角。随后，精神分析学也得到进一步的发展，荣格将无意识理论扩大到群体心理，提出了集体无意识概念；法国批评家拉康将精神分析学与结构主义语言学结合起来，对弗洛伊德理论进行改造和重新解释；美国精神分析学家霍兰德又将精神分析引入阅读领域，研究读者与文本相互作用过程中的快感和体验，他们的研究扩大了精神分析应用范围。

应该说，弗洛伊德的精神分析学关于作家的创作动机和"俄狄浦斯情结"的论述在西方产生了很大的影响，它揭示了人们的深层次的心理结构，展示了人类精神活动的复杂性，对人类认识自我及自我的历史有重大的意义。当然，他夸大了人的本能因素，排斥了人的心理与社会之间的错综复杂的关系，忽略了文学与社会、文学的审美特性以及文学形式等问题，随后的精神分析学也没有纠正这个忽略，因此，精神分析只能是文学批评中一种可资借鉴的方法，要开展科学的文学批评还需要其他内容来补充。

五、读者批评

作为对形式主义批评的反驳，读者批评兴起于20世纪60年代后期，70年代达到高潮。在欧洲，以德国的"康斯坦茨学派"的接受理论为代表；在美国，以读者反应批评为代表。读者批评就是指从读者角度来理解文学及其意义的一种批评范式。他们把读者的地位提到前所未有的高度，认为读者是文学活动中最重要的也是文学作品意义产生的最基本因素。他们创建的一些新的概念，如"读者""期待视野""召唤结构""反应"等，迅速在欧洲蔓延。代表人物有德国的罗伯特·姚斯、沃·伊瑟尔，美国的斯坦利·费什等。

20世纪上半叶，现象学、现代阐释学在西方哲学界崛起，对"理解"全新的阐释为读者批评提供了理论基础。如英伽登的"图式框架结构"、海德格尔的"前结构"、伽达默尔的"成见"等思想就直接影响了读者批评。同时，英美新批评建立的封闭的系统，割裂了与社会、读者

的联系,理论危机日益严重。因此,读者批评以反对新批评,立足于非自足、非封闭性,提出阐释的历史性、开放性,肯定读者在阅读活动中的地位。

读者批评对于读者的重视直接影响到他们的文学史观念。姚斯不满以前文学史侧重于作者和作品,提出"文学的历史性并不取决于对 Post festum 文学事实的组织整理,而毋宁说是取决于读者原先对文学作品的经验"[①],认为与其说文学史是文学作品的积累的历史,毋宁说是文学作品的接受史。他们反驳了文学史是作者或作品史的文学史观,从一个新的角度肯定了阅读者在文学活动中的意义。在他们看来,完成了的文学作品只有一种潜在的价值和意义,只有当读者参与其中,这个潜在的价值和意义才能实现,作品的价值和意义是作品与读者共同创造的结果;换一句话说,对于同一部作品,读者完全可能读出不同意义来,因此,作品的价值、影响和地位只有在读者的参与中才能表现出来。从这个角度讲,文学史正是文学作品的接受史。可见,期待视野以及文学史是接受史的观念都是以"读者中心"为基点建构起来的。

在读者批评中,正如伊瑟尔所说,"阅读不再是被动的感知,而成为一种积极的创造活动。读者角色这一转变无疑是文学发展过程中的一次划时代的转折"[②]。读者批评突出强调读者在活动中的意义,为人们审视文学活动提供了新的阐释角度,让读者对自己有一个全新的感觉。但读者批评同样有偏颇,在极力夸大读者意义的同时,也在无意间贬低了作者及作品在文学活动中的作用和地位。其实,没有作者及作品,读者的阅读将无从发生,没有作品中恰当的"空白",读者也失去了展开想象与创造的可能。

六、生态批评

"生态批评"这一术语最早出现于美国学者威廉·克鲁特的《文学与生态学:生态批评的试验》,但他只是把生态学以及与生态有关的概念运用到文学研究中,与后来的生态批评有较大的距离。真正使生态批评作为一个自觉的文学批评活动是到了 20 世纪 90 年代。1991年美国现代语言学会召开了以"生态批评:文学研究的绿色"为主题的学术研讨会,第二年成立了文学与环境研究协会,其宗旨是"促进有关人类和自然世界关系思想与文学信息的交流"。第一份生态批评文学研究杂志《文学与环境跨学科研究》于 1993 年正式创刊,随后于1996 年出版了第一部生态批评论文集《生态批评读本:文学生态学中的里程碑》,生态批评在西方正式确立。生态批评虽然还没有成为西方文学批评的主流,但已是一个热门的话题。在我国,生态批评也取得了较大的成就,先后出版了《生态文艺学》(鲁枢元著,2000 年版)、《文艺的绿色之思:文艺生态学引论》(曾永诚,2000 年版)和《生态美学:后现代语境下崭新的生态存在论美学》(曾繁仁著,2002 年版)等有影响力的论著,显示了我国学术界对生态批评

---

① H·R·姚斯:《文学史作为向文学理论的挑战》,H·R·姚斯、R·C·霍拉勃:《接受美学与接受理论》,周宁、金元浦译,辽宁人民出版社1987 年版,第 25 页。
② 郭宏安等:《二十世纪西方文论研究》,中国社会科学出版社 1997 年版,第 339 页。

的急切关注。

　　随着"文明"的进程，人类的物质欲望日益膨胀，无限制的物质需求已经使自然生态遭受严重破坏，全球变暖、污染加剧、禽流感肆虐等，自然生态严重失衡。面对这样的境况，人文学者再一次重新关注人与自然的关系，反思人在整个生态中应有的位置，表现了他们希望走出人类中心，在一个更大的背景和更高的层次上来重新审视人与自然生态关系的诉求。从文学批评来讲，他们注重人与外在自然生态环境的关系，从生态的基本原则出发，在宏观视野上来研究文学与生态系统的关系，表现了以下几个方面的内容：其一，以生态的平等观念来看待系统中的每一个元素。虽然在事实上无法解构"人类中心主义"，但可以以平等的态度来看待人与自然的关系。人只是自然生态中的一员，人与自然协调发展才是人类的真正出路，因此，文学应该以人与自然的平等、亲近与"互爱"姿态去描写人与自然生态中各元素的关系。其二，自然生态是一个有机的整体，各元素虽然各自拥有其价值和意义，但其整体性使它们共存于自然生态之中，人及其所从事的文学活动也是其中的一个元素，因此，为了保持生态的有机整体性，要求文学批评应有整体的视野，关注人的活动包括文学活动与整个自然生态的平衡关系，是文学批评所无法推诿的责任。其三，以自然生态的立场来重新反思人类已存的价值观念、生活方式、文明取向，并将这种反思作为文学批评的有效内容。其四，由自然生态引向对文学与人的内在生态的关注，以生态的视角来重新认识文学与人的内在自然生态和精神生态，以生态的平等性和整体性来批判种族歧视、性别歧视等违背生态原则的生活现象。

　　总之，生态批评涉及内容广泛，但总的思路是从生态的基本原则出发，来审视文学活动与自然生态的关系，并由此审视人自身作为一个生态系统所具有的精神生态问题。

 关键词 ||||||||||||||||||||||||||||||||||||||||||||||||||||||||||||||||||

1. 文学批评

　　文学批评是用某一特定的批评标准来对以作家、作品为中心的文学现象进行具体阐释与评价的活动，是与文学基本原理、文学史平行的分支学科，是文艺学的一部分。文学批评是科学性和人文性相统一的研究活动，它是以批评标准为中心，具体地阐释和评价各种文学现象。文学批评属于文学的接受活动范畴，是文学理论研究的重要内容。

2. 文学批评标准

　　文学批评标准，就是批评者用来评价文学作品及文学现象的价值尺度。批评者站在不同的立场，以各自的美学观与文学观为基点建立起衡量作品的尺度，这种尺度就是批评标准，它直接左右了评价的结果。批评标准具有文学性、时代性和主体性的特征，是批评活动的支撑点，对文学的任何评价都必须围绕并体现着标准这一尺度的价值内涵。

3. 范式危机

"范式"是库恩的历史主义科学哲学思想的核心。他认为科学共同体所共有的信念、理论价值和方法,是理解科学发展动态模式的关键。"范式危机"是指范式在反常面前已无法解释反常以维护范式的权威,导致人们对它的怀疑,使科学研究处于危机阶段。范式危机往往是新范式代替旧范式的开始,也就是科学革命的开始。

4. 陌生化

什克洛夫斯基用"陌生化"的概念来阐释语言所具有的文学性效果,认为对象多次被感知之后,便会产生"感知的自动化",而艺术的目的就是要使语言形式变得模糊,增加感觉难度,从而使人感到惊异、新鲜和陌生。陌生化是俄国形式主义理论的重要概念。

 思考题

1. 文学批评的意义表现在哪些方面?
2. 如何理解文学批评主体在批评活动中的地位?
3. 文学批评主体应具备哪些基本条件?
4. 产生批评标准多元化的原因主要有哪些?
5. 请举例说明当代西方文学理论批评模式的两次重要的历史性转移。

 阅读链接

1. 艾·阿·瑞恰慈:《文学批评原理》,杨自伍译,南昌:百花洲文艺出版社,1992年。
2. 蒂博代:《六说文学批评》,赵坚译,北京:生活·读书·新知三联书店,2002年。
3. 李健吾:《咀华集·咀华二集》,上海:复旦大学出版社,2005年。
4. 江守义:《京派批评家》,芜湖:安徽师范大学出版社,2016年。
5. 鲁枢元:《生态批评的空间》,上海:华东师范大学出版社,2006年。

第十一章
文学演变

  文学演变是不同历史时期文学变迁的动态过程。与"发展"这个传统的概念相比,演变更多地关注的是文学变迁的有机整体性,对变化的过程作综合考察,而发展则首先将文学从整体文化语境中抽离出来,作简单排列;演变更多地关注变迁的复杂性和多向性,发展则更多地是指从低级到高级的单向进步。

  解释文学的演变,首先要解决文学艺术的起源问题,即解释人类的文学艺术活动是如何发生的。其次,为了解释文学艺术变迁的问题,我们必须将文学艺术看成一种文化—精神的有机整体,从不同层次多角度地解释这个特殊的整体变迁的动力、形态和途径。

第一节
文学艺术的起源

文学艺术的起源至今仍然是个谜,就像人类的起源仍然是个谜一样。但古往今来,人们对于文学艺术是如何产生的这个问题一直都在进行着不懈的探索。文学艺术起源的问题在专门研究各种事物发生的原因和过程的发生学领域中也占有重要位置。我们认为讨论文学艺术的起源应该对起因和过程这两个不同的问题分别进行综合考察,在讨论之前则应该对前人的观点进行回顾和评述。

一、关于文学艺术起源的若干观点

关于文学艺术的起源,已经形成了多种理论。其中流传较广、影响较大的是模仿说、巫术说、游戏说、劳动说。

模仿说认为文学艺术起源于人类对自然界或社会生活的模仿。在西方和中国,文学艺术起源的模仿说都有悠久的历史。古希腊时代,德谟克利特和亚里士多德是用模仿说解释文学艺术起源的代表人物。德谟克利特说:"在许多重要的事情上,我们是模仿禽兽,做禽兽的小学生的。从蜘蛛我们学会织布和缝补;从燕子学会了造房子;从天鹅和黄莺等歌唱的鸟学会了唱歌。"[①]至于人为什么去进行模仿,他的解释是,"动物只要求为它所必要的东西,反之,人则要求超过这个"[②]。就是说,是人的要求超过了一般动物的要求导致了人去模仿动物。人的要求是多方面的,对美的要求和对高尚快乐的追求是导致诗歌产生的直接原因。亚里士多德也认为诗歌起源于模仿,但是他对模仿的动机有不同的理解。他说:"一般说来,诗的起源仿佛有两个原因,都是由于人的天性。人从孩提的时候起就有模仿的本能(人和禽兽的分别之一,就在于人最善于模仿,他们最初的知识就是从模仿得来的),人对于模仿的作品总是感到快感。"[③]亚里士多德认为模仿是人的一种天性或本能。具体而言,是人的求知本能和天性,直接决定着人类的模仿活动。模仿的作品之所以会使人产生快感,就是因为"我们一面在看,一面在求知"[④]。亚里士多德所说的诗歌起源的另一个原因是音调感和节奏感。他说:"模仿出于我们的天性,而音调感和节奏感(至于'韵文'则显然是节奏的段落)也是出于我们的天性,起初那些天生最富于这种资质的人,使它一步步发展,后来就由临时口占而作出了诗歌。"[⑤]如果模仿本能强调了诗歌起源的内容方面,音调感和节奏感则是在强调形式方面。在诗歌起源过程中,内容与形式是不可分割的。如果我们联系亚里士多德关于文学艺术的本质是对行动中的人的模仿的观点,就可以说亚里士多德所说的诗歌起源的两个原

---

① 德谟克利特:《著作残篇》,伍蠡甫主编:《西方文论选》(上卷),上海译文出版社 1979 年版,第 4—5 页。
② 同上书,第 5 页。
③ 亚里士多德:《诗学》,朱光潜译,伍蠡甫主编:《西方文论选》(上卷),上海译文出版社 1979 年版,第 53 页。
④ 同上注。
⑤ 同上书,第 54 页。

因其实是统一的,文学艺术(包括诗歌)就是起源于对外在对象的模仿。

在中国古代,类似的模仿说也很早就出现了。《周易·系辞》中"观物取象""象天法地"的思想,可以看成中国式的模仿说:

> 古者包牺氏之王天下也,仰则观象于天,俯则观法于地,观鸟兽之文,与地之宜,近取诸身,远取诸物,于是始作八卦,以通神明之德,以类万物之情。[①]

这里所说的虽是八卦的起源,却与文学艺术的起源直接相关。"观物取象""象天法地"都是对自然界的模仿。模仿的方式是"观",模仿的对象是天地万物。模仿的过程(也就是文学艺术起源的过程)是对天地万物的观察,然后依照有用的要素,创造出文字符号,并用这些文字符号与神明沟通,描绘万物之情状。

模仿说揭示了原始时代人类创造文化时的基本状况。应当承认,人类的许多文化活动的起源的确与模仿有关。至今,在高科技领域仿生学也是一门重要的学科。但是,从时间上来说,人类的模仿活动应该是较晚才出现的有意识有目的的行为,文学艺术活动的起源在这种有意识有目的的行为之前就已经开始;从观念上来说,模仿活动也只是人类从事文学艺术活动的具体方式,并不是起源本身。文学艺术的起源应该有比模仿更深层的原因。古希腊哲学家在解释模仿活动时触及了这个原因,但将其说成是天性或本能却是片面的。因为,一方面天性或本能都是人先天具有的特性,而不是历史地形成的;另一方面天性和本能也是抽象的,是人类普遍拥有的生物属性,而没有区分出人在不同社会中的具体特性。

巫术说认为文学艺术起源于早期人类的巫术活动。巫术是人希望通过人为手段控制外在世界的仪式化活动。按照英国人类学家弗雷泽在其《金枝》一书中的解释,巫术通过两个基本原理发生作用,一是相似律,即对某个模拟的事物施加影响所产生的结果,可以使被模仿者受到影响并产生相应的结果。比如相信巫术的人认为,在狩猎前的巫术中一个人装扮成某种动物,另一个装扮成猎人用标枪将其象征性地刺中,在狩猎活动中,猎人们就真的可以刺中被模仿的动物,即属此类。另一原理是接触律,即通过对某人接触过的事物施加影响,可以直接操纵该人物。比如相信巫术的人认为,用刀砍某人穿过的衣服,可以伤害穿过此衣服的人,即属此类。巫术与文学艺术有何关系? 在巫术说中,巫术与文学艺术之间的关系主要有三个方面。一是巫术仪式中的歌舞的节奏韵律是文学艺术作品中节奏韵律的直接来源;二是巫术仪式中的歌舞表达着强烈的愿望和情感,这也与文学艺术作品的表情达意活动直接有关;三是巫术活动中以特定的形式表达丰富意义所依靠的想象能力也与文学艺术活动中的想象能力和审美意识有关。

巫术说在解释文学艺术起源时具有一定的合理性。首先,在原始时代巫术的确是初民生活的重要内容。当时人类认识自然、改造自然的能力还很有限,生产水平也很低下,用巫

---

① 《周易》,杨天才、张善文译注,中华书局 2011 年版,第 607 页。

术来控制自然,是人的认识水平和生产力水平的结果和反映。例如,澳大利亚的土著人在捕猎袋鼠前,要先在地上画袋鼠的形象,并用长矛刺中这些袋鼠像,认为这样会带来好运。这是生产力水平决定的。其次,在原始时代留下的遗迹中,也的确有巫术存在的证据。比如一些岩洞的壁画中,有猎杀牛羊等动物的画面,那不是为了欣赏而进行的创作,也不是简单的劳动场景的记录,而是一种巫术,表达了原始初民捕获猎物的强烈愿望。这些巫术活动中就包含着文学艺术的表演和创作,如歌舞、绘画等。但是,巫术说也存在明显的不足。首先,巫术产生的时间与文学艺术产生的时间先后难以确定,虽然巫术活动中包含有文学艺术活动,但在巫术活动出现之前是否有文学艺术活动仍无法证明。其次,巫术与文学艺术分离的时间难以确定,分离的原因也无法得到解释。巫术是有明确实用目的的活动,其中所包含的文学艺术活动还不是纯粹的文学艺术,探究文学艺术的起源应该找到文学艺术独立出来成为特殊文化活动的直接原因。这个原因对于解释文学艺术的起源才是最重要的,它可能不在巫术之中,而应当有其他原因。再次,巫术活动作为人类早期的文化活动,虽然其中包含文学艺术活动的因素,但它并不是人类文化的根源,巫术本身也有起源的问题。因此,文学艺术活动虽然包含在巫术活动中,但文学艺术起源的最终根源却不在巫术,而在比巫术更早的另一个源头。与巫术活动融为一体,应该只是文学艺术起源中的一个阶段性现象。

文学起源的另一种理论游戏说认为文学艺术起源与人类的游戏活动有关,人类早期的文学艺术活动是一种游戏活动。游戏说的理论基础是德国哲学家康德的审美无功利理论。由于把艺术的本质看成是无目的合目的性,艺术也就成了自由的游戏,康德也因此成为最早系统论述游戏说的理论家。但是康德只是从理论上论证了文学艺术与游戏在性质上的相同之处,文学艺术和游戏起源的历史过程又是怎样? 席勒用"精力过剩"理论回答了这个问题。他说:"当缺乏是动物活动的推动力时,动物是在工作。当精力的充沛是它活动的推动力,盈余的生命力在刺激它活动时,动物就是在游戏。"[1]这种过剩的精力支配下的游戏活动是摆脱了外在需求的自由活动。人比动物有更多的过剩精力,因此也就可以更多地从事这种自由的游戏活动,其中就包括文学艺术活动。在席勒看来,人的游戏与动物的游戏都是精力过剩所引起的,但人的游戏与动物的游戏仍有不同,这种区别也为文学艺术的起源确定了一个历史时刻。他说:"什么现象标志着野蛮人达到了人性呢? 无论我们对历史追溯到多么遥远,在摆脱了动物状态奴役的一切民族中,这种现象都是一样的:即对外观的喜悦,对装饰和游戏的爱好。"[2]对外观的喜悦,对装饰和游戏的爱好成为人与非人区别的标志。这里所说的游戏不同于吃饱肚子的狮子由于精力过剩而发出的吼声,是一种与欣赏外观和装饰这样的审美活动具有相同性质的活动。

那么,在游戏说中文学艺术的起源与游戏到底有什么关系? 首先,文学艺术活动与游戏活动的性质是相同的,都是超越现实功利需要的活动。其次,文学艺术应该是游戏的具体形

① 席勒:《美育书简》,徐恒醇译,中国文联出版公司 1984 年版,第 140 页。
② 同上书,第 133 页。

式,因为原始的歌舞的确是在生产劳动之余进行的,不管这些歌舞活动中还有别的什么意义,娱乐游戏应该是其基本性质。

游戏说对于文学艺术起源的解释的价值首先在于从无功利的角度探寻文学艺术发生的过程,为解决文学艺术起源问题提供了一个重要尺度。因为文学艺术起源是一个涉及多个学科多个层面的复杂课题,不先设定一个明确的关于文学艺术本质的观念,将无法找到文学艺术起源的线索,也无法确定文学艺术起源的标志性事件和历史时刻。游戏说的理论基础就是无功利的文学艺术本质观,沿着这条线索就可以为文学艺术起源的过程找到一个基本轨迹。其次,用游戏来解释文学艺术的起源也为认识原始时代的社会生活提供了重要思路。游戏是原始时代社会生活的重要内容。歌舞、装饰等文学艺术活动是游戏的重要组成部分,人类早期的文学艺术活动与游戏有着密切关系。在游戏中人获得并传播着审美体验,韵律、对比、对称等形式感也得到训练。游戏的内容也可以转化为文学艺术作品的内容。

游戏说也有明显的不足。首先是从文学艺术本质的无功利性并不能推论出文学艺术起源于游戏的结论。文学艺术本质的无功利性也可能是其他活动产生出来的。将文学艺术的本质问题与文学艺术起源问题直接挂钩,将文学艺术起源限制在一个褊狭的视野中,这就忽视了更为复杂的因素。其次,原始时期游戏活动的性质是否就是无功利的也受到质疑。实际上原始时代的游戏往往具有实用目的,比如巫术的目的、祭祀的目的,甚至生产劳动技能训练的目的等。在原始社会中,纯粹娱乐性的无现实功利的游戏是否存在是很值得怀疑的,在社会生活中占什么地位也还有待探究。因此,将文学艺术的起源归结到这样的游戏活动就很成问题。再次,将游戏活动的动力认定为精力过剩,混淆了人与动物的区别,更何况动物在捕食之外的其他活动也是有其意义的。比如雄狮的吼声就有确认自己的领地,防止其他雄狮来犯的意义,而不仅仅是精力过剩的游戏。

劳动说认为文学艺术起源于人类早期的生产劳动过程中。较早全面而集中地阐述劳动说的理论家是苏联的普列汉诺夫。在普列汉诺夫的理论中,文学艺术起源于劳动至少有三点证据。首先是劳动中产生了对文学艺术的最初需求。原始初民在劳动过程中为了交流信息、协调动作、减轻疲劳,就有了最初的愿望,用简单的语音或声响表达出来,传递给对方。这种最初的表达需求就是文学艺术的源头。其次,劳动中形成了文学艺术的最初形式。在劳动中所发出的语音或声响具有一定的节奏,这是文学艺术(歌舞)中节奏和韵律的雏形。比如,现在某些体力劳动中仍然有一些劳动号子,虽没有有意义的歌词,却有鲜明的节奏,这些节奏应该是文学艺术的原始形态。鲁迅说的"杭育杭育派"就是这种原始形态的文学。第三,劳动中的各种行为活动成为文学艺术最基本的内容。比如原始歌舞中对动物的模仿,就是来自狩猎活动中对动物的观察。

劳动说对于文学艺术起源的解释具有合理的成分。首先,在人类的初始阶段,为了生存所进行的生产劳动应该是生活的最重要内容,也是人类所从事的最早的社会活动,其他的活动(包括文学艺术活动)都是在生产劳动中逐渐形成的。其次,劳动说还对文学艺术起源的动力作出了合理解释,认为文学艺术起源的真正动力是生产劳动。这样就明确区分了文学艺术产生的过程和产生的基本动因这两个不同性质的问题。

劳动说当然也有不足之处。首先,劳动说没有解决文学艺术如何从劳动中分离出来的问题。它只是将文学艺术放置在劳动的过程中,作为劳动过程的一部分,这就无法确定文学艺术起源的历史时刻。它只回答了文学艺术扎根的土壤,却没有研究文学艺术自身;只探讨了文学艺术起源的终极原因问题,却没有研究文学艺术起源的具体的直接原因。虽然把文学艺术的起源从游戏本能推向生产劳动是劳动说一大进步,但我们仍然可以再进一步追问:生产劳动的动因又是什么? 劳动说只把文学艺术起源追溯到劳动就止步了。其次,劳动说论证文学艺术起源于劳动的论据材料也受到了质疑。虽然人们可以找到劳动中动作节奏与所唱歌曲节奏相符的例子,但是原始部落中也存在着大量的节奏与动作不相合拍的歌曲,如何解释这些歌曲的存在? 只有证明这些歌曲产生的时间晚于那些节奏与动作相符的歌曲才有可能证明文学艺术是起源于劳动的,同时还要证明起初所有的歌曲都是与劳动中的动作合拍的,并且这些节奏只能是在劳动中产生的,而不是其他活动(包括人的身体节奏)产生的。但这样的证明现在还没有完成。

二、文学艺术起源的综合考察

文学艺术的起源是一个涉及多个层面多种因素的复杂问题,分析文学艺术的起源应该先分清问题的不同性质。文学艺术的起源可以分为两个不同性质的问题:一是起因问题,回答文学艺术起源的原因是什么;二是发生问题,回答文学艺术是如何形成的,或者说文学艺术起源的过程如何。前者是一个理论问题,而后者更接近于历史问题。每一个问题又可以分为不同的层次或阶段。起因问题可以分为终极原因和具体原因两个层次,发生问题可以分为文学艺术的某些要素的发生(史前史)和独立的文学艺术活动分化出来的具体过程(历史事件)两个阶段。

文学艺术起源中的起因问题研究包含一个前提假设,即把文学艺术看成是人的活动。由此前提出发,文学艺术的起因问题中所包含的两个层次也就获得了具体内涵。在终极原因方面,由于把文学艺术设定为人的活动,因此,文学艺术的终极起因就与人类形成的原因相同。人类学对于人类形成原因的解释是自然环境的变化。大约在1400万年前,地球的生态环境发生了一次巨大的变化,由于气候变得干旱,森林面积大量减少,许多森林都退化为草原。在非洲大陆上,原来栖居在森林中的类人猿不得不"走"出森林到草原觅食。这群猿类的一小步成为人类进化史的一大步。他们在草原上开始改变了行走的姿势,扩大了视野,并开始分工协作,共同完成捕猎和采集活动,后来还逐渐学会了使用工具并制作出了最初的工具。这一系列的过程当然要经过漫长的时间才能完成。在这个过程中,一个新的物种才开始逐渐从猿类中分化出来,变成拥有独特属性的人类。因此,我们可以把人类的产生在最终的意义上看成是生态环境变化的结果。同样,文学艺术作为人类特有的活动,其终极起因也与人类产生的最终原因是一致的。

就具体原因而言,文学艺术的产生有其特殊的条件。探索文学艺术产生的具体原因的前提是要先回答"文学艺术是什么",即文学艺术的根本特性是什么。对文学艺术根本特性的不同认识可能会找到不同的产生原因。因为不同事物的产生在具有共同原因的同时,一定有它产生的特殊原因。文学艺术的根本特性到底是什么呢?我们认为文学艺术的根本特性是表达人性的审美活动。其中至少包括人性和审美两个层面。人性是人的本性,既区别于动物本能,也不同于宗教意义上的神性。其核心内容是以人的自我意识为基础的对现世生存的深刻体验与反思。而审美则是指以对事物的外观形态感知为基础所获得的心灵的愉悦。因此,文学艺术活动以审美的方式表现出了人性的内涵。文学艺术产生的具体原因就应该是人性的发展与审美的融合、并从其他文化形式中分离出来的那个原因。这个原因又有两个不同的层次。一方面最基本的原因当然是劳动,因为劳动才使得人成其为人,使人与猿类产生根本的区别。从生理上说,劳动使人的身体器官发生了变化,比如手脚分工,大脑发达,感觉敏锐。

恩格斯论劳动和语言在人类起源中的作用

　　首先是劳动,然后是语言和劳动一起,成了两个最主要的推动力,在它们的影响下,猿脑就逐渐地过渡到人脑;后者和前者虽然十分相似,但是要大得多和完善得多。随着脑的进一步发育,脑的最密切的工具,即感觉器官,也进一步发育起来。正如语言的逐渐发展必然伴随有听觉器官的相应的完善化一样,脑的发育也总是伴随有所有感觉器官的完善化。

　　　　　　　　——恩格斯:《劳动在从猿到人转变中的作用》,《马克思恩格斯选集》

　　　　　　　　第3卷,人民出版社2012年版,第992页。

从精神上说,人在劳动中掌握了一定的自然规律,形成了自己的意愿,并有能力利用这些规律实现自己的意愿。马克思说:"动物只是按照它所属的那个种的尺度和需要来建造,而人却懂得按照任何一个种的尺度来进行生产,并且懂得怎样处处都把内在的尺度运用到对象上去,因此,人也按照美的规律来建造。"[①]因此,人的自我意识和审美能力产生的根源是劳动。另一方面,文学艺术产生的原因在于审美意识的确立。这里所说的审美意识是指自觉地进行审美活动的意识。自觉的审美意识直接导致了文学艺术作为一种独立的特殊的文化活动从其他人类活动中分离出来,确立自己在人类活动中的独特地位。由于文学艺术的根本属性可以看成表达人性的审美活动,审美的自觉就成为文学艺术独立的直接原因。没有审美的自觉,文学艺术活动还只是依附于人类的其他活动中,还不能说文学艺术已正式产生了。当然,我们并不否认,在文学艺术独立之前,人类已经有了审美能力。但是这些审美能力只是文学艺术独立出来的前提。在审美能力的基础上产生了自觉的审美意识之后,文

---

① 马克思:《1844年经济学哲学手稿》,《马克思恩格斯全集》第42卷,人民出版社1979年版,第96—97页。

学艺术才能从人类的其他活动中分离,文学艺术才算正式产生了。自觉的审美意识是通过特定的形式呈现出来的。美国人类学家博厄斯说:"确定的形式,看来同人们对于美的观念最为密切。"①"当工艺达到一定卓越的程度,经过加工过程能够产生某种特定的形式时,我们把这种工艺制作过程称之为艺术。"②

文学艺术产生的过程是怎样的?这是与起因问题相关但又不同的另一个问题,即发生过程问题。发生过程是一个历史问题,由于史前人类历史材料的不足,这个发生过程至今仍然存在许多谜团,许多已有的结论随着考古发现也随时有可能被改写。因此,文学艺术起源的发生过程这个历史问题中包含有大量的理论推测和假设。但是无论答案如何不确定,大致的线索和框架仍然是清晰的。这些线索和框架建立在两个基本前提之上。一是人类的各种文化活动形态的分化是晚近的事,而且分化不是一次完成的,而是逐步完成的。在分化之前,人类的活动中包含有各种文化形态的萌芽,它们是一个综合体。二是在人类活动的早期,各种文化的核心是为了种的生存繁衍而必须进行的基本活动。各种文化活动都围绕着生存与繁衍这个基本主题,各种文化活动的焦点都集中在生产生存和繁衍所必需的产品上。

在这两个前提之下,我们将文学艺术产生的过程分成两个关键阶段,一是文学艺术要素的产生,一是独立的文学艺术活动的分化。文学艺术要素的产生是指人类活动中出现了日后发展成文学艺术活动的某些因素的萌芽。这是文学艺术的最初源头。就历史过程而言,这个阶段是文学艺术的史前史。文学艺术要素产生的直接源头是人类开始制造工具,这是一个标志性事件。制造工具是人类文化活动的起点,各种文化活动都是从这里开始的。正是在制造工具的活动中,文学艺术活动的最初萌芽也产生了。"随着工具制造业,特别是石器制造业的出现,地球上的事情发生了破天荒的巨大变化。高度意识化、目的化的生产从这里发端;人类的全部文化从这里发端;伟大的征服自然的壮举从这里发端。"③因为"制造的行为是推动动物快感向人类美感转化的原初动力"。④

独立的文学艺术活动从其他文化活动中分化出来的过程更加复杂,每一种具体的文学艺术形态分化出来的时间也不一致。从理论上说,文学艺术的独立是以审美意识的觉醒为直接原因的。从历史上说,自觉的审美意识产生于对工具进行精细加工并开始欣赏自己的工具的年代。因为对工具进行精细加工已经不仅是实用的需求,还带有美观的需要。对工具产生欣赏的心理则更是对形式产生美感的标志,同时也是对自我本质力量的肯定。这些方面都是审美意识的重要内涵。那些经过精细加工的工具已经可以看成是艺术品了。文学艺术也就从实用的工具中分化出来。当它们在劳动中被使用时仍然是工具,劳动之余对它们进行欣赏时,它们就是艺术品。当然,与人的精神活动关系更密切而又无法保存下来的语言和身体动作(如舞蹈)方面的文学艺术活动,至今仍然无法断定它们的分化独立是在精细

---

① 弗朗兹·博厄斯:《原始艺术》,金辉译,贵州人民出版社 2004 年版,第 2 页。
② 同上书,第 1—2 页。
③ 刘骁纯:《从动物快感到人的美感》,山东文学艺术出版社 1986 年版,第 112 页。
④ 同上书,第 104 页。

的工具出现之前还是之后。如果有证据能证明语言和身体动作方面的文学艺术活动早于精细工具的出现,那么,文学艺术独立的起点就应该从这些更早的文学艺术活动算起。

从人类历史演变的过程看,文学艺术起源的历史过程在人类起源的各个主要阶段中都可以找到相对应的进展,这为我们大致划定文学艺术起源的绝对年代提供了线索。人类的起源经历了四个主要阶段,即半猿半人阶段、猿人阶段(包括早期猿人和晚期猿人)、古人阶段和新人阶段。半猿半人阶段的绝对年代在距今 300 万—200 万年前,代表是腊玛古猿和南方古猿,他们是在距今大约 1 400 万年前从退化的森林中走到草原上的灵长动物的后代,经过一千多万年的自然选择和淘汰,他们已经与祖先有了本质的区别。他们已经可以使用和修理简易的工具。听觉和视觉对形式的感知能力与人类相比相对低下,但在动物界已达到最复杂的程度。从腊玛古猿留下的石器来看,他们已具备了向人类演化的基本条件,可以算得上人类的猿类祖先。到了距今大约 200 万年以前,早期人类开始出现,这就是猿人。中国的元谋人就是早期猿人的代表。早期猿人之后,大约距今 150 万—100 万年之前,进入到晚期猿人的阶段,中国的北京人、蓝田人,印度尼西亚的爪哇直立人都是晚期猿人的代表。在猿人阶段,制造工具已成为自觉活动,猿人在视觉和听觉方面对形式的感知能力已逐渐变得敏锐,并且随着群体交流的展开,出现了简单的仪式活动,可以传达信息的最初语言已经出现,创造能力也得到提高。前一阶段的动物快感在向人的美感转化。文学艺术的个别要素已萌芽。因此这个阶段是文学艺术的最初源头出现的时期。人类发展的第三个时期是古人阶段,这个阶段开始于距今大约 30 万—20 万年以前。中国的许家窑人、丁村人、大荔人都是这个阶段的代表。古人和今天的人类已属同一个种。他们已经可以制造较为精细的工具,美感能力已初步形成,工具成为审美对象,工具形式的韵律感说明他们的审美意识已经觉醒。同时,他们已经在前一阶段的仪式化活动的基础上发展出了原始的巫术或祭祀等礼乐活动。文学艺术应该就是在这个阶段获得独立地位的。古人再向前进化到距今约 5 万年前就进入了与今天的人类属于同一个亚种的新人阶段。中国的山顶洞人是新人的代表。他们与今天的人类已没有本质区别。可以制造出精美的工具,学会了用火,开始用装饰品,巫术祭祀等社会活动已固定化。人类的审美意识已经发展成熟。西方的岩洞壁画和中国的彩陶都证明在人类活动中实用物品的审美成分在逐渐加强,以至于完全可以作为艺术作品来欣赏,具有独立的审美价值。

总之,文学艺术的起源是一个复杂的问题,必须从多个角度在不同的层次上来讨论。随着考古证据的不断出现,已有的理论观点也随时有可能被改写。但无论如何,文学艺术起源的问题以及探究起源问题的基本框架都可以长期存在。

第二节
文学演变的动力

文学产生以后就一直处于变化的过程中。在人类进入有文字记录的社会以后,文学演变的状况就有了实证的材料,文学演变的形态和途径也就有迹可循了。由于人们的文学观念存在差异,对文学演变的解释也有差异。但无论具体观点有多少不同,文学演变的动力、形态、途径都是基本问题。

文学演变是文学运动变化的过程。运动变化总是有推动力的。文学演变的推动力是什么? 这些推动力来自哪里? 有哪些类型? 又是如何推动文学演变的? 考察文学的演变,必须首先解答这些问题。

一、外在动力说与内在动力说

文学演变的动力作为文学演变的首要问题,在不同时代不同的理论流派体系中已有许多不同的解释,这些解释中所找到的文学演变的动力有两大类型,即外在动力和内在动力。外在动力说认为文学演变的动力是文学之外的某个力量,内在动力说则认为文学演变的动力是文学内部的某个力量。外在动力说中,不同的理论观点又找到了各种不同的力量,内在动力说也是如此,对于内在动力到底是什么也有不同的看法。

外在动力说中影响较大的是把动力归结为时代、社会生活和理念这几种观点。把文学演变的动力说成是时代的变化,这种观点已有很长的历史。比如刘勰在《文心雕龙》中就有"歌谣文理,与世推移""文变染乎世情,兴废系乎时序"的观点。在西方,18世纪法国著名批评家斯达尔夫人(一译史达尔)也把文学的演变与时代联系起来。她说:"我认为古典诗就是古人的诗,浪漫诗就是多少是由骑士传统产生的诗。这一区分同时也相应于世界历史的两个时代:基督教兴起以前的时代和基督教兴起以后的时代。"[①]在她看来,文学演变的动力就在于时代的变化,随着时代的不同,文学的类型也发生了巨大变化。

但是时代变化还是一个比较笼统的说法,到底时代是指什么? 如果仅仅是指时间,那么说文学随时代的变化而变化似乎过于空泛,而无法解释文学演变的具体动力。实际上,时代的概念总是与划分时代的标准联系在一起的,用不同的标准划分时代,分出来的时代是不同的。这些标准就构成了文学演变动力的具体内涵。比如刘勰所说的"时序"是以"世情"为标准的,斯达尔夫人说的世界历史的时代是以"基督教的兴起"为标准的。只有把时代的概念落实到这些具体标准上,把"时代"作为推动文学演变的动力才有实际内涵。

相比之下,将文学演变的动力归结为社会生活就更加明确也更具体。这种观点也有很长的历史,而且往往与时代说密切相关。中国古代的典籍《乐记》中关于音乐演变的论述中就明确地表达了这种观点:"凡音者,生人心者也,情动于中,故形于声;声成文谓之音。是故治世之音安以乐,其政和;乱世之音怨以怒,其政乖;亡国之音哀以思,其民困。声音之道,与政通矣。"[②]"治世""乱世""亡国"都是社会生活的总体状况,"政和""政乖""民困"是社会生活中政治和民生领域的状况。总之,这些都是社会生活的内容,它们对于文学的演变起着决定

① 史达尔:《论德国》,伍蠡甫主编:《西方文论选》(下),上海译文出版社1988年版,第123页。

② 《礼记·乐记》,见阮元《十三经注疏》,中华书局1980年版影印本,第2527页。

性作用。正是由于社会生活的改变才导致了艺术(包括文学)的变化。当然,社会生活的概念虽然比时代概念具有更多的实际内涵,但它本身也是十分复杂的,社会生活的范围十分广阔,这也为具体解释社会生活对文学演变的影响带来了困难。这个困难表现在社会生活中的不同部分在文学演变中到底发挥了什么作用的问题上。普列汉诺夫借用马克思主义关于经济基础和上层建筑的理论,提出了"社会心理"说,认为"某一时代的艺术,如同其他意识形态一样,也如同整个社会心理一样,都反映着社会关系,同时在形式方面——在肯定的意义上说或者在否定的意义上说——又是同前一个时代或者前几个时代的艺术密切地联系着的。这是研究意识形态史的时候应该永远记住的"。"应该记住,远不是一切'上层建筑'都是直接从经济基础中成长起来的:艺术同经济基础发生联系只是间接的。因此在探讨艺术的时候必须考虑到中间的环节。"[①]随着生产力的发展,社会心理也会变化。要么顺应经济发展而改变,要么固守原来的传统而与经济发展不相适应。文学则是这些社会心理的表现,属于一种远离经济基础的高级意识形态。文学也会受到生产力发展的决定性影响,随着社会心理的变化而变化。

法国 19 世纪文艺理论家丹纳则用"精神气候"说来解释社会生活对文学演变的影响,认为"有一种'精神的'气候,就是风俗习惯与时代精神,和自然界的气候起着同样的作用"[②]。丹纳所说的精神气候既包括风俗习惯和时代精神,也包括群众思想和社会风气。它们对文学发展的影响首先在于对具有艺术才干的人的选择,为他们提供成长的环境,其次在于精神气候也会给艺术家带来压力,使他们适应社会的需要,借此推动文学的演变。

丹纳论精神气候

造化是人的播种者,他始终用同一只手,在同一口袋里掏出差不多同等数量,同样质地,同样比例的种子,撒在大地上。但他在时间空间迈着大步散在周围的一把一把的种子,并不颗颗发芽。必须有某种精神气候,某种才干才能发展;否则就流产。因此,气候改变,才干的种类也随之而变;倘若气候变成相反,才干的种类也变成相反。精神气候仿佛在各种才干中作着"选择",只允许某几类才干发展而多多少少排斥别的。由于这个作用,你们才看到某些时代某些国家的艺术宗派,忽而发展理想的精神,忽而发展写实的精神,有时以素描为主,有时以色彩为主。时代的趋向始终占着统治地位。企图向别方面发展的才干会发觉此路不通;群众思想和社会风气的压力,给艺术家定下一条发展的路,不是压制艺术家,就是逼他改弦易辙。

——丹纳:《艺术哲学》,傅雷译,见《傅雷译文集》(第 15 卷),安徽文艺出版社
1989 年版,第 79 页。

---

① 普列汉诺夫:《关于"经济因素"》(片段),《世界文学》1961 年 11 月号。
② 丹纳:《艺术哲学》,傅雷译,人民文学出版社 1963 年版,第 35 页。

总之，社会生活对于文学的演变的影响是多方面的，其发挥作用的方式也是复杂的。由于不同的理论家对于社会生活的理解有差异，在把文学的动力归结为社会生活时，具体的论述也就不同，有时甚至是矛盾的。

同样是在文学之外寻找文学演变的动力，黑格尔的"绝对精神"（理念）说具有更强的逻辑性。黑格尔认为文学艺术是发展变化的，变化的最终原因是绝对精神（理念）的自身运动。在黑格尔的哲学体系中世界的本源是绝对精神（理念）。文学艺术是理念的感性显现。绝对精神作为世界的本源在人类和自然界出现之前就已经存在了。但是绝对精神（理念）本身也是发展变化的，起初绝对精神仅仅是抽象的纯粹的逻辑概念，与任何感性的具体的物质现象都没有关系。这个阶段称为逻辑阶段。等到这种纯粹的逻辑概念发展到顶点时，它就走向了自己的反面，采取了自然的物质形态，这就是自然阶段。这种自然形态与绝对精神的本性是对立的。等到自然界发展到顶点，发展出了人这种特殊的动物，自然界就又走向自我否定，又回到精神形态，这就是精神阶段。但此时的精神形态不同于最初的抽象的逻辑概念，而是精神与物质的统一。这是绝对精神发展的最高阶段。在黑格尔的哲学理论中，文学艺术是属于精神阶段的，在这个阶段中，文学艺术也是发展的、运动的。他把文艺界定为理念的感性显现，"理念"是内容，"感性显现"是形式，文学的发展依据内容与形式之间关系的不同，又分成三个具体阶段，对应于三种不同的类型。首先是象征型艺术，其特点是形式压倒内容，因为作为内容的理念本身还是漫无边际的，找不到适合的形式，只好用象征符号来表现。其次是古典型艺术，其特点是内容和形式达到和谐一致，因为理念已经成为自在自为的内容，获得了自由的形象。因此内容与形式、精神和物质互相适应，形成了和谐的整体。第三是浪漫型艺术，其特点是内容压倒形式。因为精神摆脱了物质，回归到精神本身，作为艺术内容的理念成为内心生活，它打破了既有的形式，需要自由创造。

可见，在黑格尔的艺术发展论中，文艺发展的动力在于绝对精神或理念的发展变化。黑格尔认为以这三种类型为代表的艺术发展史还不是艺术发展的全部。按照他对艺术未来的预言，艺术必将走向消亡，因为绝对精神发展的顶点是摆脱物质形式，真正回到纯粹的抽象的概念，而艺术——即使是走向内在精神生活的浪漫型艺术，仍然要借助于感性形式而存在。按照绝对精神发展的逻辑，艺术必然要走向宗教，最终走向哲学。

与外在动力说相反，另一些理论家认为文学演变的动力在文学内部。所谓内在动力说，就是把文学运动和变化的动力归结为文学内部的某些原因或要素的观点。这种观点的理论基础在于把文学看成是一种独特的人类活动，从关注文学的独特性出发，把研究的视角放在文学内在构成方面，文学演变的动力也就首先从文学内部来解释。

内在动力到底是什么呢？不同的理论视角有不同的解答。加拿大文学理论家弗莱认为文学演变的动力就是不同文学类型的自然更替。文学演变的历史就是喜剧、传奇、悲剧以及讽刺文学这四种类型周而复始地循环更替。在弗莱看来，这些类型的更替，源头都在原始神话中，四种文学类型的更替与神从生到死、死而复生的循环是一致的。一个循环完成之后又会回到神话的源头,开始新的循环更替。尽管神话中包含有文化心理和社会生活内容,但弗莱并不把这些因素作为文学演变的动力。相反,他认为"诗只能从别的诗上诞生出来,小说只能从其他小说中产生,文学形成文学,而非被外加的东西赋予形体,文学的形式不可能存在于文学之外"①。因此,文学的演变是在文学内部进行的,动力也是在文学内部。

俄国形式主义者则把文学演变的动力归结为文学形式的陌生化。文学演变被描述成自动化与陌生化之间的相互作用。什克洛夫斯基认为我们在日常生活中的言谈行为都已形成习惯,对事物的反应也都是下意识的自动反应,事物都变成了认知对象,而不是感受对象,这种情况就是"自动化"。这使得我们对周围的事物熟视无睹,也难以有审美的、艺术的发现。文学艺术的任务在于打破这种自动化状况,使事物变成感受对象,通过形式的创新,使我们熟悉的对象变得陌生,以引起新奇的感受,产生审美体验,这就是"陌生化"。陌生化在文学艺术领域中所创造的新形式又可能被反复重复,变成新的自动化的陈词滥调,形成套语,因此又会有新的陌生化的形式出现,再次打破自动化的文学程式。文学的演变就是这样在自动化与陌生化之间交替进行的。演变的动力在于文学形式的新旧转换。

另外,从文学的品性来看,文学有雅俗之分。当我们把文学分为雅俗两大类型之后,文学演变的动力又可以从雅俗关系中来寻找。雅俗的矛盾也可以成为推动文学演变的动力。高雅文学是指具有严肃的主题和艺术独创性追求的文学,而通俗文学则是指以娱乐消遣为目的的、文字浅显而又模式化的流行性文学。当然,由于雅与俗的区分本身就是相对的,高雅文学与通俗文学的区分也是相对的。"'雅'与'俗'作为审美范畴,具有极大的主观性,不适合于用作区分'通俗文学'与'非通俗文学'的标准。"②但是,区分出高雅文学与通俗文学两种类型则是分析文学活动的一个常用的、也是基本的视角。在文学演变问题上,高雅文学与通俗文学的互动是文学演变的基本方式之一,而这种互动式演变的动力,则是雅俗矛盾。具体表现在:第一,高雅文学与通俗文学之间存在着竞争关系,成为推动文学演变的直接动力。通俗文学拥有大量的读者,而高雅文学读者群相对较小,两者为了争夺读者而产生矛盾,一方面推动了高雅文学向读者趣味的妥协,另一方面也使得通俗文学提高品质,更好地吸引读者。第二,高雅文学与通俗文学在文学观念上的差异所引起的对立,成为文学演变的思想动力。高雅文学通过对阳春白雪的审美价值的追求,希望提升人的精神境界,而通俗文学则通过下里巴人的世俗趣味的表达,来满足人的娱乐需求,由此而引发的高雅文学阵营对通俗文学的批判,以及通俗文学阵营对高雅文学的回应(包括理论上与实践上)在文学史上屡有发生。这种矛盾对立所导致的结果往往是通俗文学的创作得到了自觉或不自觉的约束,高雅文学也自觉或不自觉地在通俗文学中寻找到了可以利用的因素,对通俗文学进行改造、收编、经典化,从而使通俗文学中的一部分获得合法身份。高雅文学与通俗文学趋于合流。总之,高雅文学与通俗文学的矛盾是文学内部发生的矛盾,它对文学演变的推动作用是明显

① 弗莱:《批评的剖析》,转引自胡经之、王岳川主编:《文艺学美学方法论》,北京大学出版社 1994 年版,第 115 页。
② 李勇:《通俗文学理论》,知识出版社 2004 年版,第 77 页。

的,也是直接的。从高雅文学与通俗文学的矛盾角度看,文学的演变可以描述为通俗文学高雅化与高雅文学通俗化互动的过程。

二、文学演变的多重动力

上述各种关于文学演变动力的理论都有具体的针对性,因此也各有一定的道理。外在动力说把文学作为一个整体与其外部的社会文化因素相联系,找到了文学演变的外在动力;内在动力说着眼于文学的内在因素,把文学演变的动力看成是文学自身的演变,找到了文学演变更直接的动力。但它们仍然各有不足。外在动力说将文学演变与外在因素直接联系起来,忽视了文学自身变化的状况,而内在动力说则相反,忽视了文学之外的其他因素的推动作用,也难以解释文学自身演变的原因。

其实,文学演变是各种因素共同推动的,单独强调外在动力或内在动力都不全面。应该承认,文学演变既有外在因素的推动,又有文学内在因素自身变化的作用。问题的关键在于,到底有哪些因素参与了推动文学演变的活动? 它们各自又起到了什么作用? 由于文学可以理解为人性的审美书写,因此文学就是一种创造性的文化活动。从最基本的功能而言,文化是人类为了自身的生存与繁衍而采取的生产实践活动。在这样的视野中,我们找到了推动文学演变的基本要素,那就是社会生产实践、文化系统和个人创造。这三个要素并不是随意地无序地在发挥作用的。它们构成了一个层次性动力系统,共同推动文学的演变。

首先,社会生产实践是推动文学演变的根本动力。这可以从两个方面来理解,一是人类的所有活动都是以生产实践为基础的,只有先进行生产实践,人类的生存才有保障,从而才有可能去从事其他活动。就此而言,社会生产活动不仅是文学演变的根本动力,也是人类其他文化活动的根本动力。二是在社会生产实践中产生出了对文学活动的需要,随着生产实践的变化,文学活动也会发生相应的变化。人类在生产活动中产生了认识自我的需要,这不仅指生产活动中与他人发生了联系,从而形成了区分自我与他人的需要,而且也指人需要对自我存在的意义和价值进行思考,需要对人性本身进行思考,同时也产生了以不同方式思考这些问题的需要。这些问题不仅在宗教、哲学等领域中进行探索与解答,文学也是解答这些问题、满足这些需要的重要领域。随着社会生产实践的推进,人类所面临的这些有关自我本性的问题也在变化,思考这些问题的各个领域(包括文学)也就发生了变化。

其次,文化系统是推动文学演变的相关动力。文化系统是在社会生产实践的基础上建立起来的。文学活动就属于文化系统,文学活动之外的文化系统构成了文学演变的具体环境,这些文化系统各组成部分之间的矛盾与变化对于文学演变必然产生影响。但相对于社会生产实践这个根本动力而言,文化系统对文学演变的推动力则是辅助性的。文化系统对文学演变的推动,也可以从两个方面来理解。一方面,文化系统作为一个整体,其中文学之外的部分的变化会波及文学领域。思想、观念、思潮等都会在文学领域中得到回应,导致文学的变化。另一方面,文化系统在特定时代所形成的精神风貌也规定着一个时代文学的风貌。随着整个文化系统的精神风貌的变化，文学活动也会发生相应的变化。这里所说的精神风貌，是指一个时代文化系统所具有的特定的精神品质的具体形态。文学作为文化系统的一部分，也会体现出文化系统整体的精神风貌，并随之变化。

再次，个人创造是文学演变的直接动力。文化系统对文学演变的推动作用最终落实在作家个人的创造方面，文学演变最终是由作家完成的。这可以从两个方面来理解，一是作家是文学演变的主要承担者。文学演变是一个永不停息的动态过程。文化传统的承前启后，文学形态的由旧变新，都是由一个个具体的人来完成的，这些人主要是作家。他们从事文学活动，无论是否以写作为职业，从文化方面看，都参与了文学演变的活动，是文学演变的承载者。虽然读者在阅读活动中也对作品进行创造性解释，但是如果不表达出来，仍难以被看成是文学演变中的组成部分，只能产生潜在的影响。二是作家的创作是以创新为目标的，这使得文学的演变成为现实。作家的创作以形成独特的个人风格为追求目标，个人风格的核心是创新，创新就是要突破已有的风格与模式，这就推动了文学的变化。文学的演变就是在作家创新的活动中完成的。

总之，推动文学演变的这三种动力，构成了一个动力系统，文学演变的过程是这三种动力共同推动的。具有独创性的作家从文化系统中获得创作的营养，以自己的个性气质与审美理想创造出独特的作品，实现对已有文学传统的突破，而这个活动又是在社会生产实践的基础上完成的。作家所思考的问题，所表达的理想与愿望都不是纯粹个人性的，而是一个时代对人类自我本性问题的解答。文学演变就是这样由一代又一代作家完成的。

第三节
文学演变的形态

文学演变受到多种因素的影响，在漫长的历史长河中呈现出了不同的演变形态。对这些形态进行分层考察，将建立起一种基本的研究框架。不同的形态在分层体系中都占有自己的位置。从宏观角度看，文学演变的形态可以分为表层形态、深层形态和综合形态三种。

一、表层形态

文学演变的表层形态是指可以直接观察到的文学演变活动，是文学演变所呈现出来的外在形态。文学演变是文学在多个方面发生的变化，其中总是有一些变化比较明显，比较容易被人观察到。文学的各种内在因素的变化，也最终会在外在形态上表现出来，呈现在人们面前。除了参与文学活动的人员组织方式和传播方式等社会方面的外在形态外，就文学活动本身而言，文学思潮的形成与衰落，文体之间的更替与演进以及雅俗文学之间的互相转化与消长都是文学演变表层形态的典型代表。

文学思潮是指在特定时期文学活动中所形成的共同趋向或思想潮流。文学思潮的形成与同时代的社会文化思想有直接关系,它是一定的社会思潮在文学领域的表现。比如中国"五四"时期社会思想领域的科学与民主思潮,在文学领域中就表现为新文学运动中"人的文学"的思潮。"五四"作家用文学表达着现代人自我意识的觉醒和个人独立的精神。这成为那个时代的主题,几乎所有的新文学作家都卷入了这个思潮。虽然他们各自的思想状况、审美趣味、创作方法和创作风格各有不同,但在表现现代人自我觉醒与人格独立方面却是共同的,这就形成了中国现代文学中最早的一个文学思潮。

文学思潮是文学演变的表层形态,首先是因为文学演变可以在文学思潮中表现出来。文学演变是文学活动从思想观念到文学形式等多种因素变化的过程,文学思潮的形成与衰落都是文学活动发生重大变化时才能形成或出现的。钱中文在解释文学思潮形成的原因时指出:"文学新思潮的出现,一方面是文学自身发展的需要和自身运动的结果,同时也要看到,它与社会思潮有着密切的关系。社会、政治、道德的趋向,作为一种集团的群体思想的要求,凝聚为一股思想潮流,注入人们生活的各方面,并且以多种方式,左右着人们的审美趣味,促成各种群体的审美追求与艺术倾向,形成一种群体性的审美理想与时尚,影响并演化为文学自身发展的需要。"[①]可见,文学的演变就是通过文学思潮来完成的。其次,文学思潮作为文学演变的形态,又是可以观察的。文学思潮的形成,既表现为文学主题、思想方面的共同趋向,也表现为杂志、书刊的出版以及作家的组织及其活动。所有这些方面都是容易被观察到的。另外,与文学思潮相应的还有整个社会文化领域的相同思潮,这种思潮作为一种社会氛围,也很容易被人们觉察到。比如在一个特定的历史时期人们集中讨论某些话题,反复述说某些观点,围绕某些问题展开激烈的争论等都是社会文化思潮可以观察到的形态。总之,文学思潮拥有鲜明的外在特征,它明确地标示着文学所发生的变化。

文体形式之间的更替也是文学演变可以观察到的形态。文体是文学的体裁样式,它虽然有其内在的规定性,但也以独特的形式呈现在读者面前。所以当文体形式发生变化,我们就可以知道文学演变正在发生。比如,中国古代文学中从四言诗到五言诗和七言诗的变化就是文学演变的具体表现。文体形式更替是文学演变的表层形态,主要就是因为,一方面文学演变是文学活动全方位的变化,不仅思想、主题、题材的变化是文学演变,文体形式的变化也是文学整体演变的一个部分。另一方面,文体形式是文学的基本存在形态,文学活动最终都物化为语言形式,而语言形式总表现出一定的文体形态,任何作品的语言形式都具有文体形态,也都体现为一种文体。所以文体是文学演变的最直接的承担者,文学的演变总是会落实到文体层面上。

雅俗之间的辩证互动关系是文学演变的另一种表层形态。雅与俗是一种文学分类方法,高雅文学与通俗文学是两种不同的文学形态。从这个角度去看文学的演变,雅与俗的矛盾不仅是文学演变的动力,高雅文学与通俗文学之间的互动也是文学演变的形态之一。首先,高雅文学与通俗文学之间关系的变化,就是文学的审美类型的演变。当高雅文学通俗

---

① 钱中文:《文学原理——发展论》,社会科学文献出版社 2007 年版,第 188 页。

化,或者通俗文学高雅化发生时,文学的格局就发生了变化,文学的品质也发生了变化。比如中国古代的"词"这种文体从原来的通俗文学向后来的高雅文学转化时,不仅"诗"占统治地位的文学格局被打破,而且词的品质也在发生变化,由此带来了诗的品质的变化,宋诗中日常生活情趣的大量出现,与词的雅化之间存在直接而密切的关系。文学就这样渐渐地发生着变化。其次,高雅文学与通俗文学之间的互动,作为文学演变的形态,是可以观察到的外在形态。高雅文学与通俗文学之间的基本区别是很明显的,我们可以从一些外在特征分辨出高雅文学与通俗文学。比如从文体形式、题材,甚至传播媒介等方面都可以将雅俗文学区别开来。因此,高雅文学与通俗文学之间的变动,就是文学外在形态的变动,是文学演变的表层形态。

二、深层形态

文学演变的深层形态是指运用特定的理论方法,经过分析之后才能发现的文学内在因素或组织结构方面的变化。这是在文学底层发生的改变,一般不易直接观察到,或者某些可观察到的外在形态的变化要经过理论分析之后,才能找到变化的真实面貌。因此,文学演变的深层形态是一种隐蔽的形态。这种深藏于文学内部的变化与理论分析的视角和方法有直接关系。运用不同的理论方法,往往可以分析出不同的深层变化。对文学演变深层形态的把握,取决于理论建构。原型理论和结构主义理论是分析文学演变深层形态的代表性理论。

在弗莱的原型理论中,文学的演变从神话开始,依次经历了传奇、高级模仿、低级模仿和反讽五个阶段。这五个阶段在欧洲的文学史上都有相应的时间段与其对应。中世纪以前是神话阶段;中世纪则是传奇阶段,主要包括骑士爱情传奇和宗教圣徒传奇;文艺复兴时期则是高级模仿阶段,文学主要描写帝王将相的生活;从18世纪的笛福到19世纪末都属于低级模仿阶段,描写现实中普通人的生活;大约从1850年至1950年则是反讽文学的阶段,描写比普通人地位还低的边缘人的生活,同时又出现了向神话回归的迹象。在弗莱的理论中,文学演变并不仅仅是文体形式的排序,其中包含有深层的逻辑结构。首先,这里所说的神话、传奇、高级模仿、低级模仿和反讽都不是指文体,而是指文学的基本模式。它们是根据作品中主人公与我们现实中的人在性质上和能力上的对比而确定下来的文学的基本类型。神话是以神为主人公的文学模式,神在性质上比现实中的人高级,而在能力上也可以不受现实条件与法则的制约;传奇中的主人公虽然在性质上与现实中的人相同,但能力却非一般人所能比,可以超越自然法则的束缚;高级模仿中的主人公只在能力的程度上高于一般人,比一般人有更大的权力或智慧,但也像常人一样受自然法则的限制;低级模仿中,主人公就是和一般人相同的普通人,与现实中的人在性质、能力上都是一样的;反讽中的主人公在能力上低于普通人,现实中的人在面对这些人时有一种优越感。其次,这些文学模式隐藏在文学作品内部,是经过对作品的分析与概括才能找到的。它们本身也超越了文学作品的具体的外在形态,是作品的深层结构。所有的具体作品都最终可以归入这五种模式之一。因此,所谓的文学演变,不管外在形式、题材、思想如何变化,最终都是这五种模式的演变。再次,这五种模式的背后又有更深层的背景。弗莱认为这个深层的背景就是原型意象。在审美领域中存在着五种原型意象,即天堂的启示意象与地狱的魔幻意象以及这两个极端之间的天真类比意象、自然和理性类比意象、经验类比意象。这五种意象分别对应五种模式:天堂的启示意象对应于神话,天真类比意象对应于传奇,自然和理性类比意象对应于高级模仿,经验类比意象对应于低级模仿,而地狱的魔幻意象对应于反讽。原型意象是潜隐在文学最深层的人类原始记忆,它与文学模式都属于文学的内在组成部分。在这个层面上的文学演变是难以直接观察到的。

结构主义在文学演变的问题上主要分析新的文学作品对已有的约定俗成的文学传统的遵循或反抗。文学的演变是在对已有传统的反抗中发生的。这种对传统的反抗并不是在主题、题材或内容方面,而是在深层的语言结构方面。因此,结构主义理论也是对文学演变深层形态的解释。首先,结构主义认为文学是一个符号系统,每一部作品的意义都是由这个符号系统所规定的。对于每一部新的文学作品,以往的文学传统就是这个规定着它的意义的符号系统。结构主义就是以研究这种符号系统的运转规则为主要目标的。库勒说:"结构主义试图重建现实现象下的深层结构体系,这些体系规定现象中可能出现的形式和意义。"[①]其次,这种约定俗成的深层结构体系是潜在的,要使用特定的分析方法才能发现。"结构主义认为,如果没有一个方法论上的模式——一种使人得以辨认结构的理论——就不可能发现结构。"[②]当然,寻找这种结构,目的并不仅仅是解释一部作品,而是要理解作为一种语言系统的文学的活动方式。因此,这里所说的结构既是潜在的,又是具有普遍性的。再次,文学的深层结构作为赋予文学作品意义的系统,也是变动的。文学的演变就是这种深层结构的变化。"批评家最要紧的不是发现结构而是观察结构的形成过程;批评家重视的不是一种确定的意义,而是在人们试图组织作品本文时它所呈现的困难、曲折和意义的不确定。"[③]"结构的形成过程"就是文学的约定俗成的传统形成的过程,也就是文学演变的过程。以上三点,前两点说明了在结构主义理论中,文学从深层结构中获得意义,深层结构是文学存在的基础,文学的演变应表现为深层形态的变化;后一点说明了深层结构也有形成的过程,是可变的,从而说明文学演变就是深层结构变化。

三、综合形态

文学演变的综合形态是指文学演变过程中的某些复杂现象中包含着深层的原因,是文学从外在形态到内在根源发生全面变化时的特定状态。从理论上说,任何文学演变活动都包含着外在形态与内在根源的变化。但是某些演变,我们仅从外在表层形态就可以把握,另

① J·库勒:《文学中的结构主义》,张金言译,《国外社会科学》1982 年第 6 期,第 37—40 页。
② 同上注。
③ 同上注。

一些演变则要追溯到深层根源,因此我们可以从表层形态和深层形态来认识文学演变的不同状况。这些状况取决于我们的理论预设,综合形态是在特定的理论视角中对文学演变的整体把握。不同的理论前提决定着我们分析出不同的文学演变综合形态。其中不平衡关系理论和文化生态演替理论是两种具有代表性的观点。

不平衡关系是马克思在论述艺术生产的发展与物质生产的发展关系时所提出的独特概念。马克思说:"关于艺术,大家知道,它的一定的繁盛时期绝不是同社会的一般发展成比例的,因而也绝不是同仿佛是社会组织的骨骼的物质基础的一般发展成比例的。"①简单地说,不平衡关系就是指文学艺术的发展与物质生产和社会生活的发展并不总是同步的。具体表现在两个方面:其一是某些文艺类型(比如神话、史诗等)只能在生产发展的低级阶段兴盛,随着生产力水平的提高,这些文艺类型反而衰落了。其二是某些在经济上落后的国家和地区在文学艺术方面反而可能占领先地位。比如18世纪的德国和19世纪的俄国就是代表性的例子。德国当时经济落后、国家分裂、政治混乱,但却出现了歌德、席勒这样的伟大作家;俄国当时还处在封建沙皇统治向资本主义社会过渡的阶段,经济和政治上都很落后,但却出现了果戈理、契诃夫、托尔斯泰、陀思妥耶夫斯基等一大批伟大的作家。

这种不平衡现象是文学演变中的特殊现象,应该放在社会结构和历史发展的宏观背景中进行综合分析。首先,从社会结构来看,不平衡现象是由于文学演变受到多种因素制约而形成的。在马克思主义理论中,文学是远离经济基础的审美意识形态。它虽然最终受到经济基础的决定性影响,但这种影响却是间接的,中间还有上层建筑以及其他的社会意识形态(比如哲学、宗教、道德观念等)的影响。因此,文学的演变与经济基础的变化之间不是一一对应的同步关系,而是有或早或迟的差异。其次,从长期历史发展的趋势看,文学的演变与经济基础和物质生产的发展又是大致平衡的。所谓不平衡只是局部现象,是文学演变沿着经济发展的水平线出现的上下波动。因为文学演变最终是由经济基础决定的,所以文学演变与社会生产的发展的趋势总体上是一致的。

由此可见,不平衡关系的理论是把文学演变的特定现象放在社会结构和历史发展的宏观模式中进行综合分析,对文学演变的这种特殊现象做出的解释。

文化生态演替理论借用生态学"演替"的概念来对文学演变进行综合性解释。演替在生态学中是指"某一地段上一种生物群落被另一种生物群落所取代的过程"②。这是一个按一定的次序逐步完成的过程。不同的物种会按照一定的顺序先后出现,最终形成一个完整的群落。演替有两个重要特征:一是循序渐进,一个群落代替另一个群落不是在短时间内完成的,而是必须经历特定的阶段逐步推进的;二是整体性,生物群落是一个完整的系统,各种不同的物种之间有着有机联系。当我们借用演替的概念来考察文学演变时,我们发现文学演变呈现出类似于生物群落演替的综合形态。首先,文学演变也是一个循序渐进的过程。各

---

① 马克思:《〈政治经济学批判〉导言》,《马克思恩格斯选集》第2卷,人民出版社1995年版,第28页。
② 李振基、陈小麟、郑海雷:《生态学》第二版,科学出版社2004年版,第188页。

种不同的文学因素、文学类型以及文学思潮的变化，也是按照一定的秩序发生的。文学的演变一般都是漫长的过程，虽然有时表现为爆发式的突变，但其实都有一个漫长的、循序渐进的准备阶段。其次，文学演变也是具有整体性的。一方面文学演变与文化生态环境的变化之间有密不可分的关系，文化生态环境的变化为文学演变提供了推动力和基础；另一方面文学内部各要素（题材、母题、手法、技巧等）之间、各文体之间以及各流派之间也构成了一个完整的系统。文学要素的变化往往会带来文体的变化，一种文体的变化又会引起其他文体相应的变化，一个流派的变化也会带来其他流派的变化。总之，演替的概念揭示出了文学演变是一种全方位的循序渐进的整体性变化。

文学演变的表层形态、深层形态和综合形态揭示出了文学演变形态的复杂性。文学演变在不同时代呈现出多种形态，把握这些不同的形态，关键在于在不同的理论框架内针对特定的对象进行全面的阐释。

第四节
文学演变的方式

文学演变的方式是指文学演变的发生过程所经由的具体途径。如果说文学演变形态研究侧重于把握文学演变呈现出来的状态，那么文学演变方式研究则侧重于把握文学演变的过程所具有的特点。从文学演变发生的过程看，文学活动从一种状况变化到另一种状况是通过不同的方式完成的。由于文学演变是在特定的语境中发生的，这个语境包括本民族文学传统和其他民族文学经验，我们首先就应该考察文学演变中继承与创新、借鉴与传承这两种演变方式。由于文学演变是文学活动在时间中延伸的过程，这就出现了变化的线索与运行状态的问题，所以我们又要考察文学演变是单线的还是多线的、是连续的还是断裂的这两种方式。

一、继承与创新

继承与创新是文学演变的基本方式之一。文学演变总是从一个起点向下一个阶段变化的过程。起点就植根于传统之中，承认了这个起点也就承认了文学演变是对以往传统的继承。同时文学向下一个阶段的某种状态运动变化时，就必然会出现一些以往不曾有过的新因素、新特点，承认了文学的这种不同于以往的变化，就承认了文学演变中创新成分的存在。从这个意义上说，文学演变就是继往开来、承前启后的过程。

作为文学演变的基本方式之一，继承与创新是文学演变中同时存在的两个方面。首先，文学演变是一个动态过程，它是一种文学状态到另一种文学状态的转化。如果前一种状态是传统，那么后一种状态就是创新，而演变就是联系传统与创新的中间环节。继承与创新在演变中统一起来，演变也就通过继承与创新来得到了完成。其次，继承传统是文学演变的基础,创新是对传统的发展。如前所述,文学演变总是有起点的。我们把文学作为人类的一种特殊的文化活动,预设了它自身的历史,考察文学演变就是对一个特定历史时段中的文学变化途径的研究。因此,文学演变是以前一个历史阶段为起点的,这构成了文学演变的历史意义上的起点,也是文学演变的历史意义上的基础。另外,就文学内部变化而言,前一阶段文学中的主题、思想、文体、技巧等方面的因素,也成为文学演变必不可少的材料,文学演变不可能抛弃这些材料而创造出全新的文学。即使像中国的五四白话文运动所创造出的新文学,也仍然继承了古代的白话小说和民间文学的传统作为创新的基础。同样,创新在历史的意义上是文学变化的下一个阶段、另一种状态,在文学内部,也是对已有的文学传统提供的材料所做的加工改造。再次,创新是文学演变的必然出路,创新又是以传统为根基的变化,是传统的延伸。文学演变是一种变化过程,其根本特征和方式都是创新,没有创新就无所谓演变。同时,创新的根基是传统,创新与继承是相对而言的,不与传统相对比,创新也不可能存在。马克思说:"人们创造自己的历史,但是他们并不是随心所欲地创造,并不是在他们自己选定的条件下创造,而是在直接碰到的、既定的、从过去继承下来的条件下创造。"[①]创新的方向和方式都受到传统的制约。在方向方面,创新是沿着历史总趋势的延伸。即使是反传统的创新,也无法摆脱历史总趋势的制约。比如,中国五四新文学运动,虽然激烈地反叛传统,但仍然是中国文学总进程的一个阶段。它与中国文学中的人文关怀、现实关注以及知识分子的忧患意识等传统在精神上仍然是有内在联系的。在方式方面,创新也主要表现为对传统的利用和改造,即使以激烈的批判传统的姿态创新,也仍然在一个更高的层次上归属于这个传统。仍以中国的"五四"新文学为例,胡适的《白话文学史》把现代新文学与传统文学联系起来,不仅承认新文学是对传统文学的改造和利用,而且也把新文学放回到一个包含有多种文学形态的更大的中国文学传统中。

那么,继承和创新作为文学演变的基本方式之一,在文学演变的过程中又是如何实现的? 总的说来,继承与创新是在两个层面上完成的。首先是在精神价值层面。文学演变过程中,文学传统中的人文关怀作为精神价值被不同时代的文学活动继承下来。对人的生命的关爱、对人的尊严的维护、对人性美的歌颂等表现人文关怀的主题也是世代继承的精神遗产。在这方面,文学演变中的创新则表现为在新的历史条件下,在人文关怀价值取向引导之下对人性主题的开掘与推进。比如女性的心理和身体体验长期处于男权话语的压迫之下,揭示这种不平等、使女性获得尊重就是一种精神价值层面的创新。其次是在艺术形式层面。文学演变过程中,传统文学话语作为文学的语言系统,其独特的语言规则被继承下来。文学话语系统首先区别于日常语言系统和科学语言系统,不同时代的文学活动都是在这个特殊的文学话语系统中完成的。语词的文学含义、特殊的语法形式、文学的特定规范构成了这个文学话语系统的完整体系。在这个层面上,文学演变中的创新主要是通过对这个文学话语系统的改造完成的。陌生化的话语形式是在语词、语法和文体形式等不同方面对已有的话

---

① 《马克思恩格斯选集》第 1 卷,人民出版社 1995 年版,第 585 页。

语形式的改变。但是这种改变又是在文学话语系统内部进行的，文学话语与日常话语、科学话语的区别则始终存在。

二、借鉴与传承

文学演变从来都不是封闭地进行的。在文学演变的语境中，除了本民族的历史传统之外，还存在其他民族的文学传统，构成文学演变的参照系与资源库。因此，对其他民族文学的借鉴和对本民族文学特色的传承，就成为文学演变的基本方式之一。

在文学演变的过程中，对其他民族文学的借鉴和对本民族文学特色的传承始终存在，这也是文学演变的必由之路。首先，从理论上说，不同民族文学各有其特色，相互之间差异明显，一个民族的文学特色对于其他民族来说就是新奇的。文学的演变就意味着变化出不同于本民族文学传统的新因素、新状况。因此，学习和借鉴其他民族文学的特色就成为创新的一种具体方式。文学演变可以通过学习和借鉴其他民族文学的途径来完成。其次，从世界总体文学的角度看，世界文学的历史演变也是不同民族的文学不断交流、互相借鉴的过程。世界总体文学的演变就是在不同民族的文学互鉴的动态过程中完成的。借鉴活动也就是文学演变的一种方式，它意味着本民族的文学传统出现了变化。再次，文学演变是各不同民族文学传统的各自变化。本民族的文学传统制约着文学演变的基本方向，当本民族文学变化中出现难以克服的矛盾时，必然产生借鉴其他民族文学的内在需求。在这样的条件下，借鉴成为推动文学演变的契机。当然，这样的演变仍然以传承本民族文学传统为基础，也以传承本民族文学传统为目的。最后，随着时代的发展，世界各民族之间的交往越来越频繁，文学上的互相借鉴也成为文学演变的基本方式之一。文学的演变虽然落实为各不同民族传承本民族文学的具体活动，但是这并不意味着各个民族可以拒绝借鉴。传承本民族文学，并不意味着拒绝与其他民族的交往。早在 1827 年，德国伟大的诗人歌德就说，"民族文学在现代算不了很大的一回事，世界文学的时代已快来临了。现在每个人都应该出力促使它早日来临"①。马克思和恩格斯在《共产党宣言》中也预言："过去那种地方的和民族的自给自足和闭关自守状态，被各民族的各方面的互相往来和各方面的互相依赖所代替了。物质的生产是如此，精神的生产也是如此。各民族的精神产品成了公共的财产。民族的片面性和局限性日益成为不可能，于是由许多民族的和地方的文学形成了一种世界的文学。"②世界文学，一方面指各民族已有的文学越来越为世界其他民族所了解，成为全人类共同的财富，另一方面也指文学的演变必然走向各不同民族文学的相互交流与融合。可见，文学演变过程中借鉴其他民族文学与传承本民族文学是两种具体方式。

文学演变中的借鉴与传承是如何实现的？借鉴与传承涉及的是文学演变中如何处理文学资源的问题，和继承与创新的问题相似，借鉴与传承也是在两个层面上完成的。首先，在

---

① 歌德：《歌德谈话录》，爱克曼辑录，朱光潜译，人民文学出版社 1978 年版，第 113 页。
② 《马克思恩格斯选集》第 1 卷，人民出版社 1995 年版，第 276 页。

精神价值层面,不同民族的文学中都表达着人文关怀这个核心主题,这成为不同民族文学可以互相借鉴的基础;不同民族的文学在价值取向的基本层面是一致的,这使得借鉴可以顺利进行。同时,不同民族在表现人文关怀这个精神主旨时,由于民族文化差异而形成的具体思想、题材、理想等方面的不同,则成为不同民族可以互相补充、互相借鉴、互相交流的具体要素。当然,这个层面的借鉴也是以本民族的人文精神传统为基础的,对本民族文学传统中的人文精神的传承也是借鉴的直接目的。传承本民族文学中的人文精神,借鉴其他民族文学中相应的精神传统,使之补充到本民族文学的人文精神之中,从而推动本民族文学的变化,这就形成了文学在精神层面上的演变。借鉴与传承也才有了实际意义。其次,在艺术形式层面,不同民族的文学话语由于在各语种内部都与相应的日常语言、科学语言不同,形成了文学话语的文学性,不同民族文学话语的文学性在规则上是有相似相通之处的,这就构成了文学话语之间借鉴的基础。同时,不同民族的文学话语由于语种的差异,以及文学历史演变的阶段性差异而形成的各自不同的特色,也使得文学话语的借鉴与交流对于各民族文学来说都是必要的。具体借鉴发生在语词、语法和文体等不同的方面。当然,这些借鉴也仍然是以本民族文学的传承为基础的,借鉴一方面是对被借鉴因素的改造和利用,另一方面也形成了与本民族文学传统话语形式的融合,这样才是有效的借鉴。比如,美国意象诗派对中国古典诗歌语言和构成意象技巧的借鉴,既符合英语现代诗追求语言新奇变幻的需要,又对中国古典诗歌的句法进行了必要改造,使之融入英语的表达方式之中。

三、单线与多线

文学演变是文学活动发生变化的过程。变化的过程是按一定的运动轨迹展开的,这些运动轨迹形成了文学演变的线索。文学演变是通过单线与多线统一的运动轨迹实现的。这种统一主要有两层含义,一是指在文学演变的不同阶段,演变的发生既可能是单线的,也可能是多线的,或出现单线与多线交替的状况。从文学演变的历程来看,单线与多线都是文学演变的方式,两条线索都存在于文学演变的过程中,因而是统一的,是同一个过程的不同的表现方式。二是指单线中包含多线,多线中蕴含着单线。单线是总的趋势,而多线是具体表现。单线与多线同时存在于某一阶段的文学演变活动中。比如西方中世纪文学,表面上看是基督教文学的一条线索,但在下层社会仍然有浪漫传奇和其他世俗文学的线索。同样,20世纪中国文学中,现代汉语文学的线索下面仍然有古典诗词的线索。再如,如果我们把现代主义思潮当成一条总的线索,其中包括的各具体流派作为具体形态的多条线索,单线与多线的统一情况就更加复杂了。

文学演变以单线和多线相统一的方式发生,主要原因有如下几个方面。首先,从文学活动的本质来看,文学活动是人性的审美书写,以审美的方式探索人性、关爱生命、追问人的存在价值是文学活动的目的,这个目的构成了文学演变的主要线索。不同时代、不同民族的文学都是围绕这个主线进行探索、发生演变的。这构成了单线。同时,不同时代不同民族的不同作家在进行人性的探索时,又有不同的立场、不同的出发点、不同的视角,形成不同的成果。在文学演变中就构成了多线并存的格局。其次,从时代角度看,某一民族文学内部特定的时代有特定的文学主题,对人性的探索形成共同关注的焦点,这也会形成那个时代的文学的主线(单线)。与此同时,由于作家个性的差异、文学传统的延续以及社会因素的影响,与时代主题不相符的文学活动仍然存在,构成了多线的状况。比如中国五四时期的文学是以"人的觉醒"为时代主题的,但同时代的通俗小说中仍有大量作品远离这个主题,构成单线之外的多线。再次,从文学话语权力角度看,强势文学团体的话语霸权会造成一个特定时期文学的单一性,从而形成了文学演变过程中某一时段的单线现象。但在这种强势话语的压迫之下,底层的文学活动仍然在进行,并酝酿反抗的力量,一旦突破强势话语的控制,就会形成多元的、繁荣的局面,文学演变的多线时段就来临了。中国古代文学中宋初西昆体盛行的时期、明初台阁体盛行的时期都是文学演变过程中由于话语霸权而导致的单线时段。随着词和话本的繁荣,宋代文学就进入了多线时段;随着戏曲小说的繁荣,明代文学也进入多线时段。

文学演变中单线与多线的统一是如何实现的? 这种统一在文学演变的具体过程中呈现出十分复杂的状况。基本方式有如下几种:一是交替,即单线与多线交替出现。当文学活动由单线变成多线,或者由多线变成单线时,文学活动在这种单线与多线的交替中实现了自身的变化。文学演变就在这种交替中切实地发生了。比如 20 世纪的中国文学,1949 年以前是多线的,1949—1976 年基本上是单线的,而 1976 年以后新时期文学又是多线的。线索的交替标示出了文学演变的轮廓。二是调整,即多条线索中的某一条线的地位发生了变化,或者脱颖而出成为占主导地位的线索,或者被其他线索排挤而逐渐消失。在调整过程中既可能保持原来的多线状况,也可能形成一条线索独霸一时的单线状况。比如表现农民生活的文学线索就在 1949 年以后的中国文学中脱颖而出占据了主导地位。三是分化,一条线索不管它的地位如何,都可能出现分化,形成更多的线索,从而引起原来的线索之间关系的改变。线索之间关系的改变,必然带来不同线索地位的变化,从而影响到文学自身的演变。比如中国新时期先锋小说这条线索分化出了以苏童、叶兆言为代表的历史怀旧线索,以王安忆为代表的都市生活线索及以余华、残雪为代表的哲理沉思线索。随着这些线索的延伸,中国当代文学也在演变。

总之,文学演变的过程中,变化的线索是多样的,线索的改变就是文学的改变,文学的演化是在线索之间复杂的变动中完成的。

四、连续与断裂

文学演变作为文学活动的变化过程,其变化的方式除了在变化的线索方面体现出来外,还在变化的运行状态方面体现出来。从变化的运行状态来看,文学演变是通过连续与断裂的方式标示出来的。当我们发现文学活动中出现明显的断裂或者直接相关的联系(连续性)

时，我们就可以得知文学演变发生的基本状况。所谓断裂是指两个相连时段的文学活动之间出现了较大的差异甚至相反的状况；所谓连续则是指两个前后相连时段的文学活动之间存在着直接的明显的相似性或明确的继承关系。在文学演变的过程中，连续是基本的演变方式，特别是在同一个民族文学内部，总是可以找到各种不同形式的联系。断裂则往往只是外部现象。断裂一般表现为从一种文学形态到另一种文学形态的转换，而不是一种文学的完全消失和一种全新文学的诞生或重新开始。

文学演变过程中为什么会出现连续与断裂？首先，从文学活动的本质上说，文学活动是对人性的审美书写，这个活动从开始以来，至今未中断。人类认识人性的活动至今仍在继续，审美活动也在延续，在这个意义上说，文学演变也一直是连续的。但同时，这个过程中又充满着各种曲折和矛盾，在不同的时代随着人们对人性中不同侧面产生的兴趣发生转换，也随着审美活动中不同的审美类型的更替，文学演变也出现了多次断裂。西方文学中，从古希腊古罗马时代到中世纪是一次断裂，从中世纪到文艺复兴又是一次断裂。中国文学中，五四新文学运动也是古典文学与现代文学的分水岭，尽管这个断裂的裂痕在晚清时代就已出现。其次，从历史发展的角度看，传统是具有稳定性的文化积累，它对文学的变化起着制约作用，形成了演变的连续性。传统不仅为文学提供了资源，还规定着演变的方式，从而使文学演变形成一种透视现象。我们可以从现有的文学中回望它的来龙去脉，这就是连续。同时，传统的积累形成的文学活动的历史类型达到极致以后，就必然向新的类型转化，当新的类型建立起其基本规范，就将取代旧类型，从而导致演变中的断裂。中国古典文学与现代文学之间的断裂，从文学内部来看，就是因为古典文学已发展成了一个极度成熟的类型，难以再有新的成长空间。以诗歌为例，唐诗讲情趣，宋诗讲理趣，清人则以学问为诗，在原来的语言系统中就难以再发展，五四时期白话诗兴起就成为新的类型替代旧类型的标志。

文学演变中的连续与断裂又是如何实现的？首先，从宏观的角度看，在精神主题方面，探索人性奥秘的活动本身的连续与断裂是文学演变中连续与断裂的存在基础。文学演变中的连续与断裂就是在探索人性奥秘的过程中完成的。这个主题至今仍在继续，断裂与各种曲折也始终与文学演变相伴。其次，在同一个文学历史类型内部，文学演变的连续与断裂是靠话语系统的建构来实现的。一个文学历史类型从形成到解体是一个连续的过程。文学活动在这个过程中保持着连续性，前后不同时段的文学之间有内在的联系。但在其形成之时就是以与旧历史类型的断裂为起点，最终也以与更新的历史类型的断裂的方式而完结。再次，在不同的历史类型之间，又存在着超越历史类型的因素之间的关联，形成潜在的连续性。当一个有生命力的历史类型还在沿着自己的轨迹演变的时候，新的历史类型已经开始萌芽。因此，不同的历史类型又是交错地变化的。考察连续性如何产生，不同层次的不同的连续性如何发生，就是把文学演变的断裂与连续统一起来。从这个意义上说，不同历史类型之间也存在着另一种连续性，而断裂则是在旧的历史类型衰竭、新的历史类型成熟时发生的。断裂是连续的一种特殊方式。比如中国的晚清时代就是这样一个新旧交错的时代。在这个意义上,"没有晚清,何来五四"的观点是有道理的。[1]

福柯论连续性

　　与其追溯某一最初的时间过程,并为它建立相应的连续或者同时的事件的年代次序,短暂或者长期过程的年代次序,瞬间即逝或者永恒不变现象的年代次序,不如试图指出连续性怎样产生和在什么不同的层次上能够发现不同的连续性。

——米歇尔·福柯:《知识考古学》,谢强、马月译,

生活·读书·新知三联书店 1998 年版,第 218 页。

　　总之,连续与断裂作为文学演变的基本方式之一,也呈现出了复杂的形态。连续性在主题层面和历史类型层面都是存在的,只要我们不把连续性理解为单线的直线发展而理解为不同要素以不同形式建立起来的联系,那么连续就是文学演变的基本方式,而断裂则是一种表层现象,在断裂的背后有另一种连续在延伸。

 关键词

1. 模仿说

　　模仿说认为文艺起源于人类对于自然界或社会生活的模仿。古希腊时代,德谟克利特、柏拉图和亚里士多德是用模仿说解释文艺起源的代表人物。中国古代《周易·系辞》中"观物以象""象天法地"的思想,可以看成中国式的模仿说。

2. 巫术说

　　巫术说认为文艺起源于人类早期的巫术活动。巫术是人希望通过人为手段控制外在世界的仪式化活动。在巫术说中,巫术与文艺之间的关系主要有三个方面。一是巫术仪式中歌舞的节奏韵律是文艺作品中节奏韵律的直接来源;二是巫术仪式中的歌舞表达着强烈的愿望和情感,这也与文艺作品的表情达意活动直接有关;三是巫术活动中的想象能力也与文艺活动中的想象和审美意识有关。

3. 游戏说

　　游戏说认为文艺起源与人类的游戏活动有关,人类早期的文艺活动是一种游戏活动。游戏说的理论基础是德国哲学家康德的审美无功利理论。在游戏说中文艺的起源与游戏的关系是:文艺活动与游戏活动的性质都是超越现实功利需要的活动;文艺是游戏的具体形式。

---

[1]　王德威:《想象中国的方法》,生活·读书·新知三联书店 1998 年版,第 16—17 页。

4. 劳动说

劳动说认为文艺起源于人类早期的生产劳动过程中。较早全面而集中地阐述劳动说的理论家是苏联的普列汉诺夫。文艺起源于劳动至少有三点证据。首先是劳动中产生了对文艺的最初需求。其次,劳动中形成了文艺的最初形式。第三,劳动中的各种行为活动成为文艺最基本的内容。

5. 内在动力说

内在动力说就是把文学的运动和变化的动力归结为文学内部的某些原因或要素的观点。这种观点的理论基础在于把文学看成是一种独特的人类活动,从关注文学的独特性出发,把研究的视角放在文学内在构成方面。弗莱的文学类型循环理论、俄国形式主义的陌生化理论和雅俗互动理论都属于内在动力说。

6. 文学思潮

文学思潮是指在特定时期文学活动中所形成的共同趋向或思想潮流。文学思潮是一定的社会思潮在文学领域的表现。文学思潮是文学演变的表层形态,文学演变可以在文学思潮中表现出来。文学思潮的形成,既表现为文学主题、思想方面的共同趋向,也表现为杂志、书刊的出版以及作家的组织及其活动。所有这些方面都是容易被观察到的。

7. 不平衡关系

不平衡关系是马克思在论述艺术生产的发展与物质生产的发展之间的关系时所提出的独特概念,指文学艺术的发展与物质生产和社会生活的发展并不总是同步的。具体表现在两个方面:其一是某些文艺类型(比如神话、史诗等)只能在生产发展的低级阶段兴盛,随着生产力水平的提高,这些文艺类型反而衰落了。其二是某些在经济上落后的国家和地区在文学艺术方面反而可能占领先地位。

8. 演替

演替在生态学中是指"某一地段上一种生物群落被另一种生物群落所取代的过程"。演替有两个重要特征,一是循序渐进,二是整体性。文学演变呈现出类似于生物群落演替的综合形态。首先,文学演变也是一个循序渐进的过程。各种不同的文学因素、文学类型以及文学思潮的变化,也是按照一定的秩序发生的。其次,文学演变也是具有整体性的。一方面文学演变与文化生态环境的变化之间有密不可分的关系,另一方面文学内部各要素(题材、母题、手法、技巧等)之间、各文体之间以及各流派之间也构成了一个完整的系统。演替的概念揭示出了文学演变是一种全方位的循序渐进的整体性变化。

 思考题 ||||||||||||||||||||||||||||||||||||||||||||||||||||||||||||||||||||||||||||||||||

1. 对文艺起源可以从哪些方面进行综合考察?

2. 社会实践、文化系统、个人创造在文学演变中各起什么作用?

3. 文学演变的深层形态包括哪些主要理论观点?

4. 如何理解文学演变方式中单线与多线的关系?

5. 为什么说文学演变的方式既是连续的又是断裂的?

 阅读链接

1. 格罗塞:《艺术的起源》,蔡慕晖译,北京:商务印书馆,1984 年。

2. 诺思罗谱·弗莱:《批评的剖析》,陈慧、袁宪军、吴伟仁译,天津:百花文艺出版社,1998 年。(第三编"原型批评:神话理论"和第四编"修辞批评:文体理论")

3. 米歇尔·福柯:《知识考古学》,谢强、马月译,北京:生活·读书·新知三联书店,1998 年。(第一章"引言"和第四章"考古学描述")

4. 约翰·斯道雷:《文化理论与通俗文化导论(第二版)》,杨竹山、郭发勇、周辉译,南京:南京大学出版社,2006 年。

第十二章
文学史

　　文学史的研究和编撰从自发、零星的评价到自觉、严谨的研究，最终上升到理论的高度，具有科学的形态与意义，这是文学史作为学术的基本前提。而关于文学史方面的理论，应该作为文学理论的有机组成部分，以指导对于文学史上的文学现象的研究与批评。这方面的工作做得较早的有勒内·韦勒克，他在 1948 年出版的与沃伦合作撰写的《文学理论》中，率先将"文学史"作为专章列入，启发了国内的文学理论著作，并给文学史论的研究带来了深刻的启示。将文学史论作为文学理论的有机部分，是非常必要和有意义的。在某种程度上我们可以说，不研究文学史问题的文学理论是不完整的，因为它还没有涵盖文学研究的基本问题。

　　把文学史研究上升到理论层面，使之对文学史的研究和编撰起指导作用，这便是文学理论的一个基本问题。作为文学研究的基本组成部分，文学史研究的核心，应该是把文学当作文学，当作一门艺术，把文学作品看成美的艺术品，这就涉及了文学史的审美尺度问题。同时，文学史作为一门历史，又必须体现出文学史家的历史意识。中国古代对文学史的专门研究一般属于史书的《文苑传》一类，自然具有一定的历史意识，但现在专门从文学的角度进行研究，这就要求文学史家有独立的历史意识。当然，任何一个文学史家的研究都必然会打上他所处时代的烙印，都不可能超越时代对文学史进行评价。因此，本章将着重阐述文学理论与文学史的关系、文学史研究的审美尺度、文学史研究的历史意识问题和文学史研究的当代意识等问题。

第一节
文学理论与文学史的关系

一、文学史的基础意义

文学理论与文学史研究各自有着自身的侧重点和特点。文学理论从逻辑的层面上研究文学的基本原理和一般规律，文学史研究则侧重于文学的演变历程，总结文学沿革、嬗变的规律。一般认为文学史研究是文学理论的基础，而文学理论则为文学史研究提供理论基础。文学理论与文学史研究的关系是理论与运用的关系。韦勒克说："文学理论如果不植根于具体文学作品的研究是不可能的。文学的准则、范畴和技巧都不能'凭空'产生。可是，反过来说，没有一套课题、一系列的概念，一些可资参考的论点和一些抽象的概括，文学批评和文学史的编写也是无法进行的。"[1]实际上，两者的关系远比这要复杂得多。在互为依存的基础上，文学史与文学理论的研究以文学批评为中介，实现了双向互动，共同推进了文学研究的发展。

在文学的演变历程中，先有文学史现象的出现，然后才有经验总结及其更高的自觉意识。文学理论的形成，必须以文学史实际为基础，通过鉴赏和批评实践上升到理论层面。文学史上的既有现象，新的文学动态，都是现有理论的生存基础，也是新的理论的产生基础。

文学理论的发展，需要通过三个方面的途径：一是新的文学创作的动向，实际上也是文学史的组成部分。二是文学史的研究，它同时影响着当代创作。三是思维方式的革命，包括新方法的形成和对其他学科研究方法的借鉴。文学史的研究过程是对文学观念和理论印证的过程。只有印证了的观念和理论，才可能在文学史的研究中得到正确运用，而不能方枘圆凿，生搬硬套。不能在文学史研究中具体运用的文学理论，便是僵死的文学理论。

许多现代的文学理论体系，虽然常常包含了研究者的文学素养，但体系本身往往是演绎推理的结果，或是直接地受到了哲学体系的影响，它们的价值必须经过文学史研究与文学批评实践的验证，而这种验证有时可能需要较长的时间。而文学史的研究，既对业已形成的文学观念进行验证和丰富，又要进行新的归纳、总结和运用；优秀的文学史研究，从思维方式到研究方法等方面全面推动着文学理论的发展。

通过各种方法所进行的文学史研究，可以使文学史家独到的文学观念得以明晰化，进入到文学理论之中。尧斯1967年在康斯坦茨大学发表的就职演说《向文学理论挑战的文学史》，就从接受美学的角度谈到文学史的研究对文学理论的挑战。

对于文学理论而言，它所依凭的文学作品与一般的历史现象的不同之处在于，一般的历史现象只表示过去存在过，虽然它可以具有现实的意义。而文学史上的文学作品则可以呈现为现在状态。历史上曾经存在的作品本身可以与当代的作品一样，成为当代人的欣赏对

① 勒内·韦勒克、奥斯汀·沃伦：《文学理论》，刘象愚等译，生活·读书·新知三联书店1984年版，第32页。

象。从文学理论的意义上看，不同时代的作品可以共时存在，其中表现了人的普遍的、最根本的情感。一般的历史现象可以成为过去，而文学作品则可以不成为过去。尽管同一作品过去的存在与现在的存在有不同之处。

因此，文学史现象对于文学理论的基础意义，不是一次性的，而是可以多次反复地在不同视野、不同环境下对理论具有价值的。那些流芳百世的、表现人性中最本质的作品，具有跨时空的永恒价值。而有些作品则在特定的背景中可以引发人们深切的感受。因此，文学史上的那些不具当代意义、现在不被重视的作品，依然在过去和可能在未来对文学理论的探讨作出贡献。亚里士多德可以以《普罗米修斯》和《俄狄浦斯王》为范本，建立自己的悲剧理论，而黑格尔也以同样是古希腊悲剧的《安蒂戈涅》为范本，建立自己的悲剧理论。可见，文学史的理论价值包括现实价值和历史价值，我们对文学史研究的价值，不能片面地根据现实价值作简单的评判。

现代文学理论模式和范畴体系的形成，有时是学者从现有哲学体系出发，预先构成的。这种预成理论模式和范畴体系需要在文学鉴赏和文学批评并进而在文学史的整体研究中磨合、修正。这种文学理论的预成模式和体系，可以受其他理论系统的影响和启发，但一定要出自具有文学天赋且精通文学史现象和演变规律的学者。文学理论的预成模式和范畴体系的产生，绝不可能出自文学的外行思考的"巧合"。它们在诞生之初和在成熟过程中，已经包含着文学史的基础。它们在创新的现象之中，或脱胎于现行理论模式，或是复古创新，继承过去的理论模式，都与现行的文学史有直接或间接的联系，同时也不排斥新的文学现象和新的视角对文学理论的意义。

二、文学理论的指导意义

文学理论及其观念一经形成，势必影响文学史的研究，影响文学史史料的取舍和价值判断。文学史的"史"中应该具有一定的主导意识与理论背景，文学史观本身就是文学理论的有机部分。文学史家必须在脑子里有成熟的文学观念及其理论体系，才能从事文学史研究。否则，要么只能停留在简单的史料罗列和陈述的层面，而不能能动地去对文学现象作评价，要么只是凭一时灵性，虽有精彩之处，但不能在整体上形成严密的系统。

文学理论和具有指导意义的文学史研究方法是联系在一起的。对于文学史研究来说，文学理论既不是知识，也不是信仰，而首先应该是一种方法。与文化学、社会学、政治学甚至统计学方法相比，通过文学理论对文学史进行探讨，乃是将文学作为艺术来研究，是对文学史的最基本的探索。从文学的质的规定性上看，文学既不是政治的工具，也不是印证历史的简单工具。尽管从积极意义说，它们可以对政治教化有益，也可以旁证历史。

同时，对于文学史来说，文学理论不仅仅是一种理论的方法，更是一种由文学观念而产生的精神。文学理论和文学史研究虽然都必须体现出当代意识，但历代文学理论中所体现的思想精神至今依然可以吸取和借鉴。正如对战争而言，长矛大刀时代的战略原则依然可以为现代战争所借鉴和继承,而具体战术则已过时。

文学理论对于文学史研究的指导意义是全方位的。在文学史的具体研究中,仅仅强调理论的审美的一面是不够的,应该强调其以审美为核心,同时要兼顾到文学形式的非审美因素。文学形式技巧的变迁史的规律,同样是文学理论需要重视的。对于文学欣赏来说,文学作品只要具有审美的感染力就够了,而这对于文学史研究来说就不够了。

文学史的具体研究可以从一个角度、一种方法进行,如接受美学的角度、历史主义的方法,并且可以取得卓越的成就,但不能以偏概全,不能过分强调一个角度、一种方法的优越性,而去排斥其他方法的研究。文学史的研究可以是多元的,仅仅有一种方法,对于文学史的研究来说,是远远不够的。以"作家中心"为例,作家论是文学理论的基本问题,特别是在当代,人们仰仗心理学的研究成果,对作家进行人格分析,取得了一定的成就。但"作家中心"的弊病在于,人们对作家的了解和分析常常有许多误区,不像作品那样直接、真切,有形可见,对作家作牵强附会的理解会将人们引向误区。作品的创作过程并非作者的理性工程,它有非自觉性,有读者未必了然的一面。因此,以一种理论方法研究文学史是可以的,但不能排斥其他的研究方法。

文学理论通过在人们心中建立起来的文学观念影响文学史的研究。文学观念既是文学史研究的前提,又通过文学史的研究而得以修正和丰富,综合各类各地的文学史研究有助于总结出文学的普遍规律。文学理论的观念不仅要落实于文学史家的脑海里,而且要处于同类学者可接受的状态,才能为大家所接受,才能引起共鸣。文学史家通过文学理论的现代话语体系对文学史进行阐释,将历史带进了现实的背景之中,揭示了文学史的当代意义。

三、文学演变规律的意义

在文学理论的体系中,文学的演变规律问题常常被当作文学理论的一个组成部分,为文学史的研究拟定法则。我们充分相信这些理论探讨对于文学史研究的指导作用与启示意义。但同时,我们也要看到,文学理论毕竟不是文学史研究的简单总结,它对于文学史研究的价值,在于它具有超前性的论断。这种论断会有其优越性,也会产生理论的误区。理论的误区同样会造成文学史研究中的偏差,这类事例屡见不鲜。

在文学史的研究中,过去曾经有两种对立的倾向,韦勒克将其归纳为"共时序列"和"编年序列"。共时序列将不同时代的文学绝对化,从而消弭了文学的时代差异,将不同时代的文学平列地作为文学理论的基础。这对于文学共性的考察是有益的。但是共时序列漠视了文学的时代差异,忽略了环境、气候乃至社会文化等外在的自然因素和社会因素对文学的影响,忽略了具体作家和读者在特定环境中的心态差异。文学理论与文学批评不能过分强调文化、历史等方面的外部因素,要重视文学形式自身的规律;但完全漠视文学的外部规律以及由此而产生的文学形态的差异,也是错误的。

在主张进行编年序列的文学史研究的学者中,有些人持文学是进化的或退化的态度。

这同样是偏激的、不顾及文学自身的演变规律的。如19世纪的学者，受哲学体系和自然科学研究方法的影响，将进化论思想运用到研究领域，认为文学是进化的。而中国古代的许多学者受厚古薄今的传统思想影响，提出"格以代降"的文学退化论思想，西方的黑格尔也从其哲学体系出发，认为文明演变的趋势是理性发展，感性衰退，逐渐走向消亡。其实，文学作品在思想的层面上是随着文明的进步而深化的，但人的心灵妙悟在不同时代是各有千秋的，作品的形式技巧也是各具风采的。因而谈不上进化与退化。人类精神的感性需要也将永久存在。正因如此，历朝历代的文学作品才不仅是一种历史现象，而且也是一种现实存在。韦勒克说："文学中并不存在着不可避免的生长和退化这些现象，不存在着从一个类型到另一个类型的转变。"①同时那些过分强调文学进化、退化的人，对文学的共时性的一面也重视得不够。

文学理论研究与文学史研究的目的不同，文学史的目的在于总结过去，文学理论则同时要指向未来，因而二者在看待问题的视角和方法上有所不同。从文学史的角度说，文学研究是一个"知难行易"的过程；而对于文学理论而言，文学研究是一个"知易行难"的过程。各自从自己的角度看出了研究的艰巨性。同时由于二者的出发点不同，因而在看待同一问题时，时常有相互矛盾之处。这种矛盾，既反映了文学理论与文学史研究之间在思想观念上和功能目的上的差异，同时又是新理论、新方法产生和完善的契机。

总之，文学理论是对以作品为中心的文学现象作出理论概括，是在具体作品的研究的基础上形成的；文学史则需要以文学理论作为工具，二者相互依赖相互促进。文学史分析和作品评价必须运用文学理论，而文学理论的生命力则必须奠定在文学史变迁的脉络和所揭示的演变规律的基础上。

第二节
文学史研究的审美尺度

一、文论史中的审美尺度

过去国内对文学史学的研究和对文学史观念的梳理，一般或是突出了文学史中的一个"史"字，更多地从史学的角度强调其正变发展；或是以社会政治思潮为主干去梳理文学的演变。在很长的一段时间内，从古代的"文以载道"观，到"文艺为政治服务"，在对文学史的评价中一直占着重要地位，而对文学之为文学的内在审美价值，则注意得不够。20世纪80年代以来，虽然人们开始逐渐重视其审美价值，但在文学史的研究和编写中，依然贯彻得不够彻底。其实在文论史上，审美尺度问题的探讨一直不绝如缕，文学的繁荣正仰仗这些探索。功利主义繁荣文学观只是对文学提出的限制规范，只是政治家对文学提出的管理规范和要

---

① 勒内·韦勒克：《批评的诸种概念》，丁泓等译，四川文艺出版社1987年版，第57页。

求,"发乎情,止乎礼义"正是这种规范的要求。而审美的探索才真正推动着文学自身的演变,文学史家更应该重视的是它的审美尺度。

审美价值是作家追求的终极目的,也是文学史家确定作品价值的根本标准。文学史中必然地体现着审美尺度,求美是人的天然本性的需要与满足。审美尺度既体现了文学读者的普遍有效性,又能对读者的审美潜能起唤醒和引导作用。优秀文学史家的身上必定体现着历史意识和审美能力的有机融合。多元角度对文学史的研究虽然与文学的内部研究有着密切的关系,有助于对文学的深入了解,却都不能取代中国文学作为审美的艺术品的自身研究。因此,文学史的研究就有了一个审美尺度的问题。袁行霈主编的《中国文学史》"总绪论"中说:"把文学当成文学来研究,文学史著作应立足于文学本位,重视文学之所以成为文学并具有艺术感染力的特点及其审美价值。"①这种观点已经逐渐成为学者们的共识,下面我们就文学史研究中的审美尺度的基本内涵及其历史演变作一探讨。

纵观中国古代文论的历程,审美尺度一直是贯穿在对文学史的评价之中的。尽管许多文人从儒家的诗教观出发,对文学进行约束,但毕竟有主张美文美诗的理论家和批评家,他们与作家追求美文的实践一起,共同推动了文学从政治的附庸走向独立,得以演变,既体现了时代的审美趣味,又在艺术形式方面有所开拓。

儒家虽然重在对文学的教化功能的强调,但儒家的和谐观和对文学感发功能的强调,依然体现了审美尺度,这同样体现在文学史的评价中。如孔子对于"诗三百"的评价,就是最早的文学史观。作为一个有政治抱负的人,作为一个教育家,孔子强调诗的教化作用和道德功能,当然是可以理解的,但他在具体作品的评价中还是体现了审美尺度。他论《韶》乐时所谓的"尽善尽美"说,正是社会尺度和审美尺度的统一。他评价《关雎》的所谓"乐而不淫,哀而不伤"(《论语·八佾》)等,体现着中和的原则。他所谓的"兴""观""群""怨"(《论语·阳货》)说,其"观"自然是观政教得失,其"群"也是社会要求;而其"兴"则指对象的审美感发功能,其"怨"也是指抒泄情怀,朱熹根据中和的原则解释为"怨而不怒",已经体现出文学的审美尺度。孔子还说:"言之无文,行而不远。"(《左传·襄公二十五年》)强调文采的价值。孔子的"文质彬彬",本来是要求做人应当文质兼重的,但对后世的文学理论和文学史观中内容与形式的关系产生了重要而深远的影响。如《文心雕龙·情采》篇论作品的所谓"文附质""质待文",萧统在《答湘东王求文集及〈诗苑英华〉书》中,有"丽而不浮,典而不野",就是"文质彬彬"的表现。

汉代学者虽重视文学的教化功能,但也有视情志为一,将"诗缘情"统一于主流传统的"诗言志"的做法。如《毛诗序》继承《乐记》感物动情的看法,提出"情动于中而形于言"等,客观上强调了情感对于文学的重要性。司马迁以切身感受继承屈原的"发愤抒情"而提出"发愤著书",重视了内在情感的抒发。而王逸的《楚辞章句序》不仅称颂屈原伟大的人格,也推崇华美富丽的语言词采,后代以其为模范,"取其要妙,窃其华藻",把对屈原诗歌的审美评价

---

① 袁行霈主编:《中国文学史》第一卷,高等教育出版社 1999 年版,第 3 页。

上升到文学史的高度。

从魏晋开始，诗文的抒情性增强，文辞渐趋华丽，说明当时已经摆脱了汉代儒家教化观的束缚，重视诗文的审美功能和娱乐性特征。在批评方面，更是进入了讲究美丽的自觉的时代，从内在的情感抒发到外在的语言藻饰，都体现出对历代文学的审美尺度的重视。曹丕的《典论·论文》是第一篇系统论述当代文学作品的专文，也是一篇当代文学史论。在评价诗人诗作时，曹丕以气论文，提出"文以气为主"，主张作品的风格来自作家气质和个性的天赋，展示作家的风采，他还特别强调了"诗赋欲丽"，讲究文采的华美。到后来陆机的《文赋》，重视作品风格的多样性，他所谓"诗缘情而绮靡"，则强调诗歌的抒情性特征和华采，而且还注意到了语言的音韵，所谓"暨音声之迭代，若五色之相宣"，以色彩的华丽比喻语言音色的华美，这些都是一种美文意识。

刘勰的《文心雕龙》则在原道、宗经和征圣的"羊头"下，更多地卖着风骨、物色、情采等审美的"狗肉"，主张文学作品应该是内在精神风貌和华采的统一。《文心雕龙·情采》云："立文之道三：曰形文，曰声文，曰情文"，这种形、声、情的尺度，正是审美的尺度。他以此评价文学史上的作品，他对当时永明体和宫体诗过于注重辞采雕琢、重采乏力的特点给予了批评。

钟嵘《诗品序》讲"建安风骨"，讲"刘越石仗清刚之气，赞成厥美"，都运用了审美的尺度。他在评价曹植时，认为其"骨气奇高，词彩华茂；情兼雅怨，体被文质"。作品内在生命力的骨气、情感上的雅怨、体制风格上的文质和外在的辞采等，都体现着审美的尺度。特别是他的"滋味说"，正是审美特征的表现，他批评玄言诗"淡乎寡味"、五言诗是"众作之有滋味者也"。以"味"论文学源于孔子的"子在齐闻《韶》，三月不知肉味"，到司马迁以"味"论文章之美，到陆机的"大羹之遗味"，都在以味觉的快感比拟文学作品给人带来的精神愉悦，到钟嵘的"滋味"说，更是将其发展为成熟的审美范畴，对后世产生了深远的影响。

其他如萧统重视辞采的华美和情感的深沉，要求"事出于沉思，义归乎翰藻"，并要求欣赏作品时要"心游目想"。梁元帝萧绎《金楼子·立言篇》"吟咏风谣，流连哀思者，谓之文。……至如文者，唯须绮縠纷披，宫徵靡曼，唇吻遒会，情灵摇荡"，而强调了动情的感发，注重语言的形式。

这种审美的尺度在隋唐以后的文学史评价中得到了发扬光大。初唐编撰的史书继承沈约《宋书·谢灵运传论》和萧子显《南齐书·文学传论》对历代文学评价的做法，各史书均有"文学传"或"文苑传"，对前代文学的审美特点予以肯定。《隋书·文学传序》称汉魏迄宋的文学"缛彩郁于云霞，逸响振于金石"。《隋书·经籍志》称玄言诗"辞多平淡，文寡风力"，正是运用着审美的尺度。作品的选本如殷璠的《河岳英灵集》中所运用的"风骨""声律""兴象"等评价范畴，就体现了审美尺度。论词如李清照《词论》在对她以前的词家的批评中，称词"别是一家"，要求词"协音律"，专主情致，提升格调。严羽《沧浪诗话》以"入神""兴趣""气象""别材别趣""本色当行"等范畴评价楚辞、汉魏和盛唐等诗，正是审美尺度在文学史论中的体现，而且深刻地影响到了宋代以后的文学批评和文学史论，成了中国诗学的历史转折。明清时代的"性灵说""神韵说"等都是对严羽思想的继承发展。

二、审美尺度的基本内涵:情、貌、言

审美特征是文学区别于非文学的根本特征,它主要体现在作品抒情言志的内在意蕴、文体风格和语言中。《国语·晋语五》载胥臣氏云:"夫貌,情之华也,言,貌之机也。身为情,成于中。言,身之文也。"这是评人的,文学作为人的精神的表现,同样也可作如是观。情、貌、言同样是对文学作品评价的重要方面,也是文学作为审美尺度的三个重要方面。历代文论家特别是文学史家,常常从不同角度部分地强调这三个方面。

陆机《文赋》所谓"其为物也多姿,其为体也屡迁。其会意也尚巧,其遣言也贵妍。暨音声之迭代,若五色之相宣",涉及貌和言两个方面。刘勰对《离骚》的审美特质给予了很高的评价,称其"气往轹古,辞来切今,惊才绝艳,难与并能"(《文心雕龙·变骚》)。他所谓"凭情以会通,负气以适变"(《文心雕龙·通变》),是要在传达情感和体现风格的个性气质的基础上去继承和创新。刘勰《文心雕龙·明诗》中称齐梁诗"俪采百字之偶,争价一句之奇;情必极貌以写物,辞必穷力而追新"。虽是批评其过分追求形式,从中也涉及情、貌、言(辞)三个方面,显示其评价的审美尺度。前文所举萧绎在《金楼子·立言篇》中所言,也是从情感、文采和音律三个方面来谈文的审美特征,这已经相当于我们所指的具有审美价值的狭义的文学了,主要涉及了情感和语言两个方面。郭绍虞曾经说:"六朝所谓'文',就广义讲,以形式言是文章之文,以性质言是文学之文;就狭义讲,以形式言是有韵之文,以性质言是情采之文。"[①]无疑是从审美价值来判断文学与非文学了。中国的史书如《史记》等被称为文学,就因为它在情、貌、言方面具有审美价值,而且这种价值对后世的文学产生了深远的影响。其中言是情和貌的表现,本身又是有着独立的审美特征的,特别是史书的赞论,尤其讲究声律、对偶、辞藻和用典等语言的文采。

下面就从文学史评价中的情、貌、言三个方面来论述审美尺度的基本内涵。

首先,中国文学是抒情性为主的文学,表情达意,是文学区别于非文学的根本特征。历代的文学作品是文学前辈们受自然、社会感动过的情感的记录,是他们人生情感历程的表现。《诗经》中的怀春之思、黍离之悲等,莫不是情感的表现。《诗大序》以"情动于中而形于言""吟咏情性"等对《诗经》作评价,对后世产生了深远的影响。陆机在《文赋》中也强调了"缘情"的特点。沈约在《宋书·谢灵运传论》里,把文学看成是人的自然天性和情感的自然流露,把文学的起源和人的起源相提并论:"民禀天地之灵,含五常之德,刚柔迭用,喜愠分情。夫志动于中,则歌咏外发。"他认为曹氏父子"以情纬文,以文被质",历代作家也都是"直举胸情""独映当时"的。刘勰在《文心雕龙·明诗》里说:"人禀七情,应物斯感。感物吟志,莫非自然。"《文心雕龙·情采》里也说:"五情发而为辞章。"把文学看成是情感的载体。钟嵘品评他以前的诗人诗作时,更是把"感物动情"看成诗歌的源泉。朱熹也以今律古,以"道情""吟咏情性"为作诗的目的:"大率古人作诗,与今人作诗一般。其间亦自有感物道情,吟咏情性,

---

① 郭绍虞:《照隅室古典文学论集》下编,上海古籍出版社 1983 年版,第 79 页。

几时尽是讥刺他人?"①元代虞集曾强调"深于怨者多工,长于情者多美"。

这种抒情性不仅表现在诗、词、曲中,而且贯穿在散文、戏曲和小说中。闻一多在《文学的历史动向》中甚至认为:"诗——抒情诗,始终是我国文学的正统的类型,甚至除散文外,它是唯一的类型,赋、词、曲,是诗的支流,一部分散文,如赠序、碑志等,是诗的副产品,而小说和戏剧又往往以各自不同的方式夹杂些诗。"②把抒情性看成是中国文学的基本特征。李密的《陈情表》、韩愈的《祭十二郎文》等,虽是应用文体,却是抒情的绝唱。有形象,有抒情,有华美的辞采,具备了审美的基本要素。明代的汤显祖对于戏曲也有所谓"因情成梦,因梦成戏"的说法。与西方相比,中国的戏曲文学尤其具有抒情表意的特征。王夫之在评选古诗的时候,也把情提到了至高无上的地位。他在《古诗评选》卷四评李陵《与苏武诗》的时候说:"诗以道情,道之为言路也。诗之所至,情无不至;情之所至,诗以之至;一遵路委蛇,一拔木通道也。"这里所强调的情感,正是审美尺度的基本内涵。

其次所谓的貌,主要指作品中在由描写和结构等所创造的意象中,表现在体裁和风格等方面的独特风采,它们最终体现出作品的内在神采。文学不只是语言的堆砌,体裁和风格在文学作品中也占有重要的位置。陆机所谓"诗缘情而绮靡,赋体物而浏亮。碑披文以相质,诔缠绵而悽怆。铭博约而温润,箴顿挫而清壮。颂优游以彬蔚,论精微而朗畅。奏平彻以闲雅,说炜晔而谲诳"。强调了不同文体带来的作品的不同风采。宋人倪思说:"文章以体制为先,精工次之,失其体制,虽浮声切响,抽黄对白,极其精工,不可谓之文矣。"③明清小说在结构上的独到,正是审美的追求。体裁影响着作品的审美风貌,不同的体裁的作品正体现了各自独特的风采。

特定的文类只与特定时代的审美心理直接相关

特定的文类只与特定时代的审美心理直接相关,它与特定时代的物质生活方式与经济政治形势只有间接的(当然也是重要的)联系。马克思关于物质生产和精神生产的不平衡性的精辟论述是我们上述观点的理论依据。在特定时代的文类与物质生产方式、经济关系之间有许多中间环节,传统的文类规范、形式惯例、期待视野都会抵抗外在环境的变化,表现出自己的继承性、延续性。只有当一个时代的审美心理(从审美理想到艺术的感受、表达方式)发生了深刻的变化,当这个时代的作家深深地感到旧有的文类不足以表达自己的内心感受和情绪体验时,产生新文类或改造旧文类的时刻才真正开始。

——陶东风:《文学史哲学》,河南人民出版社1994年版,第326页。

---

① 《朱子语类》卷八十。
② 《闻一多全集》第一册,开明书店1948年版,第202页。
③ 转引自吴讷《文章辨体序说·诸儒总论作文法》。

作品的风格是作品感性风采和审美情调的具体表现,其中有时代的差异,也有南北地域的差异,有个人先天气质的差异,也有后天阅历形成的趣味差异。刘勰所谓"黄唐淳而质,虞夏质而辨,商周丽而雅,楚汉侈而艳,魏晋浅而绮,宋初讹而新",从时代风格的角度对文学史的审美特征及其变迁进行评价;李延寿《北史·文苑传序》说:"江左贵乎清绮,河朔重乎气质。"认为南方文学的风格华丽,北方文学则质朴;曹丕以气论文,则在强调个性气质的差异;而对于庾信的作品,杜甫评其早年华丽清新,晚年则悲慨老成,强调个人经历对其风格的影响。这些都是对作品感性风采的审美评价。

文学作品的感染力最终通过语言而获得实现。扬雄《法言·吾子》云:"诗人之赋丽以则,辞人之赋丽以淫。"不管诗人还是辞人的赋,都有个"丽"字,都讲究文采。陆机《文赋》:"游文章之林府,嘉丽藻之彬彬。"沈约在《宋书·谢灵运传论》里,对语言音韵的美化给予了大力的倡导,他推崇"清辞丽曲",反对"寄言上德,托意玄珠"、众口一词、枯燥无味的玄言诗,而推崇张衡的"艳发"。他的声律论说到底也是他对诗文语言审美追求的体现,也是一种审美尺度。沈约称屈平等"英辞润金石,高义薄云天",对于王褒、刘向、扬雄、班固、崔骃、蔡邕等,则既表彰他们的"清辞丽曲",又批评他们的"芜音累气"。对于后来被贬抑缺乏风骨却有美文意识的晋宋作家也大加称颂,如他称潘岳和陆机、陆云兄弟等,在声律和体裁方面均有成就,"缛旨星稠,繁文绮合",其灿烂的文采影响到后世。

从魏晋开始,文论家们就有了对音色之美的自觉意识与评价。陆机《文赋》说:"暨音声之迭代,若五色之相宣。"沈约《宋书·谢灵运传论》说:"一简之内,音韵尽殊;两句之中,轻重悉异。"刘勰《文心雕龙·声律》说:"异音相从谓之和,同声相应谓之韵。"这些都说明他们在文学的评价上已经有了对于语言的形和声方面的追求。这种对诗歌的声律和骈文在形和声方面华美的强调,对后世的文学特别是对唐宋诗词的繁荣,产生了决定性的影响,更应该受到重视。宫体诗的语言凝练、跳跃,对仗工稳精巧,体现着声律规律,对后世的律诗和绝句等格律的审美的形式规律,产生了重要影响。骈俪的句式正是形式美的追求。闻一多说,先秦的审美观念,在"对称",如"俪"作"双"义,又作"美"义,成双为美。[①] 语言形式有偶句。《文心雕龙·丽辞》说:"造物赋形,支体必双。"把对句看成自然规律的体现,并举出《尚书》"满招损,谦受益"等为例。在后世的文学评价中,对音节、平仄、双声、叠韵乃至押韵的重视,都是对美文的自觉追求。

三、审美尺度的变迁

文学的审美趣味与整个时代的趣尚是一致的。文学史的演变历程,反映了人们文学趣味的演变史,以及历代文人对既往历代文学中审美趣味的提炼和取舍。在体裁方面,中国传统所谓唐诗、宋词、元曲、明清小说等说法,正反映了各个时代在特定文学领域的杰出成就。

---

① 郑临川述评:《闻一多论古典文学》,重庆出版社1984年版,第2页。

闻一多曾以青铜器的风格与诗经、楚辞的风格相比况，他的结论未必准确，但两者的密切关系大致是不差的。汉大赋由纯抒情的辞赋演变成抒情、叙事和状物相结合、韵散一体的文体，显示了审美趣味的变迁脉络。状物与抒情的结合、韵散结合，是汉大赋在中国文学审美变迁中的重要贡献。它继承了先秦诗歌和散文的审美特点，是先秦诗歌与散文审美趣味的高度融合。章学诚《文史通义·汉志诗赋》云："古之赋家者流，原本《诗》《骚》，出入战国诸子，假设问对，《庄》《列》寓言之遗也；恢廓声势，苏张纵横之体也；排比谐隐，韩非《储说》之属也；征材聚事，《吕览》类辑之义也。"从中显示了文人创作中审美的自觉意识。而在时代风格方面，建安风骨、盛唐气象等都同样折射了时代气息。

文学史中体现了欣赏者趣味变迁的脉络。既然是史，就要体现出历代审美尺度变迁的历史，以及历代接受者审美尺度的变迁史。现代接受美学从作品的接受角度来看待文学史，认为"文学史是一个审美接受和审美生产的过程"[①]。而这在中国传统的文论思想中早有端倪。文学史家首先是读者，作家说到底也首先是其他作品的读者，经典作品的审美价值造就了作家和文学史家的审美趣味，并通过他们形成影响普通读者的审美尺度。过去的阅读史和优秀文学史家与批评家的倡导共同影响着读者对作品的评判。其中读者多年的阅读实践在读者先天素质的基础上形成了姚斯所说的"期待视野"。通过内在的审美尺度，读者从对作品的欣赏中获得了审美的愉快，并在欣赏活动的再创造中获得创造欲的满足。

审美尺度的变迁是"常"与"变"的统一。谢廷授在《陈懋仁〈续文章缘起〉序》中说："文有万变，有万体，变为常极，体为变极。变为常极，变不极则体亦不工。工者起之归而绝之会也。夫三才何日不常，任其所趋而变生，变以日异，任其所就而体成，体成而后工，工太甚则复拙，故工者，起之归而绝之会也。"

文学史研究中应该充分肯定作品所产生的时代的审美尺度，又必然地体现着当代尺度，是历史意识与当代意识的统一，普遍性与独特性的统一，稳定性与发展性的统一。这里的审美尺度则是以审美特征为标准评价文学史的标准。作为文学史家，其评价既要有一以贯之的评价标准，又要有多元的审美价值取向。文学史家应该充分尊重这种审美意识的特殊性，并且揭示其演变规律。不同时代文学史研究和编写的变化，同时还反映出研究者的当代审美趣味。而优秀文学史家独特的审美发现，又通过文学史的研究而在当代产生影响。

正由于文学史的演变体现了审美尺度，审美尺度必然是文学史分期的基本依据。文学史的分期应当以文学自身为主，兼及间接的背景影响等方面的因素。既要考虑到文学作为欣赏的对象和批评对象，也要考虑到文学史研究作为历史科学的一个部分，即感性的体验和科学的分析的统一。作为文学存在和演变背景的政体的更迭和社会思潮在很大程度上直接、间接地影响着文学的演变，其中必然打着政体的沿革、风俗的变化等方面的烙印，刘勰《文心雕龙·时序》有所谓"良由世积乱离，风衰俗怨，并志深而笔长，故梗概而多气"，正是说风俗对风格的影响，文学史的分期自然要顾及这方面的因素。但文学史说到底是作为独立

---

① H·R·姚斯、R·C·霍拉勃：《接受美学与接受理论》，周宁、金元浦译，辽宁人民出版社 1987 年版，第 26 页。

艺术形式的文学自身的历史,它不是政治的附庸和传声筒,也不是道德说教的工具,社会政治的烙印必须通过文学自身反映出来,文学史的分期应该首先并且主要考虑到文学之为文学的作品本体,包括文学作品的内在意蕴和外在形式等审美因素。尽管文学对于社会政治的变化有呼应、受制约,但文学的演变有着自身的规律,它与社会政治的变化并不同步。社会政治和道德方面的变化对文学的影响也不是直接的、立竿见影的,而是遵循着文学规律,间接地对文学发生潜移默化的影响的。文学活动的创作主体和欣赏主体的审美趣味等方面的变化,及其对文学史演变的影响,最终是通过作品的变化实现的。文学史的变迁,首先是审美趣味的变迁,是作品情、貌、言的变迁。严羽在《沧浪诗话》中将唐代划分为"唐初""盛唐""大历以还"和"晚唐"来评价作品时,就是从具体作品的"情性""别趣""入神"、文体、"气象"以及语言的音韵等审美角度来对文学史进行分期的,对明清以降产生了深远的影响。因此,作品内在的情意及其表达方式,作品的文体形式和风格的审美特征的变化,文学语言形式、风格及其表达方式的变化,是文学分期的核心依据。

100年前,黄人受西方美学的影响,在他的《中国文学史·总论》里,将文学视为"美之一部分",又与真、善的对象间互有关系,"达审美之目的而并以达求诚明善之目的者也"。这就将文学的核心目的确定在审美的意义上了。文学史家对文学作品的评判,首先应该以符合文学的艺术规律的性情体验为基础。当代著名德国学者赫·绍伊尔在《文学史的写作问题》中说,文学史"应当把文学既看成是一种审美构造,又理解为一种历史产物"[1]。审美尺度是文学史中最有说服力的尺度。吴调公先生曾经说:"文学史的发展、变化,从某种意义上说,就是审美规范的制约与突破的历史。"[2]我们可以进一步引申说,文学创作的历史,是审美意识物化和变迁的历史;文学鉴赏的历史,是审美意识交流和实现的历史。审美尺度被广泛地运用在人们的日常生活的各种审美评判中,但文学作品却使人们的审美尺度自觉化了。

第三节
文学史研究的历史意识

一、文学史识:文学特性

文学史与历史学的关系尤为密切。在史学界,学者们运用中国传统的史学方法和西方近现代的史学方法,从历史的角度对文学进行研究,以文证史,有助于更深刻地认识历史。而文学史的研究方法与一般历史方法既有相通的地方,也因探寻文学自身的演变规律而与普通历史学有所不同。其中探寻文学自身的演变规律对于文学史来说最为重要。因此,文学史的研究既不是简单的文学史料的罗列,也不是具体文学现象研究的顺序拼接,更不仅仅是利用某种文学理论对文学史现象作超时空的分析,而应该体现出文学演变的史的特征。

---

① 凯·贝尔塞等:《重解伟大的传统》,黄伟等译,社会科学文献出版社1999年版,第109页。
② 孙望、常国武主编:《宋代文学史》下,人民文学出版社1996年版,第402页。

这样,文学史的研究就需要历史意识。这种历史意识使得文学史应该既要显示出历史共有的特征,又要揭示出文学在其演变历程中的独特规律。

文学史的历史意识首先要体现出文学的特性。这就与一般的历史学研究及其他学科的历史研究既有相同点,又有不同点。历史学家也可以研究文学史。他们将文学置于历史的环节中,考察其中所透露出的历史信息、人文精神及其与社会生活的关系。他们有权利也有必要透过文学去研究历史。其分期也完全可以根据自己的时代要求,如以朝代为序等。这些研究不仅是他们自身的需要,也可以为文学史的研究提供帮助和借鉴。文学史的总体研究确实需要学术界的多元透视,但这些研究与文学史的研究在角度、研究中心和研究目的等方面都有着很大的不同,它们无疑不能取代根据文学自身规律对文学史的研究。文学史的历史意识首先以对于文学的见识为基础,文学史家必须首先是文学的鉴赏家和批评家,必须是鉴赏和批评的行家里手,而绝不应该是文学鉴赏的外行。文学史著作中体现着研究者的审美鉴赏力。因此,文学史家对文学的研究与以史官文化传统或其他历史研究方法研究文学史无疑是有差异的。

文学史应以文学自身为基础,包括审美意识、语言风貌、文体形式等方面的变迁史。文学无疑可以作多元研究,但作为艺术,其核心特征应该是审美特征,而文学语言和文体则除了具有审美特征外,还体现了文学的技巧。文学与其他艺术的重要区别体现在语言中。文体则是文学内部的分类。历代文学中的审美意识、语言和文体既有变的一面,又有不变的一面,既有量变,也有质变。文学史的核心内容应该体现出它们的历史变迁。

历代的文学作品是文学前辈们受自然、社会感动过的情感的记录,是他们人生情感历程的表现。我们研究这些作品时,应该把它们放到特定的社会历史背景中去理解。中国古代文论中,有一个强调"文以载道"的历史传统,尽管时有突破,特别是明清以后对人的内在性灵的强调,但始终不能成为主流。文学史家对文学作品的评判,不仅仅是一种理性的评价,更应该以符合文学的艺术规律的性情体验为基础。而文学中的审美意识形态是多样曲折的,常常难以脱离具体的时代和文化背景来判断其是非高下。这就要求我们必须摆脱那种狭隘的、一元的模式来对作品作简单的评判。钟惺在《诗归》中评价王昌龄的《出塞》诗时,针对李攀龙所谓的"七绝压卷"说提出:"茫茫一代,绝句不啻为万首,乃必欲求一首作为第一,则其胸中亦梦然矣。"此论颇为精当。作为文学史家,其评价既要有一以贯之的评价标准,又要有多元的审美价值取向。文学史家应该充分尊重这种审美意识的特殊性,并且揭示其演变规律。

语言也是如此,文学史中应该透露出文学语言的变迁史。中国古代从《诗经》乃至更早的文学作品开始,其语言就打上了时代的烙印。历代的文学一方面不断地从口语中汲取养分和生机活力,另一方面也自觉地探求语言的技巧,这种技巧同时体现着审美的特征。外域的影响也刺激了中国学者对文学语言的自觉意识,推动了语言的美化。《诗经》中语言的活力在于它更多地来源于民间,后来的乐府诗、词和白话小说、戏曲等文体的活力也同样如此。齐梁时代的文人受梵文影响对语言声律的探讨,则促成了诗歌格律的形成,使得中国诗歌最终走向了唐代的辉煌。起于民间、面向俗众的小说戏曲,虽然使用了大量的口语,但在优秀的底本中这些看似寻常的口语却经过了千锤百炼,在很大程度上受到了正统文学的文言特色和诗词意境的影响。优秀通俗小说和戏曲的最后整理者差不多都有着很深的传统文学的功底。文学的语言,便是既有着传统的脉络,又不断地适应着时代和社会的要求而变迁。语言是文学作品的肌肤,文学史无疑要研究文学语言的变迁史。

　　文体作为文学作品的外在形式,影响着作品的神采和体式。许多文学史虽然以文体分类,但对于文体本身的形式及其变迁规律的探讨,则予以忽略。这是需要纠正的。文体自身是有生命的,唐宋诗词的演变,是历史的积累与现实发展的结果。明清的戏剧、小说的演变,也是历史积累的结果。同时,文体的变迁不只是作品形式的变迁,更反映了社会上人情世态的变迁。特定时代对文体的选择和创造,体现了时代的现实需要和人的心理的内在需要。当旧的文体和语言表述方式不适合表现人的情感时,它就会被新的形式所取代。文体的变迁是文体自身的逻辑发展和时代的要求这两大重要因素推动的。每一种文体在得到充分的发展之后,便不再进步,不再体现创造性,不再体现时代的要求了。而另一种让人耳目一新的文体形式便取而代之,如宋词之于唐诗。其实唐诗与宋词之间,就各自的最高成就而言,是无所谓高下的。每个文体有自己的生命历程。王骥德《曲律》说:“诗不如词,词不如曲,故是渐进人情。”这无疑是一种进化论的文学演变观,其中要求文学渐进人情是正确的,但简单地认为唯新为佳也不准确。明代王思任在《唐诗纪事序》中说:“一代之言,皆一代之精神所出,其精神不专,则言不传。汉之策,晋之玄,唐之诗,宋之学,元之曲,明之小题,皆必传之言也。”其中的文体并非全指文学作品,而他将文体与时代精神联系起来看,道出了文体变迁的重要特征。

　　总之,文学史在其质的规定性上是文学自身的历史,是文学的审美特质和技巧的变迁史。文学史的历史意识必须以这个核心为前提。

二、文学史识:传承与创造

　　文学史的历史意识,还在于要正确理解历代文学的传承与创造的关系。那些优秀的作品既体现了文学演变的必然趋势,也包含着日后成为现实的偶然的创造性因子。许多优秀的文学大家,本着“立言”的神圣使命,自觉或不自觉地感悟着文学既往的演变和未来的趋势。这也是作家的“历史意识”。他们正是根据自己的意识去发挥自己的创造精神的。

　　把握中国文学史的演变脉络,首先要关注文学的传承关系。闻一多在《文学的历史动向》中说:“中国,和其余那三个民族一样,在他开宗的第一声歌里,便预告了他以后数千年间文学发展的路线。”[①]作家也常常使传统的酵母在当代绽开鲜艳的艺术之花。文学演变,延续的千百年间包含着人性共通的东西,也包含着民族所认可的优秀遗产。千百年来,中国文学

---

① 《闻一多全集》第一卷,开明书店 1948 年版,第 202 页。

虽然在体式上不断变迁,风格上屡屡转换,但中国文学几千年间的诗性传统,却始终一以贯之。中国文学史在其演变过程中有个重要的现象是复古开新。西方的文艺复兴也是一种复古开新。两者虽然有一定的相同之处,但复古开新更体现了中国文学演变的本质。中国文学更讲究对传统的体认。一旦认为文学走向歧途,就要打出复古的旗号,对既往的优秀传统进行追寻和体认。陈子昂《与东方左史虬修竹篇序》抨击齐梁作品浮靡,文章道弊五百年,而推崇有兴寄的汉魏风骨。当然文学史上这种复古的效果,也并不都是相同的。唐代的古文运动和明代前后七子的复古主张及其效果,显然是大相径庭的。我们在对具体现象的研究中,要充分显示出历史的洞察力,而不能刻舟求剑。

在继承传统的同时,每个时代的作品又都包含着时代的烙印和个人独特的趣味。时代的烙印具有历史价值,是毋庸置疑的。而优秀作家的独特趣味同样具有历史价值。作为作家的个体承载着文化传统与文学传统,并且在现实的社会中以独特的个性与才情绽出艳丽的花朵,以其自由的创造及其对后世的广泛影响,开辟了新的传统,汇入到承前启后的文学洪流中。文学史在其演变历程中,存在着许多偶然性和随机性,一些杰作的诞生,某一作家的生成,确实不是天生注定的。那种独特的经历和体验,那种顿悟灵思的产生,常常都是"来不可遏,去不可止"的。但是,一个伟大的作家一旦生成并获得公认,走进文学史的行列,就产生了必然的影响,乃至参与传统的形成。有些具有独特性或新颖的作品,某一时代的人理解起来相对隔膜,故无法有深切的体验,而在另一时代,则可以引起强烈的共鸣。艾米莉·勃朗特的小说《呼啸山庄》在问世之初,遭到了评论界猛烈的批评和刻薄的嘲弄。而1948年英国当代著名作家毛姆应美国《大西洋》杂志请求向读者介绍世界文学十部最佳小说时,他选了英国小说四部,其中之一便是《呼啸山庄》,毛姆曾评论说:"我不知道还有哪一部小说其中爱情的痛苦、迷恋、残酷、执着,曾经如此令人吃惊地描述出来。"

文学作为一种艺术,在本质上是创造的产品。新、变是文学的根本特征。文学史的历史意识中应该包含对创新意识和时代精神的关注。萧子显在《南齐书·文学传论》中曾说:"在乎文章,弥患凡旧,若无新变,不能代雄。"当旧的文体和语言表述方式不适应时代要求,当旧体诗束缚思想,又不易学时,白话文运动便顺应时代的要求应运而起了。胡适在《文学改良刍议》中说:"唐人不当作商周之诗,宋人不当作相如子云之赋,即令作之,亦必不工,逆天背时,违进化之迹,故不能工也。"[①]文学演变的每一步是否必定是进化的,当然还有待讨论。站在以往成就的立场,并且以过去的优秀作品为尺度,认为文学在不断退化,当然是错误的。而简单地强调文体的变迁必然就是进化,也同样是错误的。有时候两个递进时代的文体从审美趣味上说可能是平行的、各有千秋的。但把文学的演变与时代的要求联系起来无疑是正确的。王国维将文体的变迁与时代的风貌联系起来,认为"凡一代有一代之文学:楚之骚、汉之赋、六朝之骈语、唐之诗、宋之词、元之曲,皆所谓一代之文学,而后世莫能继焉者也"[②],

---

① 胡适:《文学改良刍议》,《新青年》第2卷第5号,1917年1月。
② 王国维:《宋元戏曲史》,东方出版社1996年版,第1页。

这就超越了进化与退化的层面。

三、文学史识:文学批评的历史意义

文学史家应充分重视历代鉴赏家、批评家对作品的评价以及其中所体现的判断价值。这本身就体现了历史意义。文学的传播受历代的文学史家选择的制约,选本的选者见识与历史意识影响着优秀作品的传播。鲁迅曾高度评价选本的意义:"凡选本,往往能比所选各家的全集或选家自己的文集更流行,更有作用。"①鲁迅将选本看成有主张的学者赖以发表和流布自己文学主张的手段。这些选本常常被用作私家教学的教科书,在培养作家和文学史家方面起到了不可忽略的作用。虽然历代鉴赏家、批评家由于评判标准和视野的局限,会使一些优秀的作品被冷落乃至失传,让人有遗珠之憾,但后代只能尊重这种历史事实。选本对文学史的影响是不容忽视的,它本身就表现出了文学的历史特点,反映了文学在流传过程中的规律。选本对文学的传承和革新有积极的影响,因而具有历史意义。几乎每个时代的学者都会希望,历代的文学文本能够尽可能多地保留下来,供自己评判。可惜这种美好的想法是不现实的。留存的文献因庞杂和良莠不齐而显得混乱,不清理是不可能的。无情的战乱等因素也会毁坏很多文学文本,文本自身也常因多代未能引起共鸣、不受重视而自然散失。因此,同时代人的观念和文论是读解历代文学作品的重要参考,对于流传至今的历代文学作品为什么会被重视、为什么会有那样的评价,我们必须尊重这些历史事实。这是文学史历史意识的一部分内涵。我们应该认同传统。个人要想推翻传统定论是很难的,需要当代的文化心理的认同,否则孤掌难鸣。

这当然绝不是说,我们只能对古人的评价绝对地听之任之,甚至由此走向极端,一切以作品诞生的当时人们的评价为准。刘师培说:"论各家文章之得失应以当时人之批评为准","历代文章得失,后人评论每不及同时人评论之确切"。②这里强调同时代人的评价无疑是重要的。这些同时代人常常能够恰当地指出当时的审美价值取向,对作者的意图和写作背景,一般也比后人了解得更深切。但过分强调,而不顾及后人的评价有可能超越前人之处,不顾及同时代人有时会有偏见,也是错误的。当时有声名的人,有的盛名之下,其实难副。而当时的批评家的个人喜好甚至恩怨也会影响着评选。随着时间的推移,名噪一时的当代作家在他们的俗世声名消退以后,其评价常常会变得更为客观、公正。司马迁担心自己的作品没有知音,要"藏之名山,传之其人",李白、杜甫在盛唐不被选家重视,都说明同时代人的评价也会有局限。更何况文学传统是由优秀作品在历代的影响下形成的,历代的评价之中有着当代意识,这种当代意识使得历代优秀作品及其传统在当代能够发扬光大。我们应该同时关注文学作品自身的历史价值。在研究先秦两汉散文时,我们不仅要看它在当时的价值和现实的意义,还要把它们放到对唐代古文运动、桐城派古文的影响中去理解它的意义。因

---

① 鲁迅:《集外集·选本》,《鲁迅全集》第七卷,人民文学出版社 1981 年版,第 136 页。
② 《刘师培中古文学论集》,中国社会科学出版社 1997 年版,第 141 页。

此,给当时人的评价予以足够的重视是应该的,但不能把它推向极端,视为唯一的准则。历代大家的著作,于选本之外还有全集,有利于窥其全貌固然是重要原因,更重要的还在于它可以使人们突破选者自身的局限,让后代有重新评价的权利和可能。

艾略特在《传统与个人才能》中认为,文学史"不但要理解过去的过去性,而且还要理解过去的现存性,历史的意识不但使人写作时有他自己那一代的背景,而且还要感到从荷马以来整个的文学有一个同时的存在,组成一个同时的局面"①。这里在强调文学作品当时意义的同时,强调共时性的一面,当然是应该的。但优秀作品在不同历史时期的评价及影响,同样体现了作品的历史价值,同样具有历史感。理解和关注作品的理解史、接受史,就是重视作品在历代影响的历史。每个时代都从自己的角度去接受作品,正是这种接受和理解,才促成了文学传统的形成。每一个伟大的作家自幼也是文学作品的读者,受到文学传统的熏染,由于他们与一般读者相比,有天赋的文学才情,有深切的人生体验,不能自已,遂拿起笔来,应和伟大的前辈,写出优秀的作品。

同时,文学史家要有经典意识,具有经典经历的作品有优先进入文学史的特权。既往的经典曾经熏陶过一代又一代作家和读者,对文学传统和读者期待视野的形成,都起到过重要的作用。经典在相对稳定的同时,在不同时代还会出现流动的状况,这种流动性反映了审美评判标准的更迭。文学史家可以从中了解审美评判标准变迁的历程。作品的经典性,不仅意味着作品自身作为艺术品的价值,而且还表现为当人们将其作为经典时对整个文学传统所产生过的重要影响。

20 世纪 80 年代以来,许多学者受西方影响,强调接受美学的研究视角,这无疑是正确的。但同时我们应该扩大这个思路,对历代的文学理论和批评也给予足够的重视。更为重要的是,在文学史的研究中要真正把这些理论落到实处,而不是把它当成随意粘贴的标签或生搬硬套的工具。对这一思路的准确把握和运用,才是文学史的历史意识的一个重要内容。

四、文学史识:文学史家的主导意识

文学史的历史意识,体现了文学史家的主导意识。文学史应该立足于现存的文学史实,始终不舍弃作为史料的感性文学现象,但绝不能满足于对文学现象本身的描述。鲁迅在1932 年 8 月 15 日《致台静农》的一封信中,曾说郑振铎《插图本中国文学史》"乃文学史资料长编,非'史'也。但倘有具史识者,资以为史,亦可用耳"②。撇开对郑著的评价不论,我们可以看到鲁迅在信中强调了文学史的历史意识。作家的生平研究、作品的编年等有助于从社会历史的角度看待文学,但它的罗列本身并不就是文学史,充其量只能算是鲁迅所说的"资料长编",只是撰写文学史的前提。

实际上一切叙述都是人们眼中的世界,历史也是人们眼中的历史。每个文学史家都在

① 艾略特:《传统与个人才能》,《艾略特诗学文集》,王恩衷编译,国际文化出版公司 1989 年版,第 2 页。
② 《鲁迅全集》第十二卷,人民文学出版社 1981 年版,第 102—103 页。

用自己独特的思想坐标去透视作品,通过崭新的文学史的坐标对文学史进行最新的阐释,从中体现出文学史家所生活的时代的时代精神和独特个性。文学史的撰写之所以不停地变迁,没有终极的形态,就因为历史意识的思维坐标不同。文学史的研究始终不脱离感性现象,当然也不满足于感性现象。文学史家在史实的基础上,从取舍、评析中体现出自己的视角和学术个性,这使得文学史与其他历史一样,也是史家的一家之言。即使在体现中国传统的史官意识、讲究持中实录的《史记》中,也有着太史公的主导意识。司马迁在《报任安书》中,说自己写《史记》是"欲以究天人之际,通古今之变,成一家言"。"究天人之际"是指研究客观事实,"通古今之变"指总结历史变迁规律,从中体现出自己独到的见解。班固在《汉书·司马迁传赞》中,也认为司马迁"论大道则先黄老而后六经,序游侠则退处士而进奸雄,述货殖则崇势利而羞贱贫",明显地表露出自己的价值取向。文学史当然也不例外。其中包括文学史家对文学史现象的独到见解。这种独到的见解当然以现存的文学史料为基础,但也不满足于文学现象。每个文学史家在取舍、评析中能够做到同中有异,从一定的程度上说是受着时代精神与时代气息对其视角、研究方法和感悟兴趣等方面的制约,但其中无疑也充分地体现了文学史家的学术个性。

当然这种主导意识并不意味着可以信口胡说。文学史的研究目的在于发现规律,揭示过程,而不是发明规律,制造历史。其视角和参照坐标的确立,观察方式的不同,都在试图逼近对历史真实性的把握。文学史家必须有见微知著的卓识,从一些萌芽和动向的端倪中见出文学演变的源头和趋势。同时,要重视那些具有历史意义的文学现象和作品。即使有些作品和文学现象孤立地看本身并无多大价值,但它的承前启后的意义仍值得重视,如声韵的研究对于格律诗的影响,胡适的早期白话诗对于新文学运动的意义等。

胡适的《白话文学史》,虽然很有见识,却不能算是科学意义上的文学史。在当时旧的正统文学走向衰亡时,胡适的《白话文学史》矫枉过正,强调白话文学,对当时的白话文运动起到了重要作用,其中对于一些白话作品确实有着精湛的见解。但是,这些见解还不是完整意义上的文学史的历史意识,对许多非当今眼光中的白话作品还存有偏见,不能客观地站在文学史的高度予以评价。而且所谓白话与文言是一个相对的历史概念,在胡适那里却用得非常随意,缺乏严密性。鲁迅1922年8月21日《致胡适》的信中曾告诉胡适,自己已读了他的白话文学史的石印本讲义:"大稿已经读讫,警辟之至,大快人心!"[1]而在1929年10月26日《致章廷谦》的信中则说:"适之的《白话文学史》也不见得好。"[2]前者是场面应酬话,后者才是鲁迅的心声。

要重视中国文学在历史变迁历程中的特殊规律,并且对于前人未予重视或重视得不够的地方,作出自己的独到阐释。文学史的研究不仅要在具体内容上有所创获,而且要在方法上体现出有时代感的独到建树,为文学史的研究积累财富,同时汇入到文学史研究贡献的长

---

[1] 《鲁迅全集》第十一卷,人民文学出版社1981年版,第412页。
[2] 同上,第691页。

河之中。例如人们公认，外来文化的影响是文学史演变的重要动力。从商代开始，中国文化就不断地受到异域的影响，而且大都以宗教文化的形态进行，商代的各类艺术的形成，大都为着服从于宗教。在文学变迁的过程中，佛教和基督教的影响尤为显著。而其在文学史上对文学形式及其内在规律的影响，迄今还重视得不够。以佛教为例，过去我们在理论上主要重视以禅喻诗、顿悟、现量、比量说等，而透过这些理论观念，看其对文学的内在意蕴、民众审美意识的影响，则显得相对薄弱。对形式、体裁、技巧、语言等方面的影响，如对于志怪小说到传奇到变文杂剧的变迁过程，梵语对音韵的影响（包括四声八病的提出，格律诗的形成），等等，一般也是史料工作做得较多，而缺乏一定的历史意识。鲁迅在《摩罗诗力说》中所说的"别求新声于异邦"，不仅仅是就新文学而提出的主张，同时还包括了一个作家和文学史家对文学演变史的一种洞识。在改革开放二十多年后的今天，我们对外来文学的影响应该有更深切的体验，更能透彻地领悟这种影响在文学演变史中的意义，通过中西文学中宗教影响的方式的比较，以及中国文学自身在演变历程中佛教影响和基督教影响的比较，从自己的视角归纳出外来影响的一般规律和独特特征，并且在比较研究的方法等方面，积累起自己的经验，从中建立起自己独到的文学史观。

总而言之，中国文学史的历史意识首先应该是关于"文学"的历史见识，其他非文学角度对文学的探讨，有助于我们把握文学和文学史的演变，但那还不是文学史研究的根本，因而不能喧宾夺主，取代对文学自身的历史探讨。所以，中国文学史的历史意识要立足于文学现象，从文学自身入手，重视文学演变中传承和创新之间的关系及其规律，重视中国文学的批评、接受和传播史，包括选本的特征及其历史。这就不仅要把握文学自身流传的历史，而且要把握历代鉴赏家和批评家对作品的评价。他们的评价和选择制约着作品的流传与影响，并且进而参与了中国文学传统的铸造。尤其重要的是，文学史的历史意识要突出一个"识"，要在尊重文学现象及其自身内在规律的前提下，体现文学史家的主导意识，从中透露出文学史家发现文学史规律的远见卓识、独特视角与学术个性。

第四节
文学史研究的当代意识

一、当代意识的意义

中国文学史研究的价值，在于它不仅具有博物馆的意义，而且更具有现实意义。现实意义对于文学史研究来说，尤为重要。文学史上的优秀作品在文学历程中曾经起到过关键作用，是文学史家和文学理论家研究的重要内容。许多作品是文学演变历程中承前启后的有机环节，并在当代仍然有着相当的欣赏价值，拥有着为数众多的读者，其中的相当一部分作品对当代的创作也有着深刻的影响，因而具有广泛的现实意义。同时，文学史家也是通过自己的研究积极地参与当代的文学活动。在此背景下，中国文学史的研究便不是纯客观的史料的罗列,而应该具有文学史家所赖以生存的时代的当代特征,体现着当代的视野、价值取向和时代的要求。

韦勒克、沃伦的文学史观

文学史有它的过去,也有它的将来,用不着为此感到遗憾,将来不能也不应该仅仅是填补从较老的方法里所发现的系统中的空白,所以我们必须精心制订一个新的文学史理想和使这一理想可能得以实现的新方法。如果这里概略地提出的理想由于强调了应作为一门艺术来写文学史而显得有点过分"纯粹"的话,我们可以公开承认,没有任何一个其他的方法曾被认为是无效力的,集中似乎是对扩张主义运动的一种必要的矫正方法,而过去几十年来文学史都是在这种扩张主义的影响下发展过来的。

——勒内·韦勒克、奥斯汀·沃伦:《文学理论》,刘象愚等译,
生活·读书·新知三联书店 1984 年版,第 311 页。

中国文学史的研究,需要体现出当代意识。因为这种研究本身是现实要求的结果。文学史作为一种历史,首先要尊重文学历程自身的客观规律。但历史本身又是有着现实的价值的。在生生不息的文学长河中,虽然文学是在不断地演进发展的,但它同时又是一脉相承的,不同时代的文学有其相通和一致之处。这种相通和一致,使得文学史上的作品在当代有共鸣和可理解的基础,也使得作品可以而且需要进入当代的理解。当代的理解使文学史上的作品得以传承,并且具有新的生命活力,乃至从某一个角度讲,可以成为新时代文学的种子。文学史的当代研究为着满足这些要求,必然要自觉地体现出当代意识。

首先,文学史的研究必须适应当代读者的需要。文学史研究要服务于当代读者对作品的鉴赏。文学史的重写永远离不开作品,作品是本。那些在当代能够引起强烈共鸣的作品,具有获得优先阐释的地位,并且可以为文学史研究作出其他时代难以取代的贡献。适应当代读者的需要使文学史成为活的文学史。菲利普·巴格比在《文化:历史的影响》中说:"历史学家所需要揭示的,并不是生活在那个时代的人们所领悟的,读者对这样的过去没有兴趣。"[①]文学史家也同样如此。读者对历代文学作品和文学史的要求是有着现实的时代烙印的。文学史家应该积极地体现这种要求。文学史家由文学的现实而感悟到其历史的渊源,又借古鉴今,由文学的历史而感受文学的当代规律和未来趋势。因此,当代人所写的文学史,是一部立足于当代的活生生的文学史,而不是一种静态的、僵化的、所谓纯客观的文学史,因为"读者对这样的过去没有兴趣"。当作品失去其接受的基础,不能释读时,即当作品不具有当代意义时,是很难体现其价值的。

---

① 菲利普·巴格比:《文化:历史的投影》,夏克等译,上海人民出版社 1987 年版,第 57 页。

其次，文学史的研究必须顾及当代文学演变的需要。当代的文学必然是过去文学的延伸和演化的结果。鲁迅在 1934 年 4 月 9 日《致魏猛克》的信中说："新的艺术，没有一种是无根无蒂、突然发生的，总承受着先前的遗产。"①除了时代的因素外，当代的文学之中流动着文学的传统。为了摆脱旧有僵化形式的束缚，文学的变迁常常是与反传统联系在一起的。但是当我们反思其成就时，依然可以见到融贯其中的传统脉络。即使是经过剧烈的文学革命的 20 世纪的"五四"新文学也不例外。"五四"新文学被公认为是欧美的文学作品和文学观念影响的结果。不过，岁月流逝，大浪淘沙，随着时间的推移，人们越来越发现，中国现代文学史上的那些西方文学的劣质仿制品，并无独立的价值。能够显示文学价值的作品，大都是那些在受西方文学及其观念影响的同时，却拥有着中国文学传统特质的作品。中国文学早有受外来影响的历史，但是从来就不是断裂的，从来就没有通过移植取代传统。中国数千年的小说传统和戏剧传统，中国诗文中特有的艺术精神，依然流动在当代的优秀作品中。就连"言文一致"的主张，不仅在小说戏剧中延续了上千年，而且在禅宗、理学的语录中早就存在着。新文化运动的发起人胡适曾在 25 岁时的《自寿诗》中说："种种从前，都成今我。"44 年后他又重抄了此句。说明他自己与其"种种从前"有着渊源关系。其实文学演变的历史又何尝不是如此呢！他的《白话文学史》就是"要人知道白话文学是有历史的"。从民歌、乐府诗到佛经故事和唐诗一路下来，为新文学运动张本。虽然他是为当代文学的需要而研究文学史，未必让文学史家完全认可，但文学史研究适应当代文学的需要则是应该的。当代的文学要推陈出新，就必须借古鉴今。

文学史研究的当代视野，是文学史家受着当代总体文化，尤其是邻近学科思维方式影响的结果。文学史家本人是当代的一分子，无论他多么卓越，作为个体是现实中活生生的人，在他的身上所表现出的超前性和求异思维毕竟是有限的，更多的是与时代相合拍的一面，充分体现了时代精神。我们充分强调文学史家作为个体的创造性，并不代表我们抹杀人性的共同性和时代在群体身上的烙印。文学史家身上必然有社会的烙印，特别是新时代学术风气的烙印。郭沫若的《李白与杜甫》，无疑有着"文革"期间的烙印。在当代的文学史研究中，多学科之间的影响，乃至当代文学的创作实践经验等这些时代风气的因素，都必然会影响到文学史家的思维方式和研究方法。

再次，文学史研究的当代意识，包含着在国际总体文化环境中的当代外来影响，特别是传入中国的西方文论和文学史论的影响。中国现代的文学史研究，始于 20 世纪初，受西方和日本的文学史研究的影响，体现了当时世界的文学史研究风貌。尽管在当时中国国内对文学史的研究还很初步，有的学者不能阅读外文典籍，对文学的理解不免受经史子集传统学术归类的影响。但总体上看，从体例到思路，从话语体系到表述方式，无疑都受到外来的影响。甚至与文学史研究同步发展的古代文论研究，在新时代的整理和对文学史研究的指导与借鉴作用方面，也受这种时代风气的影响。郭绍虞主编的《中国历代文论选》，显然受到了当时苏联文艺理论体系的影响。20世纪五六十年代的文学史中,以唯心主义与唯物主义、现实主义与浪漫主义为线索等教条方法所进行的研究,也是受到了苏联的影响。在文化交流日益频繁的今天,国外当代的研究方法必然会影响到国内当代的文学史研究。尽管这些借鉴可能会出现盲目性等偏差,但总体方向无疑是正确的。中国的文学史研究,在体现中国特色的同时,必须要与当代的国际学术接轨。在借鉴外来文学史研究的基础上,中国文学史研究对国际的文学史研究领域,从方法到成果,都应该有所贡献,以回报国际学术界,特别是文学史研究界。

文学史研究本身客观地参与当代文学价值观的铸造,通过在传统中对文学价值的发现与认同,为文学的现实发展作出贡献。现实是历史的有机延伸,文学的现实流淌着传统的血脉,文学史家透过当代的眼光,通过对文学史的评价,逐步充实和修正现实中既有的文学观念。不同的时代对文学史的研究,对文学的演变和观念的变迁会有不同的贡献。这种由文学史研究而形成的当代意识,又反过来影响到当代的文学创作。

二、当代意识的内涵

当代意识是文学史当代研究能力的表现,包括感受能力和思辨能力。文学史家应该比常人有更强的现实感和更深的体验能力,应该充分体现出当代人对文学体验的激情。惠威尔认为历史的研究"不仅把事实收集在一起,而且以新观点看它们,还要引入一种新的精神因素。为了进行归纳,需要有一种特殊的精神素质和训练"[1]。这是就一般的历史而言的,也同样适用于文学史。文学史家不可能绝对地超越时代去冷观对象,而应该以新的体验,新的精神风貌去进行具有时代感的文学史研究。当然这种当代意识的体验,也不是根据自己的想法信口胡说,不是把文学史当成自己利用的工具,利用它图解自己的观点,而是透过当代意识,在文学史中发现对文学现实具有指导作用和意义的思想。从这个意义上说,文学史研究中的当代意识,源于文学史家的当代意识,又透过文学史的研究,为当代的文学创作和鉴赏等方面的建设作出贡献。这也是文学史需要重构的基础。

当代的文学史研究,需要表现出当代人的文学观念。这具体表现为文学理论的创新与突破。这种新的文学观念与千百年来的文学及其变迁的规律是吻合的,与当代的文学实际也是合拍的。当代的诠释和理解,需要在理论上有所开拓。人们通过体现时代精神的话语,以独特的阐释方法对文学史进行阐释。新方向、新见识不仅表现在拓展文学史研究的视野等方面,而且表现在对人们文学观念的革新等方面。从这些新的见解中,同时透露出文学史家对于文学的现实和未来的理想,而不能只用陈词滥调。这样,文学史家的文学史研究便无形地参与着当代文学价值观的塑造。文学史家对于什么样的趣味给予崇高的评价,意味着他们的推崇和倡导。相反,他们批评什么样的趣味,则意味着他们的贬抑和排斥。当代人,

---

① 约翰·洛西:《科学哲学历史导论》,邱仁宗等译,华中工学院出版社1982年版,第129页。

特别是当代批评家和文学史家的审美价值尺度,深刻地影响着当代的文学创作,包括对读者和作家的影响。只有这样,文学史的研究才能体现出时代的精神,也才能适应时代的新要求。

文学史研究作为一种自觉的行为,要有自觉的理论武器和预成的理论框架。没有自觉意识的研究,胡乱地漫无目的地堆砌史料,甚至用"以其昏昏,使人昭昭"的方法,是难以让人信服的,也难以取得具有重要突破的系统成果。就像建筑师建造大楼,必须在遵守建筑规律、根据现实要求的基础上,发挥自己的创造性,事先设计出图纸来,而不能跟着感觉走。虽说至法无法,但这种"无法"应该奠定在自觉地、得心应手地运用"法"的基础上,同时又不受其消极的一面的约束,不为"法障"所拘。相反,文学史家还要能动地以文学史的研究去丰富和修正理论。因而这种理论框架尽管可以借鉴外来的理论,可以重视古典批评的传统,但更应出自中国文学史研究的实际。要重视外来思想的启发,但不能机械地搬用。过去用现实主义、浪漫主义为主线来概括中国文学的发展史,其实有时研究工作做得也很严谨,甚至很虔诚,但削足适履,显然不当。我们批评它,不是指责其用构架错了,而是构架运用错了。现实主义、浪漫主义作为西方近代文学思潮,有其特定的含义,尽管历代的许多文学作品与这类主义的特征相符合,适当地对其借鉴也是必要的,但以此为中国文学史发展的主线,自然是悖谬的。

当代意识还应表现为研究体例的突破。在文学史研究方法的运用中,体用是相成的,新的研究方法必然会带来体例的变化。僵化雷同的体例,旧瓶装新酒的研究方法,不仅会束缚文学史家的研究思路,而且会约束读者的理解。这样说并不意味着要简单地抹杀前人研究模式的优点,也不意味着单纯追求新奇的形式,唯新为佳。而是在继承前人研究的基础上,寻求适应当代人的思维方式的研究体例,使得当代的智慧、当代的文学要求,在文学史研究中得以充分地体现。在过去的中国文学史研究中,学者们一贯重视对作家生平和时代背景的介绍,久而久之,便成了一种模式。知人论世,了解作家创作的环境和背景是必要的,但背景与创作之间的关系是复杂的,不能简单化、程式化,而应该不断地趋于深入。近年来人们更重视对于作品的文体等内部技巧的研究,因而在研究体例上发生了变化,从中反映了当代追求美文的倾向。因此,研究体例的变化,有助于对文学史作多元而深入的透视,有助于在新的历史时期,产生新的成果。这种转变正是当代学术风气影响的结果。

当代意识同时体现在主体对文学史料的选择中。当代人的审美趣味乃至当代的社会风气,影响着当代人对历代作品的感受和评价。当代所需要的前人的长处,史家有义务加以倡导。对文学史上的作品进行评析时,文学史家必须重点评析那些在现实中仍有意义,或与现实有渊源关系的作品。那些虽然曾经轰动一时,但与现实之间已有隔膜的作品,甚至已经失去生命力的作品,文学史家即使作出精辟的解释,也无法使读者产生共鸣。一切文学史研究,只有在充分体现出现实价值观的视角时,特别是充分体现出当代人的审美价值尺度时,才有意义,其思想才有深刻性。新的文学史的产生,与当代的时代要求是紧密相连的。文学的过去作为整体,从历史的长河中已经消逝,但文学的现实却是文学过去的有机延伸。因此,对于文学史的研究,既要关注当时的背景,又要跳出当时的背景,进入当代的背景。

文学史研究的当代意识,体现在文学史家从文学史中对当代所需要的经验教训的理解和把握。人们一般说历史常常会出现惊人的重复,其中有些也许是不可避免的,而有些则是在重蹈历史的覆辙。避免当代文学在消极和错误的方面重蹈历史覆辙,是我们研究文学史的基本任务之一。即使过去有人对相关问题注意过,也未必已经获得完全正确的不刊之论。例如对于永明声律问题,过去我们大都继承钟嵘的看法,对其持批评态度。但它对律诗形成和演变的重要意义,乃至使得律诗成了中国诗歌史上最灿烂的篇章,却被重视得不够。为什么对声律的重视在齐梁间产生绮靡的作品,而在唐代却产生了辉煌的篇章呢?问题恐怕主要不在声律本身。我们不能因为常有交通事故,就禁止生产一切汽车。胡适在《白话文学史》中,将声律比作"最丑恶又最不人道的"缠小脚,说"骈文与律诗正是同等的怪现状"[①]。胡适站在新文学运动的立场和背景上否定律诗,当然是可以理解的。但从文学史的角度看,此并非平心之论。这样说当然并不意味着千年以前的声律和格律,今天依然要效法,而是要借古鉴今,考虑到问题的复杂性,兼顾到时代的特征与要求,兼顾到作品的历史地位。这正是我们当代需要接受教训的一面。

三、当代意识与历史意识

在文学史的研究中,当代意识与历史意识是统一的。文学史应体现当代意识,但这种当代意识并不是庸俗的、实用主义的古为今用。文学史家应以当代新的历史意识、从独特而卓越的视角更深切地看待历代的文学作品及其演变历程。后代人有权利通过自己的当代意识,根据自己的价值取向对作品进行取舍和评价,他们常常会纠正作家同时代人对作品的偏见。例如陶渊明在当时只是二流诗人,杜甫在当时也不受重视。而后人则可以通过自己的当代意识,对这些作家及其作品重新认识。作品产生的同时代人,及历代学者对作品的评价,是我们当代人的重要参考,但不是约束我们评价的绳索。刘勰和钟嵘对于历代文学的评价,有千百年来文学在审美趣味上的共同性的一面,也有其个人局限性的一面,同时因其时代特征与我们的时代特征不同,因而其当代意识与我们的当代意识便有着相当的差异。因此,文学史家在研究文学史时,必须将当代意识与历史意识统一起来。

文学产生的当代的文学史家,与后代的文学史家,在文学史的当代意识方面是可以互补的。当代人对于文学的背景和情境常常有着难以言传的意会,这是后代的文学史家所羡慕而又无法通过努力来补救的遗憾。但当代的文学史家也会有"不识庐山真面目,只缘身在此山中"的迷茫。文学史绝对不是过去文学状态的简单照搬。时光已经像流水一样一去不返,后代的文学史家已经不是文学史所赖以产生的那个时代的见证人。因此,不同时代的文学史家有着自己的当代意识,文学史中有着深刻的时代烙印。在对各类优秀文学作品的价值评估和阐释上,不同的时代会有一定的差异,这主要取决于各个时代当代意识背景的视野。

① 胡适:《白话文学史》上卷第一编,远流出版公司1986年版,第141页。

文学史研究的当代意识使得文学史需要不断重写,在这一个"当代"理解有隔膜的作品,下一个"当代"则可能会引起强烈的共鸣。

文学史的当代意识既强调作品共时性的一面,又强调当代特定背景下对作品的独特领悟。袁枚在《答沈大宗伯论诗书》中说:"诗有工拙而无今古。"强调了文学的共时性的一面,即千百年间人性中共通的东西,包括作品的审美特征及其相关的艺术技巧。但同时,文学作品又有着一些打着时代烙印的独特性的东西。它们会在相同或相近的时代背景下引起共鸣。文学史家尤其会重视在当代精神生态中引起独特情怀的作品。某一作品在特定时期会因时代背景而产生特别的共鸣。只有在当代能使人情有独钟、产生共鸣的作品,才有着很强的现实性,才能获得深刻的阐释。当代赋予文学史家对特定作品加以深刻阐释的机遇。在抗战时代,爱国主义作品必被高扬,因为此时对这些作品的体验最为深切。当作品在当代失去接受的基础,不能释读,即不具有当代意义时,它自身的审美价值是很难被体验的。这也是不同时代文学的选本不同的原因。

文学史研究中的当代意识评判,同时是衡量作品价值与影响的历史尺度。优秀的作品不只是为它的时代而存在,更有着跨越时代的持久的生命力。只有那种能够脱离写作的现实背景存在的作品,具有流传后世的价值,才是文学史意义上的经典。文学史具有博物馆的意义,但不只是文学的博物馆,文学史中高度评价的作品还有现实意义,它们直接或间接地具有着当代的价值。后世每一位对它进行阐释的文学史家,都不能不具有当代意识的特征。优秀文学作品的生命力正在于它具有现实的价值,体现了现实的原则。优秀的文学作品既有时代的烙印,又能流芳千古。后世的当代意识,是检验作品历史价值的尺度。

当代意识自身同时具有历史价值。文学史家既可以对文学史上的具体作品作同情式的领悟,也可以站在当代的立场上,把文学史对象作为历史加以审视。新视角的建立不仅使得用该视角的文学史研究成果具有当代意识,而且使得它们具有不可取代的历史地位。同时,同一个问题的多视角看法,有助于我们对其立体地、多元地透视,所获得的成果可以互补。这样,以独特视角所获得的优秀成果,作为该时代的创造性产物,必然具有里程碑的意义。

毋庸讳言,文学史研究的当代意识,必然会具有自身的历史局限性。我们要正视当代的眼光及其贡献的价值,既不要妄自菲薄,更不要唯我独尊,肆意夸大。当代评价只是历代评价中的一链。它具有现实意义,且应具有历史贡献。但我们不能以自己当代的评价取代历代的评价,让后代人只见到我们的评价,而见不到前人的评价。这一点,过去的教训已经非常深刻。司马迁时代的许多史料,我们今天已经无法见到,因而也无法纠正司马迁们的偏见。特定时代的作品的当代价值,在这个时代是非常重要的,但在历史的长河中只是沧海一粟,任何一个时代都不可能对作品作出一锤定音的评价。且不说特定时代的文学史研究虽然具有当代特征,有时却还会走向某种误区。每个时代的文学史研究,常常重视并强调当代贡献,这种珍视并鼓励当代的文学史研究的态度是可以理解的,也是必要的,但不能盲目自大。

总之,当代意识是成功的文学史研究所必然具有的特征。它使得特定时代的文学史研究在文学史研究的长河中具有时代的色彩与独到贡献,并且有着很强的现实感,参与着当代的文学实践活动。那种试图超越时代进行文学史研究的想法,不仅是不切实际的,而且会影响当代文学史研究的贡献。

 关键词 ▪▪▪

1. 文学史

研究文学发展历史的一门科学,侧重于研究文学的演变历程,并寻求它们前后相承相传、沿革嬗变的规律,尤其是在内在意蕴和文体、风格、语言等方面变迁的历史,揭示文学的发展与时代、社会诸因素的关系,与其他民族文学的交流、影响的关系,对各个时代的重要作家作品的评述,等等。文学史研究是文学理论的基础,而文学理论又为文学史的研究提供理论依据。

2. 审美尺度

指文学史研究和编写中的具体审美评价标准。文学区别于非文学的基本特征就在于文学作品抒情言志的内在意蕴、文体、风格和语言等,即所谓情、貌、言。审美尺度是文学史分期的基本依据,文学史的演变历程反映了审美尺度的变迁。

3. 文学史研究的当代意识

每个时代的文学史研究必然会体现研究者身上的当代烙印,表现了研究者对文学史研究的现实意义的自觉关注,体现文学史家对当代文学活动的积极参与。文学史的研究应具有文学史家所赖以生存的时代的当代特征,体现着当代的视野、价值取向和时代的要求,以适应当代读者的需要,顾及当代文学演变的需要,还包含着在国际总体文化环境中的当代外来影响等。

4. 文学史研究的历史意识

文学史不是简单的文学史料的罗列,也不是具体文学现象研究的顺序拼接,更不仅仅是利用某种文学理论对文学史现象作超时空的分析,反映出文学演变的史的特征。它要体现出文学的特性,应以文学自身为基础,正确理解历代文学的传承与创造的关系,并包括对历代鉴赏家、批评家对作品的评价以及其中所体现的判断价值的重视。历史意识立足于现存的文学史实,始终不舍其作为史料的感性文学现象,但绝不满足于文学现象本身的描述,更要体现出文学史家的主导意识。它与当代意识是辩证统一的。

 思考题 ▪▪▪

1. 如何理解文学史和文学理论的关系?
2. 为什么说审美尺度是文学史研究的基本尺度?

3. 审美尺度的基本内涵是什么?

4. 审美尺度的变迁有哪些特点?

5. 什么是文学史家的历史意识? 简述文学史研究中历史意识与文学性的关系。

6. 历代文学的传承与创造是怎样体现历史意识的?

7. 文学批评中如何体现历史意识?

8. 什么是文学史研究的当代意识?

9. 当代意识在文学史研究中有何意义?

10. 简述文学史研究中当代意识与历史意识的关系。

 阅读链接 ||||||||||||||||||||||||||||||||||||||||||||||||||||||||||||||||||||

1. 勒内·韦勒克、奥斯汀·沃伦:《文学理论(新修订版)》,刘象愚、邢培明、陈圣生等译,杭州:浙江人民出版社,2017 年。(第十九章"文学史")

2. 石田一良:《文学史学:理论与方法》,王勇译,杭州:浙江人民出版社,1989 年。

3. 张文勋:《刘勰的文学史论》,北京:人民文学出版社,1984 年。

4. 陶东风:《文学史哲学》,郑州:河南人民出版社,1994 年。

5. 徐敏:《中国现代小说史书写研究》,南京:江苏教育出版社,2011 年。

6. 李扬:《文学史写作中的现代性问题》,北京:北京大学出版社,2018 年。

初版后记

　　我们试图编写一本文学理论教材的想法已非一日。早在上个世纪末，每当同仁们聚在一起讨论教学问题时，总是或多或少地会提到教材的选用。虽然从 20 世纪 80 年代中期乃至 90 年代以后，在文学观念变革的过程中，有不少的文学理论著作相继出版，尤其是在高校的讲台上，新版的文学理论教材层出不穷，但使用起来总感到与我们的实际的教学需要还有较大的距离，于是萌生了要编一本教材的想法。为此，我们先后开了几次务虚会，并认真地征询学界同行的看法和意见。但由于种种原因，事情还是拖了下来。启动本教材的编写工作是在 2004 年下半年，是在与出版社的编辑座谈时确定的，以后陆续开了几次专题会议，从确立宗旨，到定下体例，到分工编写，到汇总审阅，再到修改，直到最后统稿定稿，历时一年半，至今年 2 月算是完成了。

　　这本教材是集体劳动的结晶，具体分工如下：

　　鲁枢元（苏州大学）　前言

　　刘锋杰（苏州大学）　第一章　文学本体

　　张冠华（郑州大学）　第二章　文学形象

　　李荣启（中国艺术研究院）第三章　文学言语

　　胡山林（河南大学）　第四章　文学创作

　　王　耘（苏州大学）　第五章　文学技巧

　　廖大国（苏州大学）　第六章　文学作品的体裁

　　何旺生（安徽教育学院）第七章　文学风格

　　侯　敏（苏州大学）　第八章　文学价值

　　姚鹤鸣（苏州大学）　第九章　文学鉴赏

　　杨　晖（江南大学）　第十章　文学批评

　　李　勇（苏州大学）　第十一章　文学演变

　　朱志荣（华东师范大学）第十二章　文学史

　　衷心感谢华东师范大学出版社大力支持并出版这本教材，感谢苏州大学教务处和其他参编人员所在院校有关部门积极指导与协助教材编写。在本教材编写过程中，我们参考了学界同仁的研究与教学成果,谨致诚挚的谢意。编写本教材,只是一个尝试,希望学界同仁给予批评,我们将在日后重版时加以修改。

编　者
2006 年 2 月

新版后记

这本教材最初面世是在 16 年前,先后出版过两个版次,这是第三版。听到一些师生反映,说这本教材使用起来还比较顺手,尤其是对"考研"应试比较有用。为了保持教材的稳定性,这次修订并没有做大的改动。

我本人从事文学理论学习、教学与研究至今已超过 50 年,想借此机会和老师、同学们说说我的一点体会。

在高等院校文科教学中,文学理论是一门基础理论课,教与学的难度比较大,虽然大家都知道很重要,却不如其他文学课程受欢迎。1972 年我刚登上讲台时,自己主动选择了这门课程,没有别的原因,只是因为我喜欢。我在大学读中文系时,文学理论学得并不好,成绩还不如别的同学,但是我有兴趣,所以就把文学理论的教学、研究作为自己终身的志业,到头来竟还做出了一点点成绩。所以,我说兴趣很重要。

我知道如今选择考学、考研的同学并不都对自己选择的学科有兴趣,怎么办?只有一个办法,那就是尽快培养起自己的兴趣。有兴趣的学习是在春山花径行走,化苦为乐,是可以事半功倍的。培养学习文学理论的兴趣,我的经验是要在课堂、课本之外大量阅读文学作品、诗人作家的传记和他们的"创作谈",积累一些感性知识,对照教材提供的基本知识、基本理论,吸纳到自己的心灵之中,充实自己的心胸,成为自己生命活动的一部分,整个过程应该是充满愉悦的。一味地死记硬背,生吞活剥,即使考出高分,仍旧是身外之物,对自己的年轻生命不但无益,甚至还是一种无形的戕害。

文学理论作为一门课程,对于任课教师的教学来说,我想强调的是灵活性:既要注重教材提供的基本理论、基本知识,又要充分发挥自己的主观能动性。文学课程不像物理学、数学,它总是要求教师把自己的人生经验、人格、性情、情绪、直觉、智慧、感悟投注到课堂教学中。教材不能"照本宣科",要灵活运用。记得我的老师们曾经说过,一本再好不过的教材,对于实际的课堂教学来说,也只是"若即若离",不脱离教材,也不死搬教材。我的这些老师都是高手,他们的课堂教学能够做到深入浅出、举一反三、驾重就轻、游刃有余。

据现状分析,这本教材的实际用途多半用于复习应考。对于考试来说,学生是被动的弱势群体,命题的教师是"权力部门"。在这样的情势下,我想说给老师们的是:命题一定要特别细心留意,命题的初心不应该是难为考生、淘汰考生;而应该是考核出学生的真实水平,优中选优。这样的话,命题就不应该在冷题、怪题、过于繁难的题目上费心思,而应该在基本理论、基本知识的范围内灵活命题,一定要给考生的自由发挥、独抒己见留出余地,这才能见出考生们的真实水平。命题是一门艺术。许多年前,我刚刚招收文艺学硕士研究生时,曾向文论大师钱谷融先生请教如何命题,先生竟然说:考作文。接着又补充道:要出最一般的题目,才最公平,才能看出真实水平。

　　以上谈到的教、学、考试三个环节的问题,仅是我一己之见,供使用这本教材的老师、同学参考。

　　我们的这本教材,内容还是有些过于繁密。好处是提供了较为开阔的学术视野及较为周详的文学知识。如果从上述我提出的一些建议看,其实是可以再精简一些的,比如,有20万字也就可以了,多给上课的老师与同学们留些自由思考、自由发挥的空间。不过,这还需要我们教育领域整体氛围的改善。

　　再次感谢使用这本教材的老师和同学们。

　　再次感谢华东师范大学出版社对我们的长期关心与支持。

鲁枢元

2022 年 10 月 20 日·苏州